MFA CREATIVE
WRITING

创意写作

第十卷

·主编·

陈思和 王安忆

去往南国的孩子

JIAOJIAO TO THE SOUTH SEAS

着了火的欲望从虚空的深渊点点升起

在沙滩的树丛和草地之间

在海岸的小湾角里

上海人民出版社

目 录

创意写作训练范例：从开题到成型

2019 级创意写作作品展示

青年作家张心怡小辑

短篇小说

创作谈

附录

Examples of
Writing Training

创意写作训练范例：从开题到成型

石黑一雄式的开端
——读陈钦铭《去往南国的孩子》

吴　越（《收获》编辑）

诚然，"去往南国"只是《去往南国的孩子》里的一小段情节，却如同改辙之枢，从根本上决定了这个故事哀悃的书写之心。李娇儿，以及并不更成熟多少的父亲母亲，由未降生的弟弟催发的紧迫性所驱使，匆促、被动、毫无准备地剥离出原生环境，去异地，走异路，承接大浪潮拍到每个人头上的那点致命之力。

陈钦铭以意识流的手法（尽管他在创作谈中似乎将谋篇布局描绘得很有计划，但我武断地猜测这亦是后觉之说），早慧少女游移而疏离的视线，描绘了一个家庭去往"南国"之后逐步从外而内涣散而至泯然的过程。"去往南国"因此成为永恒的在途：未完成接续着未完成，以致最后什么也没完成。在零落的麦田中，时间却已走完它的行程，留下极不饱和却已无从更改的早色。

爱尔兰作家科尔姆·托宾在《出走的人——作家与家人》中引用约翰·基弗于1963年回忆童年的一段日记，也许可以作为我们现在讨论的这篇小说的一个注脚：

我们在后院的草坪上吃冰淇淋，看书，玩牌[1]，对着金星许愿，想要一块带金链的金表，亲吻互道晚安，然后上床睡觉。这些仿佛是一个世界的开端，**这些日子，统统像是早晨**，若说有哪一件事可视为转折点，我以为，是有一次，我父亲出门去打早场高尔夫球，发现一位至交，

　1　原文是"惠斯特牌戏"。

也就是业务上的伙伴，在第三条平坦球道边的树上上吊自杀了。

目光移向《去往南国的孩子》，可以很清晰地看到，来到海南之后，我们的主人公即丧失了她世界的开端中本该"统统像是早晨的日子"。与早晨相对的是夜晚。故事从凄惶的台风之夜开始，硬木床，李娇儿难以成眠，这已经是她上岛以来熟悉了的夜晚，"风雨总是能穿透这层薄薄的墙壁，在漆黑的屋内每走一遭，就显出那副胡搅蛮缠的老样子，快要击败她的耐性"，而"今晚尤其糟糕"，父母的争吵穿透风雨之声进入鼓膜。曾经的一厂之长如今勉力支撑着一家小饭馆，为一个服务员的出走，管理过几百人的父亲与母亲爆发低级骂战。这一路走低的尴尬失意、左支右绌、今非昔比，是李娇儿眼中的主线，而在这条主线之上，是海南开发开放那影影绰绰的背景，时而以真正主角的姿态冲到前景来。

另一条主线是李娇儿在岛上求学、交友的内心起伏，伴随着身体发生的变化。在"生日会"一章回顾了在家乡的小康生活与来到海南的原因（生育二胎）之后，接下来回到岛上的"现下"，又是一个重要事件，同样发生在夜晚，"涨潮夜"。作者以稍显青涩仍不掩质真的笔墨联比了海岛之夜与少女身体内部同时发生的潮汐时分。紧接着而来的便是与同班同学"大哥"的交往，"大哥"实际上是一个黑矮的渔民后代，大陆女孩李娇儿的"白"吸引着他，两人从小学到初中的这种保护型组合有惊无险，在梦游般的交际中，李娇儿获得了一些原住民的二手经验，但也无法投入信任，最终悄然失联。这段故事，意味着李娇儿虽然已上岛生活，却不想也不能真正地融入当地生活背景之中。这何尝不是她的父母所面临的问题？

又一个夜晚来临了，这一次台风挟海水颠覆了李娇儿的家，之前的噩梦终于变成了真实。此后便是一轮新的变动，从中可看到这个家的下行轨迹：换租，换到了与流莺同在的楼；父母开书摊，打擦边球卖黄色杂志，女儿进一步身体觉醒，有了不靠谱的男朋友，溺水获救；加入传销，开赌场，拿着钱买新房，不久父亲与人争执意外发现重疾；因父亲的重疾，成绩尚好的李娇儿没能去往自己向往的上海的一流大学，这是在即将踏入成年之际，继她童年时"妈妈生弟弟"的威胁、家道中落的落差与不适等之后一次真正的重大挫折；父亲过世了，这一连串的转折点也就到了尽头，接着李娇儿终于在时隔十年之后回到家乡小县城，我们看到了一个极致的白昼景象：

> 她们租了一辆装饰着白纸花的中巴车，载着灵体，放着灵歌，开始在她们生活了十多年的小县城里环游。这是李娇儿第一次能够以观光的心态纵览它的全貌，它同十年前的样子没有多大变化，吃过几次团圆饭的八宝酒家，她念过几年书的和平小学，甚至连新街公园里的弹簧摇摇椅，还在原处荡漾，好像十年光景不曾一变。

阳光下小县城的"不曾一变"与海岛上终成徒劳的变动流离成为相对的心理感受。这些文字强烈地暗示着他们这一家所中断的、失去的生活，而那些未被计入的早晨早已被用完了。小说到这也就戛然而止，结尾李娇儿憋住又呼出的那口气似乎在预示人物在生活中寻找到了重生的契机，但也可能是作者所感兴趣想要处理的未曾经历过的记忆在此告一段落——由创作谈可知，小说末尾才出现的那个六岁的男孩"李海英"是作者本人的画像。

有意思的是，在这时再度审视小说以直呼其名的方式指称父亲、母亲、女儿和儿子，令人感到这不仅是一种现代小说的方式，更隐约透露出作者间隔而又不忍心批判的态度。作为一个时代的后来关联者，他知情而无法"共在"，他谨慎地挑选着不涉及"后知"优越感的词语，丈量着想象的边界，以碎片拼贴的方式去完成一个家庭的画像，赋予他们以命运为名义来完成的落笔。这一缕情感冲动是诸多优秀作家的开端，尤其我想说的是，是石黑一雄式的开端。

作品展示：

去往南国的孩子

陈钦铭

一、台风天

　　这会儿，李娇儿躺在硬板床上，为了舒展背脊骨侧过身来，床周被惊动似的发出一阵咯吱响声，宽厚如成人手掌的枕头折起她燥红的左耳，却把右耳的听力放得好似无限大。她听见，晚间的风成群结队地叫嚣着，把玻璃窗花摇晃得几欲碎裂。刮台风的这些日子，她想要快点入睡，就得假装自己暂时性地失聪。要不然，风雨总是能穿透这层薄薄的墙壁，在漆黑的屋内每走一遭，就显出那副胡搅蛮缠的老样子，快要击败她的耐性。

　　今晚尤其糟糕。此刻，房门如同虚设一般，不断传来父母的斗嘴和喧嚷。她听见，李学强说，"还不是你管钱管得太紧，不肯花钱请专业的服务员，非得让一个八竿子打不着的亲戚在我们店里充数，'职业精神'是一点没有的，报错菜名上错菜的情况倒是三天两头出现。"王美穗叫嚷道，"谁知道她能和吃饭的客人跑了？你知道？那客人送她百来块的花裙，她这辈子都没有一条呀。客人又带她看了几场热闹的马戏，她没和男人好过，自然是觉得他对自己好得不得了，才想跟他回老家过日子……"

　　李学强说，"我说得对不对，这就是没有'职业精神'。"

　　王美穗冷言冷语道，"职业精神在这里顶用？这可不比你在印刷厂当厂长的日子喽，工人们给你做事那是服从国家安排，我们当时挣的也是公家的钱。现在做小本生意，省一笔才赚一笔，是不是这个理？不然，你以为我们哪有钱给李娇儿交学费？"王美穗那张嘴确实厉害，一个个问题抛过去，立马能叫人吃瘪不说话了。

　　什么是父亲说的"职业精神"，什么是母亲说的"省一笔才赚一笔"，她听不太懂，只迷迷糊糊地想着，今天又是无法安心入睡的一天。自从上岛以后，她时常觉得自己迷糊成性。

　　她依稀记得，从家乡县城开往海南的道路，是由数不清的国道、高速公路组成的。父亲和家乡的好兄弟轮番执车，那时候，他们一家的家当只有几台空调、一个电视机，随着那台租赁的中巴车运到新家。开车前往新居的路途中，她一度昏睡过去，隐约听见父亲唱着小曲"天涯呀海角，觅呀觅知音"，车窗外的景象如同连轴画转动着，遍地是正在施工的高楼，重型卡车、混凝土运输车、升降钩机在周围来回走动，激荡起轰隆隆富有生命力的华响，悬挂在楼面上的巨型广告牌，标着"开启新时代""打造新生活""即将开盘"的字样，向边陲小岛的原住民和它的新客人，昭示着一种新型的居家幸福。她倚身望着车窗外的高楼，它们是中空的、未完工的，遮挡住身后的那轮斜阳，向地面投掷出巨大的阴影，除了那些吊在楼面上、仿佛爬行动物的建筑工人，很难想象一般人可以安然自如地在里面活动。

　　从前，她很少见过这样的高楼，只记得不久前去上海游玩时见过类似的景象。那天，她和父亲乘了轮渡，去了外滩，搭乘的巴士穿过古铜色建筑铺开的小路，看见黄浦江上的船只缓缓移动，对岸的景色在白雾中若隐若现，对岸实际上是没有什么高楼的，大多是平矮的民居与长条状的厂房，唯一一个高海拔的建筑还在建造当中，它的模样怪异，正面看有三条腿，钢筋骨架组成一个球形外观，在外滩林立的古老建筑的映衬下，倒是显得格外孤单，李娇儿有些好奇它建成的样子。后来，她从电视里看到上海陆家嘴第一高塔"东方明珠"落成的新闻，这让她产生一种身体穿越了时空的奇异心理。在车内看着这些庞大的建筑怪物，那种神奇感再度涌上心头，加上她本来拥有的一种不识时务的天真性格，她禁不住开口问道，"我们到哪里了，这是上海吗？"

　　那时，李学强笑着回应，"这里是海南，却胜似上海。你想呀，上海是从一个小渔村发展成大城市，海南这片土地是上海的六倍大，怎么说也是个大渔村，建设起来，只会变成更大的城市。"

　　李学强的话给过她期望，那时候，她真心以为这里会冒出另一个外滩，不过多久便会高楼林立，

　陈钦铭

街上摩肩接踵，挤出上海滩南京路那样别致的热闹。她真心以为，她的童年是小县城里的标配，而她的青春是属于大城市的。可是，在这边读过几年的书，城建的气象却没有好转，所见之处维持着上岛前的芜杂，因为迟迟没有复工的迹象与声势，有些地区甚至漫出败北、凋敝的气息。后来，她逐渐明白，天涯海角的地方，不一定有知音，而是跟烂尾楼、台风天连成一色，刺激着、丰富着大陆人对这座边陲小岛的想象。

他们举家搬迁到海岛来并非因为一时兴起。宣布开放的头些年，海南处处在盖房子、修道路、搞基建，大量消耗从内地运来的钢材、生铁、水泥、沥青。全国各省各地的工业部门看准时机，输送人才到海岛去经办业务。那些年，李学强在自个家的县城里把印刷厂业务做得红火，年年评得上青年企业家。当时的县委副书记主办县里的工业生产，想着法子拉动县工厂的对外产能。李学强父亲是人民公社的骨干，恰好也是副书记的老同学，李学强因此沾亲带故地得到了副书记的赏识。

恰逢开放，各地兴起跨省跨市建立办事处以便联络业务，副书记给父亲支招：学强，你业务能力强，不如调去我们在海南的办事处做办公室主任，等你把办事处的业务做起来，我当上书记，我再把你调回来做副书记，你看如何？李学强赞成这个提议。他们一家这才大包小包地一路行车南下，来到海南。李学强没想到的是，这位副书记最后因为儿子升学问题行贿七千元，被群众举报，紧急带走，以"双规"的办法处理。最终，他没能做成办公室主任，五十万元的资金也打了水漂。

李学强不甘心，打点全部家当，接过红旗路上这家两层楼的餐馆，平时，一楼用来做生意，夫妻俩住二楼的包厢，李娇儿则窝身于阁楼的小房间。如今，李娇儿身居于此，内心却怎么也不想大方承认这里是自己的家。门外的吵闹声、窗外的雨打声，同她在黑暗中隐隐作响的心跳声渐次交替，都吵得她睡不着觉。

让父母争执不下的那个女孩，是母亲一个远方亲戚托来照顾的，听母亲说还是个大学生。母亲给她简单培训了一下礼仪、菜品，第二天她就上工了。没过几天，她闹出了一场戏。当时，有几位客人在这吃饭、谈生意，在她点菜的时候，客人们神秘兮兮地和她咬耳朵，听罢她生气地说，"你们可别搞错了，我可不是什么小姐。"或许是因为她决绝的语气，顿挫的语调，"小姐"这个词给尚且懵懂的李娇儿留下了深刻的印象。

父母经营餐馆那会，她见过小姐样的女人，她们陪客人吃饭，喝酒，聊天，其乐融融，像是一家人，后来，她发现客人换了一拨，女人却还是那些女人，隐隐约约知道，她们不是一家人。因为她们不会乱发脾气，出了差错只会赔笑，感情倒是看上去比一家子出来旅游的还要好些。她当时的乐趣之一，就是看桌上的哪个女人，是大学生口中的"小姐"。有时，她也会想，如果陪人吃饭、喝酒都算得上一份工作，为什么我们还要苦苦读书？而且大人们总是偏爱读书好的小孩，话里话外都强调读书好，才会出身好。说这些话的人，自己又读过几本书呢？因此，在她的想象里，"小姐"是不读书的，读书的女人不会做陪客的事。

可那大学生读过书，到底还是同客人走了？她隐约中知道，这种问题是不能问出口的。她想到，明天还得起床读书，就感到一阵酸楚，想着想着，她竟然也就睡着了……

二、生日会

李学强还是永新县印刷厂厂长的那些年，他们是有过几年好光景的。叫年幼的李娇儿真正意识到父亲作为厂长的威严，是在那次自行车春游活动之后。当时，学校给他们每人配一辆新出厂的自行车，美其名曰锻炼身体，强健体魄，实际上当他们是试验新车灵敏度的免费体力。可这阻挡不了他们的热情，一出校门，百来个自行车铃宛若风铃，叮铃铃作响，你追我赶，跑马飞驰，踩过县里的新修公路，以跑到三公里处的自行车厂为终点。李娇儿第一次骑车，摔了两三下便掌握了平衡，身姿灵活得像条游鱼。那天，她骑到一半，一个七八岁大的野娃忽然半路跳出，他寸头大耳，眼神凶煞，身材干柴如山中吊梢的猴子，看上去力气不大，单凭着一股冲劲，把她推倒在地，夺过她的自行车。李娇儿没打过架，不知道拳头除了握笔，还可以怎样使力，只好紧攮他的衣衫，使出要把那衣角给扯下来的蛮力，结果没坚持两下便占尽下风，让那野猴逃之夭夭。

当晚回到家中，李娇儿的爸妈在客厅里正襟危坐，等着她似的，那眼神好像非要盘问出什么才罢休。父亲沉着脾气问，"听你们老师说，你今天打架了。"她犹犹豫豫，最后还是觍着脸回答，"是的，一个不知从哪里窜出来的小孩，把学校发给我的自行车抢走了。"父亲又问，"那你打赢了吗？"李娇儿迟疑地答道，"没有。自行车还是被抢走了。"父亲挥挥手，"自行车被抢走是小事，你拳头打在他脸上没有？"她一时间不知如何作答。母亲在一旁插嘴，"呀呀呀，我看那野娃娃就是瞧准了她一个女孩子，打不还手，骂不还口，才敢出手的。"李娇儿此刻甚至感激起母亲。"什么女孩不女孩，女孩男孩，遇到坏人的概率是相当的。以后她结婚也是自由的，被欺负了咋还能打不还手，骂不还口？"李娇儿那个时候还不懂，为什么她和别人打上一架，能扯到结婚的问题去。

末了，李娇儿轻悄悄地打听一句，"那自行车贵不贵？是不是得要我们家赔？"父亲摆摆手，"这就不用你管了"。后来，李娇儿才明白，不用她管的意思是，父亲向自行车车厂的厂长捎去两条烟，自行车车厂的厂长看在父亲隔壁厂长、青年企业家的面子上，自然就不追责了。从那以后，李学强便安排她搭上司机接送的专车上下学。同学们打趣她，"李娇儿，原来你爸是厂长，我们坐公交用的车票都是你爸厂里印的咧。"

不止居民用的车票，超市里的打折券、永新县中小学生的课本，也都是印刷厂印制的。在这家国营工厂，李学强是从办公室秘书做起的，他每天负责给厂长端茶倒水，写生产报告。厂里的工人出了事故，是他负责送到医院；工人请假还乡，也是他负责调班，维持生产秩序。事事滴水不漏地做着，一做就是五年，等到厂长调往别处，他自然填上这个空缺。做上厂长之后，他不满足于完成县长下达的生产指标，把眼光瞄准外省，开始跑起了对外的业务，印刷厂因此逐渐接到食品包装、日用品商标、广告印刷等常规以外的印刷任务。工厂的任务越做越多，工人的工作越做越好，没过几年李学强就被择优评上了县里的青年企业家，家中的生活也逐渐阔绰起来。

李学强出去跑业务的时候，也会带她出去见见世面。她走过湖南、去过青岛，吃过粤菜、游过西湖，在这里面，让她最难忘的恐怕是上海。十岁那年，她随李学强乘坐轮渡，经历五天五夜，来到上海。李学强带她前往大名鼎鼎的第一百货大楼。永新县没有这样的大型百货商场，更遑论精美的橱窗、摩登的广告、一览无遗的柜台、售卖部门的标牌，连带着时兴的物什、清脆的电铃、香氛的酒吧、奇异的表演组成的时髦旅行。三排货架上各色软糖硬糖、夹心巧克力、洋酒香烟铺天盖地散开来，叫人眼馋；泳装、成衣、礼帽、手表、自行车、收音机、冰箱、彩电、电视机，市面上流通的货物，只有没发明出来的，没有买不到的。可真当走进去，又好似在人心尖上架了台天平秤，想买的够不着，买得起的又嫌多余，货比三家也是难买下来的，出门买个三角五分的口香糖当作参观费，上午的时光竟也像吹泡泡那般打发走了。

李娇儿在游玩途中，被彩色电视机里轮播的一段动画吸引了注意，一个金发碧眼的姑娘被一圈圈荧光环绕，紧接着她的旧衣服褪去，取而代之的是白色的、镶着闪光碎钻的蓬蓬裙，最后她亮出自己脚上的玻璃鞋，预备登上一辆粉红色的马车。彩色电视里反复播放着这个片段，那个女孩从披头散发到梳妆打扮，仿佛变了个人似的，说不上来变了什么，只是迷得李娇儿转不开眼睛。李学强看她这般模样，取笑她和上海姑娘一样，都有个公主梦。这段小小的、异国般的冒险只持续了三天，他们就乘着轮渡，返回那个天色一成不变的县城。回来的当天，李学强像变魔术一样，从行李箱中变出一条浅蓝色的公主裙，同电视里的那条十分相像。她惊讶地叫出声来。父亲说，希望她有一条像样的裙子，可以穿去过十岁的生日宴。这段短暂的游历，使她很自然地生出对父亲的一种崇敬之心。

给小孩做十岁是当地的风俗，通常来说是要出去摆阔，围成一张大圆桌请吃酒吃菜。王美穗不知哪根筋抽了，盘算把人都召集到家里那栋两层小平楼，他们是县里最早一批拥有自建房的住户，自然是卖得起这个面子的。李娇儿把她要庆祝十岁生日的消息告诉给同桌，很快这个消息就传遍了班级，每个人都在猜自己能不能受邀参加她的生日会。她习惯了在这个狭小的天地里引人注目，她看过更大的天地，那是在上海，在外滩，在南京路，在街头林立的广告女郎和霓虹灯牌之上，那是她的同班同学无法看到的景象，他们的双脚被捆绑在这方寸之地，更别提什么内心的渴求了，他们好像没有这个东西，她以前也是没有的，只是凭借着一种类似于小鸡钻出鸡蛋壳的求生本能而行事，但是最近她感受到这种魔力，那是丑小鸭想要长出天鹅翅膀并飞起来的宏愿，只是她并不知道该如何去做。或许，离开这里会是第一步，她内心默默地想。

那些日子，李娇儿发现王美穗长胖了许多，尤其是腹部那一块，她原本胸脯丰满，如今肚子越长越大，倒显得海拔低落下去，长胖原来是会让人变老的，因为，她看王美穗就老了几岁的样子。说起来，王美穗也三十好几，在那个平均寿命七十不到的年代，算是一个中年妇女。她在父亲的工厂做会计，每天的工作就是记账、对账，在她浅浅的印象中，自己还是婴儿之身的时候，曾经被她抱在怀里，目不转睛地，看着她画出弹珠、嘴唇、火柴、鸭子、小鸟模样的东西，后来，她在数学课堂上知道了那叫阿拉伯数字。那时，她跟着王美穗去菜市场，听她对鱼贩子、猪脸男、豆腐阿姨吆五喝六，讲的是五毛八、七毛九、一块二毛五的暗语，学过简单算术之后，她总能很快算出几斤几两兑付几张票子几个铜板，人家还热心肠地说，哎哟，你这姑娘真聪明，以后跟她爸一样争气，当个县里第一女厂长。王美穗也笑，哎呀，姑娘家，做做账就好了，你不知道她爸天天跑业务，有多忙的哟。她回想起这话，总要白眼。谁想做区区一个女会计？

早些年跑长跑锻炼出肺活量，王美穗总能在数落她时把声量抬到盖过电视机的声响，听上去刺耳不堪。每当李娇儿把饭碗推向一边，表示不想吃她做的菜时，王美穗总是忿忿，你真是没过过苦日子。一开始，李娇儿不明白母亲说的苦日子是什么，王美穗讲话的兴致就上来了：我十岁的时候，在农田里，日出而作，日落而休，哪有什么生日可以过哟。她总爱讲自己十岁下田种地的故事。她说起自己的舅妈是妇女生产队的队长，派她去择稻田里的杂草，择到双手通红，水浸入胶鞋，泡发了脚皮，只为了家里攒够工分，换来粮票、油票。拉田、沤田、洒药、挑粪、收割、放场，什么事体她都做熟做快，慢慢攒下一千工分有余。这个故事，李娇儿听到耳朵出茧，也只记得那句，我们那个时候，哪有什么生日可过哟。王美穗的故事，听上去是沧海桑田式的，又是一成不变的，因此，在她的印象中，母亲总像个不服老的老人家，是过时的黑白电视机，反复轮播着一段她不感兴趣的故事情节。父亲就完全不同，他每天都能带来新的饭桌见闻，她总是盼望他出差回来讲讲旅途中的新鲜事，或是找机会同他一块出游。有时，她为父亲必须忍受母亲的无聊话感到抱歉。

县城的生活是简单的，那里的人们一旦认为自己做对一件事，对其他人而言也是只管这么去做，王美穗像县城里的其他女人一样，总爱讲生活的办法，无论亲疏远近，总以为是相宜的。她以为一桌好菜能端起大家的兴致，于是早早去菜场采购，一整天下来满脸开光似的在厨房、客厅忙前忙后，在她的张罗下，芋泥粉蒸肉、珍珠丸子、藕夹肉丸、清蒸武昌鱼、莲藕排骨汤、清炒泥蒿，酒家级别的盛宴在家中一张长方桌上一览无遗地铺开，厅内洋溢着令李娇儿感到不可思议的香味，她心想这手笔之大是平常不多见的。到了傍晚，陆续有人登门拜访，父亲李学强一直同他们恳谈，姑姑嫂嫂们也都是家属傍身，她们围着王美穗的身子，摸着她鼓成气球的肚子，嘴里念叨着"弟妹恭喜呀"。看见大家因为这场生日会变得活络起来，团结起来，李娇儿心生一种备受重视的欣慰感。

晚饭过后，李娇儿急不可耐地穿上从上海带回来的那条裙子，双脚好像获得魔力，走起了电视里的公主步，走到大家面前显摆。姑姑嫂嫂带来的小朋友忙着喝可乐，那滋味他们没尝过，入口清甜，咂舌回甘，欲罢不能。大人们在互相敬酒，李家夫妇和其他伉俪们有说有笑。人群中有人喊了一句，"哎哟，我们怎么把今晚的主人公忘了。"大家这才把视线挪到李娇儿身上。"祝你生日快乐！"宾客们纷纷为她唱起生日歌，着调不着调的声音网罗住她，这么一来，她倒是有点不好意思了。到了许愿环节，一个不和谐的声音招呼着她，"李娇儿，我替你许个愿吧，我们就许愿你弟弟平安落地。"围观人群发出一阵心领神会的银铃笑声，那一刻，她眼前一片茫然。我什么时候有了一个弟弟？她的心里隐隐升起一股愁绪。慢慢地，时钟指针行进到十二点，伴随着人流，空气中交杂的祝福声，如同摔炮一样掷地有声，随即销声匿迹。

那天之后，李娇儿才知道，王美穗的大肚子不叫胖，而叫怀孕。她怀孕到二月有余，去医院检查，医生说是个男孩，亲戚们都说是天大的喜事。只是碍于流言，她不方便进厂做工，买菜、逛街遇到熟人，只是笑称自己长胖了、发福了。李娇儿还记得，生日会当晚结束后，她看着王美穗的眼睛，认真地发问，我有弟了？王美穗捵着被子，美滋滋地点了点头，是啊，这样我们家龙凤双全了，以后你有一个可爱的小弟弟要照顾了。李娇儿憋着一肚子气，要大声喊出来似的，那你有没有问过我同不同意！王美穗被吓一跳，哭笑不得地反问她，你这小姑娘是怎么回事哟，爸爸妈妈生个小孩不是天经地义吗？再说了，这次妈妈生的是弟弟，又不是妹妹咯。王美穗说不清为什么偏偏是弟弟好，或许他们生下她的时候，也是一拍脑袋就做出的决定，她的落地并不比别人特别在哪，想到这李娇儿更加感到失望。

当她把王美穗的好消息分享给同班同学时，他们纷纷呵责她，你在骗人，我妈告诉我，计划生育不能生二胎。他们的话激起了李娇儿的不悦：你们倒是说说看，为什么不能？这把他们问住了。接着，有人灵光一闪似的，答道，因为社会主义讲人人平等，你生一个，我就不能生第二个，不然，就全乱套了。他们互相点头，对自己的答案很满意的样子。同学的话明显摄住了李娇儿的心思，她在心里默默许下一个新愿望。

几个月过去，王美穗的肚子越变越圆润，缺工的时间越来越长，厂里也开始有了议论声，他们说，厂长夫人也是劳动人民，不能不做工呀。没过多久，当地妇女委员会的调查员凭着敏锐的嗅觉，登门之后把情况摸个大概，一张超生罚单开了下来。恰逢李学强已经动了迁去海南的念头，他安慰王美穗，海南建设多缺人啊，管束没有小地方多，我们把这个小孩当作乔迁的礼物，一起带到海南去。搬到海南新家后不到一个月，王美穗进了一趟医院，回来后带着哭腔对她说，李乔儿，你的弟弟没有了。再问她话，她只顾着哭，也不理人。听到这个消息，李娇儿有些不知所措。难道是老天爷听见了她的心声，决意把这个小孩送走了？王美穗哭得很是伤心，她忽然感到一阵难过，或许她应该听听大人的话，在生日会那天许愿弟弟平安落地。

三、涨潮夜

在这之前，我从来没去过海边。我记得，父亲带我到海边第一次游泳，海滩上站着许多穿着暴露的游客，他们大多集中在海浪触不到的浅滩，随着越来越多人的加入，形成一个月牙形状的部落。父亲牵着我的手，向那个神秘的部落前进，而我试图用眼睛聚焦路过行人的脸，想知道什么样的人和我一样，怀着逃课的心情来游泳。

父亲蹲下来，在我耳边私语，你在这里等着，我去给你买条泳衣。没等我说好，他只身一人向售卖各式泳装的窗口走去，那里由一个眉头紧皱的中年妇女看守，她的嘴唇像鸡屁股一样撅起，好像随时要发动机关枪一般的嘴皮子，对前来砍价的游客声明，十元一条，拒绝讲价……

父亲走后，空气都变得紧张起来，我不得不认真观察起身边的一切。棕榈树与椰子树长于岸边，投下伞状的阴影，一些穿戴着遮阳帽与花围巾的农妇聚集阴处，从她们亲手编织的竹篮中，拿出一顶顶遮阳帽叫卖，我若不是手上没钱，也想买下一顶，因为头上的太阳真是毒辣，还算温柔的海风，也没能消除脸颊上巴掌大的热辣感。

宝石绿海水冲击着岸边的三两渔船，渔船像巨人遗落在岸边的拖鞋，上身赤裸的渔夫正在打捞沙虫、马鲛鱼和皮皮虾；渔家门前放着年久失修的塑料泡沫箱子，一根软管穿过木格间隙接入海里，吸入的海水在泡沫箱子四周沉积一圈盐渍，里面泡着洗净去沙的贝类、青蟹和热带鱼。渔村妇女从铁皮香木搭建而成的民宿暗格里钻出半个身子，靠一杆秤和一张嘴兜售搜刮而来、别处难以买到的新鲜海货。

这会儿，两个不知彼此底细，却把对方当成自己人，八九岁大的男孩正在沙滩上堆沙堡。这是他们为数不多的竞技游戏，每个人在暗自较劲自己的沙堡够不够大，哪怕中间是空心的，也要在外围上造势，建立护城河，一个小孩朝身后的海浪走去，屈身捧一些海水，回头发现同伴一脚踩空了自己的造物，于是两人扭打在一块，脸上沾满了细砂与碎掉的贝壳。当我走近一点，他们立刻投来生畏的目光。跨过十岁大关，我的个子开始抽条，在他们面前，倒是有点小大人的架子。

我蹲下来，一笔一画地在沙地里刻下自己的名字，因为不好用力，女字旁会被挤得歪斜，整体看上去更像"李乔儿"，我依稀记得，在我五谷不分、衣不蔽体的童年，母亲会错喊我的名字，喊成"李乔儿"，李乔儿洗澡，李乔儿上厕所，李乔儿别浪费，李乔儿快出门，声声鞭策之下，是不加掩饰的苦心，而我竟然差点忘记了自己的这个别名，上学以后，我被投掷到另一个转盘，时间被电铃声仔细切割，又被一张张考试卷翻转熨平，再无人喊过我"李乔儿"，从字到句，从嘴到眼，我只是李娇儿。渔民孩子好像惊异于我动动手指就能作画的本事，于是学着我一板一眼地作起画来。他们的线条是没有章法的，形状是随心所欲的，拿班主任的话说，看不出半点"孺子可教"的迹象。

很快，这项没有意义感的活动就对他们失去了吸引力，他们又开始堆沙堡，这一次，他们决定要一起堆一个巨物，堆到他们不用弯曲脊椎的高度。不知道有什么巨物可以参考，他们茫然四顾，突然，其中一个小孩指着远处雾霭中的一幢建筑，从这个视角上看，它的身高几乎与他们齐平，我的视线也被抓住，那是一幢烂尾楼，灰墙骨架纵横交错，使得它拥有空洞无光的眼窝。仿佛感受到一种震荡于心的兴奋，他们决定大干一场。我并不打算参与其中，宛如严肃冷静的美术教师，观摩他们的劳动：一人将沙堆推成平地，一人舀水浇灌，用水分凝固沙地，如是一层一层堆叠起来，不出一会高度已然过膝。当他们吭哧吭哧忙活的时候，父亲大步走了回来，他带回一件卡通图案的连体泳衣。

我在附近公厕换上泳衣，紧身衣服托住我的两只乳房，让暗自发育的乳头像两颗豌豆一样，隐隐凸显出来。我记得，当我走过两个渔民孩子的身边，某样东西令他们沾满泥沙的双手很自然地停顿下来，我看见，他们看向我的眼神掺杂着渴望与卑琐，这让我感到很不自在，而这种体验是如此之新，其蕴藏的力量是破坏性的，几乎快要像身下的海水，摄住我的咽喉，缚住我的双臂，缠住我的大腿，将我整个人牢牢掌握一般。我伸手，想要够上父亲的肩膀，却屡屡被他推开，父亲掩不住自己脸上的笑意，此时无声胜似有声，他仿佛在说：你必须独自面对，这片令你感到羞耻的海域。于是，我蹬着两条尚未发育完全的筷子腿，试图找回身体的重心，而海浪止不住地拍打，终究让我不断下沉，一股熟悉的腥臭味弥漫开来，刺激我的鼻头，而海水是如此之咸，让我咬紧牙关……

从睡梦中醒来，她的上牙同下牙还在暗自较劲。李娇儿躺在木板床上，整个人仿佛被擒住一般，还未破除梦魇所营造的幻觉，等待意识重新回到这个湿冷漏风、臭味冲天的阁楼小屋，不用想今天是个阴雨天气，雨水从天花板的开裂处滴落到不远处的红水桶，咚、咚、咚，发出令人不悦的乐声。空中弥漫交织的鸡屎味、油烟味、葱花炸锅的香味预示楼下的厨房已经准点开工。

每天醒来的这会，她总是需要计算一下今天是周几，如果是上学的日子，她还要计算从家出发骑单车到学校的时间，一切要靠自己争分夺秒，为此她很想要一只真正的手表，而不是手上这只儿童腕表——她从六年级转学后用到现在，手表的分钟部还在运作，小时部已经模糊难认。有时她必须依靠天色判断时辰，靠分钟部把握踩单车的节奏。对十二岁的李娇儿而言，骑单车不再是一项恣情纵意的娱乐，她必须要步伐夯实地踩过跨江大桥、人行天桥，横过上上下下、左左右右各地街角，必要时还往民巷口子里钻，以便踩点进入教室。尽管如此，她的名字时常被记在迟到一栏中，如果记过员粉笔字写不好，看起来就像"李乔儿"。每每这个时刻，她就要默默祈祷，不要叫她们那个眼尖嘴利的班主任瞧见，否则免不了要挨上她一顿眼光的拷打。

义务教育刚刚进入海南那会，各个中小学开始主张不体罚学生，老师们只能靠一张脸向学生们传情达意，平日里也没少在表情管理上苦下功夫。李娇儿的班主任非常擅长"失望"的表情，学生们看着她惯常地轻轻一抬眼镜、微微一皱眉头，他们就知道班主任嘴里要酝酿出一番"我三令五申地说了""你们孺子不可教也"的讲话。她记得，自己刚转学过来时，班主任私下好几次召她去批改作业，一边做事，一边和风细雨地询问她，"听你爸爸说，你们是从新搬到这来的？"又喃喃说，"大陆人在这里打拼不容易。你看班上那些努力读书的，无一例外是大陆小孩。"然后，班主任若有所思地看了她一眼。那一眼像秋千一样吊在李娇儿的心上，鞭策着她事事争高。

班主任对李娇儿的欣赏，其中有她擅长写作文的缘故。有一次，他们的作文题是记一次团圆饭。同学们都在描述一家团圆其乐融融的场景，而她总是反复想起小时候的过年场景，妈妈收舅舅舅妈、姨妈姨夫的红包时，笑脸盈盈、舌尖口快地回答"哎哟，我们怎么好意思收各位的红包，应该是我们李大哥给大家发红包呀"。父亲发不发红包，她自然是管不到的，但这话得由她来说。她若没机会说，不舒服的是自己，到饭桌上奚落起父亲那些穷酸的亲戚，不舒服的又是两家人。因此，尽管拿人手短，父亲自然是不拦她的。想起母亲那种媚态样，她不大喜欢。她一直想不明白的是，母亲所说的"好意思"是什么意思？是不好意思，还是好意思？

她把这件不大不小的事，写进新年假后呈交的语文作文里，班主任当堂朗读，说她的作文有人情味，写真人真事，值得大家学习。在作文中，她还加了一些新学的修辞，比如"妈妈的笑声像屠宰场的鸭子一样"，"她亲自下厨的饭菜味道让人不敢恭维，尤其那腌到发酸了的梅菜扣肉，让人吃了不禁抖起激灵"。这些话如果叫王美穗看见，指定是要挨骂的，可她以为，作文是你知、我知、他人不知的事情，全没想到班主任当着全班同学的面，用她特有的那种顿挫语调颂读出来，好像在赞美她的写作，却在嘲笑她的为人，可真叫她丢尽脸面。

没过多久，她就荣升语文课代表，成了班主任的心腹人物。一开始她还以为，其中可能有父亲刻意打点关系的缘故。后来，她才从经验丰富的同学那儿听说，这里的班主任每月拿钱，全看每月成绩指标，因此不必袒护哪家关系，迟到早退、跑操松懈、学习意志涣散……学生的每一项罪行，凡是看见，锱铢必较。像李娇儿这样的女孩，但凡行为上有点失误，愧对了模范生的名号，难以言喻的羞耻感就会悄然而至。在这种氛围当中，羞耻心倒是变成了她们存活的利器，它不单是不做坏事，而是没做成好事，也要经历的痛彻挣扎。

今日这种情绪越演越烈，蒸发出梦的泡影。她感到下身湿了一片，本以为是溺尿，摸了一把却发现是血。她不敢看。她爬起身来，用蘸水的毛巾企图晕开床上的血迹。那血迹瞬间被擦拭得像一个人脸，同班主任惯常露出的失望表情一样可怖。她默默祈祷，爸妈不会发现她这件糗事。

班主任让他们每天晨读一首古诗，由她领头朗读。这一天，她们读的是一个叫罗隐的唐代诗人写的一首诗，名字叫《西施》。她在乌泱泱的几十个碗大的脑袋面前诵读，忽然感到肚子一阵绞痛，可她只能忍着冲动，耐着性子在台上领读。她们读到"家国兴亡自有时，吴人何苦怨西施"，她的额口已经在冒汗，读到"西施若解倾吴国，越国亡来又是谁？"不舒服的感觉愈演愈烈。西施的故事，班主任上课提过。很久很久以前，有一个国家叫越国，越国有一个女子，住在村的西边，名字叫施，大家都叫她西施。西施是一个普通家庭的女子，若不是因为她美，我们也不会记住她的名字。西施有多美呢？连感冒咳嗽都美。村子里的另一个女人，效仿她皱眉、捂胸，那模样却叫人生厌。这就是所谓"东施效颦"的典故。

班主任讲这个的重点，是讲天生丽质，美貌是一生下来就注定的事。然后，她话锋一转，不过你们学习可不是这样的，学习就要发扬"东施效颦"的精神，不仅自己要学，还要互相学习，要不耻下问。你看，西施那么美，也只能待在农村里帮人洗衣服。你们以后也想帮人洗衣服吗？那个时候，海南村妇是在水塘和河边，用搓衣板和猪胰子洗衣服的，又卖力又吃力。想象这个场景，大家纷纷摇头。班主任知道这个理论在她的课堂上没法验证，所以才放心大胆地使用，等她眼前的猪仔出落得人模人样，谁又在乎他们流进了哪间屠宰场。

这会儿，李娇儿站在讲台上领读，竟然感到这样一种东施效颦的冲动，想要扶住额头、捂住腹部。她的内脏正在被一双无形的手紧紧揪住，像小孩们夏天玩水袋那样无情地用力挤压，水流就顺着胶状的表皮鼓起来。她感到这样一股热流在她的下腹股间奔跑着、扰动着，她不敢看台下的同学，害怕他们知道她在困扰，更害怕他们看穿她所困扰的东西，因为她对此一无所知，她只好把眼光转移到门外飘动的红旗，时不时抬眼看向悬在教室后方的挂钟，秒针微颤地行进着，而她微颤地站立在讲台上。她期望时间走得快一点，又很可笑地意识到，时间不会因为她走得更快，就像时间不会因为谁走得更慢。

当她遮遮掩掩过完了这一天，回到自己小小的阁楼房，卸下自己带血的衣裤，发现床单上的血迹已经被清洗完毕，心想到底还是被王美穗发现了，本以为她要拿出对付父亲的脾气来质问自己，没想到母亲向她露出了上岛后久违的笑容，"哎呀，我们家的小姑娘终于长大了。"睡梦中，她仿佛听到海浪涨潮的声音，海水唯我独尊似的朝她涌了过来，把她的身体卷起、对折又翻开，一遍又一遍。

四、大哥

在好奇心甚重的本地同学眼中，李娇儿是班上寥寥几个"大陆人"之一。他们判断的依据是，大陆同学比本地同学皮肤"陪（白）"，她的童年在阴凉的厂房里度过的，与好动、无知，喜欢在太阳眼皮底下嬉闹的海岛原住民小孩又不同了，而李娇儿又是其中样貌出挑的那个，加上她独来独往的作风营造出神秘感，与他们大部分人在初中以前从未见过大陆人的神奇心理吻合，她的一举一动自然是引人注目的。此种氛围的熏染之下，她会引起班上"大哥"的注意并不奇怪。

"大哥"的本名是段嘉义，他本来没有做大哥的天分，是海南人口中的"伟（矮）"个子，整个人"黑件黑件（形容皮肤黑肌肉结实的体格）"，手脚上遍布格斗留下的瘀斑，近看整条手臂都"黑青"了，其中一根小指头只有半截，不知是不是早年打架留下的伤残，效果却是可敬的，令人浮想联翩。他喜欢与男同学掰手腕，乐于把校服袖子撸起来，展示他的肌肉线条，以及他五指完好的那只拳头。班主任对他的"外交"手段总是睁一只眼而闭一只眼，也会看准时机在班会上讽刺九年制义务教育的失败之处是不主动清退校内的"留级生"，大家都知道她暗指的是谁。她这样做，是为了维护刚刚普及到海岛的义务教育的庄严性，也是为了维护自己作为师专生拿到学校指标，下放到海南参与基础教育建设的尊严感。

某天班会上，班主任问他们以后想做什么工作，她其实并不在乎，校长会传达的班会主题是理想，甚至没说是理想的职业，但她以为就是这个意思，不可能有别的解读。台下的同学面面相觑，不知道是因为心虚，还是脑子拎不清，没有人敢正面回答这个问题。只有"大哥"举手发言，"我想做警察"。他真正想说的是，他想做香港 TVB 警匪片里的"好人"，看班主任鄙夷的眼神，她打心底认为自己将来会去做"下三滥"的事情，他想告诉她，他偏不是这样的人。班主任没有接他的话头。

"大哥"真正得名，拜他带去学校的大哥大所赐。那玩意刚进教室，便从所有人手上传过一遍，它的上半部是话筒，下半部是一组数字键，每个数字键下是对应英文字母，男同学拿着它，模仿起港片里的大哥讲话，"喂，你有冇搞错哇，边个系大哥啊？"女同学们惊讶于"大哥"的门道，在她们的印象中，这种移动呼机因为价格抵得过工薪阶层一年的收入，放在高档专卖店内出售，平凡人家也是敬谢不敏的。那天之后，他在班上多了一个外号"大哥"，警匪片里的警察总是被叫大哥，这让他觉得很有面子。

李娇儿对"大哥"的印象停留在，那一天他扶着一辆破烂腌臢的自行车，冲到她的面前，小心翼翼地开口询问，"要不要一起骑车回家？"李娇儿心里闪过一个念头，他知道自己是骑车上下学，难不成在暗里跟踪。见她犹疑，他捡起树枝在地上比画，"路上可有很多烂仔的，比我们大的有十四、十五，还有十七八岁的，路上那些叫'大陆狗'的就是他们！那些烂仔就喜欢抢大陆人的钱。你长得这么白，肯定被他们盯上了……"说罢，他拿出砖头大的大哥大，义正词严得像是一副要与人干架的模样，逗笑了她。

"不过你那大哥大是从哪来的？"全班同学都关心的大哥大，李娇儿倒不是真的在乎，只是对他本人的来历有点好奇，她不好直说，便借物言他，提了这个问题。段嘉义神秘兮兮地同她咬耳朵说，"你跟我走，我就告诉你怎么来的。"然后，两人一路骑着单车，穿过滨海大桥，在一片椰林海滩落脚，段嘉义潇洒地把单车往椰树底下一甩，用手指向她比画两下，眨眼他们来到一栋废弃的六层高楼面前，大楼主体已经完工，外墙贴着瓷砖装着钢化玻璃，却不难发现裙楼处还暴露着钢筋骨架。

"听我老爸说，本来这是城里的第一个五星级酒店，前些年老板跑路了，工人没有工资，建到一半的楼就只能废弃了。"两人踩着风干不久的水泥地板，来到高楼的天台上望风，"喏，我的大哥大就是在这里发现的。估计是哪个老板巡视的时候掉在这里，后来就没人管了。"他指着天台的边界，"很奇怪吧，我和同伴去这些烂尾大楼扫荡，能发现不少好玩的东西呢。有什么热水壶、水洗衬衫、扑克牌，就好像还有人住在这里过。"他又从口袋里掏出两根棒棒糖，她笑着接过来，"棒棒糖不会也是这里找到的吧。"段嘉义一阵脸红，"不是哦，是我去小卖铺买的。"棒棒糖是那种酸甜口味，尝在嘴里，好像远处的夕阳也有了味道，看着大哥的侧脸，她竟然觉得他长得有几分形似流行歌手李克勤。"命运就算颠沛流离，命运就算曲折离奇，命运就算恐吓着你做人没趣味……"街头上，大人们很爱唱这首歌，连小混混也要叼着一根烟，用蹩脚的粤语高唱前面几句。

她又听段嘉义说，他的父母原本是渔民，出海之前总会挂上"出入平安"的横幅，机帆船开在海上很是刺激，他体验过一次，便迷上这种感觉。有一次他阿爸为了追一条体壮的攀鲈鱼，跑到熟悉海域以外几海里的地带，还遇到台风天，差点熄火翻船，令他记忆犹新，看阿爸阿公放网、收网，打捞鱼鲜海蟹，也是家常便饭的事。几年前，他们靠积攒的家底在城里开了一间茶馆，这种茶馆很快就占据了几条街，当地老爷都喜欢来啖虾蟹、饮苦丁。这些海南本地人大多靠政府拆迁得了几套公租房，就算为自己的下辈子找到着落，连着后代的未来也计划完毕，读书对他们的小孩来说是可有可无的事，不想受学校管束的就在街上当起混子，像段嘉义这种追求体面职业的人其实并不多见。李娇儿闲得无聊，听他讲这些故事当作放学路上的消遣。可是，当他想要她讲讲自己的事情，她又摆出一副欲言又止、讳莫如深的样子。

尽管不配合，"大哥"也认了，在她面前充当小弟。这倒是替她省去许多交际的麻烦，外班同学递送的情书，男生当中流传的龌龊笑谈，都同她擦身而过了。"你说街上有烂仔跟踪我，是假的吧。"有一天，李娇儿忍不住问他。他总说，"是真的，要不然你去看报纸。"第二天，他果真翻出一张报纸，上面记载一个大陆人初到海口，被当地烂仔打劫，最终被见义勇为的警察当夜追缉制服的事情。见他表现得煞有介事，她勉强相信了。真真假假的事，谁说得清。但是，她始终不愿意让他陪自己走完全程，约定每天骑到解放西路上的百货大楼，就地解散。有些日子他躲在一旁偷看，她只是一遍又一遍在里面打转，不卖东西，偶尔捡起颜色好看的糖果、包装精美的巧克力，端看包装纸上印刷的小字，或者是五号电池这样用途不明的小物件。他有时候也会推敲，学着警匪片里跟踪目标那样，判断她的为人，她的喜好，她的家室，却总在不经意间把人跟丢了。

李娇儿内心并不觉得段嘉义以后真的会去当警察，她见过真正的警察，他们很凶，吵起架来面红耳赤，比喝醉酒耍酒疯的客人还要吓人，她很难想象段嘉义会变成那样的人。她记得，父亲差点因为斗殴进过派出所。那时候，一个人高马大的男子冲到她家开的餐馆，一瞬间掀翻了木桌塑料椅，大喊着"你他妈给不起钱打什么牌机"，父亲跟他打起架来，从楼上打到楼下，后来男人拿出刀来威胁他，扬言要带人把他们的餐馆砸个稀巴烂。同隔壁派出所所长是老乡之交的缘故，父亲找到派出所去，当晚餐馆就来了一堆身穿制服的武警蹲点，那个男人果然就像黑社会电影里演的一样，带着一帮人来闹事。

两方长时间僵持不下，最后王美穗挡在了李学强面前，扯着嗓子喊道，"今天你们要动我男人，就先杀了我。"她大义凛然的模样，和女人家本有的温顺极不相称，这种决绝似乎是吓到了对方，他们不想真的闹出人命，于是作罢。她不想让段嘉义知道自己家住哪里，出于羞耻，出于自我保护，出于无法建立的信任，或是这一切组合起来的复杂心理，她不想追问。升上初中之后，她和"大哥"分道扬镳，再也不需要特意去到百货大楼，钻进女卫生间，趁他不注意的时候偷偷溜走。

五、新家

这天，李娇儿是被摇醒的。醒来的时候，她发觉自己正伏在父亲的半个肩膀上。海一样宽的水面将地板与天花板颠倒过来，深度已经到大人的小腿肚子，从天花板开裂的缝隙里飘落的雨水，滴在她的嘴唇周围，又告诉她这并不是海，而是台风天来了，这一次台风，同他们以往遭遇的蓝色预警不是一个级别，屋外街道上的椰树被吹成绿色的幻影，一排连着一排，好像在跳狂躁的舞蹈，老鼠吹得满天飞，数不清当中有几只已经吹成干尸，大雨仿佛让整座城市在眨眼之间颠倒了白天黑夜，望不见哪里是头，给人无处可逃的狼狈。

她看见，王美穗正在清点自己的首饰、行头、私房钱，手脚哆嗦地打包在一块玫瑰图案的方巾里，卷成球塞到自己的小腹处。他们租赁这间一层大厅、一层包厢、一层阁楼的小楼开做餐厅，是自造建筑，用料不够讲究，建造之初没有考虑台风暴雨的极端天气，不出两个小时，老旧的阁楼天花板就被吹开一个缺口，雨水好像不知疲倦一样往里面漫灌。他们三人在湍流中缓慢地滑行，好不容易来到了几百米远的妇幼医院大楼里，得到暂时的安置。

第二天，李学强和房东协商，租期三年还未过半，理应退一半的租金，三万五千元。他打算拿这笔钱另起炉灶，不做餐馆生意，去开间茶馆，顶有市场。这边的房东却不答应，直言道：我只是个二房东，当初把这栋破破烂烂的小楼承租下来，还花了一笔不菲的装置费和维修费。这大房东是原住民，脾气古怪得很，普通话说不利索，退租的事情还要和他斡旋几日，麻烦得要死。不如，我帮你招揽其他大陆客，加码出租出去，你我七三分成。思来想去，李学强觉得另起炉灶终究是下策，一来开茶馆要和本地人竞争，招待的也是"没文化"的本地人，想到这，他心里难受；二来平生第一次当回房东，体验倒是新鲜，便答应下来。

后来，他才知道，这个二房东是个专门讹诈本地人的掮客，海南方言学个皮毛，以低廉的租金骗到房子后，再高价转租给大陆客人，遇到中途反悔的情形，再用同样的手段拉拢对方。当年许多人流入海南，李学强一家还算上岸早的那批，在这些人当中，不乏叩问者、失意者、释然者，在人才市场找不到落脚处，转而到大街上游荡，摆起菠萝摊、烧饼摊、服装摊、报纸摊，停停走走在海口各地的老街、新街，仿佛向新生命过渡的亡魂。还有的是像他们这样以家庭为单位迁移的，像李学强刚上岛的时候所想的那样，期望在城里的好位置开个地方特色餐馆，发点小财。花了几天时间，李学强把楼房里里外外修缮完毕，二房东果真带来不少下家看房，顺顺当当把餐馆租了出去。现在，他不用日复一日去做采购、出新、过账、招人、陪酒的麻烦事——实际上，做完这些事也赚不到钱，不像坐等收租来得爽快。唯一愁的是，台风打烂的二楼厢房和三层阁楼，是他们曾经蜗居的地方。

李学强出去找新房子的那天，王美穗带着李娇儿回到妇幼保健医院，花了点小钱，让看病的医生帮李娇儿诊断成"小儿急性荨麻疹"，下达住院通知。就这样，母女俩晚上挤在一张病床上睡觉。李娇儿问，那爸爸晚上睡哪里？王美穗只是说，他自有办法，我们等着他就好。睡在病床上，绿色帷幕隔开的，是时不时出没的啜泣声、各地方言的交谈声、漫不经心的查床声，一个念头悄悄爬上李娇儿来不及收拾的心床，李学强是不是把她们母女俩遗弃了？她又认定，这是自己吓唬自己。一直以来，她最怕的那些东西，反而没有出现过。

小时候，王美穗总讲"世上是有鬼的"，讲起她外公从树上掉下来，跌破脾脏，送到医院不治而亡，她从那天起常常做噩梦，梦到她爹坐在摇椅上睡觉，她走近去想要摇醒他，结果他倒在地上，再也起不来身；讲到她爹托梦给她，让她好好照顾母亲，并且在哪个山头、哪棵槐树、哪块砖下藏着钱纸，悉数一并告知她，她按指示找去却什么也没发现，以为自己没用，就坐在地上哭起来了。李娇儿总是听她讲这些鬼故事，有段时间怕鬼怕得要死，其实没有一只鬼找上门来。她一度觉得是不是自己有问题，没有和鬼对话的本事。

后来，她对王美穗神神道道的作风感到厌烦，也不觉得"世上有鬼"是件多么了不起的事。再说，没见过鬼的人比声称撞鬼的人要多，难不成这世界上神经病比正常人要多？想想也是不可能的呀。或许，她只是害怕，同母亲困在医院里头，而这种日子不知何时到头，如果是和父亲睡一起，指定没那么多时间去胡思乱想。没过一个星期，李学强就来医院接她们回家。李娇儿心想，果然像父亲说的那样，办法总比困难多。

他们的新家在一栋筒子楼里，穿过白瓷砖贴面的走廊、几间标配的铝合金门窗，李学强打开306的门，打开房门的前一刻，李娇儿期望父亲转过身来说，这是朋友的家，他们只是作为客人借住，因为里面的湿腐味实在是刺鼻。客厅里空空如也，形状方正，让她联想到老家的那栋两层别墅，只不过它的面积小上一倍，因为没来得及添置家具，她平生第一次发现，房子可以如此赤裸，在她的记忆里，因为王美穗的囤积癖，老家的大小房间总是被塞得满满的，没有规律，却不至于显得寂寞。

她分到的房间比先前的阁楼房还要逼仄，一开始还有些失望，只是一想到挤在病床上的日夜，她又觉得拥有自己的房间，已经是飞来的幸事。一想到这，她就萌生出好好打扮它的想法。百货公司里的家具很难找到尺寸相合的，组合件太大，单件又太贵，最后还是李学强不知从哪里搞来一张高低床，配上一台上了年纪的木桌椅，才平复了她总是在饭后借口逛逛百货大楼的心情。她想，买不起大件，自己总可以买些小东西，将房间布置得熟悉一些，温暖一些，不是吗？但要小心，绝不能被王美穗发现，自从那场台风过境，她就变得有些神经质，总是对李娇儿好言相劝，不要买相机，不要买随身听，不要买跑鞋，在下一次台风到来的时候，这些东西是带不走的。王美穗的话她不是听不进去，只是怎么也喜欢不起来这种受困的感觉，她自觉长大许多，知道大人说话总喜欢精心布置、话里有话，她知道，这个地方他们也未必住得长久。

这个地方，还住着很多神秘兮兮的女人，来这的第一天，王美穗就叮嘱她，千万不能和这些女人走得太近，聊天也是不行的。这层楼，经常在半夜传来她们的惨叫和哭喊，扰得她困不着觉，若是凭声音勾勒她们的样貌，还以为她们是生产期的孕妇，一副惨兮兮的模样，像在妇幼保健医院的病床上撞见的那般。白天看过去，她们又跟正常人没什么区别，唯一不同的是她们的脸上总是涂脂抹粉，那手法用百货柜台里的时髦话讲是"化妆"。到了这个年纪，李娇儿开始对男女之事略懂一二，逐渐明白父母开餐馆时见过的那些"小姐"，同眼前这些神情跋扈的女子其实是一类人。其中有这么一个女人，让她印象深刻。那女人住在隔壁的309号房，早起不化妆，把片好的黄瓜往脸上一拍，往楼下轻轻一站，茫然四顾。她的个子在女人中鹤立鸡群，显得十分高挑，很难叫人不注意她。等到李娇儿放学回家，脸上的黄瓜掉了一地，她还站在那，茫然四顾。这就让人好奇，她是做什么工作的。

这一天，高个子女人端着一盒曲奇饼干，很好心地同她打招呼，想要跟她说说话的样子。这层楼里十二三岁的小女生并不多见，她看见李娇儿每天出入规律，应该是正经人家的孩子，因此起了打听她家底细的念头，而那位看上去年纪稍长于她的妇女，对她们是敬谢不敏，孩子因为见识少，总是很好说话的，再说她还有追求者送的一盒曲奇，一直没舍得吃，如果女孩能来同她喝个茶、聊聊天，倒是可以吃吃看这新鲜玩意。李娇儿对曲奇兴趣不大，她只是对高个女人的私生活感到好奇。

有一天，李娇儿看见高个子女人的房门前面围得水泄不通，左邻右舍甩着口水，炸出春节烟花般的灿烂景象，这种热闹在这个寂寞惯了的筒子楼里并不多见。李娇儿潜入人群当中，想要听些秘密。"你不要脸，没钱还出来玩女人。"她听见高个子女人这样说。"烧纸钱不是钱吗？"男人手里捧着一张百元纸钞，细看才发现那上面印的小字是"中国天地银行"，不是中国人民银行。女人将那张纸钞揉成一团，朝男人的裆部扔去。"你当我是不识字的文盲！"

此话一出，惹得好些劝架的女邻居不高兴了。她们本来是站在她这一边的，要帮她声讨这个吃白食的男人。但是，她的话明里暗里是在讽刺自己人。她们当中许多人确实没读过书，若不是这出好戏，还真不知道人民银行和天地银行是真和假的区别。"于莎莎，你别笑他，自己把陌生男人往家里带，不是引狼入室是什么，再说了，你家男人同意你带人回家吗？"她们知道她家没男人坐镇，故意提起这茬。

一般来说，经营这份生计的姑娘，都是从声色场所起家，歌舞厅、发廊、宾馆、大排档……她们身边大多也有男人傍身，年纪大一点的叫老板，年纪小的叫小弟。小弟陪她们逛街，给她们依靠，换来一些经济的衣物或廉价的首饰，她们不希望同行姐妹瞧不起自己的男人。不过，她们之间有不成文的规矩，不到万不得已，不会把野男人带到自家屋子做生意。在正经人家看不上眼的倚门卖俏的姑娘里面，也是有正儿八经的鄙视链的，甚至比寻常人家还要严格，毕竟她们这一行也靠名声和招牌吃饭，在歌舞厅上班的与宾馆姑娘平起平坐，发廊姑娘姿色和价钱都略逊一筹，但是自比于街头上的掉价货又高级一些，转念一想，街头货好歹还是货，在家里做生意，算得上什么货？

在那些女人眼里，于莎莎就是后者，带回来的男人连轴转，穿呢料的，穿布衣的，穿麻丝的，不看高矮胖瘦，不挑好坏时机，是个纯粹的机会主义者，平日惹人积怨不说，如今倒是让人抖落出心里话。女邻居们看不起她，是觉得她上了年纪，身边却连个吃白食的男人都留不住，光是这点，很能说明这个人有问题。想到更深一层的女人指出，"她不是性格有问题，就是精神有问题"。经此一役，高个子女人彻底成了邻居眼中的"麻烦"，是不可亲近的集大成者。

没过多久，高个子女人搬走了。没人知道她去了哪里。李娇儿偷偷跑去她房间看过，除了人，她好像什么都没带走，桌上的那盒曲奇饼干，空缺一两块的模样，剩下的静静躺在那里，邀请着客人前来品尝。李娇儿翻看着它的保质期限，是到明年六月。明年六月，她就结束初二，预备初三了。那个时候，她一定恳请父母到别地去租房，到一个两耳不闻只剩清净的地方，好好读书，争取考到当地最好的高中。她愈发感到，这是唯一可行的道路。而她还有一年多的时候，锻炼自己开口的勇气。

六、书店

正午光景，李学强带着一位年纪见长的男人，和一位妙龄的女子到家里吃饭，王美穗做了一桌子好菜。很明显，这个客人比那些打麻将的、打桥牌的、打群架的男男女女，要重要一些，因为要做成那桌子菜，得花不少钱，不少心血，两者缺一不可，钱不够的地方，心血来补，比如做的都是外面吃不到的家乡菜，再比如饭桌上要铺一层塑料薄膜，饭碗要用一次性的，表示这种程度的宴请，像伯乐一样不常有，而喝酒要用小巧的白酒杯，不至于因为谈话的兴致过旺，从而破坏酒在底部的口感。李学强让她称呼对方为刘伯伯、白阿姨。

男人之间，谈的是生意。李学强说他想开一间书店，这地方除了新华书店，就没有其他卖书的商户，如果能把书店开起来，估摸着得是海口第一家卖书的个体户。他说，90年代以来，人们最缺的是什么？不是劳动，是知识。现在，就连很小的孩子都知道，要靠读书改变人生，要靠知识改变命运。说着，他还给李娇儿使了个眼色，李娇儿连忙点头，表示知情会意：不愧是老工厂的厂长，站得高也看得远。刘伯伯很认同他的这个观点。但是，他也不甘示弱，提出了一个新观察：不过书也不是什么新鲜玩意，在大陆很多城市已经很流行了。再说，你和我都是外来人，能不清楚外地人到这，是奔着生意和玩乐来的，哪里是冲着买书来的？在我看来，酒店才是赚钱的好生意。两人互不让步，倒是争得颇有乐趣，白酒一杯又一杯下肚。

另外一边，两个女人之间，却没什么好谈的。平日里很有兴致聊天的王美穗，今天却像吃了一肚子冷空气，脸冷得说话都不利索。菜价、小孩教育的话题，一个已婚妇女对一个未婚女子，是聊不起来的。王美穗跟白阿姨聊的是自己的男人在外面有多辛苦，夏天太阳当头的时候还要看店，整个背上长满痱子，花露水一层一层地洒，也止不住那种痒；白阿姨和王美穗聊的是自己的男人在外面有多威风，动不动就签下几万的单子，自己又和他去哪个沙滩景点，哪间度假酒店观光过。两人自然是驴头对不上马嘴，聊了上文就没有下文。

李学强送走客人之后，王美穗拿出早早准备的消毒水，神经兮兮地朝出租屋里里外外洒了个遍，一边按压喷头，一边咒骂"脏死了，脏死了"。她那大惊小怪的作风，李娇儿不是第一天见，和小姐做邻居，这种消毒水她是常备的。但是，她这会的阵势之大，行动之快，好像贴纸小广告上面的"梅毒、疱疹、花柳、淋病"四位不速之客，择日不如撞日地一齐上门，在她家打上一整天麻将似的，让她又惊又怕。李娇儿问，那女人是谁啊？王美穗说，小孩子别问那么多。王美穗不说，反而给了她答案。那不是寻常女子，若是的话，又怎么说不得呢，但她看上去也不是小姐，因为她聊起刘伯伯的样子，倒是有几分真情实感，像她写作文一样，尽管是做做样子，也是要符合"真情实感"这一条行文要求的。

那次宴请之后，像是要"改变命运"似的，李学强果然做起了卖书的生意。只不过，他开的不是书店，只是一个小小的书摊，方圆占地不过七个平方。教辅、磁带、新华字典，新华书店卖的，他照样卖；《知音》《龙虎豹》《金瓶梅》，新华书店不敢卖的，他更要卖；还有琼瑶、岑凯伦、亦舒、古龙、金庸的盗版小说……点缀着各色名人回忆录、政坛隐闻录、远华红楼梦之流的情趣读物。卖的时候没有明码标价，想买就问问价格。做得熟练之后，王美穗发现，不想买的人怎么都喊不来，想买的人喊价多少都有人买，因此养成了看人下菜碟的习惯，对外来游客偷偷加价。《知音》两元一本，加到五元；《龙虎豹》十元购入，四五十块钱卖出。尽管如此，照样不缺客人。

王美穗死活不愿请下手，唯恐肥水留了外人田，每个月倒是能攒下一笔丰厚的钞票。因为人手不够，李娇儿有时帮忙看摊，得闲偷看不少杂书。有时候，客人挑出一本封面热辣的风尘小说，略有深意地询问："这本多少钱？"她也只能乖乖回答。遇到不知如何定夺的情况，又来不及请教王美穗，她只好随便说一个数。往往在这之后，她自己是心虚的。她不完全是随便报价，这些书她自己大多在闲暇之余翻过一遍，大概知道每本讲的是怎样个故事，因此，好看的、刺激的故事，她不自觉地会报出高价；无聊的、平庸的那些，她反而随便打发给不识货的客人。有时，她会觉得客人早已看穿自己的把戏。有时，她又觉得，大人没那么聪明，尤其是男人，他们不注重内心世界的耕耘，到了大腹便便的年纪，不是照样灰头土脸地来书摊找乐子，一副碰碰运气的样子，他们没有比在年轻时勇敢多少。

有时，她会因为那些污秽的文字产生身体反应。有时，她觉得自己的心脏像是被创造那些下流字眼的作家狠狠捏住。有时，她仅仅是觉得羞耻如夏日的热浪拂面。尤其在她偷偷观察班上男生的时候，这种羞耻感受会和一种类似于阅读言情小说的快感重叠。她在犯这个年纪的女孩子都会犯的错——她们总会花时间注意班上的男生在做什么。初中的男生在她们眼里还是一副走地鸡的模样，仅仅一个暑假，他们当中的一些人好像掌握着优胜基因，个子上窜得厉害，肩膀也像鹰的翅膀一样张开，到了能依靠的程度。他们总是穿着短袖、短裤，两腿之间的造物在运动场上晃来晃去，运动的身影和阳光普照的日子融为一体。在女孩子间秘而不宣的是，他们当中的幸运儿会与一个更加幸运的女孩做那种游戏。李娇儿对这一切采取的态度是旁观。她身边并不是没有示好的男生，只是真正接近他们的时候，她脑子里只剩困惑，这些男孩子会喜欢上一个靠父母卖黄书为生的女孩吗？在她的印象中，没有一本言情小说的女主角会落魄到这种程度。

那天，李娇儿如往常一样照例看守书摊，这天遇到一个穿着花衬衫的粗野男子，以为是海岛环游的游客，他们当中有不少人爱穿这种印着椰树、阳伞、海浪图案的花衬衫，有不少人爱买印着外国风情模特的色情杂志。他笑眯眯问她，小妹妹，你怎么一个人在看摊子？她回答说，我妈去进货了，这些都是最后几本了，您看看有没有喜欢的？他若有所思地点点头，那你爸呢？她有些迟疑了，其实她也不知道李学强此刻在做什么，或许他像王美穗嘴里念叨的那样，在外面哪个游戏厅打老虎机，或许他在和哪位老板谈生意上的事。这些日子，他昼伏夜出的，没个准信，偶尔捎回来几只油淋淋的烤翅，用塑料袋装着，孜然香味把她从不安稳的睡意中唤醒，她啃着鸡翅，父亲用手掌为自己抹掉热油，只有在这个时刻，她才觉得他们又如十岁以前那般亲近。眼下，这个男人不怀好意打量着她和书摊，她起了警觉心，决定默不作声。

"哟，你们还卖黄色杂志啊。你爸妈不得了，竟然让你这么小的姑娘卖这种东西。"他大剌剌地翻着叫人不堪的书页，眼色里充满了讽笑，她第一次明确分辨出世界上还有一种笑是专门用来嘲讽人的，就是在这一刻。那一天，也是她第一次被带到城管办公室，四方格子挤着人，像养了一群回不了家的鸽子。书摊里的书被一麻袋一麻袋地堆到办公室阴暗的一角，她也被扣留在令人膈应的板凳上，和那些神色慌张、口吐脏话的摊贩们挨在一起，时不时撞见城管的翻白眼："吵什么吵，知不知道没有牌照是不能在街上做生意的？"在这之前，她确实不知道做生意还需要牌照，她以为大街小巷上那些做生意的人，都是凭着心中一股劲把门店、摊铺张罗起来。比起她的着落，她现在更担心这些书的去向。王美穗每日清点书目，每夜清点钞票，看着一本本书兑成一张张红绿票子，她才安心一点，日子过得有盼头一些，李娇儿知道那是母亲如今最大的乐趣之一，这乐趣一点一点堆积成山，马上又要坍塌下去，难免令人沮丧。

王美穗赶到那间闭塞、晦暗的办公室的时候，窗外已经见不着光了，她径直冲到两位城管面前，发动她那张嘴："大哥，我们家做小本生意的，全家人生计就指望在这几本书上，你们放心，明天我就叫我老公去工商局把牌照办下来。下次来，你们想看什么书随便拿。"城管很意外地露出一脸谄媚样："我也不是稀罕你的书，我就问你，你们有没有小姐可以介绍认识认识？"这倒是把王美穗问到一愣："我们正经人家不跟小姐往来的。"城管冷笑一声："大陆那么多来做小姐的，你们家竟然不认识一个？"王美穗其实认识几个小姐，她只是不想在李娇儿面前暴露这层关系，她那么辛苦卖书挣钱，还不是为了早点搬到别处去，不用在现在这个小姐窝里待着，在王美穗眼里，她们如同蛇鼠，来了一个就要聚集一群。

最后，王美穗生生赔进两个月的收入，才把那些书赎了回来，又让李学强托了公安系统的关系，把营业执照办了下来，好歹保住了书店的生意。之后，卖书的生意越做越旺，旺到下一个旅游高峰季的盛夏。酷暑当头，暑气仿佛从大地的裂缝中喷射出似的，把每个游客赤裸的臂膀烤得粉红，这天，王美穗在一个人看店时觉得胸闷心悸，昏厥过去。还是隔壁水果摊的女店员及时发现，用毛巾冷敷，替她降了温，她才醒了过来。这次惊心动魄的体验让她意识到，光靠她自己一个人强撑是不够的。李娇儿临近初中毕业，学业越来越重，很难抽出空来看摊。李学强又没日没夜地不着家。于是，她渐渐动了一个念头。收摊之后，她独自一人走到解放西路的邮政大楼，寄出一封信，信里夹着一笔钱，落款地址是永新县。

七、蝴蝶

不久后，王美穗把一个男孩领回家，对李娇儿说：以后他就是你的弟弟，李新民。李新民小她两岁，现在却还没读初中，李娇儿认为他不太聪明。李新民倒是很快地意识到，这个叫李娇儿的女孩成了他的家姐。李新民的生父母是乡下土生土长的农民，早些年因为迷信多子多福，超生了很多个小孩，还好县城里的大户人家也是从农村走出来的，不嫌弃他们后代的出身，这里送出一个童养媳，那里送走一个小儿子，李新民就是这样飞出那片农垦地。王美穗让他看守书店，生意冷清的时候，他闲不住，试着看书，可他看见的是一个个不认识的字，不理解也不好玩，没多久就失去耐性，为了打发时间，他把书页折成蝴蝶形状，不出两天便把新书的书页翻得卷边，惹来王美穗的一顿臭骂。

李新民这个人从小有个毛病，他控制不住自己的手。小时候，他最喜欢在田里捉蝴蝶、蟋蟀、蛐蛐，不用网罗，而是用手捉。蟋蟀、蛐蛐，两岁小孩都捉得到，几个同乡的伙伴总是爱比较谁最快捉到这些活物，蝴蝶是当中最难捉的，他总是第一个眼疾手快的人。只是，有时用力过猛，蝴蝶的半边翅膀都被他扯掉，掉到地上就再也飞不起来。他的朋友有样学样，慢慢地也学会这种徒手捉蝴蝶的本事。他又精进一步，可以双手握住蝴蝶却不折损它的翅膀。这就需要一些力气上的技巧，而这种技巧帮他赢得了更多的朋友，自从上学以后，他经常逃课，就为了给那些不上课的孩子表演这种戏法。

上了小学后，他掀女生的裙子，看着她尖叫地从自己身边跑开，跑开的样子相当狼狈，裙角扬起来，有点像残翅的蝴蝶。后来，他总是把女孩子的裙子撩上去，不是为了看裙子下面藏着什么，只是为了完成这个动作。有时，他会为此付出代价。小学班主任拿出一把戒尺，在李新民手上重重拍了几下，她说，男孩子要打才长记性，下次再撩女孩子的裙子，不是打手心就能解决的了。班主任打出的红印记像是握在手中的蝴蝶，揉几下就消失不见。

去海口一小读书，他依然逃课，依然掀女生的裙子，惹得学生家长纷纷状告家门，让王美穗吃瘪。王美穗本来是得理不饶人的性格，平日做生意做得不顺心，看他如此调皮更是火冒三丈，于是，时常一只拖鞋甩过去，在他的脸上留下两块红印子。他不哭，只是揉揉脸，想象脸上红印子像蝴蝶一样飞走了，心里照样美滋滋，下次恶习照旧。在他眼里，大城市好玩的地方太多，是他出生的那个小农村不能比的。比如，他和本地小孩约好去玩街机，选用里面的角色进行格斗，厮杀到对方倒地不起。他们轮流贡献口袋里的零花钱，不差一分一厘全部花在街头游戏机上面。轮到他出钱的时候，他掏出空空的口袋，惹得同伙们十分不悦，他们纷纷问道，你是不是没有爸妈？他们为什么不给你零花钱？那些问题，他回答不出来，他宁愿脸上挨一拳，也不愿回答这些问题，它们给他的感觉太像蝴蝶，他讨厌这种感觉。

他想找王美穗要钱，却不知道如何开口。他学习太差劲，不像李娇儿每次考取班上前三名，尽管如此，王美穗也没有承诺给她多少零花钱。她总说，要把钱攒起来，以备不时之需。比如，李娇儿想要一个随身听练习英语听力，恳求再三，她不是也一直拖着没买吗？这玩意在当时很流行，许多同学贪图新奇，而她是真的想听音乐、学英语。

长久以来，他从李娇儿这里没有分到什么有用的东西，不管是女里女气的书包，还是同男生的尺寸相比如缩水般的衣帽衫。结算下来，她在求学时期唯一盈余的物资是成捆写上一两页纸的笔记本，而天生不爱学习的弟弟用不到。她的旧物因此空置，无法继承到他手上。她的愿望又过于隐秘，与男孩子拥有的朴素的爱玩的心思大相径庭，让她感到不便分享。每每到这种场合，"如果不是弟弟，而是妹妹就好了"诸如此类的念头会在她的脑海中一闪而过。

那一天，李新民朝她飞奔而来，脚步声把出租屋地板踏出从未有过的心欢雀跃，兜里揣着一台崭新贴膜的随身听和一节5号电池，手上还拿着一个冒着热香的肯德基汉堡包。这是李娇儿平生吃的第一个汉堡，奶油裹着生菜，包着炸到酥脆的鸡肉，在她的唇齿中留下美味的热浪，她吃了将近一半，才意识到另外一半要分给弟弟。往常，这种感觉饕餮美食后的腹胀，不全然是美好的，它带着消化残存记忆的不适感，被她日渐强大的消化系统，稀释成一摊倒映着美好生活愿景的酸性胃液。她日渐习惯，从不满足的生活里找补希望。

此刻，她想的却是，有一个弟弟真好呀，在我未曾设想的时刻，他会小心收集我的愿望，还会努力让愿望成真。还有什么比这更美妙的呢？就算他读书不好，只要他一直保持这种近乎魔术般的神力，也足够让她一直刮目相看。那种微小的希望，好像孕育出一个体积更大的希望，此刻几乎占据她全部的心思。然而，这种希望的保质日期又似乎太短，短到她还没来得及忘记汉堡包的味道。

没过几天，王美穗发现事有蹊跷。她压在自己枕头下的信封，少了整整两百块钱。她坐在床边，掩面而泣，嘴里止不住地念着，李学强你为什么偏偏要赌？这些是我们开书摊赚来的血汗钱，你为什么不同我打声招呼，就这么轻易赌掉？李学强这些年在外面养成了玩老虎机的习惯，小赌赢钱，赌大一把又输得精光，王美穗天天拿他赌钱这事出气，鸡毛蒜皮的小事，但凡扯到钱，在她眼里就值得吵上一架，而李学强现在最烦王美穗的就是这点。

若她非要同他吵，他照例满不在乎地打发一句"一个男人有再好的脾气，也要被你败光"。可这是堵不住王美穗那张嘴的。今天，她又把家里丢钱这事怪在他头上，他有再好的脾气，也忍不住要发火。"钱钱钱，天天只知道看着锅里那点粥，守着枕头底下那点钱，可不可怜你。"这样不公允的话说出口，自然是要引爆王美穗那个炸药脾气。"你就说那钱是不是你偷的？"

"偷？你拿这么醒龊的字眼形容你丈夫，我要真拿了那个钱，能叫偷吗？""所以你承认了？""我可没说，你就是喜欢这样，抓着别人的头，拿屎盆子往上扣。"于是，他们总要旧事重提。王美穗讲到千不该、万不该到海南来，大钱没挣到几票，反而蹉跎了他们最好的日子。李学强讲女人家就是没见地，他们那个时候不走，下岗潮的时候还是要走，守株待兔地过日子，过不多久也要过成瓮中的缩头乌龟，再说，你又知道这里挣不到大钱？多少人挣了大钱，只是你看不见罢了，你看不见，难道就不存在吗？王美穗自知讲不出大道理，玩起撒泼耍赖的那套：他们存不存在我不知道，我只知道你李学强挣不了大钱。这么一说，倒是换来了一个鸦雀无声，李学强摔门走人，寻别处过夜去了。

这些年爸妈吵过的架，比李娇儿偷食过的烤翅还要多。以前，李学强白天同王美穗吵架，晚上就会把她带去吃烧烤，好像要补偿她听见那些不堪入耳的话，她果然就不记得他们吵些什么，只记得油淋淋的烤翅真香啊，如今她同父亲之间越发相隔两岸，此岸不知彼岸苦，在王美穗眼里地沟油出身、罪孽深重的烧烤摊，他们也不怎么去吃了。

她偷偷地问李新民，那钱是不是你拿的？如果是，你把随身听拿去退货，把钱还回去。李新民脸色庄严地说，那钱不是我拿的。王美穗最终还是发现不对劲的地方，李学强搬出家一周时间，枕头底下的钱无论如何清点都对不上数，这就触犯了她出身会计的老毛病，非要把账目核清才算了事。

那天，她让李新民跪在地板上认错，用棉毡拖鞋抽他的脸——偷钱还撒谎，你要不要脸。李新民很委屈似的，嘴里嘶声竭力哭喊着"我没偷，你冤枉人"，一边哭一边大口喘气，喘到最后有点憋不过气来，两眼翻白，脸色乌青，着实把两人吓了一跳，连忙把他送到医院就诊。医生说，他有遗传性的哮喘病，这种病一紧张就容易犯。李娇儿心想，恐怕他的生父母并不清楚什么是哮喘病，就是犯起病来，也只当作花粉过敏引起的咳嗽，总认为熬过去就好了。李娇儿依稀记得，王美穗在回程路上脱口而出的那句话：到底不是亲生的嚯。母亲的话让她心里一沉，说不清是指他的病，还是李新民这个人。

那个晚上，李新民担惊受怕得很，像小狗一般蜷缩着身子，用手捂住隐隐胀疼的脸颊，左右眼半睁不睁，好像不敢睡，病恹恹的模样叫人看了心疼。李娇儿用湿毛巾替他消肿，她真正接受自己有个弟弟的时刻，是她意识到这个弟弟比任何人都需要她的悉心照顾。据她观察，王美穗不想过分在乎这个孩子，对待他的态度像豢养在身边的一条狗，不管它可不可爱，只求它在身边好好待着。说起小狗，她五年级的愿望是养一条田园犬，王美穗照样生冷地拒绝了她，王美穗一张嘴，连条狗都不愿放过，她说狗是农民家庭才会生养的动物，本性贪吃，肚子里全是不洁的细菌、寄生虫，城里人谁会养这种畜生。

一年以后，王美穗在妇幼保健医院诞下一子，生小孩的钱她早早备好，来自她的枕中之物，她原本拿不准用这笔保命钱做什么，自从去年她有了孕吐迹象后，她下定决心了，这次无论如何也要把这个孩子生下来，于是。这一次她学聪明了，复诊时询问医生腹中小孩的性别，没等对方示意，双手奉上一个装有两千块钱的红包，医生这才让她安心，这一次是个正经的儿子。

李学强对这个生命的诞生没有感觉，反而在内心将王美穗的行为斥为乡下人思想。那时王美穗已经年过四十，诅咒似的，晚生子的气自出生以来就不通畅，睡觉时必须由人悉心照看，一次轮到李娇儿看守时，她把他柔软的处子之身托举在空中，抬起又放下，像游乐园的升降旋转木马，制造一点乐趣。这个新生命因为憋气而失去体征，最后还是李学强及时把那口淤在气管的气给拍打出来。那场惊魂夜晚过去之后，他们一致觉得，这个小孩，大难不死，必有后福。两个月后，李新民被遣送回家。养父母将他送上返乡的轮渡，他没有流一滴眼泪，送别时，脸上神情比以往任何时候都要庄严。

八、葬礼

书店经营起来后，王美穗手里攥着一笔钱，脸色爽朗起来，盘算起买房的事情。带着李娇儿，她们来到房产中介公司。房产中介笑言眯眯对她说，"这房子的 101 号房，三房一厅，八十五平米，打包价十五万，没人住过，全新的。"她脸上堆满了自信，认为这个价格能打动眼前这个朴实但不乏精明的妇女。明眼人一看，便知道这种楼房的属性，它是几年前商品房扩建的遗留物，建好之后房价一路高涨，最高能到七千元一个平方，抵得上王美穗经营书店三个月的流水，当时的她是做梦也不敢想能买到这种新房。如今，新房变旧房，因为长期空置，划为银行资产，如今便宜出售给各地来的租户，条件是全额付款，不讲首付房贷，为的是补上房产热时银行疯狂放贷的漏洞。

王美穗占便宜的心思起来，自然觉得这房子不错。不过，它也有难以忽视的缺点，墙壁薄，隔音差，李娇儿随手敲了一下承重墙，能听到嗷呜般的回音。它可不是中介女子口中没人住过的新房，随地可见发卡、头发丝、毛线团这类物件。王美穗是眼尖的人，她不可能没看到。但是，王美穗自认为没有多少选择，手上的钱刚刚托底，现在不买，以后涨价了很难够着。一个星期后，王美穗把十五万现金用报纸包好，交给了中介，交给她的是一张白纸，上面写着"此购房凭证具有法律效应"。她有些慌张，怎么拿到的不是房产证明？又看到，区级法院盖的红章，心想，国家机构总不能联合起来坑自己，便放下那颗惴惴不安的心。

"缺氧是万病之源！"

"癌症的成因是氧气不足！"

最近，李娇儿总听见这两句话。自从搬家后，这里源源不断涌来陌生的面孔。他们互相称对方新朋友、老朋友，王美穗很熟稔地招呼他们："欢迎欢迎，一个人收一块钱茶水费。"他们乌泱泱一群人涌进三室一厅中的一室，搬个凳子，挤在房间的空地上，念经似的诵读着一本小册子，比高三学生的纪律还要严谨。有时，李娇儿听到有人站在台前给他们讲一堂健康课，讲的是新生儿、老人、病人，他们因为人体内的细胞缺氧所以容易染病，什么感冒、风湿、痛风、失眠，甚至最可怕的癌症，都是缺氧引起的。台下的人紧张呼吸着，脸色因为房间闷热缺氧变得熟红。他们这样一坐就整个月。这一个月内，王美穗摇曳生姿，状态肉眼可见地变了，她两眼放光对李娇儿说，"今年一定赚到十万块，我们可以把房子装修一下。"

搬进新家的兴致没有持续多久，李娇儿在房门外时不时可见陌生脸孔，他们像击鼓传花似的涌来，热闹哄哄上着健康课，隔着墙壁悉数传来却变成了像是密谋一般的声响。李娇儿今年升上高二，到了贪图安静的时候，最好能两耳不闻窗外事，然而这也成为一种奢愿。不久后，她交往了一个男友。他是干部子弟，喜欢骑着摩托带她在滨海大道上兜风，同另外一对怨偶作伴，他们很自然成为班上的风光角色。直到那件事的发生，让她彻底成为话题的中心。

事情发生不过几秒钟。那天，海上是突然刮起那阵强风的。令她找不到喘息的间隔，肺竭力的征兆逐渐显现，那种感觉在长跑冲刺后的短暂几秒尤其明显，而在海中如此漂浪着，就像在进行一场永远无法跑完全程的冲刺比赛。全靠意念取胜。李娇儿当下近乎麻木了，海水像一块浸湿的床垫，她平躺在上面，唯一不同的是，海浪的阻力让她几乎动弹不得。我浮得起来吗？我会淹死吗？这是我人生的尽头吗？她的脑子飞快闪过这些问题。她想象自己被剪裁成报上的失事新闻，想象王美穗接到一通报丧电话后哭成泪人的模样……

她被一双手托举起来，那双手布满茸茸的毛，胸口像茅草地一样旺盛，她掩面其中，嗅到观光热带植物园时才会闻到的一种潮湿气味。那是一个外国人，哨子挂在胸前表示他是这片海滩的救生员。在不远处的公安厅里，她向目光严肃的警官解释了很多遍，自己并不是只身一人到这来的，自己也没有意愿要自杀。可是，当对方要她举证的时候，她的男友和那对朋友早就不见人影。最后，李学强和王美穗把她赎了回来，她不得已坦白了一切。王美穗很是震惊，口口声声指责她不走正道。她一怒之下，顶了一嘴，你们搞传销就是正道吗，你以为我想和警察说自己的父母是做传销的？

那时候，给外地来的传销人员出租屋子，赚一点房租、茶水费，成了很多人家不会公开去讲的事。李学强把这个赚钱的办法告诉王美穗时，她一开始是犹豫的，像打牌赌博一样来钱快的东西，总归让她不安心，她见惯了李学强小赢大输的日子，总觉得钱要攥在手上才有用。但是，只要没人告发，这确实一本两利的事，至于传销人员爱讲什么讲什么，与她井水不犯河水。真当做起这种生意来，她便忘我了。

打破王美穗美梦的噩耗，并不是李娇儿的意外，而是来自李学强。那天，李学强和人在赌场起了争执，肚子被重击了两拳，那之后他便一直感到腹部疼痛，吃东西有些反胃。一开始，他并不在意，拳打脚踢的事他经历过不少，日子不是照样过来，直到咳出了血，王美穗才警铃大响。他们到医院一查，医生诊断为胃癌晚期。听到医生说出手术和化疗的费用，王美穗两眼一黑。那天，她嘴里喊着报应，清散了屋里的传销人员。他们成天喊着这个病那个病，身体倒是利索麻溜，在外兜售他们的摇摆机，网罗一心想挣热钱的积极分子。转念一想，她也被收入到这张网里，一直浑然不觉。

王美穗想起那张购房凭证。于是她走到银行，打算把钱赎回来，银行人员说没有这个道理。王美穗咬咬牙，那我可以把房子卖出去吗？阿姨，这个凭证只能自己持有，不能转让。除非你能申请到房产证，有了房产证就能买卖了。她心里明白，就算告到法院去，恐怕也争不来那个红本子。眼下，她唯一的打算，是回到老家投奔亲戚，留下李娇儿一个人在这里念完书。

"回首向来萧瑟处……后面那句是什么来着?"

李娇儿回答说,"我记得是——归去,也无风雨也无情。"

"哦,那我写对了。"她释然地笑了,好像这科成绩全仰仗于这点聪明,在此失误便是满盘皆输。

过了几秒钟,李娇儿意识到什么似的,"不过,'也无情'是情意的情吧……"

"我怎么记得是晴天的晴,风雨晴天嘛,那句话的意思不是,诗人回程路上,已经无所谓风雨,也无所谓晴天吗?"

"哦,是哦,是这个意思。那我写错了。"李娇儿怅然若失地回应。女同学脸上挂不起尴尬,挽起她的手说:"没事,也就一分而已。你作文写好一点,就追回来啦。你作文写得那么好……"

李娇儿没解释,她在写作文的时候因为注意力不集中,写了二十分钟始终被跑题的思路打扰,打起腹稿重写了一遍,最后五分钟争分夺秒,还是没有赶完那篇文章。在她这些年写作文的坐标体系内,这篇无疑是最差的,她一时间想不起还有哪几篇同样不堪入目。或许有,但它们不重要,所以可以揉成一团丢弃。她知道她彻底搞砸了。

当天晚上,她打电话给王美穗说,妈,我想复读。很意外的,王美穗这一次什么也没说。她又怎么会理解,无论答是还是答否,此时的李娇儿只是需要一个答案,以填补内心泛滥的虚无感受。王美穗或许分享着同样的感受,内心却拒绝承认,她从来都希望自己不是那个必须作答的人,因为她向来缺乏对子女前途的观瞻,缺乏主宰子女命运的练习,而当这个机会摆在她面前,她却怯懦了,她已然习惯温水煮青蛙的生活,她已经分不清什么是好坏,不知道如何选择是好。

过了几天,王美穗得知一个亲戚同西安某所财经类高校任职的青年教师有私交,想起自己被母亲塞进高中念书,最终熬成厂长夫人的经历,以为这是冥冥之中的主导,便主动联系李娇儿,让她把这所学校填为第一志愿,而李娇儿想要去的城市是上海,她决意填报上海的一所财经类高校作为志愿。这个机会对她而言太难得了,心里有个声音告诉她,这是她的 one way ticket,她同样不愿失去。抓住十几年来唯一一次可以教育李娇儿的机会,王美穗直指问题的核心,你怎么知道你能考上呢?李娇儿是不知道的。按王美穗的意思,厄运的征兆是明显的。她不止一遍地述说,"你父亲躺在病床上,靠流食、胃插管和生理盐水维持着身体机能,化疗过后的头发一把一把掉落,医生说他的肠胃因为穿孔已经萎缩掉三分之二,你知道是什么概念吗?"

李娇儿感到自己宛若看人民公园里的落魄画师们作着肖像画,贩卖给经行此路的意中人,画中的人是她的父亲,却陌生得让她不敢认。她曾经意气风发的父亲,竟然要被生命的最后关头蚀刻成一个早逝病人。她曾经许过那么多愿望,吹过那么多蜡烛,到头来吹掉的却是父亲最后一丝生气。她甚至感到罪恶,罪恶于自己没有如父亲所愿长成一个只会读书的乖乖女,罪恶于她有那么多七情六欲却无法从中得到一点安慰,罪恶于愚蠢如她无法看出人需要做多少件事去应对生命的脆弱,而她唯一唾手可得的那件事都没法达成。带着这些罪恶的念头,她最终没有填写上海那所高校作为第一志愿,而是选择再一次相信母亲,她在这个世上唯一可以指望的人。

父亲的葬礼在次年后的一个二月举行。他在爷爷的老宅里咽下最后一口气，然后被装进新修的棺材，静置在临时充当灵堂的客厅。当晚她同母亲轮流替他守夜，等到第三天遗像赶制出来，她们租了一辆装饰着白纸花的中巴车，载着灵体，放着灵歌，开始在她们生活了十多年的小县城里环游。这是李娇儿第一次能够以观光的心态纵览它的全貌，它同十年前的样子没有多大变化，吃过几次团圆饭的八宝酒家，她念过几年书的和平小学，甚至连新街公园里的弹簧摇摇椅，还在原处荡漾，好像十年光景不曾一变。

　　车内放着烧芯子的檀香，是为了驱散尸腐味道，每个服丧的人仿佛寂静成一座白瓷塑像，随着车子颠簸的步调来回晃荡。她看了看李海英，他才六岁，他懂得什么。他只会睁着那双婴幼儿似的眼珠子，以一种并不熟练也并不舒服的方式察言观色，偶尔挪动自己被挤压成一张纸的屁股，在这个被静默充斥的空间内获得一点喘息的机会。她又看了看王美穗，她哭成一个没有风情的泪人，嘴里念着好人没有好报、世界是坏人当道的烂俗话，自从她知道自己的高考分数与上海那所财经类大学刚刚吻合，而她却因为志愿填报的问题去了一所野鸡大学，她就再也没法喜欢上王美穗那张吐不出象牙的嘴，当下她却感到必须对自己的母亲施以怜悯，只有靠互相怜悯，她们才能把这关撑过去。

　　李学强的尸体经由火化，烧出一堆骨片，交给她们看了两眼。随后，它们被倒入印着福禄字眼的袋子里，由火化工人用锤子一点点顿开挫碎，积少成多，落成一罐漂亮的骨灰。新修的坟墓在老家的山头，同她素未谋面的祖父母并列一起，形成第三个坟头。按照习俗，她叩拜三次，一向天地，二向父亲，三向母亲，为了克制再拜一次的腿软，她短暂地憋住呼吸站起身来，像她憋住呼吸第一次从母亲的子宫口里钻出那般。

理性枝条上开出的怪诞之花

——读杨鸿涛小说《湾湾丘墟》

李　璐（《西湖》编辑）

一、怪诞

　　读《湾湾丘墟》，最初的印象，是一种怪诞的风格。作者在创作谈《虚构外形、奇幻故事与复杂心灵史》里提到，她想写一个"有距离"的小说，"充分展示小说的虚构性，与生活现实拉开距离"。就阅读感觉来说，作者是完全做到了，这源于一种"怪诞"风格的设置。

　　怪诞的风格一方面来自叙事者"我"的角色设定：天生的哑巴，饱受饥饿折磨，又倍感孤独。这样"枯瘦崎岖"有缺陷的孩子，让人想起韩少功《爸爸爸》里的丙崽。不过，韩少功小说中，智力障碍的丙崽象征着传统文化根脉上的缺陷，用的是第三人称叙事；而《湾湾丘墟》用的是"我"的视角，第一人称叙事，并采用很多超现实手法，以"我"的切肤感受直观各种事件，让事事物物都带上这一特异观察者的色彩。可以发现，小说中"天生的哑巴"只是发不出声音，在智力、情感、各种感觉上，他比大多数常人更敏感细腻。

　　作者在创作谈里写道："灵感的来源之一是我想写一篇有着'幽黑的眼睛'的作品。"我的理解，此处"幽黑的眼睛"既指向这双眼睛所探察到的世界的深邃，也指向拥有这双眼睛的人意识深处的幽邃。小说中，作者其实并未直接渲染眼睛的"幽黑"，而是以这双眼看到的世界、整个小说文本所展现的世界来为"幽黑的眼睛"上色。

　　于是，"我"眼中的飞蛾便是"一群来自外星球的敌人，他们长着刀锋一样的翅膀，吸血鬼一样

31

的牙齿"。"我"与麦克疯一起对峙的，是"皮毛通红、体型壮硕的狗王"。其实"狗王"也许只是体型比较大的一只野狗，却因"狗王"的称谓、不同寻常的"通红"皮毛，而具有了某种怪诞感。再如"我"与伙伴们一起建立的"骑士庄园"，那个可以用旋转的"翅膀"绞杀无数飞蛾的"陆空飞鸟"，很有可能是电风扇叶的一种组装……但在作者笔下、在"我"眼中，它们满泛着神圣的、充满魅惑力的光。

还有，"骑士庄园"里，"我"给自己设置的角色是"皇帝、侍卫、杀手"，麦克疯是"钢琴家和艺术家"，小心谨慎的容容则是"物理老师"。这些角色设置，古代与现代的身份混融、混搭，也加剧了怪诞色彩。在"寻找野人"的冒险情节末尾，"我"仿佛看到"藤蔓上悬挂着一个黑色的物体一晃而过"，"我"并没看清那是什么，而以彼时一段关于阳光与声音的丰富幻觉导向某种神秘不可知的境地——"天上白得发亮的云流动、聚集成一个神圣的形象，极其短暂、模糊"，由此结束"寻找野人"的段落……这些地方都让小说具有一种怪诞的倾向。

另外，怪诞感来自作者着意塑造的，鲨湾这个"仿佛永远被关在一个巨大的盒子里"的海岛。小说一开始，读者便会震惊于这一环境的异域色彩——一片大海包裹住的孤岛，以及略有拗口的地名：青锣湾、泥螺口、玉龟山、西湾码头、海月大道、西海岸……这里，"青锣湾"的"锣"字与"泥螺口"的"螺"字还不是同一个字，更显出作者有意在地名上制造陌生化效果，造成小说的距离感。

同时，"我"每天奔跑于这些地名所涉的区域，似乎提示着这个海岛面积有限，是一个孩子的活动能力可以覆盖的。但"寻找野人"的冒险里，"我"与好友容容、麦克疯试图穿过玉龟山后面那座"更深更高、从未有人涉足的高山"，他们在深山的丛林中发现了"一望无际的草地和荆棘"，好友容容也"皮肤上长满了红斑"、丧命于此，便让玉龟山后面的深山丛林具有了一种"并非这个世界所有"的怪诞感。

还有虚构的"青水疫"所带来的景观："青莹莹的海水异常美艳，孤独地翻涌着一层一层的波涛"……想起作者在创作谈中提到，她想将《湾湾丘墟》"染"成一种彩色，"在作品中有意渲染一些明亮的颜色"。于是，经由"我"的眼睛看到的鲨湾世界，除了上文所说具有诸种神秘不解的特征以外，蓝色、金色、暗红色、青色、黑色、紫色……种种刺激性的色彩，在封闭的狭小空间里轮番厮杀，造成格外强烈的视觉冲击。小说开头，"潮湿的窗檐长出一朵一朵暗红色的霉，一只失壳的蜗牛晶莹剔透，正在缓慢地向上攀爬，我突然感到自己也像一摊糊状的水生物，马上就要融化、散开"，便是以刺激性的色彩、潮湿窒郁的环境奠定了整个小说的颜色和基调。

于是，作者的着力刻画，成就了鲨湾仿若海内孤悬的"怪诞之乡"的气味。海风呼呼地吹着孩子们建造起来的"骑士庄园"，这是"我们"用来抵御陌生的外部世界的堡垒。在鲨湾，饥饿与孤独来来去去，子辈与父辈暗暗较劲，青水疫让人的皮肤不断脱落……怪诞的环境，不可能是现实世界所有的；或者说，不是一面普通的镜子能映照出来的景观，它是怪诞的棱镜折射出的绮丽世界。

小说的语言是绮丽的。特异的形容词、堆叠出来的厚重纹样，让小说充满令人透不过气来的繁复感。那成千上万发出紫色光的朱婆萝果，密密麻麻如军队入侵的飞蛾，染疫的青莹莹海水，彩虹一样的头发，死后与棕色土壤粘连牵扯在一起的苍白身体……种种意象让鲨湾充满不可接近的气息。仿佛血液中也流淌着油彩，这片土地充满倔强的想象气息——漫山遍野疯长的植物，可能有"野人"出没的丛林，也许被豹子吞食的失踪女生……怪诞与超现实的棱镜折射着绮丽的图案和光彩，让读者如吸入致幻剂，生出色彩斑斓的梦境。

二、理性枝条上开出的怪诞之花

有趣的是，往怪诞景观的深处掘进一层，又发现，整个小说始终在冷静的、合乎逻辑的轨道上运行。有着极细腻感觉的"我"，始终以冷静的调子追述着发生在鲨湾的一切。"我"所有怪诞的感受与所闻见，都在极合乎理性的框架上平顺地滑行；最鲜明的体现，便是小说严整的结构、异常清晰的叙事线索。

1. 严整的结构

小说分为七节。第一节"鲨湾"，是"我"以一种回忆的调子铺陈整个故事的大体样貌，提示了后面各节的主要内容，类似于情节的总纲。

第二节"骑士庄园"是"我"与外界的联系之一："我"呼朋引伴，与麦克疯、容容建立了友谊。三个伙伴"渐渐生起干一番英雄事业的野心"，他们用能找到的废弃材料在垃圾场附近建起了"有宫殿、大桥和凯旋门"的"骑士庄园"，这里充满了可以作战的"秘密武器"，是孩子们的精神世界外化出的秘密乐园。

第三节"对抗"写"我"与父亲的关系。并且，作者将"我"在成长过程中与父亲的较量清晰地分为三个层次：对食物的争夺、对男性力量的证明、争夺方大希的宠爱。一段一段逶迤写来，丝毫不乱。

第四节"远行"是"我"（和另两个小伙伴）与外界的联系之二："寻找野人"的冒险。三个伙伴去探查六年级女生失踪的真相，是伙伴们进一步"开拓新世界"、建立"伟大事业"的尝试。

第五节"情愫"写"我"与姐姐、小真的关系。这里，"我"欲望觉醒，并且对家庭里各成员的情感状态作了细致的观察。

第六节"死与生"是"我"与外界的联系之三：第二次青水疫对鲨湾造成重大冲击，小说中的人物也一一走向结局，有的死了，有的失踪了，有的走去了"文明世界"。

第七节"天光虚虚"以一种概述的调子，细致摹写鲨湾的最终衰落，以及被现代文明淘洗的状态。孤岛般的"史前文明"被彻底覆盖和"祛魅",具有强烈的象征隐喻色彩。这一节也类似于整个鲨湾故事的收束,与第一节总纲遥遥呼应。

也就是说,第一、七两节提纲挈领,第三、五两节写"我"与家庭中各人物的关系,第二、四、六节写"我"与外部世界建立起怎样的联系。

从小说严整的结构,我们感受到作者在结构上精心的安排。"我"对家庭内诸成员的观察,与"我"对家庭以外这个世界的探索,两条线索交叉进行。且在每一章节内部,亦是各局部情节一块一块地呈现,叙事线索异常清晰。

2. 双重祛魅

小说里,存在着理性对怪诞的两层祛魅,也许可以称为"双重祛魅"。

第一层祛魅,是"我"随着年龄增长,对世界的认识渐渐趋于理性。作者在"寻找野人"的情节末尾写道:"在我长成一个少年的时候,我曾再次攀登这座丛林,它是一座温和的小山,根本不会有什么孤魂野鬼,会发光的朱婆萝果是最普通的葡萄一样的果实,我跟我的朋友遇到的怪物,很可能只是一只母豹子,或者大獾猪。回到鲨湾后,失踪的几个女生回来了,她们说自己只是迷路了而已。"这就对小说前面所描摹的,那近乎热带原始丛林、似乎永远也爬不完的深山进行了祛魅,对关于深山丛林的种种怪诞感触、那些鲜艳的刺激作了理性观照:所有这些都与"我"幼年时感觉的锐敏、缺乏理性甄别有关。

第二层祛魅,是现代文明对鲨湾的覆盖与淘洗。在小说结尾"天光虚虚"一节,两次青水疫之后,鲨湾经历"现代"浪潮的冲击,小真死了,麦克疯失踪了,方大希去"文明世界"观音门了;连当年霸凌"我"的野娃、花子和阿奎也"长成了中规中矩的男孩子,说话温和而有分寸"。许多"我"不明白的新鲜事物更是蜂拥而至。

在叙事接近结束时,"我"在码头找到了一个搬运杂物的工作。一次去接外国商人,"我"遇见一个"穿着极不合身西服"的老人,"我"看清了他的脸,那"火鸡色的脸上长着一个红色肉球鼻子"正是麦克疯独有的特征,但这个"麦克疯""蓝眼睛里已经没有了透亮的光芒""眼睛里很冷漠,似乎并不认识眼前这个疯狂的家伙"。作者没有明言这个老人是不是失踪的麦克疯,只是让老人用冷漠的眼睛、得体的动作处处显现出"我"的"不得体"——在现代理性面前,原先充满热力的感知方式、表达方式是不得体的;原先可能是属于"我们"这个小联盟内部的人物,已经变成了冷漠的外部世界之一部分。所以,小说最后,"我"在暴雨中爬上玉龟山的最顶峰,俯瞰"几乎已被淹尽,就要变成一片黑色水海"的鲨湾,发出爆破式的呼喊。这是依恋着从前的鲨湾(以怪诞方式显现)、不为理性规训的"我"发出的最后呐喊。

我想,第一层祛魅,是个体成长过程中发生的,对小说极尽渲染的怪诞氛围偶尔"拨云见日"。

而第二层祛魅，是由个体扩展开去、在文化层面进行的，表达了作者对外部世界、"现代文明"的思考与感受。两重文本相生相克，怪诞与理性就像不可分割的孪生子，相互观看、相互比较；或者说，在理性的枝条上开出了绚丽的怪诞之花。

三、深层的象征、隐喻

在创作谈中，作者谈到构造人物、推动情节时各种精细的考量，我想，《湾湾丘墟》这个故事，所有怪诞的叙事表层、严整的逻辑结构，指向的不仅仅是它们自身，更可能是作者想表达的，某些深层的象征和隐喻意义。

1. 封闭环境：好还是不好？

小说关于这一问题的构思，显示出某种暧昧不明性。

鲨湾，是一个封闭的环境。我们看到，第二次青水疫是自西海岸漂来的一条死鱼带来的。西海岸，是鲨湾最接近陆地"观音门"的一端。作者有意或无意，让这场灾祸的源头牵连上的，是西海岸。退一步说，如果疫病不是由"观音门"所代表的世界传来，"从海上来"，也是自鲨湾以外的地方到来。在情节设置上，整个小说里，"我"所固守的鲨湾是一个相对独立的小环境，灾祸都是从外部世界而来的。

在小说结尾，第二次青水疫结束后，作者以相当的篇幅，记述了"观音门"那边涌来的人对鲨湾造成的改变。他们不仅有着与岛民不同的白皮肤，而且有着不近人情的冷漠。他们甚至改变了鲨湾的时间："新来的鲨湾人似乎做什么都是急匆匆的，他们将鲨湾推入了一条更快的生存轨道。"造纸厂在遣散工人的当天便被炸毁："一个世界变成另一个世界，只用了一个下午。"叙事者"我"对此是不以为然的："繁密而真实的、关于鲨湾的味道在渐渐消散。""我"在码头做搬运工作时，会凭着同样黝黑的肤色、"眼睛黑黑的，有透亮的光芒"而辨认出"鲨湾土著居民的孩子"，寻找同类。

这显示出对鲨湾原先的封闭环境的留恋。

不过，在小说第一节，"我"这样陈述第一次青水疫之前的鲨湾景况："早在几十年前，鲨湾是一片异常繁荣的海滩"，这里有造船厂、航运公司、海鲜加工厂，还有"莎士比亚大剧院"，甚至麦克疯也是"很久以前"来此地的外国商人之一。当年，鲨湾一直"很鲨湾"，似乎并未被现代文明困扰，那为什么在第一次青水疫之后（也是"我"降生之时），鲨湾陷入封闭几十年后，当再次通过跨海大桥与现代文明连接之际，"我"却那么抵触来自岛外的人？因为"我"生来就在一个封闭的环境，便无法接受一个不封闭的环境了吗？其实如果进一步推理，按第一次青水疫之前鲨湾曾经繁荣的逻辑，正是封闭带来了"饥饿"和"孤独"。

我想，这种在叙事里显得暧昧不明的地方，可能正是不同精神思潮的交锋之处。

2."集群式"的人物设置

作者在创作谈中提到，在人物设置上，"我""麦克疯""容容"是互补的，他们有的异常聪慧，有的强壮健硕，有的有着"发达的长腿"，他们三个形成了一个整体、对外部世界进行探求，"由此对抗外界的暴力、饥饿与虚无"。作者还说，为了防止纯真的友谊过于单薄，她有意设置了一些友谊的障碍。这些地方一方面提示出，作者在人物设置上经过仔细思索；另一方面，它也提示了很有趣的一点，所谓"三人成众"，这个小说里，人物的精神内核是一个"集群式"的结构，以此面貌来应对外界，而非以某个个体有残缺的面貌来应对。

这个设置有点非同一般。事实上，这三个人物都是作者个性的外化，也许是作者心目中"理想人格"的分裂式呈现。所以于"探寻野人"的冒险中，在容容走不动的状态下，"我"与"麦克疯"并没有带着容容折返平地，而是给容容搭了个小棚子，便继续向山的顶点前进——在作者潜意识深处，这可能只是与"理想人格"的某一层面暂别，而非在未知的环境里抛弃了一个挚友，所以小说没有在这里缠绵悱恻，于容容死后也仅用"容容的死亡，并没有引起波澜，容容在鲨湾没有亲人"来作结。这同时也显示出作品逻辑、理性的一面——人物以及人物的个性设置更多在象征、隐喻的层面具有终极意义；其指向的，是作者想表达的某个主题、某种困惑、某种情绪。

我想，关于鲨湾封闭环境的某种留恋，以及"集群式"的人物设置，似乎于无意中透出作品的精神内核之——关于传统文化的眷恋。这个与世隔绝的海岛，形成了它自身的一种循环结构，对外界是充满疑虑不安的。我想，这可能也折射出作者意识深处的某种焦虑。

有趣的是，读完《湾湾丘墟》当夜，我梦见自己身处一处海岛，嶙峋的礁石上，开满了凌风摇摇的荷花。我想，这必是《湾湾丘墟》的颜色和声音浸入我的意识深处，开出的美丽花朵。

作品展示：

湾湾丘墟

杨鸿涛

鲨　湾

在我年幼的时候，常常被一种黏腻的气味粘住，那气味是腥臭无比的，死鱼、焚烧的垃圾场、腐烂的女人、混合着大海的清香，像一只男人的大手掐住我的脖子，我感到窒息，却温暖、厚实。多年以后，当我长成为一个满脸黑硬胡茬的男人时，我逃出这只黏腻的大手，却感到一无所有的荒凉。

潮湿的窗檐长出一朵一朵暗红色的霉，一只失壳的蜗牛晶莹剔透，正在缓慢地向上攀爬，我突然感到自己也像一摊糊状的水生物，马上就要融化、散开，雨滴是寂寞的钟表。我看到暗黑的天光里，一个枯瘦的孩子，也就是年幼的我自己，躺在一张肮脏的小床上，饥饿无比却精神饱满，睁着空洞的大眼睛，凝望深不见底的孤独。方大希按下了播放键，那只古旧的录音机，又勤勤恳恳地劳作起来，它听起来有一点疲惫："天虚虚，海蓝蓝，七彩大桥挂天边。乖伢寻阿姐，路漫漫，阿叔唬乖伢，哭啼啼……"那是一首陌生的童谣，一个小女孩的声音清晰而明亮，声音被一圈一圈的磁带裹着，夹杂着呲呲的噪声，女孩的声音很远很远，来自另一个世界，沙哑而缥缈。不过，他被歌里的故事吸引了，同时脑海里出现了一些并不相干的画面：青锣湾火红色的狗王牵拉着无精打采的眼睛，汹涌的海浪里荡漾着死人的暗影，高高飘扬着的天蓝色小方巾，方大希怒气冲冲地走向那个枯瘦的孩子，披头散发地走向他，他快要哭出来了。他的整个童年似乎都被这首陌生的童谣包裹着，混沌不清，不断沉下去，沉下去……

关于鲨湾，我反复浮现的记忆，是关于一个女人——我的姐姐方大希。这个长得比男人还高的女人，骨骼发育得过于突出，双眼上扬眉毛尖挑，颧骨外扩，天生长了一副尖刻的样子。我的姐姐是个性格暴躁的女人，她还是个襁褓中的婴儿时，泥螺口的女人们把她抱起来，捏住她的小脸，一点肉也没有，于是半是唱歌半是逗趣地叫唱："小阿希，小可怜儿，死了老母没人疼。小阿希，丑脸蛋儿，没吃没喝遭大难……"女人们一边打趣一边嬉笑，襁褓中的方大希瞪大了眼睛，直勾勾地瞪着女人，恶狠狠地往抱她的女人脸上吐了一口唾沫。女人的脸色立刻就难看起来，气急败坏地说道："狗日的，今天怕是见了鬼了！"

自从能记事起，我几乎完全忘了我的亲生母亲，而把方大希当成了自己的妈妈。我从小便是一个饱受饥饿折磨的孩子，当我还不能下地走路的时候，方大希两个高高突起的乳房对我产生了致命的吸引力，我目不转睛地盯着它们晃动的优美曲线，我能感知滚烫、炽热和丰沛，那里是最接近母亲的意义，我太饿了，我想吸吮带着腥味的乳汁。可每当我直勾勾地盯着方大希的乳房，迎接的便是一只强劲有力的右手捏住我稚嫩且单薄，青草一样的耳朵，我被捏得哇哇大叫。

我的姐姐像所有的女人一样，能制造出关于生活的嘈杂与拥挤，并且她的身上有种臭烘烘的香味，将我、方国华和她自己凝结为一个整体。几间破旧、狭小而单调的房间，因为有了方大希每天无休止的咒骂与抱怨而显得活泼丰满。我的家里只有孤零零的几件家具，但是因为堆满了方大希五颜六色的裙子、衣衫、胸罩、肮脏的鞋袜，以及爬满地板的头发丝而仿佛是个殷实富足的家。即使当我长大后，走进家里最宽敞的房间也只能佝偻着腰身，却依然冲散不掉我的感受：我的童年，生存在一个很大的空间里。能走路的时候，我总是跟在方大希的屁股后面转，看她洗衣服、扎辫子、晾晒五彩缤纷的衣裳，在空空荡荡的厨房里变出可口的饭食。偶尔她还会奖赏我一个鱼饼、一些虾片之类的零食。她把我抱起来的时候，我便异常开心，我很依赖她。我是个天生的哑巴，在我长到两岁的时候，依然爆发出与这个世界沟通的强烈欲望，石灰色的天幕上飞过一群大鸟，我呜呜喳喳地叫起来，青锣湾有人死掉了，我看见已经干掉的尸体，又呜呜喳喳地叫起来，在空洞洞的黑夜里，无来由的，我突然叫起来。从我嘴里吐出过的最为清晰的字眼，是我看见年轻的方大希时，发出的

杨鸿涛

"ma，ma——"，我饱含深情地呼唤："ma，ma！"方大希却告诉我："老娘才十九岁，老娘不是你妈！老娘是你姐！"

关于鲨湾的记忆，我还能想到许多的死人。那年的青水疫带走了很多人，染病而死的人被铺晒在海滩上，晒上几天才被埋起来，阳光能杀死他们体内的毒素。死去的人被埋在一片干燥的沙地上，堆成金黄的小堆堆。我从玉龟山奔跑到沙地上，看见一个干干净净的老人躺在海滩上，洁净而美丽——那是我对死亡最初的理解。他衣衫完整，身体没有腐烂的痕迹，双手交叉放在小腹上，像是睡着了。浓密的睫毛让他的脸庞充满了孩子气，在阳光下仿佛沾满了金粉。死亡，在那一刻，因其过分的温柔而永远定格在我心中。后来，鲨湾陆陆续续死掉了更多的人，他们都被晒在海滩上，就像一条一条晒干的鱼。青水疫是鲨湾的魔咒，在消退之后依然凝结成巨大的阴影笼罩着一代一代的人。在我出生的时候，它早已消失，再不见死人的影子，但疾病的阴霾与疼痛，却透过时间盘住整片地域，在新的爆破声到来之前，这片土地一直病恹恹的。

早在几十年前，鲨湾是一片异常繁荣的海滩，依托于漫长而曲折的海岸线，海岛经济迅速发展起来，造船厂、航运公司、海鲜加工厂如雨后春笋般涌现，大大小小的商场铺子遍地开花。老一辈说："鲨湾是有鱼仙保佑的地方，是个鱼窝窝，你只要把渔网一撒，成千上万的鱼虾蟹将就会自动往你的网里躺。"鲨湾海鲜因此享誉周围地区，"胖三娘""老肥猫"都是当时红极一时的铺子。我听青锣湾的一位老人描述过"胖三娘"海鲜铺的盛况，铺子里整日人满为患，做买卖的、政府当官的、混日子游街的、学堂里读书的都爱吃这里的海鲜，他家的爆炒鱿鱼是油亮油亮的鲜红色，清蒸鲈鱼的香味能从青锣湾飘上海月公路，砧板上的面包蟹胖滚滚的似娃娃，蟹黄沙糯，咸香诱人，社会高层人物专订胖三娘家的面包蟹。老板娘胖三娘票子挣够了，海鲜吃腻了，爱去玲珑坊买些珠光宝气的丝绸穿，尤其爱穿大红大紫的颜色，她的三层富贵肚就藏在粉粉红红的绸缎下抖动不停，她一走路，满头的金银珠宝也愉快地晃荡起来。当时关于胖三娘，还有一句幽默的歌谣："肥胖三娘一步走，地球都要抖三抖。"胖三娘的富贵，也正是鲨湾繁荣兴旺的一个符号。

观音门的汽车拉一车一车蓝眼睛、高鼻梁，鲨湾的婆媳姊子们，也学几句洋英文，看见外国客人就讲"威尔康""三克游"，摆出喜人的姿态，揽来大批顾客。一些外商也看准了这片宝地，在这里投资建厂，不久，鲨湾便成了观音门对外开放的门户。一个德国佬还建造了"莎士比亚大剧院"，剧院除了演绎比较传统的剧目外，每到周末的晚上，会有一批白头发、大肚皮的外国老人上演幽默喜剧，这是很受本地人欢迎的节目，即便是普通的车夫，也愿意在辛劳了一天之后，为高价的快乐买单。不久，鲨湾有了造船厂，蓝色的厂房矗立在码头之上，整日轰隆轰隆，向外界宣告着蓬勃的生命力。因常年吃鱼、虾等优质蛋白的海鲜，鲨湾的女人们丰乳肥臀，面色红润，男人们黑壮坚实，浑身是劲。那个时候汽车还没有普及，鲨湾和观音门一带，山高地陡，发展起以人力为主的挑夫经济，人们称挑运行李的男人们为"棒棒军"。鲨湾的棒棒军是一流的水平，从码头扛货物挑行李，生意不断，个个的腰包都是鼓鼓的。靠海的那一排建筑，绵延五六公里，多半是生鲜加工厂，终年充斥着鱼腥味，每天有成千上万的鱼被杀掉，屠宰与阳光，共存在金色的海滩。从玉龟山俯瞰整个鲨湾，是一群以黑色、红色和蓝色为主的、密密麻麻的、明亮的建筑。建筑里塞满了密密麻麻的人，点满了五颜六色的灯，每到夜晚的时候，无数的灯影和人影便荡漾在深蓝色的海波里，无边无际的海，烘托出浓墨重彩的繁华。

有一年，那是响晴的夏天，人们感到那年的海水似乎发生了微妙的变化，当海水渐渐由蓝变青的时候，海湾上便陆陆续续浮上一些海物的尸体。有一天，海滩上漂上一个死掉的渔夫，他的一只眼睛已经烂掉了，发现他的人发疯似的叫起来，从那个死掉的渔夫开始，鲨湾陆陆续续地死了很多人，从那年的夏天一直持续了好几年。我出生的那一年，人们将这种蔓延的疾病命名为青水疫，染上青水疫的人无痛无痒，但是会慢慢溃烂，并且很容易死掉。人们说，青水疫的病毒是一种叫"花罗汉"的海鱼带上岸的，海里的生物会染上这种病毒，人也会。也有人说，这种病并不传染，而是跟一种空气里的湿毒有关。短短半年之间，鲨湾被一片青色的海域包围，一个充满活力的新生码头城市，变成一座死城。从很高的地方看，鲨湾依然是一个很美的地方，仿佛四处绿树成荫，家家幸福安康。但是鲨湾的人们要么死掉，要么逃走了，剩下一些老弱病残、来路不明的孩子与乞丐留在这里听由上天对命运的安排。

码头禁闭许久后，青锣湾的老罗推开长满厚藓的门，看见红红的太阳照着，暖暖的，海水已经变蓝了，他扑簌簌流下眼泪，一家一家敲响岛民的门："消失啦！魔鬼消失啦！"鲨湾慢慢又恢复起一些生机来，只是逃出去的人再没有回来。岛上的生活节奏慢了下来，人们还是吃鱼、卖鱼，但是力气却大不如以前了，肉变得松松垮垮，每天晒太阳，晒得皮肤黑黢黢的。在温吞吞的节奏里，造船厂和大剧院在生锈，老化得迅速，于是被改造成几个带有福利性质的工厂和学校，岛民就在里面干点杂活。鲨湾与观音门之间，有一条路上通道，像脐带连着母亲与婴儿，岛民将其称为沧道。随着海水年复一年的腐蚀，沧道越来越窄，终于在极脆弱之处断开，鲨湾成了一座孤岛。我经常看见浑浑噩噩的方国华——我的父亲，跑到沧道的尽头，遥望海那边的观音门，那里是他曾经生活过的地方，那里红红绿绿的人迅速流动着，很近很近。

我常常沿着围住鲨湾的海月大道奔跑，公路蜿蜒而上，一头接西湾码头，一头伸向玉龟山，像一条盘卧的大蛇。公路一面临海，一面是密密麻麻的房屋、酒馆和商铺的残躯。繁极一时的"胖三娘""老肥猫"像被掏空了心脏，残存的牌匾上还有些零星的字迹、黄绿相间的油漆。那个珠光宝气的胖三娘，也被青水疫夺走了生命。鲨湾在退化，从一座城慢慢还原成一个镇，蔫拉着再也打不起精神。鲨湾的中心地带是一些工厂和商店，以及仅有的一所鲨湾小学和一家没有名字的造纸厂，方国华就在这里混日子。沿着公路一直往上，便深入到鲨湾的另一面——泥螺口，这里地势稍高，平静而温暖，住着很多老人。我跟我的父亲、姐姐也生活在这里。我们家是两层的小阁楼，方大希住在阁楼上，我跟方国华住在阁楼下。我们只有一张桌子、三把椅子和一张绿沙发，客厅里两面通风，左右贴着几张橘红色的裸女的海报，我在感到孤独的时候，常常一个人蜷缩在陈旧的绿皮沙发上，想起暗红色的金鱼。

我出生的时候，睁开我乌漆麻黑的眼睛，第一眼，看到的便是我面如死灰的父亲。父亲的世界充满了不可打破的规则，比如婴儿吃不上奶水就一定会死掉，没有路的地方就不能走路，只有医生能治病救人。在我还是一个婴儿，就快要因饥饿而死掉时，他只淡淡地说了句："把他的褥子裹裹好吧。"方大希破口大骂她的亲生父亲，在他的手里把我抢过来，用热毛巾覆盖着我快要冷掉的身体，把仅剩的一小碗米饭熬成一大锅米粥，连续一个星期喂给我吃，我的脸色才红润起来。我的姐姐，在我的生命里，具有无比重要的意义，远胜过我的父亲。饥饿伴随着我的整个童年，我有了身体的意识之后，便一直在寻找食物，我的皮肤、筋肉每天都噼噼啪啪地响着，他们在迅速地生长，疯狂地向我索要养分，我贪婪地吮吸食物中的营养，饭量是同龄人的三倍。所有美味的鱼虾，难以下咽的臭菜，我都能一扫而光，并且迅速消化，可是我的家里仿佛从来都是空空荡荡。

我的父亲方国华为自己有一个又丑又哑却十分能吃的儿子感到异常恼火，他常常把食物藏起来，却总是轻易地被我找到，于是我跟我的父亲为了争夺食物展开了斗智斗勇的"战争"。在三岁之前，方国华常常把食物放在很高的地方，高度对一个小孩子是难以突破的挑战，我气愤无比而又无计可施，后来我独自去玉龟山上拖回来一根坚硬而轻巧的木杆，很轻易地就将方国华藏着的零食扫下来。我嬉皮笑脸展示着我的胜利，他无可奈何。不过他很快就破解了我的战术，把所有的鳗鱼丝、虾干、龙眼都用瓷碗装好再放到高高的柜子上，我第一次从柜子上扫下来一个瓷碗，摔得稀碎，我心惊胆战，我知道一个瓷碗对这个贫穷的家意味着什么。当方大希恶狠狠地问是哪个狗崽子干的时，方国华像个受害者一样指着他枯瘦崎岖的小儿子，委屈地说："是他干的。"对于自己的失败，我转化成了对方国华的恨意，我恨他恨得牙痒痒。不过方国华没想到的是，他的小儿子，以超出常人的生长速度长大，即便是饱受饥饿的折磨，依然发育出两条惊人的长腿，不到半年便能伸手够到家里最高的家具。我在方国华的眼皮子底下拿出他放到瓷碗里的虾干，塞到嘴里，嚼得扑簌扑簌地响，他装出若无其事的样子，但跷着的那条二郎腿，不安地晃动着。后来他买了一把锁，专门储藏自己的小零食，我在海月公路上找到一节细铁丝，轻轻一转，锁就开了。每到吃饭的时候，方国华便抢先一步上桌，借助客厅的微微倾斜，方国华知道怎么把自己的小儿子安排在离食物更远的一侧，而我则以组装玩具车的缘由获得方大希的默许，锯掉了一节方国华的凳脚。我跟父亲的对抗，在我的整个童年里，一直没有停息过。

骑士庄园

在我具备了独立行走的能力之后，便喜欢沿着海月公路奔跑，以排解我内心的孤独，我很享受海风在脸上摩擦，并伴随有呼呼声的感觉。跑上一段路我便要歇斯底里地喊上一声，我是个哑巴，但我依然高声呼喊。我背上一个破书包去鲨湾小学念书，那里的记忆相当模糊，如今已化成一个轻飘飘的梦境，可我却清晰地记得每个下午放学之后，我在公路上飞奔，野娃、花子他们一群疯孩子便追着我搡，我的滑稽的大眼睛、鸭蹼一样的脚掌和干瘦的身体让我自带一种欠揍的喜感，野娃他们看到我的时候笑得很开心，但是他们依然要把我搡成一个秋天的柿子。事实上我是个极其脆弱的孩子，我很害怕他们，但我发达的两条长腿让我具备了突出的飞跑能力，这让我一次又一次成功地脱离险境。奔跑对于我来说，不仅是排解孤独的方式，也是自我保护的甲壳。奔跑！奔跑！即便是这样，我依然逃离不了野娃他们的双面围攻，我只有拿出硬碰硬的勇气，用跟天王老子干架的疯劲，跟他们大打一场，直到他们真以为我疯掉了，不要命了，才能逼退他们的锐气。每当我歇斯底里地跟他们打成一团，尖碎的小物划破我的皮肤，迫在眉睫之际，我便在我的脑海里开始变形，生出自己是另一个阿哑的幻觉，阿哑要长高了！阿哑要长出翅膀来了！阿哑的铠甲能阻挡一切攻击！阿哑马上就能拥有超人的力气与魔法了！阿哑要把你们都搡成肉泥了……在我四面楚歌的童年，我多么渴望成为一个力大无穷的超人。

每当我打完架，挂着两条胜利的鼻血回到家，方国华便轻轻地对我说："阿哑，你最好还是安分一点。"

一个晴朗的星期五，放学后，我百无聊赖地走在公路上，天还早，我不想回家，于是临海找了一片沙地，用一根树枝，胡乱地画出一些线条。我的脑海里浮现出鱼和老虎，于是画了一个虎头鱼尾的怪物，又在怪物的头上添了一个光环。我想到风，于是画出一些条纹状的波浪。我突然感到很饿，于是画出一串一串的鱼饼和烤虾，我想到我的姐姐，描出一个长头发高鼻梁的女人，又感到饿，嘴巴里空空荡荡，于是在女人的胸前画出两个突出的乳房。就在我想进一步完善这一幅画作时，一只大皮鞋，巨物一般突然出现在我的视线里，将我的作品一脚踢飞，周围爆发出一阵稀稀拉拉的笑声。我抬起我的小尖脑袋，看见一张黝黑而冷漠的脸，一张白胖而浮肿的脸，一个鸡头哥。他们是野娃、花子和阿奎。野娃尊敬地称呼了我一声"哑巴新郎"，对着我的耳朵大吼："你画的那两个圆圆的有凸点的东西是什么，是哑巴新娘的奶子吗？"那一刻我感到羞辱极了，憋红了脸，攥紧了拳头。干瘦的阿奎推搡了我一把，我的嘴巴张了几张，却没有一点声音，引来一阵哄堂大笑。我用硕大的青蛙眼白了一眼阿奎，他们三三两两的拳头便雨点般落在我的身上，我不作声，恐惧、愤怒，但我只是紧攥着拳头，当一只大手将我拎起来的时候，我开始使出吃奶的力气挣扎。"大不了同归于尽！"我终于又生出发疯的勇气了，对着眼前的野娃直直地打了一拳，"他娘的！"野娃一拳将我捶翻，我听到清脆的咔嚓声，我的鼻子破了，然后我感到一阵火辣辣的疼。我也许是真的疯掉了，爬起来，又给了野娃一拳，他顺势将我拉过去，摔在沙地上，紧接着，他们将我狠狠揍了一顿，拳头、脚踢乒乒乓乓。敌人身上的汗液混合着海腥味，在一瞬间，我完全失聪了，我的身体轻轻地飘起来，闻到水果糖的香甜。

他们在感到我大概会妥协的时候停了手，疼痛的感觉回来了，我爬起来，一脚踢在花子的肚子上。我呼哧呼哧喘着粗气，眼睛里充满红色的怒火，像要杀人，这让他们有些害怕了。天已经快黑了，我和野娃一群人仍在决斗之中，我像一条蚂蟥黏在野娃身上，死死地箍住他的腰，其他人则形成一个包围的阵势，团团将我俩围在中间，寻找突破口。野娃无论如何也摆脱不了我铁链般的双手，他说："你松开！你松开了我请你吃油爆虾！"我不听，我在心里呼喊："你们都是骗子，今天就算是天王老子来了，老子也不松手！"阿奎开始使诡计，冲上来挠我的胳肢窝，我把他的右手咬掉了一层皮。

就这样僵持了几个小时后，天已经黑尽，海风冷飕飕的，大家突然觉得有些索然无味并且肚子有些饿了，我异常紧绷的神经也疲乏下来，不过还是紧紧攥着我的小手。我感到有些冷。黑色的天幕上突然飞过一些白色的大鸟，我抬了一下眼，感到轻飘飘的。突然有人叫了一声："阿呷，你的姐姐来啦！"我突然慌神了，往西边望去，搜寻我的姐姐。野娃迅速扒开我的手，顺势逃脱。这下他们处于绝对的优势了，又躁动起来，很轻易地就将我按在地上，他们准备好好报复一下这个毛头小子，这次他们对我实施了更简单也更为严酷的刑法——用铁夹子夹我的耳朵、嘴唇和肚皮，那是我终身都忘不了的疼痛，我哇哇地哭起来了，我在心里哭泣："你们搞死我吧！搞死我吧！我不活啦！"我感到我真的快要死掉了，我不想死，我怕。

那个瞬间，我的朋友——麦克疯，像一道光出现在我黑暗的生命里，一个粗厚且愤怒的声音突然将人群笼罩，野娃他们往背后一看，一个异常高大的巨人呼哧呼哧地朝他们走来。巨人已经很老了，我抬起眼睛，看到他跟海滩上的建筑一样高，满脸白色的毛发在海风中飘扬。我的朋友穿一件超大号的蓝色背带裤，戴一顶红色棒球帽，向我走过来的时候，我感到大地一震一震。我凝望他的身影，看到具象的风，是一条一条由无数闪着光的小鱼组成的金绿色的波浪，温柔地从他的指弯、腋下、雪白的卷发中游过，发出铃铛般的欢呼。

孩子们的打斗影响到了麦克疯的休息，他生气了。我的朋友将野娃抓起来，扔到浅海里，野娃扑腾起来，哇哇地逃走了。还没等他开口，其他的孩子们也叽叽喳喳地溜掉了。麦克疯小心翼翼捧起遍体鳞伤的我，一股巨大的热气袭来，有点臭，我感到异常温暖。我看清眼前这个庞然大物的脸，火鸡色的脸上长着一个红色肉球鼻子，毛孔很粗很粗，泛出油腻腻的光。鼻子上面一双充满童真的蓝眼睛，一眨一眨的，像外国童话里的洋娃娃。我一点也不害怕，我很饿，我看到天上飘过无数的烤鱼、火鸡、面条……我在麦克疯的臂弯里睡着了，做了一个很美的梦，梦见一间会飞的小木屋，屋里烧着一笼很旺很旺的火，我跟一个蓝色英雄坐在一起，吃流油的烤番薯。

醒来的时候，我躺在一张极大极柔软的床上，因为热而渗出了细汗，我看见周围挂满了五颜六色的塑料袋、叠放的纸壳和旧衣服，墙角堆满了易拉罐和一些金属制品。这是一间还算宽敞的屋子，因拥挤、凌乱而显得温暖。我的朋友为我煮了一大盆热腾腾的海鲜面，摆在我面前，不讲话。麦克疯是会讲中国话的，但是他不常讲，偶尔从他嘴里蹦出来一串稀奇古怪的外国话，鲨湾的人都听不懂。我把汤也喝光了，吃得满脸是汗，黑色的肚皮鼓起来，从来没有吃过这么饱。

关于我的朋友，我约莫只听说，他是很久以前跟着一批外国商人来到这里的，有人说他在很久之前也是一个商人，他的老婆在青水疫来临的时候死掉，于是他疯掉了。也有人说他是莎士比亚大剧院的演员。庆幸的是他在鲨湾活了下来，并且活了很久。在岛民的固有印象中，他精神失常，身躯庞大，心智跟小孩一般幼稚，像一个疯子，会唱歌，会跳舞，经常一个人在西湾码头附近自言自语，哈哈大笑，兴致勃勃地唱唱跳跳，于是人们便叫他麦克疯。当他变老一些的时候，便不再那么活泼，他的生活很奇妙，他什么也不做，每天捡拾废旧的纸壳和塑料袋，可却又似乎很宽裕，什么也不缺。他应该像个乞丐一样落魄，可他的身上却又有一种富足感，青水疫之后的鲨湾人身上都没有的。

那天，我回到泥螺口后，方国华问我去了哪里，我在他面前打了一个超长的饱嗝，然后向他伸出两条细瘦的臂膀，滑稽地地摆了摆，吐了吐舌头。

我已经不记得我跟年老的麦克疯是怎样成为朋友的，那是一个无比自然的过程，他强壮的外表下是一颗单纯而擅长忍耐的心，他脾气温和而没有主见，是一个软弱的巨人。我每天放学以后，不再热衷于从疯跑中获得快感，也不再着急回到泥螺口的家，而是去找麦克疯。奇怪的是，靠海的地方往往阴冷潮湿，麦克疯的家里却似乎比泥螺口更热暖一些。他煮的海鲜面，也更能使我感受到温饱。我的朋友不善言辞，我整天与他相伴，他有着巨人一样粗糙而凶猛的外表，并且，他看上去是个很有威严的成年人，这使我终于免受野娃一群人的追赶和伤害，他们不再"追杀"我，而是看到我就跑，他们害怕那个蓝眼睛的外国佬把他们几个小孩子，扔到海里喂鱼。我的皮肉饱满起来，笑容也渐渐地明亮了。

天气好的时候，我们两人就蹲坐在青锣湾热闹一些的地方，观察来来往往的人，青锣湾的人都是黝黑的，走路慢吞吞的，没有任何美感，我感到很无聊。有一天，黝黑的人群中，一个披散着一头明亮的亚麻色头发的女人走进我们的视野，我的心颤抖了一下。麦克疯吐出一个我听不清的字眼，死气沉沉的青锣湾，一瞬间，优雅得流动起来。那个女人是从金剪子理发店走出来的，后来，从金剪子理发店走出了更多的彩色头发，在我们幼稚的视野里成为一些五颜六色的菜头，我们"看人"的行动增添了一些彩色的趣味。

我们要么就去西湾码头看海，码头能看见整片海，海平平的，不好看。麦克疯喜欢无端地唱一些歌，都是异国调子，也并不吸引我，我的脸被海风吹得痛，我觉得他的歌声咸咸的。可是，多年以后，我感到那歌声异常动人，在这个世界，好像再也找不回那样的，发着光的海与充满咸味的歌了。我喜欢看我的朋友表演默剧，他在剧里扮演一个滑稽的小丑，做出各种奇怪的动作，模仿蠕动的水母、翻腾的海豚，并且发出鲸鱼的叫声。每到我的朋友表演默剧的时候，我便嗷嗷地叫起来，我为他欢呼鼓掌，手掌都拍痛了。

不知不觉，我与麦克疯看海的日子，从夏天持续到了冬天。在一个寒冷的冬夜，我们发现了一个冻僵的孩子，他留着短头发，戴着一副金丝眼镜，像一个女孩子，睡熟了，他是多么漂亮呀。后来他成了我与麦克疯的新朋友，他叫容容。一提起他，我总是会想到他说过的："我们在一个，巨大无比的彩色泡沫球上滑行，我们与泡沫重叠，无数的人是泡影。"他睁开冻僵的眼睛，看到巨大的麦克疯与青蛙一样的我，被吓哭了。当他明白过来我们是帮助他的，他再一次哭了："你们真好呀……"我和麦克疯都不怎么讲话，而容容却很爱讲话，无头无脑地讲，像是讲给别人听，又像是讲给自己听，他曾说过他太孤独了，如果再不讲话，他便感到，他要沉入到课本上的，那个恐怖的黑洞里去了。

容容的家是富裕的，他在鲨湾小学上学，却并不是岛上的居民，他也许来自观音门，也许来自更远的地方。容容带我们参观他宫殿一般的家，他是个很聪明的孩子，得过很多奖状，还有一堆跟物理学习相关的证书，这一切在我的记忆里也成了泡影，关于那座华丽的宫殿，我只能想起容容奇怪的妈妈，那个美丽、瘦小而阴森的女人。我记得她总在吃药，一把一把的胶囊塞到嘴里，嚼得窸窸窣窣地响动，我分不清那是咀嚼，还是来自幽暗角落里的老鼠的声音。她是个很干净的女人，可是她的面色很憔悴，灰蒙蒙的，容容的脸上，有跟她一模一样的颜色。我想，她的身体里，也许有东西在腐烂。

容容成为我们的一员后，我很快就被这个斯文的小家伙吸引，他有一个蓝粉色的大书包，里面装满了精致的小玩意：七巧板、魔方、举着金色盾牌的超人玩具、跑车模型、散发着奇异香气的橡皮擦……这些小玩意如奇珍异宝一样吸引着生活枯燥的我，而当他把那个色块混乱的魔方变成一个规整的六色正方体时，我的眼睛睁得巨大无比，为这个小家伙的智慧感到惊讶。他跟他的妈妈一样，每天要吃很多药，我们每天看见他从他的小药箱里拿出瓶装的、盒装的、袋装的药丸，熟练地分成一堆一堆，然后像嚼糖果一样嚼完。那很新奇，我甚至也想尝一尝一两颗他的药丸。

容容的妈妈，那个病恹恹的女人，每天会给他一块零花钱，我和麦客疯也因此能得到一些馈赠，他自己用六毛，给我和麦克疯一人两毛，我们就在鲨湾小学的小卖部买冰糕和一种香辣小银鱼吃。鲨湾小学的老师问容容："你的妈妈是不是快死啦？"他便一本正经地告诉那个人："我的妈妈还可以活很久。"

容容很善言，讲话很温柔，甚至极富诗意。也是因为这样，我们三个人的世界里有了声音，自此活泼了很多。可我开始讨厌这个朋友也是因为他的善言。我发现他太喜欢讲一些无关紧要的屁话，比如他对着那条普通得再也不能普通的沧道，能生出一串花哨的比喻："伟大的上帝的杰作，海的脊梁骨，银河一样的色彩……"当他看到我的姐姐时，又用"瀑布""森林""夜莺"等词语形容了她的头发。当初那些我觉得很美的语言，后来我感到十分枯燥。我跟我的两个朋友相处的那段时间，海每天都在翻腾，方大希每天都在咒骂，我的耳朵并不寂寞，因此，我对容容不厌其烦的自我表达感到痛苦。我尽量躲开他，离麦克疯更近一些，我喜欢这个沉默寡言的大家伙。我没想到容容的心思会像女人一样细腻，他察觉到我的冷淡后，开始生闷气，可是我依然没有理他。有一天，容容对我说："你是不是在躲着我？"我沉默。"你是不是不喜欢我？"我依然沉默。容容说："好！你等着！"后来，我便见识到容容作为一个小孩子，是怎么用金钱赢得友情的。

那天，他用他的妈妈给他的零花钱买了三串炸鱼薯条，自己吃一串，给麦克疯一串，我眼巴巴地等着容容把第三串分给我，他却漫不经心地说："哦，你是没有的，剩下的一串是我买给我自己吃的。"我又急又饿，干巴巴地看着他们大口大口地嚼着炸鱼薯条，鱼油从容容的嘴角滴下来，看得我眼睛都直了。容容"克扣"了我每天的两毛零花钱，这对于穷且饿的我来说，是致命的打击。我开始向容容示好，他说："你陪我写作业，做游戏，我就每天给你三毛钱。"我愉快地叫了一声。

我们三人很快建立了坚固的友谊，两个小毛孩与一个老小孩，整天奔跑在西湾码头，欢呼、歌唱，干净优雅的容容很快就变得跟我们一样脏兮兮的。在我的印象中，西湾码头是一个巨大的垃圾场，终日臭气熏天，我的童年，充满了飞扬着的五彩塑料袋、易拉罐、废旧的钢铁与堆得跟楼层一样高的废旧纸壳。我们在各自的身体上挂满塑料袋与易拉罐，敲出响亮的音乐。每遇到西湾码头大规模地焚烧垃圾，我们便兴奋无比，三人围着熊熊大火欢呼、奔跑，吸收了垃圾焚烧的气味，也与彩色废墟融为一体，在一片火红与黑烟的盛宴中，生起一种无与伦比的快乐。

友谊像一剂良药，解除了我面临的生存威胁，也排净了我内心的孤独。在确定了野娃们不敢再追赶我之后，我的内心渐渐安定。慵懒的生活秩序里，两个小毛孩与一个老小孩，渐渐生起干一番英雄事业的野心。容容常常突然捏紧他的小拳头，紧皱眉头，奋力向天空挥动。我天生丑陋、喑哑且无用，在长达十年的生命历程里，我一直甘于忍受，而在那段时间，封闭已久的欲望却渐渐萌芽，我渴望成为一个英雄。

我们对自己能否去干一番"伟大事业"的最初试验是来自对狗王的对抗。西湾码头的暗处有无数的野狗，我们奔跑的时候，就有无数的野狗追赶我们。我们一开始选择逃避，抄起一些小石头、小钢板朝狗扔去，然后拔腿就跑。某一天我们突然决定不跑了，当一群野狗对着我们三人狂吠不止，麦克疯突然迎上去，与狗对峙，发出巨大的汪汪声，我和容容也发出哇啦哇啦的叫声，摆出一副盛气凌人的样子。瘦骨嶙峋的野狗看到体型巨大的麦克疯似乎愤怒起来，居然吓得屁滚尿流，麦克疯哈哈大笑，容容也乐得跳起来。狗群最终请来皮毛通红、体型壮硕的狗王与麦克疯对抗，那是暑气逼人的盛夏，狗王像要吃人一般，恶狠狠地盯着麦克疯，却并没有扑上去。麦克疯在狗王的面前唱了一首高亢的苏联民谣，唱得狗王龇牙咧嘴，然后，狗王以及狗王身后的几只癞皮狗，与麦克疯以及麦克疯身后的我、容容展开了长达数小时的眼神的对峙，我们谁也不服输，互相示威却不主动攻击，狗王始终没有扑上来。天烧得红彤彤的，夏日的海愤怒地翻滚。僵持到晚上十一点，狗王终于败下阵来，一溜烟地逃走，从此成了灰溜溜的土狗，见到麦克疯就躲开，火红的皮毛也渐渐褪成黯淡的土棕色。

"人狗大战"的胜利大大增强了我们去干一番"伟大事业"的信心，不久之后，我们做出了一个空前伟大的决定：在青锣湾建立一座英雄帝都。容容因其知识的广博，成了我们的总工程师。他每日拿着他的小尺子，在各种纸壳上标满刻度，勾勾画画，将各种金属纸片裁剪成方方正正的材料，又规规矩矩地整理好，码在一起，他总说"工程的事情是一点也马虎不得的"。疯子是创意大师，他脑海中天花乱坠的想象在容容那里变为实在，所以，我们建造出来的重型机械，通常都有极为花哨的外壳。我的腿长，动作迅捷而灵活，负责材料的采集，从海边的空地上捡来一些贝壳、海螺，在垃圾堆里翻出用得上的纸壳与塑料、漂亮的装饰品，在海边运来沙石，为"伟大事业"出一份力。

不到两个月，一座华丽的英雄帝都在西湾码头厚重的垃圾屏障之下，建成了。容容为其取了一个动听的名字——骑士庄园。庄园里有宫殿、大桥和凯旋门，还有花园和农场。每天放学后，我便奔向我们的庄园，今天当皇帝，明天当侍卫，后天当杀手。疯子热衷于当钢琴家和艺术家，容容小心谨慎，说自己没有政治家的雄心和文学家的才气，仿佛真的要去当政治家和文学家一样，他很紧张，因此，在虚拟的骑士庄园，他一直是一个物理老师，并且热衷于给学生教爱因斯坦的相对论，告诉他们宇宙的各种玄妙真相。他常常将宇宙比喻成一个彩色泡沫。饿了，麦克疯便煮海鲜面给我们吃，他没有其他的佳肴分给大家，但他的小破屋里，有吃不完的海鲜面。容容在担任工程师的一个月里，开心了不少，面色红润了许多，颧骨也不那么突出，眼睛不再是一片黯淡，慢慢地，有一些光了。

我们在垃圾堆里搜罗出一些"硬气"的玩意儿，比如亮晶晶的钢片、弹珠、螺丝、钉子，在骑士庄园里另开辟出一个秘密的"军工世界"，容容从家里拿来一些玩具模型，我们照着模型的样子，制造出飞机、大炮和核潜艇，以及各种老鹰式独立作战机、新型泡沫轴坦克、外壳上画着蛇形少女的皮卡车。我们最得意的，是一辆"陆空飞鸟"，那完全是按照我们自己的灵感设计的一辆作战车，拥有漂亮的天蓝色漆皮，麦克疯以美术家的天分，在两侧的车门上画上了生动的金黄色麦田。飞鸟在地上能三百六十度无死角旋转，是极好的隐蔽和发射工具，按动飞行按钮，车门两侧便会弹出两只透明的流线型翅膀，以备高空战斗，虽然我们的飞鸟永远也没有真正地飞起来过。每当登上陆空飞鸟，按下飞行按钮的时候，我便感到无限的荣耀。

我每天赶往西湾码头的脚步更快了，因为我们在谋划一件天大的事，那便是代表正义的战争。我们有预感将面临强劲的敌人，那将是整个人类难以击败的对手。麦克疯将带领阿呷和容容，代表整个人类向敌人宣战，并且必将战胜敌人！我们紧张地备战，添加战斗装备，每天进行"军事演习"，反复训练。虽然不知道敌人是谁，敌人大约会在什么时候出现，但我们坚信一定有一个重大的敌人会来。

夏天的傍晚异常闷热，西湾码头今晚要集中处理一批垃圾，亮起大灯来，我在大灯下参加了"军事演习"后，正准备回家。突然，一群密密麻麻的飞蛾浩浩荡荡地飞向大灯，"战斗！斗！"容容高呼一声。这下，蛾群映入我的眼睛，在一个孩子的世界里，那是一群来自外星球的敌人，他们长着刀锋一样的翅膀，吸血鬼一样的牙齿。敌人到底还是来啦！"冲啊！邪恶的魔鬼，来决斗吧！"我冲到附近的土坡上，抓起一大把一大把的土石子，给高射炮、狙击枪都装上了子弹，麦克疯双手并用，一下控制几个开关，各种"武器"发射出大大小小的子弹，有的子弹击中了飞蛾，有的落了空，我开始徒手和飞蛾搏斗，上蹿下跳地拍打，不到一会儿，地上已铺满了大大小小飞蛾的尸体。"好样的！将军，好样的！"容容从未感到如此激动。战斗持续了一个多小时，我们有些累了，可敌军还在不断地增加，我们陷入了孤立无援的境地，突然，麦克疯向我招手，示意自己要离开，去拿一件最重要的武器。"去吧，我亲爱的朋友，伟大的蓝衣英雄！"我心里想，在一片黑色的背景中，我再次看到，无数金绿色的小鱼，一条一条风的波纹，萦绕于我朋友的身体。蓝衣战士带来了他的战袍，轻轻一挥，成千上万的蛾子就死于战袍之下，只用了三次，麦克疯就拍了大半的敌人。战斗的高潮，是我们三人一起登上了我们最高级别的战斗武器——陆空飞鸟，容容按下开关，飞鸟旋转起来，我徒手搏斗，麦克疯挥动着战袍，容容唱起战斗之歌！啊！真壮烈啊，我要哭啦……最后，我准备从飞鸟上跳下来，我一鼓作气，一跃而下，正要落地的时候，却被一只大手拎了起来，顺着那只大手往上看，我看到了面色铁青的方国华，此刻的方国华很高，高得像一座塔。我又急又气，嘴里呜呜喳喳，吐出一串叽里咕噜的声音却又毫无办法。我瘦弱的父亲似乎变强壮了许多，拎着我若无其事地穿过一大片一大片的飞蛾，一双大脚还踩碎了几架高射炮，高级潜艇。时间已经很晚了，西湾码头的大灯熄灭了，我们的敌人也消失了，容容和麦克疯无可奈何地离开了，夜晚冷冰冰的，一片寂静中，父亲的脚步异常清晰，我感到无比凄凉。

我们的总工程师——容容，在我们的骑士庄园建立不久之后，经历了一件悲伤的事。那天，我们正在庄园里进行"战斗"，突然有个大人跑来对容容说："你妈不要你啦！"容容理直气壮地反驳："你妈才不要你了！"又陆陆续续来了一些人，告诉容容："你妈跑啦！你还不回去呀。"容容感到有些恐惧，他停止战斗，当他跑回那座华丽的宫殿时，他的妈妈确实走了，她给容容留下很多钱，自己跟一个男人结婚去了。

容容的妈妈离开后，一向开朗的他变得不说话了，他依然每天来找我们，每天都要哭几次，哭完了就歇一下，"战斗"一会儿，然后继续哭。我们的世界，也跟着变得阴郁起来。从那时起，那件事情之后，容容依然跟我们嬉戏打闹，不过，我产生一种非常不好的预感，我感到我的朋友在精神上垮掉了。

对　抗

我在鲨湾小学见到很多孩子的母亲，于是想起我的母亲来。我知道我的母亲已经死了，是青水疫带走她的。唯一能唤醒我的关于母亲的记忆，是她的一双眼睛，那是一双极美、极清澈的眼睛，即使在她的身体快要完全腐烂的时候，依然能像秋天的河流一样，温柔地流淌。从观音门来鲨湾度假的方国华，后来成了我的父亲，被那一双清澈的眼睛吸引，放弃观音门的优越工作，追随一个女人，定居在了鲨湾。那时候，方国华同时也被母亲身上一种特殊的气味吸引，那是种奇异的花香，把他迷住了。我的父亲应该很爱我的母亲，从我的直觉里，他也许曾经是个无比正直的人，他身上的蔫气，不是天生的，是被人揍出来的。我并不清楚他经历了怎样的苦难或是怎样被打败的，也同样不幸运地没有见识到他身上的正直，从我能记事起来，他就是一个实实在在的无赖了。

我曾亲眼看见他在一个胖女人的屁股上捏了一把，然后被女人的丈夫揍得鼻青脸肿，他嬉皮笑脸地跪在地上求饶："祖宗哎！祖宗哎！我就是条癞皮狗呀！"他在码头附近的造纸厂混日子，是大家眼中真正的癞皮狗，不思进取、偷鸡摸狗，今天悄悄顺走一瓶烧酒，明天偷一个大黄馒头，被人捉住了他也不狡辩，挨打的时候他的首要任务是把嘴里的馒头嚼完，然后给打他的人加油打气："打得好！打得好！癞皮狗就是该打！"不过，他只偷食物，并且是一点一点地偷，因此能在造纸厂里混日子，事实上，造纸厂的大多数人，都在浑浑噩噩地，干一些偷鸡摸狗的勾当。

他调戏青锣湾的女人，见到女人就直勾勾地盯着女人胸前的两坨肥肉，一有机会就伸手去捏一把，我的父亲捏过很多女人的奶子，也捏过很多女人的屁股，他一直没有被青锣湾的男人揍成肉饼，是因为他是个流氓的同时也是个懦弱的流氓，不敢做更过分的事情，在他的语言中，他玩遍了天下所有女人，现实中却不敢跟任何一个女人上床，就像他连一只鸡也不敢偷，只敢偷一块鸡肉。在他无赖、好色而懦弱的生活里，他一直保持着对他的大女儿——方大希的敬畏。

我与父亲的战争，除了表现在食物的争夺上，还表现在对男性力量的证明上。方国华在所有人面前都痛痛快快地承认自己就是一条癞皮狗，但在比他更为癞皮狗的小儿子面前，他并不愿意承认。这个长得像青蛙和乌梢蛇的结合体一样的弱崽，他是能战胜的。

我的家里只有寥寥几件器具，其中有一个很大、很重的木盆，方国华用来洗脚。我还是一个只会爬的婴儿时，他便有意识地托起那只木盆，在我面前走来走去，向他的小儿子展示他强健有力的右手。我长大一些的时候，他依然拿着木盆从我身边路过，每天要告诉我一遍："你知道吗，小孩子是拿不起这只木盆的。"然后他便悠然自得地洗他那双臭脚。那天，我从麦克疯那里回来，肚子吃得饱饱的，身上的力气无处发泄。方国华又要洗脚了，他看了看我，又看了看那只木盆，对我说："小孩子，是绝对拿不起这只木盆的。"然后他走过，准备不费吹灰之力将那只木盆拿去装水。那天阳光明媚，我盯着木盆，它的纹路异常清晰。突然，它的底部突然开始晃动，木盆动起来了，开始旋转，那些古旧的纹路活动起来，慢慢流动，渐渐形成一个嘴巴，突然朝我大喊："你快把我拿起来啊！"我吓了一大跳，紧张而恐惧，抢在方国华之前，用了很大的力气，双手将木盆举起来，举在头顶。我嗷嗷叫了两声，说是木盆自己叫我拿的，方国华愣了一下，说："你看，你拿得多吃力啊。"

木盆对我没有威慑力后，方国华又找了很多方法证明他作为父亲的威力，除了力量，还可以比高度、地位。他常常将碗筷收置在碗柜的最高层，告诉我："小孩子是够不到碗柜的第三层的。"方国华有一支钢笔，他经常在我面前把钢笔别在耳朵上，一本正经地说："你是没有资格用钢笔的。"可是，我这个丑陋的小儿子，却依然让他坐立不安，我生长的速度大大超越了正常人，虽然我永远吃不饱，却惊奇地发育出两条超人一样的长腿，我的骨骼长得很快很快，而他却在老去，这让方国华感到一种威胁的力量在扩大。弱小的我从小委屈巴巴，对于父亲的压制，我不服气，可是我很快便发现这样的对抗并不乏味，我总会赢的。我从举起那个木盆起，渐渐地能举起桌子了，又过了一年，我能够到家里的第三层碗柜了，容容从他精致的文具盒里送我一支纯金色的名牌钢笔，我把它别在耳朵上，走到方国华面前，呜呜喳喳叫起来，我在说："你看，我是有资格用钢笔的，我的钢笔比你更好看。"

那天，我与方国华同时从玉龟山往家里运水，水是大大小小的桶装着，一共十几桶。他照例在我前面，挑了一桶大些的，毫不费力地提起来，从我面前经过。我不甘示弱，也挑了一桶大的，提起来，真沉，我死死地咬住牙齿往家里提。我们在对峙之中陆陆续续抬完了水，最后只剩一桶最大的了，那是一只巨胖的桶，需要两个人合作才能抬起来。我已经快累死了，向父亲发出求和的眼色。他说："你让开。"然后我退到了后面，我看见他双手并用，猛地把桶一提，脸上露出一个无比艰辛的表情，鼻子、眼睛、眉毛都挤作一团，一鼓作气往前奔。我想我输了，有点沮丧，同时，我觉得方国华，我的父亲，确实是很有力气的。突然，我听到他惨叫一声："老子的腰哎，疼死老子啦！"我急匆匆赶过去，看见他摔倒在地上，颤抖着，缩成一个 G 形，像子宫里的婴儿。

由于饥饿以及生存技能的缺乏，方国华极其依赖他的大女儿方大希，他在她的面前尽量表现得勤快一些，主动洗刷碗筷，清扫家里的垃圾，以此获得她的认可。我经常产生一种错觉，方大希才是母亲，哺育了我和方国华。我的姐姐以她突出的生活技能让这个家里每天有饭吃，因此，我与方国华的斗争，还以一种特殊的形式表现出来，那便是争夺方大希的宠爱。在这一点上，更弱小的我更占有优势。方大希常常将锅里的最后一碗稀粥分给我，还常常从别的地方给我带回零食，而这些方国华都是没有份的。她心疼她还在长身体、瘦得皮包骨头的弟弟。父亲常常央求方大希："你能把阿呷的糖饼给我分一个吗？""大希，我饿，我真饿呀，你还能拿出什么吃的吗？"他无可奈何却毫无办法。但在父亲更老一些的时候，我再一次见识到他惊人的智慧。

方国华闪了腰之后，力气大不如从前，一下子变成一个懒人。我感到自己胜利了，每天向他展示一遍一个小孩子是怎么单手拎起一个厚重的脚盆的，我气势汹汹地搬桌子、椅子，把沙发从墙角移动到客厅中央，又把它移回去。我故意在方国华的面前跑来跑去，累得气喘吁吁，乐在其中，可是他却不如以前愤怒了。直到现在，我才想清楚，他用的是更高明一些的计谋。他看清与正在长身体的小儿子比力量是不划算的，这给他带来不少的麻烦，比谁更强不如比谁更弱。

那天，方大希将扫帚扔在我们面前，方国华说："阿呷，你看，你的老子已经是一把老骨头了，可是你看起来是多么的强壮呀。"我犹如受了鼓舞一般抄起扫把，把阁楼上下扫了个遍，从此，方国华便不扫地了。因空间狭小，我家吃饭的桌子每天都要搬来搬去，方国华说："我真没用，连一口小桌子都搬不起来了。"我不甘于自己是一个"没用"的人，主动把搬桌子的活儿揽下来，从此，方国华也不搬桌子了。

他还会利用自己的智慧达成我为他服务的目的，也能成功唤起方大希的同情心。冬天到了，家里除了米粥和一点咸鱼干，几乎没有新鲜的食物，方国华找到我，对我说："你知道吗，冬天起冻了，海里的鳕鱼是更好吃的，你肯定没吃过吧。"我突然很模糊，我吃过冬天的鳕鱼吗？然后他便向我描述冬天的鳕鱼是如何的鲜香、充满水果的香味。我听得口水直咽，我太想吃冬天的鳕鱼啦！他却突然话锋一转，说："西湾码头的浅海里就有这种鳕鱼的，但你肯定不会去抓，你太小啦，一个小孩子肯定没有力气。"我急得嗷嗷直叫，我在心里说："你等着，我马上就给你抓来！"我抄起家里的渔网，在寒风凛冽的十二月，赤着脚，一鼓作气跑到了西湾码头，居然真的抓到了几条被冻得一动不动的鳕鱼。我的脚裂开了，透明的鼻涕挂在嘴上，方大希睁着惊愕的大眼睛，看见他滑稽而单薄的弟弟提着两条鱼，呼哧呼哧地喘着粗气。晚上，我的家里吃到了久违的烤鱼，我也分不清那天的烤鱼是否比平时吃的鱼更鲜香一些，是不是有水果的香味，只看见我的父亲，大口大口地往嘴里塞着鱼肉。

方国华在方大希的面前也不再跟我争吵，而是经常发出重病一般的咳嗽，然后对方大希说："大希，你把锅里的米饭给阿呷吃吧，我可以再忍一忍。"我的姐姐于心不忍，把锅里的最后一碗粥留给了方国华。我在我的姐姐面前暴跳如雷，想争夺回我天然的优势，我的姐姐拧起我的耳朵："你个狗崽子没有良心，爸爸吃的苦你不知道！"渐渐地，我变成了一个操劳的孩子，而方国华每天慢悠悠地从造纸厂回来，坐在向阳的一块空地上，眯起眼睛晒太阳，他脸上的皮肉，渐渐饱满、白嫩了起来。

我的父亲终生都在谋一己之私，我痛恨我的父亲。可是当青水疫再一次来临又结束的时候，他在垮掉的大女儿身上看到年轻时的自己，渐渐地恢复起一些良知。他吧哒吧哒地淌着浑泪，对我失掉了魂魄一般的姐姐说："大希，你太痛苦啦！你虽然不说话，但我知道，你太痛苦啦。"他开始心疼他那暴躁的女儿，并且回想起她为了这个家庭所做的种种努力，跪在比他还苍老的女儿面前哭着说："为什么死的不是我，让我去死吧！"他像是在说给方大希听，又像是在说给死去的母亲听。从那个时候开始，我的父亲便从一条"癞皮狗"渐渐重新成为一个父亲，以至于到了晚年，他开始清数自己罪恶的一生，仿佛这样才能得到一些宽恕。他把在造纸厂偷的东西一件一件地列出来，也说他不该摸女人的屁股，对不起我的母亲。有时候他神志不清，开始疯狂地怀恋母亲，他心里强烈的思念在嘴上形成一串串嘟嘟囔囔的无法辨认的符号，眼泪、鼻涕、口水都哭成一团。有一天他突然决定不吃饭了，他说我们家太穷了，他偷吃的东西太多了，他不该再偷吃了。令人吃惊的是，我的父亲从那时起真的不吃东西了，他说："我在等死。"他活了很久依然还没有死掉，那天，他卷起自己的小铺盖，穿得整整齐齐的，说自己要出门。我叫了几声，问他去哪里，他说："我找个舒服一点的地方去死。"然后他就走了，我不知道我的父亲最终走向了哪里，只记得他走的时候对我说："摊上我这么一个老子，你也够倒霉了。"

远　行

鲨湾小学突然有传言：有几个女学生失踪了。六年级的林小花等几个女孩，说去附近的丛林采摘一种名叫朱婆萝的野果，可是她们消失了。

鲨湾警察局贴出了寻人启事，常年顶着一头黄毛的老罗，说他们是被野人抓走的，玉龟山后面更深的丛林里，住着一位野人，晚上就出来在鲨湾附近抓人。年轻的女孩被抓去了，野人就把她们泡在药酒里面，用年轻女孩的身体泡出的药酒有一种奇香。男人和老人被抓去了，野人会要求他们每天晚上唱歌给他听，野人在丛林深处，没有同类，太孤独啦。鲨湾的人们唏嘘哗然，觉得真是扯淡，可大家感到异常恐惧，又因消息是从老罗嘴里传出来而有了几分合理性，因为这个老头曾经成功预言了青水疫的降临。

在那段时间里，晚上渐渐没有人出来闲逛了。老罗又说："野人的肩膀上长有两个肉翅膀，遇到他的时候，要温和地注视着他的眼睛，然后把两只手都举在肩膀上，比成两只翅膀的形状，野人有青光眼，这样他便会误把你当成他的同类而走开了。"有了老罗的指示，大家仿佛掌握了"秘密武器"，晚上又有一些人出来活动了。我隐约想起很小的时候，我的父亲也提到过一些关于野人的消息，不过那已经太模糊。

晚上，我望着玉龟山后面那座更深更高、从未有人涉及的高山，在黑夜的衬托下无比深邃，像一座深渊。我透过层层叠叠的山峦，仿佛看见一个全身长满毛的家伙，静默地坐在一张桌子的中间，桌子上摆满了葡萄、烤鱼、美酒，周围是被他抓去的岛民，围着他欢歌不停。黑夜将丛林推到我的面前，那天晚上，我梦见了野人的眼睛，荡漾着柔波，温柔地看着我，要摸摸我的小脑袋一样。

后来的几天，有岛民说见到了野人的影子，事情的真实性居然一下子得到了确认。小女孩被野人抓走的传闻也越传越烈，鲨湾派出所呼吁大家不要轻信谣言，但同时也在路口挂上了"非必要不外出"的大字牌。就在整个鲨湾陷入一团迷雾中的时候，我跟我的朋友感受到一种神秘的力量在召唤：离开骑士庄园，开拓新世界，去干另一件真正的"伟大事业"，成为鲨湾的英雄。我认为野人是为我们而出现的。我与我的两个朋友，按捺不住内心的躁动，朝着玉龟山后面的深山望了又望，紧张不安之中易毅然决定：去丛林深处寻找野人。

容容慷慨地拿出许多自己的积蓄，我们在附近的集市上买了各式各样的饼干和果干，还准备了水和一柄木剑，我并没有告诉方国华和方大希，我跟着我的朋友们，在某个清晨悄悄出发了。

从踏上丛林的第一步开始，我便紧张起来。一条小路蜿蜒而上，周围是无边的荆棘与荒草，远处、近处总有奇怪的声响，一直不停，像是什么在迅速穿梭，放眼望去却空无一个活物。越走到丛林深处荆棘越深、草地越茂密。很快，我和容容便被笼罩在一片葱茏之中，被一片热气包围了。麦克疯抄着木剑砍掉杂刺，在前面开路，一些形状奇怪的白色蛆虫和黑黄色的蝶翅碎片掉落到我和容容的身上，黏黏的、臭臭的，我想呕吐。一只扁头细脚的高脚蛛悬坠在容容面前，他吓得叫起来，叫声把蜘蛛吓着了，它沿着长长的透明丝线一瘸一拐地溜走，像个腿脚不便的老太太。

比起这些黏糊糊的小虫，我更害怕遭受毒蛇、猛兽与蚂蟥的袭击，要是遇到几个"敌人"，我们就完蛋啦。每走一步，我便感到丛林里的热气增加了一分，我们仿佛走了很久很久，林子里细细簌簌的声音越来越响，虫蚁打洞、枯叶干脆、暗流涌动、山雀和野鸭子的叫声此起彼伏，我感到我们与野人很近了。当我们爬到一座坡的顶点时，翻过去，却看见另一座一模一样的山坡，于是我们又开始了攀爬。

小路越来越窄，最后只能容下一人前行。天色越来越黑，麦克疯依然在前面开路，我跟容容紧跟在后面，在行至一个极其阴暗的拐弯处时，麦克疯突然停下了脚步，前方是一处断崖，宽约一米半。这个距离对庞大的麦克疯来说根本不算什么，他犹豫了一小会儿，又看了看我们，目光锁定在了瘦弱而娇小的容容身上，这个小家伙是肯定过不去的，于是他蹲下来，示意容容趴在他的背上去，容容很快就明白了麦克疯的意图，乖乖地趴在他宽厚温暖的背上，庞大的麦克疯背着娇小的容容，在潮湿的空气里，像一大一小的两只蛤蟆一动不动。麦克疯慢吞吞地站起来，容容死死箍住他的脖子，然后他毫不费力，轻轻一跃，便到达了对面。轮到我了。我走到断崖处，看到一处幽黑的、深不见底的陷落，我的腿开始发抖。我反复衡量、起跳，却迟迟不敢跳起。我多次凝望幽黑的深渊，试图看清它的构造，却看到了深不见底的恐惧。如果我没有跳过去，便会被这道深渊吞噬掉，我想到了容容讲过的黑洞，掉进那个黑洞里去，便什么都没有了。突然，仿佛有幽微的声音从谷底传来，我吓得赶忙后退几步。麦克疯在另一边急得直跺脚，他示意我只需要轻轻一跃，就可以跳过去。在他看来，我超人般的长腿越过这道断崖完全没有问题。我牙咬得紧紧的，那一瞬间突然不管不顾了，我张开大大的嘴巴叫了一声，然后用尽毕生的力气向对面跳去，在我飞到半空中时，我整个人失去了任何依托，我感到我整个魂魄缩得紧紧的，微微张开眼睛，我感到眩晕，仿佛看见深渊里有一只眼睛，骨碌碌地凝望着我。不过，那种紧缩的眩晕感几乎只持续了半秒就结束了，我安全地落到了地面上，感到整个人松弛下来。麦克疯快活地拍了拍我的肩膀，我又能清晰地听见周围热腾腾的嘈杂了。

当过了很久，我们翻过一个又一个的高坡，眼前依然是一望无际的草地和荆棘时，我们意识到这片丛林只是一片枯燥的山林，是不可能出现毒蛇、猛兽与蚂蟥的，三人都觉得百无聊赖了。我们甚至不再想野人的事，只想着怎样度过无聊的一天。

随着旅途的深入，草地和荆棘变成了树林，树木越来越密，空气变得湿热难耐，蚊虫也变多了，我的身上、脸上、黑瘦的手臂上都被叮咬出一个一个红包，当第一个夜晚来临的时候，我们多少有一些后悔出发了，我们突然清楚了自己糟糕的处境：两个孩子与一个愚蠢的大人即将面临长达一整个晚上的黑暗。容容变得无比伤感，他说他感觉自己永远也回不去鲨湾了。

我们沿着山上唯一的一条小路前行，绿色的树木也渐渐消失，取而代之的是一些红色的树木，中间一条小路，似乎带领我们通向秘境。天黑尽了，月色很好，树木、麦克疯、容容和我的影子都清晰地映在地上，我看见我们的影子，那像极了恐怖的鬼和妖的影子，他们还长着长长的毛。我感觉一直有一个龇牙咧嘴的家伙跟着我，窥视着我的一言一行，他在某个时候就会从背后抓住我，将我分而食之，我快哭出来啦……我跟容容同时紧抓着麦克疯湿答答的大手，走了很久，红色的树木越来越密，也更冷了。

我们似乎已经迷路了，只是，除了眼前唯一的一条路，我们别无选择。当似乎就要这样一直走下去的时候，悬挂在一条藤蔓上的，一串紫色的果子突然显现，那果子充满汁水，晶莹剔透，像异域的珠宝。"真漂亮啊！"容容感叹。我在一瞬间感到那些奇怪的幻象消失了。再往前走一些，就出现了更多的这样的果子，走到红色树林最深处，是一片茂盛、丰腴的果林，每一棵红色的树上都缠满了藤蔓，结满了紫色的果实，一串一串地搭在一起，成千上万的果实发出的紫色的光，使整个林子变得无比透亮。"Great！Great！"麦克疯开心地叫起来。我也跟着把嘴巴张得大大的，为眼前奇异的景色而欢呼。容容却扑簌簌地流下眼泪，第一次讲出了那个令我刻骨铭心的比喻："他们是多么美丽啊！可是他们又是多么脆弱。我们在一个，巨大无比的彩色泡沫球上滑行，我们与泡沫重叠，无数的人是泡影。那真是令人伤心的事实啊！"容容在这趟旅行中明显没有以前有活力了，他的妈妈离开他后，他变得无比伤感，常常自言自语："也许，在另一个轨迹里，我们根本就不认识，有你或者没有我，肯定有一个轨迹里，我们都没有……害……"容容说着说着又哭了起来，我感到疑惑，却也莫名地悲伤起来。

眼前这些紫色的果实便是岛民们所说的朱婆萝果，女孩儿们便是为了采摘这些果实而失踪的。当他们在经过一片一片乏味的草地后，遇到这样一片漂亮的果林，也一定很惊喜吧。我们在朱婆萝林逗留了很久，麦克疯不愿意再往前了，他非常想就停在这里，他太笨重，不方便前行，想休息，况且，他已经太老了。不过，他还是被我和容容拖着往前走，又走了好一段路。

麦克疯对食物和水的需求很大，我们上路时带上了不少食物和水，就快被他吃得差不多了，麦克疯的不加节制让我和容容都有些不满，我们开始为未来几天的生存担忧。容容又觉得我没有计划和主见，不会寻找最佳前进路线，什么都得靠他。而我却感觉，这个只会哭哭啼啼的容容，走上半个小时就得休息好一会儿，遇到陡坡就爬不上去，真麻烦呀。旅途走到一半，再没了那种新鲜劲头，我们也不再感到恐惧，三人各自背着各自的小书包，默默地赶路，谁也不搭理谁，直到我们遇到真正的危险。

在湿热难耐的凌晨，天还没亮，厚重的天幕上没有一点月色，森林里黑漆漆的，我们倚靠着一棵树木睡觉。一阵剧烈的摩擦声惊动了我们，我清晰地感知到，树林里有巨大的活物，围绕着我们迅速移动。我一下子惊醒过来，抄起手中的木剑，又不敢轻举妄动，害怕惹怒了它。我身后的容容在瑟瑟发抖，渗出细汗来。我睁大我的青蛙眼，竖起我的大耳朵，凝神聚气想看清活物的模样，摸清它的方位。它动作敏捷，行踪不定，我们从这一点上判断出它并不是野人，应该是更轻巧一些的活物。当我借着一点天色，看到了一点活物的面目时，深深感到毛骨悚然了。我看到一个类似人形的头上长着长长的毛发，它似乎是直立着身子的，又可以四脚攀地而行。我的心脏快跳出来了。突然，容容哭着大喊："求求你放过我们吧，我们只是几个孩子。"这下，活物不仅没有走远，反而离我们更进一步了。森林里恢复一片寂静，接下来的几秒鸦雀无声，突然，麦克疯叫起来，怪物好像向他发起攻击了，他大骂起来，奋力挥动着手中的木棒，容容吓得不敢哭了，他没有武器，他的小手也抄不动任何武器。此刻，怪物离我们很近很近，我只能模糊地辨别它的行踪，周围的灌木丛簌簌作响，噌地一下，它似乎向我扑过来，我手里的木剑一顿乱砍，却又仿佛什么也没有，目之所见一片漆黑。就这样持续了很久，活物似乎逃走了，消失在东边的丛林里。在确定周围再无声响后，三人紧绷的神经终于松懈下来，稍微有点微光了，夜色像一盆冷水一样透明。

经历了这次危险之后，我们在更勇敢的同时也感到更恐惧了。除了防止怪物的攻击，想办法对付即将吃完的食物，我们还得面临另一个棘手的问题，那便是丛林里渐渐下起了雨，雨停停下下，却没有彻底停下来，丛林里的泥路变得异常难走，升起一层厚厚的雾气，裹挟着泥土的香与植物的臭，动物的粪便夹杂着果汁的气味，以及一些形容不上来的、复杂的腥气，整片丛林的复杂性和秘密色彩，都藏在这些隐秘的味道里了。我们一人顶着一片绿色的大叶子，穿梭在迷宫一样的丛林中，闷热难耐而无精打采，目之所见都是再平常不过的树、草和泥土，我们渴望能再有一次类似紫色果林的奇遇。我们的皮肤整天泡在雨水里，生起瘙痒，开始发胀，容容的皮肤上生起星星点点的红斑时，丛林里也长出一簇一簇红色的小蘑菇。本就虚弱的容容禁不住这连绵的阴雨的腐蚀，他说他的喉咙里爬进去了一只虫，开始咳嗽。我们继续往前走，仿佛已经不记得出发时的目的了。那天，容容突然说，他走不动了。我们便找了一片视野开阔的地方停下来，用一些树叶、木头搭建了一个小棚，给容容休养身体。小棚所在的地方是一个至高点，在那里能看见山下广阔的景色。

傍晚，雨停了，麦克疯呼呼睡去，他已经很久没睡过安稳觉了。雾气消散，整个鲨湾显现出来，海水的颜色比平时更蓝一些，海月大道像一条绳子将整个鲨湾包在里面，很像一个魔鬼。我隐约记得，我的父亲有一本插画，我还记得其中的一幅：一个渔夫在海里打捞上来一只神奇的瓶子，渔夫打开瓶子，冒出一股青烟，化成一个魔鬼，魔鬼受到天神的镇压，已经在海底度过四百年了。鲨湾的轮廓跟插画里的魔鬼很像，魔鬼的下半身连着瓶子，就像鲨湾连着广阔的观音门，都由一根细细的线牵连着，但是在某处断开了。俯瞰鲨湾，还能看到一些红色的、灰色的房子，金色的西湾码头，西湾码头里有一个小点，那是我们建造的伟大工程——骑士庄园。我感到那个地方很陌生，仿佛自己从来就不属于那里。

湿答答的天空突然透出几丝米黄色的光，太阳短暂地显出，阳光照在容容瘦骨嶙峋的脸上，他终于露出了微笑："真舒服呀！"容容咳嗽得越来越厉害，一天一天羸弱下去，他决定放弃那项伟大事业，不跟随我们去寻找野人了，他说他就在小棚里等待着我们的胜利归来。麦克疯找来许多干净的枝条，将小棚加固，从外面看上去，小棚俨如一座小屋了。我在容容躺睡的石板上铺上了厚厚的一层树叶，把身上的马甲脱给他。我们把剩下的食物大部分留给容容，他太需要啦。在安置好容容后，我跟麦克疯两个人又准备上路了。临走的时候，容容说："我想我的妈妈。"

即将到达森林的顶点时，我发现一处人活动过的痕迹，那是一些易拉罐和可乐瓶子、零食袋子，还有一些水彩笔、图画纸、文具盒、小锅小铲子，以及一些烧火的痕迹。在这些零零碎碎的物品之中，我注意到一个水红色的蝴蝶结，我应该见过这个蝴蝶结，我不确定这是林小花还是阿梓的蝴蝶结，但我一定见过的。这意味着，女孩们也许就在附近，野人或许就要出现了。我将这个消息传达给麦克疯，我们两人紧张起来，我紧紧握着手里的木剑，两人结伴而行。

我们先是在周围搜寻了一会儿，没有发现其他东西，便又开始往高处走，走了不到两公里，麦克疯开始惊呼："bones！bones！"在一个凹凸里，他找到了一些碎碎的骨头，分不清是动物还是人的骨头，有的是白色，有的是淡黄色，骨头上分布着一些细细的气泡状小孔。结合鲨湾小学女孩失踪的事实，我们推测那大概就是阿梓一行人的。麦克疯遗憾地摇摇头，感到很伤心，我在意识到这是一个悲剧的同时也意识到这不是一个简单的事实，这意味着野人是真实存在的。处于花季年龄的五位少女都一一受到了野人的迫害。她们是多么可怜呀，当时她们一定很害怕吧，野人真的是老罗所说的那样，把她们的身体泡在酒里面吗……

我们不得不抛开眼前的悲伤与震惊，开始谋划如何对付野人的事情了。我想起老罗的话，遇见了野人，只要把双手举在肩膀上比成翅膀的形状便能免于迫害，这使我感到有些欣慰。我们在林子里找到一种自卫的木刺，这个小巧的武器可以顺利插进野人的心脏和眼睛。我的朋友和我反复练习老罗指示的动作，练习了很久也觉得不够准确。

只要再翻过一个极小的坡，就到达了山的顶点，野人就在那里。我仰起我的小脑袋，朝充满诱惑的山顶望去，除了偶尔飞过的几只麻雀，什么也看不到。我跟我的朋友尝试了很多次，依然没有勇气踏上山顶。

最后我们还是勇敢地出发了，麦克疯将我顶在头顶，这样既能让我更快地发现野人，也便于遇到危险时更快地逃脱。随着麦克疯一步一步地登升，山顶的风景渐渐清晰，那是很平坦的一块地，长着一棵很古老的大树，在湛蓝的天幕下闪闪发亮。忽然有一根巨大的藤蔓从大树的一边飘荡到另一边，藤蔓上悬挂着一个黑色的物体一晃而过，我睁大双眼，却也没有看清楚。藤蔓飘荡到大树的一边，钻进一片茂密的树叶，沙沙沙，叶子晃动了好一阵，震落了树上的不少枯枝烂叶和几只塑料袋。我又看见无数细小的、金绿色的银鱼流动起来了，穿梭在树叶的无数细小的缝隙中，碰撞着，剧烈晃动的树叶闪着金光，哗啦啦。一个黄黑色的、翅膀形状的暗影，在斑驳的光影之中，迅速跃入更深的叶巢。我的耳朵里突然响起嗡嗡声，越来越响，往头顶聚集，我感到自己被划破了，天上白得发亮的云流动、聚集成一个神圣的形象，极其短暂、模糊，我早就不记得那是怎样的一个形象了，但我却在一瞬间经历了无与伦比的神圣。麦克疯问我："看见了吗？"我点点头。

我们赶到容容所在的小棚屋时，他已经闭上了眼睛。渐失血色的身体变得白白的，皮肤上长满了红斑。我摘掉容容的眼镜，发现他长着很长的睫毛，看起来很干净，也很漂亮。

我的朋友死了，巨大的悲伤并没有立刻笼罩我，回到鲨湾，过了几个星期之后，我才悲伤起来。我和麦克疯没有带走容容的尸体，他瘦弱的骨骼陷进泥里面去，身体的周围长了一圈说不上名字的霉菌，一头连着皮肤，一头连着棕色的土壤，牵扯着，仿佛从来就属于这里，我想到根茎深埋在地下的黑松。我们挑了一块向阳的土地，将我们的朋友埋好，希望他能吸收更多的阳光，然后，我们在小小的土堆上插了一根淡黄色的枝条。

之后，我跟我的朋友沿着原路返回，居然只用了不到一天便回到了鲨湾。在我长成一个少年的时候，我曾再次攀登这座丛林，它是一座温和的小山，根本不会有什么孤魂野鬼，会发光的朱婆萝果是最普通的葡萄一样的果实，我跟我的朋友遇到的怪物，很可能只是一只母豹子，或者大獾猪。回到鲨湾后，失踪的几个女生回来了，他们说自己只是迷路了而已。警察摘掉了"非必要不外出"的大字牌，人们不再谈论关于野人的蠢事。容容的死亡，也并没有引起波澜，容容在鲨湾没有亲人，他的妈妈离开之后，他本就是孤苦伶仃的一个人，他死了，他的整个世界便一起死掉了。

自从我不再挂念"伟大事业"的时候，我的生活也枯燥了一些，我开始逃学，跟着麦克疯在青锣湾睡大觉，吃海鲜面，骑士庄园的魔力也在退减，再没增添任何新型武器。我的父亲方国华依然每日走进濒临破产的造纸厂，鲨湾的人们依然捕鱼、吃鱼、晒太阳，盛夏快要到了，阳光变得异常刺眼，红色的房子更红一些，黑色的房子也更黑了，海水变得晶莹剔透的同时，潮涨就要到来。

情 愫

方大希，我对于女人的所有理解，都来自方大希。我像依赖母亲一样依赖她，沉醉在她宽阔温暖的怀抱，无数次在黑夜里呼唤："妈妈！妈妈！"我的童年饱受饥饿的折磨，她极尽生活智慧，才让我维持生命，没有我的姐姐，我便不能活到今天。我的童年同时也充满危险，我饱受校园恶霸的欺凌，担心他们将我揍死。在我还很小很小的时候，还没有结识麦克疯与容容，我丑陋的外表吸引来野娃、花子与阿奎。我的身体太小了，我感觉野娃的一只手掌就能将我捏死。我在面对生存威胁的时候，无数次在心里高呼："你们等着！我把我的姐姐叫来！""我的姐姐马上就要来啦！你们跑不了的。""我的姐姐要给我报仇的。"在他们听起来我是在哇哇乱叫，我叫的声音越大，越证实我内心的恐惧，我的嗓子都要喊破啦，终于发出"姐……吉……姐姐"的声音。"你把你的姐姐叫来，我想跟她睡一觉！"他们一开始是不怕我的姐姐的，他们以为，我的姐姐肯定是一个比我稍微大一点的女孩子，可当他们真的见到我的姐姐，我的身材高大的姐姐迈着大步流星朝我走过来："不准欺负我的弟弟。"他们害怕了。我的姐姐是个大人，再恶霸的小孩子，也是害怕大人的。他们撒腿就跑，我死死拽住花子的衣角，他像逃命一样挣脱掉，衣服都破了。花子见识过眼前这个女人的威力，某一次他被这个女人提起来，转了几十圈，转吐了，然后就把他像扔鞭炮一样扔出去。

那个时候，我不相信世界上有任何一种神力能保全我的生命，但我相信我的姐姐。这个女人驱散了我生命中的恐惧，同时也给我带来恐惧，我害怕她的暴躁和喜怒无常，我渴望亲近她却又害怕亲近她，不敢靠近她，我怕她突然拧起我的耳朵来。她劈头盖脸的叫骂声在我的脑海里一直回荡、回荡，直到今天。

因方国华的懒惰，那一年方大希跟他一直在吵架，我的姐姐深感这个家庭的无可留恋，一气之下跑到了观音门，一待就是三个月，我十分佩服她的勇气和毅力。

在方大希离开鲨湾后，我感到我的生活空空荡荡，萌生出一种痛苦的虚无感，我眼中的鲨湾在褪色，我喉咙暗哑，目光黯淡。到一个多月的时候，我开始深刻地思念我的姐姐，每天傍晚遥望观音门，企图看到一个熟悉的影子。我并不清楚方大希在观音门是怎么活下去的，也不知道她在那里做什么。

再次见到她的时候，我感到眼前的女人很陌生，脸肿得像发酵的面团，眼窝凹陷进去，因高挑的眉毛和突出的颧骨形成的几分英气也因过重的眼袋消泯了。方大希挎着一个巨大的袋子，里面塞满了剪刀和染发膏，眯起眼睛，缓慢地走向我，像一个捡拾垃圾的妇女。我牵着方大希的大手，从沧道的尽头，重新走向泥螺口。

回到家的方大希在一个月内变得异常安静，不过很快，她又变回了暴躁的方大希，每个早上举着一把深红色的大牙刷，站在一块高高的石头，像刷马桶一样用力地刷洗她的牙齿，我看见她盯着镜子中的自己就像盯着仇人一样凌厉的时候，我内心真实而安定的感觉又回来了。由于脸部下垂，方大希越来越像个男人，每天早上披头散发，骂骂咧咧地洗鱼。

方大希从观音门回来后，准备在鲨湾开一个理发店。在鲨湾的西海岸，有一片未开发的荒地，方大希从钢厂偷来几块板子，照着鲨湾菜棚的样子一搭，用砖头在底部加固，形成一个粗糙的空间。她又在铁皮内部放几把大椅子，几面大镜子，安一个锈掉的水龙头，把一块白板悬挂在门口，歪歪扭扭写上"金剪子理发店"六个大字，在一片软纸上用蓝色和红色的颜料画上一些斜杠，裹起来，装在玻璃罩子里，往门口一放，金剪子理发店便算成立了。

一个白发苍苍的老头子，盯着外形奇特的金剪子理发店感到不解，自家门前是什么时候突然多了这样一间奇怪的屋子呢？方大希将老头拉到店里面，在他的恐惧与不解之中，她将他的头发和胡须、眉毛都染黑了。老头不知道是该指责这个女人的蛮横无理，还是感谢她。

金剪子理发店的生意并不好，事实上，那并不是一个理发店，偶有几个好奇的男人来光顾，方大希嫌弃他们要求多，脾气臭，故意找茬。水要么太冷要么太烫，方大希按住男人们的脑袋："老实点！爱洗不洗！"可是，当方大希给鲨湾一个乞丐一样的女人烫了一头漂亮的亚麻色卷发后，金剪子理发店突然吸引了岛上几乎所有的女人。那个瘦弱的女人，骨架很大，身体干瘪而肮脏，头发结成一团一团，四十多岁了依然没有找到一个男人。方大希凭着感觉给她设计了一个发型，当她披着一头发亮的卷发走出金剪子理发店时，鲨湾的人们都很惊讶：这是从哪里来的性感女郎。而当他们凑近，看清是岛上的一个寡妇，无一不惊掉了下巴。那便是在灰色的天幕下，走进我和麦克疯的眼睛的女人，性感的风景。女人们开始对方大希另眼相看，他们抱着试一试的心理纷纷走进金剪子理发店，方大希根据他们不同的气质、脸型与身材，为他们设计出黑长直、大波浪、羊毛卷等不同发型，染上颜色、护理、打上精油后，一个个鲨湾时尚女郎便诞生了。

方大希是十分擅长给女人服务并且欣赏女人的美的，她看到一张女人的脸，便会滋生出无限的设计灵感，她能将一个普通的女人变成一朵花，但是她却不善于服务男人，面对一个男人的脑袋，要将他变出花样来，她一点办法也没有。她认为那些穿着老头衫或是格子衫、西装的异性，都是一个模子里刻出来的，呆板、无趣并且狭隘，类似死水凼凼里，翻着白肚皮的鱼。女人们满意地走出金剪子理发店，她们感觉自己与岛那边的观音门，总有了些联系，她们能飞一会儿，体验一把另一个世界的感觉。不过，她们染出了美丽鲜艳的头发，却依然穿着蓝色、灰色的衣服，暴晒在烈日下，刮鳞剖肚，宰鱼卖虾。

我的姐姐突然成了女人们的偶像。她用挣来的钱重新租了一间真正的店铺，并且认真地装修了一遍，装上齐刷刷一排古铜色的大镜子，一面配一把升降椅。又用帘子隔出一间茶水室来，精心摆上几把欧式的、磨砂皮质的暗红色小沙发，把自己从观音门带回来的各式各样的剪刀、夹板、卷发棒以及染发膏、倒膜统统摆出来，还在茶水室摆上一只浅黄色小方桌，铺上小碎花桌布，摆上青橘、龙眼和鱿鱼仔，无限供应的花茶，使之成为一个真正意义上的现代理发店。一只装有红色金鱼的鱼缸异常显眼，在光线的折射下，火红的鱼群显得很大，它们永远睁着一双眼睛，像在看着客人，又像是什么也没看。简陋的理发店标志换成自动旋转的彩色灯柱，"金剪子理发店"六个大字，是用圆而俏皮的字体写的，还镶上了金边。这些都是方大希在观音门学来的本领，在鲨湾，这是头一次见的新奇。最令人着迷的，是店铺里悬挂在天花板中央的巨大彩色灯球，这是一个大音响，方大希将家里破旧的录音机放到理发店，买了一个音响灯球，录音机因此而变成了一件洋气的玩意。灯球上长满了眼睛，音乐播放的时候，整个鲨湾都能听见，灯球旋转，几十只眼睛里，发出五颜六色的光。

当我长大一些的时候，方大希的崇高感和暴躁感在我的印象中减弱了许多，我对她的恐惧被另一种混沌的迷恋取代，缠绕着我的整个青春。我对阁楼上方大希的房间充满好奇，那对我是一种致命的诱惑。我高高地仰起我的小尖脑袋，把眼睛睁得大大的，仔细观察方大希晾得高高的胸罩，产生羞耻的快感。我感到快乐的时候，我的裤裆就翘起来。我依然对她的乳房产生强烈的渴望，却不同于幼年的饥渴。那天早晨，方大希懒懒地起床后，穿一件米黄色的睡袍，她刚洗完她的长头发，走到我面前，我内心躁动起来，我想闭上眼睛，同时我的眼睛想穿透睡袍。我的裤裆直直地又翘起来，方大希拧起我的耳朵，给了我一个响亮的耳光。从此，她不再把胸罩晾晒在外，阁楼上的闺房成了禁地。

我在无数个夜晚辗转反侧，趴在小房间的窗台上窥探阁楼上的秘密，我感到瘙痒难耐，却什么也看不见。我坦诚地记录下我内心不洁的欲望，回想起来，我感到无比悔恨。那时候，我的世界只有方大希——我的姐姐一个女人，这种我难以辨认的渴望在我长成一个少年后持续了很久，成为我的耻辱也成为我的光荣，我的回忆因此迷离烂漫。

初秋的鲨湾爽朗而温柔，空气不再燥热难耐，太阳光里的紫外线减量，因而灼伤皮肤的能力也减弱，天上干干净净的，海也变平静了许多，不热了，岛民们开始在海滩上烤鱼吃。玉龟山的树木一半绿一半黄，再过一个月就要变成一片完整的金黄色，它的优雅使人早就忘了关于青水疫的疼痛，一切都很平和。

我依然每天往麦克疯那里跑，依然百无聊赖地看海，偶尔跟野娃们打架。我长得有些像个大人了，骑士庄园和海月大道在我的眼里都缩小了很多。在这个美丽的秋天，我看见一个系着天蓝色小方巾的女人，走进方大希的生活。

那段时间，方大希暴躁的脾气渐趋温和，她开始把生活打理得漂亮、精致而井井有条。她换了衣柜、床和一副精致的碗筷，每天都会煎两条小黄鱼。她将头发也烫卷，盘起来，脸洗得净净的，擦上猪油霜，防止海风的侵蚀。她的衣柜里也渐渐增添了一些小裙子、毛呢大衣和高跟鞋。我敏锐地察觉到，方大希的平和、快乐，是跟那个系着天蓝色小方巾的女人相关的。我见到这个女人时，她居然把我当作客人，笑眯眯地给我一些糖果。她的脖子上系着天蓝色小方巾，戴一顶薄薄的小帽，看起来很干净。但是，尽管她收拾得体面而精致，依然看得出她是一个上了年纪的女人。我对她反客为主的态度感到有些愤怒，于是拒绝了她递给我的糖果。从第一眼，我便强烈地意识到我对这个女人的敌意。方大希告诉我，小真是来店里帮她的，是她的好朋友。我并不清楚这个女人是以什么样的方式介入我姐姐的生活的，但我能看出来这个朋友对我的姐姐来说很重要。

小真在金剪子理发店里行动自由，就像另一个方大希。她知道任何一把剪刀在哪里，任何一罐发膜在哪里，理发技术也一样的娴熟自如。水电费不够了她就去缴掉，每天清洗大量的毛巾和手套，购买橘子和果糖，清理废旧的磁带，像仆人，也像主人。

小真与方大希之间有一般人没有的默契，两人交谈很轻松，做什么都像彼此得力的帮手，他们有说不完的话，视线撞到一起便笑起来。我常常看见方大希跟小真嘻嘻哈哈地打闹，我的姐姐苦于养家糊口的艰辛，在那段泥泞的日子里，从来没有爆发过那样响亮的笑声。我还看到她们坐在沧道的尽头，面朝观音门的方向谈个不停，或许在谈论那边的生活，或许只是在谈论天上的云彩。

我要报复小真，我暗自发誓。

当我发现，方大希对我禁闭的闺房却对小真开放了，我感到气愤而苦恼，我决定做点什么。当小真再次踏进我的家门时，我便把门堵住，不让她进来。她握住我的胳膊，试图让我让一下，我在心里默念："这是我的家，不欢迎你！方大希是我的姐姐！我的亲爹亲妈生的姐姐！而你是个外人，跟她一点关系都没有！"可是，小真却并没有意识到我的恶意，她把我抱起来，在我黑魆魆的脸上亲了一口："阿呷今天是怎么啦？今天看起来有点不开心呢。"我看到小真那双充满善意的眼睛，心里气愤又窝火。小真给我带了金黄色的玉米糖，我叫了两声，我说我不要！然后她就很轻松地进入我的家里。我每次都生出巨大的勇气要把小真堵在外面，可是她每次都能顺利地进入我的家。

小真是极其温柔的，她的身上总是带着洗衣粉的香味，她把我当自己的亲弟弟一样对待，每次都给我带来各种鲜艳的糖果，认真地倾听我发出的一串叽里哇啦力表达的是什么，仔细地理解我，与我交流。我是那么喜欢她，又是那么讨厌她。

不久之后，小真居然住在了我的家里，并且是住在方大希的房间。方大希告诉我："小真在鲨湾没有住处，寄居在我们家。"我彻底地被激怒了，可是我似乎一点办法也想不到。我并没有妥协，小真每天都打扮得很精致，也许，我的姐姐就是被她的精致吸引，于是，我把小真的天蓝色丝巾藏起来，半夜偷走她的漂亮短裙，在大腿的位置剪出一个大洞。我希望我的姐姐能看到小真穿着有大洞的裙子的滑稽样子。小真那天却把我招呼过去："阿呷，你看！"她用我剪掉的裙子，为我缝制了一件马甲，马甲黄白相间，干净漂亮。她亲手给我套上马甲，空气里香香的，我感受到棉布与粗糙的皮肤触碰的温暖，真舒服呀。小真总是带给我很多新奇的食物，帮我洗衣服，捏我的脸蛋。事实上，她的温柔弥补了我的恐惧，在她死去后，我常常思念她。但在那段时间我并没有停止与她的对抗，在我们的骑士庄园里，我甚至将一节干枯的木头命名为"小真"，作为一个敌人，每天用石子瞄准她。

那天清晨，我早早地起床了，我想去阁楼上看一看。我无法忽视方大希对我下达的不能进她房间的命令，我得想个法子。我去玉龟山摘了一些山楂，装在盘子里，给她们端上去。当我推开墙上的那扇门时，看到小真躺在床上正睡得香，半掩着脸，半盖着毯子，半截身子在外面，白白的，像是没有晒过太阳。方大希正把一些玻璃球一样的东西串起来，应该是在制作一些装饰品。她看见我端着水果走进来，也没有指责我，依然低着头串珠子。我观察着这间屋子里的布置，跟以前的杂乱无章迥然不同，衣服、牙具都是两个人的，沙发上杂乱地摆放着一些胸衣、牛仔裤，房间里充盈着一股暧昧而慵懒的气息，又有些暖乎乎的。小真听到一些响动便醒过来，她起床，对着我笑了笑，然后就去厕所刷牙，一切都平常得不能再平常。我当时还想问点什么，但我还是走了，我本来也不能说话。走出房间的时候，方大希给了我一些粗面包，几个鱿鱼仔，还有一些干瘪的野果子，我就坐在门槛上吃野果子，吃了好一会儿，我感到很伤心，呜呜地哭起来。

小真像是我家的主人了，但她并不是天天都在这里。隔着楼梯和天花板，我常常听到一些脆脆的笑声，有时候还传来一些快乐的、踢踢踏踏的舞步。方大希和小真的笑声持续半年后，有一天，我突然听到阁楼上一个类似摔了玻璃罐子一样的声音，在那以后，小真有很长一段时间都没有出现。但她到底还是回来了。

后来，我听到她们在争吵一些关于理发店以及她们自己的问题，隐约能感觉到小真抽抽搭搭的哭声。我的姐姐自己也不清楚，小真的出现对她意味着什么，她们在生活上有很多的共同爱好，小真年轻的时候也做过理发店员工，因此是方大希的好帮手。她们是很好的朋友。生活变好了，方大希暴躁不起来了，小真很平静，很温和，做事很勤快，她很喜欢这样的一个人。朝夕相处之中，她们滋生了很多无法调和的矛盾，小真年纪大了，常常放空精神，听不见她讲话，这让方大希感到受不了，她又变得有些愤怒了。小真对于方大希动不动则发火，发火了就要摔掉一个盘子或者一个杯子的行为感到很困惑，她认为那太不得体了。她们突然很不理解对方，变得经常吵架，为一点小事争得不可开交。小真走掉了又回来了，但很长时间以后，我的姐姐和小真依然生活在一起。

死与生

我隐约感觉出空气里有腐烂的味道。在一个明媚的中午，鲨湾的西海岸，漂上来一条翻着白肚皮的鱼。正在海滩上晒太阳的人，把鱼捡回家，做成了鱼肉饼。第二天，海岸上陆陆续续漂来更多的，翻着白肚皮的鱼，人们把更多的鱼捡回家，做成了鱼肉饼。谁也没有在意这件事，吃过鱼肉饼的人，依然下海干活，他们感到身上有些瘙痒，于是用手挠了挠，把皮肤抓破了。

有人在一处浅湾发现海水的颜色有些不正常，乍一看是蓝色，可又跟平时的海水颜色不一样，说不上来是哪里出了问题，仿佛有一点发青。当西海岸漂上来更多翻着白肚皮的鱼时，老罗顶着一头枯黄的头发，弓着背，悲伤地告诉人们："青水疫又要爆发了！"当年那场吞噬掉整个鲨湾的青水疫，也是从一条翻着白肚皮的小鱼开始的。

我看到鲨湾的人们又陷入巨大的恐慌之中。岛民们对这个也许会成为事实的预言感到彷徨、迷茫，鲨湾仿佛永远被关在一个巨大的盒子里，摆脱不了一个虚幻的魔咒，怎么逃也逃不掉。

有些人并不相信老罗的胡话，几年前关于野人的传言，也是从他的嘴里传出去的。可是，随着鲨湾的海滩上，陆陆续续漂来更多的死鱼，海水也一天天由蓝变青，人们便不再抱有幻想了。最初捡拾死鱼吃掉的几个人，皮肤已经开始腐烂了。他们有的还很年轻，很害怕自己的身体一寸一寸地烂掉，感到自己的人生已经走到了尽头，开始号啕大哭。这里面有一个人悄无声息地选择了自杀，人们找到他时，他的身体完好无损，只是手臂上破了一点皮。

人们不怎么出门了，偌大的海滩无比荒凉，青莹莹的海水异常美艳，孤独地翻涌着一层一层的波涛。这场青水疫似乎比人们想象得更为温和一些，人们还是一样地生活，吃饭、工作、喝水、睡觉，只是不再打鱼，生活甚至因此而更清闲了一些，巨大的恐怖氛围在一个月之内便消失了。有人发明了一种打发无聊时间的纸牌游戏，一时间成为流行。

海滩上陆陆续续又有不少人了。人们并不清楚青水疫的传染性如何，伤害性如何，权威的专家也没有研究出青水疫的源头，以及治疗方案。有人说："青水疫其实就跟流感一样。"于是，人们的心态变得很平和。

有一天，我听到一个慌慌张张的声音从海月大道传到泥螺口，一个人边跑边喊："死人啦！死人啦！青水疫死人啦！"整个鲨湾的人，都跑去围观那个"死人"，我从玉龟山奔跑到海滩上，也去围观那个死人，那是我见过的第一个因青水疫而死掉的人，他洁净而美丽，浓密的睫毛让他的脸庞充满了孩子气，阳光打下来，脸上的汗毛还根根立着，沾满了金粉。几个胆大且有良知的男人将这个死人抬到附近的沙地上埋了，堆起一个金黄的小堆。后来的几天又死掉了几个人，他们的身体都有腐烂的痕迹。鲨湾的人们再次陷入迷雾一样的恐惧中。

有一天，海月大道上出现了一辆三轮摩托车，几个穿蓝色制服的人把所有在外游荡的人叫回家："当心感染！"然后，他们走进青锣湾、西湾码头和泥螺口的每一户，义正词严地告诉人们："青水疫是一种传染病，从现在开始，鲨湾要进行封闭管理。"一个看起来学识丰富的小伙子反复强调不出门、不碰海水的重要性，他说那样便不会染上青水疫。岛民对小伙子的话深信不疑，在关键时候，知识是能保命的。于是大家都不出门了，鲨湾变成一座空城。最初的日子，岛上的物资还算丰富，同样是那批穿着蓝色制服的人，为每家每户免费供应一袋米，一桶油。那段日子小真跟我们生活在一起，我，我的父亲，我的姐姐，小真，每天面色铁青地坐在家里，饿了就煮饭吃，吃饭过后，又面色铁青地度过一个上午或下午。时间很漫长，当家里的米袋子逐渐见底的时候，泥螺口又有个人死掉了。那个人长达几十天也没有踏出家门半步，可是他依然死掉了。在那个人死掉之后，很快，泥螺口便爆发了一次死亡高潮，死掉的人都是封闭在家的人。透过潮湿的窗户，我看见一具一具的尸体被拖走，又湿又软，死亡是温湿的青芽。

我听见家门口外面陆陆续续又开始有人走动了，我敏锐地感受到空气中躁动不安的气氛，很显然，蓝色制服的权威发言破灭了，封闭在家并不能阻挡它的入侵。它像一个魔鬼，在和鲨湾的人做一个死亡游戏，人们却并不清楚游戏规则，谁有幸被选中，便被拖到海滩上，成为另一个金黄的沙堆。没过多久，鲨湾政府无奈地撤销了封闭管理的决定，人们重见天日了。

我对死亡的感觉是淡漠的。我陆陆续续地听到说有人死掉了，有人又死掉了，小真一听到有人死了就哭起来，双手合十，向天祷告。我对于人们的畏惧十分困惑，死掉就死掉了，人都是要死的。我常常偷偷跑到西海岸附近看死人，有的被埋葬了，有的没有，尸体横七竖八地躺着，那些金黄的沙堆看起来像一堆一堆的麦子。但我对于生的痛苦，感知却是强烈的。我还清楚地记得那个感染了青水疫却没有死掉的老人，他的双腿已经完全烂掉了，眼睛里流出一股一股的脓，他拖着断掉半截的身子，腿上掉下一些筋肉和皮肤，艰难地在海月大道上爬行。他说他要去找吃的，他想活。

在封闭管理政策失利后，鲨湾并没有放弃与青水疫的斗争，在很多人无缘无故就死掉了时候，又有一批穿着白色制服的人骑上了那辆三轮摩托车，给患病的人发放一种淡绿色冲剂，说这是可以治病的药。这一批人看起来更有医学上的专业性，他们走进岛民的家里的时候，戴着口罩，身上散发出淡淡的酒精香味，这种神圣的气味塑造了白色制服的权威，人们再次生起希望来。第二天早上，有人告诉我们，他喝下了冲剂，感到浑身燥热，不一会儿就出了很多汗。他还说感觉他身体里的毒素被逼出来了，神清气爽。鲨湾卫生院开始售卖这种淡绿色冲剂，通常不到半天就被抢空了。我跑到青锣湾去，看见患病的人很多都恢复了生气，他们推着轮椅，拖着腐烂的身体，逢人便笑着说："我的病就要好啦！"可是，鲨湾还是在陆陆续续死人，两个月内，死亡的步伐似乎放缓了，两个月后却又加速起来，人们奉为神药的冲剂，渐渐失效了。

在与疾病抗争的同时，一个更严峻的挑战摆在人们的面前，那便是如何获取食物，生存下去。伴随我一生的饥饿感便是在那个时期形成的。

鲨湾的物资渐渐空了，人们再没等来蓝色制服送上门的米和油，人们得靠自己活下去了。鲨湾居民向来靠海吃饭，海病了，海里的鱼不能吃了，玉龟山成第二个获取食物的好地方。当时还是夏季，玉龟山上生长着不少野果和野菜，我们决定尽快去采摘一些，家里除了几条黄鱼干和米，已经没有其他的食物了。当我们拎着鱼筐爬到山上的时候，玉龟山已经快空了。我的眼睛迅速搜索到许多藏在角落里的人，悄悄地往自己的菜篮子里放野果野菜。山上有两个女人为了争夺一簇蘑菇的主权，打起来了，互相扯着对方的衣角和头发，谁也不松手，结果，一个男人趁机而入，拔了蘑菇就跑，像一只豹子，一溜烟地就跑到山下去了。

白天容易有人打架，于是，一些弱者便选择了在晚上行动，在月色明亮的深夜，无数的女人、孩子，甚至是已经感染了青水疫的人，攀爬在光秃秃的玉龟山，充满希望又充满绝望。

小真那时候也加入了深夜觅食的队伍，她说她应该为家里做一点贡献。可是，玉龟山很快就被掏空了，小真很多时候都是一无所获地回到家里，神情沮丧。但她依然坚持着每天晚上上山，她渐渐摸索出一些寻找食物的技巧来，能采摘到一点东西。后来，小真顺着海月大道，走向了另一个方向——那片埋有无数死人的沙地。小真发现，每次下过雨，那些金黄的死人堆上便长出一些淡黄色的小蘑菇，她尝了尝，认定是能吃的，她开心极了。那片沙地因其厚重的死亡气息而无人前往，小真每天悄悄地去采摘一些蘑菇，因此，整个鲨湾都在闹饥荒的日子里，我家居然喝上了鲜美的蘑菇汤。

我的姐姐方大希在最艰难的日子里，为了能让所有人生存下去，极尽了她的智慧。她尽量让每天的餐食看起来饱满一些，把黄鱼干切成一块一块的小块，每顿取出一块，泡发，再勾兑一点淀粉，再用水煮熟，一块黄鱼干看起来便是很大的一块了。因此，两块黄鱼干，作为四个人的菜，居然吃了接近一个月。一块块的黄鱼干变成一小块一小块的黄鱼干，一小块一小块的黄鱼干变成更小块更小块的黄鱼干后，我开始疯狂地喝汤，迷恋汤里的那一点咸味。方大希每天将米熬成粥，一开始是浓粥，后面变成稀粥，再后来就变成米汤了。家里的餐食也由三餐变成了两餐，两餐变成了一餐。每天喝稀粥，我的肚子饿得咕咕叫，我身体里的细胞，我的皮肤、骨肉，每天通过噼噼啪啪的炸裂，表达饥饿的愤怒，我真饿呀！

我看到我姐姐的脸色一天一天地凝重起来，她希望能有人来帮她一下。那天，她指着方国华说："你跟我去一趟观音门！"方国华感到很窝火，但他依然屈服于方大希的权威，跟着她走出家门。但他们很快便回来了，没有船了，鲨湾被封了。方大希回到家里，冷着脸说："家里没有吃的了，我一点办法也没有了。"我的姐姐一点办法也没有了，我跟我的父亲感到真正的绝望了。

第二天，小真突然兴冲冲地对方大希说："我找到半袋小米！"小真在来到金剪子理发店时，带来了一些食物，其中有半袋小米，她自己也忘记了。方大希激动地跳起来，我也哇哇叫起来，生活又开始有希望了。

人们开始寻找对抗恐惧、孤独与饥饿的方式，方大希的理发店，在那个时候本已濒临倒闭，居然再次焕发出生命力。疾病来临之后，几乎没有人再把心思放在头发上。我每天徘徊在空空荡荡的理发店和泥螺口之间，很少看见人。但当疾病成为一种常态的时候，稀稀拉拉几个人又走进了金剪子理发店，他们说要染一个鲜艳一点的颜色。再后来，理发店渐渐地又热闹起来。从观音门运来的染发膏、直发膏堆在墙角，已经快过期了，方大希重新把它们摆出来。人们在一片灰暗里，染出红色、绿色、荧光蓝的头发，将头发染成彩色很快成为一种"时尚"，谈论头发的色彩，也变成一种生活乐趣。那让人们感受到一些明亮的色彩和情绪。我父亲的头发被我的姐姐染成了跳跃的火红色，就连向来温柔保守的小真，也染了一头明亮的亚麻棕。我在一个雨过天晴的下午，指着天上的彩虹，对我的姐姐张了张嘴巴，我告诉他："我要彩虹一样的头发。"鲨湾的海滩上，又陆陆续续出现了许多彩色头发的人，漫无目的地飘来飘去，鲨湾仿佛变成了一个大盒子，塞满了彩色娃娃。

人们更加迷恋金剪子理发店里的那只彩色灯球，方大希每天打开录音机的同时打开音响开关，将音量调到最大，整个鲨湾便欢腾起来。有许多已经过时的流行歌曲，娇嗔的女声、愤怒的摇滚咿咿呀呀地回荡在这只巨大的铁皮盒子里，获得巨大的混响效果，方大希，以及更多的人，随着彩色灯球一起旋转，他们半是不解，半是共情地理解着歌里的远方，麻痹着精神，短暂地狂欢，释放身体里，令人抓狂的、挤不干净的、泡沫一样的虫。我也是在那时候，迷上方大希那只破旧的录音机，我听不懂一些过于老成的歌词，却反复被一首童谣吸引："天虚虚，海蓝蓝，七彩大桥挂天边。乖伢寻阿姐，路漫漫，阿叔唬乖伢，哭啼啼……"当这首童谣咿咿呀呀唱起来，我便生起快乐而悲凉的情绪，脑海里流过一条五彩斑斓的河流，感到自己不断下沉。

不到半年，金剪子理发店又活了，我的姐姐再次成为鲨湾的精神偶像。

半年过去后，青水疫依然没有消退的征兆，那个两次成功预言青水疫的老罗，也死掉了。饥荒很快又来了，岛上除了因疾病死亡的人，也出现了因饥饿而死的人。方国华为了保全自己的性命作了不懈努力，我们每人有一只碗，每人每顿吃一碗粥，他悄悄将自己的小碗换成稍微大一点的碗，这样就能多吃一口饭。在方大希离开饭桌的时候，他常常利用小真的同情心获取一点残羹，他对小真说："我快饿死啦，你可以把你碗里的粥给我一点吗，我的血流不动啦，我真的快饿死啦！"善良的小真每次都被方国华演出的真诚打败，把自己碗里的粥舀一勺给他，她以为我的父亲真的快饿死了。

我记得有一阵子，方国华频繁地走向玉龟山，我跟方大希同时感到他可能在背着我们偷吃。在某一天，我们紧跟着他走到山里，看见他走到一个地方便蹲下来，从地上捡起什么东西来吃，方大希径直走到他背后拍了一下他的肩膀："狗东西！居然背着我们偷吃！"方国华惊恐地转过头来望着我们，眼睛里充满了惊慌，我看见他塞满泥土的嘴停止了咀嚼，手里还拿着半块温湿的土块。当家里的最后一粒米被吃光后，方大希把我们叫过去，宣布了一个重大的决定：把家里的沙发煮了！沙发是牛皮做的，能吃！我们将沙发拆解了，把一整张泛着油光的牛皮剥下来，然后烧起熊熊大火，支起一口大锅煮沙发，第一遍先把沙发上的污垢和色素煮掉，一大锅清水变成黏稠的绿色液体，在不停地搅动中翻腾着蓬松的泡沫，像在熬制一种儿童糖果。煮掉了色素之后，第二遍、第三遍便使劲把牛皮熬软，把硬牛皮熬成软牛皮，坚硬的材料渐显食物的本色，牛皮的香味溢满整栋阁楼，产生丰衣足食的错觉。那一阵子，我们每天一人嚼一块牛皮，把嘴巴都嚼烂了，嘴里生起大泡，话也不能说了。

在完全确认小真是一个善良的女人之后，我的寂寞的父亲，开始萌生出另一种肮脏的欲望。他频繁地夸赞小真的美貌，方大希不在的时候，他便用上一些极富挑逗性的词语，比如："小真，你的腿真白呀，摸上去很舒服吧。""小真，你的身子看上去真软和。"

那天晚上，坚硬的牛皮在我的胃里无法消化，我感到肚子疼，无法入睡。方大希出去了，在黑夜中，我听见小真惊恐的呼叫声，我的父亲，悄悄走上阁楼，爬上了小真的床。我并不清楚那天晚上是否发生了什么。

第二天，方大希回来后，提着刀，眼神坚定地走向父亲，她要把方国华杀了。我的姐姐对着我的父亲，高高地举起刀。那一刻，方国华在自己的大女儿面前拼命求饶，喊她祖宗，他眼神慌张，不停地磕头，额头都磕破了。他怕死！他太怕死了！方大希把刀架在他的头上，没有杀掉他，从他的脑门上割下来一块皮肉。但方国华以为自己死掉了，血流到他的眼睛里，鼻子里，他颤抖地捧着自己血流不止的脸，发出哀号。

我突然意识到，为了对抗饥饿与疾病，我已经很久没有去看望我的朋友——麦克疯了。当我这样想的时候，我便开始急切地思念他，他独自一人还好吗？我决定去看看我的朋友。

那天，我饥肠辘辘，我从家里偷走一大块牛皮，给我的朋友送去。当我敲响那扇挂满彩色塑料袋的木门时，迎接我的是一张黯淡而憔悴的脸，是麦克疯。他的身体消瘦了不少，但依然是一副宽大、滑稽而安详的样子。他看见我来了，眼睛里突然闪出光来，兴冲冲地把我举起来，发出一串笑声，我又感受到他身上暖乎乎而臭烘烘的热气，我生起感动来。我张了张我的嘴巴，我说："我的朋友，我想你了。"这间屋子比以前空了很多，一摞一摞的厚纸壳与彩色的塑料袋都不见了，墙上多出来几个大洞，漏进一些冷风来。我叫了一声："你看，我给你带的牛皮！"我拿出我从家里偷出来的食物送给麦克疯。他疑惑不解，于是我咬了一口，示意他这是能吃的。我的朋友恍然大悟，然后，他一边嚼着牛皮，一边淌眼泪。我第一次听见我的朋友哭了，他的声音是那么苍老，无助，我一直把他当成我童年的大英雄，但我听见他的哭声，终于明白他是一个可怜的老人。

后来，我便每天奔波在泥螺口与青锣湾之间，我跟我的朋友甚至能像以前出去走走。本就饱受饥荒之苦的家里突然出现了偷牛皮的贼，这让方大希感到困惑而愤怒。我死守自己的秘密，要是被我的姐姐知道，我将家里的食物分给了外人，她会撕掉我的嘴巴！

有一天，方大希突然感到背部抓痒，用手在背上挠出一点血，然后她哭了出来。我和小真慌了，不知道怎么办才好。小真承担了所有的家务，方大希每天坐在床上等死。小真告诉她："你放心，不管怎么样，我都会陪你走到最后的。"我同样不能接受方大希感染病毒，即将死掉的事实，于我而言，鲨湾、海岛和男人是半个世界，方大希是另外半个世界，她死了，我的半个世界便坍塌了。

不到一个星期，我的姐姐身体上便长满了小红斑，我们不再敢去触碰她。她每天都感到瘙痒难耐，预感到自己快要死去，于是索性不管不顾，疯狂地抓拭自己的皮肤。又一个星期过去了，方大希身上的红斑依然没有消失，但皮肤却坚固无比，一点也没有脱落。小真在洗一件巨大的床单时，光滑雪白的皮肤上却脱落下一小块皮，顺着清水流走了，她没有在意。过了三个星期，我的姐姐除了瘙痒，依然没有其他的感觉，那鲜艳的红斑，居然自动消失了。当我们意识到方大希只是因天气炎热而生了湿疹时，感到松了一口气。但是，没有任何感觉的小真，却不知不觉地染上了青水疫。当她身上的第二块皮肉脱落下来时，她有点惊慌，但她依然觉得那只是因干活艰辛而脱落的死皮。她对这种病感到疑惑，认为这只是虚惊一场。可是当她坐在椅子上，动也没有动，一片更大的皮肤第三次无缘无故地从大拇指脱落下来时，她才接受了这个残忍的事实。不过她很平静，她微笑着做完手头的活儿，就去准备晚上的餐食。异常愤怒和悲伤的是方大希，她觉得受到了愚弄，指着天空大骂，她把瘦弱的方国华拎起来骂一顿，又揪着我的耳朵骂一顿，把鲨湾的人都骂一顿，她越伤心骂人便越狠，她冲出家门，在海月大道上疯跑，把一块巨大的黑石，扔进青得发黑的波浪里。

死人在鲨湾已经成了常态。小真蜷缩在房间的角落里，再也没有移动过。她祈求大家把这个位置让给她，并且不要窥探她的身体。于是我的姐姐便把饭食送到她的面前。方大希命令方国华和我，每天至少想出两个笑话讲给小真听，否则就不许吃饭。小真在那一段时间很开朗，她主动给大家讲起了许多自己以前的事情，讲她以前是养老院的护工，后面又去很远的地方打工，她还讲到了自己的丈夫，他们是怎么认识的、怎么结婚的，又因说不清楚的一些原因而离婚了，她像是在讲给别人听，又像是讲给自己听。

那天傍晚，我像以前一样，去找我的朋友，我来到麦克疯的住处，没有看到他的身影。我等了一会儿，依然不见麦克疯回来。我又去玉龟山、海月大道和沧道分别找了一圈，没找到我的朋友。后来很长的一段时间，我依然没找到他。麦克疯消失了。

在小真病得最严重的时候，几个衣着整洁的年轻人敲响了我家的门，他们戴着金丝眼镜和口罩，白白胖胖的，打扮时髦而得体，不像岛上的人。他们询问方大希，有没有病人，方大希说有。于是他们拿出一些白色药丸来给方大希，告诉她这是治病的。方大希不再相信他们能治好小真的病，但她依然默默地接过了药丸。又过了一阵子，有人传疫苗研究出来了。几天之后，鲨湾果然出现了一辆汽车，载着大喇叭通知居民去进行疫苗接种。镇子里陆陆续续热闹起来了。

我又开始奔跑在青锣湾与泥螺口之间，鲨湾的一切都还保持着原来的样子，我看见一座新建的卫生院，外面还搭建了一排一排的白色小方仓，上面标有"观音门人民医院赞助"的字样。来来往往的人很嘈杂，有穿白大褂的医生，有护士，还有一些不是医院里的人。可以明确的一点是，这些人都不是鲨湾人，他们很可能来自观音门，也或许来自其他地方。

疫苗和药品突然都研制出来了，可是，鲨湾的人们并不再信任任何一种权威了，他们默默地打疫苗，吃药，从头到尾都很平静。可是，很快，所有的人居然都停止了腐烂。也许是药物的作用，也许是青水疫自己走的，当海水渐渐变蓝的时候，青水疫这个巨大的魔咒，突然解除了。沧道解封了。很快，我看见鲨湾出现了很多白皮肤的陌生人，他们有单独来的，有一家三口一起来的，他们也许要在这里住下去，也许只待一阵子，也许只待一个下午就要走。为了方便生活，卫生院的旁边还搭建起许多临时居所，西湾码头的空房子也都被利用起来，改成了民居房。周围陆陆续续出现一些糖水铺子、日用品店、面馆，在沉寂了几十年后，鲨湾的封闭性被打破，又重新开放。

每天有大量的人在卫生院排队，身体腐烂的人伤口已经结痂，死的人死去了，活着的人活下来了，不会继续死去。当鲨湾逐渐热闹起来的时候，海水也蓝回来了。我奔跑在陌生而熟悉的海月大道上，感觉鲨湾变得很小很小。

我跑到青锣湾去，垃圾场还在，附近的一些旧房子大概要被拆了。顺着熟悉的路走到骑士庄园，宫殿和武器都还在，彩色的旗帜已经被海风吹掉了，墨绿色的军舰和大炮已经掉漆了，飞机、宫殿褪色了不少。我们引以为傲的最厉害的武器——陆空飞鸟，依然坚定地矗立着。骑士庄园因其隐蔽性避免了闲人的干扰，但几只老鼠顺着黑漆漆的管道来到了这里，在这里开凿出一个老鼠洞，咬坏了一些小旗子和塑料玩具，当我的大脚踏入这里时，几只老鼠受了惊吓，落荒而逃。

金剪子理发店再次荒废了，不过方大希似乎比以前韧性更足了，她每天早上背着小真在卫生院里拿药，然后又把她背回去，独自做很多的活儿，每天晚上给小真擦洗身子，洗掉身上一层一层的血痂和污垢。除了方大希，谁也没有见过腐烂之后的小真的身体。

药物使得小真的身体停止了腐烂，并且开始结痂，不再有新鲜的血肉坏掉。她渐渐长出皮肉，建立起新的屏障。小真能够活下来，我的姐姐感到非常开心，她觉得她和小真都还会活很久很久。

我的父亲又回到造纸厂里去了，我的癞皮狗父亲，在重新走回工厂后居然开始滋生起一些愧疚，他用他微薄的工资，从医院低价购买了一把轮椅，送给小真。没过多久，小真就能独自推着轮椅出门走走了。痊愈之后的小真比以前黄胖了一些，似乎更有力气了，更像一个朴素的中老年妇女，吃饭也比以前吃得更多了。她和方大希决定重新把金剪子理发店经营下去，把店铺里里外外重新打扫了一遍，买来一批新的染发膏和洗发水，准备再次开张。但是，金剪子理发店却没有第三次爆发它的生命力。鲨湾新来的居民看着我的姐姐每天抱着一大堆毛巾去清洗，用老式水龙头冲走客人头上的泡沫，感到很愚蠢，就像每天只知道打鱼的岛民一样愚蠢。新来的人并不跟鲨湾的居民交流，他们按照原来的生活逻辑生活，并不改变什么。

西海岸正在建立一个娱乐场所，已经初具雏形，里面已经搭建了一个旋转木马的台子，搬进几架红红粉粉的儿童滑梯，一面墙上画满了日本动漫里的卡通人物。游乐场每天晚上点着彩灯，放一些充满活力的音乐，回荡在整个鲨湾。那一定会非常繁华而漂亮的，方大希心里想，她感到凄楚。

那天，我的姐姐在泥螺口洗了厚厚的一沓毛巾，准备搬到理发店里去。那天，那条路变得很漫长，她走得很累，敲门并没有人应答她，于是她把毛巾堆放在门外的大桶里，就去开门。她看见小真曲着身子，脸侧贴在桌布上，安静地闭着眼睛。她似乎正在吃午饭，嘴里还漏了一些汤汁。方大希推了推小真，小真并没有反应，她好像已经死掉了。我的姐姐把小真移到一张床上，帮她盖好被子，仿佛是在睡一个午觉，然后安静地把毛巾整理好，又去看了几眼小真，还是没有醒过来。她抽抽搭搭地淌下几滴泪，她已经丧失愤怒的力气了。

小真离开后，我感到方大希整个人空了。在很长一段时间里，她每天呆呆地坐在床上，眼睛里死气沉沉。方国华唤她："大希！大希！"，她听不见。偶尔听见了，她便转过头来，一脸天真地问"你叫我做什么呀？"从那个时候开始，我的姐姐终于从一个家庭的精神支柱垮下来。也是从那个时候开始，我的父亲被迫重新意识到自己是一位父亲，他的亲生女儿，因最亲爱的人死掉了而垮掉了。他在方大希的身上，看到自己年轻时经历的相似的痛苦，当年，他拼尽全力维护母亲的生命，她还是死掉了，他也是这样垮下来，然后逐渐成为一条癞皮狗的。

在那段极其煎熬的日子里，方大希极其迅速地衰老下去，当方国华看见自己的女儿在短短半个月之内突然变得像个老太太的时候，他深刻地理解了她，吧嗒吧嗒地淌下浑浊的眼泪。

天光虚虚

在我长成一个少年之后，我辍学了。黑瘦的身材让我看起来很有力气，我很顺利地在码头找到了一个搬运杂物的工作。与此同时，我感到自己患上了一种病，我的身体里有东西需要代谢掉，生活太洁净，没有气味和疼痛，这是让我生病的根源。繁密而真实的、关于鲨湾的味道在渐渐消散，容容、麦克疯、小真都离开我了，方大希、方国华也在渐渐地离开我。野娃、花子、阿奎长成了中规中矩的男孩子，说话温和而有分寸，垃圾场每天有人清理，比泥螺口还整洁。自从我在一辆面包车轮下发现了狗王的尸体后，那些活在暗处的流浪狗们也一并消失了，我感到非常孤独。在每个早晨醒来，我都有预感，孤独而焦虑的一天又要来临了。

工作的艰辛让我偶尔能摆脱说不清楚的空虚感，我的肩膀上有了血印，每天在无止境的体力劳动中暂时感到充实。码头变得很热闹，我每天要看见很多很多的人，在一个茫然的少年的眼睛里，宛如一条蓝色的虚流，我看不清人的脸，即便是充满了人与喧哗，我依然感到空空如也。当我长出坚硬胡茬的时候，常常对着天空呼喊，喊到嗓子冒烟，我想发出一点声音来。十几年来，我一直面对着一座喧嚣的岛屿，它填满红色、绿色和蓝色，汹涌的波涛沸腾，而现在，它变得平静了。我只能虚构着这个世界的逻辑和语言，想象着海的声音、风的声音、鸟的声音。我突然想起死去的容容所说过的："宇宙是一个巨大的彩色泡沫。"

鲨湾的封闭性被打破了，当第一座真正的医院在西湾码头建立的时候，鲨湾与观音门很快又连在一起了。政府花了半年时间，在沧道与观音门码头之间修建了一座跨海大桥，从观音门开车到鲨湾的西海岸，只要不到一个小时的车程。鲨湾一下子成了观音门的一个附属延伸地带。

更多的人发现了鲨湾这个奇妙的地方，它三面临海一面临山，并且有标准的月牙形海滩，具有巨大的旅游开发价值。现代医学很发达，人们对疾病治疗充满自信，人类已经能登上月球了，他们充分相信，没有人类战胜不了的青水疫或其他瘟疫，渐渐地忘了青水疫带来的疼痛。

海里的鱼渐渐地多起来，退潮之后，海滩上遍地都是肥硕的蛏子、鲍鱼和螺贝。码头开来了第一辆小汽车，建立了第一座信号塔，开通了第一条网络线。踩着高跟鞋的时尚女郎、跨着公文包的西装男士、背着书包的小学生都往这座岛上来了。他们之中有的是看准了鲨湾养殖业、航海业的发展前途，决定在这里大干一场，有的认为这是一个绝佳的养老胜地，决定后半辈子就生活在这里。有的与朋友或恋人在这里旅游，边看风景边拍照。鲨湾，又陆陆续续建立起了小学和中学，有了集市和集中的居民楼，海月大道的两边长满了房子，西湾码头里长满了人。它还在继续生长着，透过无数的脚步和影子，巨大的繁华就要降临。

当年，鲨湾因一场青水疫繁华落尽，变成孤城，几十年后，却又因一场青水疫重回时代的洪流。岛民在更新换代中变得无比黯淡，一些卖鱼的铺子还开着，沾满油脂，老阿婆们讲不来普通话，穿得土里土气，没人买他们晒干的鱼虾。"俏女郎美容美发中心"开张了，"都市女性潮流发型"也开张了，无数的新型理发店取代了方大希的金剪子理发店，她每天依旧洗着一沓一沓的粗毛巾，顾客全变成了老人，她好像也成了一个老人。面对突如其来的人潮，鲨湾的人还没有反应过来，他们不适应这种多线并行的复杂生活，他们在岛上生活得很慢，习惯了，脑子里只有鱼、海和阳光。怎么融入现代化的鲨湾，人们还没有想清楚。

在一座一座高楼步步占领西湾码头的时候，我开始担心骑士庄园的留存。进入骑士庄园的路，已经由新的人设置了警戒线，挂上了"闲人请勿入内"的标识。我每天胆战心惊，干完工厂的活便飞奔向西湾码头，我非常熟悉这里的地形，通过另一条小道，很顺利便到达骑士庄园内部。每天我都有一种预感，也许下一次再来的时候，庄园便已经消失了。为此我异常苦恼，骑士庄园于我而言，是友谊、是生命、是抹不掉的彩色。麦克疯、容容都离开了，我将竭尽全力去留住最后的童年。我做了一个伟大的决定：搬到骑士庄园里去。面对家人的疑惑不解，我依然毅然绝然地搬到了骑士庄园。

我在狭小的空间开拓出一小片天地，摆上一口小方桌，一张小床，白天在工厂吃饭、干活，晚上就回到骑士庄园睡觉。我找来一些砖头，铁皮和塑料，将整个庄园加固，这样便不会轻易被摧毁了。我已经长得很高很高了，巨大的身体挤在一堆塑料玩具之中，样子很滑稽。

在庄园的第一个夜晚，我关掉灯后，周围的一切色彩都消失了，唯有硕大的陆空飞鸟依然鲜艳明亮。天花板的缝隙里漏出一束光，正打在海陆飞鸟车身那一片金黄的麦田上，有些刺眼，但让我的心头很温暖。我在昏昏欲睡中看见无边无际的金黄的麦田在微风中翻滚着，我做了一个很长很长的梦，在梦里，麦克疯、容容和我，在香甜的麦香中奔跑打闹，我们乘着长着翅膀的飞车，翱翔在碧蓝的天幕里。

不久之后，每天夜里在我入睡后，便听见施工队的交谈声。为了避免被晒伤，施工队选择在晚上施工，这里将要建立起一座巨型商场，我听不清工人们在谈什么，但能感受到墙外的动静，在黑暗中，我将那柄木剑紧紧地攥在手里，紧张地，睁着一双硕大而黑溜溜的眼睛。

我感觉骑士庄园渐渐发生了一些微妙的变化，这种变化表现在一些小玩意莫名其妙地消失掉。比如一颗彩色的弹珠、一枚别针。当我开始警惕起来的时候，却又什么也没发生了。有一次，我在西海岸捡拾了一枚漂亮的海螺，睡觉的时候放在枕边，那天晚上我睡得很熟，醒来的时候脑子感到一片空白，我愣了一下，突然发现海螺不见了。我又开始疑惑起来，是老鼠？猫？抑或是……人？似乎都很不合理。我感到有一个影子，无时无刻都环绕在我身边，可是我看不见。那天傍晚，夕阳很好，我干完工厂的活，回家的时候比平时早了约莫一个小时，推开庄园门的时候，里面有一些动静，像是有人在里面。我迅速推开门扑进去，只见一个巨大的黑影噌地一下子飞出去，在夕阳之中一瘸一拐地逃走，那个背影陌生而熟悉。

我的父亲方国华所在的造纸厂也被拆了。造纸厂的老板是个还算善良的老头，临走时分给他们一笔钱。工厂拆掉了在老头看来是好事，这个造纸厂本来就带着社会福利性质，也不盈利，在封闭的几十年里只能算是苟存。厂子里到处都长满了霉，人也快快的。当新的浪潮来临时，它应该退出去。对于他自己来说，他可以更平静地度过人生接下来的几年，因此他很开心，他说他要到一个叫作露水荡的地方养老，那里有吃不完的番薯和稻米。方国华的家当很少，他拿走几个薄薄的文件夹，和几匹狗皮褥子，就算跟造纸厂告别了。我去接他回家，看见很多造纸厂的工人都在朝同一个方向走出去，施工队已经在门口等着了，他们要用炸药先将工厂炸掉，然后才能在上面建起其他的建筑。方国华很疑惑，为什么一定要今天就把所有事情做完，下个礼拜再炸掉它，又有什么不一样呢？新来的鲨湾人似乎做什么都是急匆匆的，他们将鲨湾推入了一条更快的生存轨道，旧世界坍塌得更快，新世界生长得更快。

方国华与我一起回到泥螺口，时间是下午一点，他想要做点什么，可是没什么可做的，于是他便搬了一把椅子，晒太阳。他什么也不想，他感到从来没有这么安静过，眯着眼睛看太阳。隔着一座玉龟山，我们隐约听到一些叮叮咚咚的声音，什么倒塌了，什么又破碎了，不久之后，随着一声轰隆的巨响，天空一朵巨大的黑色蘑菇升腾而出，一瞬间，我的父亲感觉聋了。

醒来之后，已是夜幕降临，空气里有湿度，应该是下雨了。方国华有点头昏，于是决定下山走一走。花、草和树叶子都还滴着水，他去厂子那边看了看，造纸厂已经被炸平了，并且工人已经将地上的砖石、杂物清理干净，一个世界变成另一个世界，只用了一个下午。方国华站到新的平地上，四处望一望，闻到一股新鲜的、雨水混合着炸药、金属的铁腥味。他看到地上有一个拳头大小的窟窿，底下是一个巨型蚁窝，已经在这里很多年了。窟窿里不停地有黑蚁爬出来，慢慢就爬满了整片土地。这些黑蚁慌慌张张，东窜西窜，找不到一个前行的方向，便在原地不停地转圈，不停地转，不停地转，转来转去，依然还在原地。他们并不理解这种摧毁神秘家园的力量来自哪里，他们不知道"人"是什么。方国华注意到这其中一只巨大的蚁，它动作缓慢，没有移动，看了看无数东奔西走的同伴，踌躇了一会儿，便又缩回蚁窝里去。

那天，方大希找到我，淡淡地对我说："我要去观音门了。"临行的时候，她把钥匙、很多衣服、食物和工具都给我，简单地给我交代了这个家哪里放了什么东西，应该怎样生活，她说她不会再回来了。然后她就坐上一辆红色面包车走了，面包车不断前行，慢慢变小，凝聚成一个不断缩小的红点，最后消失在白得发亮的天幕中。

六月，鲨湾已经很久没有下过雨了。遇上厄尔尼诺年，鲨湾的气象台发布了一次又一次的暴雨警告，可是暴雨始终没有下下来。相反，空气越来越干燥，烈日吸干了空气中所有的水分，就连海平面也下降了不少。已经经过两次青水疫的鲨湾居民又开始滋生出无端的恐惧来，悄悄储存淡水和食物，而新来的居民却一点也不在乎这件事情，他们随时可以回到更安全的观音门去。

天象变得很奇怪，要么白得出奇，一丝云也没有，一片白茫茫中一个火红的太阳孤零零地挂着，仿佛积聚了整个宇宙的能量。要么，天上的云便压得很低很低，结成一块一块的方体，晶莹剔透而十分立体，不像云，像一块一块的石头。

那天，工头叫来几个黑壮的大孩子，以及我，派给我们一些搬运杂货的任务。我的同伴看起来很年轻，不难分辨出，他们是鲨湾土著居民的孩子，眼睛黑黑的，有透亮的光芒。他们赤着脚，踩在铺满贝壳、海螺，以及易拉罐的沙滩上，嘻嘻哈哈地打闹，吆喝着要我跟他们一起玩。在他们眼里，我这个鸡头瘪脑的家伙也是他们一样的孩子，没准儿是个比他们年龄还小的巨婴。当他们发现我并不会说话时，他们觉得有趣极了。

天上又开始陆陆续续聚集起乌云来，开始吹风了，燥热了两个月之后的鲨湾，意外地开始飘雨，孩子们开心地吆喝起来。一个黑孩打开一个小小的音乐设备，把声音调得很大很大，震耳欲聋，寂静的海滩一下子热闹起来，孩子们开始扭动身体，嬉戏跳舞。我能听到的一些断断续续的声音，但我感觉很陌生，我几乎完全听不懂他们的歌。我的耳朵渐渐产生幻听，另一首熟悉的童谣响起来："天虚虚，海蓝蓝，七彩大桥挂天边。乖伢寻阿姐，路漫漫，阿叔唠乖伢，哭啼啼……"我萌生暧昧的情愫、依恋和失落，并且似乎有些被歌声粘住了。我想到很多绿色的、暗红色的、蓝色的叠影，山、海、火红的金鱼、白色的尸体、彩色的大泡沫……我入了迷。

这次要去接一些外国商人，我们很顺利地与商人们交接了。鲨湾重新开放以后，他们是第一批到达这里的外国人，他们有很大的欲望和勇气，要在这里建商场和高楼。

大鼻子、蓝眼睛、红头发的外国人让我们有些害怕，不过他们看起来很友好，没有攻击性。我们接过商人们手中的皮箱和行李，并没有多逗留，就开始往回走。

我和另一个胖胖的中年人去西海岸接运一些更重的箱子。到达的时候，雨已经下得很大了，我们需要进行得更快一些，把所有的行李运到西湾码头去。来到一个堆满货物的大棚里，我看见一个巨大而肥胖的老人背对着他们，穿着极不合身的西服，不停地擦洗着什么。中年人招呼了一声，他走过来了，却并不正视我们，把一些零零碎碎的小东西交到我们手上，便又去拿箱子。我产生一种奇妙的熟悉感，甚至有一些紧张。老人再次走到了我的面前，这次，我看清了那张脸：火鸡色的脸上长着一个红色肉球鼻子，毛孔很粗很粗，泛出油腻腻的光。鼻子上面一双圆溜溜的的蓝眼睛，一眨一眨的，像外国童话里的洋娃娃……啊！是麦克疯！他花白的头发和眉毛都已经染黑了，蓝眼睛里已经没有了透亮的光芒，他变成了一个商人的样子。我仿佛身受重击，全身开始颤抖，冲上去摇晃他的身体，老人不慌不忙地推开我乌漆麻黑的手，希望我能得体一些。他的眼睛里很冷漠，似乎并不认识眼前这个疯狂的家伙。我恼怒极了，唧唧哇哇地大叫，在心底高呼："麦克疯！我是阿呷！阿呷！"我的嗓子都哑掉了，可依然发不出任何声音。

我拼命摇晃老人的身体，吓到了跟我干活的同伴，不得体的行为遭到了他的钳制，中年人双臂紧紧箍住我，很容易就把轻巧的我抱起来。穿西装的老人温柔地看着我，紧接着，说了一串优雅而得体的英文，我并不理解那是什么含义，然后他便不慌不忙地离开了。我哭了，那一刻，我用尽全力挣脱了中年人的双手，感到身体就要爆破了。

我开始跑，不停地向前跑。此时，黑压压的乌云笼罩了整个鲨湾，白昼如夜，一瞬间暴雨劈头盖脸地下下来，密如簸中谷米。我看见瘦骨嶙峋的我自己，一个黑瘦的少年，在雨中跑呀跑。路上已经汇聚成汩汩洪流，人们在街上疯跑，暴雨来了，人们都往家里走。他穿过无数的房屋、店铺、游戏厅，灯、影在雨中交汇，混沌、黏腻而虚假，雨水放大了城市的气味，臭味、香味、腥味汇聚，腐烂与生长共生。少年穿过街心，路过青锣湾，看见几个黄衣服正在拆卸骑士庄园，他的脑海里又响起那首童谣："天虚虚，海蓝蓝，七彩大桥挂天边。乖伢寻阿姐，路漫漫，阿叔唬乖伢，哭啼啼……"他跑到海月大道上，黑色的水包裹着巨型公路，像一条扭动挣扎的大蛇。暴雨愈加猛急，就要吞噬掉新生的岛屿。少年一鼓作气，跑上了玉龟山，逆水而上，他要被冲走了，可是他还在跑，他看不清前方的路，无数的荆棘刺破了他的皮肤和胸膛，他还在跑。他爬上玉龟山的最顶峰，俯瞰环形的岛。鲨湾此时几乎已被淹尽，就要变成一片黑色的水海，四周的汩汩洪流都迅速流向地心，逆时针汇聚、旋转，奔向无底的深渊。一股热流从少年的喉咙喷薄而出，冲上颅顶，他极尽生命里所有的力气与磅礴的情感，对着浑水淋漓的鲨湾，发出一声爆破式的呼喊。

站在人生的旷野里

徐　畅（《上海文学》编辑）

以前看短篇动画《父与女》，一直觉得这是跟亲情有关的故事。过了一些年，重新打开后，惊讶地发现里面好像更侧重于命运的未知：父亲离开了。女儿长大后，鼓起勇气去干涸的河床上寻找。一片芦苇环绕的空地上，留着一只空船。这幅画面呈现出两条线索。一是父亲谜团一样的人生，一是女儿是否会重复父亲的道路。

这个关于两代人的主题，也投映在张培的小说《倾巢》中。不过它溅起的涟漪是关于母亲和女儿的。不可否认，作者在写这篇小说的时候，重心是在女儿"我"的身上，她承担着家庭以及学校里面的压力，小说的结尾也引向了"我"的爆发。但是读完小说，相比较于"我"这个人物，母亲这个形象，似乎更加生动，也暗合了几个特殊的时代背景。

简单看一下母亲的履历：母亲是江苏人，18岁来到上海服装厂实习。之后在东岳支路上开了一家裁缝店。跟作为本地人有着国营企业工作的丈夫相遇后，他们过着殷实的生活。可没多久，丈夫在下岗潮中丢了工作，母亲拿出全部积蓄，靠一己之力以股票撑起了一个家庭的生活重担。接着就像后来的人都知道的那样，股市崩盘了，母亲血本无归。整个家庭陷入万难。偃旗息鼓后，母亲把过剩的精力都用在了"我"的教育上。

这看似个人的奋斗史，其实跟时代是分不开的。母亲故事的背后站着时代的巨变：改革开放的浪潮、90年代股市的投机热潮，以及后来的教培大发展。看似普通的母亲，总是跟一个又一个浪潮形成呼应。这可以说是母亲的主动追求，也可以说是大时代席卷了人心。

小说要是着眼于这个母亲，其实是可以大致写出那二十多年时代的变化。就像《拉格泰姆时代》

那样，用一个浮世绘似的手法，写出一个时代的许多层面。这当然是更高难度的写作，也需要许多材料的支持。

具体到母亲这个人物。她的个性体现在人生选择、行为对话中。这个母亲有魄力、敢作敢为、大胆、有点偏见，甚至有点专断独行。这个人物形象已经很生动。不过作者用了许多概念性的词汇，试图去概括母亲的特征。这反而是小说应该避免的。就像我们看《包法利夫人》，如果作者在开篇就给艾玛下了一个定义，那么后面的爱慕虚荣、偷情等，都是在证明这个定义吗？

跟母亲相比，写到"我"的时候，作者的语言倾向于散文化。可能是限制于阅历的缘故，困扰"我"的问题，是相对单一的。解决的方式也可以想象得到。

小说中"我"在最后的爆发，来自原生家庭和学校这两个方面。这样循序渐进的推导过程是完全合理的，不过让人疑惑的是，小说将那么重要的结尾落在"我"的情绪发泄上。这个落脚的细节，相对于前面的叙事，是不是轻了一点？或者说在主题的呈现上，是不是可以引向一个更为深邃的命题。就像《父与女》那样，女儿站在父亲留下的沉船面前，小说中的"我"是不是也会因为个性、欲望或者际遇，走上了母亲那条充满不确定的道路呢？

倾 巢

张　培

　　2007 年，我 11 岁。那是一段童年正逐渐褪去，青少年还未到来的时光。成人世界像团模糊的影子，慢慢渗透我懵懂却敏感的内心。直到今天，我都未能完全参透那段日子全部的意义。因为世界正变得疯狂，一如未来的我们。

一

　　"我叫陆一鸣，是育英小学五年级 1 班的中队长，宣传委员。"

　　那年，我逢人便这样介绍自己。短短的一句，其实暗藏汹涌。譬如说，我明明是个女孩子，为什么起了个有点男孩儿气的名字？又譬如，我家对口柳营路小学，为什么偏要去离家很远的育英小学读书？

　　这些事，显然不是我决定的，那时的我还无法操纵自己的命运。这些事也不是我父亲说了算。他只是个拿着初中文凭的酒店保安，每天下班回家往床上一躺，掐灭香烟，开着电视机，鼾声如雷。

　　做主的是我母亲。

　　母亲是个颇有能力的裁缝，在东岳支路上开了家裁缝店，每天工作 12 小时，勤勤恳恳。21 世纪初，一部分上海市民还保留着请裁缝制衣的习惯。他们在十六铺、董家渡买上几米心仪的料子，到母亲那儿量好尺寸，说好要求，付上一笔定金，只等一两个礼拜后便可来取。

　　母亲是江苏人，读了职业高中，18 岁来上海服装厂实习。其间，她偷学技术，实习结束后留在上海，租了店面，成了独当一面的全能裁缝，还学了一口流利的上海话。

　　母亲嫁给我父亲是个偶然，后来却成了她一生的悔恨。她说自己年轻时相过好几次亲，那些男人不是个子太矮、皮肤太黑，就是行为不检点，直接把她往家里领。唯有我父亲长得高高大大，皮肤白净，骑着一辆自行车，每天在服装厂门口等她下班。父亲是上海本地人，在国营杂货店当收银员，有间一室户的公房。母亲思来想去，觉得父亲人挺好，条件也合适，便嫁了过来。

可十多年间，先遇下岗潮，后有大型超市崛起，父亲一度失业，最后好不容易托关系才找到了酒店保安的工作。他拿着一两千元左右的寒酸薪水，不温不火地凑合着日子，岁月静好。

母亲是个有野心的人。眼见乡下两个姐姐土房拆迁，住进光明敞亮的商品房；又见自己的客户里，谁家买了车买了房，谁家女儿嫁了个富商，谁家儿子出国读书，谁家丈夫经商成了大老板……日子久了，见得多了，她对父亲的不满也越来越强烈。她嫌父亲是个没文化、没素质、只会大声嚷嚷的笨蛋，更不满于他不求上进，得过且过的庸民态度。

母亲的批判不是全然无理。

父亲是上海人，却是在老闸北（宝山）那一带被废弃的化工烟囱和厂房熏陶起来的"下只角"的底层工薪阶级。他爱抽烟，爱钓鱼，爱养鸟；却也喜欢随地吐痰，骂脏话，讲低俗的黄段子。父亲常说他小时候"一点也不笨"，但因为贪玩，耽误了功课。他总要求我把他的学历记成高中，向我母亲"看齐"。事实上，他初中都没念完，汉字认不全，在小学的家校联系册上签自己的姓名也很费劲。父亲看不懂电视字幕，每天下班回来，打开电视机，他只好听听音乐台和新闻台，一边听一边抽烟，抽着抽着便睡着了。

比起"除了上海户口一无是处"的父亲，母亲的学识和经历算得上极为优异。她说自己从小学到初中，语数外物化，门门课代表，合唱队的领唱是她，肩膀上带着三条杠的大队长也是她。母亲什么事都做得好，什么困难都能克服，几乎所有老师都笃定她能考上好高中、好大学。

可惜天不遂人愿。母亲15岁那年，快要中考的时候，她母亲（我外婆）忽然去世。苏北的风气重男轻女，外公也没能免俗。母亲从小只有她母亲疼她，可偏偏最疼她的人丢下她走了。母亲受了

张　培

打击，一蹶不振。尽管拼命复读，却连续两年都落了榜，最后只好在她继母和老爹的授意下，转头读了服装技校。

也许正是这点遗憾，再加上二次投胎（婚姻）的失败，促成了她对我莫大的期许。每个父母都渴望孩子能代替自己实现毕生梦想，这不奇怪。

她期盼我出类拔萃，期盼我考一个好大学，如荷花般从淤泥中破土而出，一鸣惊人，故而将我的名字定为"一鸣"。

"阿拉一鸣要好好读书，将来寻个好工作，坐在办公室里吹吹空调、写写字，挣大钞票，不要像妈妈这样辛苦，晓得哦？"从裁缝店回家的路上，母亲一边踩着自行车，一边对我说，"妈妈做衣服做得怨也怨死了……阿拉一鸣下趟赚到钱了，就给我们家买一个大别墅，再买一辆车，每天带老妈出去兜兜白相相（玩玩），多少惬意啊……"

我沉醉地听着，点点头。其实母亲说了很多类似的话，经常动用文采，将我比作她"唯一的指望"、老天爷给她的礼物、此生"最大的安慰"……俨然将我奉为救星。这令我讶异，而又有些飘飘然。这种积极的期许，包含着对一个孩子无穷的肯定和赞美。在我们尚未感知真实生活的沉重和残酷时，它毫无顾忌地指向如童话一般的梦幻结局，皆大欢喜。

母亲年复一年、日复一日地说，我一遍遍听，一边听一边做梦，插上想象的翅膀，觉得自己真是无所不能，仿佛成功是理所当然，改善家庭条件也只是一个随之而来的善意恩赐。

她以这样的方式鼓舞我，不遗余力地增加筹码。我则在责任感与对未来的期许中，逐渐坚定了好好读书的念头。

万事俱备，只欠东风。为了实实在在地朝梦想中的未来前进，母亲决意将我送去一个好的小学，"赢在起跑线上"。她四处奔走打听，将本区内所有小学里里外外翻了个底朝天。最终她下定决心，在入学前一周托了好几道关系，将我从柳营路小学的"魔爪"中救出，送去以数学特长闻名的育英小学借读。

事情就这样顺理成章地发生了。母亲在命运的拐点替我按下了第一个按钮，开辟了一条本不该存在的路。从此，我不仅是裁缝和保安的女儿，还是育英小学的学生。我在母亲期盼的这条路上默默前进，一晃走过四年的读书生涯。

从我记事起，世上便有两个落脚点：一个是狭小局促的老公房，另一个是母亲的裁缝店。

母亲的裁缝店位于东岳支路，跟一家眼镜钟表店开在一起。原先，东岳支路的深处连挨着数十家小店。黄老板的小眼镜店和母亲的小裁缝店算隔壁邻居，一墙之隔。后来，街上因为脏乱差、老鼠乱跑、满地泥泞，被东岳新村的居民投诉，经"市民热线"一报道，只得勒令拆迁。失去各自门面的黄老板和母亲一合计，决定合力盘下东岳支路前半段的一个大门面，如此便有了眼镜店和裁缝店开在一起的奇特景象。

早年间的小裁缝店只有一些模糊的片段残留在我的脑海里，比如那里很脏很差，玻璃门嘎吱作响；对面的店铺歪歪扭扭地建在不平整的台基上，路两边流过臭水沟，跑过黑老鼠。等记忆逐渐清晰的时候，我已经随母亲搬到"眼镜裁缝店"里了。因而那时的记忆既包含了我母亲，也包含了眼镜店黄老板。

眼镜裁缝店的店面宽约6米，纵深可达10米。黄老板的L形玻璃柜台醒目地占着进口处的位置，而母亲的裁缝店则是"肚里乾坤"，走进去才看见一张打板的大台子，熨烫的小台子和两架缝纫机。在店面不到两米宽的窄道口，母亲摆了三个"模特儿"，穿着她做的衣服，招徕生意。

黄老板有个女儿叫黄佳茜，与我同龄，瘦瘦高高，是我为数不多的童年伙伴。但在各自上了不同的小学后，我们便很少见面——除了每隔几周的周五下午，佳茜妈妈会带着佳茜来黄老板店里玩。那是我最兴奋，却也最害怕的日子。

我和佳茜照例各自摸了两片大划粉，在眼睛裁缝店门口的水泥地上乱涂乱画。这时，我母亲便会和佳茜妈妈暗暗地做交易。

"这次还有英语卷子，你要哦？"佳茜妈妈顺口提了一句。

"好的呀！"母亲兴奋地握紧双拳，看着佳茜妈妈翻找佳茜的书包。她双眼发亮，好像那黑洞洞、鼓囊囊的书包是一座奇妙的洞穴，藏着她梦寐以求的宝藏。

我站起来，目光越过黄老板的玻璃柜台偷偷看她们。佳茜妈妈从包里抽出两张土灰色皱巴巴的卷子交给母亲，母亲一边说"谢谢"，一边紧盯卷子，反复翻阅。

"你们这次的考试难吗？"我扭头问佳茜。黄佳茜蹲在地上，一心一意地涂着星形："不知道……嗯……我觉得有点难。"

我沮丧地蹲下，把手里的小划粉一扔，全然失去了画画的心情。

这大概是我最佩服、也最痛恨母亲的地方：她不允许自己比别人低一等，就连她的女儿也是。

我在育英小学读到二年级时，母亲忽然听说实验小学的数学特长班"全区第一"，正巧黄佳茜在那里读书，她便托黄老板、佳茜妈妈，搞来佳茜的数学卷子，勤勤恳恳地把题目手抄下来，让我做两到三遍，反复地搞懂。后来附近新开了一家打印店，母亲才终于解放双手，不再手抄，而是把原卷复印一遍，用修正液或者修正贴盖住答案。

我敢说，即便到现在，恐怕也很少有父母会像她对自己的子女那样事无巨细且残忍苛刻。每当我做错题目的时候，她便生气地咬住嘴唇，反手在我的脸上抽两个巴掌。我抬头瞪着她，她低头瞪着我，唯一的区别是，我会啪啦啪啦掉眼泪，而母亲的眼皮却连动也不动一下，坚挺如钢铁。

"我先送茜茜回去了！她还有作业要做。"佳茜妈妈完成送卷子的使命后，风风火火地理好佳茜的书包，一刻也不耽搁。

"好的，我们等会儿弄完，把卷子带给黄老板。"母亲起身，恭敬地目送佳茜妈妈开锁。忽然，她语气惊喜地说："哦哟，佳茜最近又长高了嘛！"

"小孩子快发育了，正常的。"佳茜妈妈拍了拍后座，佳茜一声不吭坐了上去。她的手上还残留着划粉的痕迹，黑色皮垫染上一片黄。

我朝她依依不舍地招手，她回头，迷茫地看我。

佳茜是一个逆来顺受的好孩子，我一直都能感觉到。佳茜妈妈的凶暴强势虽不及我母亲，却也足以压垮软弱的佳茜，令她早早地衰败下来。在我与她共同度过的时光里，她总是胆怯而忧郁，缺乏主见。她比我更早地失去了幸福的童年、活泼的个性，因而也失去了随之而来的青少年的青春活力。我们在互相观看中，在各自母亲意味深长的凝视中走过懵懂的岁月。因而我们的友谊总是隔着暗暗的较量，怎么也跨不出我和她的母亲所划定的疆界。

吃完晚饭，母亲看了一眼墙上的钟，起身把碗塞进水池里，打了好几个饱嗝。

"看好时间，7点15准时开始做卷子。"她毫无感情地说。

我鼻子一酸，不争气的眼泪又涌了上来。不是因为厌恶做卷子，而是因为母亲的命令式口吻。仿佛在她心里，我只是一台永不停歇的机器，只为她的梦想而存在，别的一概不问。我不怀疑她或许是爱我的，可是这份爱有多少纯粹、不计代价，却是值得商榷的。

"这张卷子佳茜做了82分，你应该能上90。"母亲翻阅着复印的原件，踌躇满志。我偷看一眼，瞥见选择题的答案：ACDC。

不过，答案已经不重要了。我忽然冒出一个忤逆的想法，一个深藏已久的、异想天开的愿望。

"囡囡，我们争取95怎么样？"母亲灿烂地微笑着。

"哦，随便。"我冷漠地说。

母亲对我的冷淡视而不见，反而热情地在裁布的大台板上铺好垫板，把卷子对折，放在面前："现在是7点16分……囡囡，我们做一个小时好哦？"

只有在需要讨好我的时候，她才会叫我囡囡。这却更激起了我的不满。

她热切地注视着我掏出铅笔橡皮，在草稿纸上铺开第一道算式。趁我沉浸在试卷中，她静悄悄地退到缝纫机前。收音机的声音已经小得模糊，母亲沐浴在头顶的白炽灯泡下，像是被幸福笼罩的天使。

可她越是幸福，我的反抗念头便越强烈。一次……哪怕只有一次，为自己活一次，为自己的尊严勇敢一次……？我这样想着，胸中隐隐激荡起澎湃的赤潮。我忽然想起佳茜那张颓丧的脸，仿佛警钟，预示着顺从的恶果。

我抿了一下发抖的嘴唇，准备将计划付诸现实。

卷子没有想象得那么难。我做得很快，终于在最后一道应用题落下句号。抬头看钟——还剩下10分钟。足够了。

我把卷子翻到第一页，搓了一下食指，轻轻地、谨慎地，将铅笔笔迹晕开。不多时，我写上去的数字便成了一圈圈灰色的影子，像一团难以融化的雾霾。

为什么要这么做？我停下来，脑袋里有一个声音问我。

不为什么，我答道。我只想让她知道，我不是乖乖听话的小孩。

当时的心情直到很多年后，才被我准确地概括成如下观点——其实我想让母亲明白：我拥有反抗的权利。我是和她一样，独立而平等的灵魂。

"完工了。"我想象着自己骄傲地拎起卷子，摆在母亲面前。

"这些答案是什么呀？"母亲惊讶地问。

"你自己猜！反正我做完了！"我丢下一句豪言壮语，像大侠一般"事了拂衣去，深藏功与名"。母亲对着头顶的白炽灯，眯着眼，低头从那团模糊的铅笔印中努力复原我的答案……

——想知道我写了什么吗？您慢慢看吧！反正不是我自己要做的卷子，我写了，就已经给了您天大的面子啦！

8点16分，我准时完成所有填空选择题的"涂抹加工"，从椅子上弹起。母亲正趴在缝纫机上认真做股票笔记。

不知为什么，迈出第一步的时候，我忽然慌乱起来，全然失去了方才想象中的豪情，连脚步也变得虚浮。

母亲抬头看着我——更准确地说，她在看着我手中的卷子。她的眼神失去了哄骗时的柔情，露出一如既往的尖利和凶暴。

我被她的目光冲垮，溃不成军。那一刻，我忽然懊悔，想赶紧回到原点，把答案复原成涂抹之前的样子，好歹我还记得选择题的答案是ACDC……

可是来不及了。

我硬着头皮，在母亲灼灼的注视中迈过四步的距离，把卷子递过去。

母亲合上手头的簿子，将卷子从我的手中一把夺过，细细审阅。

渐渐，她的嘴唇抿成一条线。左手食指关节"咔哒"一声扳动，复又握成拳。

"你写的什么东西！"她把卷子往桌上一拍。一只金色的顶针躲闪不及，吓得飞起来，掉落地面，咕噜噜——滚出好远。

"我写了，但不想让你看。"我的声音像蚊子一样嗡嗡。

"你说什么？"母亲皱着眉头，伸出右手作势欲打。

"没什么。"

她捏紧拳头，扳开缝纫机的小抽屉，丢给我一块橡皮。

"统统擦掉，重新做。"

我拿起东西转身欲逃。

"就在这里给我擦掉重做。"母亲盯着我，用右手撑着桌面，大拇指弯成一个夸张的弧度，指尖泛白。

一股屈辱的感觉忽然涌上心头，化作滚烫的泪珠，沿着眼眶打转。余光里，母亲的眼睛发出诡异的红光，她抿起的嘴唇亮得发白。好像没什么能撼动她的权威，她的主宰。

"死不掉的……"她暗暗咒骂一句，丢下笔记簿，猛地拿着镊子，从布兜里抽出一件衣服，"滋啦"一声，拆开线头。

我无声地抽泣着，内心却有万道波涛翻涌咆哮，一齐呐喊。

我不会忘掉这种感觉。之前的每一次如是，往后的每一次也会如是。

不知疲倦的西西弗斯，总在绝望的斗争中寻找意义——那是我童年时代，与母亲和老师斗争的全部缩影。

二

2007 年 10 月，育英小学举办了一次万圣节狂欢活动。我对此记忆犹新，至今难忘。

育英小学虽然成绩斐然，却也不是每个角落都明亮正气，经得起考验。

我的班主任姓傅，是一名年轻的语文老师。她脸宽而平，颧骨高高地突起，和我母亲一样长了一副凶相——眼珠很小，眼眶很大。无论何时，只要她稍稍张大眼睛，便会显出一副可怕的威仪，瞪得人心里发毛、发慌。她的脾气是出了名的凶悍。学生们见了她，无不胆战心惊，就像温顺的羊见了狼，只好双眼一抬看向天空，无力地等待命运的判决。

万圣节活动前一周，傅老师当着全班的面叮嘱我："一鸣，你让你妈妈做几件衣服呀，像那种小丑啊、幽灵啊，披风斗篷什么的，到时候发给我们班同学穿。你妈妈是裁缝，这些衣服肯定不在话下吧？"

她不容拒绝的目光锁定在我的脸上，似笑非笑。

那时，我还是班里的"好学生"，渴望别人的表扬，渴望展现自己。我既迫于傅老师的威仪，又因得到机会而暗自庆幸。想都没想便一口答应下来，美滋滋地盘算着：若能做成，全班会怎样惊叹、羡慕！我的母亲是一个心灵手巧的裁缝——这是件多么值得骄傲的事！别人的母亲都不会。

但回到裁缝店，母亲的反应却给我泼了一盆冷水："你没看到我在忙吗？哪有时间给你们做衣服？"

我并不知道做一件衣服需要耗费怎样的时间和精力。尽管在母亲的裁缝店度过大半童年时光，我却和所有人一样，以为衣服简简单单便可做成。这种无知并非因我疏于观察，而是母亲有意为之。她从不让我碰缝纫机，就连最基本的操作也不肯教。她厌恶裁缝这个行当，不允许我对制衣产生一丝一毫可能的兴趣。

我再次开口央求，母亲还是不予理睬。我只好妥协下来："那你给我一块白布总可以吧？我自己做。"

母亲瞟了我一眼，觉得我在说笑。她随手指了指布兜，让我去那里找。

布兜里堆满了她剪下来的废料。我翻了半天，没有一块可用。

我越发着急起来，在裁缝店里徘徊踱脚。母亲终于嫌烦，放下手头的活计，转身盯着我："你到底要什么？"

"一块白布，白色的……很长很大，能把人整个盖住的一大块布……没有白色的，其他颜色也可以……"

母亲叹了口气，打开堆放里料的小橱门，一捆捆解开。

"白布不行，我有用。"她翻了又翻，最后挑出一块1米左右的油绿色里料来打发我。我披在身上试了试，只能勉强盖住上半身，却也凑合。母亲问我该怎么做。我说，剪两个洞。

母亲把料子铺在台板上，估算着位置。"差不多剪这里？"她问。我欣喜地点头，连忙说是。

"我真的剪咯？"母亲拿着大剪刀，犹豫再三。

"对的！剪吧！"我兴奋地催促。

母亲皱着眉头，将料子轻轻对折，剪下两个洞。

"多少作孽呀！这料子废了。"母亲叹气，把这块残缺的油绿色里料扔给我。

接过里料的瞬间，兴奋的遐想忽然不见了。母亲的叹息将我心中漂浮的欣喜一把拉回地面。脑袋里有个念头震了震，浮上一种说不出的难受。

我无法向母亲要求更多。

这是她的布料，她的心血。她没有义务为别人白白地奉献，因为这个家本不宽裕。

我迷迷糊糊地意识到，那分明是傅老师"何不食肉糜"的想当然，最后却要母亲付出代价。这并不公平。

万圣节那天早晨，我祈祷傅老师能遗忘这件事。可偏偏她记性好得很，满面春风朝我走来。我转身，窘迫地装出掏东西的样子，良久，终于缓缓从书包里摸出一方绿色。

"这是什么？"傅老师皱着眉头，带着明显的困惑。

"幽灵装……我妈妈做的。"我尴尬地摊开布料，指给她看，"这里有两个孔，能露出眼睛……把这块布套在头上，就可以假装幽灵……"

"那你套给我们看看。"傅老师憋着笑。

我义无反顾地把布往头上一盖，眼前顿时一片油绿。我伸出双手，摸索寻找，许久，才把双眼对准洞口，迎来光亮。可是这块化纤料子闷得很，一点儿也不透风，额头上很快积了层热气。

傅老师双手环抱交叉在胸前，眯着眼评论："这也太短了，连腿都遮不住……起码要垂到地上啊！而且这个绿色太亮了。你妈妈店里就没有白色的料子吗？"

我摇头。布料和头发起了摩擦，耳边划过噼里啪啦的静电声，十几根头发粘在绿布上。

傅老师终于忍不住嫌弃道："那你自己穿吧……这衣服还不如不做呢。"

教室里响起一阵窃笑，我终究还是搞砸了，无论是面对母亲，还是面对傅老师。绿布从头上缓缓滑下来，我大口呼吸着新鲜空气，像是刚从湖里被捞上来的溺水者。

欢乐的万圣狂欢并不因我的这点失意而损耗半分。傅老师吩咐同学拉上窗帘，营造黑夜气氛。校园广播猛地尖叫，热闹的音乐伴着断断续续的电流底噪，标志着万圣节"乞讨"的正式开始。同学们拎着书包或小篮子，在走廊里游荡，口中振振有词，用夸张的语调背诵英语老师新教的口令："Trick Or Treat？ Trick Or Treat？ Give Me Something Nice To Eat！"[1] 蹦蹦跳跳的快活身形从墙外闪过，在蓝色窗帘上投下模糊的阴影。

教室几乎空了，我独自坐着，环顾四周，徒留空空的惆怅。手心沁出的汗裹住这块绿色布料。我用力反复揉着它，把它卷成一团。那么可怜，那么残缺，就像我一样不成体统。

自卑却倔强的感觉涌进脑袋，窗帘的蓝色和破布的绿色将我淹没，闭塞了视觉和听觉。在一片混沌中，我悬浮着、旋转着、质问着，可是谁也没有回答。

这成了我日后不断反复的梦魇。

* * *

如果说傅老师是小学生活中战战兢兢的噩梦，那秦老师便与之相对，是我小学时光里最温柔圣洁的存在。她骄纵了我小小的私心，以同样矛盾而纠缠的生命体验，将我从俗世的纷扰中领出。

我与秦老师的交心，也离不开母亲的影子。可它没有导向某种对家庭的愧疚，而是导向一个遥不可及的未来，一种深陷于绝望的希望。

秦老师是我的音乐老师。她有一头乌黑秀丽的长发，标准的鹅蛋脸，皮肤白皙，笑时，一双桃花眼如月色温柔，唇边露出两颗俏皮的小虎牙。

音乐教室是她的领地。不必刻意强调秩序，只要秦老师坐在钢琴前，每一个学生都会不自觉闭上嘴巴，伸长脖子，看她白皙的双手在键盘上灵巧地跳跃，跟着悠扬美妙的琴声轻轻摆动身体。

"今天我们继续练合唱。"秦老师说，"先把嗓子打开，唱'乌'……"

说罢，她弹响第一个和弦。

"乌——"我们唱道。

"停。"她优雅地做出收回的手势，双手离开键盘，看着我们："唱歌的时候要怎么样？你们忘了

1　意为：不给糖就捣蛋！

吗?"全班面面相觑,很快记起什么,一个个挺直腰背,把屁股往小方凳前挪动些许,只坐半边。

"对啦,再来。"秦老师再次奏响钢琴。

我们齐声唱:"乌——"

"把头抬起来,嘴巴张大,共鸣打开……"她耐心地引导我们。

我饱含微笑,注视着秦老师,她的目光从左扫到右,又从右扫到左。掠过我的脸颊时,她的目光忽而停滞,笑意更浓。我不由得心生欣喜,宛如一棵幸福的水草,在温柔的波浪中轻轻摇晃。

从前,秦老师曾嘱咐我们在上课时露出微笑,她说这是尊重她的表现,同时也能令她心情愉悦。可渐渐,同学们忘了这件事,秦老师也不再提醒我们。好像只有我还记得她"微笑"的嘱托,像恪守着一个不得不履行的约定。

每当扬起嘴角,我便能想象秦老师在一众苦瓜脸里,看见我时的欣喜感觉。这是秦老师和我两人之间温馨的秘密。我将这份隐秘的温暖占为己有,不与任何人分享。

秦老师是有点喜欢我的,我能隐隐感觉到。

升四年级的那年,秦老师领我们上公开课。课程的最后,她放了一首欢快的草原民歌,让我们在教室里肆意舞蹈,做出骑马的动作。我站在第一排,一手叉腰,一手上扬作甩鞭状,双腿交替踮起,跟着音乐欢快地律动。秦老师将同学们的目光引向我,夸我跳得多么好。那一刻,我的心都飘了起来。

下课后,秦老师特意留住我,问:"你学过跳舞吗?"

我摇头。

"那你想学吗?"

"想学……"我期待而胆怯地说。

明明知道这是个遥不可及的梦,我却还不抱任何希望地期待着。好像踮起脚,哪怕只有一厘米,也能使自己离天空更近一点,绝望的努力。

我脸上异样的表情没有逃过秦老师的眼睛。她忽然想起什么,轻轻叹了口气,伸出双手,默默地抱了我一下。我的喉头忽然哽住,眼眶不自觉地温热。

从小到大,我做过很多梦:钢琴、画画、跳舞……母亲的裁缝店里,来来往往许多顾客,其中有五六个曾看见过我的手,问母亲:"这孩子是不是会弹钢琴?"母亲笑着摇头。顾客们不乏惋惜地劝道:"这小孩手指多长啊!弹钢琴多合适啊!"母亲笑笑,附和几句。

那时,我怀着童年独有的天真而浪漫的幻想,将母亲不经意的敷衍记在心上,满以为这是信誓旦旦的承诺。我憧憬着,等待着。直到有一天,我忍不住问母亲为什么还不买钢琴。母亲看着我,说:"我们家里穷,一架钢琴就要好几万,上课也要好几万,爸爸妈妈买不起,你要体谅我们,知道吗?"

我撇了撇嘴,心中有些酸苦。

"再说，学钢琴就是业余爱好，将来没有用的。把书读好才是真的……"

后面的话，我记不清了。只知道从那天起，我再也没提过钢琴的事。同样破灭的，还有画画、跳舞……这些事我再没问过。只要脑子稍稍一转，就知道结局。

"穷"是一个无法跨越的鸿沟，是我无力改变的事实。母亲和父亲都指望着我，这就是我需要背负的一切。只是那时，我还不知道这个字眼的沉重，只觉得很是骄傲：自己早早便成熟了，懂得体谅父母，和同龄人是不一样的。

秦老师明白我的难处却不点明。这对于一个敏感的孩子而言，是弥足珍贵的温柔守护。

三年级时，音乐课要求学生演奏乐器，人手一台口风琴。学生有两种选择，买或租。买琴需要两百多元，租琴只需要 8 元，买两根塑料吹管。

发通知的那天，我拿着回执去找母亲。

"那就给你 8 块吧，用教室公共的琴吹吹也蛮好的。"母亲一边裁衣服，一边应付我。

"可是公共的琴不卫生，我想买……"

"大家都吹，搭什么界啦？ [1]"母亲有点烦了，转身换个方向，大剪刀咔嚓咔嚓剪着布片。

她其实不明白我的渴望。

口风琴上黑键白键的排布和钢琴一模一样。学不成钢琴的遗憾在我心中沉淀已久，苦涩迫人。母亲买不起几万元的钢琴，可一台两百多的口风琴总可以负担吧？即便年幼如那时的我，也相信口风琴绝不是一笔她不可承受的开销。

一整个周末，我费尽唇舌向母亲游说买琴的好处，死缠烂打，见缝插针地央求。直到最后一刻，母亲从钱包里掏出一张十元纸币让我租琴，并叮嘱我，要把找下的两元还给她。

母亲是不会为任何人妥协的。她是铜墙铁壁，是我的人生中不可置疑的神圣裁决者。她证明了她的强势，一如既往。我于是明白，有些决定并非如她所说"迫于财力"办不到，而是她根本就不想。我该学什么、不该学什么，都必须先经由她的主观意志过滤选择。我除了服从，别无它途。

我忘记自己是怎样失魂落魄地交上回执的，只记得四下张望时，同学们都在说：我是买口风琴的，我妈说公共的不卫生……我也是……那你呢？

我转过头去，趴在桌上没有言语。每逢这种时刻，我总是选择回避。因为贫穷并不是什么值得炫耀的事，它使我变成人群中的异类，格格不入。事实上，我从来没有和同班同学建立过深刻的交往。也许是性格使然，也许是害怕被他们嘲笑……同辈的孩子里，其实并没有多少人分享着和我一样心酸的家庭背景。世界在我们眼中并不相通，他们大多数人的眼中是每月一百的零花钱，父母理所当然的轿车接送，打着耐克钩或其他名牌运动鞋；而我的眼里，只有丝丝块块的破布料，父亲助

　1　沪语，意为：有什么关系啦？

动车的黑烟，和脚上破了洞、将就着穿下去的袜子。

分发新口风琴的早晨，我们在音乐教室门口排成两路纵队，按学号依次到秦老师那儿领琴。没有买的同学不必领，只要说自己是租的便可。

我是班里的 7 号。不幸的是，排在前面的六个女生都出资买了口风琴。她们接过大红色的崭新琴盒，说说笑笑走到队末。

我缓缓走到秦老师面前，忽然鬼使神差闭上了嘴。

那一刻，我心中所想复杂又简单：我害怕与众不同，害怕全班聚焦的目光，害怕他们对我生出种种排斥的看法……以及，我想要一台口风琴。

如果能浑水摸鱼，那便再好不过。

"你也是买琴的？"秦老师问。

我沉默着，既不答应也不否认，只木讷地低头。

一只红色琴盒递到了我的手里。琴盒有些沉，布面粗糙，散发着一股奇怪的气味。但是我一将它抱在怀里，便舍不得撒手了。这是我第一次真真切切地感受到自己"拥有"了一件东西。它不屈从于母亲的意志，而是只属于我一个人的欲望。

我悄悄排到队伍后面，心蓦然狂跳起来。

在焦急等待的时间里，队伍越排越长。快结束的时候，班上一个胖胖的男生走上去，高声对秦老师说："我是租琴的。"

他接过两根软管，气宇轩昂地归队。他的表情并不愧怍，甚至还有些骄傲。这令我惊讶又敬佩。我自问做不到坦坦荡荡地正视自己，正视我们家和别人家的差距，只好低着头，羞愧又害怕。

口风琴分发完毕，秦老师看着清单，反复点着数目："二十七……不对，少了一把。"她又数了一遍，环顾全班："谁多拿了一把琴？"

我低着头，在人群中隐匿自己，心思不停地打转：如果此时举手，主动承认，全班都会认定我是故意偷琴，秦老师当众批评我，坐实了我是个"坏学生"，那一切就都完了……与其如此，不如假装记错了，迷迷糊糊，蒙混过关。

我打定主意，抱着一丝侥幸，躲在人群中。

秦老师把我们手里的琴点了又点，再问是谁多拿了琴。我还是不出声，心里却更慌。

忽然，徐子仪站出来，直接走到我面前，用有些做作的、夸张的语气反问："喂，陆一鸣，你好像是租琴的吧？"

"嗯……我忘了……"我支支吾吾，语无伦次。

徐子仪坐在我前排的前排。她能看到我的回执，这不奇怪。

秦老师调出总名单，确认了是我。她走到我面前，接过琴盒。琴盒已被我捂出温热。交出去的瞬间，怀抱变得空空的，冷风趁机钻了进来，有些凄凉。

秦老师的手平静地按着我的肩膀，询问缘由。

"对不起，我忘记了。"我小声重复。

秦老师凝视着我的脸庞，那双月牙般的眼睛仿佛能洞悉一切心事，将陈垢冲刷洗净，驱散灰暗。

我原本做好了被责怪的准备，不想她却优雅地笑了，伸手摸了一下我的脑袋：

"你是不是想要一台自己的口风琴？"

我愣了愣，忽而不住地点头。眼眶通红，说不出一句话。

"我跟你妈妈谈一谈，好吗？"

……

温柔的人常常意识不到温柔的力量，润物无声，熄心火于无形。它轻巧地钻过铜墙铁壁，使我这个在母亲的威吓之下不曾屈服的人，在那一瞬痛哭不已。我放声大哭，毫不顾忌地哭，似是要哭尽所有的委屈，所有的不甘。

其实获取孩子的信任和爱戴并不是一件难事——只要你真心对他好，理解他、支持他……我时常觉得，孩子就像一面洁净无尘的镜子，只要他感受到你的爱，他便会十倍百倍地爱你、信任你，甚至全心全意地信仰你，用稚嫩和天真的声音，乞求上苍赐予你世间一切的幸运。

那时的我爱戴秦老师，犹如爱戴神祇。

不知秦老师后来怎样联系了母亲，也不知她是怎样用天使般的话语说动了母亲……总之在两周后的某一天，秦老师站在教室前门向我招手，将一把新的口风琴交给我，笑意盈盈。

我一把抱住它，像是抱住了全世界。那是真真正正，属于我的东西。

*　*　*

很多事，在经历的当下并不会产生深刻的体悟。只有走过漫长岁月，穿过风雨阴晴，回首时，将它们的起起伏伏互作比较，才意识到这段日子该是美好的，那段日子该是灰暗的，所以免不了在怀念它的时候，夸张地渲染或喜或悲的色彩。

过去和现在的两个自己，情绪并不互通，也无法彼此体谅。前者是懵懂无知，却握有当下片刻的真实，后者将经验纳进连贯的体系，却丧失了真实。我们总无法带着正确的知觉生活，只有在回顾时，自以为正确地把这块拼图补上。

实际上，得到口风琴的那天，我并没有多少惊喜。被秦老师"逮住"的瞬间，也只有羞愧、尴尬，而不是感动。秦老师对我的好，是在很久很久以后，某一天坐在逃离上海的长途汽车上，我忽然感悟的。悟到了，便开始痛哭，哭了一路。

过去的我并不懂得，也无法想象。在父母眼中，甚至我自己都认定：那不过是一个普通的孩子向父母撒泼打滚、去买一件本不属于她的玩具的无聊情节。父母一时心软，拗不过，便买了。孩子呢，高高兴兴，转头就忘了。

我也无法摆脱轻率的习性。当胜利的喜悦渐渐淡去，口风琴便成了我眼中相看两厌的累赘。我无力背着它上下学，更不能时时吹奏，保养擦拭。它终于沦落为一个暗沉的盒子，和其他同学的口风琴一样，稀里糊涂地堆在教室角落积灰，下课时偶尔被班里顽皮的男生踢着玩，在地面上磨掉红色的外皮。

好运的到来是隆重而盛大的，恰如举办婚礼，以庄重的仪式宣告新人在彼此生命中的登场。可是一桩婚姻的散去却是漫长日子的消磨，悄无声息，抽丝剥茧，水滴石穿。我对口风琴的感情也是如此，从惊喜到淡漠再到嫌弃……我的热爱到底没有抵过岁月的侵蚀，终于渐渐朝不可挽回的末端走去。以至于这台口风琴失踪的时候，我都毫无知觉，就这样稀里糊涂地失去了它。

那是梦魇般的万圣节刚过，十一月初，明媚的早晨。

我因为没交默写本而被傅老师逮住，罚到教室后面抄一百遍。

傅老师喜欢体罚学生，这已经是全年级公开的秘密：罚站、罚抄、辱骂、揪耳朵、用书本敲脑壳……这些招数早已不是新鲜事。可五年了，没有人制止，没有人干涉——甚至连我们也不觉得那是错误的，因为世界本就有参差。坏孩子是需要被强力纠正的，他们和外面那些十恶不赦的罪犯没什么区别，就像傅老师所说：他们是蜡烛，不点不亮。另一方面，区别于"坏学生"，好学生需要在班级里全力表现，争夺傅老师的夸赞——这是我和其他班干部都在不遗余力做的事。可偏偏那天我一个疏忽，稀里糊涂把默写本夹进数学书里，没能上交订正，这才栽了跟头，得到傅老师毫不留情的惩罚。

教室后面的柜子几乎有我的胸口那么高，趴在上面很费劲。平常出黑板报时，我会踩着凳子，跪坐在柜子上。有时，我甚至不用凳子，只消跳起来，用手臂轻轻一撑，便可轻盈地坐上去。那个位置高高的，能把班级的每个角落收入眼底。我曾多次幻想过坐在那里，轻松愉快地晃荡双脚，把课本放在膝盖上……那该是多么愉快啊。

"你发什么呆啊！"傅老师暴躁的声音突然响起。

我顿时寒毛竖立，小心翼翼地回头。

傅老师正把书卷成筒状，生气地敲打陈文的头和后背，一下，又一下。陈文柔弱地看着地板，齐刘海遮住了她的眼睛，怯怯的，不敢还手。

作为班里"怎么也教不会的差生"，陈文总是被几个主课老师轮流嘲笑，频繁叫去办公室。日积月累，她便成了一副呆呆木木的样子，放弃抵抗，好像这样做就能少受些罪似的，令我想起佳茜那可怜的、佝偻着的身影。

我不由得同情起她来。

可是同情有什么用呢？我并不是一呼百应的斯巴达克斯。同傅老师翻脸，任何一个学生都不敢想。何况此时此地，我的境况同她相比实在好不到哪儿去——试想一个堂堂的中队长、宣传委员，竟然犯了没交订正的低级错误，无怪乎要被傅老师严厉地责罚……大概这就是所谓的登高跌重吧。

我如是想着，默默叹息，趁傅老师注意之前赶紧回头，继续机械地抄着。

阳光透过教室后门的窗玻璃洒在我的肩头，暖意弥漫。待我抄完时，它已悄然移位，点亮了教室晦暗的一角，那儿堆放着被我们遗弃的琴盒。

古朴亲切的红色映入眼帘，我忽然感到一阵异样，好像心事被一根绳牵引着，指向那堆琴盒。那只我曾央求了千万次，终于讨来的口风琴，我突然没来由地想看看它，吹一吹它。

——奇怪，怎么没有？

下课后，我蹲在墙角，仔细地翻找：从外到里，从前往后。每只琴盒上都写着对应同学的姓名，唯独没有我的。

我明明记得上次看到它的模样：灰红色的旧琴盒表面，"陆一鸣"三个字在右方，字迹很大却很淡——那是刚拿到琴的时候，我端端正正用记号笔写在琴盒上的。

可是，怎么会……？

"有谁看见我的口风琴了？"我着急地问，双腿不住地打颤。几个打闹的同学朝我瞥了一眼，不予理睬。我又问了一遍，好心的陈文和大队长王鸿明走过来，动手替我翻找。他们像流水线上的工人，仔仔细细地检查，看完一个便放到一边，再看再放……直到最后一只琴盒也检阅完成，我们仨才终于确定，那个写着"陆一鸣"名字的口风琴，真的不在了。

他们又替我把教室其他角落，桌子下、讲台边，铁皮柜子都找了个遍……可是不管怎么搜索，它都杳无音讯，凭空蒸发。

伙伴们终于散去，像一场乱哄哄的谢幕。陈文拉着我的手臂，怯怯地说："我们去报告傅老师吧。"

"什么事情呀？"徐子仪忽然凑了过来，想加入我们的谈话。我冷哼一声，不去看她。

徐子仪是我们班学习委员，皮肤黝黑，性格乖张而谄媚。每每看到她，我便想起她曾用怪声怪调尖叫着揭穿——喂！陆一鸣，你好像是租琴的吧！

徐子仪是我最大的竞争对手，也是傅老师很喜欢的学生。她带着那副能被一眼揭穿的幼稚心机，拉帮结派，公开地在教室后排同其他女生说悄悄话。有好几次，她一边偷偷和别人咬耳朵，一边不怀好意地盯着我。这使我对她产生了极不友好的印象。

陈文把丢琴的事说了个大概。

"走，我们去找傅老师！"徐子仪"好心"建议道。

"算了，我不想说。"我垂头丧气，把头埋进臂弯。其实我明白徐子仪在打什么算盘：她想让傅老师知道我丢了口风琴，进而认定我是一个丢三落四的糟糕小孩。于是，她便能一跃成为傅老师心中拔尖的好学生，顺理成章打败我。

徐子仪见我没有反应，终于自讨没趣，默默走开。

我浸泡在苦恼中，长久地静坐。其实，我早知道育英小学从前发生过这样的事：隔壁班有人丢过琴，音乐教室的器材也被偷过。可我总是心怀侥幸，想着即便有小偷，全校有那么多口风琴呢，怎么也轮不到我呀……可是现在，无论我怎么后悔，都晚了。

某种哀怨的味道从我的衣服里跑出来，把其他人熏得远远的。我懊悔自己之前没能好好照看宝贝口风琴，没能把它带回家，认真擦拭、练习……

我痛恨小偷，痛恨一切冷漠的人们……可随着时间的推移，汹涌的心绪与情感也渐渐没落下去，似一场声势浩大的退潮，一溃千里。

我忍不住埋怨自己。

我总是一个握不住机会的笨小孩。我的琴丢了，曾经的希望也丢了……我再也见不到它了。

这样无用的我，该怎么面对母亲？

三

2007 年，一件不大不小的事改变了我们这个三口之家的命运——母亲开始接触炒股，并逐渐沉迷。

母亲炒股的钱是从哪儿来的？她早年做生意究竟存了多少现金？……这些问题早已不可考证，并渐渐成了我心中的一桩悬案。

其实那时的我已隐约感到父母是颇有些积蓄的，但他们长久以来用言辞和行动向我证明生活的穷困，并发誓要我学会奋斗。尽管疑云重重，我最后还是选择信赖他们，不做深究。

2007 年初夏，某个周日下午，我照常在眼镜裁缝店的阁楼里写作业。

店里没什么客人，母亲打开收音机播放东广电台的新闻，"轰隆隆"踩着缝纫机。我写到中途，下楼去街口的公共厕所方便，回来时，见一个穿着黑色连衣裙的女人挡住了店门。她身材高挑，细腰肥臀，头发盘得一丝不苟，脚踩十公分高的高跟鞋，和母亲聊得正欢。连眼镜店黄老板也放下手里的报纸，趴在柜台上饶有兴致地加入她们的谈话。

"真的这么赚钱啊？"我侧身而过，听得母亲的语气里充满温柔和向往。

黑衣女人点头，自信地微笑，说自己很久之前开始买股票，从几十万挣到了几百万，她的亲戚朋友也发了财、买了房，如此云云。

那是我第一次注意到"股票"这个词。

母亲忙问怎么买，买什么。

黑衣女人说，买什么都能涨。

黄老板笑着感慨：这么厉害？

我站在木梯旁，想继续听下去，却被母亲瞪了一眼，只得收起好奇心，怏怏上楼。

他们谈了很久，嘀嘀咕咕的声音若有若无。母亲和黄老板拉着她问东问西，差点过了晚饭的时间。

我摸着发出"咕噜"声的肚皮，再次下楼。母亲看了一眼塑料钟，向这名优雅的黑衣女人发出晚饭邀请。黑衣女人客气地推辞，执意离去。母亲热情而体面地陪她走到门口，黄老板连连朝她打招呼，一送再送。

我原以为这是一次无关紧要的谈话，像以前常来店里找他们唠叨家常的老阿姨、老先生。主顾之间彼此附和共情一阵也就散了，离开后便各自过上焦灼而现实的日子，永不相交。

可没过多久，我渐渐感到了奇异的变化：节俭得无以复加的母亲忽然从收废品的师傅那儿买来了二手电脑和显示器，还专门在缝纫机旁架了一个工作台，请隔壁头发烫得时髦的房地产老板娘教她怎么安装炒股软件。

育英小学在我读二年级时开设了信息科技课，教我们用智能 ABC 输入法打字，用 word 软件做海报。好几次，我向母亲提出买电脑的请求，说自己无法练习，每学期的信息课都面临挂科风险。可母亲还是嫌贵，否决了我的提议。四年级快过完了，母亲的裁缝店里终于添置了电脑。但这不是为了我，而是为了母亲的梦想。我的得利只是一个善意的施舍，附加的小恩惠。

母亲铁了心要挣一笔大钱。在诱人的利益面前，她终于把持不住，掏出了那笔我从不知道的隐秘存款，果断出击，去证券交易所开了户、买了股票。

但炒股这件事并非全家举手赞成。除去我无关痛痒的意见，父亲从一开始便对母亲的冒险表示反对。

"炒股票就是赌博！"父亲用老资格的话语劝道，"你跟市场斗，跟国家斗，斗得过哦？人人都挣钱，哪里来那么好的事？你一针一线踩出来的钞票，不作兴掼进去的……"

母亲却偏不肯听。

她对父亲的偏见由来已久，痛恨他懦弱守旧，只肯把存款放进银行吃利息的古板个性。父亲的谏言因而在母亲那头也大打折扣，仿佛这些话就像他本人一样，是迂腐过时、不能入耳的。

在母亲染指股票的这几个月里，我亲眼见证了她的"成瘾"。

原先，她还能自如地关掉屏幕，做手头的活计，可渐渐地，她的双眼越来越离不开屏幕。往往在每日开盘前就赶到店里，开盘后还不舍得放手，该裁的衣服没有裁，该锁的纽洞没有锁，布料堆在案头，非拖到晚上才开工……

裁缝店的生意在近两年日渐萧条，可母亲全不在意。她一心扑在股票上，谁也不能令她分心一秒。

我时而为之忧虑，时而又庆幸。股票安放了她过剩的操控欲，我终于得以在她的严厉手段下获得片刻喘息。

＊　＊　＊

母亲炒股后，来小学接送我的频次从"偶尔"变成了0。我暗自松了口气，决定花上一路的时间，边走边想，该如何同她交代丢琴的事。

从育英小学到母亲的裁缝店需要徒步15分钟。头顶是喧嚣的高架路，路边种着稀疏的行道树，一家"东方网点"开在公共厕所旁。再往前走是一座桥，桥下流过一条漂着塑料袋的河水，蓝绿中泛黄褐，油腻腻的。

高架穿行到一个硕大的十字路口，忽然分叉、盘旋。我向右拐，走上一条不平的人行道。马路对面是长途客运汽车站，每天人来人往，将一批批怀揣梦想的陌生人送入城市的心脏。再往前直走50米，左拐，便进了东岳支路——母亲的裁缝店近在眼前。

店里冷冷清清，没有客人。我同黄老板问好，故作轻松地走进去。万幸，母亲没有抬头看我。她全神贯注地盯着电脑屏幕，一支支股票从她眼前滑过，她的右手在一本陈旧的黑色硬皮本上写着什么，字体粘连、扭曲。

"我回来了。"我蔫蔫地说。

"嗯。"

我飞速朝屏幕瞟了一眼。红色——这是个好兆头。

我顺着扶梯爬上二层低矮的阁楼。这阁楼是租门面时一起算的，高不到一米七，结着灰尘的天花板伸手可碰。阁楼里只有一架破烂的床板，上面堆放蓝色、黑色马夹袋，包裹着一团团捆起来的料子。母亲原先将这块地盘用作仓库，后来嫌我在楼下碍事，便布置了一张书桌和一个小台灯，专门供我学习。

时间一点点流逝，我抄完英语单词，放下笔，懒懒地舒展身体。

夕阳最后的余晖照亮了对面大楼的红墙，但破损积灰的窗玻璃却给外面的美景罩上一层阴霾。写字台紧挨着墙壁，墙上的装饰木板破了一个大洞，洞口贴了张"荷氏薄荷糖"的广告海报遮丑。我想起小时候在这间矮阁楼里午睡，母亲就地利用一块废弃的门板，在上面盖一层布。我勉强躺下，半梦半醒，曾听见老鼠从身后的墙板里跑过。

还有一次午睡，我为了遮蔽阳光，把小臂搁在眼睛上。将睡未睡之时，忽然感到有人掰开了我的手臂。我惊惧地睁眼，却看见了母亲。

"吓死我了！我刚刚睡着，你干嘛？"我烦闷地瞪着她。

"我来检查你有没有真的困着，谁晓得你——"母亲忽而吐了吐舌，命令我继续闭眼，不许用任何东西挡住眼睛。说完后，她狼狈地下楼。

那是我唯一一次对母亲发火。此前的很多次，我都因在母亲的注视下忍不住颤动眼皮，遭到她的训斥："你又在装困，我就晓得！"冰凉的声音在头顶盘旋。我不满地睁眼，辩解说睡不着。

"一日到头不知道想什么心事，所以困不着！"母亲指着我，"眼睛闭起来！老老实实困觉！"

真是个可怕的母老虎，连睡觉都要管。每每回忆起这些往事，我都忍不住埋怨母亲的专制。

"蹬蹬蹬"的脚步声扯断我的思绪——母亲上来了。她的步子不快不慢，踏上扶梯的力度不轻不重，让人摸不透她此刻的心情。我老老实实打开语文书。

母亲走近，拿起抄写本，随便翻了两页。

"现在在做什么？"

"预习明天的课文，傅老师要抽查。"

她左看右看，看不出什么异常，伸手去摸我面前的台灯，把亮度调到最暗。母亲一直觉得台灯太亮，会伤眼睛。

"头抬起来，坐直。"她憋出两句指令，下楼去了。

我惆怅地托腮，心思又飘到丢失的口风琴上。要想再买一把口风琴，必得经过母亲的同意。可难就难在该如何向她解释丢琴的事，同时又不让她生气……

我忽然想，如果能找到她心情愉快的时刻就好了！那样的话，她的快乐会中和掉这件事的不快乐，两相抵消，我受的惩罚也许能轻一点。打定主意，我决定寻找合适的时机。

黄老板在5点左右下了班。我顺理成章地下楼，在空闲的大台板上写作业。偶然几次，我与她眼神相遇，我鬼祟地躲避，可她却麻木地低头，心神被看不见的线牵引着，指向屏幕。有惊无险。

母亲熬到7点，终于想起晚饭还没吃。她破天荒地从隔壁白玉兰餐厅叫了一份糖醋排条盖浇饭，让我带着搪瓷碗去打包。

我端着热热的饭菜回来时，母亲的收音机正喧嚣地讲着话："今日上证综指低开高走，涨幅13%，截至收盘，报在四千××点……人民币兑美元汇率……能源板块……"

我心不在焉地咀嚼青菜，斜盯着母亲的脸色。母亲做活的时候总是抿着嘴，一副微微恼怒的模样。她的手朝空中一拉，"呲"的一声拆开线头，我的心尖不禁抖了一抖。她说自己做裁缝做得"怨死了"，果然不虚。

母亲改好衣服，起身甩开袖套，拍拍裙子，朝我走来。

"味道怎么样？"她倚在裁衣台边旁问。

"还可以。"

"猜猜看，你老妈今天挣了多少？"母亲眼睛里是掩饰不住的笑意。我敏锐地提了提神。

换做从前，每当她喜滋滋地问这样的问题，我总要满不在乎地说"不知道"、"不想听"，刻意地抹杀她的骄傲。可现在，情形却不同了。

"多少？"我抬起头，佯装好奇。

“这个数字。”母亲翘起四根指头朝我晃。

“400块?”

“4000!什么400块，不要瞎讲。”母亲笑斥道。

我赔笑，心思却飘飘然了。4000——整整4000!这么大一笔钱!

“4000块已经在存折里了吗?”我忍不住问。

母亲摇头:“还在股票里，我要继续捂着。等挣它几万，再拿出来买房子。”

“老妈，”见母亲幸福的神情，我忽然鼓起勇气，“你借我200块可以吗?”

母亲脸色一僵，警觉起来，方才积累的欢乐瞬间烟消云散。

“你要干什么?”

我咽下口水，心里发慌。

“嗯……我……我的口风琴丢了，想再买一把。”

母亲的嘴唇抿成薄薄的一条线，衬出颧骨高耸的轮廓。凶悍的表情又回到了她的脸上，令人害怕。

“怎么丢的?”母亲站直身体，大拇指抵在桌边，翘起一个夸张的弧度。

“我不知道。”我低头，不敢看她。

一股粗重的气从母亲的鼻孔里喘出。她转身在店里徘徊，这儿站站，那儿坐坐，最后决定不再理我。她拿起烫台上的一叠衣料，极快地朝我翻了一个白眼，把它推到缝纫机的针脚下，踏板“轰隆隆——轰隆隆——”地踩着，发出比平时剧烈得多的声响。看她的架势，好像踩的不是衣料，而是我。

我应该代替那块料子，在身上戳出千百个洞，借此赎罪。

“这么大的琴，怎么会掉了呢?唉!”母亲重重地叹了口气，生怕我听不出她语气里的嘲讽。

我放下碗筷，往扶梯那儿走，想上楼躲着。

“吃好饭，碗也不汰，像个死人一样!”她忽然回头，朝我扔了一块破布，噘起嘴，直愣愣地盯着我。

我低头捡起可怜的破布，端着碗筷走到水槽前，拧开水龙头。

水流声和水龙头细微的尖叫淹没了我的听觉。母亲终于不再发话，取而代之的是身后缝纫机的声响:“轰隆隆——轰隆隆——”，如地震一般。

* * *

2007年，母亲37岁。对于一个生活在冒险精神尚未褪去的时代里的女人，这世界依然充满诱惑。

诱惑来自金钱，来自对发家致富、干出一番事业的渴望。同时，不服输的心理驱动着她：母亲从不认为自己比别人笨，反倒还要聪明许多；这更使得她对自己的处境愤愤不平。她的顾客里，有多少"傻女人"因嫁得好而一步登天，隔壁房地产老板娘算算账就能富得流油，还有收房租、收税的老板们，赚取暴利的眼镜店黄老板……可唯有她，每天面对布料，不停地踩啊踩，缝啊缝，付出近乎十倍的劳力，却只得到一点儿薪水，"这多不公平啊"。

于是日子越苦，她对金钱的渴望便越迫切。她意识不到自己的年纪，还觉得自己年轻得很，和十几岁孤身来上海闯荡、开店的时候一样，对未来的日子充满希望。这些年的阅历，在她看来，并没有令她迟钝，反而使她变得更成熟、聪慧了。

正是所有的欲望、心气，对自身能力的高估，加之外界越来越热的炒股气氛，最终促成了母亲走上炒股的道路，不惜孤注一掷，拼上所有身家豪赌。

我的眼前时常浮现一个画面，是母亲第一次踏入证券交易所的时候——那天应该是一个温暖的午后，金灿灿的阳光透过落地窗，照进交易所的大厅。母亲握着身份证，排队等在人群里，胆怯又新奇地朝四处张望：这里来来往往的都是老太太老先生，他们看起来是那么神采奕奕、满面红光。在她的头顶，股价和股票名称在屏幕上跳动着，红绿相映，多么新奇！她宛如一位重新起航的船长，在名为"裁缝"的海域停留多年后，终于重新找到努力的方向。她握着桅杆，眺望平静却深邃的海洋。

出发吧，她对自己说，想好了就去干。他们都成功了，为什么老天不肯眷顾我一次呢？

对母亲所做的这场美梦，也许我不该加以苛责。毕竟想把日子过好，活得轻松、体面，是世人所共有的朴素愿望。

丢琴的阴影并没有笼罩太久，因为母亲那日透露的"买房"之希望，在自认贫寒的三口之家内催生出了新的气息，这气息将我团团包围，如置云端。一想到我们三人即将住进一套更大的房子，不用继续挤在20平米的一室户抢马桶过生活，我便觉得开心。也许实际情况还能更好些：到时，我会拥有自己的房间，有自己的书橱、电脑，或许还可以添置一架钢琴……天啊，那是怎样充满希望和期许的图景！

于是，我也不得不为这光明的未来而努力了。

"如果这次期末考试，语数外三门总分班级前一，过年就奖励你一个大红包，1000块。"母亲在考试前对我许诺。

"那我可以重新买口风琴吗？"

"压岁钱是你的，你自己想买什么就买什么。"

自母亲建立了一套与金钱挂钩的成绩奖励机制，我才真真切切地体会到"书中自有黄金屋"的美妙心情。读书的好处如此具体地铺展在我面前，我循着它的气味，如猎犬一般兴奋地前进。好好炒股是母亲的使命，好好读书则是我的使命。一种共存的荣誉感在内心激荡，我迫切地等待着。

一个月后，谜底揭晓。

先后进教室读成绩的是数学和英语老师。这次的考卷难易适中，正好能够拉开差距。前两门分数一加，我心中估算，正甩开第二名 3 分。

考第二的人正是令我讨厌的徐子仪。她平时的语文分数和我差不多，但每逢重要的考试，成绩总比我低一两分，如同魔咒。如果这次不出意外的话，第一名也稳了……我忍不住暗暗高兴，却又不敢大意，脑海中一遍遍回放着语文考试那日的情景：是的，我答得很好，作文也写得很顺，应该没问题！

傅老师终于走进教室，手里捏着一叠试卷，忍不住叫人伸长脖子张望。傅老师有个习惯：她喜欢按学生的分数从高到低排列试卷，所以第一张一定是最高分。而且在分发卷子的时候，她必定要站在讲台上，将洪亮尖锐的声音扩散到教室的每一个角落，让学生沐浴在严酷而公开的竞争中。

"第一名——徐子仪，93 分。"

班里起了一阵小小的轰动，徐子仪在同学们羡慕的眼光中骄傲地走上讲台，接过考卷，若有若无地朝我微笑。我忽然有些失落。

……

"王鸿明，90。"

……

"张心悦，86。"

……

十几个同学已经拿到试卷。我的心情却一沉再沉。

完蛋了。

我小心翼翼地抬头，神情胆怯。傅老师无意间瞥了我一眼，我从她的目光中读出了一丝嘲讽和批评。

"陆一鸣……81。"

傅老师拿起试卷，意味深长地叹了口气，反复翻看。

我惭愧地走上讲台，等着她说出批评的话语。

但凡考试失利，我们总免不了听几句傅老师的责备。有时气急了，她还会揪我们的耳朵，那简直是奇耻大辱。

哗啦——哗啦——傅老师将试卷来回翻了两遍，抿着薄薄的嘴唇。

忽然，她探身，朝第一排同学要了支红笔。

"批错了。"她在卷面上潇洒地涂改着，"91。"

91？离徐子仪只差了 2 分？

脑袋晕晕的，欢乐如潮水般骤然涌入。

好像电视里犯人处刑的前一刻，有人高呼"刀下留人"。那一瞬，黑白倒转，绝望成了希望。我竭力让自己镇静下来，从傅老师手里接过试卷。

太好了！91分，只比徐子仪低两分……我还是三门总分第一！

"你犯了两个不该犯的错误。"傅老师说。

我懂得她这话的分量。傅老师不会像秦老师那样大方地夸赞学生，只会故作严厉。她未必觉得我可以考得更高，但只批评不辱骂，已经是莫大的恩典。

成绩宣读的那天连着家长会。身为宣传委员的我依例在放学后留下，帮傅老师装饰黑板。我折断一根白色粉笔，粗粗地在黑板上写下"欢迎各位家长"，随后用彩色粉笔重重地描边，做出阴影和连笔感。

从没有人问我为什么黑板字写得好。或许是因为我在母亲的裁缝店里度过了童年。店里的剪刀、镊子、皮尺都不能玩，布料、线筒和缝纫机更不能碰，我只好偷走母亲用来打板的划粉，在门口的水泥地上乱涂乱画打发时间。启蒙得早了，字就写得好了。这便是我担任宣传委员时为傅老师看重的优势。可是过早地接触粉笔，也给我的手指留下了干燥脱皮的毛病。这一点，母亲并不知道，傅老师也不知道。

大队长王鸿明手捧一叠"学生成长手册"走进来，将它们派送到每个对应学生的桌上。他时不时抬头看黑板，好像在监督，又好像在欣赏。王鸿明一向与人为善，性格可爱，是班级中为数不多我真正欣赏且认同的好同学。

我拍拍双手，走到教室中间，远远打量着黑板。字已经大功告成，只要再画些装饰就好。王鸿明也忍不住过来凑热闹。

"好像有点偏右哎……"他评价道。

我点头赞同，又说："没关系，我画点别的东西平衡一下！"

"我也想画！"王鸿明露出一脸跃跃欲试的表情。

在黑板上写字向来被默许为老师的特权。只有几个特殊的学生（比如我和劳动委员），在特定的场合下（比如出黑板报、写值日生时）才能被赋予这项特权。因而每次值日，最受欢迎的是擦黑板的差事。值日生常常会偷拿粉笔，在黑板上涂画一番，俨然扮起了老师。等过完瘾，再用抹布擦掉。

没等我答应，王鸿明便已走上讲台，用红色的粉笔在左上角打了一个草稿，勾勒出一名美少女的轮廓。王鸿明家境条件殷实，尤其善于绘画，早早在他母亲的精心栽培下考出了素描八级，黑板涂鸦更是不在话下。我呆呆地注视着他的背影，粉笔在黑板上行云流水的笔触。少女的脸愈加明艳、娇俏，我的心里却蓦然涌起一股羡慕却遗憾的滋味。

不到5点半，学校已经灯火通明。母亲第一个到，她的头发梳得很清爽，还特地穿上了自己新做的红色风衣，仿佛同我心有灵犀。

我拿出试卷眉飞色舞地炫耀着，母亲坐在座位上翻看试卷，笑着吻了一下我的脸颊，从包里掏出一袋饼干给我吃。

"等会儿奖励你一顿麦当劳！"母亲说。我笑着拆开袋子，嚼了嚼。饼干的细屑弥漫，喉咙也变得干涩无比。我觉得味道怪异，下意识地翻看包装上的保质期。可看来看去，只有一个 QS 食品安全符号，保证它绝对可吃。

"噢哟，这个黑板画得不错嘛！"母亲忽然抬头，惊喜道，"尤其是左边的小姑娘，造型真好看……阿拉囡囡真了不起，自学成才……"

母亲作势欲将我拢入怀中，我却后退一步，猛地呛咳一阵。

"当心点呀，这么急做什么啦……"母亲斥道，从包里掏出一个保温杯，"给你泡的枸杞子茶，一起吃掉，对眼睛好。"

我凑近闻了一下保温杯的气味，厌恶地皱眉。

恰在此时，教室前门走进一对母女。不是别人，正是徐子仪和她母亲。与徐子仪的黝黑形象不同，徐妈妈浑身都发着闪亮的光。她打扮得很优雅，头发是精心烫染过的卷毛，嘴唇涂成通红，脸上擦了白白的细粉，一对金耳环在耳边一闪一闪，很是夺目。徐妈妈安静地坐在徐子仪的位子上，翻看成长手册。

"那是谁的家长？样子蛮好的。"母亲悄悄地问。

"徐子仪。"

"哦……原来是她啊。她考第几名啊？"

"第二名。"

"哦哟，这个小姑娘蛮厉害的嘛……她好像不比你差的，对哦？"母亲目不转睛地盯着徐子仪母女俩。

我不悦地起身，把饼干塞到她手里。不明白为什么天下父母只会夸赞别人的孩子。

"我去老师办公室拿书包。"

"你不吃啦？"

我没有回答，懊恼地离开教室。实际上，我并没有走远，而是躲在教室后门，透过门缝偷看她们。只见母亲站起身，跨过两排椅子，笨拙地走向徐子仪母女。

"徐子仪妈妈对哦……哎，侬好侬好！"母亲热情地说，仿佛在招待裁缝店里的顾客，"你女儿考得老好的，我听一鸣讲过好几趟……哦哟，真的是，你怎么养出噶优秀的小孩……"[1]

我头皮发麻，没办法再听下去，只得转身离开，独自消失在昏暗的走廊尽头。

1　"噶"，沪语，意为"这么"。

四

上海的冬天终于来了。细碎折磨的雨，下一阵便冻一阵。它不似大雪的纷飞浪漫，也不似冰雹的干脆利落，反倒像黏稠的糖丝：晶莹透亮，却充满恶意。

我放了寒假，原本打算日日笙歌，与电视为伴。可恰逢生意淡季，母亲不愿在店里白白受冻，便早早收拾摊子，关门回家。

"给我看会儿！"晚上 7 点半，母亲刚进门，连包还没来得及放下，便问我讨要电视机遥控板。

我摇摇头，紧张地盯着电视画面——正当关键情节。

"哎！还要我讲几遍啊？"母亲咬着嘴唇，端出打人的架势，我这才不情不愿地把遥控器扔到床边。

屏幕右上角飞速打出荧绿色数字"07"，画面停顿半秒，立即切到财经频道。

西装笔挺的主持人镇静地坐在台后，屏幕底部的通知条飞速滚动着，写满股票代码、名字和涨跌点数。财经频道的字体滚动速度比正常频道快得多，令人眼晕。

母亲并不喜欢看新闻，她在等待别的东西。很快，它来了。

主持人结束播报，开始连线"炒股专家"。说来奇怪，每一期的炒股专家面孔长得不一样，说出来的话却很相似：他们先大夸一通股市的火热，随后介绍具体的案例，说张女士等股民听从了专家的建议，昨天加了多少仓，今天收入何等丰盛，如是尔尔。为了增加案例的说服力，股票专家便开始展示他们买的是什么股，大方地和观众炫耀这只股票今日的胜利。

"用我们的这款软件，打开'走势分析'。现在，您可以看到，在这个低点，它准确地发出了加仓的信号，而且在往期每一次重大涨幅之前，它都会提醒我们的买家，这是进场的好时机……

"李老师再告诉大家一个小技巧，注意看——找到这只股票一年内的走势图，凡是呈现这个震荡形状的，我们把这两个点连起来，就像这样……那么这个点的一半，就是从初始计算时间开始，一个月后的股价位置。看到没有？"

母亲匆忙地在笔记本上记着，笔尖发出"沙沙"声。

"好，接下来，李老师给大家预测一只明日之星的种子股。"

母亲瞪大双眼，从身后掏出手机，闪光灯频频发亮。

"这只股票，根据我们数据团队的专业分析，明天肯定会迎来涨停！为什么这么笃定呢？有什么依据呢？我们看软件！大家看，这只股票一年内它的这根 K 线放量……再看这根红线和绿线交替的位置……

"有股民可能要问了，除了这只股票，李老师还有什么能回馈给大家的？当然有！李老师今天特意再为大家准备了一只涨停股，就是这个，请看……"

"这个赞。"母亲暗暗欢呼。

"只要买下我们的这款软件，你就能获得无与伦比的高回报！"专家总结道，"感兴趣的股民可以先到我们的官网下载免费试用版，网址就在屏幕下方……"

母亲看得眼热心动，赶忙拍下照片，又字迹工整地在笔记本上誊写一遍。

我看着股票走势图，心存狐疑。过去的模型再怎么天衣无缝，说到底也是一堆死的数据，想怎么解释都可以。未来又怎能预测？

连线终于结束，屏幕跳出一行提示："股市有风险，入市需谨慎。"

母亲站起来，蜷缩着抖了一下——那是憋尿太久的缘故。她迅速放下笔记本，甩开手提包，冲向厕所。

"我要换回去了！"我高声对母亲说。

"等一下！我还要看的。"母亲在马桶上回道，"你就不能好好写你的作业吗？"

"我写完了呀。"

"写完不会寻点别的事情做做？"

我失落地走开，心想今天是看不到动画中的关键对决了。不过我不担心他会失败，因为主角总是不可战胜的。

我低头注视母亲的黑色笔记本。除却那一行网址，其他的字都因匆忙而扭成一团，像零乱的杂草。我熟悉这个字迹：早在母亲手抄卷子给我做的时候，我就常常因为看不清题干和数字，做错题目，被母亲责打。

她的字迹，以及字迹背后那张不容置疑的铁面，我恐怕一辈子都不会忘记。

* * *

2007、2008 年之交的冬天是难熬的，对我们一家来说更是如此。

1 月底，上海下了场大雪，新闻里反复说着"雪灾""抢险"，道路不便。母亲索性晚出早归，长久地窝在家里。我和她低头不见抬头见，同一屋檐下，狭小的一室户，矛盾总是难免。

"你就不能快一点吗？"母亲疯狂敲着厕所。

"电视机声音轻一点！"我在写字桌前大叫。

"收下来的衣服也不晓得折一折？"母亲嫌弃地指着床上的衣物。

"天天开门通风，楼下的油烟都飘进来了！"我生气地踹合房门。

……

冲突和摩擦像流感一样蔓延，令人窒息。这其中固然有性格和习惯的原因，但逼仄的老房子将我们三人强行挤在一起，这或许是更为关键的导火索。

老房内部呈工整的长方形，一面承重墙隔开厨卫间和卧室。卧室临窗的地方是一米多宽、铺着绿色瓷砖的阳台。我的书桌稳稳当当卡在阳台一角，另一角放着滚筒洗衣机。以透明白色窗帘为界，从阳台跨一步便进了房间，房间里从左到右依此摆着一台冰箱、一只电视柜、一张饭桌，隔开不到半米的狭窄通道，右边沿墙的角落顶着一架衣橱、一张大床，还有一张折叠沙发床。在卧室里，若两人同时走路，不出两步就会撞在一起，尤其是从卧室通向厨卫间的狭小过道，窄得连我都要小心翼翼看着地面、侧身穿行。

父亲年轻的时候，独自住着这间分配的公房，生活应当很是惬意。他曾养过一笼鸽子，几只画眉鹦鹉。后来成了家，这些遗迹都荒废了，只剩窗外空调机旁悬挂的两只旧鸟笼，诉说着昔日这间房子的主人曾有过的悠闲的独身时光。

我小时候爱翻老相册，其中有一张母亲年轻时的照片。她侧卧在大床上，右手托头，蓬松的烫发垂在脸颊旁，神态悠闲轻松。想必那时，母亲也觉得这间房子舒适宜人，大可安居。这大约也是她愿意嫁给父亲的一个重要原因。

但父母都没有料到，三口人在这个简陋的房子里很难惬意地共存。人和人常常是有边界的，但在这个一眼望到底的小房间，无论做什么，都在别人眼皮底下。就连起身穿过房间，我都要向父母解释：我去上厕所——哪怕只是嘟囔一声。

记得小时候，父亲开着电视，躺在折叠的破躺椅上鼾声如雷。我从阳台上起身去厨房倒水。可房间中央，父亲架在凳子上的双腿成了一道高耸的障碍。我踮着脚尖，小心翼翼地迈过一条腿，睡裤的边缘擦到了父亲腿上浓密卷曲的汗毛。迷糊的父亲把腿一抬，重重地敲在我试图迈过的另一条腿上，将我掀得人仰马翻，额头咚的一声撞上床板。父亲哼哼唧唧，带着睡意大声斥责我"不安分"，旋即离开躺椅，滚到床上继续做梦。我委屈地揉着脑袋，踮着脚尖逃进厨房。

实在很难想象，我们三人竟在这间老公房里凑合着挤了那么多年。我因而染上了小声说话、轻放物品和踮脚走路的习惯，难以改变。

母亲在那年冬天的强势入驻，令我原本被干扰的生活雪上加霜。从电视节目到生活琐事，家中一切物品——凡是目之所及——无不充满了争夺的意味。

比如，她将我很喜爱的一双印花筷搅在一大把粗劣的木筷里杂乱使用；她勒令我把收音机和台灯换个方位，理由是收音机占地太大，应当归于角落；她将橱里的衣服重新整理打包，分别贴上标签，写着"I""She""He"（"I"是指母亲自己）……

她强力的介入令我不适，却也反抗无能。我看着自己的物品一件件按她的心意重新归纳整理，看着厨房和卫生间被她反复折腾，看着家里的抱枕、电视机、电话，被她盖上精心制作的"遮尘布"，看着身边那扇守护我温暖的窗，被她严令打开，"保持通风"……在我生活于这所房子里的所有岁月中，没有任何一段时光会像那时一般，令我烦闷又陌生。

说到底，变化的根源是母亲的工作时间。裁缝店原本除了过年歇业五六天，其他时间风雨无休，早九晚九。母亲度过她生命中最多时间的地方不是家里，而是位于东岳支路的裁缝店。那里是她的王国，她的领地，她的江山。这个家只是供她休憩的据点，她在家里摆放生活物资，却无需在家里建立权威。

可如今，随着母亲越来越久地待在家里守着电视机，她终于感到自己需要在电视前，在这个二十多平米的小房子里争取一席地位了。为此，她重新整理物品、大扫除，打破原有的格局，宣示主权。她的行动带着不容置疑的强大力量，像台风般一圈圈肆虐。

面对母亲风风火火的做派，父亲什么也没说，只有在偶尔找不见东西的时候才骂上几句，抱怨母亲徒生事端。

"我不跟你娘争。"他常对我说，"男人不好跟女人一般计较的，晓得哦？"

我默默点头，心里却在偷笑。我明白父亲并非"不屑于"计较，而是根本无力计较。他毕竟是个懦弱的老实人，干着上海男人"买、汰、烧"的分内家务。只要在外人面前给足他面子、确保他的利益不受损害，家里的琐事怎么折腾，他都无所谓。

父亲是得过且过、太太平平的人，这或许是上海男人特有的气质，就像我的两个叔伯，也是家里"买、汰、烧"一条龙服务做到底的。但父亲并不是没有自己的小心思。比如有时，他会主动拉着我诉苦，向我抱怨母亲的自私、粗暴，进而在我的不断点头和认同的目光中，和我一起建立牢固的"受害者同盟"。

他自信满满地以为，我在心底是偏向他的。但那不是偏心，我只是有点同情他而已。虽然很不愿意承认，但我毕竟继承了母亲一部分的强势和独断。父亲优柔寡断又好面子的虚伪个性，是我欣赏不了、也瞧不起的。

好在母亲掀起的这阵风暴并没有持续太久。她不是一个能够持之以恒的人，做事总是头脑一热，分分钟就要看到成果。起初，她对家中这也看不惯、那也看不惯，忍不住指手画脚，大刀阔斧。可家中每一件物品摆放的位置，背后都有着经年累月堆积起来的习惯。要想颠覆这已有的习惯，非得她一天天固执地重申新秩序不可。我看出她曾试图按自己的心意重申多次，可往往是想到了就做，想不到就听之任之，并无坚持。久而久之，她掀起的风暴便淹没在琐碎的常规中。家里的布置什么都没改变，和原来一样。她只好默默被环境同化，眼睁睁地看着这间屋子沿着原有的温吞节奏继续运行——除了桌上的黑色笔记簿和电视机遥控器，那是她留在家中最鲜明的痕迹。

*　*　*

除夕的前一天，下午3点，农历2007猪年的最后一个交易日结束了。父亲正逢日班，母亲不放心我一人在家中，担心我"看电视看到眼睛瞎掉"，遂勒令我坐在老旧的自行车后，驮着赶来裁缝店陪她上班。

一整天里，母亲的心情格外好。不仅因为她即将结束一年的辛劳，还因为她的股票表现亮眼，只只翻红。从上午到下午，她电脑看得勤，手上的活儿做得更勤。即便是几件需要熨烫和稍稍收腰的改衣请求，她也干得有滋有味。

我沿着木梯爬下来打水。

"热水瓶里厢的水刚刚烧过的。"母亲看了一眼我手中生锈的保温杯，继续低头拆线，忽然问："阿拉夜里到大卖场去哦？"

"去。"我暗藏兴奋。

去大超市采购年货，这是我们一家三口过年前必备的节目，也是一年之中我最开心的时光。我喜欢看父亲在速冻柜前挑选虾球、贡丸、海鲜棒，跟母亲逛便宜的衣服鞋子，看他们屯一堆干货、酱鸭，称几斤五谷杂粮、瓜子、坚果……最后再央求着，让他们给我买一堆巧克力、薯片、软糖……我很少有机会光明正大接触垃圾食品。采购年货却是例外。

之前，随着春节的临近，去大卖场的心思就像一根纤弱的羽毛，不时在心头挠着痒痒。但父母这段时光里的冷漠和忙碌却令我退却。我不得不把这件心事揣在心底。

就在下楼前，我几乎已经做好今年没有零食，只能吃父亲从单位里带回来的干巴巴的年货礼盒的准备。但奇迹还是出现了。

我早早写完手头的作文，背着书包下楼，坐在黄老板已经打烊的眼镜柜台前。每看几页书，我便抬头望望，满怀期待。我期待着天黑，期待着父亲的燃气助动车轰鸣出现，那时，父亲会下车帮母亲洒扫，两人一起收拾店面。结束后，母亲会拉下卷帘门，我坐在父亲的助动车后面，母亲骑着自行车。我们三人两车，一同朝大卖场驶去，一如往年。

不知盼了多久，熟悉的助动车轰鸣声终于接近了。

"我们今天去大卖场！"

父亲一停车，我便冲上去兴奋地宣布。他摘下头盔，并不看我，兀自点燃了一支香烟。

"等会儿去大卖场，好不好？"我以为他没听清。

父亲深深地吸了一口，朝寒冷的空中吐出一团青色的烟雾。

"你想去就去哦。"父亲看起来并不高兴。

我皱着眉头，思索自己是不是哪里冒犯了他。

"不要待在外头吃二手烟！"母亲忽然扯着嗓子叫嚷，一边粗暴地用扫帚刮着地面。

"进去哦。"父亲摆摆手，示意他只想一个人安静地享受吸烟时光。

我回头看了他一眼，依然困惑。

路上，商场，停车场……

一路同行，三人却相顾无语。

大概是从那时起，我忽然有了一种悲凉的预感，一种浮动于快乐表象下的，空洞而寒冷的感觉。

很多年以后，我终于逐渐明白，后来在父母之间豁然撕开的那道鸿沟，原本起源于一条细碎的裂缝。它是随着母亲炒股收入的提升，进而全面地进展为其在家庭内部地位的提升而出现的。它打破了原已摇摇欲坠的平衡，就像侵扰我的领地那样，一点点蚕食着父亲的尊严。

逛年货的一个多小时里，我时而跟丢了父亲，时而跟丢了母亲。有几个瞬间，我推着车，犹豫着是向父亲走去还是向母亲走去……他们疏远寡淡，不再同行交流。明明是过年，气氛却寒冷得好像死了人。我一路战战兢兢。

结账倒是没有分开。父亲无言地放下饮料、油米，走到收银台前端，熟稔地扯开塑料袋。母亲则掏出皮包，里面闪烁着一叠红彤彤的百元钞票。她骄傲地抽出两张等待找零，右手毫不客气地撑着收银台，大拇指弯成一道夸张的弧度。

我跟在母亲身后，伸手去拿父亲刚装好的塞满零食的袋子。父亲却不吱声，默默提起最重的两袋，转身就走。他的背影有些微驼，一摇一晃，倔强而冷清。

我目送父亲远去，直到消失不见。

他一次也没有回头。

* * *

2008 年是我记忆中最热闹的春节，不仅因为 8 是个吉利的数字，更因为不知从何时起，它和"北京奥运会"这令人激动的大事联系在一起，叫人对 2008 年夏天即将发生的体育盛事的期盼，逐渐变成对 2008 一整年的期盼。

那时的人们大约不会否认，明天一定会更加美好。

这条对未来岁月的光明许诺几乎成了一种根深蒂固、理所当然的念头。对于国家命运、对于自身前途，人们的信心是如此坚定，甚至比以往任何时候都要坚定。

电视、广播、电影……凡是所有宣传性质的媒体，都顺着这般心意，把未来的美好图景越说越真。就连炒股专家也不再满足于六七千点的展望，高呼着"冲上一万点"的口号，引得股民拍手称好。

我们家自然也未能在狂热的洪流中免俗，恰如烈火烹油、鲜花着锦。

大年初三那天，我们全家和黄老板全家约定，一起请一位"王先生"吃饭。王先生是店里一位既配眼镜又做衣服的老顾客的儿子，在证券交易所干得有模有样，知道不少"业内消息"。

母亲盛装打扮，身穿玫红色长款羽绒服，高高竖起的衣领把粗短的脖子都盖没了，模样有些滑稽。就在她跷着二郎腿、翻阅菜单的时候，黄老板一家笑吟吟地进了包间。佳茜妈妈一见到我，忙热情地过来握我的手，拉着我和佳茜"背对背站好"，比比个头。

"哦哟，佳茜蹿得很高嘛！"母亲恭维道。

佳茜妈妈附耳过去，神秘兮兮地说："小姑娘开始发育咧，她那个来了。"

"噶早啊？"母亲面露惊奇，打量着佳茜，眼神有意无意地扫过她的臀部。

我拉着佳茜离开包间，兴奋地在饭店里四处闲逛。她问我期末考试考得怎么样，我也问了她同样的问题。

"我这次考得不好，数学只有 72……我妈让我把分数说高一点，就说考了八十几分……你千万别告诉你妈！"

我点头，不动声色地撒谎："其实我也只考了 83 分……但是你们的考卷比我们的难，还是你厉害一点。"

佳茜苦涩地笑了一下，似乎知道我在安慰她。她倚着墙，心事重重，犹豫许久，终于忍不住开口："我那个来了。"她不好意思地瞥了我一眼，"我妈碰到人就说，烦死了。"

"她们一点也不尊重我们的隐私！"我声援道。

"就是说呀！"她轻轻跺脚，咬着嘴唇。

十二三岁是一个微妙的年龄。明明每个女孩子都会面临生理期的初潮，但在私下议论的时候，初潮早至却成了笑柄和过错，仿佛那姑娘身上生了难堪的大病，散发着不洁的气味。

母亲和佳茜妈妈从走廊拐过来，喜气洋洋地笑着。

"两个小姑娘站在这里讲悄悄话对哦？"母亲友善地打量着佳茜，又冲我眨眼。"她们感情好咧！"佳茜妈妈附和，伸手挽住母亲的手臂，活像两个多年未见的好姐妹。

我和佳茜努力敷衍着，腼腆地笑着，目送她们消失在走廊尽头。

"我恨我妈。"佳茜忽然说。

我吓了一跳，却见她的眼中泪光闪动。我咀嚼"恨"这字眼，有股不太舒服的感觉涌进心底。恨应当是等同于复仇、报复一类的东西吧？佳茜那么怯懦的女孩，我实在无法想象她会如何实施这残忍的行动。

"我们不能恨父母的吧……"我嗫嚅道，"毕竟他们把我们养大，我们不应该感激吗？"

佳茜低头，承认我说的是对的。可我感到她的心绪并不平静，有两股相反的力量正在激烈地斗争，就像她紧紧绞动的双手。与之相应，我原本平静的内心也因她的话波动起来。

扪心而问，我不爱我的父母，他们不仅不值得爱，或许还有许多品质是应当讨厌的，比如吃饭时咂嘴的声响、打喷嚏不捂口鼻，还有被金钱迷惑的生意人头脑……可是恨却是我此前完全没想过的问题。他们应该被恨吗？

"要不我们离家出走吧！"佳茜忽然提议，"我可以去外婆家，让他们找不到我，只能干着急。这样，他们就知道自己做错了，知道我生气了，以后就会改了。"

"你外婆家在郊区，可是我没有外婆。"我沿着她的思路展开设想，"我奶奶家离我们家很近，我爸十分钟之内就能找到我的。"

"你在上海没有别的亲戚吗?"

我摇头,苦恼地半闭双眼,这才明白自己连逃也是不能的了。

"那你比我惨。"佳茜同情地说,"实在不行,你就来我家找我。我帮你保守秘密。"

虽然知道不可能实现,外人终究是外人,但我依旧在她充满善意的目光中郑重地点头,同她拉钩起誓。

被请来"说法"的王先生面容和善,看起来还是学生模样。他穿着一套黑色的西装,系着蓝色领带,表现得有些腼腆。他的左手边依次坐着黄老板和佳茜妈妈,右手边依次是我母亲和父亲。我和佳茜离得远远的,紧挨着坐在对面。只见母亲和黄老板夫妇三人将他围得水泄不通,连菜也顾不上吃,决意物尽其用,尽可能从他口中多套出些话来。他们盯着李先生的眼神,仿佛他是一座金子做的佛像,口一开,便能决定命运的。

四人在席间低声交谈,我父亲偶尔抬头看一眼,一心一意地吃菜、转转盘。我和佳茜吃得开心极了,感到一股难得的不受约束的自由。

聚餐似乎收获颇丰,母亲在笔记本上留下两页零零散散的"重要信息"。临别的时候,我和佳茜依依不舍,王先生也被一送再送,直到他坐上的出租车离开老远,母亲还冲着车尾热情地招手。

"你娘巴结得不得了,赚钱要紧呀。"父亲载着我回家时,如是说道。

得到了新知识的母亲渴望一展拳脚。她满怀期许,等啊等,终于盼来了大年初七——新年股市开盘的日子。

此刻的她坚定不移地相信,买股票挣钱是必然的趋势——虽然有些小波动,但前进的洪流是难以阻挡的。未来会更好,一切都是那么显而易见。再加上"行业人士"的可靠消息……她的光明前途近在眼前!

母亲和黄老板一早上班,凳子还没捂热便出了门。我坐在大台板前,一边写作业,一边替他们看店。

东岳支路上,人群进进出出,店里却空空荡荡。我托腮冥想,望着模特身上的红色唐装出神。

这是件滞销的衣服,母亲每逢过年都会把它穿在模特身上以表喜庆。等到过完年,她再把它叠好放回,仿若无事发生。

我记得母亲店里很少有好看的布料,它们不是黑得窒息就是大红大绿、花里胡哨。小时候,偶尔见到几块粉色、米色和咖啡色的好料子,我爱不释手,向母亲借来玩一会儿,把料子往身上一披,站在镜子前左看右看。

"老妈,你觉得好看吗?"我自恋地问母亲。

"你皮肤白，穿什么颜色都好看。"她头也不抬，轰隆隆踩着缝纫机。

不知情的人大概常有错觉：裁缝的女儿一定有穿不完的漂亮衣服。可事实却正好相反。小时候，我的衣服、裤子几乎全是别人送的，其中有姨妈从乡下寄来的，说表姐只穿了一两次，扔了可惜；还有母亲的顾客们带来店里，说是自家女儿多出来的旧衣服……每逢收到新物资，母亲便如获至宝、欣喜不已。试想，有什么会比不花一分钱得来的东西更好呢？

我曾不止一次向她抗议："我不喜欢衣服上别人的味道。"母亲却随手拎起一件放到鼻子下使劲嗅了嗅，宣称："还好嘛，洗一洗就好了。"

好看的料子，是我敢想却不敢要求的东西。我只能随便披一披，不能指望它们真的做成衣服，穿在我身上。

黄老板和母亲的自行车双双闪过，我急忙低头，胡乱填了几笔答案，把课外练习册翻到反面。

"今天人多得吓死人！"黄老板走进店里，一边摇头一边感慨。

"新年结束了，大家都来买股票了呀。"母亲脸上喜气洋洋，捏着手提包，生怕被人抢了去，"说明股市好啊，有的涨咧！"

母亲脚上的矮高跟鞋"咕咚、咕咚"敲打地面，她步履匆匆，连我的作业本都懒得看，直奔电脑而去。屏幕一亮起，她便握住鼠标，双击启动炒股软件。

页面切换着，可母亲的身体却如一尊凝固的雕像。还没来得及套好的半截袖套空荡荡地从左手边垂下来，像一只漏了洞的气球。

我凑满 600 字作文，一小时过去。母亲一动不动，维持着刚才的姿势，显然还没有从股票里脱身出来。我问了她整整三遍午饭吃什么，母亲才伸出手，指了指后厨的电饭锅。

可是锅根本没插上电，本该变成粥的食材现在还是一锅浸泡在水里的生米。

"要死，忘记了。"母亲拍着脑袋，"你去我皮夹子里拿 50 块钱，买隔壁的糖醋排条盖浇饭回来吃，再给我带一碗蛋炒饭。"

我抽出一张绿色的 50 元纸币朝她晃了晃，示意没有多拿。母亲转身，冲我点点头，又转回去盯着电脑屏幕。

我张罗着，把她的那份饭端到台上。母亲木讷地接过筷子，将它含在嘴里。我还没吃上几口，门口却响起熟悉的引擎轰鸣声——父亲来了。

"老爸今天不上班吗？"我问。

"不知道。"母亲头也不抬。

父亲给车上了好几把锁才走进来。他先是大笑着和黄老板问好，又走过来看看我在吃什么。

"糖醋排条，蛮好蛮好。"他说，"但是外面的总归比你老爸烧的稍微差一点，对哦？"

"外面的好吃，"我满不在乎地说，"你又不烧糖醋排条。"

"瞎讲八讲，上次我弄了那么大一块排骨，烧出来味道怎么不好了？我看你吃了好几块嘛！"

"那个是排骨，肉老得啃不动！我喜欢这种细的排条。"

"好好好，反正我也弄不好。你就吃吃外头的哦，下趟我再也不烧了。"父亲的脸色沉下来，"人家放足了生粉，你以为真的是肉啊？"

我还想辩解些什么，父亲却转向母亲，语气一变："你怎么讲？叫我过来干什么？"

"等一歇。"母亲的语气有点冷漠，她不抬头看父亲，只顾用筷子扒拉碗底的米粒。

"你到台板上去吃。"母亲把她的碗塞给我，打发我离开。

我端着盘子跑到裁衣台上，恋恋不舍地把最后一根排条放进嘴里，留心斜觑正在低声说话的父母。母亲的嘴皮子一直不停地翻动着，眼睛却总是朝下看，面色尴尬复杂。渐渐，父亲皱起了眉头。

"这不来事。"父亲说，"我不同意。"

母亲不耐烦了，懊恼自己竟花了那么久的时间"对牛弹琴"。两人的情绪渐渐激动，又一次重现了平日里谁都不肯让步的僵持状态。

"要么一起去，要么免谈！"父亲不再啰嗦，大步走出裁缝店，站在助动车旁点燃了一支烟，用实际行动向母亲下达"最后通牒"。

母亲沉默不语，她起身把两件衣服放到烫台上，电熨斗通了电，"滋啦——滋啦——"冒着热气。

"你怎么还没吃好？"她抿着嘴唇，用力瞪我一眼。

我默默起身，把碗筷简单收拾一下，送回隔壁白玉兰餐馆。回来的时候，母亲正在用余温熨烫最后一件衣服。她回头看了看黄老板店里悬挂的时钟，加快了手里的动作。

"你怎么讲？"父亲在门外不耐烦地大喊。

"麭烦，来了。"母亲的嘴唇已经抿得没有了血色。她从台板下掏出皮夹子，背上一个大包。"看好店里。"她匆匆嘱咐道，转身卸下袖套，拍了拍衣襟，坐上父亲的助动车，双手紧紧捏住后面的杠子。父亲发动助动车，两人扬长而去。

我叹了口气，朝黄老板苦笑。

"你爷娘[1]关系蛮紧张的吧？"黄老板放下报纸，同情而好奇地问我。

"嗯。习惯了就好了。"我说。

"一鸣讲话蛮有意思的。"黄老板笑得很和蔼，"习惯就好了……你怎么不劝劝他们呢？你是小孩呀，下次就跟他们讲：'我年纪这么小，你们老是吵架，影响我学习'，对哦？他们看在你的面子上肯定不会吵了。"

"没用的，他们都很自私的……"我低头，喃喃自语。

等待父母的每分每秒都过得漫长。

1　"爷娘"，沪语，意为爹娘。

必须承认的是，我不喜欢这种"被抛下"的感觉。好像在这个名为"家庭"的三人团体中，父母不经过我同意便达成了某种交易，偷偷谋划着决定家庭命运的大事。他们满心以为孩子不懂，便剥夺了她的参与权；却不知道其实孩子什么都明白，只是不说而已。

下午两点半，熟悉的轰鸣声终于回来了。

母亲一马当先冲进店里，对着镜子，把身上的羽绒服照了又照。

"要死！"她对着黄老板大声抱怨，"你看现在的人多坏，看不惯别人穿好衣裳！我刚刚在交易所排队，没注意，觉得好像有人在动我的衣服。结果出来一看，喏！衣服上被划了这么大一条口子！我这件羽绒服还是今年冬天新买的咧！"

"还有这种事情？"黄老板站起身，越过玻璃柜台同情似的说，"太恶劣了，那边的保安也不管？"

"哦哟，伊拼命往队伍里轧，一点没看到身后的动静。"父亲拿着头盔走进来，语气夸张地朝黄老板比划道，"急得不得了，拿了我的工资卡和存折，把家里最后一点钞票都掏出来掼到股票里去了！"

"算了，贴块布贴在上面吧，补也补不好了。"母亲絮絮叨叨，打开小抽屉翻找着。

"我跟伊说不要急，留个几万块现金，万一家里出事，到辰光么拿出来紧急救灾，对哦？黄老板你讲，我讲得有道理哦？结果伊不听呀，'麨烦！你懂什么啦！'硬是把屋里厢的钞票取出来扔进股票里，一分铜钿也不留！"

父亲滔滔不绝地向黄老板诉苦，像是早有预谋地，把酝酿了一路的愤慨一下子倾倒出来。黄老板是在场唯一一个男人，最能理解父亲的心情。

"哎呀，小吴么有自己的打算，让伊去哦。"黄老板不好替谁说话，只能捣捣糨糊。

"你自己算算看，小孩将来读大学还要学费，到时候拿不出来怎么办？"父亲冲母亲嚷道。他的语气夸张却不激动，像蹩脚的演员，只能做做生气的样子，调动不了真正的情绪。

"不要你担心，我替伊出！"母亲没好气地说，一面拿不同的刺绣贴往破口处比着，看看哪个更合适。

"算咧，小吴股票里挣着钱，肯定会两倍三倍还给侬的，不要急呀。"黄老板劝道。

"我不指望什么两倍三倍，不亏钱就已经很好了！股票这种东西，你自以为聪明，其实弄不过人家的呀……"父亲继续摆着架子，点燃了一支香烟，默默良久。

我看了父亲一眼，又看了母亲一眼。他们之间的关系好似恶化了，但又好像没那么严重。

父亲是个守旧的倔脾气，如果他不点头，母亲绝不可能从他这里拿到一分钱。既然交了钱，兴许就代表父亲心中也有那么一丝丝的期许，指望着自己的存款能在股市里翻上几番……但他一向嘴硬、好面子，不肯承认自己面对金钱的诱惑的失败，只能先当着黄老板的面数落母亲一顿，假装交出家中财政大权是迫不得已，日后万一出了事，他绝没有一丝一毫的责任。

"下次你的事情我不管了，随你怎么搞吧！"父亲朝裁缝店投下一瞥，戴上头盔，用这句"狠话"

保留最后的尊严。

母亲不为所动，缝纫机轰隆隆——轰隆隆——地响。

黄老板笑着摇摇头，让他消气。

"走了，黄老板。"父亲无奈而友善地朝黄老板招了招手，发动引擎。

五

五年级下学期，开学第一天，窗外零星的雪屑飘进空荡荡的教室，驱散室内沉闷的霉味。我坐在后排的柜子上，轻轻晃荡双腿，捂着手，注视着被寒风一阵阵吹起的蓝色窗帘。

"Trick Or Treat？ Trick Or Treat？ Give Me Something Nice To Eat！"恍惚间，我想起窗帘上一闪而过的欢快影子。几个月前如梦魇般紧紧缠绕着我的万圣节，不知从何时起渐渐淡去了。于现在的我而言，它已是昨日的遗迹，应当被抛弃的过去。我低头，暗暗瞥了一眼脚上的运动鞋，鞋边打着一个巨大的耐克钩，这是母亲在春节打折时给我买的新鞋，也是她第一次为我置办一百块以上的名牌鞋。

曾经，贫穷是一道鸿沟，是我自卑的源泉；可炒股挣钱的母亲却为我带来了崭新的希望。平生第一次，我感到自己不再是格格不入的局外人，终于能和大部分同龄人真正平等地坐在一起，谈天说地。金钱的力量不仅体现在物质上，更体现在心理上。它让一个人活得更有尊严，更有底气。与这美妙的新气象相比，忍受母亲的暴脾气、被她抢了电视机遥控板……这些小事又算得了什么呢？

我的确是个虚荣的小孩：喜欢有钱的母亲、富裕的家庭。只要能为生活带来好的变化，只要能比从前过得更幸福，我什么都愿意做，什么委屈都能受。纵然在大风大雨里浇得狼狈，只要还有希望，我也能咬牙忍下去……

我终于感到自己和母亲是有些心意相通的了。

同班同学陆续将座位填满，他们热烈地讨论着压岁钱、新年去哪儿旅游、春晚明星之类的话题。徐子仪和几个课代表来来回回穿梭着，有的收寒假作业，有的讨要各类回执，教室里乱成一团。

"秦老师好像被调走了。"劳动委员忽然没来由地提了一句。教室一隅随之安静，继而爆发出一阵更强烈的混乱。同学们叽叽喳喳叫嚷着，问这是怎么回事。

"我刚刚在傅老师办公室听 4 班的班主任说的！秦老师这学期要去三中心小学教音乐，不带我们了。"

质疑、惊讶、惋惜……各种声音一拥而起，塞满了臭烘烘的教室。

我如置冰窖，冷得茫然无措。打开铅笔盒，底层藏着今早放进去的 250 块纸币。我将它抠出来，攥在手心——那是我从压岁钱里扣除的、用来买一台新的口风琴的钱。

可秦老师不在了，琴的意义也失去了大半。

我顾不上刚刚打响的早课铃，一路飞奔，沿着扶梯从四楼窜到一楼，穿过阴暗的走廊，终于站在音乐教室门口，上气不接下气。音乐教室里空无一人，连门也没开。我忽然意识到应该去音乐美术办公室找秦老师，懊恼地拍了一下头顶，又艰难地奔向三楼。

"哎唷——你找谁？"美术老师端着茶杯正要出门，差点和我撞在一起。

"秦……秦老师……在吗？"我喘着气，急切地问。

"她不在，上学期就走了。"

美术老师狐疑地看了我一眼，用脚尖勾上办公室的门。

——上学期？我呆呆立在原地，聆听高跟鞋的声音在空荡荡的走廊里回响。

我踮起脚，透过门上的玻璃朝里望，办公室内一片空白。我不知道秦老师坐在哪里，但无论哪儿都没有她的影子。我转过头去，看着美术老师消失在黑暗中，感到某种明亮的东西也随之熄灭了。

秦老师是我生命中为数不多的明灯，不仅照亮前路，更给我以鼓励、柔情与慰藉。即使在多年后，回顾往事，她的温柔包容依然令我向往。我常常觉得，这是因为她补足了我的亲生母亲本应有而实际却缺失了的温暖关怀的缘故。

她是我得不到的母亲，是我理想中，母亲身上最宝贵的拼图。

我从她那儿拼命汲取母亲的气息，像种子在干涸的沙石中汲取水分。

可是，秦老师无声无息地离开了。只留下茫然无措的我，如迷途羔羊。

这似是某种不祥预兆的确证，山雨欲来。

开学后接连两周，上证指数无可挽救地败落下来。第一周周五连着第二周周一，合计 300 多点的下跌创下了农历新年开盘以来的最大跌幅。它暗暗呼应 2008 年 1 月下旬沪指暴跌、失守 5000 点的糟糕势头，以无情的事实粉碎了"炒股专家"和股民们在新年期间对于沪指冲破一万点的美好期望。

可股民常常是赌徒般的人物。旁人见势不妙或许会收手，但赌徒若非赔得倾家荡产，总还要心怀期望，指望手中最后一分硬币能为他一举翻盘，赢回所有。

"沪指现在的震荡属于正常范围！"他们固执地宣称，"很快就要探到底了，探底之后就是反弹，大牛市！"

但第三周，沪指依然迷茫地起伏。从 4400 多点一路下滑至 4300，涨不过几十点，跌却往往一百多点，积少成多，但又不是毫无希望……

母亲的脸色一日日阴下来，不仅沉默寡言，就连回家的时间也推迟了，像是故意躲开我们一样。我和父亲有时试探着问她股市的话题，母亲却突然恼火，粗暴地甩下一句"不知道，不要烦"，扭头把自己锁进狭小的卫生间。

母亲是典型的赌徒，但或许不是天生的赌徒。她在股市中已经倾其所有，斩断了一切退路。故而她的固执坚持与其说是期盼着一朝翻身，不如说是无法回头，只能一条道走到黑。为了不被她瞧不起的软弱丈夫戳脊梁骨，为了让女儿对她刮目相看，为了给自己"争一口气"，母亲想赢，也必须赢。已经没有其他途径能在短时间内偿回她所付出的代价了，她只能咬着牙，继续绝望地盯着股市这个赌盘。

也许一切都有转机，说不定下一把就翻盘！逼上绝路的赌徒们总是这样想。

"沪指不可能跌破四千点！……四千点是底线……四千一百点一定会触底反弹……沪指从去年七月站上四千点关口，一年以内肯定不会下来……中国股市一定会大涨，因为要迎接奥运！政府一定会托盘！……"

母亲听着炒股专家们信誓旦旦的发言，频频点头。她开始用乐观的心态蒙蔽自己，不愿相信那早已初露端倪的悲惨前景。

*　*　*

在股市乌云密布的同时，我却在学校交了好运。

开学第三周周一，傅老师光荣地向我们宣布，她即将在下下周带全班开课："到时候在五楼礼堂，后面坐着一百个外校老师，校长和副校长也会来。这对于我们班每一位同学都非常重要，是我们的集体荣誉。"傅老师表情严肃，从左到右扫视着同学们的脸。我们一个个正襟危坐，双目炯炯。

"所以这两个礼拜，大家要好好准备：课上每一分钟要讲什么，下面要干什么，谁该举手、谁该发言，你们都要领好任务，记得清清楚楚。听懂了吗？"

"听懂了。"我们齐声说。

"骨头拎拎清啊！"傅老师最后添了一句，才稍感放心，开始讲课。

傅老师擅长用最简洁粗暴的方式达到最好的效果。在安排教学进度时，她从不按课文的顺序一篇篇接着讲，而是挑必考的文章精讲，忽略不考的篇目。此外，每学一新单元，她必定先叫我们背诵该单元的两首古诗，这样一来便能拉长学生的复习战线，组织一轮又一轮的默写订正。我们得此良机，笨鸟先飞，再没有理由在考试的古诗词填空中出错，而若是出错，便会罚得更重。

"我们今天先翻到第五单元，学习《宿新市徐公店》和《题临安邸》。"傅老师胸有成竹地说。她的教学一如既往，不走寻常路。

下课时分，我和徐子仪紧张地对视一眼，缓缓推开办公室大门。傅老师正和隔壁班的几个老师聊得热络。见到我们，她收敛笑意，摆出一副严肃的架势。我们俩并排，站姿笔挺，温顺地伫立在傅老师面前。

"知道我为什么找你们两个吗？"

我和徐子仪同时摇头。

"第五周开课的时候，我需要一个同学在课前领大家背古诗。你们两个古诗基础都不错，现在自告奋勇，谁来领读？"

我下意识地低头，余光瞟着傅老师。傅老师的姿态很是轻松，左手大臂搁在椅背上，跷着二郎腿，身体呈一道诡异的S形。她用一根涂了透明指甲油的食指托着太阳穴，打量我们。徐子仪和我一样低头，沉默不语。

"胆子这么小？那以后班级里的事情还怎么交给你们做？"傅老师的眼睛瞪得凶凶的，"现在就把袖子上的两条杠拿下来，你们两个都别当中队长了。"

"傅老师，我可以领读。"徐子仪慌忙举手。

"我也可以。"我跟着举手。

傅老师严厉地审视了我们一会儿，这才坐直身体，教训道："班干部就是要在关键的时候站出来，不然大家一起缩在后面好了，谁都不要干了。"我和徐子仪战战兢兢地点头，暗自用余光看对方一眼。

傅老师满意地摆弄着手表，将心中早已拟好的计划和盘托出：

"你们两个轮流，明天开始徐子仪带大家背诗，后天陆一鸣。我看谁带得好，最后就让谁上。"

这是一次难得的机会。回教室的路上，我忍不住打起了算盘。

从二年级开始，我和徐子仪便一直是班里的对手，暗暗较劲——无论是成绩排名、老师的偏心程度还是和同学之间的关系，我和她都势均力敌。眼下，一场重要的公开课近在眼前，如果我能抓住机遇，在傅老师面前大展身手，那我必能在日后得到傅老师更多的器重，她心中的天平就会倾向我，进而将徐子仪晾在一边——这是多么激动人心的胜利！

我很早便认识到傅老师的评价是何等重要。一个学生是好是坏，是聪明还是笨，全都系于傅老师一人的看法之上。她的观点是不容置疑的权威，绝对的正确。哪怕一个孩子在背后欺负同学、耀武扬威，但只要在傅老师面前装乖、博取信任，大家也拿他没办法——就像班里的劳动委员。

我自知没有徐子仪那样殷实优渥的条件，没有懂得巴结老师的父母，更不会像徐子仪那样和女生打成一片、拉帮结派。我所依靠的只有令人骄傲的成绩和一手出色的黑板报字，除此之外再无其他。

"《宿新市徐公店》，宋，杨万里。预备——起！"

"《宿新市徐公店》，宋，杨万里。篱落疏疏一径深，树头花落未成阴。儿童急走追黄蝶，飞入菜花无处寻。"

讲台前，伴随着我的引导，全班三十多位同学齐声背诵。

傅老师满意地点头，示意我归位坐下。

"大家回去把上学期第八单元的两首诗复习一下。我们下周上课前就背这四首，正好三分钟。"

傅老师将目光锁定在我身上，庄重地宣告："开课的时候由陆一鸣领读。"

徐子仪说话的声音又细又小，情态扭捏，不如我嗓音洪亮。于是事情就这样定了，这顺利得出乎我的意料。

3月初春，上海的天气依旧寒冷。迎面灌来的风将我的两颊和耳朵刮得通红，我怀着胜利者的心情，昂首坐在父亲的燃气助动车后，宛如凯旋的将军，尽情享受荣耀和欢呼。

上下学由父亲接送，是我整个学生生涯的常态。直到高中，他也不放心让我独自一人骑自行车，几经劝说，仍旧拼命要送。他时而担心我出车祸，时而担心我被拐了，或索性人间蒸发、突然暴毙，因而他处处周全地照看着，确保我在公共交通途中，宝贵的小命时刻捏在他的手里，仿佛经他的手一过，这件事便稳当得不能更稳当、安全得不能更安全了。

但其实，父亲是红绿色盲。他辨不清交通信号，更是时常冒险闯红灯。我幸运地陪着他活过成百上千次的骑行，毫发无损，这多少有点命硬的成分。

"今天买了只烤鸭，蛮便宜的。"晚餐时分，父亲打开桌上的白色泡沫塑料盒，展示他逛菜场的丰硕成果。

我小心地把鸭腿夹到自己碗里，怯怯打了声招呼。

"买来就是给你吃的，客气什么。"父亲毫不在意地说。他起身倒好黄酒，打开新闻综合频道。简讯已经过去，接下来是详细报道。

——今日沪指依旧低迷，开盘在 4033.32 点，最高报在 4055.45 点，随后一路震荡走低，一度下探至 3902.25 点，最后收于 3971.26 点，跌幅达 2.43%……

——这是沪指自 2007 年 7 月后，首度失守 4000 点大关。市场人士预计，这轮下跌的行情将会继续……

父亲的手悬在半空，直愣愣地盯着电视。我嚼着米饭，尽量不发出任何声响。

"啪"的一声，父亲放下筷子，用手背拍了一下我的肩膀："打个电话给你娘，问问她股票里的钞票拿出来了没有。"

我捧着碗，问父亲能不能先啃完鸭腿。

"现在就打，快点！"父亲敲着饭桌，平静的丝瓜蛋汤一圈圈震颤起来。我慌忙放下手中的碗筷，绕过父母的大床，伸手从矮小的床头柜上提起听筒，拨通母亲的手机。

"那个……老爸让我问你，股票里的钱有没有拿出来。"我不自在地说。

电话那端沉默片刻。

"不知道，我很忙。"

她啪嗒一声挂断。我放下听筒，转述了一遍母亲的话。

"我来打！"父亲骂骂咧咧走过来，"她手机多少？侬帮我拨号码！"

电话声"嘟——嘟——"地响，我站在床边凝视父亲越来越红的脸色。

"诶，我问侬，侬股票里的钞票拿出来了哦？"一接通，父亲便气呼呼地大声叫嚷。我慌张地关上门，隔开邻居的耳朵。

"侬忙啥么啦？平常看股票噶起劲，店里的衣裳碰也不碰，现在晓得做衣裳了？"父亲怒气冲冲地嚷道，"阿拉单位的人老早就跟我说'覅炒股、覅炒股'，去年五三〇的教训还不够啊？侬白相得过政府，白相得过国家哦？"

"……啥么覅讲了，我偏要讲！侬早点把股票里的钞票拿出来，就算摆在银行吃吃利息，一年都能拿个几千块，对哦？过日子绰绰有余咧……侬偏要贪！现在好了，统统贪光！……啥么我是白痴？要么侬是白痴哦！……"

父亲"扑通"一声将听筒扣在座机上。不知他俩当中谁先挂断了电话，气氛很不愉快。"白痴"二字是母亲私下最常抱怨父亲的术语。她竟然将这句骂语当面说给父亲听，可见是被逼急了。

父亲扒完晚饭，反常地关掉电视，一个劲地抽着烟，在厕所马桶上干坐着。

滚滚惊雷刚刚过去，现在是骇人的寂静。某种潮湿、闷热的气息越来越浓，预示暴雨将至。

台灯下，数学题化作扭扭歪歪的符号，如同天书。我跟着天书糊里糊涂地写，心思游荡，只觉得墙上时钟的滴答声格外清晰。没了电视机的背景噪声，我反而烦闷起来，这儿看一下、那儿摸一下。两小时过去了，作业竟还没有多少进展。明天是星期五，后天放假，不用着急……我暗自宽慰。

外滩的钟声透过寒冷的夜空隐隐传过来。似是幻听，却又有些真实。

10点3刻，母亲的脚步声终于在门口响起。铁门轻轻地打开，她穿着高跟鞋径直穿过房间，把包放在地上，一声不响地站在我身后。

"侬现在到底啥情况？"父亲从厕所间冲出来，绕开大床，立在房间中央。

虽然他已冷静了一晚上，但说话时，声音还是不由自主地高亢起来。

"侬老老实实讲，还剩多少？"

"小孩在写作业，你声音轻一点。"母亲不看他。

"伊管伊写作业，我在问侬！"

两人僵持了一会儿。

"我跟侬好好到外头讲。"父亲的语气柔和了几分。

母亲终于不再倔强，沉默地朝厨房走去。

房门"砰"的一声关上。我急忙放下笔，蹑手蹑脚走到门口。

最初几句，他们的声音还不大。父亲克制而低沉地讲着什么，母亲却是坚决的沉默。

我了解母亲，如果挣了钱，她早就气急败坏地掏出存款证明自己了，说不定还会趾高气扬地贬低父亲，骂他"白痴"……可如今，她沉默倔强的态度，像极了不肯承认错误的小孩。这举动背后往往说明了一种可能，一个严峻的问题。

父亲一定也明白。

"早就跟你讲，股票这种东西不要去碰它！你为什么就是不相信呢？！哎呀！"父亲终于忍不住大声责备。

"你不要讲了。"母亲忽然极快地说，"我会一分不少地还给你的，像是谁要你的钱一样……"

"谁要我的钱？！！"父亲压不住怒火，吼道，"侬讲谁要我的钱？！当初在证券市场，谁逼着我把存折里的钱都拿出来的？'勤响，快点拿出来呀，拿出来呀！'当时多起劲啊！我跟侬讲留一点救命钱，万一出事怎么办？侬当时讲什么？'不要烦！留什么留，统统拿出来！'这话是侬讲的吧？……现在跌了，老底都赔进去了，后悔也来不及了……哎！侬做啥，发疯啊？！"

"我不想跟侬讲……老年痴呆！"

门不知被谁猛敲了一下，作势欲开。我慌忙跑回，没走几步，母亲就紧跟着推门闯进来。

"我老年痴呆？侬个乡下人算啥事？！"父亲靠在门口，爆着粗口痛骂，"家里的水电煤、买汰烧，哪一样不是我做的？！侬出过一分钱哦？一鸣的学费侬付过哦？侬去看看我们楼里，上上下下，谁人家的女人像侬一样？家里的事情一百样不管，就知道看股票，懒得蛆也生出来了！要是侬赚钱了，我肯定一句话也不讲……现在呢？天天捂在里头，家里一分钱都摸不出来！统统赔光……侬还有道理啦？……

"我怎么会讨侬这种女人？还觉得自己老委屈的咧——是侬委屈还是我委屈啊？要不是我好心，谁人愿意讨侬这种乡下人？……"

母亲低头理包，把角落里的塑料袋翻了又翻，不知在找什么。父亲点燃一支香烟，倚在大咧咧敞开的铁门旁，一边吐出青灰色烟雾，一边将刚想出来的脏话破口骂出，恨不得让整个老小区的人都知道母亲的"乡下人德行"。

我蜷缩在角落，听着父亲的骂声回荡在窗外，连黑夜也跟着波动。

母亲提着包，轻巧地从父亲身边闪过。高跟鞋踩在水泥地上，"笃笃笃"，渐行渐远。

"老妈去哪儿？"我问父亲。

"管他娘的到哪里去！最好一辈子也不要回来，滚回伊的乡下去……"父亲把烟头扔进马桶，站在窗台旁，一边吹风，一边咳嗽，胸腔发出"呼——呼——"的声音。

* * *

在我尚未发展出独立判别力的时候，对世间对错的看法往往受抗争双方舆论规模的影响——谁拥有较多的支持者、谁的声势更浩大，谁就更应该是正确的。父亲在这一点上无疑是胜过母亲的：他拥有我的叔伯姑婶满满一大家的支持。这些人都是"看着我长大"、亲近得不能再亲近的人。而我母亲的娘家远在苏北，于上海一地举目无亲，不如父亲得天独厚。

舆论战常常以这般不公正的姿态拉开序幕。在我去父系亲戚那儿走动的时候，人人都向我游说父亲的好，一一列举父亲如何忍耐、如何无私付出，如何毫无怨言地接我上下学、做家务、烧饭洗衣等事项，最后语重心长地灌输结论：我父亲比我母亲更伟大。

我点头称是，心中却小小地别扭了一下，说不清哪儿奇怪。

直到许多年后的一个夏日傍晚，我结束实习，从小区外赶路回家。隔着老远，我听到父亲一如既往地向大伯、二叔抱怨着自己的辛苦，不时痛骂母亲，说她是"乡下人的恶习"……这些话我早已听过，也许经过数年的沉淀，版本有所改动，但内容基本不差。那时，我才明白心中奇怪的感觉源自何处。

叔伯们其实并未亲历我们这个家庭的全部。他们只是传声筒，基于一个稳固的"上海人联盟"，盲目而不假思索地相信了父亲的说辞，将母亲的外乡人身份视作原罪。并且，其中许多指责，家庭内细碎的账，本不该为外人知晓的东西，叔伯们却都一清二楚。

我毫不怀疑，父亲曾授意他们向我"传道"，以助我心中的天平朝他那一侧倾斜。因为这是定义三口之家内部的胜利的唯一方式。他希望我牢牢记住他的好，牢牢拥护着他，成为他忠贞不渝的盟友。因而，他极力地要我知晓——哪怕是一顿饭、一次接送，他也要强调再三、不肯放过。

其实我一直很想告诉父亲：希望被看见、被表扬、被回报的付出，本身并不纯粹。就像小学二年级的那个夏天，台风来袭，暴雨肆虐，父亲明明咳嗽感冒，却坚持开助动车，熄火蹚水送我上学，并在事后反复提起。

我后来把这件事写进了小学作文里，称赞它是"父爱"。

可它并不全是。

父亲的"爱"包含了辛苦，却务必要十倍百倍地加以宣传，叫我知晓。因为知晓，我必须心存感激、心怀愧疚；因为知晓，我必须在以后的不合与矛盾中，常常被迫向他低头，一退再退。

这是一笔人情债，他尽可能早地迫使我欠下巨款，无法退还。他全心全意地在身体上吃点苦头，却要占据同等、甚至更大程度的心理优势。就像请人吃饭，看似请客的人付了钱、吃了亏，实际上那人却散发着更强的气焰，沾沾自喜。

只可惜，父亲的这一套对年幼的我屡试不爽，却在面对母亲时毫无意外地败下阵来。母亲的意志如钢铁般坚定，即使知晓父亲的所谓付出，也照样照单全收，不觉得一丝感激或愧疚。她实在难以调动多少同情，这也许是天赋秉性。没有同情就无畏绑架，因而母亲在父亲面前刀枪不入。

这令我羡慕。

我多少遗传了父亲心软懦弱的血脉，于是被他拉来，成为这场比赛的裁判。我扮演着功劳簿的角色，翻开一看，满是父母各自的账目涂鸦——无法抵消的功劳债、亲情债。他们利用我控诉彼此的不负责任，历数自己的功绩和对方的过错，在我耳边嗡嗡地循环。最后，无非是父亲写得多一些，母亲少一些，如此而已。

我并不是一个在情感上果决的人，也不够痛彻地将事情切成"大是大非"。尽管父亲的说辞如滚滚江水声势浩大，尽管那时的我在理性上被他完全说服，导向父亲，可是内心深处，我依然同情母亲，舍不得母亲。

再小的温情也是温情。何况母亲比父亲更能干，更应当被同情。

我做不出坚定的选择——或者说，做不出父亲想让我做的那种选择、那种立场。

他对此应该是失望的。

周五周六两天过去，母亲依然没有回来。父亲面不改色地烧饭，端上一盆淋了番茄沙司的番茄炒蛋，一如往常地向我宣教："你娘肯定不会烧给你吃的，也只有我天天汏烧伺候侬。谁像我一样对侬嘎好啊？"

我坐在折叠餐桌前，一度停箸，心中涌起一丝愧疚。明明吃着父亲做的饭，我却在思念母亲——这似乎是对父亲莫大的背叛。

可越努力不想，越是有无数的问题冒出来：母亲这两天住在哪里？如果住裁缝店，她要怎么睡觉？会被老鼠惊醒吗？如果不是裁缝店，她会露宿街头吗？她什么时候回来？她还会回来吗？……她会不会和父亲离婚？

我的躯干不由得震颤了一下。

离婚——这是我从不敢设想的结局。

小时候，常有人开玩笑地问我：你更喜欢爸爸还是妈妈？如果必须选一个，你选谁？答得多了，我便学精了。在叔伯奶奶面前说选父亲；在裁缝店的顾客面前说选母亲。可这问题毕竟是假设，当残酷的现实向我袭来，我依旧毫无准备。

硬要计较，父母自然各有利弊。我早已习惯在夹缝中小心求生——在父亲面前抱怨母亲，在母亲面前贬低父亲——借此得到双方的认可。这姿态就像在家中踮着脚尖走路，微妙地踩着平衡的绳索。采取这般窝囊的游走之道，只因我的力量弱小。若失去父母其中任何一方，另一方便会如洪水般冲垮我的生活，将我完全置于他/她的意志之下，掩埋掉最后一点脆弱的自由。

在这方不到30平米的一室户里，所有的资源都是紧凑的，所有地盘和地盘上的物品，都要靠强力掠夺才能得来。像父母那样的强者自然无需顾虑太多，而作为唯一的弱者，我只好为自己的前途殚精竭虑，一夜难以入眠。

父亲的鼾声渐渐响起。黑暗中，电视机向它面前的一切投射迷幻光影。我坐在阳台角落的写字台前，努力提笔，急匆匆地应付最后的作业。

假如跟了父亲，我以后的每一天都会像现在这样度过吧。

我浑浑噩噩地想着，耳畔传来外滩的钟声。

六

黑暗的走廊没有尽头。精灵，鬼魅，蹦蹦跳跳的黑影。

我一把扯下闷得头痛的绿色布料，在黏稠的人群中拼命奔跑。秦老师在校门口等我，说她要离去，想同我道别。

我知道自己正跑在赴约的路上。可是走廊漫长得没有尽头。端着茶杯的美术老师从我身边让开，傅老师冲出来抓住我的胳膊，被我挣脱。身后吵吵嚷嚷："Trick Or Treat？Trick Or Treat？Give Me Something Nice To Eat！"

快要来不及了。我挣扎着，破出窗框，从四楼一跃而下。

右脚脚踝在落地时传来剧痛。我拖着它，继续朝校门口跑。

路过操场，母亲正轻松地攀着旗杆，悬在半空看我："你干什么去？"

我不理她，将她甩在身后。

"哐当"一声，学校大门当着我的面合上最后一丝缝隙。我一头撞入栏杆，将额头磕出一个洞。远远地，我看见秦老师穿着白衣，如秋末的蝴蝶，飘然远逝。

我永远地失去了她，又一次。

闹钟响了。我浑浑噩噩地坐起，脸上还挂着泪水。什么梦这么悲伤？难道父母真的离婚了？

我呆呆地捧着被子，许久才想起今天的日子。

等等——傅老师的公开课！

我猛地掀掉被子，一边穿衣，一边回想领读的细节。上学期第八单元……第八单元……第八单元是哪两首诗？我用掌心敲了敲脑袋，可怎么也想不起来。要是能从父母的床底下翻出上学期的课本就好了！我正准备动手，却发现时间已经不早。父亲昨天关照过，他今天要参加职工大会，不能送我上学，让我务必坐公交。我匆匆洗漱，拉上书包拉链，从架子上掏了半包饼干和一罐冰红茶，闯出门。

傅老师站在讲台前，注视着站在门外因赶路而气喘吁吁的我。

"班干部要至少提早十分钟到校，现在几点了？"她指了指左手手腕处精巧的女士手表，提高嗓门。

"对不起。"我吓坏了，连着鞠了三躬，天旋地转。

我们排成两路纵队朝五楼礼堂进发。五楼礼堂是一处挂着深蓝色窗帘的大空间，平时供各类选举开会使用。为了布置成适合开课的教室，学校特地从楼下搬了几十套课桌椅摆在前端，又在一片高出地面十公分左右的方形讲台区放上两块带轮子的大黑板，供老师展示板书。

"陆一鸣过来！"傅老师朝我招手，把我领到讲台上，"等会儿课前领读，你站在这个位置。"

我点头，心紧张得直跳。

"都背下来了吗？"傅老师大声问。

"背下来了。"全班同学齐声作答。

傅老师满意地点头，让我坐下。我左顾右盼，见无人可求助，只好用笔戳了戳前面陈文的后背。

她悄悄后仰身体，靠近椅背。

"上学期的两首古诗题目是什么？"我悄声问。

陈文想了想，摇头，低声说："不知道。"

傅老师抬眼，循着声音的方向，朝我和陈文投来一瞥。陈文急忙挺直身体，低头盯着书桌，恢复了静默温顺的模样。

身后开始响起老师们的交谈、落座声。他们来回拖动椅子、挪动脚步。我听见他们漫无边际地说着话，有人抱怨天气寒冷、路途遥远，有人夸赞着学校的设施，还有人打着呵欠、拉开皮包……傅老师朝听讲的老师们报以礼貌的微笑，转过头来盯着我们时，脸色却因紧张而更显凶悍了。

我集中精力翻找记忆中的古诗篇目，可越急越没有头绪。

骚动此起彼伏。话筒忽然落在地上，发出"嘭"的一声巨响；别在傅老师腰间的小蜜蜂尖叫一阵，令人倒吸一口凉气……我的脑海不住地翻腾，却依然一片空白。

"时间差不多了，我们开始吧。"傅老师面露笑容，朝我点头。我绝望地走上讲台，眼前是全班同学挺得笔直的身体，还有礼堂后黑压压的一群人。外校的老师似乎不懂得遵守课堂纪律，不时从人群中传出一阵嗡嗡的讲话声。

不管了，先把上周刚学的两首背好再说！

《宿新市徐公店》，宋，杨万里。预备——起！"

《宿新市徐公店》，宋，杨万里。篱落疏疏一径深，树头花落未成阴。儿童急走追黄蝶，飞入菜花无处寻。"

《题临安邸》，宋，林升。预备——起！"

《题临安邸》，宋，林升……"怎么办，这首背完，我就露馅了！

"……山外青山楼外楼，西湖歌舞几时休？……"得找一首大家都会的古诗，也许还能蒙混过关……有什么简单的？快想想！什么诗都行！

"……暖风熏得游人醉，直把杭州作汴州。"

我停顿一秒，强撑着面子，大声道：《咏鹅》，唐，骆宾王。预备——起！"

《咏鹅》，唐，骆宾王……"

底下忽然传来一阵嗤笑。

"鹅鹅鹅，曲项向天歌。白毛浮绿水，红掌拨清波。"

《赋得古原草送别》，唐，白居易。预备——"

这次，笑声更明显了。

"……离离原上草，一岁一枯荣。

"野火烧不尽，春风吹又生……"

这哪是小学五年级的诗？连幼儿园也会背！我清楚地意识到自己的失误，脸上红一阵白一阵。

傅老师抚掌，示意我们停下。

"下面开始上课。"她昂着下巴，从容地走上讲台，仿佛刚才的插曲从未发生。我战战兢兢地坐回座位，抬头，猛地和傅老师对视一眼。

她尖利的目光一下子刺穿了我的脑袋。

"我们等会儿好好算这笔账！"她的眼神仿佛正对我说。

我低头凝视着课本，面色难堪。

"'鹅鹅鹅'，你领同学背这种东西？"傅老师遥遥站在班级讲台上，朝台下的我劈头盖脸怒斥，"陆一鸣，你现在几年级啦？要不要把你送回一年级重新读啊？"

我把头垂得更低了一些。

"你点头什么意思，表示同意咯？"傅老师不依不饶。

"对不起。"我小声说，一边学陈文，摆出任人宰割的卑微姿态，满心希望傅老师或许会良心发现，因可怜我而不忍责罚……

尽管这只是一个理论上的幻想。

从我刚进入育英小学，目睹傅老师体罚爱哭的孩子，哭得越凶罚得越凶，我便明白她同母亲一样，鲜有同情。被暴力威吓的孩子，为了避免惩罚，往往顺从地听话。正是利用了孩子的弱小和无力反抗，这粗暴的干涉才能得逞。她们一次次故技重施，从无败绩。

我忽然有些恼怒，没来由地想起佳茜说，她恨她母亲。

想必在宣泄这份感情时，她也曾经历我现在所感受到的那种屈辱与无力吧……

"上学期第八单元的两首古诗，一首一百遍！抄不完不许回家。"傅老师说。

我低着头，屈辱地坐下。

"欺负弱者算什么本事？"一句愤怒而轻蔑的话语悠悠地从心底升腾上来。我下意识用手捂嘴，将它堵在喉头。四顾，所幸无人发现。

怎么了？我惊异而不安地问自己。

毫无疑问，这念头是属于我的。可这感觉就像深井里突然传出愤愤不平的叫嚷。我从未疑心那里存在什么活物，因为在父母老师的监视之下，我脑袋里的每一处都只可能存有乖顺的念头……可是，有一个声音，它真的说话了。

"听话就是对的吗？做一个好学生、好女儿，就是对的吗？"

它一再提问，我无法回答。

"这公平吗？对吗？"

我止不住聆听它的呼唤。

也许……它是对的？

不，现在还不到时候。我暗暗地对自己说。

也许有一天，胜利会来的。一切都有公正之道，我相信一定是这样。

七

母亲终于回家了。就像从前和父亲吵架那样，没有转折，没有道歉。她板着面孔，一声不吭地在家里活动。父亲全当她是幽灵，她也还以颜色，彼此冷冷侧身而过。大床上，两只枕头错开排列，一只在床头，一只在床尾，睡觉时他们只能闻着对方的脚，厌恶地皱着眉头。

虽然厌恶，却没有人真正迈出那一步。

"我们离了，你怎么办？"父亲抽着烟，一边看电视，一边无奈地摇头。

"为了你，妈妈不会离婚的。"裁缝店里，母亲扶着我的肩膀叹息。

一切都是为了我——他们不约而同地以此为借口，像是为眼前勉强凑合的日子寻找一瓶体面的黏合剂，修修补补，能用多久是多久。

我不否认他们有时是为我考虑的，想给我一个完整的家庭、完整的童年。可"不离婚"远比离婚容易，他们无须付出多少劳力，甚至连民政局都不用跑一趟。因而他们所谓的努力和关怀在我眼中便显得格外廉价：他们不需要付任何实质的代价，只消脑子一转，考虑好了，决定不离婚了——这便是他们所做的全部努力、全部牺牲。我既不见大刀阔斧的巨变，也不见壮士割腕的大出血，便怀疑他们的诉苦颇有矫情的成分，就像父亲对叔伯的夸大其词，那么虚伪而不成熟。

生活和从前一样：我们依旧是三人挤一间不到30平米的一室户，父母依旧是工作、家里两头跑……什么都没有改变，除却他们貌合神离，再难和好。

多年后，我依然持续不断地问母亲：你当时为什么不离婚？

曾经强势的母亲如今也长了白发，面容因为衰老而变得唯诺胆小。她说自己没有考虑过这个问题，她说她对不起我这个女儿。

其实比起我，她更对不起她自己，但她一直没有意识到，只觉得忍一忍就会过去的。这是父母那一辈的生存智慧，古老的残留。他们以为在结婚这件事里，物质条件是最重要的。其他的东西，诸如爱情、好感……通通都可以培养，因为它们虚无缥缈，握不住也看不见。他们的心灵迟钝而现实，无法确切地捕捉情感。生存的重负逼迫着他们，令他们一日日因忙碌而无暇反思，只能牢牢握紧眼前实实在在的物质条件，无暇顾及情感的需求。

他们无从体会我敏感的心灵，也从未理解我的痛苦。他们对彼此的将就、对我的亏欠……此间种种遗憾，大概也正源于这种古老的思维方式。

所以，他们现实、短视却满足，我却因怀揣深思，倍感痛苦。

虽然那时，年轻的我还不理解自己与父母的代际差异，但我却清楚地看到他们各自打的算盘，逐条梳理出他们无法离婚的具体原因：

其一，"离婚"二字像一道污点，说出去总是难听。无论是父亲这边的亲戚，还是母亲那儿的兄弟姐妹，因为受制于传统观念，从没有一家人离过婚。要让他们敢为人先，冒着被周围人指指点点的风险结束这段婚姻，实在困难。

其二，家里的钱都套牢在股票里，而离婚又势必要把财产分割清楚。这时把股票亏本抛卖，折合成现金，终究两败俱伤，得不偿失。

其三，母亲在上海没有其他亲人，而这公房是父亲的婚前财产。一旦离婚，母亲只能卷铺盖走人。眼看裁缝店的生意越来越差，炒股又如此惨烈，现在离婚，她连租房的钱都未必出得起。这么多年在上海的奋斗化为乌有，她不甘心。

三条理由清楚明白，可他们中的任何一方都没有宣之于口。

他们拒绝承认自己需要彼此的物质条件，拒绝别人拆穿他们浅薄的心事。因此他们对外宣称，不离婚是为了我。我成了他们口中一个体面的借口。

说到底，事情的本质不过是他们没有力挽狂澜、掌握命运的真正魄力罢了。

父母都是极其现实又守旧的人，这一点常常令我难过。在这段将断未断的关系中，他们各取所需，把对另一方的鄙视、怨恨、失望深埋于心。于他们而言，钱是最重要的。为了钱，一切都可以忍耐、将就。

于是，我们一家三口又回到了母亲炒股前的生活样貌。只不过这一次，我们是真的快没钱了，不再是曾经那个有点资本却装穷的可笑家庭了。

那年的我已隐约地感到自己被决定了的命运：他们不约而同放弃了离婚，尘埃落定，这意味着他们彻底死心，不再寄希望于一夜暴富，改变人生。

换言之，他们顺从地认命了。

母亲偶尔看一眼不温不火的股票，像守着一个僵尸植物人。她不期待渺茫的奇迹，不抱多少希望，只是象征性地看一眼，确认账号还在便可。

她把自己强烈的精力放回我身上，逼着我做课外书、佳茜的卷子，逼我默写、背诵，挤压我的休息时间……母亲打算走回老路，期盼着等上十几年，等我自然"成熟"，顺理成章地改变家庭的命运。她用同一套殷切的话语、可怜的模样，激起我的怜悯孝心，教导我"好好读书，将来挣大钱，买房子……"

可她不知道，旁观了炒股始末的我早已洞穿她的欲望。

我不再盲目相信母亲，感动于她的关心与关怀。我见证了她对金钱的狂热崇拜，在崇拜中，她退化为不知餍足、不懂隐藏心事的小女孩。而我却靠着某股正义的本能蓦然长大，成了在单向玻璃后冷漠观察的侦探。

有时，我真恨我自己的脑袋，它敏感得连充耳不闻都做不到，定要把凡事都想得清楚，看得分明，包括母亲那淳朴、可笑、自私的欲望。

看清了，难受的却还是自己。

大概从那时起，我开始整夜地睡不着觉，也很少笑得出来。我常常难以分辨自己究竟是沉睡还是清醒，只知道心里说不出的难过。

漂浮的意识渐渐落下，我发现自己趴在写字台上，手肘下压着练习册。父亲的鼾声和电视机的喧闹交相辉映。天气预报还没开始，他已经累得睡着了。

自从晚上清醒、白天混沌的状态开始后，我对外界刺激的敏感程度与日俱增，头痛不已。有时幻想有一所监狱可以收留自己，彻底告别马路上的喇叭声，夜半外滩的钟声，电视机的吵闹声，父亲的鼾声，还有楼上走动的拖鞋声……

原先只要集中精神，我很快便能忘却外在的噪声干扰，将它们化作一团朦胧的背景。可是现在，我惊讶于世间竟有那么多不同的声音，时而急促时而轻缓，你方唱罢我登场，没有停歇。

我烦闷地敲了一下桌子，看来这作业横竖是写不好了。但我畏惧母亲，畏惧老师，即便再烦乱也要写下去。我没有选择。

真是糟透了的世界……

令人厌烦。

* * *

"陆一鸣，这是你的数学作业？"数学老师举着练习册站在我面前，语气夸张地反问，"这个字是你写出来的啊？！"

我被同桌摇醒，抬头看着练习册，眼神飘忽，不明白数学老师为什么要指责。

十道对了九道，水平发挥正常……出了什么问题？

"擦掉重新写，放学前给我看！"数学老师气呼呼地说。她胖胖的身躯随着粗重的喘气一鼓一鼓，像动画片里的河豚。

我盯着摊开在桌上的作业本，困惑不已：这的确是我写的字，可是并没有写得不好吧？老师为什么要发火呢?

作业本摊开在桌上,白得刺眼。我茫然四顾,却见徐子仪直奔我的练习册而来,像是闻到了猎物的气息。她拿起练习册翻来翻去,带着几分夸张、疑惑的神气,反问道:"这个字是你写的啊,陆一鸣?"

"嗯。"我漫不经心地点头。

"不会吧?"

她的阴阳怪气越来越明显。一阵不舒服的情绪涌上心头。

"滚开。"我凶巴巴地说。

徐子仪惊奇地盯着我。我瞪着她,怒火越来越浓烈。她胆怯地放下练习册,悻悻离去。

眼保健操音乐响起,我不大情愿地闭上眼,眯开一条缝。数学老师的身影远去,走到门口,忽然停下——她和傅老师打了个照面。两位主课老师小声却热烈地交流,似乎还有意地朝我看了看,你一句我一句地咬着耳朵。数学老师走了,傅老师慢悠悠地下台巡视。我赶紧闭起眼睛,揉着脸上的穴位。

傅老师的气息渐渐绕至我身边。手肘下压着的数学练习册忽然被抽了出去,翻页的声音在我的耳边哗啦啦响起。

糟糕!数学老师告状了。

我的心猛地被提了起来。任何小事到傅老师那里,都会变成不可挽回的大事。她绝不会放过在全班面前惩罚差生的机会,更何况我刚刚在周一搞砸了她的公开课……一波未平一波又起,糟透了!

眼保健操结束得很快,快得猝不及防。睁眼时,傅老师站在第一排中间,手里高举着我的数学练习册。

"最近,我们班个别同学表现极差!"傅老师的脸上掠过一丝冷酷的表情,"刚才赵老师跟我说的时候,我还不敢相信。结果打开作业一看,字像狗爬的一样。"

同学们左顾右盼,窃窃私语。徐子仪越过人群,不怀好意地盯着我。

"知道我在说谁吗,陆一鸣?"

我咬着嘴唇,站起来。

一个老师靠淫威欺负学生,算什么本事……

"这是你交的作业吗?"

我点头。

"你们看,她还点头!"傅老师拉拢全班同学,像看笑话一样打量着我,"哎,你一点羞耻心都没有吗?"

哗啦啦——

练习册像一只散架的白鸽，从空中坠落下来，沾满尘污。

承认作业本是我的，难道错了吗？难道我要否认它不是吗……难道那样做，就不会被嘲笑了吗……

我不能回答她的问题。在她面前，我不论怎么做，都是错的。

一团风暴隐隐地飘起来，像是蝴蝶扇动翅膀，层层勾起屈辱的回忆。

是啊，我怎么做都是错的，在母亲面前，在傅老师面前，我永远都是错的。

点头是错，想学钢琴是错，考不到第一是错，就连写了作业也是错……为什么？我明明没有做错任何事吧？苛求是你们，错的也是你们，不是我啊。

我的眼眶渐渐泛红，双手抓住桌沿，越抓越紧。一股滚烫的气息卡在喉头，横冲直撞。傅老师还在滔滔不绝地说着什么。可是我的双耳却尖锐地鸣叫起来，一句话也没有听清。

这个凶巴巴的老太婆最擅长取笑别人了！

我冷笑，不再制止心底喷涌而出的怒意。

"……作为宣传委员，中队长，两条杠哎……"

不仅是指责，还有挖苦、讽刺、嘲笑……她将我的尊严一把扯下，摔在地上用力地踩。一边踩，一边得意洋洋地请全班围观。全无怜悯，只是冷漠虚伪。

她的嘴唇快速地翻动着，喋喋不休。

是啊，我的确是糟透了。可你又能好到哪里去呢？

说是开课，说是集体荣誉，到最后还不是为了你自己？体罚学生也只是为了在弱者身上施展你那变态的控制欲和优越感吧？

凭什么你们就能发泄自己的欲望和愤怒，而我们却不能呢？

喋喋不休。

傅老师的面容活像小人得志的嘴脸。

应该够了吧。可她为什么还在说话……说话……

够了没有？

……

火焰忽然被点燃。带着我所有的愤怒、委屈、耻辱、困惑，还有无处发泄的青春期的强烈自尊。

那一刻，终于失控。

"你闭嘴！"

不知是从哪儿来的勇气，我在心底对自己说：一旦错过这个机会，将永远活在屈辱之中。倒不如今天，就现在，这一秒！干吧！

一瞬间，我猛拍桌面，尖叫着跳起。

爆发的那一刻，我竟无畏地觉得，自己已经没什么可舍弃的了。

我将一切都想得很清楚了。

就这样吧。

傅老师瞪大双眼，身体不自觉后仰。

教室忽然陷入寂静。所有人都紧张而诧异地盯着我。

"你干什么？这是什么口气？"傅老师没有如我想象的那般暴怒，反而因震惊而平静冷峻了一些。

"我凶你又怎么样?！"

我宛如提着一把刀，穷凶极恶地瞪着她，胸口剧烈地起伏着。

心脏狂跳，似乎要燃尽我毕生的气力。

我们就这样紧张地对峙。她瞪着我，我瞪着她。

"站到后面去，给我好好反省！"傅老师昂着头，下达命令。这一刻，她依然高傲而虚伪。

我朝她翻了个白眼，转身重重地踏着水泥地。

蹬！蹬！蹬！

傅老师大约没想到我的戾气如此之强。她开始明白这不是一场简单的反抗。为了保住尊严和威信，当着全班同学的面，她必须收服我。

"你什么态度？回来重走！"

——蹬，蹬，蹬……蹬、蹬、蹬、蹬！

我不依不饶地盯着她，脚因狠狠跺地而撞得生疼，但我已下定决心，决不后退一步。

傅老师不再说话，默默转身走上讲台。

"你在后面站一会儿，冷静一下。"

预感到不祥的气息，她匆忙为这场决斗按下暂停键。

于是接下来的40分钟，她一句也没有提到我，一眼也不曾看我。

这样做是对的，因为我一刻也不曾放弃与傅老师拼命的想法。她的言语只会令我斗志昂扬，从而将她一步步拖进泥潭，将她从老师那高高在上的位子上拉下来，和我像泼妇那样沿街对骂。那是我期待已久的画面。

我不怕她同我争吵，因为我的勇气早已绝望绽放，足以带我前往任何险境。

傅老师明白，她不能再激怒我了。

她若无其事地带着同学们读课文，学句子，划词语。每每绕到教室后面时，她便折返回去，避开我，仿佛我的周围有一圈毒气。

……

时间一分一秒地流逝。

如傅老师所愿，我终于渐渐冷静下来。

尽管眼中仍满含厌恶，可那股舍命一搏的怒气却不见了踪影。

我回过头去，反思事件的起因：写数学练习册时，我正因噪声而恼怒。写出来的字诚实地暴露了内心的混乱，这是千真万确的。

可追根溯源在此刻并没有什么意义。我如海面上的一片小舟，一腔孤勇，却陷入四面楚歌的困局。

疯过了、骂过了，无畏地反抗过了……然后呢？

我惊讶地意识到，自己竟然从没想过"然后"。

然后会怎样？

太阳照常升起，学校照常上课。

明天傅老师依然是我的班主任，同班同学还是同班同学，该冷战的父母还是会冷战……一切都不会因此改变。

改变的只有我。

从我拍桌而起的那一刻开始，我便不再是被人称羡、无可挑剔的"好学生"。相反，我变得危险、暴躁、古怪，胆子大到竟敢跟傅老师顶嘴……

在这个有着铁桶般坚固秩序的王国里，傅老师依旧坐镇中央。我将被彻底甩出去，放逐到教室后，再也无法变得"正常"。我的未来取决于她轻巧的一句话，就像踩死一只蚂蚁那么简单。

然后，朋友们会怎么看我？别的老师又会怎么看我？

——别靠近陆一鸣，她是个危险分子……

——别跟陆一鸣说话，小心傅老师骂你……

——陆一鸣是个疯子，我们班从来没有比她更恶劣的学生……

流言的黑洞一层层旋转起来，巨大的恐怖袭上心头。差生在我们班会受到怎样的待遇，这一点我是很明白的。

我即将被彻底孤立。余下的日子，都完蛋了。

我以仅存的一点尊严和倔强作为支柱，艰难地站着。越想越怕，却也越想越糊涂。我不知道自己是否真的做错了。

翻翻旧账，她也曾毫不客气地揪差生耳朵，也曾随意辱骂学生，动不动就让人罚抄罚站……她一定不清白，这是确凿无疑的。

也许这反抗该是正义的，可那又怎样？

重要的根本不是对错，而是她仍然握有不可撼动的权力，因而能够左右人心、左右命运。

原来我的反抗，终究是徒劳的挣扎，无谓的空喊。

希望于黑暗中诞生，又于黑暗中消弭。

无所谓了。我兀自安慰道。

反正已经失去了一切，谈不上高兴或是悲伤。

迷雾散去，我感到平静，无比的平静。即使傅老师拨通了母亲的号码，在电话中郑重其事地请她放学来一趟学校，我也无动于衷。

傅老师办公室的窗外，满是粉色山茶花残落的遗迹。我隐约听见她和母亲的交谈："记大过"，"不尊重老师"，"严肃处理"，"档案"，"留级"……零零碎碎，像麻雀一样聒噪。她尽情舒展自己得体的尊严，威胁着，叮嘱母亲将我好好管教。

母亲像个犯了错的学生，面色难看，唯唯诺诺。

回裁缝店的路上，她推着自行车，挺直脊背，沿着非机动车道快步行进。我背着包，三步并两步追赶她。一路无言。

为了见老师，她特意穿上过年新做的红衣。也许她原本以为傅老师请她来不是什么大事；也许她还觉得自己的女儿是个乖巧的好学生……

见到我今天的模样，她一定特别惊讶吧。

是啊，我颠覆了多少固有的成见与认知？她们又是否真正地了解我的能耐？这具身体里储藏着一座火山，毁灭别人，也会毁灭自己。

我们走过两个十字路口，沿着高架路，经过一家羊绒毛线店、一家东方网点。

我们又走上一座桥，桥的上坡很陡、很累。以前每次上坡，母亲都会叫我下车，她卖力地骑，我在后面卖力地推。等到了最高点，我舒舒服服地坐回后座，母女俩一起加速下坡。

可是今天，她没有这么做。母亲头也不回，哼哧哼哧把车推向上坡。我沉默而平静地跟在她身后，任由书包背带一晃一晃，一边走一边朝桥下看。塑料袋漂在水面上，像记忆中万圣节那令人窒息的色彩，又蓝又绿，油腻腻的。

忽然，母亲转身停下来，定定地看着我，双手紧握着自行车龙头。

我瞟了她一眼，又开双腿站住。

"你还死在后面干什么？"她的口齿因愤怒而变得模糊不清，"晓得吗？你这辈子……这！辈！子！都完啦……！"

她的眼眶突然红了，却固执地不肯掉下眼泪，反而继续瞪着我："从今以后，你不要跟着我，我不想看到你！"

——囡囡啊，你是妈妈唯一的希望了！

母亲曾说。

——妈妈这辈子没嫁给一个有钱人，让你跟着我受苦……你以后一定要好好读书，考个好大学，找个好工作，坐坐办公室，用用电脑，一个月就有好几千块，然后你要自己买一间大房子，让我们全家舒舒服服地住进去，知道吗？

可是现在，她不要我了。

我犯错了，她就不要我了。

原来，我和她手里的股票真的没什么区别——成绩好的时候，她对我满怀柔情；一旦犯了大错，她就想将我抛在脑后。

原来，"囡囡"和"累赘"只是一线之隔。能带来金钱回报的是好孩子，反之，就是应该抛掉的负担。

母亲的话印证了我的观察。这就是生活的全部真相。

可是，真的好痛。真实的、无以复加的痛。

不被理解的怨怼情绪涌了上来，我歪了歪嘴角、瞪着她，倔强地摆出一副"那又怎样"的表情。

这一幕忽然使我想起小时候，有一次犯了错，母亲不肯载我回家。我也曾这样跟在自行车后，牢牢地拽住横杠，一边与母亲对峙，一边撕心裂肺地号啕："妈妈……不要走！不要丢下我……"

每一次我都在哭，都害怕自己就这样被抛弃。所以每一次，我都是败者，都要为了生存，不得不妥协示弱。

可其实，每一次、每一次，我都希望母亲理解我，读懂我内心深藏着一颗脆弱的、等待被抚慰的心灵。我渴望她像别的母亲那样抱抱我、安慰我，亲手脱掉那层顽劣抗拒的伪装，将那个爱哭的小女孩拯救出来，捧在手心温柔呵护。

可是……母亲从来都没有。

这一次又怎么会例外呢？我早该知道的。

"你——"母亲还想说什么，却只感到我的顶撞、叛逆和冷漠。

"你为什么偏偏是个女儿？"她忽然愤恨地说，"要是我有个儿子，早就买房了，怎么会想着去炒股呢？！都怪你呀！"

我哑然失笑，无语凝噎。

她在这种时候，竟然还想着她的股票。

我原来还不如她的股票。

"你这个……死不掉的！"母亲指着我，粗声粗气地尖叫，转身，猛地蹬了一下脚踏板。

高跟鞋没踩稳，脚踏板"滋——"转动一周。她气急败坏地踢向车身，坐上坐垫，踩着自行车，奋力一蹬，扬长而去。

往事重演。

又一次，她料定我不敢离家出走，决定肆意将我遗弃，发泄愤怒。

就像父亲不用去费心找母亲，因为她除了家，根本无处可去。

因为知晓我的羸弱，她的责骂总可以无所顾忌。因为我们是亲人，所以无论她怎么伤我的心，以后也有机会献献殷勤，就像召回一条忠诚的狗。

大人的有恃无恐，常常令我不甘。不甘却又不得不忍受，直至积郁成疾。

那时的我并不知道，未来岁月里，同样的细碎折磨将会经年累月地与我为伴，连同失眠、暴怒、沮丧，以及对成人世界的排斥和抗拒，滚滚而来。

我更想不到，当他们似乎不再对我怀有经济上的企图，终于因年老而变得温柔的时候，我却拒绝了他们的善意，留下一个决绝的背影，远赴异乡。

正如母亲当时踩着自行车远去的那个背影。

消失在路的尽头。

我用力咧嘴笑了笑，安慰自己没事。什么都好好的，不就是挨了一顿骂么……想着想着，眼泪忽然掉了下来。

绝望的反抗，再次湮没于生活的尘埃。

我明白自己无论做了什么，生活都不会改变：陆一鸣还是陆一鸣——即使她很快就会失去育英小学五年级 1 班的中队长职位，变成一个人见人憎的"坏学生"——她依然会好好地活着，日复一日地呼吸、吃饭、睡觉、读书……

但我的生活却又不同了。这一点，只有我自己明白。

有些巨变往往不需要突然到来的打击。它的开端早已埋在岁月的某一处，织就伏笔。时间未必是解药，它带着风刀霜剑向一个人扑来，将她的痛楚打磨得越来越锐利，消耗生命而换取的锐利。

12 岁的陆一鸣将这种深切的痛苦刻在心里，抿着嘴唇，转身，朝背离裁缝店的方向一步步走去。

她不知道自己的目的地在哪里，也不知道自己要去往何方。但是这一刻，她只想出走，为自己活一次。

哪怕是绝望的努力。

"屠夫之家"的残酷与温暖，消失与怀念

吴佳燕（《长江文艺》编辑）

鞠欣的《屠夫之家》是一篇比较有设计感和冲击力的小说，语言和故事都颇具张力。它以一个出生于屠夫之家的孩子为第一人称叙述视角，以父亲作为屠夫这一特殊的乡村职业为切口，讲述过去生活的艰难与无奈、成长过程中的残酷与温暖，以及探讨生命、死亡、人性、时间等重大命题，读之让人震动。

小说行文流畅，语言生动，感受细腻，想象绚丽。有一种娓娓道来的讲述风，叙事细实而有耐心，人物情绪跟着文字一起涌动，引人共情。恰当的修辞是小说的血肉，美妙的比喻是语言的翅膀。小说一些场景、意象和梦境叙述简约、神秘而有画面感和深意，如清晨的第一缕阳光照在屠夫之家给孩子的印象，乡村鬼气森森而又生命力茂盛的原野，噩梦里无数生命的奔逃景象，荷花湾的生活气息与四季流转等。而一些金子般的比喻新奇独特，也符合孩子芜杂飘荡的想象力，如："他已经病了 20 年，病时好时坏，折磨人，使得哥哥的轮廓像经历过矿难的山，边缘晕着毛绒金光。""疾病宛如黑暗的洞穴，悄无声息，一点风的痕迹看不见。""西边的晚霞像一个正在出血的子宫。""哥哥的病像一只肥蜱虫，死死吸在父亲和母亲的背上。"

小说首先有"致父亲"的意思，在对过往生活的回忆中重塑父亲的形象，审视父亲与屠夫这一角色的关系及对家庭的影响，在想象中与父亲对话，也完成了对父亲的认识。开篇便是"父亲如果不是我的父亲，那他便是我顶佩服的人"，后面的叙述中还有呼应，不仅是一种形式感，更凸显了内心对父亲的复杂情感：佩服他作为屠夫的技术和气势，又踌躇于这个职业带给子女的实惠和阴影。父亲是个生活中比较强势认理的人，性格豪放粗枝大叶，"对自己的意志有种令人害怕的保护欲"。

爷爷家的"建祠堂风波"便是明证，虽然对权力强硬地怒目而视，然而终究胳膊拧不过大腿。父亲一方面是家庭的支柱，另一方面也不招人待见。他的杀生经历既是为了家庭生活保障，更是为了给哥哥治病，无形中给孩子造成很大的刺激并被人利用。他在农家乐表演杀猪并被人围观、拍摄的狂欢化场景令人熟悉而震撼，传递出深刻的社会现实与人性考量。而随着父亲不断升级的杀猪杀羊杀狗，其内心并不是一潭死水或充满快感，而是交织着各种矛盾、无奈与罪感。"最后一次，再不杀了"，这是父亲决定告别杀戮、金盆洗手。他"如此温情地对一只要被他杀死的狗"，无数次醉醺醺地在深夜的山野草地间酣睡，都是他复杂而痛苦的内心的一种折射。

小说更让人动容的是孩子的成长体验，有如原野草木般自然生长的野蛮与生气，也有因"屠夫之家"过早地领受到生命的残酷和内心的各种冲撞。小说主要写到了三个孩子。"屠夫之家"内部两个，哥哥稻子和妹妹林彦（"我"）；外部一个，金来沅。哥哥的长期生病让他成为整个家庭的负累，毫无脾气，"敛声屏气，只专心活着这一件事"，性格好又心灵手巧，因此招人喜欢，可以做各种手工补贴家用。然而哥哥的内心从他与母羊的关系上也许才可见一斑，是他的"乳母"，又是他的全部的情感寄托。

"我"的成长体验最为深切丰富。一方面，"我"是哥哥的补充，"如果哥哥不得这致死的病，世上便没有我"，健康、野蛮而自由地成长，有衣穿有肉吃，被母亲认为"你的生活多美"；另一方面，"我"的各种感受和想法无人关注关心，"心思沉重，无法忍耐养大家畜然后杀死的命运，总是偷偷密谋长大、逃脱以及拯救"。曾经爱偷东西的问题少年，没有朋友，又多愁善感，"在压抑中将灵魂播种在原野之下"。父亲的杀生和哥哥的疾病留下的阴影最为浓重漫长，从对动物的死亡认识到对人自身的死亡意识。父亲让"我"跟他一起握着刀杀猪，把"我"小时候养的狗被车轧死后做成盘中餐，"修祠堂风波"中带"我"参与乡村械斗，都是孩子成长过程中极端的体验与莫大的残忍，"充满着我无法理解的隐喻的时刻"。

孩子的成长会随着经历与感受慢慢矫正、找到自我。有信仰的波姊成为密不透风的乡村生活中的一个出口，而与伙伴金来沅的交往为"我"的成长之路开启了一扇窗。这样一个像一棵树苗从外地移栽过来的孩子，无形中丰富了"我"的童年生活，也完整了"我"的人格，成为"我"的镜像。都有原生家庭的阴影，都养过小动物，对死亡有着最初的认知和体验，一起赶集摆摊，也分享内心秘密，重建秘密乐园。两个孩子一起游戏玩耍、扯皮打架、交流交心，互相打开与治愈，享受了难得的快乐时光，也建立了深厚的情谊。然而，离别的时刻到来，当一直暗暗攒钱、心心念着要回福建老家的金来沅，等到爷爷真正来接他回家的时候，却各种留恋与不舍。

除了告别，消失成为小说的一大主题。它是时间的覆盖，是死亡或遗忘导致的直接结果。哥哥还顽强地活着，父亲却客死异国。屠夫不在，杀戮不再，"屠夫之家"也随之消失，尽管清晨的金光依然最早照耀着屋顶。还有更多的事物和人在远离乡村，或从土地上消失。然而生活还要继续，告别与消失恰是为了更好地成长与纪念，对来路的回溯与寄托从未停止，就像小说中特意塑造的"波姊"这个与周遭格格不入的人物形象,"抱着她的圣经出现在乡村生活许多苦难的切片中"。小说据此把视角从记忆与时间的深处拉回,完成一种叙事上的圆满闭环,也完成精神上的寻根与怀念。

屠夫之家

鞠 欣

一

父亲如果不是我的父亲,那他便是我顶佩服的一个人。父亲杀鸡杀鸭杀鱼,冬天夜里牵着猎狗上山猎兔杀兔,骑着摩托十里八乡去杀猪,他健壮体格,顽固脾气,头发竖起,算命的说他是罗汉转世,走在山林中便成为山林,走在风火中便成为风火。他20岁开始杀猪,26岁娶了一个比他还能干的小体格的女人,女人对他全不了解,只是看他体格好,能干活,杀猪又是个能吃着肉的行当,她本来一年吃不到几次肉。女人哥哥和她说屠夫脾气差,保不准会打女人,女人说他打我那我也打他,于是他们结了婚,生下一个病恹恹的儿子,那时人们提起父亲,便说是他杀戮太多,煞气过重,后人要早夭,这个病儿就是我的哥哥。哥哥病了一辈子,觉很少,心脏病常让他喘不过气,经常半梦半醒的清晨,我眯着眼看见他坐在炕头,肩膀的骨头几乎刺破皮肤,费力地呼呼吸吸,仿佛一股烟雾,偶然凝成人形。再后来,母亲背着铺盖离开了家,她掏不出五万块钱去买准生证,躲在山上的石头房子里挺着大肚子偷偷种庄稼种菜生孩子,挑水挑粪,趁着夜色摸黑回家见她的病儿,哥哥大概明白,他们是怕他死了,没人养他们的老。哥哥说想要一只牛犊养,他别的做不了,牵着牛去山上吃草是行的,挺着大肚子的母亲说牛太贵了,给你买只羊吧。我记事起,哥哥便常常和他的母羊在一起,母羊羊角弯成轮月亮,奶兜子是一种疼痛的肉红色,被哥哥细长的手指捏着挤着,喷出膻腥的白奶汁,在铁桶里咕咚冒泡,相当长的一段时间里,每天早上上学之前我要骑着车去送羊奶,驮着塑料泡沫箱子骑过有雾的原野,着火的原野,海浪般的原野,金灿灿的原野,吃人不吐骨头的原野,直到春天的一个清早,母羊决定不再产奶,它红色的乳房已经在昨夜长满了石头似的肿块,时不时滴出几滴红血。父亲决意杀掉这头病羊,而这几乎令哥哥发狂,他把他的母羊抱在怀里,脸因疯狂而变作同样疼痛的肉红色,这头长着人脸的母羊,好似一个邪恶又可怜的女人,贴着哥哥的脖颈，低眉顺眼地面对着刀别在裤子上的父亲。对峙以哥哥突然的晕倒结束，母羊因此逃过屠刀，脖子系上铃铛，终于出现在家庭生活的时时刻刻，咩咩咩铛铛铛响得人心慌，放学回家路上，我常远远看见哥哥领着母羊，两条黑影，他们幽幽地走过野生的大片罂粟地，如同火焰的核心。

屠夫是村庄的屠夫，村庄镶嵌在山脚里，屠夫的家坐落在村子最东边，隔着一条河与银杏林相望，太阳升起的时候，屠夫的家总是最早被金光照耀，那金光相当旺盛，把畜生凝重的呼吸一下都打散了去。半梦半醒的，与母亲说说话，东家长西家短，这一天便是开始了，自打记事起，父母亲便是分开睡，为夜间方便照顾哥哥，父亲与哥哥睡在东房，我与母亲睡在西房，西房里大部分时间照不见日头，屋里总是有股木头的味道、药的味道，叫人想起刚从泥土中拔出来的植物根部，似乎那些裸露在外的房梁还在做着作为树的梦，到了春天还要发芽长叶子。可惜只有些梦幻，波纹晃动在暗色的空气里，窗户一直灰蒙蒙的，日落到点点残余时候，在窗户上只有一小片模糊的橘红，记忆里我只拽过几次灯绳，垂在门边，拉下，回弹，灯丝看起来很脆弱，玻璃灯泡上沾满了虫子的排泄。开了灯的夜，往往是我在小桌上做作业，哥哥在一旁看着电视做着串珠金鱼，父亲骑着摩托去给独居的爷爷送饭，母亲要忙的事更多，吃完饭才得空上炕坐着，和哥哥一道串着珠子，空的篮子里不一会儿便装满七彩的小金鱼，串珠件每个月交一次，一个两毛五分钱，人家收货的人点清楚，是当场就给付钱。除了串珠金鱼，还做串珠蜻蜓、串珠灯笼、串珠猫狗小马和串珠手链包，价格不一，这是哥哥努力贴补家用的方法之一。一直做到深夜，熄了灯，那些凝构成夜的噪点们旋转移动起来，顺序重新整合后，变为隔壁传来时时的叹息，哥哥夜不能寐，直到天亮方才依稀睡下，村里鸡鸣狗叫，隔壁已经起了炊烟，院中黄灯还没关，我与父母尽量轻手轻脚起床，厨房与东房以一门一窗相通，吃早饭时，我透过窗看掩在被子底下的哥哥，他已经病了二十年，病时好时坏，折磨人，

鞠 欣

使得哥哥的轮廓像经历过矿难的山，边缘晕着毛绒金光。东房与西房不同，吊着白色的天花板，墙上贴满过时的老挂历，挂历上的美女与老虎狮子搂抱一起，睡着的哥哥眉头皱着，眼皮薄薄的，鼻子嘴巴全都薄薄的，仿佛叫风不小心吹出的口子。死亡具象化地呈现在哥哥身上，如果要形容，疾病宛如黑暗的洞穴，悄无声响，一点风的痕迹看不见，哥哥也是一日三餐，做活儿，说笑，看电视，和他的母羊一同晒暖洋洋的太阳，又在不知觉的时间里搅动着周围的空气，把生气都抽空，叫人变得对什么事都那样麻麻的，只顾着活。

　　彦彦，你的生活多美。这是在许多家庭生活的温情时刻，母亲常与我说的话。按照她的道理，除了原野上那挥之不去的鬼气，总的来说，那确实是令人满意的好日子，有吃有穿，时间黏稠得像一锅粥，把过去未来炖在一起，对于一个十几岁的小孩，她不应感觉到生活有何残酷。我因为经常吃肉而乳房发育，面色鲜红，心思沉重，无法忍耐养大家畜然后杀死的命运，总是偷偷密谋长大、逃脱以及拯救。然而我生存的合法化，还是靠父亲杀光了自己养的猪，缴了罚款，使得户口本上多了我的名字。在学校里很多人都怕我，除了不符合少女形象的魁梧壮硕、凶神恶煞、不怕疼痛，我还有一个屠夫父亲，有一把匕首，我宣称我曾用这把匕首杀过鸡鸭鱼猪，偶尔会有白面柔弱的女孩被它逼着在路边掏出兜里皱皱巴巴的纸币，被我警告如果告状就会被割下头皮。因此我只有玩伴，没有朋友，同时我已情窦初开，擅长背诵语文课本上的诗歌，洗澡时会掉眼泪，这令我惊慌失措，无人分享心事是一种寂寞，没有心事又是另一种寂寞，我变得不安躁动，只能对着灿烂的路上的一切倾诉衷肠，知我心的，是春天的惊雷，远驶的绿皮火车，矗立风中的石屋，妇女在河岸边喊喊喳喳的闲话，摇摇晃晃不说话的霞光，后来我才知觉，自己如何压抑中将灵魂播种在原野之下。我开始染上偷东西的恶疾，翻、窥、偷，将别人的东西据为己有，哪怕只是翻翻看看，都会让我感觉相当满足，那些无人在意又不属于我的东西，手帕、本子、纽扣、花露水……像一些等待我许久的恋人，要我摸了又摸，想了又想。在我偷盗史的最初一段时间，除了偷母亲钱那次，我从没被发现，而家庭内部的偷被发现又似乎给不了我什么打击，最多遭母亲拿着木棍打手心，小姑娘手不干净，从小偷家里的，长大你要偷谁的？我咬紧牙关，死活不认，后来也就不了了之。偷来的东西有的撒谎是同学送的，有的就藏在西厢房的旧柜子里，不见天日，而每遭去看，似乎柜子里的东西都被人动过，我怀疑这里其实已经叫哥哥发现，但哥哥从没向我提过这事，我便也不说。

二

　　因为早些年没有户口，七岁那年我没有上学，整天骑着自行车闲逛，在荷花湾的这头看那头，荷花湾是村庄的中心，湾前是一片晒谷打谷的开阔地，是乡村人的社交场，虫萤撞灯，男欢女爱，是秘密发酵的沃土。夏日里头总有满湾的荷花，硕大的叶，硕大的苞，随时要爆似的，底下是胳膊粗的莲藕，池湾紧挨着波姊家的房，绿色的水渍爬到波姊窗边，青色的窗帘垂着，窗台上立着一座灰白的人形小像，看不大清楚。通过母亲和女人们的闲聊，我知道那就是波姊信的上帝，按照母亲的话说，波姊三十多岁不结婚就是被他害的，谁要找个信教的啊，再说她自己不也说了，不信的她也不跟啊。母亲不忘叮嘱我千万和她保持距离，就像村里其他人一样，然而我还是偷偷去过一次波姊家。那天我仍在荷花湾这头看那头，波姊绿色的小窗突然被推开了，露出一个观音似的波姊的脸，她朝我招手，哎呀是彦彦啊，来我屋玩啊，她的手招呀招，我便鬼使神差绕过了整个荷花湾，到她屋里去，她的爹不在家，黄狗摇着尾巴朝我腿上扑，门口堆着木头，进了东厢房，像进了荷花湾下的一个洞穴，除了几件必要的家具电器，房子里空荡荡的，水泥地，水泥墙，耶稣像，灰得发冷，空气不时这里那里激起一阵光的尘暴，而那些家具也和常见的不同，柜门上既不画梅花喜鹊，也不画七彩鸳鸯，只是一些纯色木头，摆着老钟、旧照片、药瓶、晒干的木耳和耶稣的像，我的身体似乎过于巨大，在那些小小的耶稣像前显得不敬。波姊从池湾投射的水影里泅出来，很湿润，和屋子显得那么不搭，她手里拿着一碟点心，边缘整齐，像是叫人刺绣绣出来的，又拿出一袋核桃奶，问我年龄，在读几年级，哥哥身体怎么样，还拿出自己的旧衣服在我身上比量，本来就黑的我在浆白布裙的映衬下黑得几乎发亮。正正好好嘛，送你了，我也不能穿。波姊对着镜里我的说。我不能要。拿着吧，不用不好意思，按辈分，你得叫我一声姑呢。我妈不让拿。那你穿着吧，穿一会儿。我就在屋里换起裙子，快快套在身上，就去翻那些挂在衣架上的波姊的衣服口袋，除了一张小小的波姊的相片，什么都没有，我就把相片揣到自己衣服口袋，心脏怦怦跳着，波姊在门外问我知不知道《圣经》，我也不清楚自己到底是知道还是不知道，只是很紧张地想起了母亲说的那些话，要我还是和她保持距离。犹豫了半天，也没有回答。波姊又问，在学校里最喜欢哪门课。语文课。我也喜欢上语文课，那你喜欢听故事吧，我给你讲故事吧。在那个如梦的下午，我穿着白裙坐在波姊的炕上，听完了许多《圣经》里的故事，然后又把白裙脱下来还给她，骑着车飞快地回到我黑血渗出土的家。母羊卧在水井旁，母亲问我哪去了，我奶家，我大声回着。我关上西屋的门，偷偷看那张波姊的小像，不知道她放在衣兜里是要给谁的，照片上的波姊和她本人有些不太像，扎两个长辫子，神情很坚毅，仿佛一个战士，并没有真人身上的矛盾感。那是我头一次那么近地和波姊相处，她那么温柔，善良，为那些根本不存在的故事里的人流泪，全不像母亲说的那样不堪，每每提到波姊，母亲总是说，波姊那个爹一点主意没有，要是波姊娘活着，能让她成现在这样子？说起来都愁煞人的，天天神啊神的，真是吃饱了撑的。但与此同时，我也敏锐地感觉到波姊要告诉我的绝不仅仅是那些故事，然而还没等到我弄清楚，波姊就离开了村庄，等她再回来的时候，身边多了一个半高的小子，说着黏黏糯糯的普通话，说是亲戚的小孩，但只要到荷花湾女人堆里转一圈，就知道她和一个南方男人好了，结了婚，没多久男人出了事，一分钱没分到，只是领着个叫金来沉的孩子回来，波姊她爹一看见这孩子气得吐血，进了医院，没多久就死了。死了都没人抬呀。妇女瞪着绿眼说，好像见了鬼。

我和金来沅认识是在波姊回来那一年的腊月，放学骑自行车回家，北风呼啸，西边的晚霞像一个正在出血的子宫，鼻子里有股新水磨完的刀子味儿，在村口，骑着摩托车的父亲把我叫住，让我把车锁路边，坐他的摩托车跟他去杀猪。杀猪，也就意味着吃肉。如果有机会，父亲一定会带上家里人同去，为的就是吃主人家的杀猪宴。我和父亲之间感情漠然，但每次杀猪，父亲总是带上我，我最恶听猪的惨叫，夙猪吓得边跑边屙屎屙尿，臭水满地，激得人五官流血，而我又最爱吃肉，杀猪宴吃的是猪下水、猪肺、猪血，也掺点精肉，加上从土里挖出来的大白菜、冻豆腐，炖热气腾腾一大锅，父亲给我盛一大碗，吃，吃，使劲吃，他眼睛通红，露出一排被烟熏黄的大牙，似笑非笑地看着我，一脸猪相。他也曾玩笑般把尖刀递给我，嗦着烟斗，问我敢不敢杀猪，他和男人们按着那头瘦猪，我捏着刀柄，只能看见一大块长青毛的灰粉皮肤，刀尖抵在中间，一些柔软的紧绷感传到指尖，使劲儿啊，父亲的手覆盖我的手，粉红的肉上随机出现更大面积的凹陷，猪发狂地尖叫，几乎要把我炸碎——那个烫血浸泡了我和父亲交叠的手的时刻，充满着我无法理解的隐喻的时刻，我在心里大声背诵着这首课本上的诗——假使我们不去打仗！在太阳底下举着父亲的尖刀看来看去，似乎诗歌是由它朗诵的，由它发生的，而猪的死亡也是由它谋划，由它实施的。母亲带我去打水洗手，她大声骂着父亲和其他男人，脸红得像一盆煮熟的猪血，妈妈，猪不是我杀的，我对她说。

父亲的摩托车停在那一排两层将军楼前，晚霞已经消失，腾腾的白色热气从敞开的大门里逃走，狗吠不停，几辆轿车门口停着，来看杀猪的人已经在门口三三两两凑群，抽着香烟，掰着橘瓣，他们穿着不合乡村氛围的暗色服装，缺乏一种无所谓置身混乱的放松，是从外地来农家乐的游客，白天在渤海湾看过冬的天鹅，晚上看杀猪吃猪肉。父亲和主人寒暄后，偷偷告诉我："这是群韩国人。"他说完这句，周围的一切就像上了发条，开始急切切地运作起来，男人女人各司其职，一边更大火地烧着已经沸了的水，接满池满缸满桶满盆的清水，摆着架子、板子、钩子、草绳、秤砣、剥皮刀、尖刀、大砍刀，血迹斑斑，寒光闪闪，女主人风姿妖娆地左指挥右指挥，满天满地都是劈劈啪啪、叮里咣當。一边猪已经开始死命嚎叫，这嚎叫让主人满面红光，引得没猪杀的人揣着钱站到人家门口，等着买两斤肉。男人们把猪赶到墙角，撕拽着猪耳猪尾猪鼻猪蹄子，最后父亲半个身子骑到它身上，把绳子套在猪脖子上，翻身下来拽着猪往外拖，一二三，猪被扯得眼珠外凸，叫声凄厉，挣扎着被嘬烟的男人们翻了过来，四蹄朝天，鼻孔喷气，嫩粉的肚皮上挺着八个奶头，每一个都威武又恐惧，这是一只庞大而笨拙的公猪，一生没有出过猪圈，浑身沾满泥土粪尿，却那么天真的粉红。一个韩国人举着相机到跟前去拍，猪应景地叫得更疯狂，他退回来的时候我也挤着上去看他拍的照片，一张接一张痛苦的猪脸，我看不出其中有何高深含义，却把几个韩国小孩惹得哈哈大笑，在大笑的脸之间我看到了金来沅，他站在门边，脸上有一种电视剧里才有的痛苦神情，双手紧紧按在耳朵上，脸颊的白粉肉挤着眼睛和鼻子，似乎随时要哭出来。被发现了我正在看他，我立马移开目光，心却怦怦跳了两下。猪已经被捆在长木板凳上，父亲咬着他的烟锅，呼呼吸吸，不关心周围人，只专心他的杀，这边拿出接猪血的塑料桶，那边父亲的尖刀就抵在猪脖子上，他的刀上系着一块脏兮兮的红布，像块破旗帜，往年哥哥睡觉做噩梦鬼压床，父亲把红绳捆在他手腕上，哥哥就好了。空气里人声渐息，只有猪高频不断的尖叫，大家都在等待父亲的那一下力气，见过的人回忆着那鲜血汩汩冒的模样，没见过的人想象着，满足地咽着口水。实际上，红血流进桶里，咕噜噜冒泡，父亲黑手变红手，猪呻吟几声便无知觉了，死亡也就这样，站在一旁看的时候是无法捕捉的，沸水的白雾很快就会让人忘记它曾经活着，猪活着没意义，死了才有大价值，变作了浑身都是宝。四五个男人半蹲着给猪刮毛，刮得猪通体雪白，相当幸福地咧着嘴笑，接着在干净得发白的猪蹄子上割口子，挂在铁钩子上，取喷枪烧干净毛，地上已经湿答答了整片，上面点缀着几个将熄的烟头，有血的地方已经叫狗舔得干净。父亲的表演又叽里咣啷进到下一幕。开膛破肚前，先割下八个猪乳头，再把连接肛门的猪大肠用麻绳扎住，用刀把脖子割开，皮开肉绽，白花花的白肉夹着红鲜鲜的红肉，父亲熟练地抓住两个肥腻的猪耳拧两周，猪头便掉下来，接着开膛破肚，血肉模糊，父亲抓下内脏，像从蚌里掏出一大把浑圆大珍珠，我等着父亲割下猪脬，眼疾手快一把抢过来，几个村里的小孩就跟在我后面，拿打气筒给猪脬打上气，扎紧，做皮球踢，结实得很。父亲每一动作，一旁女翻译就用韩国话翻译一遍，人群就唧唧哇哇一阵。猪脬踢一会儿就腻了，我趁着大人忙里忙外，偷偷溜到主人家厢房里转，隔着窗子看见男主人张罗着卖肉、做饭，女主人手里擎着水粉滑溜的猪肠子，喊儿子不要去捣乱。小孩使劲踢着猪脬，噗噗噗，砰砰砰，这时我已经找不到金来沆，于是卑鄙地想着，他可能已经被吓哭了。厢房里有股尘土味，大半个屋子垒满木头，旧桌椅，塑料瓶，一扇窗对着里屋，窗台上放着七零八碎的杂物，我小心走过去瞧，在烟盒底下发现，两个钢镚，从窗缝里伸下手，钢镚就到我手里了，就又晃晃悠悠出了屋子，感觉浑身都热起来，两个钢镚被我紧紧捏在手里，生怕发出点声响来。这时候我又见到了金来沆，他拿着钱等着买五斤肉过年，别别扭扭，不敢上前，等到人群都散了，才走到挂着半面猪下喊女主人，说他也要买肉。"哎呀，没有啦，你刚不赶紧说。"女主人屋里屋外来回走，把刀一把一把过水，然后收进厨房。"这不还有嘛。""都卖了我们吃什么啊，这不卖了。"女主人甩甩手就进了屋，金来沆就跑过去踢已经没人玩的猪脬，看到我出来，他好像突然得了什么勇气，径直走到我身边，他过于激动的神情和有些驼背的身体形成一种微妙的威胁感，像种不祥的预兆。"你干嘛?"我警惕地问。"我认得你，你爸爸是杀猪的。"金来沆比我矮一头，眉毛睫毛和眼仁都黑得发亮，给我一种热带植物的即视感，他使劲捏着我的胳膊："我看到你偷钱了。"他的这句话像一把锤子，一下锤在我背上，我感觉整个人都发起麻来。"我没有!"我不假思索地狡辩道。"我都看见了!"金来沆说得很坚定，但很小声。"你有证据吗?""我看见了!"金来沆又重复了几遍，我害怕父亲听到，就像所有小孩能想到的那样，提出把钱分他一半，条件是他不许告诉别人。就这样，我和金来沆相熟起来。

三

秘密地，出了门走到灰的大路上，向西，一直向西，走过银杏树林子，走到小山包上去，翻过一个，柏油路接上土路，还要往西，沿路由玉米地变为肉粉的楼房，又逐渐长高，长到最后突然颓塌，洼地里一大片废弃的矮房。出现了，秘密地。因为拆迁建学校而变为废墟的村落，窗户都被抠下来，黑色的洞虚弱地张着嘴，仿佛要对我说些什么。不着急，我安慰着它们，学着父亲举起刀拉开猪脊背的样子，我们跻身每一个方形的黑，开膛破肚，翻箱倒柜，拯救所有要死掉的时间，谁谁写给谁谁谁的信，一盒未拆封的线香，绿色的壳，画着两条交错的大龙，挂历，印着美女香车的，印着领导人头像的，印着十二生肖油画的，玻璃瓶，塑料袋，仍然在唱歌的生日贺卡，菩萨像，酒坛子，枕头，被褥，蚊帐，世界上的东西没有这里找不见的。父亲母亲整日围着哥哥转的时候，我拥有了极大的自由，除了没有钱，我几乎可以做任何想做的事，有了秘密地，那个寒假我再没有偷任何东西，捡，没有负担，充满期待，秘密地是一大片待我收割的谷地，我和金来沅只敢在白日里去耍，雪后，所有光从所有口涌来，将我们慢慢淹没。也会遇到许多人，收破烂的外地女人，三轮车停在路边，孩子背在身后，咿咿呀呀张着手。在破沙发上呼呼大睡的流浪汉，冻得满手红痘，我认得他，他是一个不老的快乐老汉，唱着歌大街小巷地串，更多小孩，三五成群，等同鸦雀，经常编顺口溜来骂我和金来沅，我们当然也骂回去，最脏的字眼乱飞，一地鸡毛。秘密地总是热热闹闹，又静谧得很，金来沅最爱的是许多本藏在床铺下的武侠小说，我最爱的是一只兔子模样的玻璃烟灰缸，我们把喜欢的东西都放到一个房间里，不动声色，又是那么自然地建造成一个家，我渴望有一间房间，我意识到，并且按照自己的意愿拥有它，而不是混着畜腥和药味的巢穴。那废屋，金来沅与我身处其中，亦不知扮演着何种角色，却是觉得温馨，一处玩着，进行着动作，彼此壮胆子，像两只不知觉的动物，靠分享一次偷窃的结果捆绑彼此。第一次去玩那天我捡了许多好东西回家，布料封皮的新笔记本，一束塑料花，青绿的小茶杯，而当我迫不及待将这些宝贝展示给母亲看时，她却大惊失色，质问我哪里来的，我说捡来的，母亲不信，我将在哪里捡来如何发现细细说给她听，她怨恨又愤怒，警告我不许再捡东西回来，尽捡些死人东西，这些都是死人用过的！这着实将我吓住过一段时间，但金来沅不怕，他用脆脆的普通话说："死人没什么可怕的，人死了，就是去天堂里了。"我感觉他在装腔作势，他连杀鸡都不敢看的。"你见过死人吗？"金来沅突然问我，我身体一下绷起来，奶奶去世那天，父亲母亲一早便接了电话去守着，等到日头跑到天中央，哥哥接了电话，说是奶奶没了，他领着我去爷爷家，那时候哥哥身体还好，身上总有"大宝"的香味，他给我穿好校服，还系着红领巾，用凉凉的手牵着我，我们慢慢走到奶奶家，只见着许多黑烟、眼泪和黑得发红的棺材，我立在哥哥腿边，小心拉着他的手。自打小时候我就隐隐约约知道哥哥可能会死，但他又是那么活生生一个人，畜生的死我很了解，哥哥是不是也会像畜生一样，流一些血，便变成红的白的夹杂的肉，肚子里头，也是一把抓拉不住发腥的五脏六腑？见我没回答，金来沅继续说道："我见过我爸爸死，阿姨不让我看，我还是看见了，人死了就像睡着了一样，不过灵魂已经走了，到天堂去了。"我看着金来沅，他没什么表情，用红砖块在地上乱画，过了一会儿，他的背影就开始颤抖，我束手无策，只能任他哇哇大哭起来，他哭了很久，到后面整个人都在颤抖，我终于决定放下手中的玩物去安慰一下他，学着妈妈照顾哥哥的样子把他抱在怀里，他热乎乎的脑袋像一枚刚被下出来的鸡蛋，又像一只找母猪奶头的猪崽，在我怀里拱来拱去，这让我也有一种奇异的感觉，浑身都湿湿热热的，仿佛发烧了一样，我有些晕晕乎乎，然后我看到一团毛茸茸的肉红色，得到了一些梦幻般的柔软。

金来沅和我经常跑去火车道溜达，捡那种有黑白点的石头装到衣服口袋里、帽子里，装回秘密地，在皮沙发前铺一地，我和金来沅玩一种叫"抢银行"的扑克游戏，便拿石子做筹码。火车道在通往更高的山的路上，一段高地，中间打通，穿条大路，常是我骑着自行车载金来沅来，到隧道口就把车锁在路边，手脚齐用，抓着枯黄的草往上爬，野草虽然是枯的，但是最有韧性，紧紧抓着冻得硬邦邦的土地，怎么拽也不断。高地的坡极陡，几乎与地面垂直，我比金来沅擅长攀爬，靠的就是一鼓作气的力量，总是先爬到顶上去，第一件事便是向家的方望，乡村里房子都一个样，红的瓦片，顺着一个方向温顺地锦簇，像是巨龙身上鳞片，靠银杏林的位置我还是轻易找到了自己的家，等金来沅上来，就指给他看："那个，那个我们家。荷花湾被遮上了，但能看到你家，烟囱还冒烟呢。""那不是我家，是阿姨的家，我家在福建。"金来沅很反感地说。金来沅一直在计划回福建的事，每次波姊给他钱买东西他都要偷偷留下一点，零的散的，连带着我要他保守秘密而给的一块钢镚也在内，统统叫他放到装月饼的铁盒子里，这些日子他便拿出来数一次，"阿姨不让我回去，林彦，我们是好朋友，你可千万不能告诉她。"波姊去市里给人家做保姆，我已经是好久没见过她，我们沿着铁路一直向太阳走，底下两边是收获过的玉米地，根部截断的玉米秆从地里刺出来，像一片巨大的废弃的陷阱。天空总是清澈，游云叠出几丝褶皱。"这里不好吗？波姊也不叫你上学，天天想怎么玩就怎么玩。""反正没福建好。""肯定比福建好，我妈说福建特别热，天天下雨。人也很穷，没人想去。""你妈胡说八道。""你妈才胡说八道吧！""不许你说我妈！"金来沅说着，突然从背后使劲儿推了我一下，我一下摔在石子地上，手心火辣辣地痛，随即我便眼眶一热，涌上很多烫泪，我瞪着眼，不让泪水掉出来，恶狠狠地对金来沅说："你别以为我不知道，不仅我知道，村里人都知道，你亲妈不要你了！"话音刚落，我就看到金来沅的脸像一张湿了水的卫生纸，变得又薄又皱，接着他就朝我扑过来，用冰凉的手使劲掐住我的脸和嘴巴，身子因为激动而不断抖着，我从来没和男孩子打过架，只是一个劲儿地推他，或者抓着一处用力掐，我力气向来大，一个翻身，把金来沅压在身底下，他也不甘示弱，就是不放手，两个人抱着在石子上滚了几滚，像两只疯猫狗。最后我脚下一滑，拽着金来沅顺着高地的坡滚了下来，一番天旋地转，好像做梦一般，等我反应过来，两个人都已经坐到了玉米地边上，远处我的自行车已经被风吹倒了，金来沅立马站起来，一眼都不看我，只一瘸一拐地朝着路走。虽是摔得浑身都痛，手也划破了，但并无大碍，我也站起来，走得比他还快，到路边开自行车的锁，骑上车，头也不回地自己骑车走掉了。每蹬一下，膝盖都痛一下，似乎擦破了皮，我骑得很慢，那时候天还亮着，只是西边渐渐凝聚起许多粉橙的光，明天也许是要落雪了。我心里隐隐期待，等着身后传来金来沅叫我的声音，但是并没有，我便一个人骑回了家。那天晚上，脱了裤子睡觉，发现腿上乌青一片，害怕母亲发现，便说冷，要穿着裤子睡觉，母亲听了又把炕下的火烧得更旺，那晚我睡得特别不好，一身热汗，脑里还总想着金来沅一瘸一拐的背影，冬天里走那么远的路回家绝不是件简单的事，果然睡不安稳，直到半夜里波姊来砸我家门，抓着我问知不知道金来沅去哪了，到现在都没回家！

　　金来沅偷着拿走了波姊的三百块钱。我在混乱中终于听明白，金来沅丢了这件事的重点并不在于我没有载他回来，他自己确实是走回来了，波姊那时候在院里喂鸡，眼见着他进了屋又出来，说外面冷，回家套件衣服，裹得球一般，只是到门口玩柿子树下堆的积雪，波姊进屋做饭，再出来便找不见金来沅了，她以为金来沅只是跑到别处玩，一直等到饭都凉掉，实在不行，出门寻去，一直寻到天黑得浓浓，回家看还是没人，波姊觉得不好，一翻柜子，果然少了三百块钱。波姊急得骂，一番祈祷后，听人说看见我白天与金来沅一起，便找来我们家。我如实地说出今天发生的一切，犹犹豫豫，终究也没有告诉波姊金来沅想回福建的事，那晚我与父母都跟着波姊出门去寻，村里人虽说对波姊信教的事不理解，但还是有许多人二话不说披上衣服就跟着去寻。我和母亲、波姊一道，我告诉她们我与金来沅最爱去要拆的那片村子玩，有间屋子里头有沙发，还有许多别的东西，只有一间窗户，没有穿堂风，这么晚了，说不定金来沅在那里。半夜气温骤降，我坐在母亲自行车后座上紧紧抱着她的腰，她一遍遍提醒我要戴好帽子，围巾捂住嘴巴，不要吸冷空气，波姊不知道往哪走，就跟在妈妈后面，我回头看她，她包着蓝色的头巾，一路上几乎不停地唤着金来沅的名字，呼出的白色雾气噗地散开，头巾尾的流苏也随风散开，好像波姊身体的一部分正随风消逝，村庄的灯火离我们越来越远，母亲戴着头灯，远不如父亲的亮，但也在我们前面建起一座光墙。还没等骑到，只是过了最高的坡，远远影影绰绰的似乎有一个巨大的影，比别处的黑要暗一些，母亲又往前骑，此时我的脚已经冷得失去了知觉，心里说不上着急紧张，只是麻麻的，有种不明所以的感觉，只是不断回放着金来沅一瘸一拐的背影。"都开始拆了！"波姊突然超过了我们，我这才看清，秘密地已经被蓝色的大铁皮围了起来，铁皮上印着一些反光的黄色大字，在黑暗里频频闪光。在铁皮围墙后面，巨大的挖掘机抓手一个错着一个，仿佛一些蹲守在夜中的怪兽，而矮房中那些独特的二层小楼已经消失不见，这也意味着，我和金来沅精心打造的秘密地也已随之消失。我瞬间从寒冷的裹挟中清醒起来，站在锁住的工地铁门前，废墟的黑暗翻涌而来，不断冲刷着我幼小的灵魂，我不可抑制地哇哇哭了起来，波姊和母亲围着我又是安慰，又是拍，又是打，问我哭什么，你这个死孩子，哭哭哭，你倒是说话啊，你知道什么说呀！说呀！我只是为我的秘密地消失而心碎，被波姊晃着而不得不说些关于金来沅的事，便把金来沅计划要回福建的事告诉了她。

　　金来沅是第二天被警察送回来的，他们在火车站发现了他，那天晚上并没有开往福建的车，金来沅就在火车站的椅子上躺着睡觉，冻得浑身打哆嗦，警察问要去哪也不说，问打哪来也不说，叫人家以为是聋哑人。波姊这边报了警，一听描述，衣裳、高矮、模样都对得上，就给送了回来。波姊什么也没说，领进屋来，摸摸掏掏，从兜里找出钱来，三百块，一分也没少。出了正月，父亲的生意又开始了，母亲要我在家帮忙，等猪宰完了，我才听说金来沅回来了，但我并不想见到他，走在路上看见了也是远远绕开，然而过了不久又变好了，还是四处一起瞎逛，那天到底发生了什么我没有问，他也再从没与我讲过。哥哥一连吃了不少的胎盘炖汤，好似又新出生了一回，透明的皮肤变得水红，母亲把炕烧得热热的，仿佛年才开始，鸡鸭鱼肉，吃个不停，能吃最好，能吃最好，女人们围着哥哥，一会儿说他气色亮堂了，一会儿又说胳膊上有肉了，村子里的婶子姑姑虽不待见父亲，但都喜欢母亲，白日里往我们家跑，簇在炕上嗑瓜子吃糖，中年女人身边少不了小孩子，瑟瑟的家中因为哥哥的病坏病好热闹了整个冬天，无论吃什么，哥哥也就只能吃一小点儿，剩菜剩饭都进了我的肚子，我便又壮了不少，偶瞥进镜中我与哥哥并排坐的身影，虽是一胖一瘦，但脸都红彤彤，我确为哥哥的好转而欣喜，愿意为他跑上跑下。往日家族里的小孩，不论男女，都爱黏着哥哥，母亲总说我性格不好，交不到朋友，说哥哥小时候，每晚放学，家里就像第二个学校，那些和哥哥一同跑上跑下的小男孩，如今不少已经娶了老婆做了丈夫，每当我走在路上，看见他们很好地同人说笑，便感觉心里胀胀的。我常偷偷揣测，哥哥是否也爱上过某人？如果身上无病，他是否也应和那些男人一样，娶某个女人，走在路上很好地和人说话，父亲也会在一旁，听人家夸，多么好样的一个儿子？学校布置写作文，题目是"我的理想"，我把铅笔头咬得满是牙印子，也不知道自己到底有何理想，母亲就在一旁笑，说我和哥哥一个样子，他小时候也是写不出这样题目的作文，交着白卷，告诉老师，我没有理想。哥哥虽是身体有碍，但最是心灵手巧，写一手好字，年年家里的对联，都叫哥哥写来贴的。贴对联是总是我和父亲的活计，母亲熬糨糊，哥哥写，今年他身体不好，家里就贴了银行里送的，宽大红门，对联倒是小家子气，父亲很是不满意，我就多嘴，不管贴什么吧，不到清明就得要西北风给吹得稀烂。这话一出，就叫父亲骂了回去，母亲听到了也骂，撕了你的嘴，怎么什么话都说！虽是实话，但是说不得，这算是我那时懂得的一条道理。除了写写画画，哥哥最招小孩喜欢的是他做玩具的本事，纸钱包、蝈蝈笼子、木头汽车、存钱罐、手工风车、铜丝拗的士兵小人，只要你能说出玩具样子，大差不差，哥哥总能给你造出来，这里面我最喜欢的就是铜丝双炮大蜘蛛，哥哥刚好些的时候就坐在炕上拧铜丝，母亲说小心累着，哥哥便说做起来心里开心，没几天一个手心大的蜘蛛就成型了，我和金来沅给哥哥打下手，又拆了两个空罐的打火机，用打火芯做发射炮，装在蜘蛛身下，插上两个绿豆做眼睛，就算是做好了。哥哥做玩具都是如此经济实惠，就地取材，物尽其用，却是妙趣横生，金来沅跟着我来家，十有八九是要玩哥哥做的小玩意儿，哥哥串珠子做小金鱼，金来沅也跟着学。二月二，下春雨，惊雷滚滚，龙自人间抬头甩尾要飞到天儿上去，乍暖了，还要防虫防害的，我拥着金来沅凑到哥哥面前，看着他的手像鸟嘴似的衔着针线，裁了超市宣传单做彩纸片，手指在里头翻翻飞飞，一根接一根的牛尾就串好了，一条挂在屋里，一条缝我帽子上，一条缝金来沅帽子上，一甩，哗哧哗哧响，春暖地融，什么样的虫子便也难来侵害。波姊喜欢他到我们家来，叫我母亲看着他，她便有时间出去做工，波姊爹留下的几亩地租给了村里的外乡人，她只需操心金来沅，全没再给自己找个男人的意思。来家里坐的姑子婆婆偶打趣，说长大了要把我许配给金来沅，我们都木木的，又有些不好意思，母亲就说玩笑话："俺们才不跟南方佬儿呢。""你个老娘们过时了，人家南方才好了，水果便宜，想吃什么吃什么，彦彦个馋嘴的，心里兴许美死了呢！"我受不住她们打趣，就和金来沅出去玩，我可看不上金来沅，他也看不上我，拾着石头块打水漂，一连点出三圈涟漪，金来沅说阿姨心里头只有上帝了，现在他根本找不到她的钱，全让她送去教堂。市里要重修一所教堂，波姊不声不响捐了不少钱，自那以后，金来沅便很少提要回福建的事。

四

吃药是哥哥要操心的事，不分四季十二月，他总要用药填肚子，从最简单的药片，药丸，白的，赤橙黄绿青蓝紫的，到胶囊，指头大的"神丹"，再到偏方，神医给的，报纸包着的褐色粉末，草药，熬了又熬，母亲总舍不得倒掉药渣，咕咚咕咚，不行，多贵的药，全都要喝掉呀，母亲擎着碗，仿佛给病鸡灌药，如果哥哥忍不住咳起来，吐了洒了药，母亲就会大发雷霆，这个小个子女人会用最恶毒的话诅咒老天、父亲和我，父亲就如同听不见那样，继续他自己的活计，而我则感到一阵焦灼，如果哥哥不得这致死的病，世上便没有我，但活着总比死得好吗？我答不上来。穷是常有的事，哥哥的病像一只肥蜱虫，死死吸在父亲和母亲背上，为这罪，哥哥总敛声屏气，好似没有七情六欲，畜生一样，不节外生枝，只专心活着这一件事。哥哥身体好的时候，白天里带母羊草场上溜一圈，回家挤奶，每晚要煮新鲜羊奶来喝，一家四口，除了母亲，一人一碗，我闻着奶膻味反胃，母亲就说："当药吃啊，还能比药难喝？"哥哥身体坏常要去住医院，母亲跟着陪护，擦屎擦尿，家里就剩我与父亲，夜夜无话，一遭去要债，被人关在门外，父亲满眼通红，拿石块把铁皮门砸了个大坑，狗隔着铁皮门咬，全村的狗都跟着咬，也没人来应，父亲在门口吸了袋烟，又骑着摩托载我回家，他头上戴着氙气灯，驶到夜路中，灯光直刺到月亮上，月亮冷的，像个大窟窿，在摩托车镜子里的反射里，我看见父亲鲜红的眼。后来还是靠母亲，她的好法就是靠不要脸，叉着腰在街口骂，从祖宗骂到后人，怎么下三滥就怎么骂，怎么恶毒就怎么骂，我与母亲一同，她叫我哭，我就假模假样地捂着脸，发出一些含混的呜咽，眼泪是半点没有的，村里人看着，其中也有同学校上学的同学，我心底是有一些窘的，然而不能逃，父母生我下来，便是叫我现今一同受苦，将来争取过好日子，就像对要死的鸡鸭猪狗有些愧，又是不该的。身旁的母亲像个女战神，我偷看她的脸，眼珠子凸着，一个劲儿地诅咒人家儿子出门被车撞死，那人同父亲还是一个姓的，里里外外也能连上点血缘，他儿子按理叫我妈姑，这又有什么，还是骂得那人讪讪走出门："姐，不是不给你钱，没有钱，真没有钱啊。"母亲抄起路边的石头就要打，没钱你儿子赶明儿就让车撞死！给我儿陪葬！

终归是要到了钱，买药打响听，又买毛鸡蛋给哥哥吃，放在火里烧熟，壳子难剥，满手汁液里摘弄出一只焦黄的雏鸡，皮子底下透着青红的血管，又吃蝎子，养殖的蝎子不好找，是父亲托人从外地带回来的，哥哥又是听话地嚼着吃着，脸越发透明起来，瘦，白，好像骷髅上贴了层白猪油。他的母羊终于也被他吃进肚里。杀母羊就在自己家院里，正月里哥哥头一日进了医院，父亲第二日便把母羊领了出来。老人们的意思，正月里不好进医院，进了整年都要病，又说正月里不好杀生，死了的畜生进不了六道轮回，便要跟在你身边，忍忍吧，出了正月就去医院，最后还是挨不住，难道眼看着他病死在家？母亲给她的儿顺气，哪怕轻轻拍儿的背，儿身体也像发生剧烈的灾难。母羊站到门槛上，伸着长脖望着他们，她看起来洁白，温顺，嘴里咀嚼着一小撮草，像从她产的那些奶汁里刚刚打捞出来，哥哥系在她脖间的铃铛赋予她一种浪漫的色彩，母羊久久站在模糊的背景里，看着，她已经很久不下奶，也不长肉，只出不进。母亲就搂着她的儿，唤哥哥小名，稻子啊，卖了吧，哥哥抬抬眼皮，点点头。母羊便这样退出了家庭生活。几天后哥哥就在病榻上吃上了她的肉。母羊被杀的时候一点反抗也没有，父亲敲敲羊的前腿，她便跪倒在地，露天灶上火烧得正旺，父亲养的黑灵提白灵提绕着父亲的腿，又不敢上前，羊散养在院，与狗们已经相熟，买家站在一旁，很平淡地吸烟，说一次见到死了一点声儿也没有的羊，父亲用两条腿夹住她的脖子，然后在羊腹部割开一个口子，红色的血温柔地浸泡着土地，这让年少的我不禁流下了眼泪，自觉应该救她，但是一点儿动弹不得，想起她女人一样的羊脸，想起罂粟地旁哥哥与她的身影，指尖麻麻的。父亲把手伸进羊的身体，然后掐断动脉。羊一直无声。我回到屋里，开始祷告，也不知道到底向谁，窗外村庄的红瓦上、树杈上还残着雪，细长晶莹的冰凌垂在屋檐底下，远远的，能看见冰凌后面麻雀巢的形状，偶然太阳一晃，砰的，积雪扑通砸下来，叫人心惊。进不了六道轮回的母羊，要终日盘旋于这院中吗？我常觉得母羊是个女人变的，许是上辈子哥哥救的什么人，这辈子来报他的恩，把自己给他吃，叫他续命，做人做畜生又有何区别？父亲从买家手里又买来一些羊肉，母亲回来煮汤，再带去医院给哥哥喝。我没有见到哥哥喝汤的样子，他直在医院住了一个月，最病重的时候从医院接回家，烧着热火炕上躺着，骨瘦如柴，卧在被子里，似一摊偶然窜进去的气。医生叫回家准备后事，日日有人来他床前，唤他，认不认得我是谁啊，哥哥睁一下眼，又闭上，对方便很欣喜地和母亲说："噢，还认得，还认得。"母亲不放弃，听人说吃胎盘大补，那就买来吃，四处求人，得来一个血糊糊的胎盘，切了，加上红枣莲子冰糖，炖汤，吃啊，这是好东西，吃了就好了。那几日波姊也常来，带一些果脯葵花子，坐在床边给母亲和哥哥讲《圣经》里的故事，要母亲多祈祷。这个叫村里人暗地里笑话的基督教信徒，因着漂亮，又禁欲，脸上带着一种克制兴奋的病态，最爱与人交往，抱着她的《圣经》出现在乡村生活许多苦难的切片中。一向觉得波姊可笑的母亲竟然真的祈祷起来，父亲说她神经病，母亲就哭着喊着叫父亲去死，你不神经病！你不神经病！你不神经病！父亲在院子里骂老天爷，我看死了好，活着就是受罪，死了好！死了最好！

最后一次，再不杀了。父亲对母亲说，他在水井上磕着烟袋锅，两只灵提坐在他身边，因为宰牲畜时跟着吃多了下水，上山里捉了吃了野兔野鸡，两只狗毛皮锃亮，身上只有线条流畅的腱子肉，跑起来轻盈，似惊雷一般，比人还威武，时刻警惕，又似两座门神。黑狗是母狗，我出生前便在家里了，打小叫父亲散养着，性格暴烈，从没有公狗能骑它，便一辈子没怀孕，除了父亲，它不听任何人的唤，一遭咬了邻居，母亲出钱给人家打了狂犬疫苗，回家便要父亲把它拴起来，父亲不占理，在我们的家庭生活中，除了生死，最重要的就是钱，花不该花的钱就是罪过，黑狗真被拴在那石墩上，它贴着父亲的腿，眉头皱皱的，当真的意识到自己失去了自由，它困惑了一下，随后疯狂扯着铁链，激烈摔着自己，把石墩甩起来，不停砸着地，噗噗噗，沉闷地响，很快把自己搞得血淋淋，仇恨地盯着窗户后的父亲。母亲不忍看下去，又叫父亲松了罢。重获自由的黑狗兀自离开，在太阳底下舔自己的伤口，我便从厨房偷些馒头给她吃。我很喜欢这只黑狗，它身上有种可贵的骄傲与忠诚，和人保持着不远不近的距离，从不许人摸它的头，但黑狗照样要挨父亲的打，作为一个屠夫，父亲不允许有畜生能凌驾于自己之上，他似乎还遵守着某种古老的规则，按照力量支配权力，和黑狗一样，父亲对自己的意志有种令人害怕的保护欲，在整个家族中，没有人可以逆转他做出决定的事，为此村庄里许多人并不待见他，哪怕是一家的亲戚也不爱与父亲交往，加之屠夫之家本就在村落外围，除了年节要杀猪杀羊，其余时间里与我们交往并不多。哥哥身体坏的时候，母亲又与波姊亲近，神神道道跟着祈祷了几天，荷花湾多了许多和母亲相关的闲言碎语，我太了解母亲，她并不相信什么耶稣上帝，不过要一处求的地方。再说白狗，白狗是条公狗，小黑狗好多岁，性格活泼，眉头两个黑点，似是四只眼睛，是父亲自别人那里五十块买回来的，刚抱回家还没睁眼，在一个纸箱子里屙屎屙尿，母亲为这事气得口舌生疮，偷偷背着父亲抱着狗去人家要退钱，人家说，你们家两口子有病，一个死活要买，一个又要来退，退就退，我本来就不想卖。父亲回到家，大发雷霆，你懂个屁啊，这是条好狗子。第二天晚上，白狗又出现在家里，哥哥抱着它，它就噘着哥哥的手指，黑狗在一旁嗅着白狗屁股，然后就走掉，它并不对新狗很感兴趣，这个家里新的狗来来去去好多回，狗也是一种资源，可卖能吃不说，还可以抵债做礼。小时候我养过一只黄土狗，名唤大黄，大黄比黑狗喜爱人，和我走南闯北，也一个被窝里睡觉，它最会听指令握手打滚，能够忍受一天只吃一顿的苦生活，而最坏就在于我给它起了名字，一天我去姑姑家玩，回家远远便见着家门口停着不认识的车，烟囱冒烟，我便知道家里又杀什么了，急急往回赶，一进门却看见几只全不认识的狗凑在一处撕扯着什么，好似一团被咬得稀巴烂的棉被，一只狗转过头看我，满嘴红血，我才发现它们咬的是一张黄色的狗皮，仔细剔着毛皮里头残着的脂肪筋肉，黑狗在一旁楼梯上卧着，一旁是一地黑血，它并没有上前，也没有吃，只是很漠然地看了我一眼，我感觉四肢发麻。隔着窗户，我看见许多男人的身影在晃，桌上摆着金黄漂亮的狗肉，歪着倒着的啤酒瓶，一种幸福围绕着他们。父亲说黄狗叫车轧死了，也没病，就吃了，他直说又不是我们杀死的，也没病，能吃不吃吗。我哭得心慌气短，就诅咒父亲，说我哥的病都是叫你煞的，老天爷不能让你好死，父亲仿佛听不见，一旁的哥哥却说，你少假惺惺的，我看你猪肉吃得比谁都香，有什么区别吗，不吃畜生吃你吗？狗的事情叫我恨父亲和哥哥恨了许久，自这之后，我好像突然明白为什么家里所有的畜生都没有名字，只有人才能有名字，哪怕我不愿承认，畜生就是畜生。但当那个卖狗肉的开着车停到我家门口的时候，我还是因为恐惧恶心差点吐了出来，车带着一股极大的恶臭，车厢里拉着两个大铁笼子，里面装满了脏兮兮的狗，不断发出叫声，因为狼狈肮脏而变成一个巨大的整体，仿佛有人捕获了一个恐怖的怪兽，要送它来受死。最后一次，再不杀了。父亲磕了磕烟袋。这把拿了钱，啥也不干，家里头地也收拾收拾，租出去，能卖钱的都卖了，啥也不干，这回儿就去上海给稻子做手术，波姊不是说她认识那边医生嘛，就托她打个电话说说，上回住院，买胎盘，钱也是花得七七八八了，干脆这回就豁出去了，有多少钱都拿上，看看，心脏搭桥手术能做就做了，咱们也就这些本事了，剩下的就只能看老天爷给不给稻子机会了。母亲不说话。哥哥在屋里看电视。后院里趴满了等待死的狗，晚上喂了点玉米面与白菜煮的烂糊粥，放了两大勺盐，一袋子母亲在路上捡来的小鱼干，狗把盆子都舔得放光，我从窗户上看着它们，因为冷而大群挤在一起睡觉，我始终没办法把目光聚焦在哪个个体上，它们好似一整囵囵个儿，身上罩着一层月光，仿佛浸泡在濡湿的羊水当中。黑狗和白狗也睡了。那晚被子里的我浑身发烫，不断做着关于那些狗的梦，梦里我从父亲腰带上解开捆钥匙的绳，钉哩琅珰，我死命攥着，叫钥匙别发出一点响，攥到钥匙长到手心肉里，到后院大铁门前，啪嗒，打开锁头，大门吱呀呀地开了，一条银色大路，从门口通到月亮上，月亮仍是父亲用氙气灯照的那个月亮，一个天上的大窟窿，我转头看那些眼睛发绿的狗，快跑呀，快跑呀，逃命去哇。绿眼睛们看着我，却并没有动，仍然窝在一处，瑟瑟发抖，快跑呀！快跑！我急起来，过去要拽它们，然而走近了一看，却发现蓝色的阴影里只有一些毛皮，用脚一碰，就渗出许多脓水般的血肉，我吓得醒来，浑身都是湿汗，太阳已经升起来了，一块金黄色的光斑印在墙上。

金来沅喜欢狗，后院养着这些要死的狗，金来沅就来得更勤了，父亲锁了门，我们便只能趴在屋里窗上，将偷的藏的食物扔给它们吃，有些狗病蔫蔫的，只是在草垛上趴着，远远看着我们，也有一些身上还胖着的狗会蹲在墙根前，尾巴摇得不停，急得打转，不时发出一些撒娇似的叫声。其中有一只灰狗，个头最小，叫的动静最大，浑身脏兮兮的，毛打着结，像个烂拖把头，跑起来又像一只窜来窜去的大灰老鼠。金来沅指着它告诉我："就是这只，上次我就看见它了！和我以前养的狗一模一样，是白的，洗洗就变成白的了。""你想要吗？我想办法偷它出来。"话说出的瞬间，我便后了悔，虽然说后院钥匙就挂在东房墙上，况且这么多的狗，少一只父亲也不会发现的，但我知道狗就是钱，没有狗就没有钱。"不知道阿姨让不让我养。"金来沅有些迟疑，他把手里的馒头掰成一块一块的，馒头渣掉下来，狗子们就一拥而上抢走。"不过我也不一定能抱出来。"我话还没说完，金来沅突然想起了什么，拽着我胳膊说："不行啊，狗放我家一定会被你爸爸发现的。"我们把馒头块四散地扔开，连角落病恹恹的狗也站起来，一瘸一拐地往狗群里跑，它艰难求生的样子，忽地让我想起之前在秘密地见的那个流浪汉。"要是秘密地没被拆就好了，我们可以把狗养在那里，每天去喂它，没有人会发现的。""我知道一个地方！银杏林子里不是有个没人的破房子嘛，我可以把它养在那里。""那离我家太近了吧，俺爸会发现的，他经常去林子里逛的。""没事，我们把狗拴在房子里，那个房子没有人进去，有人过去也是外边走路，不进去的。"这事说到这里，好似有个结果，其实又没有。金来沅不断怂恿我偷了钥匙放狗，按照他的话，哪怕放它们去大街上流浪都比叫人杀死强，然而我却始终没有勇气那样做，每天父亲进后院喂狗，我也跟着去，脚步刚近，狗便蜂拥而上，爪子抓得门砰砰响，开了门就欢喜地跟着人，尾巴殷勤地甩，大胆的就用湿热的舌头小心舔舔人的手心，它们的眼睛鼻子嘴巴总是湿漉漉的，仿佛每时每刻都为活着而激动。父亲杀它们，也对它们好，狗吃食的时候，他呷巴着烟斗，挨个狗头都去摸摸挠挠，拍拍背骨拍拍屁股，乖哦乖哦，小宝贝，遇见身上咬着蜱虫的，精瘦的狗，虫却吸得饱饱囊囊的，父亲会小心地用卫生纸浸了酒精，抹到虫身上，再一下拔掉，扔到地上，用脚踩爆，许多黑血黏在脚底。那是我第一次听父亲嘴里说出"宝贝"两个字，我吓一跳，他从没如此叫过我和哥哥，却如此温情地对一只要被他杀死的狗。那天晚上我与母亲一同躺在西房炕上，木头的房梁静静凝视着我们，后院不时传来几声狗吠，我从被窝里挪出半个身子，伸到母亲被子里头，她身上皮肤滑滑的，好似条鱼变的，手又那么糙，硬茧子磨得人发痒。"妈，狗好可爱啊。"母亲一下看透我的心思，她捏着我的手说："这么说，什么东西不可爱，那个猪刚出生粉嘟嘟的，不也那么可爱，你哥的羊，多听话，不可爱吗？"母亲的话像根鱼刺卡在了我的喉咙里，叫我一句话也说不出来，只好支支吾吾转移话题。"哥又起夜了。"母亲没有搭腔，她捏着我的手松了一些力气："都是个命，老天爷做了主的，你爹不也奉命行事。"头两只狗被杀的那天我上学，并没有亲眼见着，回到家的时候便只见两只剥好皮水光溜滑的红狗，外面套两层白塑料袋，鼻子上穿着绳子，并排挂在厨房外的墙上，地上没什么血，父亲不在家，他每日按时给爷爷送饭去。我不敢看那两条死狗，生怕一仔细看出是哪两条，又忍不住总要去看。狗肉晶亮，肌理分明，颜色鲜红，两大块嵌在石头里的红宝石似的，我脚步沉沉，胸口闷闷，进了屋，哥哥仍是坐在炕上串他的珠子金鱼，后院静悄悄的。一点声儿没有。一连几天，每傍晚我回来，狗就少几只，收狗的人来得早，我便连尸体也没看见。

还剩 11 只狗的时候父亲突然不杀了，回到家我数来数去，狗一只都没少，父亲不在家，哥哥说爷爷家出事了。后来我才知道村里巫家哪个后生出息了，突然出了钱要在老家修祠堂，位置就在爷爷家后的菜地，菜地本来不是爷爷的地，谁都忘记了它本来属于谁，爷爷奶奶在这块地上应季地种白菜、茄子、韭菜、番茄、芸豆，种了一辈子，那年台风爷爷家半面围墙叫风吹倒了，兄妹几个重修院子，还顺便把这大块菜地围了个矮墙。巫是村里的大姓，巫家人预备建的祠堂，大门朝南，正对着爷爷家中庭的窗户。这枚小窗户，不标准的正方形，像个正在拍电影的取景器，蓝蓝的一块天，偶然飞过几只鸟，它虽然小，但是只要凝视就能发现许多变化，那些想象中村庄生活的野趣，都叫它仔细捕捉了。奶奶还活着的时候，晌午在地上坐着板凳吃饭，她最爱坐在小窗户投下的一大块金光里，棉裤下小脚乖乖地晒着，像新媳妇蒸的两只小馒头。"不能让他们修，妈的个姓巫的真不是个人，村里那么多地方，荷花湾子前面的地不都是大队的，非修到咱们家门口，他敢修我就都给他砸了！"我在院子里便听见父亲在骂，姑姑姑父和小叔都回了家，姑姑和父亲态度一样，只认为村书记巫同是公报私仇，在发泄去年不让他拔树修路的恨，"谁不知道他那点心思呢，去年要把门口两棵大杨树砍了，俺哥到底没让他砍，他嘴上说得好听，修路修路为村里人好，他不知道里头得了多少钱了。""那个树年份多了，它都有灵了，不能随便砍。这都多少年，自打你爷爷那阵儿就有的树，"直到这时候，沉默的爷爷才开口表达自己的观点，他似乎已经把这个小家族的主导权交给了父亲，又似乎因为"祠堂修家后面会折自己的寿"而感觉不好意思，他有些局促地坐在炕边，不时说一句"不管怎么死吧，还有几年活头"。父亲对爷爷不当回事的态度很是不满意，叔叔性格本就闷闷的，多一事不如少一事，但是他也并不愿意真叫巫家人把祠堂修起来，只说这两天在家看着，他们来了也不让他们修，找他们换地方。于是那个下午，一家老小都陆陆续续从各地回来，我心里想着家里的狗，一度要走，却被父亲拦下："你是不是姓林的，姓林的今儿都不能走。"我并不明白大人们为何对修祠堂这件事如此在意，锄头铁锨都备好，枪杆子似的在门口摆一排，炕边皮鞋布鞋七零八落，直到晚上房后都没有动静，婶婶姑姑就烧火做饭，把过年剩下的冻在冰箱里的鸡鸭鱼肉又都搬了出来，男人们抬桌子上炕，哗啦哗啦地搓起麻将，虽然还没开始喝酒，但屋里已然有种发酵的人味，瓜子壳糖纸洒满地。父亲不会打麻将，他坐在最里边，紧挨着窗户，只是望着黑色的夜，逐渐融进黑色的夜。爷爷坐在炕边的椅子上，问姑父还看不看电视，不看就关上，开着浪费电。姑父的脸又黑又红，笑得牙齿要飞出去，对着叔叔说："你看看你看看，又心疼他的电呐，要是能关灯就关灯了。""你以为我不关吗？吃完饭赶紧都走，赶紧走。"我和弟弟在大人堆里爬上爬下，听见不打了，就帮着把麻将收进箱里，顺手就拿走一枚小鸟麻将，那晚父亲喝了酒，醉得认不得人，躺在炕上睡了一会儿，突然醒过来，衣裳也不穿，就跑到门口对着浓浓夜色骂了几句，老天爷，你不公平！你不公平！姓巫的！我□你妈！

父亲杀鸡杀鸭杀鱼，冬天夜里牵着猎狗上山猎兔杀兔，骑着摩托十里八乡去杀猪，他健壮体格，顽固脾气，头发竖起，算命的说他是罗汉转世，走在山林中便成为山林，走在风火中便成为风火，并不像我们的父亲，像庙里的泥像活过来。他拿着耙子站在菜地下面的坡上，我吃惊地发现，父亲并没有想象中高大，他越是想表现得不惧，表现得有理，越是显得悲怆，那些爬满满墙的佛手瓜藤叶，枯枯的，在风里一颤一颤，隔着一条街是书记巫同和他自己组的施工队，许多人我都认识，他们歪着扭着，脸上挂着讪讪地笑，也只是等着看好戏，巫同站在前面不停地打着电话。错错落落的房子里长出许多看热闹的人影，我跟着姑姑站在道口，对面刺刺啦啦点烟的声音好像就烧在我头发梢儿上，村里会计满仓从人影里泅出来，经过我们的时候看了我和姑姑一眼，我认识满仓的儿子，他的儿子是初四毕业班的，校服背上画着奇怪的符号，又张狂又有点好笑，每天在小卖部门口对着骑车经过的女同学开黄腔，满仓儿子和满仓长得很像。他是来当和事佬儿的，边掏烟边朝父亲笑笑说："老林真行啊，上阵父子兵，把闺女都搬出来了。"父亲和满仓向来交好，父亲性格执拗，说一不二，因此得罪了许多人，满仓是个好脾气的主儿，没与父亲生过什么嫌恶，父亲买他的面子，接了他的烟："巫同这小子不是人！"满仓护着风里的打火机，为父亲点燃了烟。"他确实不是人，但你这又是铁耙又是锄头的，你要干啥啊，还要打这个政府工作人员吗？""他算个屁的政府工作人员！他为人民服务过吗？找他办个低保，办到他下坟也办不出来，村里低保名额不都找他卖钱了？"父亲大声说着，声音亮堂堂的，许多烟从他的鼻子嘴巴耳朵眼里喷出来，这时巫同也挂了电话，他红色的肥脸像是叫开水烫过，他远远指着父亲说："我告诉你，你别给脸不要脸哈，低保，你家没到那个标准能给你办吗，屁也不知道，张嘴就是喷粪，我都不愿意搭理你真的，你在家杀狗子经过检疫了吗，妈的，我不搭理你还真把自己当根葱了！"巫同的话还没说完，姑姑就开始骂了回去，她说的话没什么内容，只是咒他，我感觉身边的空气因为姑姑的激动而疯狂抖动，"丽娟你快闭嘴吧，有你个老娘们什么事，你们家老爷们都死啦？"巫同并不把姑姑放在眼里，姑姑叫着："你才死啦，你怎么不死啊？"巫同不再搭腔，任姑姑不停骂着也不放声，只是不断抬手看着手表确认时间。满仓又从坡上下来，走到巫同旁边说些什么，"你不用拿那些检疫的吓唬人，你今天敢上来，我就照你脑瓜子上砸，到时候砸出一排窟窿你别怪我没警告过你，你不信你就试试。""我懒得搭理你，自己个儿子都好不行了，还天天嘚瑟，你嘚瑟个什么啊，你儿子就是找你克的！你都有什么资本和我叫板，天天走哪领着闺女，装大脖子呢。"巫同说完这句话，我的脸上立马一阵火热，鼻子辣酸，好像叫人剥了衣服扔到大街上，我低着头踢石子，假装不在意。姑姑推我一下，叫我先回家，不知道为什么，我的腿就是走不动，这时候爷爷从屋里出来，一见爷爷下来，巫同便喊："大爷，你一向是个讲道理的，这地俺家的，是不是只要不犯法，想怎么使就怎么使吧？""你修祠堂就是不行，你在人家老头家房后修祠堂你不缺德吗？"一旁站在人堆里看热闹的邻居大娘先插了话。"关你屁事，你嘴凭个长的。"大娘儿子嫌恶地拉着母亲的胳膊，大娘就转过头狠狠剜了他几眼。爷爷虽然是老了，但看起来比父亲更为庄持，他同意了巫同的说法，然后又说："但你们家祠堂对着我的门，我这么大岁数，也没有几年活头，你觉着合适你就修吧。""修个屁修，爹你赶紧家去吧，我告诉你们，谁今儿敢上来你试试。"父亲打断爷爷的话，他一只手举着耙子，眼珠瞪着，头发炸起来，让我觉得有些陌生。我想着，父亲如果不是我的父亲，便是我顶佩服的一个人。

　　小姑姑推推我，让我跟着爷爷回家，我只好慢吞吞地往回走，走进爷爷家阴暗的小院，地上还留着一大块黑斑，是过年时候给祖先和奶奶烧纸钱留下的，那晚在燃烧的纸钱对着天地磕了几个头，屋里静静的，小窗还是小窗，对着一片永恒相似的天。我推开里屋的门，准备搬把椅子来踩着，这样才能通过窗看见后面的情形，而正当此时，外面传来一阵喧哗，夹杂着姑姑尖锐的辱骂声，我来不及反应，赶紧跑了出去。等我拐过来，看见的便是一群黑鸦似的背影，看不着父亲，也看不着其他认识的人，一种巨大的恐惧慑住了我的心，父亲怎么样了？那群黑影下难道正压着一个无力招架而又绝不屈服的他？我手里捏着父亲给我的匕首，只感觉世界在以我不能理解的法方式从我身上碾压而过——爸！爸！我只能尖叫着去推搡那些石碑似的黑影，然后在凌乱的空隙里，我看到了一团纠缠在一起的黑影，像一个长着许多头许多腿的怪物，有人在拉，有人在骂，有的脸是我再熟悉不过的，有的陌生，像一张张狗脸，在这中间，父亲的脸，兀地从其中炸出来，他看着我，我看着他，眼睛里烧着大火，烧得人四肢发痛，爸爸！爸爸！后来这团怪兽逐渐分开，分出一个坐在地上的父亲，一个坐在地上的巫同，两个人都不说话，这时候我看到母亲从人堆里钻出来，她一把提起我，骂父亲，骂爷爷，骂叔叔，又骂巫同。那天祠堂终究没有能动工，父亲干脆住在爷爷家，一天只管呼呼大睡，但屋外一有风吹草动就倏地醒过来，仿佛着了魔，母亲说赶紧回家把狗都杀了，人家收狗的天天来催，再说养在家里，一天到晚要多少粮食吃，一个个跟猪一样，唧唧哇哇疯叫，吵得人半夜睡不着觉。你快滚吧，父亲骂母亲，祠堂都修到俺爹家门口了，我还去杀狗，你告诉那个狗贩子，就说我死了，叫他能杀自己去杀！

五

　　母亲再没去叫过父亲，她只喊我每天放学回家去给爷爷父亲送饭，炖的热白菜猪肉末，包的热饺子，蒸的热馒头，锅底下熬一锅烂糊的粥，放白菜叶子，鱼干，一些剩饭剩菜，大铲子搅啊搅，舀到塑料桶里，我和母亲一同提到后院里喂狗。哥哥最近精神不错，他也同我们一起，与狗子们玩玩，晌午后日头好，我们便在后院子木头堆上坐着晒晒太阳，我眯着眼看哥哥，不久前他腹水严重，肚子鼓得像个大气球，皮薄薄一层，皮下青色紫色的血管仿佛一条条蜿蜒小河，这样的事其实见怪不怪，却每一次都叫我胆战心惊，我知道做了一辈子农妇的母亲也做了半辈子哥哥的私人医生，我只需要端好盆子，静静等着，等母亲把针头插进哥哥的肚皮，然后黄色的体液就会慢慢顺着橡胶管流到盆子里，盆子也旧了，盛完杀猪的猪血又来盛哥哥的腹水，等腹水盛满小半盆，我便知道哥哥又能活，母亲会再端来这样那样的食物，吃呀吃呀，吃下去便好了，吃下去便真的好了，母亲说的话从来没不灵验的。我看着哥哥在日头下打着哈欠，好自在的样子，世界如此吵闹，却感觉心里有种平和的寂静，狗来蹭哥哥的脚，他又是那样怜爱极了，收狗肉的人最近没有再来，狗似乎也忘了要死这件事，除了收狗肉的我没见着，金来沅我也连着几日没见着，等再见到他的时候，他似乎黑了许多，背着一个较他来说大许多的牛仔双肩包，空荡荡甩在身后，像个碎了半截的乌龟壳。他手里捏着一根糖葫芦，吃了三颗山楂枣，还剩三颗山楂枣，看得人直咽口水，他大方地把糖葫芦递给我："给你吃一个。"我没有拒绝，牙咔嚓咬一口，甜完了酸，满嘴生口水。"我自己挣的钱买的。"我吃着，金来沅颠颠书包，炫耀着说道。"你怎么挣的钱？""我去集上卖小金鱼了，就跟你哥学的那种金鱼，卖五毛钱一个。""五毛钱！"我忍不住惊呼起来，五毛钱，比人家来收哥哥做的贵了一倍。"你卖出去了几个？""阿姨去贸易市场给我买了一包珠子，一捆鱼线，我这两天做了二十二个，全卖光了。""你做串珠金鱼是跟我哥学的，你得把钱分一半给我哥！""你哥是自愿教我的，再说他不教给我，我也能上网搜到！""我不管，反正你不能白学。"我揪着金来沅的书包不让他走，他一边用右手稳稳抓着糖葫芦，一边甩着身体。"我不给，我自己做的，我自己卖的，凭什么给你哥！""你不给我我就不给你偷狗！"金来沅的身体顿了一下，很狐疑地看了我一眼："我要攒钱回家，回福建。"我松开了他，想起了上次在铁道旁边一瘸一拐走着的金来沅背景，突然感觉有些愧疚。"你妈在福建？""我不知道，但我肯定得回家。"金来沅一下坐在路边的大石头上，"我的狗，我走的时候给放了，我和它说，我一定回去找它，不知道它现在怎么样了。""那你妈呢？""我不知道。"这时候母亲从河边洗完衣服回来，她挥手喊我们回家吃饭，金来沅很快活地跑过去，把剩下的两个山楂枣让给我母亲，出乎我意料的是金来沅在饭桌上竟然直接和母亲哥哥说了卖小金鱼的事，母亲只夸他能干，叫我向人家学习，下次拿了和金来沅一起去卖。那时我为自己能填补家用而兴奋，却不知母亲的决定背后藏着家庭经济生活的巨大负担，接下来的那个周末，我便带着哥哥做的串珠们与金来沅一同去赶集摆摊儿，除了串珠，还带了两斤自己家晒的地瓜干，外头长好了雪白的霜，里头还是软软的红心。集是早集，我和金来沅去时好的地段已经没有了位置，只好拐着篮子往集头上走，路上见着一个爆爆米花的大爷，身边是拖拉机站一大块空地，就壮着胆子问能不能在这里摆摊，你们两个小朋友来做买卖哦？我们就憨笑，给他看篮子里的五彩的小金鱼，卖这个，行行行，你俩就跟我做伴，于是就放两个竹编的篮子，各装着一篮闪闪发光的小玩意儿，前面摆块纸板，写上五毛一个，任挑任选，我和金来沅两个人半大不小，因为新奇而凑上来的人也不少，有小小女孩捏着小红灯笼不放手，非叫妈妈给买。那天生意很好，爆米花的机器一会儿砰的一响，一会儿又砰的一响，好比过年放炮仗，许多黏着泥土的裤脚在我们面前走走停停，叫我们好像两个落入了巨人国舞会的小人儿，紧张又兴奋地享受着巨人洒下的快乐。我和金来沅因是一同收账，就把得来的钱平分了，也是跑到集头买了一根糖葫芦，金来沅咬着，咔嚓咔嚓地嚼，糖渣从嘴角掉出来，又被他灵活的舌头卷回去。窜在人堆里，回去的时候金来沅说要学骑自行车，这是一种必要的技能，他认真地说，我便把自行车让给他骑，他把车筐里的篮子拿出来给我。"这个你拿着，不然车头太沉了，我控制不住。""你行不行啊？你真千万别把车摔了，摔你自己的话没事。"我哈哈哈笑起来，年后最后一场雪就是在这时候下起来的，干得冻得裂开的路上，一时间许多湿漉漉的水点，凉雪花掉到睫毛上，扑扇扑扇眨眼睛，眼窝就变成盛了雪融水的小湖泊。"下雪了，你还是别骑了。""下雪怎么了，下雪也能学。"说着金来沉就跨到车座上，一只腿费力地撑着地，背包垂在自行车后座上，他回头对我说："扶我一下。"我使劲抓住车后座，让车尽量保持中正，金来沉坐到了车座上，颤颤巍巍握着车把手，整个车像是风中摇摇欲坠的大螳螂。"你快蹬啊，车要倒了！"我急得叫，金来沉就一下踩到底，一轮一轮的，车子摇摇晃晃跑了起来，我也跟着跑起来，周围的榆树、原野、垃圾堆、居民楼、野狗和人影都迅速动起来，融成一些模糊的色条，擦着耳边散开，金来沉大叫："我会啦！""你会啥！我在后面扶着呢！""你松手试试。""那我松啦！""啊啊啊，还是等一下再松。"我们哈哈大笑起来，雪越下越大，我跑得出了汗，前额的头发黏在脸上，痒得人难受，我实在忍不住要挠一挠，悄声地松了手，自行车虽然颤颤的，但仍坚持着往前跑。"彦彦，你是不是松手啦！""对！我松手啦！"我大声地喊，雪花叫风给吹进我嘴里，口腔一股凉气，转眼间，雪已经由颗粒的雪面子变为舒展的鹅毛雪。因为个子矮，金来沉每次蹬一下，屁股都要微微抬起，看起来十分努力以至于竭尽全力，仿佛能这样一直向南，骑到他要去的地方，救回他的狗，成为一个大英雄。金来沉大声又大声地喊着："我会骑啦！"山和雪就一遍又一遍回应着他的喊，突然间，他的背影抖了一下，接着连车带人的轮廓都散了架，化作地上的一滩。"我摔倒了！"金来沉仍然大声又大声地喊着，接着跟着我哈哈哈大笑起来，我朝他全速奔跑而去，雪下得更大了，雪花将我托起来，风，一遍又一遍，大声又大声，等到我们回到村里，我远远便看着河岸边的家里没有点灯，心里隐隐不安，走近了发现门关着，我取了钥匙开了门，院里狗吠不停，推开幽幽的门，只有幽幽的静谧，金来沉打开灯，家里确是无人。哥哥不在，这对我来说是一个极其恐怖的信号，我立马给妈妈手机打电话，嘟嘟嘟，无人接听。

金来沉要我去他和波姊家，可我不肯，我非要守着电话，他便也坐在我旁边与我一起守着，窗外黑暗一片，村庄的夜浓重，点点灯火总难以照透，就这样守着望着，心脏紧紧着，又困又累，终于接到了母亲的电话，她的声音平静，平静得有些不像她："彦彦，你哥不好，你晚上害怕就去你爷家睡哈，今晚我和你爸不回家去了。"我答应，金来沉就在一旁扯我袖子，他想我去他家睡，我其实也想再去波姊家，那个过于肃穆的灰色砖房，那些带着皂香的裙子，绿色的窗户，空旷的院子，仿佛一下成了一种违背道德的快乐。"那我能去金来沉家睡吗？""你去人家家干嘛，麻烦人家，你就去你爷爷家哈。""不麻烦，不麻烦！"金来沉叫着。那晚我跟着金来沉走进了他和波姊的家，波姊饭已经做好，正等着金来沉回来，看见我跟着进来她有些惊讶，随后脸上升腾起灿烂的微笑，金来沉叽叽喳喳地解释着我为什么要来借宿，波姊嗯嗯应答着，她很欢喜我来的样子，小房间里灰色的小像也跟着喜悦起来，金来沉带着我去院子洗手，给我看他用土捏的士兵军团，煞有介事给我念贴在门上的有关耶稣的对联，念完用肩膀碰碰我："搞笑吧？"坐在饭桌上，我跟着波姊的样子祷告起来，优雅地拿起筷子，感觉自己像一个异国的公主，晚上跟着波姊睡，睡前我在电视柜的角落里偷偷拿走了一枚有些旧的顶针，熄了灯，我捏着顶针，听波姊讲完一个又一个陌生的《圣经》故事，不知道什么时间沉沉睡去，我一直不敢告诉母亲那晚我睡得香甜，梦见自己穿着层层叠叠的白纱裙长出了六只翅膀。

　　哥哥第二天下午便回来了，不是心脏的问题，而是得了疝气，要在家休养，过了几日便好了，父亲仍是整日待在爷爷家守卫他的父亲的院前屋后，金来沉便认为这是个偷狗的好机会。他扛着一大包干馒头，领着我去看他布置后的银杏林石房子。房子只一间，四面墙三面的窗，却又叫人用木头板子都钉死了，但仍比我想象中明亮，石头间缝隙透进许多光，如同无数箭矢，将房子刺穿。这是一座疼痛的房子，我如此直觉地感受到。我有记忆开始石房子就总在那里，小时候晚上经过河岸，听得见它要掉不掉的门在风里吱吱呀呀，母亲逗我说是狐狸变的女鬼在叫，后来房子门不知道何时就不见了，那么大个木头门，不知是叫谁捡回家里劈了做柴火烧。消失。消失总是生活的主题。石房子的地上铺满了厚厚的落叶，间杂着许多的鸟粪鸡粪，石头房子老了，金来沉准备了一个大纸箱，里头铺着一件旧的绿色毛衣，旁边放了一个不锈钢盆，一个矿泉水瓶底，里面盛了水，映着窗外的日头，一晃一晃的。金来沉把馒头放在地上，那些干馒头像石头似的，砸到地上，发出砰砰的响。"怎么样？是不是很好？我都准备好了，这几天你爸不是不在家，我们正好把狗抱出来。"金来沉似乎已经默认我与他是一心的，要抱狗出来，而我心里却有些说不明白的抗拒，明明钥匙就挂在那里的，明明我真不忍心狗死，但这其中又有些我当时不能知觉的矛盾，叫我只认为自己假情假意，怎么就忍心猪死羊死打鸣的公鸡死？"就今天下午吧！我一会儿就去你家后门等着，我一直能等到七点，你什么时候能行动就什么时候行动。今天不行动，明天星期一你又去上学了。""我哥在东房，我不知道能不能拿到钥匙啊。"我找不到自己不情愿救那只狗的理由，实际上，每天回家我都会特意去确认小灰狗是生是死，但我还是拿哥哥在做理由搪塞，希望金来沉能看出我的不情愿。"你不是会偷嘛，你偷着拿。""你才会偷，我什么时候偷东西了！""没偷没偷"，金来沉很奇怪地看了我一眼，那瞬间我感觉他似乎是一个成年人，几乎带着一点威胁，又似请求："你一定得给我把它抱出来。"说来也怪，我回家的时候，母亲刚好在给哥哥穿衣服，说在家坐得闷死了，去门口散散步，看看小河淌水，转眼间，屋里头就剩下我一个人，我伸手取下挂在墙上的后院钥匙，一把是开后院和前院接连处的门，一把是开后院后门的。揣上钥匙，锁上院门，追上了母亲哥哥，母亲一手扶着哥哥，一手拿着板凳，河边洗衣的石头上已经放着盛满脏衣服的篮子，哥哥透明的脸似乎是清亮河水里的一个影儿。我胡乱跑着，趁他们不注意就顺着菜畦绕到后门口，金来沉正蹲在门口，从门底下的缝里引逗着小灰狗，狗的黑鼻子自缝里挤出来，呼呼喷着热气。"它真的和我在福建的狗一模一样，我叫它名字，它就跑过来了。是吧，小白，小白。""你让让，我开门，我进去抱它出来，不能直接开门，不然狗说不定一下都跑了。""那干脆就都放跑啊，留着就要被杀，多可怜啊。"我没有说话，只是梦里的画面在我眼前不断闪现，然后拿出钥匙，尽量小声地开锁，可是还是有许多狗闻声凑过来，汪汪地叫。"嘘嘘嘘，别叫别叫！"门开了一个缝，许多狗已经凑到门口，脏脏的狗爪子啪嗒啪嗒踩个不停，狗发出像婴儿啼哭一样的叫声，我挤着身子进到后院，院子里满地是落叶、狗屎和杂草，大多数狗以为我有吃的，跑到我脚边又蹭又舔，小灰狗个头小，扑棱着往我身上跳，我就顺势将它抱起来，一股热腾腾的狗骚味扑面而来，它似乎不明白为什么自己会和其它的狗有不同的待遇，不住兴奋地颤抖，我想它被吊在树上等死，应当也是如此的颤抖。"彦彦，快抱过来！"金来沉在门后喊我，我很怕，但又隐隐期待，金来沉会自作主张，哗地把大门彻底拉开，而所有的狗，灰的白的黑的残缺的濒死的，一整团囫个的狗，噢不只狗，脖子上的毛被啄光了的母鸡，绿眼睛的野猫，鸟，蜘蛛，死叶子，蒲公英，狗屎鸟粪，挂在铁钩子上的狗腿鸡腔猪脑袋，大团大团云朵造的绵羊，藏在草垛里的扭在朽木上的大蛇，成千上万密密麻麻的虫蚁，成千上万密密麻麻的人，狂欢的人，失去自由的人，死了变成清洁的灰的人，你拉着我，我抱着你，恩恩爱爱，勤勤恳恳，他们受着原野上呼啸的鬼风的召唤，既是争先恐后地逃，又是热火朝天地舞，但是究竟要逃去哪里呢，我便也不知。"快点！你怎么愣住了！"金来沉喊我，我这才回过身，看见他在门缝里露出来的一只眼睛："快快快！"我轻轻踢开那些绕在我脚边的狗，朝门走过去，金来沉一边用腿挡着其他狗，一边伸手来接，狗们看着我们要抱狗出去，以为又是挨杀，突然都不动了，站在夹住尾巴，目光低垂，不敢往我们身上看。金来沉便把门缝更开一点，灰狗像个不知危险的儿童，只是一味摇尾巴，它一到金来沉身上，就因激动而龇出一股尿，"它尿了，尿我身上了"，金来沉话音刚落，不知哪个角落里突然窜出一条黄狗，一下从我们的腿缝间窜出去，顺着菜畦，一溜烟跑到路上，接着拐过街角，很快便不见了踪迹。金来沉抱着他的灰狗走了，我沿着路去找黄狗，说是找，走了没几步就算了，跑吧，跑吧，跑得越远越好。我站在路边，踢踢石头，就回了家。

狗丢了两只，我本以为父亲会因此发怒，并且立刻怀疑到我身上，然而这两种情形一种也没有出现，父亲只淡淡说了句"也不知道从哪钻了出去"，事情就这样过了。祠堂终究没建起来，哪怕到了最后，姑姑叔叔的都走了，没人能不顾工作天天陪父亲在爷爷家守着，爷爷也对连日的对抗又疲又倦，父亲还是提着耙子站在地头，一个人朝巫同和施工队宣战，架不知道打了几场，满头流血地回家，绑着绷带把狗吊起来，我与哥哥在屋里看电视，不知道是真不在意还是装作不在意，狗在窗外濒死地叫，叫得人心肝脾肺都碎，碎过了又觉得麻麻的，好像在狗的死里头，又好像在死的外头。哥哥把电视声音调高，我们都不说话，杀完这批狗，父亲母亲下定决心要带着全部家产去上海给哥哥做手术，哥哥要更长久地活了？哥哥会死吗？在渐渐熄灭的狗叫声中我爬到炕上，爬到哥哥的被子里头，一种干燥洁净的热随即包裹了我们，我张开双臂，抱住了我那与我同父同母同个子宫里生出来的、骨瘦如柴的、手不停串着珠子的哥哥。家里什么畜生也没有了。许多屎尿也不知为何就那么不见了。粉红的蟹爪菊花也死了。连着来了两户要租房看房的，租金给的不多，母亲的意思差不多就租出去，父亲瞪着眼，我这房子，这么大块地方，当年上梁都上的是最好的木头，后头猪圈牛栏都是现成的，那么点钱就租了，租不了！

六

我卖小金鱼挣来的钱，一分两半，哥哥一半，我一半，块块毛毛摆在炕上，哥哥不要，都给你吧，我反正也不出家门，有钱也没地方花。我扭扭捏捏收了钱，又把自己的大熊猫存钱罐抱了出来，对着月饼盒子，熊猫肚子上的塞一拔，哗啦啦地淌硬币，叽哩咣啷地在月饼盒里砸出许多闪闪的光花，硬币多是一角，淡淡的银色，中间也夹杂着许多五角、一元，食指伸进洞里抠，又抠出一张五十块的纸币。一角的一个叠一个放到手心里，十个成一组，交与哥哥，他便用胶带整个一卷，一沓一块，齐整码到月饼盒子里，又加上挣来的钱，共有一百七十三块三毛。我取了其中的一部分钱买了更多的珠子鱼线，和金来沉坐在石房子里串小金鱼，石房子是每天放学都要去的，中午在学校食堂吃饭，我总是坐到角落，偷偷把剩的骨头菜汤倒进饭盒里，食堂馒头管吃，就再拿两个，也偷摸藏着，晚上留着喂小灰狗。金来沉开始叫它小白，叫了许多天，小灰狗也是不理，干脆就嘴巴嘬声地唤，有时我学校有时回得晚了，车停着，看见他抱着狗坐在阴影里，让人有点怕怕的。"明天能去摆摊吧？"小灰狗跳出来哼哼唧唧朝我撒娇，嗅我手里提着的饭盒。"能啊。我今天放学值日，来家晚了。"我边拿出饭盒把因颠簸而变得有些恶心的剩饭倒出来，边看金来沉，他与班上的那些男生如此不同，带着一种文明的柔弱，时常为一些我不理解的瞬间而流泪，偶然地沉默着，像一下沉入地里头，叫落叶埋住了。金来沉从阴影里渗出来，让我突然地想起了波姊，金来沉从来不和我说他和波姊的事，我去波姊家找他的时候，在庭院里站着，回想起还是个姑娘模样的波姊，她的白裙子，她的小相片，那些记忆和眼前严肃又匆忙的后妈形象怎么也匹配不上，波姊与金来沉两个人淡淡的，在灰色耶稣像的注视下，吃饭睡觉演出祈祷，像画上的圣母圣子掉了出来。金来沉总是等我，他总是要等到我回来，与我说上话才能走。"没事，明天马家庵的集，大集，咱们得早点，找个好位置。""上次我看有一个卖蜂蜜小面包的，人特别多，我们就贴着他的摊子呗。""行啊，明天五点半，我来你家等你，咱们带着狗去。""不带狗吧，太麻烦了。""也行，那你一定得起来！"金来沉很快活地站在林子边与我告别，轮廓毛茸茸的金黄，我骑上车驶过小桥，到河岸这岸回头，他就已经不见了。第二天我们真在五点半就见到了彼此，他仍背着他过于大的牛仔包，提着两个棉花腚垫子，我换了一个透明的大塑料袋，挂在车把上，微微地晃，给地上射出许多亮光的洞。等骑到集上的时候，我背后已经沁了汗，摊贩大都在卸货摆货，棉衣裹着，棉帽挂在什么高枝上，从集西面入口往里头走，不至于太深的地方，卖蜂蜜小面包的摊子就有了，旁边有点空位置，不大，就央人家往东挪点儿，终于是有了位置，对面一个卖画儿卖席子的大爷，画墙铺了有三米长，远远看着就是一片红，芯里透着金闪，像炮仗纸扫到一处，摊开，轧平，凭空地填出一面大墙，看得人心神恍惚的。我和金来沉在红光里放开垫子坐，摆摊的爷叔姨姐因为新鲜，都爱来跟我们说说话，有的人已与我们相识，路过就点头问一句："嗨呀，两位小老板，又来发财啦？"这话听着耳熟，小时候父亲骑着三轮摩托赶集卖肉，偶尔也带上我，父亲称好肉，我在秤盘地下撑着塑料袋，提了交给顾客，顾客把钱交到我手里，也有人打趣地喊我小老板，父亲叫我大声叫卖，我就大声叫卖，猪肉猪肉，快来买猪肉。每遭赶集金来沉都格外快活，我叫他大声叫卖吆喝，他扭扭捏捏的，"你怎么不喊？""我不好意思。""我也不好意思。"两个人互相看看，憨憨笑，最后金来沉还是鼓足勇气喊了一声，他那小小的、怯怯的、似乎又欣喜的叫卖立马叫鼎沸的人声吞了进去，发觉无人在意，我也跟着叫了一声，原以为自己的声音会那样大的，然而也不过如此，我们便大方地叫起来，喊起来，吆喝起来。马家庵集规模大，人也多，生意仍是不错的，钱急急地塞到金来沉书包里，皱皱巴巴，反而显得满满当当，晌午就买旁边摊上的蜂蜜小面包吃，午后日头上来了，照得人身上散散的、懒懒的，嘭出一股稻子粒的干香。"走吧，就到这儿吧，我困了。"我推推同样有些昏昏欲睡的金来沉，他点点头，收拾了东西，和周围人辞了别，这头逛到那头，我花了些钱，给哥哥母亲买了吃的玩的，金来沉什么都没买，把钱叠得整整齐齐，后来出了集几百米了，又喊我停车，说要去买个东西，边说边往回跑。那天金来沉跑回来，唰地从袖子里扯出一条水蓝色的丝巾，在我眼前飘啊飘的，把整个世界都染成氤氲的蓝，这条丝巾后来出现在波姊脖子上，长长久久的，仿佛一个美好的隐喻。

三月里，三月里金来沉选了一个好日子，如果不出意外，他今天便能攒到一张回福建车票的钱，福建哪里好呢？我时常会想，他的这个好日子对我来说是个不折不扣的坏日子，从不生病的我那天结结实实病了一场，金来沉照例来找我赶集，站在家门口喊我名字，而我正发高烧，头晕眼花的，就嘟囔着不去了，不去了，母亲给我灌了烫水，吞药，又大把地烧炕，叫我和哥哥窝在一处，大被子裹着，浑浑噩噩的，一会儿便是一身的热汗，总听着哥哥一旁手伸到小篮里抓珠子的声音，一颗碰一颗，敲小钟似的，一会儿就把人敲得睡了。我睡了整个大白天，杀猪杀羊杀狗的梦一个接着一个，父亲粗黑的手钳住我的手，一用力，热热滑滑的丝绸样的血就把手指头泡得软烂，吓得我发尾到脚尖都在抖，醒来时已经黄昏，烧退了，外头吵吵的，是又有人来看房子了。我慢慢把身子移向哥哥，然后把叫汗沁得湿漉漉的一颗头，放到他的腿上。哥哥说金来沉来了，跑得直喘，在炕边看看你，摸摸你额头也没说话。

三月里，三月里金来沉回到家，在院子里看见了一个熟悉又陌生的背影，背影正和波姊吵着架，但两个人都压着声音，在他干干瘦瘦的背影边缘，波姊的脸显出来，她看了一眼波姊，这一眼让他心里酸酸的，好像和小白离别那样的心情。"爷爷？"他试探着叫，男人转过身："哎呀，阿沉啊，爷爷来接你回家噢，你想不想爷爷？"金来沉做梦都想回福建，但那一刻他突然愣愣的，跑出门，一口气跑，他还没找好机会把蓝丝巾送给波姊，于是在几近枯萎褪色的原野，龙已是抬头飞天的原野上，等等，再等等，会有惊雷滚滚，云卷大浪，地动山移，太阳激烈又激烈地烧，兽跳，兽逃，兽哭哭叫叫，北方山野铺天盖地地要来抢，抢金来沅藏在袖子里、叫风扯出的蓝丝巾。他跑到我家，站在我床边摸摸我滚烫的热头，看看哥哥的小金鱼儿，看看挂着的彩龙尾，看看屠刀，死菊花，我母亲的自行车，我的自行车，两条眯眼睡的灵提，去看看银杏林里他的小狗，狗哪里知道离别的事，它激动得舔着金来沅的手，金来沅就把它的脖扣解开了，然而狗还是不走，围着他的腿甩尾巴。这些事都是我后来才知道，在我的枕头底下，我发现了一枚新得崭亮的一元硬币。

七

四月里，哥哥住进了市中心医院，一番打听，东家借西家借，还是凑不够去上海做手术的钱，哥哥还是住进了市里医院。父亲跟着同村人去韩国打工，在工地抬钢筋，村里的房子租了出去，母亲为了方便照顾哥哥，在医院附近租了房子。每日要给哥哥送饭，总是走医院后门，经过医护人员的宿舍楼，会有抱着盆子刚洗完澡的年轻女孩经过，头发湿着，洗发水的香气在宿舍楼外面小篮球场上转瞬即逝，我总忍不住频频回头，母亲最想我长大做个医生的。出了门左手边一个小小的公交车站牌，有时候它会在一大排琳琅的殡葬用品商店中消失，比如在四月，整条街只有辉煌的花和金银箔纸，不锈钢的伸缩门半掩着，金属构成的菱形把屋里的璀璨切成一块一块的，这些几何形状的光亮成为门口大簇鲜花的背景，鲜花也只有四月里才有，按种类被放在塑料桶里，大都是菊花，也有百合，马蹄莲少一点，乱糟糟一朵压着一朵，看不出什么清洁肃穆的氛围，也有塑料和布做的假花，艳得诡异，一旁坐着大捆的冥币，纸浆做的黄色的纸钱，或者印着巨大数额的红粉色冥币。不远处是一个大篷顶的集市，撒着腥气，下完雨的傍晚，还是冷的，行人散散落落地从各个路口渗出来，城市里再没有哪里比此处更为多彩，热闹，欢馨，路边散落着绿色的枝桠，零落的花瓣，大多落在水渍里。我搓了搓手指，一辆救护车灭着灯从眼前驶过，拉出了对面街上那些鲜花后放太久褪色的花圈，和墙上巨大的黑色"奠"字。屠夫的家就在写着"奠"字的墙后，一间小小的偏院，只有一间房，一张大床，一张书桌，紧挨着做饭的区域，从锅里溅出来的油黏在墙上，脏得发腻，杂物就放在纸箱里堆在地上，厕所是在院子里，几家人共用。我和母亲交替着回老家喂父亲的两条灵提，黑狗一辈子不听人驯，还差点咬了租房人家的小孩，对方不愿意两条狗继续在这里养，父亲把黑狗带到爷爷家，黑狗是绝不让人拴的，半夜里又自己走回家来，在家门口睡了一宿。没有办法，只得锁到后院曾经养猪的房里，每天回家喂它们，带它们漫山遛遛，没有父亲带领，黑狗显得兴致乏乏，清明刚过，山坡上墓地里许多闪光的假花，歪的倒的破碎的酒盏瓷碗藏在青嫩的草里，沾着新鲜露水，好像日前这里有场怎样热闹的晚宴。自高处能看见矮处的屋，荷花湾里水又绿起来，波纹荡到波姊家的小窗前，青色的窗帘似乎褪了色，白色的上帝小像也是看不见的。如今村庄里外乡人越来越多，山上的坟包也越来越多，鼓鼓囊囊的，像一些温暖的小襁褓，我带着狗去自己祖宗碑前逛逛，眼见前几日刚放下的鲜花已经有些耷拉头，小瓷碗里盛满露水，底头沉淀着黑色的土，食物不见了，鱼肉、火腿、米饭和许多水果，大概是叫野狗野猫或者流浪汉捡来吃了，一只小蟾蜍慢悠悠自坟包顶上跳出来。手按着湿答答的土，我跪下来，噗噗地又磕了两个头，祖宗祖宗，保佑保佑。我抬起身子，日头稀里哗啦照下来，就在那瞬间，我看到远处林子里，有个小小的、歪斜着的人影子，他似乎察觉我在看他，一下便闪走，但他跑步的姿势无疑更暴露了他——是金来沅！我颤抖着把白狗脖子上的扣解开："朔——咬！"我学着父亲对它发出指令，两只狗便一路朝着树林跑去，我才发现不知何时起，黑狗已经跑不过白狗了，但这完全没有打击到它，一前一后，仿佛只活在奔跑的瞬间。然而那天最终两条狗什么也没有找到，它们只是在林子里撒过了欢，又慢慢回到我的身边。原来是我看错了。

四月里，再没有雪，清明时节雨纷纷，波姊心里挂念的教堂终于修个差不多，爷爷家窗户后的祠堂也动起土来，没有人会再像父亲那样站在坡道上，对权力怒目而视，姑父们不敢把这件事告诉父亲，后来当然也没有机会再告诉，在父亲的记忆中巫家的祠堂从未存在，这对他未免不是一种仁慈。人们走过荷花湾，水面上参差着许多枯了的褐色枝叶，但也有许多绿的颜色了，荷花是越来越少了，水是越来越绿的。夏日里一个外村媳妇先起的头，她挽起裤腿，挽起袖口，叫那湾水自然地淌过趾缝，又一个偶然路过的少年，目睹了她肩膀上雪白的肉，媳妇儿用手里的竿子去勾带着荷花骨朵儿的茎儿，然后伸手一探，荷花湾边上的那两株花儿就歪到了她怀里，剪刀是家里杀鱼剪布子的剪刀，有点锈了，可是不耽误她嚓嚓两刀，胳膊底下就夹上了两朵荷花苞儿，沁得人掉眼泪儿，她想这荷花已经很久了。少年愣了又醒了，回了家把他的见闻讲给母亲听，母亲听完就想，这荷花儿又不是这媳妇儿一个人的，于是也叫了姐们去摘两朵，到荷花苞儿全开了的时候，荷花湾的荷花已经少了一圈。后来又有人进去捞藕，你能捞我也能，反正是公家的，热热闹闹的水里许多人，村庄人的胳膊，下头油亮的黑，胳膊顶儿是雪白，绿水里交错横生，人也似莲藕一般。到了冬天，结冰落雪，别有情趣，可是谁又有心情去赏，初春了，偶然还是冷，一点风儿也没有，萧瑟、清肃，骑着自行车摩托车经过的工人们仍裹得严严实实，只想赶紧进了村，家去，进到自己的小窝，到热炕上暖暖，看看已经鼓苞的那些花儿树，然而又不住放慢了前行的速度，他们都叫枯萎的荷花湾上飘荡的歌声绊住了，许多一辈子面朝黄土背朝天的老人也拄着拐棍停住了，小孩被老人打扮得似一个个饱饱囊囊的粽子，鼻涕流到嘴里，咿咿呀呀地你追我赶，鸦雀，鸦雀，鸦雀别跑！他们叫着往那树下扑，终是一场空，鸦雀扑哧着翅飞到残荷的茎上，这时他们停住了，歪着脑袋，含着手指，问他们的老子，爸爸，爸爸，这是什么歌？这歌是从波姊绿色的窗口里飘出的，金来沅也走了，她就回来了，闭门少出，直到有一天，人们突然听到了一段长长又陌生的歌声。这是英语吗？不是英语，是苏联话唱的吧？德国话吧？人们不知道歌唱的是什么意思，也不知道波姊竟然如此会唱歌。除了人，一只流浪的黄狗也停住了，它坐在晒得温热的一块日头光里，我认得它，它似乎也认得我，是我们的齐心协力换了自由的新天地，我朝它笑，心里想，快跑快跑哦，跑得再远些，跑得再痛快些!

　　我藏着那张波姊的小像，怎么也找不见了。消失。消失总是生活的主题。渤海湾这个地方，任什么人来说，都是一个好地方，从来没个灾啊难的，什么都是温温和和的，冬天冷得合适，夏天热得不超过，依山傍海，人还要往哪里去呢？我知道，波姊给我讲过，她唱的这首歌叫《马太受难曲》，马太，马太就是波姊窗上望着荷花湾的灰色小像。我低下头，把这些说给哥哥手里抱着的父亲听，他温温的，沉沉的，躺在长方的木匣中。我已数不清这是父亲死后的第几天，只是恍恍惚惚跟在坐轮椅的哥哥身后，这个像纸片一样的长子，坚强求生，未使得父亲黑发人送白发人，此时他的脸几乎透明，身体干枯，父亲的骨灰盒仿佛时刻要折断他脆弱的手腕，我以为已经摆脱的原野鬼气，原来正是我们自己。在声声恸哭中我神情恍惚，咬牙认定父亲是不会死的，更不会以这种方式客死异国，与他同在韩国的工友说，毫无预兆的，父亲直直从脚手架上摔下来，插在一根钢筋上，眼睛睁得大大的，仿佛看见了什么奇异的景象。我无法想象父亲的死状，在这背后一定有更为伟大的隐情，但无论如何，屠夫之家就这样消失了，虽然铁门、锈斑和臭气仍在，早上自东方而来的金光越过河面还是最早照耀在屋的红瓦上，红瓦日复一日，颜色确实越来越红，越来越红，远处看着，宛如翻腾的红霞，但屠夫之家还是消失了。这似乎是一件水到渠成的事。我放学后走路十分钟就能到租住的房屋，再也不用骑着车驶过人烟寥寥的原野，鬼气与无尽的火车轨道远离我，我也曾感觉自己一身清洁，有时又相当落魄。父亲出国之前，偶尔会带我回去，蹲在河边抽烟，他用烟袋抽烟，吸吸呼呼的样子和爷爷并无二致，他等着电话响起，会有人在热水汽里喊他去杀猪，然而当然是没有，屠夫也落魄了，杀戮也不再了，那些悬挂在墙边红宝石一般的剥皮死狗，成为父亲最后的作品，他即将远走他乡，去韩国打工，就像那些突然从这片土地上消失的人一样。那天父亲身上有股柴木的气味，他问我要不要听故事？父亲从来不讲故事的。他磕了磕烟袋，说以前一到过年，到处去杀猪宰羊，喝得酩酊大醉，深夜里摇摇晃晃踩着月光的屑回家，彦彦，你从来没喝醉过，但你小时候脸总是红得像日头，我看着你，就知道你是我的孩子，你的血也是滚烫，长大了也不会是个孬种，你爸我以前很能喝，喝醉了走在夜晚的山间，会想起你奶奶给我讲的那些山鬼狐精的故事，但你爸一点儿也不怕，因为算命的说我是罗汉转世，那我还怕什么？我什么也不怕，我就躺在山上树丛子里睡觉，早上醒来睁开眼到处是金光，露水把头发沁得湿透，然后我就看到天上一朵金边的云慢慢散开，变成一群金边的云，云后面出来了一群光头的和尚，呜呜呀呀念叨，我一看就知道这是天上的罗汉，他们的念叨我一句也没听懂，最后一朵云从天上慢慢飘到你爸面前，有个和尚就对我说：走吧，走吧。我说我不走，我还得回家吃早饭哩！他们就龇着牙嘿嘿笑，他们笑我也笑，我笑得真快活呀，感觉浑身都轻飘飘暖洋洋的，不知道怎么就回了家，回了家看见你哥和你在院子里晒太阳，你妈去河里洗衣服回来，我就问你妈我一宿不回家你都不出去找找我？你妈说，找个屁，死外面吧。我就把我早上遇见罗汉的事和你妈说了，你妈怎么也不信，十年过去了，你妈到现在也还是不信，唉，不仅你妈不信，任谁也不信，到头来，你爸我自己也不信了，但有时候，我也信，我出国以后，你照顾好妈妈哥哥，你也是个大孩子了。我点点头。父亲的故事就这么讲完了，我蹲在父亲身边，粼粼的波光缠绕着他呼出的烟，暮色醉人，我想象着在草地里酣睡的年轻时的父亲，却始终没能听懂父亲的故事。

Achievements of
Creative Writing Students

2019级创意写作作品展示

龟虽寿

史玥琦

我大哥失踪在巴黎街头，大约是李漂洋过世前三个月。那阵我一个人过，夏天深夜，常常和几个刚到这里的留学生买醉，两副扑克，二十一点，不同以往，我手气泛灵，总加到正好，输者去吧台结账，我狠狠敲了这帮小孩一笔。

一个在西班牙读高二的女孩靠过来，说，哥，你香水好闻，家里还有吗。我僵着膀子说，你喝多了，这是鸡尾酒的味，我不喷香水，洗衣液都不用。另外叫哥不合适，我这岁数能当你叔了。她红着脸，眯眼说，我不管，你带我回去吧。说完脑门抵到我肩上，晕睡过去。我挺着身子，叫了杯威士忌继续，旁边她俩同伴起哄，哥你信得过，领她走吧，就因为她分手，要看铁塔，我们昨天半夜从巴萨开车过来，她在后座哭了一路，现在谁都没睡呢。临时组局，意假不如酒真，少扯犊子为妙，我一动不动，又开了牌，不自觉低头，怀里，她柔软的胳膊内侧文了条小金鱼，肿着眼泡，直盯着我，再一会灯光变幻，鱼身由白皙转为银绿色，摇着尾巴，向我冲来。我一下推开女孩，站起身，她哼唧一声倒向沙发椅另一头。我夸张地拍着脑门，说，我得赶紧回去了，我大哥一个月没吃饭了。

季郁没深没浅地给我弄醒，震耳欲聋，开门，她梳着丸子头，一件薄夹克，里面是睡袍，脸上没妆。我说，你砸城门啊，不是有钥匙吗。她走进来，直接坐到沙发上，说，没带，电话怎么不接？我关上门，回屋拿手机，二十几个未接，回到客厅，想让她换鞋，发现她脚上是自己的拖鞋，俩没精打采的熊猫头，那是两年前刚到戴高乐机场，她在免税店买的，意指思乡，我猜还有几分觉着自己挺可爱的意思。我揉着眼睛，感觉头昏脑涨，说，喝多了，跟几个小孩，你俩又吵架了？她不吱声，表示默认，把茶几上两堆坚果壳拢到一块，各自沉默一会，她问，嫂子还没回来？我说，不管，我去大使馆问了，之前国内在哪登记，在哪办离婚，明年再说吧。她说，咱俩挺像，爱较真，有孩子也挺好的。我还捂着脑门，问她，是在我这住几天吧，她衣柜都没动，你将就用，你把窗帘打开，现在几点了。她说，七点多，我一宿没睡。晨光顺打开的豁口流进来，浇到桌柜成堆的文件袋上。

俩老外为啥还要穿唐装拍？她抽出一沓，胡乱翻看，阳光下拇指背上的疤印像钻石。我说，时髦吧，就跟去云南骑大象一样，图新鲜。她又拿起一沓，那是上个月给一家三口补拍的全家福，老头法国人，老太太中国人，领着有唐氏综合征的儿子，三十多了，有这病算高龄，老头挽着我，轻轻作揖，普通话比我还标准，说从来没正规拍过，你们弄好，我以后带到棺材里。想到这，我跟季郁说，跟老李要是过不下去，你找个老外吧，对老婆都好。她放下照片，说，不找，身上味儿大。我说，你俩到底啥事。她说，他不回家。我说，为啥。她说，说想一个人静静，我去工作室，人也没在。我说，不回消息？她说，回了，就说要静静，让我别把他看太死了。还说罗曼·罗兰讲了，世界上只有一个真理，便是忠实于人生，并且爱它，你说他是不有病？我说，那你先忙自己的吧，有空我找他说。她伸了个懒腰，说，我得睡一会，你今天不上班？我说，上，我先请个假，下午去，上午找大哥。她说，啥？我说，大哥，大哥跑出来了。她走到阳台那，原本在玻璃缸上压着的几本杂志掉了一地。她说，沙发底下看了吗？我说，屋里没有，走的时候忘关窗，可能掉到楼下，一个月没喂，估计出去找吃的了。你饿不，我这有点速冻饺子，给你下了。她靠在那，一动不动，在窗前往下瞅了瞅，自言自语，倒是摔不死，可上哪找啊。

算起来，我和大哥认识季郁的时间一样长。我上一年级那年，父母离婚，我妈改嫁到南方，我跟我爸过，他总不着家，三天两头住单位，约会一个在酱油厂上班的离异女工。那时不景气，90年代末，响应国企改制政策，厂子里一批批裁人，据我爸后来说，他帮着四处凑钱，东扯西拉，才给她领导送成礼盒，勉强留住了岗，也留住她的心，但工资削了三分之一，一时拮据，没钱买香水，到了周五约会，一身酱油味去不掉，已经熏透，只管往身上大把大把抹雪花膏。

史玥琦

他不回来，在家陪我的只有大哥，它是只绿毛龟，岁数比我大，大多少不知道，反正是我爸妈搞对象时买的。在水产市场时它就这样，安安静静，神情肃穆，表皮粗糙，纹路深蜿，壳上长满海藻颜色的绿毛，轻飘飘地散开在水里，龟壳已全被毛遮住，乍一看，以为是在一团绿雾中的水蜥蜴，等它出水，那些毛才如同游泳的人的头发，湿漉漉地铺满坚硬的壳。它吃什么？李漂洋问。他是我第一个领回家的同学，坐我前桌，第一排，因为个子小巧，如同发育不良，矮我半头，我坐第二排靠前，主要因为是老师们的重点观察对象，上个月在教室后面，刚用美术剪剪掉一个女生的马尾，起因是体育课上，听见她跟人耀武扬威地喊叫，我爸比你爸有钱多了，他那车单位发的，还有的是，咱班同学的爸爸加一块，都没我爸有钱。那时我零花钱缩水，无意记住这话，翻来覆去睡不着，最后想让她长点记性。我搬到这坐，有天李漂洋说，你干得好，她说的就是我，有人欠我爸钱，我说要来了我就能买新书包了，她说她给我买，我说不用，然后她想告诉我她有的是钱。我说，你书包确实挺丑的。他背的是个浑圆的绿包，上面全是别人划的黑笔道，大伙都叫他李王八，放学，他爸从拖拉机厂下班过来学校，有人说是大王八接小王八。我说，我家真有只万年老龟，你看看不，是真的，这回不是骂你。

我把一块化好的生肉递到跟前，它脖子像松开的弹簧，一口叼掉，给李王八吓个激灵。我说，不怕，你俩都是一个物种。他气愤不过，怼我一杵子，我手一卸劲，龟直愣愣地掉下来，震得它四脚抽搐。我俩蹲下来，它缓缓伸长脖子，瞅瞅我俩，不紧不慢地爬到李王八身下，然后慢慢呆住，合眼，地上的水渍像珊瑚一样反着光，李王八伸手去抚，拿食指点它的脑袋，它不像对其他客人，立刻去咬，仍闭着眼，嘴角一条波线，享受般的神情。我咽口唾沫，坐到地上惊叹，还真是一家啊。

季郁来那天是两年后的暑假，李漂洋已成为我家常客，跟着来的还有李过海，他双胞胎弟弟，同级不同班，跟他不同，李过海常年是本年级全校第一，国旗下讲话都有七八次了，据说能背下来整本三国，电视台都去采访，我还帮着班里女生给送过情书，因此特想结识下这位神童，像听说谁买干脆面开出宋江水浒卡一样，至少看上几眼。两人不是很像，只有眉毛都重，李过海长得更俊，像电视里的少年哪吒。我照例领着大伙到里屋，参观阳台的玻璃缸，李过海瞪圆眼睛，跟龟注视，里面没精打采，不正眼瞅他，可能是我昨天喂多了泥鳅。他背过手，不像跟我俩说话，神龟虽寿，犹有竟时。腾蛇乘雾，终为土灰。我俩愣了半天，我说，学习好就是不一样啊，都会念咒。这时门锁响动，不用想是我爸，走出去却见到一个阿姨，手拉着个小女孩，在后面怯生生看我，我爸从门那侧闪出来，说，怎么不叫人呢。我连忙说，阿姨好。那阿姨走上前来，摸了我下头，像刚吃过饺子，一股酱油味。我爸用一种奇怪的播音腔调嘱咐我，你带着小妹到屋里去玩吧，照顾好小妹，别欺负她。

我领她进屋，四个人面面相觑，我说，电脑是不够玩了。你几年级，平常都玩啥？她声很小，一年级。我说，你见过这么大个的吗？我指着阳台。她问，它是什么？我说，这是我大哥，比我们都大。你想跟它玩不，她点点头。李漂洋说，那就好。说着伸手去抓龟，动作比我还娴熟，说来奇怪，他成绩奇差无比，美术课却大放异彩，画鱼画水都活灵活现，我书包里还有一张给大哥的画像。龟拿到女孩跟前，湿漉漉的，浑身滴水，她问，这上面是什么。我说，这是它的毛，这种龟会长毛，说明它比别的龟都聪明。她突然转过身，说，我不要了。李过海过来劝，那没关系，我们玩点别的。我们围成一圈准备想主意。那女孩突然抽泣两下，将哭未哭，她说，我想回家，不想在这住，在这住害怕。我说，我也没让你住啊。她伸手向屋外指，说，他们就是要住在一起，我之前都听见了！一道光晃过来，是从云层缝隙透出的光，冲到我们脸上，这时候，李漂洋手中的大哥突然伸长脖子，是晶莹的指头，它不由分说，对着突如其来的猎物狠咬下去。

电话那头声音虚弱，尾音打颤，我说，嗑了？对面不说话，一阵鸦声，还有突突的风，听得出来在野外。我又说，听不懂人语了？他才缓缓回我，哥，别闹。我说，我闹啥，不是你给我打的吗？我妹来我这了，我还正想找你，也有事。他说，她挺大意见吧。我说，也没有，你这一年不太正常，谁都能感觉到。他说，实在不好意思，哥。我说，别说胡话了，在哪呢，你不在巴黎吧？他说，在一个镇子上，你过来呗。你从北站走，有直达的车，地名我一会发你。

我给季郁盖好被子，洗了把脸出门，按电梯下去。巴黎的老式公寓楼，在螺旋楼梯当中嵌的电梯，很窄，带个安全拉门，俩成年人委身进去，稍微胖点就挤不下，每层两侧都是回廊，住户左右排开，我这间在五楼最东侧，老远能望见一处不大的广场，两年前李漂洋帮我安排到这，说这风水好，他指给我，周恩来以前就住广场对个的海王星酒店，那边，有个莫里哀雕塑，他以前也总来散步。我说这都无所谓，窗户朝南就行。我拆开航空公司包好的罩子，玻璃缸里，绿毛龟使劲撑着两壁，努力地要爬出来。我看着它，说，晕机了。这有火锅店吗，我给大哥打包点牛肉。他说，巴黎就不缺火锅，老外都好这一口。

我仔细瞅瞅他，一身灰西装，皮鞋锃亮，挺起身来，高我小半头。多年不见，李漂洋成了街头巷尾老太太们议论的传奇，有说拿走家里那笔巨款到澳门开赌场发家的，有说根本没出东北，就在新疆街投资，开了几家肉串店，他十七岁母亲心脏病过世，而后音信全无，我之前已背住的电话成了空号，在葬礼上，我跟我爸轮流抱了他一下，动作很僵硬，阿姨也来了，盯着他，踮脚，摸了下头，说孩子太可怜了，就剩个，我爸瞪她一眼，带着我们走了。之后高中学习紧张，再也没联系。十几年过去，物是人非，他再次出现，是在我爸走的时候，比原先壮实一圈，几乎认不出了。季郁头埋在我怀里哭，浑身颤抖，痛心忏悔，我从来没叫过他爸，现在我叫了，他回不来了。一沓纸巾递过来，我不敢认，问吊唁者是哪过来的。他说，从国外回来，我李漂洋。

他等我俩白事料理完，约着一起吃饭，字里行间的意思，国内不好留恋，可以到他那看看。他搞艺术投资发了家，现在在法国开画室，也是个策展人，主要扶持的都是内地过来的艺术家，我敷衍两句，说挺好，正好合你兴趣了。他问起我们现状，我说现在婚纱摄影不好干，上海竞争激烈，老家这又没啥市场，离婚的比结婚的多。他看看我俩，像是要笑，又像意识到气氛不对，憋了回去。

季郁大学在武汉修过法语的双学位，主业工商管理，现在待业在家，没事接点网络家教的活，有钱人家孩子好学小语种，一来二去，被他挑起话头，你来我往地扯了起来。我闷头吃饭，心里只想着怎么把下月上海门店的租金往后延期。

我开婚纱摄影店，属于跟人合伙，合伙人是我未婚妻钱中西。六年前在青岛旅游，一个崂山瞎眼道士指点，你五行喜木火，适合来南方发展，尽量靠海，你再给我五百，我用百年的龟板给你烧一壳占，判断烧出的纹路，看你姻缘怎么得。我发现他身后备有一兜子空龟壳，阳光下亮闪闪的，转身就走。到家思前想后，决定把我爸留给我的房子卖了，到上海闯闯，一是符合说法，二是客户相对稳定，大户人家，结婚前一定深思熟虑，不至于在这，订金都交好了，干活前一晚打来电话，我俩打架了，这婚我不结了，婚纱礼服都给我退了吧。经客户朋友介绍，我和钱中西合伙，加盟巴黎婚纱摄影，在徐汇区开了家不错的门店，她也是东北人，大个，漂亮，大我三岁，不知为何在上海有两套房子。见面之前，我了解到她有一定的心理疾病，一直在治，有时会犯糊涂，还会失忆什么的，感到很不靠谱，可牛排端上来，她开门见山，递给我餐刀，这年头骗子多，你怎么切肉，咱俩就怎么分账，我是离异，没孩子，当然咱俩也不是相亲，我不缺钱，就是想多见证见证爱情，并企图相信一下。我大约划了个四六，狠狠咬了一口，说，就这么定了。一年之后我俩同居，在我怀里，她努力回忆她前夫长啥样，却怎么都想不起来，浑身打颤，我吻了下她额头，说没事的，我也总想不起我小时候的朋友都啥样了。

季郁兴致勃勃地打来电话，说准备搭伙跟李漂洋过了。我有点惊讶，又觉得在意料之中，出于职业特性，竟回了个恭喜。她在那头可能没听见，仍不住嘴地宣告，哥，他那啥都有，你那小店不就叫巴黎婚纱吗，那为啥不直接在巴黎开？而且你想想我学啥的，有时候我感觉都是天赐的，学啥得到啥，这就是时来运转了。以后到那，我教中文，李漂洋认识一个台湾的婚纱店老板，你也能在那直接开店。我对这样的巧合表示无奈，我说，你先别着急和他结婚，再看看。对面说，嗯呐，我俩肯定在埃菲尔铁塔下面结，到时候婚纱你给我设计。我说，下个月你来上海一趟吧，咱一起商量，我准备下个月办事，规模小一点，你看看能不能过来帮忙。她说，你终于开窍了，我就说离异怕啥，咱俩父母不都离异吗。

结婚这事我没想太多，一直往后拖，倒不是因为她离异，总觉得差点什么。两个月前，回家发现钱中西搬走了，东西都留在原地，客厅的餐桌上一张字条，写着，房子你先住着，你想清楚了再来找我吧。她说的是结婚，我俩同居两年多，除了这事，其余的都合拍，她说我得给个说法。我说，为啥要说法，咱俩现在成天躺一块，这就是说法。她别过身，用抽泣的腔调说，那我实话跟你讲了，前一次结婚之前，我是做小姐的，在深圳干过六年，攒了几百万在这买房，我碰过无数男人了，你他妈是跟我最不明不白的，这么上心，也不想再往前走一步。说完夺门而出。我并没当回事，她心上有病，懂心理学的客户告诉我，有失忆症的人也爱幻想，爱编故事，把没头没尾的事讲得有声有色的，她是不是也说自己杀过人？我说，对，大哥，你太准了，不愧是大学老师，她还说以前她爸是工厂老板，因为拖欠工资，被人找上厂子来，她那时把人家儿子从顶楼推下去，卡到阳台的晾衣竿上，结果那孩子他爸去够，两人一起掉下去，后来这事用钱摆平了，处理成意外，他们一家搬到南方，现在每晚做梦都能看见血，说得贼真。这事我不敢跟别人说，憋心里太久，怕发酵出不好的滋味，你老婆这婚纱我再给你打个八折。对面摆手，这事不能便宜，你不用在乎这故事，找个机会，婚也抓紧结了吧。

真正让我石头落地的还是季郁，三个月没联系钱中西，我已经捉襟见肘，快付不起门店的租金，季郁到浦东机场，后面还跟着李漂洋，发现只有我一个人，问嫂子呢。我实话实说，是我想清楚了，但没好意思找她，你们要是出国，我就不去了吧，估计也得留在这。她把拉杆箱交给李漂洋，说这是什么话，你俩结婚了，还不是想去哪就去哪。按她的计划，我在靠近金山的城郊租了个独栋别墅，房是李漂洋某个朋友的，艺术圈连着过去的风流史，据说民国时期法国人在这办过大型裸体派对，三层的别墅后面，是个老派的泳池，瓷砖是新铺的，泛着青，颜色很不搭调，但注满水时，在夜间底部的灯亮起来，像某种能净化人身躯的圣池，我服从安排，见他们调过来一车玫瑰花瓣，我拍了拍李漂洋，你现在就是有钱烧的。他一副洋洋得意的样子，看远处季郁指挥着将花瓣全倾倒在泳池里，铺满了整个水面。我有点嫌俗，他补充说明，俗就是这么回事，人也是，俗透了就雅了。我约钱中西晚上八点半到，天已全黑，她穿一身干练的运动服，和场景毫不相干，我支支吾吾，千回百转，才说明了意图，随即灯光四起，我领她到泳池前面，花瓣底下都透着光亮，像一团团不紧不慢的火焰，我说，之前是我不对，现在我想清楚了，想跟你结婚。她注视四周，说，你这不挺会浪漫。我不好说不是我，只能硬着头皮问，结婚以后，我们去巴黎吧，我有个好朋友，能让我们的店开在巴黎。她说，你真考虑好了？我是个有罪的人，自己没法原谅自己，只能你来原谅我。我说，考虑好了，你其实没罪，或者说间歇性有罪。她笑，看向满池的花瓣，我突然又觉得这像干了的血渍，寓意有点不好，她小声说，我同意，你去哪我去哪。话音刚落，水面一动，有东西浮上来，不知何时被他俩带来的绿毛龟，像个没事来度假的老板。

地址发过来，一长串法文，Le Plessis-Gassot，我下午顺导航软件提示，两小时赶到。李漂洋穿件看不清样式的袍子，我说，你不热吗。他亮眼无神，像过去的烟鬼。不说话，让我上车，我们穿过一小片森林，拐进小路，前方的平原上，有一幢四四方方的房子，穿过几个布满涂鸦的桥洞，终于抵达，涂鸦上面都是亚洲女人，风格像是他的手笔，我曾去过他开在巴黎市郊的画展，女人都是漂亮的眉眼，穿着丝绸衣服，嘴却是歪的，说不清美丑，像是在做鬼脸，又好像天生嘴歪的人，故意打扮得好看，我俩保持着默契的沉默，跟着走到平房前四方的草坪上，摆着俩木质圈椅，一台方几，近距离看去，这房子就像个素描板上的立方体，没任何特征，比毛坯房还原始，外壁的表面十分光滑，倒是阳光显得有些粗糙。

李漂洋说，哥，我没带谁来过这，你是第一个。我坐到并排的椅子上，阳光刚好在这被房子的一角遮住，我说，你别叫哥了，听着怪，你现在能说说不。你要不说，我就说了，大哥找不着了，跑出去了，我附近蹚摸了两里地，中餐店的都说没见过，你看看要不贴个法语的寻龟启事，再去问问。他盯着我，露出严肃的神情，说，都是命数。我说，说啥呢。他说，哥，我三期肝癌，快不行了。我感到自己并不吃惊，问，什么时候的事。他说，上个月正式出的结果。我说，不好意思告诉我们？他说，你们刚来，半年后诊断出来的，那时候能说吗，你妹妹等着结婚呢。我长舒一口气，阳光开始出现在我俩身上，我知道夕阳有扩散性，它会越来越红，越来越冷，一点点留在身上。我说，你有啥愿望吗。他说，我没亲人，这房子留给你，你先别告诉她。他指向后面，从袍子里掏出个遥控器一样的东西，一按，身边嗡嗡作响，墙面显示成玻璃，里面家具各色，一应俱全，屋当腰立着个小人，是座石雕。他说，你看得清不，应该只有你记得他。我感到阳光刺眼，其实很模糊，但脱口而出，李过海。

他说，这些年我总想起他，那天我本来跟着我爸和他一起去要账，因为你叫我，跟大哥一起捞鱼，看它在公园的人工湖钓泥鳅，我逃过一劫。有时候想，我爸多傻啊，非得做厂里的工人代表，跑前跑后，也多要不出一分的钱，还把命要进去了。他说的是四年级那年，香港刚回归，东北不少厂长卷钱跑路，留下整日骂娘，拿不到买断工龄的钱的我们爹妈，那时家教甚严，为了防止爸妈拿自己当出气包，我们整天在外面待着。李漂洋他爸不信邪，决定最终讨要个说法，骑着灰黑的老摩托，带着李过海在炎炎夏日讨薪，结果开到厂门口，不知怎么，天地震动，拖拉机厂的牌子掉下来两块，直直砸到爷俩头上，他爸当场身亡，李过海从后面摔到柏油路上，也是头部重创，成了植物人，第二年因为并发症离世。李过海是神童，上过新闻，因此市里对这场事故高度重视，各路慰问款项就有四十多万。开学的时候，李漂洋戴着孝，只坐到角落里画画，我被我爸委派去陪他放学回家，后来他跟我说，他爸是个英雄。雕塑的人脸慢慢显现，脸庞稚嫩，光线揉进去，像要开口说话。我说，你爸当时为啥一个人去。他摇摇头，说，其实我不在乎了，最后这段时间，我想一个人待会，好好琢磨琢磨，和嫂子的事你不用负担太重，你不想要孩子，也不一定是真不想，不用有啥压力，你想想咱们小时候，比如我，有人管过吗，为这离婚，犯不上。另外大哥还是得帮你找，那也是我大哥。夕阳开始浮现血色，我俩笑了一会，像俩傻子。

寻龟告示贴了仨月，大街小巷都知道我大哥走丢了，但踪迹全无进展，几个楼下的法国孩子，还组成了擒龟别动队，带来各色宠物龟企图蒙混过关，领李漂洋赞助的巨额奖金，我托季郁给我翻译，说，别忙活了，我那只是海龟，身上有毛，眼里有神。也有几个西装革履的人找上门，问我们这个告示有没有讽刺某个党派的意图，好像是领导人秃顶，酷似一只海龟，我说我们中国人，不搞这种吵架政治，一旦要整人，那人就死了，不会知道有人骂他的。

李漂洋的病情持续恶化，基本见不了人，我没法用找龟这事让季郁忙活起来，就说我见过他了，他要忙一幅大画，享誉世界那种。季郁白我一眼，可算了吧，他画的都是一群歪瓜裂枣。我再次接到消息，是另一个地址，让我带好公司的相机，一个人去，我地图一定位，是在海边，叫拉罗谢尔，我回复收到。处理完手头一对年轻华人小情侣的卢浮宫照片，背包就走。在火车上，我做了个梦，梦到钱中西回来了，穿身婚纱，带气球轴，抹胸的复古款，我俩没举办过婚礼，只是去领过证，我靠近她，准备吻她，她突然拿刀捅向自己肚皮，剖开两寸的口子，从里面掏出一个血淋淋的婴儿，孩子眼睛睁着，盯着我，冲我摆了个胜利剪刀手。

我被吓醒，车也快到站了。手机又发来个图片，一座堡楼，看上去有年头了。李漂洋说，我在这上面等你。按导航提示，从火车站出去，穿过两个街区，沿着海边，走过两个造船厂，周边海鸥成群，觊觎码头工人们午休的薯条吃，太阳很大，我晒得前后是汗。好在城镇不大，又经过两架铁桥，到了一模一样的堡楼，上面有人挥手，穿着那件奇怪的袍子，可能在强紫外线的作用下，竟分解成泛绿的微光。

我爬上去，气喘吁吁，顶端平台不大，四围是飞兽状的石栏，李漂洋过来，抱了我一下，将戴着的墨镜架到我脑袋上。海风强烈地打过来，让我睁不开眼，往下看，是晶莹闪亮的大海。他说，来，哥，给我拍张照。我笨拙地取出相机，调试一番，对他按起了快门。他连摆 pose，做起了不同的鬼脸。我说，这是哪一出。他走向一个角落，掏出一个文件袋，说，这里面是我的遗书，还有合同什么的，你好好看清楚，不明白的找人翻译。我说着些自己都觉得不实诚的话，你得挺住，我看你心态挺好，这就对了，咱们再一起过一段时间呢。他问，龟找着了吗。我说，没有，这年头，人都不好找，更别提龟了。他说，谁说不好找，你也没找啊。一会咱俩分别，你就给嫂子打电话。我说，不用了吧，这事我好好掂量，到时给她个明确答复。他看着我，眉眼被风吹出一抹喜悦，说，哥，你是个好人，没啥心眼，谁都敢跟你说最实最白的话，2000 年在深圳，我其实见过嫂子，那是一个饭局，她跟着几个老总，还有别的女人，后来在酒店住了两天，我一直不想和你说，但很多事，就是真到了最后，你发现它没有什么，也不会道个别，也不会怎么样，就慢慢消失了，以后你让季郁嫁个好人，像你这样的。阳光在我俩中间隔开，我站在一半荫翳中，沉默半晌，海风呼呼作响，我俩看向远端，天际线已经模糊不清，他笑着，转头拍了我，一下蹾到围沿上，袍子飞起来，像一团发疯的海藻，他纵身跳下，一丁点声响也没有。

我愣在原地，看向下面，海浪大到淹没视野，纯白的浪花一束一束，我不知道哪个是我的朋友。但我立刻知道，我会给一个人打去电话，她将是我的另一半，此刻在西班牙的一个海岛上度假，阳光正好，无数海浪奔涌而来，像要冲刷罪孽，我将在电话这头喊，罗曼·罗兰说了，世界上只有一个真理，便是忠实于人生，并且爱它。不一会，那岛站起身来，伸长脖子，一口叼走了太阳，我站在岛的外边，看天地正在急速地愈合。

小　亦

沈夏纯

一

若非周元在同学聚会上提及，我们谁都不会想起小亦。往昔的岁月虽泛有蜜样的光泽，但更津甜的糖液正日复一日包裹着我们，令人无暇在回忆中稍作停留，遑论从中捞取一个久不联系的故人。小亦一度是我们中的一个，而这"一度"发生在整十年前的中学时代，此前如何，此后又如何，则不得而知；我们试图说出小亦的下落，也无果而终。我们和她的全部联系，仅存在于那短暂的时岁中。

彼时的我们将将十四岁，时常带着肆意的笑，一路往上、往上，从教室飞到施工中的天台，直奔正中央的小池，沿着假山石围坐一圈。天台一边是建筑垃圾堆，还有一架幸存的老秋千，风一过便吱嘎乱响，另一边是初见雏形的小桥流水木亭子，雅得别扭，新得突兀，仿佛私家园林造错了地方。

我们爱把小池当镜子用，隔几天，就要演一遍"魔镜，魔镜，谁最美"的轻喜剧。给镜子配音的是任子嘉，他成绩好，脾气好，还和老校长沾亲带故，我们默认他有做裁判的权威；裁判对象则是周元和小亦——鲁迅先生有名言曰"一株是枣树，还有一株也是枣树"，她俩便可称"一个是美人，还有一个也是美人"，都是齐刘海长马尾，校服配匡威帆布鞋，乍一看去，不分上下。八卦里，他们的三角恋爱可和偶像剧媲美，可实际上，他们绝无暧昧，笑闹而已。

那个昏沉的春暮，照例始于一场漫无边际的池边谈笑。谈些什么？笑些什么？班花校草，八卦新闻，五一长假要去日本看的演唱会，上周参加的邮轮婚宴，"i"字头的电子产品，从校服边角渗出来的鞋子手表护腕，新近流行的开心网、人人网和微博，当然，还有即将来临的世博会和世界杯。

我们无以还原当时的聊天内容，但十四岁孩子的眼界毕竟有限，想必不会超出这些话题。周元大抵还谈及陪收藏家父亲参加拍卖会，虽说她否认了，表示从来都对老古董没兴趣。

无论那天谈了什么，小亦比往常安静得多，这点毋庸置疑。她勾着双足，不叫池水打湿鞋面，一面盯着手中擦痕不少的答题卡，翻来覆去，不肯放下；卡上分数是极漂亮的，一贯如此。她是凭成绩和奖状挤进我们这私立中学的"撑门面"尖子生，不像周元，关系户一个，学厌了玩两天，玩厌了再学两天，考差了试卷一扔，难得考好了，像这次语文竞赛，还是试卷一扔，和人说笑。

这静默的人像画却被一把石子惊动，小亦的倒影被打了个正着，细波一纹纹荡开，扭曲了她的面庞，又折弯了她的脖子，直到她不成人形，散作形状各异的色块，浮在水上，浮在我们不约而同的轻笑中。

"干什么？有病啊？"周元放出两个刮拉松脆的问句，环住小亦，像护着件天价的瓷器，又扭过身寻找罪魁祸首，眼眸亮闪闪，突然来了劲似的。

"魔镜宣布，今天最美的人是——"任子嘉大笑，又抄起一把碎石，溅开小半池的琼珠。

周元扯住小亦的腕子往后一缩，又招呼我们看他，大呼"风月宝鉴都没他嚣张"。

"必须咯，风月宝鉴比得过照妖镜吗？"任子嘉从衣袋里摸出一包纸手帕，抛物线往周元的方向而去，却在小亦身上结束。

小亦如梦初醒地跳起来，合掌一接，又打回去："属猕猴的，你自己照吧，一照一个准！"

"就是说嘛，还照妖镜，顶多是哈哈镜！"

周元翕着唇笑他，还要反击，可惜革命尚未成功，下课铃便响了，把天台上的我们催回教室，预备提着书包冲出校门。讲台上站着我们的班主任兼语文老师，三十余岁，人很高壮，头发极长，小眼睛塌鼻梁，两排牙齿在嘴里跳华尔兹，不是左扭便是右扭。她用不美却可亲的笑容，赢得了"冯姐"的尊称，要不然，我们非得取法当年的网络红人，叫她"凤姐"不可了。知道我们又逃了晚自习，她也不骂，只笑眯眯调侃一句"总算回来啦"。我们立刻围住她，一口一个"冯姐"，听她夸

沈夏纯

我们竞赛争气，又磨着她请客吃大餐。

所谓大餐，其实不过是炸鸡薯条，但她乐得借此和我们这小团体打成一片，我们也乐得享受这份师生私谊带来的殊荣，久而久之，形成种怪异的习惯。只有小亦一人借故不去，提起书包溜了个无影无踪。我们也不怪她，从冯姐第一次请客起，她就不曾出现，连我们的夜游和生日派对也鲜少来。我们疑心这是她家教颇严的缘故。

冯姐去取包，我们坐在窗边的课桌上等她，两只眼看着校门把离开的人一口口吞掉，认得的小亦、某老师或是不认得的谁，看得津津有味；两只手则抓着零食，塞进嘴里一口口吞掉，流行的"张君雅小妹妹""好时 kisses"或者"Pocky"的新口味，吃得津津有味。吃完，冯姐也来了，喜剧式的脸消失在遮阳伞下，再现在炸鸡前，又潜入地铁的嘴巴，再次消失。我们则如一团始终耀眼的萤，从来福士广场飘到南京东路，又从南京东路飘到南京西路，浮过广告牌与霓虹灯光，飘进路口的"淘宝城"。

在这有名的仿冒品商城里，触目皆是 Prada、Hermes、Tiffany 和 Cartier，每个标志上都缺少一对表示否定的双引号。我们怀着一股兴奋劲儿东游西荡，比赛着说出哪样东西假在何处，仿佛在 4399 上玩找不同小游戏。最来精神的当属周元，她屡屡杀进重围，誓要把水货鉴定个究竟。就在她拿起第三块假表，放到腕上的真品旁时，一个缺席夜游的逃兵却现身了。

周元朝那方向追两步，又在原地立住。

黑暗在光与光之间见缝插针地流动，柜台与货架时连时断，将小亦的背影缠绕其中，像是极近，又遥不可及。我们绕过一重重的黑，好半天才寻到她在的店铺，那里与别家并无不同，假货琳琅满目，还因太假，够不上高仿的资格，连门口那一架子一元一个的吉祥物"海宝"挂件，也假得可笑，不是颜色不对，就是造型不对，歪歪扭扭，几乎不像个"人"字。

我们齐齐躲到"海宝"后边，看她用学校外教课上学来的标准美音，顽抗外国人的杀价。她身边还有个店员模样的女子，噼里啪啦打着计算器，偶尔蹦出些破碎的英语单词，眉飞色舞地帮两句腔。

她和那女子面貌很像，看岁数，女子该是她妈妈。

试衣镜照出她完整的侧影，我们笃定她浑身上下样样是假，唯有校服是真。

好个在"水"一方的伊人。

一时间，我们无话可说，连任子嘉也耸了耸肩，意思大约是不予置评。

周元向那镜子盯了许久，盯出确信无疑的假来，才终于扭过头，不忍再看，只轻轻吐出一句话："哦哟，打眼了。"

二

我们没有揭穿小亦的秘密。照周元的话说，收藏家是不会计较区区一件赝品的，更何况这赝品起码看起来赏心悦目。她照旧混在天台上，穿着名牌，但绝不炫耀；她故意买大一号的校裤，稍盖住鞋面；腕表款式一定最新，颜色一定最冷门，以防和人撞出妙不可言的色差来；外套好办得多，一到教室便披上椅背，万事大吉。我们冷眼旁观，总结出这套有趣的规律，还有好事者专开一个新本子，统计她的"装备"，给她算"身价"。偶尔，我们也把她当假货展示台，问她借来手表、外套，扎堆瞧个究竟，连周元也一边说"有什么好看的啦"，一边凑着热闹。

社交网络上，小亦也自有窍门，开心网发的旅行照片从不比我们少，还会看图说话，评价一二，显得常去似的；可稍加留意，便会发现照片偷自百度贴吧和腾讯微博，东一张法国，西一张日本，她就用这些窃来的美好，拼凑出账号开通以来的一整年人生。我们本该嗤之以鼻，但美女之盗图，宛如读书人之窃书，多少有点凄婉可怜的意思，倒不如假作不知，她伪造发言，我们伪造留言，她玩她的，我们白看一场戏，彼此相安无事。

我们也丝毫不介意浪费时间来聆听她不俗的谈吐，在她忘了自己并非"我们"，不慎吹破牛皮，说出些钢琴考过级但忘了曲目、刚去过巴黎但不记得飞机几小时的话时，我们便不动声色切换话题，仅此而已。我们曾想给她记一册"经典语录"，临动笔又觉兴趣不浓，宛如咀嚼水果味口香糖，从香精的芬芳，嚼到薄荷的刺激，尔后越嚼越淡，越嚼越涩，就该吐掉了。

自然，我们不会将她逐出天台，可难免不能时时迁就她，一旦话题超出她的知识范围，她就静默了，彻底而显眼，像在空气中蚀刻出一块黑色。她是想以此博得一席之地吗？还是要隐藏被打回原形的自己？那时我们无暇思考，十年过去，依旧懒于深思，回忆稍停一停，便不成系统地生长下去。

她的演出，险些音乐课上落幕。乐器、舞蹈、声乐，三个期末考试选项在统计表上相挨，她的笔尖本已自觉移到第三栏，我们突然围拢，压上一句"你说过会钢琴吧"，她便顿住，辩说弹得不好。我们笑嘻嘻的，不肯散去，她一急，竟真的换到第一栏，用力写下"钢琴"，几乎划破纸页。

我们不信乐器能速成，然而小亦不愧为小亦，一连几周都趁放学人走楼空，坐到楼梯口的公用钢琴前，练习"一指禅"；我们也不愧为我们，一连几周，都埋伏到附近的小教室，听她乱七八糟的琴声。我们怂恿钢琴十级的任子嘉演场"邂逅"，做她的小老师，周元嘲我们有病，我们反嘲她吃醋。任子嘉透过后门玻璃窗看着小亦的身影，不置可否。

考试前一天，她仍没学会钢琴，这是必然的事，但她仍当着全班的面按下了琴键，单手，最简单的曲子。

老师浅笑着，宽容地让她及格了。

"弹得蛮好的。"任子嘉评价。

"开玩笑！"

"指法手型全错，但……"他抱着臂，不说了。

周元看看我们，带头鼓起掌，渐渐地，掌声蔓延到全班，夹杂着笑声。小亦被这突如其来的声势吓住，木木地落了座，片刻又逃去洗手间，步履不很稳。

我们承认这掌声不够诚挚，四分起哄，三分嘲讽，两分没见她出洋相的遗憾，还有一分说不清道不明的冲动。有股力量在指使我们鼓掌，可那并不是来自音乐老师、周元或任子嘉。

而那些没能捅破的秘密还在继续滋长，无聊的时候，便在我们悄密的耳语里涌动、泻溢。我们甚至将这笔谈资送给冯姐，当她说她早就知道时，我们又把小亦在网上的光辉事迹全部倒出，终于在她惊诧的表情里，享受到一瞬快意。

新的刺激也滚滚而来，除了小亦，另有两条小道消息，一则关乎语文竞赛，不知谁问起答题卡上的擦痕，我们竟发觉极多选 A 被改成 C、选 B 被改成 E 的事，错改成对，全班如此，无一例外。先前为保成绩，我们各自不响，这时说开，不禁面面相觑。另一则关乎周元，她和任子嘉的绯闻愈传愈烈，小亦则被有意无意忘个干净。

到周元生日那天，绯闻达到顶点，我们画了祝福板报，又嚷着要任子嘉表白，她给全班发巧克力，更激起一阵"发喜糖咯"，让时间陷进甜蜜蓬松的空气。冯姐踏进教室，瞧瞧黑板，也笑着祝她生日快乐，随后才讲起课，念小亦的作文，找人点评。

"周元。"

"我觉得……挺好的，用了排比手法，形象生动地表现出巴黎的都市风光。"

"还有呢？"

"没了。"

"任子嘉。"

教室里一片默契的轻笑声。

"环境描写细腻。"任子嘉站起来，瞥向桌角的巧克力，"就像糖纸，很华丽。"

"坐。再来，听好。"

冯姐重念一遍，把段落里的巴黎读成上海，又走到小亦身边："这个巴黎是不是太'上海化'了，还是它搬到中国来了，啊？"

笑声急剧膨胀，从一颗颗玉米粒胀大成一朵朵爆米花，肆无忌惮地抖入这长方体的空间，挤挤挨挨，抢占空气。

"去过巴黎吗？"她慢悠悠合起作文卷，倒放在小亦面前，视线却始终落在我们中的某处。

我们不理会冯姐的问题，也不关心小亦的答案，只忙于用耳语编织细网，小亦的家庭，小亦的打扮，小亦的谈吐，小亦的一切！在冯姐用解剖刀挑开她的第一块肌肤，甘愿承担这动刀人的重责后，我们便不再有所顾忌，用显微镜研究起她的每一寸血管、每一颗细胞。

"去过吗？写的是真的吗？"又是一刀，在她身上划出个血淋淋的问号。

她所有的作文都是编的吗？她在网上发的任何东西都是复制别人的吗？她说的话都是精心铸造的谎言吗？她的成绩确系努力所得吗？她的脸是纯天然的吗？她是真人吗？

最后一问的答案只能是"是"。她是个会伤心的真人。我们从天台俯瞰，看她抱着双膝，蜷缩成豆子大的一粒，坐在塑胶跑道上，背后的攀岩墙投下巨大黑影，笼罩住她。我们争了半天是下楼去安慰她，还是在这儿遥遥喊话，叫她别难过、上来玩，再看时，她已不见了。

我们跑回楼内，见任子嘉正用公用钢琴爬音阶，便丢了小亦的事，要他给周元弹生日歌。他不得已弹起曲子，才弹到第二遍"Happy birthday to you"，小亦就从一旁的教导处出来，熟视无睹地路过我们。

旋律停了。

"她什么时候加入我们的?"一个声音问。

"去年我生日开始。"

"所以那天?"

"和今年一样。"周元靠上钢琴，玩着手机挂件，"板报，发糖，收礼物，周末party，子嘉弹琴——你们逼的。哦，谁还拎了瓶红酒来，吓死人！一看就是家里随便拿的。送送周杰伦专辑什么的不是挺好。"

"让任子嘉送……"

"烦死了！"周元突然发怒。

任子嘉重新弹起生日歌，一遍又一遍，机械地循环，好像要为所有今天生日的人送上祝福似的。

三

小亦一蜕而变为定窑瓷器，从头素到脚，手表摘了，脚上大换天地，外套虽没换，但品牌标志不翼而飞。她的开心网首页暂停在那一天，说话时也不再捏着讲故事的假腔，能说便说两句，不能说便不说。她缄默的时间，较以往更多了。

一切都在变化。天气渐热，我们的生活渐趋平静，天台的修建工程渐渐过半。那架摇摇摆摆、吱吱嘎嘎的秋千，被拆成了金属废料，横在垃圾堆里生锈。小桥顺着水渠蜿蜒而去，看样子，是要架到另一边，将整个天台装点成江南水乡。

我们东倒西歪地歇在水池边，怀念起秋千，当一切都静止不动的时候，看它随风晃动，也是种不可多得的乐趣，远好过现在，整个天台，建筑、空气、人、水里的影子，样样纹丝不动。

"无聊，无聊，无聊……"周元枕在小亦肩上念着，马上引起我们的同意。

"就要六一了。"小亦拍拍周元，取过课上刚编好程的机器人，一拨开关，叫它在天台上走起来。名义上，它是个"人"，实际只是简陋的模具，没有四肢，没有五官，唯一会的动作便是听从指令向前。我们聊胜于无地看它被台阶卡个正着，笑声冲破唇齿。小亦守在池边，一动不动，也不笑，比这小玩意更像假人。

儿童节就在这种百无聊赖的日子中到来。我们自知已非标准的"儿童"，距离标榜"童心未泯"也还有十几二十年，但正因如此，更要大张旗鼓地庆贺"六一"，借这日期蛮横地行使孩童的特权。女生把头发扎成双马尾，男生喊着动画人物的台词；我们还在黑板上画彩色卡通画，吹出鲜艳的气球，挨个拍到半空，还在等冯姐发棒棒糖——廉价，难吃，但不可或缺。

语文课到了，进来却是年逾五十、微胖身形的年级组长。那双有神而严厉的眼睛，难得带了分和蔼，但却止住了一教室的天真烂漫。我们从她言简意赅的叙述中得知，语文竞赛的事暴露了，冯姐将要受到学校责罚，不再做我们的老师——性质是相当恶劣的，她补充，为了平均分压过别班而修改答题卡，简直闻所未闻。她把目光压到我们身上，继而宣布当事人有二十分钟的时间，来向我们解释并道歉，然后就将接受校方的约谈。

电扇嗡嗡的，使我们听不见自己的呼吸。角落里，一只粉色的气球还在颤动、跳跃，一上一下，将要跳出教室，又被风吹到原处，来回几次，才飘入走廊。门动了一下，但没人进来。

我们挣扎在各自的杂思里，拼着记忆碎片：昨日，班长在冯姐打开办公桌抽屉时，瞄见一幅撕成两半的全家福；上周，语文课频遭调换；再之前，竞赛答题卡被收了回去；五月中旬，小亦曾频繁出入教导处，还有一批学号被抽去访谈；周元生日时，发生了人尽皆知的插曲。

好几人悄悄看向小亦，但她一副高高挂起的姿态，让黑色水笔指关节上打着转，一圈，一圈，再一圈，每转几下，在题目的横线上写一个字母，不一会儿，卷子还翻了个面。

冯姐来了。

"对不起。我不该为了平均分造假。向你们道歉。这是我最后一次站在这里。"她弯着脖子，不看我们，顿了顿，又遽然抬起头，"记得吗？开学第一天，我在这里讲开场白，告诉你们我一向很负责。我问心无愧。"

"没把你们的成绩拉上去，我承认。你们底子薄，语文垫底，这次竞赛我就想，也不重要，就让你们有点信心，让我自己也……"她被一声哽咽呛住，"我第一次，第一次做这样的事。带了好几届这种班，有的永远熬上不去，说的话、做的事永远是空气。我不相信这么巧，又是我，又是我分到最难带的班，为什么……"

她张着嘴低咽，毫不掩饰地露着一口不齐的牙，两手紧紧扶着讲台，竭力支撑住身体，肩膀耸起，指关节弯曲出一座座尖峰，几要在啜泣中酝酿出一场歇斯底里的爆发，又终是虚脱地懈下。泪水失控，从她肿胀的双眼里溢出，将那对眸子泡得更为黯淡。

一包抽纸从任子嘉的位置出发，转过几手，传递到讲台上。"几手"中也包括小亦，她望着讲台，眼睛睁得极大，双唇紧抿，食指在作业本的一角搓动，将它卷起又捋平。

"对不起，真的。"冯姐没动纸巾，只对着教室后方的钟没话找话，"新换的老师是名校研究生，你们跟着她好好学。"

她露出一个松快的笑，因那双红眼睛，较平常更不好看。之后是长时间的空白，我们应当说些什么，但二十分钟将尽，电扇的嗡鸣仍是全部的声音。她回头看了看黑板上的彩色图画，踏下讲台，用喑哑的嗓音祝我们儿童节快乐。

下课了。

愤懑不平的斥责声烧过教室，滚烫的硝烟在舌上蒸腾。我们无一不支持冯姐，为她叫屈，为她喊冤。我们后悔因成绩垫底而拖累她，意有所指地发誓要找出告密者，谴责小题大做的年级组长，怪来怪去，又怪罪给学校。

有人喊起"联名上书"，我们一呼百应，故作老练地罗织想法，起草书信，再向全班征集签名。我们沉湎于建造这壮观呐喊的过程，谁也不去提未知的结果，只以最短的时间，在信纸下方累积起长长的名单，及至最后，仅差一人。

"小亦，签一下吧！"周元俯下身，小亦稍抬起头，两人的双马尾便打到了一处。她看看压在练习卷上的信纸，又看看站成一圈的我们，转了两回笔，竟还拿起信纸细读，全然不知刚才发生了什么一般。

我们揣测她不会落笔，无论她是否告密者，似都缺乏维护冯姐的理由，但我们似也寻不到质问她的理由，话到嘴边，复又吞下。

"不签也行，够多了。"任子嘉说。

但小亦签下了字。

我们怀疑起方才的推测，兴许她并不是告密者，兴许她告密而又后悔了，兴许她是假装坦然。

信由周元和任子嘉送去办公室，临走，她嫌双马尾不够庄重，解开梳回了单马尾。欢度六一的气氛早已荡然无存，女孩子们效仿她的动作，或索性将头发披下。黑板上的彩画被擦除了，留几条抹不净的线，勾勒出六一残余的轮廓。气球给我们带来了最后的欢愉，有人发泄般地用笔尖扎它们，随着"啪""啪"的巨响，橡皮薄膜接二连三地炸裂。有人趴在廊道栏杆上，寻找那只离我们远去的粉色气球。

他们俩很快回来了，不作声，我们也不作声，小亦反催问起详情，比我们更像"我们"。

四

我们的联名信不了了之，与此同时，也并没有人去追查告密者。小亦若无其事地同我们往来，除去这片天台，她无处可去，上赶着加入班里最默默无闻的一批人，总是不明智的；我们也若无其事让这位漂亮、聪明、成熟的风云人物待在这里，只字不提她的过去。她在天台下的日子也顺风顺水，班主任一换，旧事被抛诸脑后，她被划开的口子，想必也不知不觉结了痂。

新老师刚毕业不久，我们叫她"唐姐姐"，私下则直呼其大名"唐愈"。她生得娇小，一头软顺的黑发刚刚过肩，每天总很高兴的模样，上课上到兴之所至，便抛开书本，从大学时的旅行故事，讲到几天前看的展览。她对学生一视同仁，从不请客吃饭，偏更招人喜欢；她从不苛求成绩，班级均分偏进步到了倒数第二。

我们极少念及冯姐，将近一年以后，始听闻她被"流放"到了别的校区，还剪了标志性的长发，正式步入中年。这结局平平无奇，在我们耳边打了个转，就此蒸发。直升考试近在眼前，我们怠懒于关心这些无关紧要的小事，一心只想着进实验班，考进去，或是各出奇招，总之顶好是能直升本校高中部，免得辛苦准备中考。

优异者如小亦，是不必大费周章的，早有多位老师向她游说好处，劝她选择直升。我们预言最好的实验一班必有她的一席之地，但等到考卷一交，不用她打听成绩，唐愈就心急火燎地找来，指着作文纸上的一千个空格子，说不出话。她直言不讳，说是缺乏经验，编不出"记忆深处的旅行"，叫唐愈吞了枚迷你型的炮弹。

周元的成绩则和分数线差了一座珠穆朗玛峰，哪怕家长许诺用钞票来垫足高度，学校也只松口让她进"特设"的实验四班，谈判谈过几个回合，两边竟讲定拿小亦当砝码，要么都去二班，要么都不去。但小亦去意已决，唐愈一找，她便装傻，周元一劝，她便婉拒。传言里，连周元的收藏家父亲都想为此找她"聊聊"，虽不知真假，却实足给我们添了点聊天的材料。

实验班签约前一日，我们中的多数都已有了着落，带着轻松的笑声重回楼顶。天台已近完工，我们日渐适应这微缩园林，看玲珑的小桥折过涓涓的细水，细巧的栈道从木亭子架入小花园，也觉得有趣起来，再不惦念那架破烂的秋千了。唯一的缺憾，便是花木尚未长成，只有栀子硬开出些不成形状的白花，以至于小亦一上来，就说它们"像用过后被随手扔掉的餐巾纸"，惹得我们笑起来。

"明天签约，后天阿元生日，好快！"我们开始新一轮的池边谈话。

"如果说有什么生日愿望的话，就是——小亦！陪我读实验班吧！一起玩，不好吗？"

小亦不接话，双手支着身下的假山石，两足无意识地摇晃，掠过水面时，在那匹轻软透亮的绸布上染出一圈圈纹样，影子也融化成了一组混沌的色块。

周元撇撇嘴，眉头皱起又舒开，换上一个明快的笑："我懂你，实验班算什么，你肯定能考进市里最好的高中！"

小亦抬头，想说什么似的，但任子嘉先她一步，问起周元以后的打算。

"托福，大学出国。Daddy 想让我学文博，但我对老古董没半点兴趣。"

"我也想出国。我爸妈倒很支持我学地质学，今年又给我报了夏令营，在美国。"

我们带着无限憧憬，谈计划，谈人生，又天马行空地立起誓约，约定在四年后的高三暑假相聚米兰世博会，将来还要一起去听 Lady Gaga 的演唱会，一起去现场看世界杯。周元还拉着小亦跳起来，突发奇想对着天空叫喊："我们以后申请一个大学吧！一直做同学，想想就好幸福！"

直到今天，这些稚嫩的誓约也一条都没实现，但没有什么能阻止一群无忧无虑的孩子畅谈未来。那时，校园这小小江湖里的恩怨情仇一笔勾销，我们眼前只剩下璀璨而平坦的单向道。

只有小亦一言不发，又在空气中戳出个无声无息的黑点。风静止了，池中映出她与周元的影子。她立在周元身后，几乎紧贴，脚下是湿滑的石块，若她不慎，准能把周元推入池中；若周元稍退，也准能碰倒小亦。我们正想提醒她俩，别掉下华清池洗个清凉浴，话未脱口，她俩同时一个趔趄，向前滑去。

"当心！"周元吓得脸色煞白，刚稳住重心，还没退回到安全地带，就先死死拽住小亦。小亦僵在原地，胸膛不住地起伏，好一会儿，从她手里抽出左腕，后退一步，把身体靠到一块高高的假石上。

任子嘉早走了过去，步子飞快，脸上却嬉笑着："怎么搞的？下水捞月亮么？"

"骂谁啊！当我们听不出来！"周元急于找他算账，笑骂着，几步跨上去。

"一个是猴子，另一个也是猴子——别打我！"任子嘉往下一躲，又把手伸给小亦，拉她上来。

我们用轻快的笑化解紧张。这一次，小亦也笑了，但没过几分钟，便说要早些回家，还添了句"谢谢"，不知是谢任子嘉拉她一把，还是谢什么。透过天台与教学楼的门，我们看到她的身影被黑黢黢的楼道蚕食，又慢慢、慢慢沉入台阶。但我们不当回事，瓜分着周元余下的生日巧克力，剥开糖纸，让醇香包裹笑声。

自那天起，天台上虽人来人往，笑声不断，却少了那片奇形怪状的黑色。小亦拒签了实验班，与周元的关系，也从某个时刻起，自然而然淡下。听说，她中考发挥失常，再以后如何，我们便不知道了。

我们只关心身边的世界，周元不知用了什么法子，如愿进了实验二班，念完高中，飞去国外；任子嘉也是美本美硕，与她几度分合，以友谊告终；我们分散在世界各地，平日各玩各的，偶尔约约旅行，以疫情的缘故，联系才多起来。在周元的生日，我们跨越时差，来了场"云派对"。

"好怀念啊，这就是 nostalgia 吧！"

"不是 nostalgia，我说起小亦是因为，"屏幕那边，周元努力罗织着汉语词句，"你们都知道我玩 Instagram，对吧？前几天有粉丝说，微博上有人盗我的照片，旅行，日常，除了人像，全部照搬，生日日期都照抄。那个昵称里有'亦'字，小亦的'亦'。"

我们急需一些突发事件，来消解宅居在室的无聊，当即集体跑去微博参观，看那些滤镜极厚的自拍。有人坚信她是小亦，有人断定是另一个不相干的人。

"其实我不太记得她了，总和我们一块儿玩，经常不说话，然后呢？喜欢做什么？好像笔转得不错？"

"一块儿玩？她来过我们的生日 party 吗？有谁去过她的 party，至少，知道她的生日是哪天吗？"

"'戏'特别多、老被我们围观的那个女生吧？貌似和姓……什么来着的老师不对付。"

"你们真不记得了？我倒还有印象，很淡，不过够写篇小说了。成长，阶层，命运！多好的素材！"

我们嚼着零食，回忆小亦，但更多是在回忆我们自己。周元不打算苛责那位粉丝众多的盗图者，只说自己不玩微博，更不靠这赚钱，随她去。等我们吃腻零食，她便取出巧克力蛋糕，点燃蜡烛。我们边嚷"吃不到"，边关灯或拉窗帘，让屏幕暗下，只留一团光，又就着钢琴伴奏唱生日歌，唱到末尾，烛光灭去，灯一盏一盏亮起，窗帘一幅一幅拉开，屏幕内外，都重回光明世界。任子嘉谈兴不高，以不同风格循环起生日歌，又好像要把祝福分送给所有今天诞生的人；我们和周元有说有笑地聊着，聊这无聊的日子里所有有聊的事。

　　没有人再去追究小亦的从前与后来，也没有人再多看盗图者同她似像非像的容颜，以及最新一条微博里那尊精巧、雪白却唯独少了蜡烛的生日蛋糕。

碱水面包

崔天月

  卡尔下班到家的时候，苏易正在橱柜里面翻购物袋，卡尔蹲下给了她一个吻，苏易打了一下他的肩膀，两个人都笑起来。

  "一会儿要去超市吗？"卡尔问。

  "嗯，有点想吃卤肉饭了，需要买些洋葱……今天晚上吃咖喱，饭在锅里，自己去盛。"苏易一边说，一边把洗碗机里的餐具拿出来，收拾到抽屉和头顶的橱柜里，看旁边卡尔没动，踹他去洗手。

  七月的明斯特，晚风正好，天色尚蓝，霞光一缕缕地叠着，远处遥遥地传来乐队试音的声响。卡尔住公寓三楼，阳台正对着社区的草坪，正适合两个人坐在小圆桌边，就着草坪上打闹的小朋友，吃掉自己的咖喱饭。隔壁住的老太太来阳台浇花，与二人打了个招呼，苏易也笑嘻嘻地，挥了挥手。

  "要不要来点冰激凌？"苏易问卡尔，却见他故意往远看，装着没听见，心下生疑，端着空盘子回厨房，又走出来，从后面抱着卡尔，两只手晃他的肚子，"我才离开两天啊先生，一盒子巧克力冰激凌诶，你这就全吃掉了？""Well，一盒子而已。"卡尔举双手投降。

  苏易和卡尔，两个人都有着对于某种食物超出对方理解的食量。苏易惊讶于卡尔能一晚上吃掉一整盒 Toffifee 的巧克力，卡尔也总在苏易选了一桶一千克的香草酸奶后比画她的"小个头"。卡尔觉得不泡牛奶也不泡水生嚼 Muesli 的苏易非常 weird，苏易也常托着下巴皱着眉，看卡尔直接吃刚从冷冻层拿出来的切片面包。苏易有按口感层次吃东西的癖好，从炸鸡翅到普雷结，先一次性解决脆韧的外壳，再大口吃细嫩的内里；讨厌苹果，每次见卡尔大把地夹生彩椒都一脸灵魂出窍，第一次见德国超市里的冰冻芒果块时，两只眼睛写满了"世界真奇妙"。卡尔不喜欢藏书羊肉，去中餐馆的时候会特意说少放糖，对苏易做的造型诡异的松饼接受良好，在苏易兴致勃勃去点烤猪肘的时候盯着她能吃完多少，家里有包装漂亮的过期两年的袋泡茶；会为了满足苏易好奇心，跑几家糕饼店，买老人怀旧才吃的樱桃蛋糕，传说中的"黑森林"——虽然每次苏易都受不了柜台里团聚的嗡嗡响的蜜蜂。

这天去超市，苏易拿完蔬菜和肉类，一如既往直奔她的酸奶，又随手拿了两盒打折的莱布尼兹饼干，卡尔则是加了一提气泡水，往购物车里放了两包苏易一直觉得过于罪恶的黄油。

一切都如往常一样，除了排队等结账的时候，苏易手指敲着腿，琢磨有些事适不适合问。

人类的占有欲是一种诡异的东西。明明你的理智知道，这人年长你许多，莫说在遇见你之前，就算在你出生前，他也经历许多世事，经历过几许情人，但你就是觉得，无道理地觉得，这个人既然此时此刻此地与你在一起，他便应该从里到外、从上到下，统统属于你。

不然，为什么两个人会相遇呢？

在与卡尔分手后，苏易又认识了新的男孩子，年轻热烈，活泼又充满好奇心，对社会与性别都有讨论的热情。一次苏易与他吵架，讲起他不如卡尔的温柔体贴，若是卡尔在，定不会让自己如此难堪。男孩子摔门而出，让她去找她的心上人，苏易气得趴在床上哭。

明斯特时的苏易，尚不知她会如何怀念而痛恨这个男人。她前不久才倚着卡尔的身边，看卡尔给她看自己的旧照片，从第一次被妈妈扔在浴室的童年照，到他坐在妹妹的婴儿车里让妹妹推着到处跑，到他一点点长成男人的样子。青年时的卡尔，比现在瘦，头发也更多，意气风发，身边的短发女孩儿抬头看着他，眼里的爱恋一如相册外看着卡尔介绍照片的苏易。

"……抱歉，我是不是不应该说这些？"卡尔后知后觉，有些回忆，对他而言是不可再来的青春，也是让身边的小恋人生生听着自己与别的女人的故事。"她比我聪明很多，后来又去美国那边上学，

给我发消息说她遇到了新的人，我们就分开了。"

"没关系的，我很乐意听你讲，你是如何成为现在的你的。"当时苏易这么说。

此夜月光似乎明亮，街头的路灯照着树上的鸟巢，苏易右手抱着一只西瓜，手肘挂着购物袋，左手晃着卡尔的胳膊，觉得似乎没必要自找没趣，与身边的男人说，自己在学校见到了张贴的海报，来做讲座的女教授，长得好像他相册里的那个女孩子。

人间情事本如浮萍，有根有缘，聚散由天，所谓"金风玉露一相逢"。但那时的苏易，如情种初萌，嫩嫩地向天上招摇，春风不寒，夏雨未识，嘴上说着不敢奢望，心里还在反复勾画与年长的情人未来的日子。她曾试图与卡尔讲夏目漱石的将"我爱你"翻译成"今晚月色真美"的故事，男人随着她的手指去看天上的月亮，好像还没反应过来这两句话之间有什么联系。

离开明斯特，在赫尔辛基转机的摆渡车上，苏易给卡尔发消息，写"Ich liebe dich"，卡尔回，他一直未敢说这句话，怕说了，就不愿放她走了。苏易哭哭笑笑，想起当年在奥斯陆初遇时，卡尔看着她，眼神里尽是哀伤，问她两个甚至都没有共同语言的人该如何相恋。后来在上海的歌德学院，老师教学生读德语的数字时，苏易满脑子都是当时在慕尼黑的街头，前往剧院的路上，卡尔一个字一个字教她，德语的 1 到 12 应如何读，现在她终于知道当时卡尔教她的东西应该如何拼写，发音的原理到底是什么，然而，她的卡尔现在不在她身边了。

奥斯陆到卑尔根的火车，在孤独星球的手册上，被标为"世界上最美的线路之一"。卡尔拉着苏易的行李箱，送她到火车站，送她继续她自己的旅程，而他结束奥斯陆的旅行后，也将返回柏林。苏易昨晚还与卡尔讲，记不记得奥黛丽·赫本的《罗马假日》，她觉得自己是《奥斯陆假日》的女主角，此时看着站台上的那人越行越远，火车上的她，又坐在那里哭。

苏易想过很多次，若是在那趟从奥斯陆到卑尔根的火车上，她没有哭得那么多那么累，或者前一晚她没有问卡尔要他的电子邮箱，又或者在卑尔根写的那封邮件不曾被回复，是不是她就不会有后来的从柏林到哥本哈根的火车上的眼泪，也不会有从明斯特到杜塞尔多夫的火车上的眼泪，也会更早开始与同龄人的"正常的"磕磕碰碰又甜甜腻腻的恋爱。可是，就像她一直没有找到翻译的那句"为之奈何"，从奥斯陆到卑尔根，偏偏，恰恰，天是那么的蓝，地是那么的翠，中间折返的米尔达到弗洛姆的瀑布又是那么清，那么冽，峡湾天色朦胧水汽氤氲，浸着她的心，浸出数不清的泪。

到底是哪个蠢人，开始将人生比作道路的？谁家的道路，会修得这样坑坑洼洼，让行人必须提心吊胆小心翼翼，不得停留，不得回头。

明斯特，明斯特。

苏易后来与人讲述自己年轻时的恋情，讲自己如何"荷尔蒙上头"地追求自己的老师，吐槽遇见的男人如何的短视，眉飞色舞地说英式男人的闷骚和意式男人的明骚，掰着手指盘点着，那些试图靠近她的男人那些自以为是的样子，又轻描淡写一笔带过，说，"我也曾经为了与男朋友多待一阵子，二十四小时内折返柏林与苏黎世"。

当年从明斯特回国后，苏易的父亲对她说，得知她一个人闯去德国，他和苏易的妈妈只是不敢多讲，怕苏易真的爱上那个叫卡尔的家伙。苏易答，若是不爱，自己何必去德国找他。隔了两年，苏易又遇到了个信誓旦旦的男人，也与她讲，卡尔当初心术不正，苏易还没来得及辩驳，几个月后，这个男人也离她而去。

苏易问过卡尔，自己是不是很没用。卡尔心疼地抱着她，问她怎么会这么想，又给她讲自己高中时、大学时做过的工作，安慰她，教她写简历。也是卡尔，说生气的苏易像个跟在大人后面叽叽喳喳闹脾气的小丫头，苏易气得将自行车骑得飞快，到了家也一句话都不跟卡尔说。到了晚上，想起自己为了来见卡尔花了多大的功夫，又想若是父母在此怎可如此冷落自己，苏易骄傲自矜惯了，不肯如博人同情一般与人诉衷心，便独自蜷在沙发上哭，哭着哭着又不甘心，跑去钻进卡尔的怀里，卡尔已是睡得迷迷糊糊，感觉怀里多了个哭着的小姑娘，拍着她的背，说，没事，没事。

还是在明斯特，卡尔与苏易聊两个人的未来。卡尔说，他很怀疑，或说很怕，苏易爱着的，只是两个人度假时那种浪漫、轻松带着刺激感的氛围，苏易答，这就是为什么，她来明斯特，来参与卡尔的日常生活。那时苏易总觉得，就算两个人之间有距离，大不了她多走一点，没关系的。那时她也没有想过，纵使这样讲过，也没有想过自己会做，所谓"痴情""多情"，忠于的是"情"。心情有恒，情人无常，纠缠你的也许只是图声色之娱，不纠缠你的也是怯于交付信任的懦夫，雷霆雨露，饮水冷暖，轻佻冷肃，摇曳生姿。锢于情的，痴的不是情，是救命稻草，是不必更易的解决一切人生问题的万能钥匙；外于情的，也只是自称理智冷静，实则沉迷于可量化的数字的堆积。情理之间的分寸，要投一颗火热热的心进去，要酷暑寒冬三秋炼，要经上一番鲜血淋漓，才能触着那一线生机。

人总是要去爱的，要经历要尝试，要能雄心勃勃算计利弊，也要能扔下一身披挂，一死生，齐寿殇；活泼泼地惊于宠辱，转头清凌凌地一噱，心上无波。

"综上所述，"苏易对学生讲，"我真不觉得自己多渣，毕竟我对每个人都是真诚而热烈地爱着的。我只是觉得，你不把各种各样的男人经历一遍，你怎么知道自己喜欢什么样的呢？"

知　了

张晓旭

从东北回到老家的时候，我刚上小学，城市生活所养成的习惯还未完全消除。一开始，坐在河岸边乘凉我也要找张纸垫在屁股底下，后来，在泥土里摸爬滚打上墙下河都不在话下。让我完成这个转变的，是知了。

在我还没有完全摸清楚村子有几条路的时候，就看到堂哥拎着锄头在南河边儿的树下扒地了。他岔开双腿，腰深深地弯着，从裤裆下面我看到了他专注的神情。雨刚停不久，风一吹过，一阵短暂密集的雨点从树冠上落下来，堂哥打了一个寒战，抬手擦去耳边的雨珠，在侧脸上留下一道新鲜的泥痕。他直起身，望向南河里浑浊的水。夏天雨季来临，水位比平时涨了许多，原本高挑的芦苇丛稍稍斜着身子，绒毛被打湿了，苇秆间偶尔跳出几只癞蛤蟆。他看到我，手抬了一半，然后挥到锄把上，像是和我打招呼，又像是没有。他把红色的暖水瓶盖端到身边，里面有很多小土疙瘩在蠕动，伸腿，翻身，动作极其轻柔。这是一群什么小家伙啊，从土里挖出来的？知了猴，堂哥说。

妈妈让姐姐带我去南桥旁小树林搜知了猴，当然是在雨后。她用锄头削去表面的一层土，露出直径一厘米左右的洞，便是巢穴。洞口很圆，洞壁湿润整洁。换铁铲狠挖两下，让洞口离知了猴更近一些，它头朝上安静地趴着，两只雕塑一样的眼睛中间，有两根极细极短的触须。三角形的头部嵌在光滑的弓背上，静谧安详，不问世事。撅一根细细的木枝，慢慢地，从知了猴身侧的狭窄空隙中伸进去，托住它的屁股，拽出来。知了猴在洞中像是悬空一样，动作一定要小心。

木枝在送进去的时候，若是不小心碰到知了猴，它就突然掉到最深处。每个洞到底有多深，谁也不知道。我很气愤地换了铁铲，把洞穴旁边的土全部挖开，洞穴越挖越深，旁边的土堆越来越高。挖到树根就利落地斩断，直到挖得那个细小的孔洞消失，才想到刚才知了猴藏在某一铲土中，被埋在了土堆里。想再找到是很难的了。

姐姐只锄了几分钟就抱怨下过雨的树林里蚊子太多，扔下锄头站在一边，来回走，看我一本正经地把知了猴挑出来，放到豁了一块的瓷碗里。我一抬头发现她走到了林子另一头，过一会又看到她在我旁边看着我，像鬼魂似的飘来飘去。她看到我对掉到深处的知了猴大动干戈，挖出了山一样的小土堆，几乎笑了出来。捡了废弃的塑料袋子，到河边兜了半捧水来，耐心地灌到深不见底的洞里。"等着吧，"然后她又四处逛去了，这时候同村的其他孩子有的也来了，她去盯着凑热闹。

我继续"开垦"，搜过的土地像是犁过一样，地皮被翻起来，杂草被埋进去。小洞一个个地在锄头底下出现，我愈发熟练地用木签和铲子把它们捉出来。有的知了猴位置太靠近地面，锄头发现洞口的那一下，已经让它身首异处了，绿色的黏液留在锄头上，尸体横断面上粘上了泥土。

一个大洞突然出现。巨型知了猴！比之前搜到的知了猴大八倍！

眼睛，前爪，还有背部的纹理清晰可见，更鲜艳的橙黄色，盯着它的眼睛看甚至有些瘆人。洞很浅很浅，不担心它掉到深处去，但第一次见到这大玩意还真有些不敢碰。

姐姐突然递给我一个水淋淋的知了猴，"刚才那个洞，水一淹，就自动爬出来了。"

"呦，运气这么好，碰到大知了猴了。"姐姐把它捉到手心里，递给我看。它顺着她的手朝胳膊上爬，速度很快，却被一次次地捉回手心。我攥住它的时候，它像是拼命突围一样从我指缝钻出，前爪的夹子像螳螂一样，夹得我手微微发痛。

这一整个下午的收获也就一小碗，加上一只大个儿的。我端着碗，姐姐拖着锄头回家了。

晚饭的时候我就吃到了一道荤菜。

知了猴的背和爪子清洗干净，油，盐，酱油，麻辣鲜，翻炒到一半的时候用牙签挨个刺穿身体，入味。像吃花生米一样夹到嘴里，壳很脆，肉很软，嚼起来有炸小鲫鱼的口感，没有腥味，很好吃。于是那个大知了猴也被我吃掉了，只有一个，妈妈夹到我碗里，我没有孔融让梨。

张晓旭

那之后，姐姐不再陪我一起去找知了猴了，而我则习惯了低头走路，盯着找地上的小孔，地毯式搜索。个子矮，眼神好，碰到看起来很"深邃"的孔，用小木棍轻轻扒开，一只知了猴静静地等着我。

低头走路是有风险的，撞到树上，撞到电线杆上，撞到人身上。比如小染，她也是奇怪，看我直愣愣走过来也不避一避，反倒学我歪着头，盯着我看的地方。

手里的知了猴撒了一地，我一把推开她，以防被她给踩瘪了。

她手里攥着一只带翅膀的知了，雄性，叫不出声，透明的翅膀拼命快速地拍打着。那时我还没有把天上飞的树上叫的知了和土里埋的、地上爬的知了猴联系起来，是个在小城里长大的天真孩童。

"这个是由那个变来的。"她指着我手里的知了猴。

我想知道这是怎么一回事，便跟着她去了她家。她家的房子孤零零的，就在南桥旁的树林东边。没有邻居也就没有竞争，因而院子很大，也可以说，整个树林都是她家的院子。因为除了房子之外，没有设篱笆。

一条路从她家堂屋直通向河边的大路，靠近房子的路两边堆着发霉的木料，一堆码好的红砖头，猪圈墙上突然冒出一只羊。叫个不停的是她家的黄狗，恶狠狠，不分好坏似的。

她家和我家很相似的，三间房子，用高粱秆编成的"墙"隔开，门是墙上的洞。堂屋条几上摆着挂钟，正墙上挂着中堂画，画的边缘发黄卷起了边儿。小染指给我一把椅子，我稍微一蹦就坐了上去。

她从东屋里拿出一个装白酒的纸盒，掏出泡沫。"把它们放到里面吧，明天它们就会变成会飞的知了。"小染关上了盒子，护送我到树林西边。

第二天吃完早饭我就又去了，小染听到狗叫从屋里出来，手里拿着筷子和半个馒头。大黄狗一边对着她摇尾巴，一边对着我疯狂喊叫，它的真实意思难以辨别。小染也受不了了，把半块馒头丢过去，狗嘴被堵上了。

我想打开盒子，她说时间还不够，一大早打开反而打扰到了它们蜕壳，盒子最好先不要动。等待的时间显得极其漫长，我在盒子旁边反复摩挲，跃跃欲试，坐等见证奇迹的时刻。她也吃完早饭，我俩都等得焦急了。她干脆拉着我出门了，到清华家门口，那儿有很多女孩儿在。

跳皮筋的花样就很多了，周扒皮，楚留香，盘葫芦，绳子的高度不同难度也分一二三等。可以多人同时跳，最会玩的姐姐带着一众半大小姑娘一块，往往是一个被绊倒，三五个四仰八叉，大姐姐很无奈地看着一群小疯子哭笑不得。

我和小染也加入了她们。毫无阻碍地。不止大人喜欢热闹，小孩子也一样。

玩到尽兴回了家，我才想起知了猴的事情，只好再等一天。第二天我们神情庄重地站在纸盒面前，答案揭晓的时候，期待又紧张。小染小心地伸手将盒盖打开一个缝，眼睛凑过去，太暗了，她换到屋外亮堂的地方，还是看不清，干脆直接掀开了盖子。

一点变化都没有，所有的知了猴都好像死了一样。从它们身体上流出的液体染黑了白色的纸盒内壁，像蜗牛爬过留下痕迹一样。小染晃晃盒子，确认它们真的死了，直接倒在了地上。黄狗敏捷地扑上去，知了猴个头太小，摇头晃脑象征性地嚼了两口吞下去，好像没吃到什么味道。

很快，夏天让每个人都领教了它的炎热。这时南河沿上，树荫下，南风吹来，好不惬意。大人们在席子上打牌，小孩子跳进河里游泳，脱光了也不觉害臊。游到桥底下，在桥墩的缝隙里找小螃蟹，硬币一样大，半透明的爪子，夹人就像挠痒痒。卖冰棍的推着自行车走街串巷，看到这种纳凉场面就停下来，黄白相间的喇叭里重复着："冰棒冰棒"，四字一句，抑扬顿挫。这时候孩子们爬上来拉着各自的父母，父母没到场的孩子嫉妒又失落。但三伏天里的冰棒太珍贵了，连吃独食都天经地义起来。卖冰棍的理了理包着冰棍的被子，把泡沫箱子扶正，喇叭的声音渐渐远了。

小染和我都身无分文。她说，"知了可以卖钱的，知了壳也可以卖钱。"

她说的是对的。一天晚上，妈妈拎着脸盆带着我走了三公里，到公路边的树林里摸知了猴。全村都出动了，女人孩子带着水桶浩浩荡荡的。天还没完全黑下来，其他村子的人已经就位。一条更宽的河紧贴着公路，河这岸种着大片大片粗壮笔直的杨树。每一棵树干上半人高的位置，都被提前缠了几圈黄色胶带，如果把眼睛放到和胶带同样高度的位置，会发现世界被一条黄色的虚线分割成上下两部分。由于高度控制得不精确，虚线以及世界都显得歪歪扭扭的。夜幕降临，手电筒的灯光在树林间闪闪烁烁，人声鼎沸，知了在树顶吱吱叫个不停，有点深处迪厅的感觉。

大知了猴开始上树了。速度是那样地快，好像突然一齐从地面上出发了一样。它们沿着树干，爬到缠了胶带的地方，遇到光滑的表面，前爪无可依附，爬不上去，只好停在这里。一束光打过来，它们的身体黄得发亮，被人轻而易举得捉住，扔到塑料桶里。

我却莫名其妙地开始担心那些还没有上树就被踩瘪的知了猴，于是小手电筒朝地上照。而地面和被胶带圈定住的树干相比，范围还是太大了，我一无所获。

小染又突然出现，跟我说："你想不想看看知了猴是如何长出翅膀的？"

我跟着她提前回村，熟悉的小树林在夜晚显得极其陌生。但是这里离小染家很近，她显得轻车熟路了。她早在好几棵树上绑了胶带，位置比大人们的战场低了许多。用手电筒照，什么都还没有。等待需要耐心。

蚊虫多，叮得人心烦意乱。等了好久也没有知了猴出现，她带我先进了屋子。电视上人头闪动，一根雪花线从下到上移动，然后重新开始。我们每隔几分钟就要出去看一眼，没有，还是没有。失望情绪逐渐发酵，有些意兴阑珊了。

隔了挺久我们又出去，因为我该回家睡觉了。却发现一棵树的胶带下边缘趴着一只，不，两只，或者说，一只知了和它的壳。知了的翅膀在手电筒的灯光下熠熠发亮，灰黄色的背部有玛瑙的质感。它站在蜕掉的壳上，轻薄的壳失去了生命，看起来承受不住知了的重压摇摇欲坠。小染凑近了看，知了却一动不动，不知道是无知还是无谓——毕竟此刻它相当于重新出生。看来作为飞虫的生存经验和爬虫时期不同，需要重新积累。我们就站在它新生命的起点上。我伸出手，还未靠近，它扑棱翅膀留下外壳离开了，抖落的露水溅到我脸上。我只拿到了一个不会飞的空壳。

知了壳也可以换钱，小染说的。我找了一个黑色塑料袋，把空壳扔进去，就一个，显得孤零零的，晃晃，丝毫感受不到增加的重量，要攒多少才够换成钱啊。

小染说，上次我们发现的那个是已经蜕完壳的知了了，如果能看到它破壳而出的过程就好了。于是约我每天晚上去她家里看电视，顺便等待好运降临。

而大人们依旧每晚组队去公路边，把大知了猴一盆一桶地拎回来。城里有人专门下乡收购，一斤十块钱，真值钱啊，可是我那段时间和小染，只对知了猴怎么蜕壳感兴趣。

我们猜测知了猴蜕壳的过程是极其迅速的，大概就像冬天的时候脱衣服进被窝吧，要不然为什么每次发现胶带下方有知了猴的时候，都只剩了空壳。也许是我们一天天的等待太过漫长，村里又有了热闹可以看。

大辉妈被她儿媳妇指着给骂了。

她那年已经六十多了，干不动活儿，住在大辉家里。但她并不是因为住在大辉家里才叫大辉妈，也不是因为叫大辉妈才住在大辉家里。农村的妇人没有孩子之前叫某某媳妇，有了孩子之后叫某某妈。大辉是她的第一个儿子，当然，还有第二个儿子，叫小辉。

养老需要儿子们轮流承担，这一年恰好大辉妈住在大辉家。大辉妈也跟着大儿媳去摸大知了猴了，她的手电筒有些接触不良，手脚也没那么利索，因为怕在黑暗中被人撞倒，她尽量去人少的角落碰运气。收获不多也不少，都放在了旧衣服改做成的棉布口袋里。

问题就出在这里，她没有把自己的收获全部交给大儿媳妇，而是留了十几个，凑了一碗，偷偷去给小辉家送了去。这本来也没什么，可小辉刚好也想尽尽孝心，偏偏让媳妇炒好盛着给妈妈送去。被大儿媳妇发现，点燃了火药桶。

"你们看看这个吃里爬外的老不死的白眼狼。"

大儿媳妇不停地骂骂咧咧，围观的人越来越多，有人看不下去了想把她拉走，她挣开胳膊掐着腰，喋喋不休。陈芝麻烂谷子正好翻出来晒一晒：生活多么不容易，和大辉过日子受了多少气，自己又是多么忍辱负重多么孝顺，不自觉地带入了自古以来都有的受难儿媳妇角色。追述和辱骂穿插交错，夹叙夹议。

有人把大辉喊回来，平息了风波之后，各回各家。

午饭后姐姐出去找大孩子玩了，我也正要出去玩，却听到妈妈叫我。妈妈站在厨房门口，半个身子探出来，摆手招呼我过来。

妈妈从身后端出一碗炒好的大知了猴。"上次你就吃了一个大的，这回炒的都是大的，让你过瘾。"我看着油汪汪的一碗知了猴，知道这是妈妈故意留下没卖的一小部分。吃，还是不吃？姐姐已经走了，我可以全部吃掉，看起来真的好好吃呀，上次的余味仿佛还在……不管那么多了。我胡乱吃了几口，不知道为什么，没吃几个就饱了。

晚饭的时候，没吃完的那半碗上了饭桌。姐姐从她房间里出来，拿起筷子夹了一个放到嘴里。"小辉叔送给他妈的那半碗知了猴怎么到我们家了？都不酥了，不好吃。"

时间已经到八月份，雨水渐少，知了在近处远处屋前屋后的树上不知疲倦地叫着。本村小树林里的知了猴估计在爬出地面前就被搜刮干净了，不好指望有多大概率爬上小染绑了胶带的那几棵树。虽然新出土的知了猴渐渐少了，小染还是想要找到机会看到它们蜕壳的过程。我的游戏项目变成了网知了。用铁丝弯了一个环，缝上网兜，绑在长竹竿较细的那端。出发。

我一边走一边盯着树干看。知了和树干的颜色一般非常像，幸亏我的眼神不错，找到它们不成问题。在路边，在树林里，一棵棵地扫过去。有时候三五棵树就会发现一只趴在高处的知了，有时候走过了一大片树林却什么也没看到。树是圆柱形的，所以盯着树的侧面看会很有效。看到树干的边缘突出一块，心中兴奋，走近一看，发现是砍掉的树枝留下的疤痕，这种情况是经常有的。

确认了知了的位置，双手擎住竹竿，越稳越好。环形的网兜口慢慢靠近，心中默默祈祷不会被它发现。如果靠到它背部十厘米左右的位置它还毫无察觉，基本就可以宣告胜利了。快速地用网口盖向知了，然后转动竹竿网口朝下，网兜带着叽叽喳喳地叫着的知了，在空中划一道长长的弧线。网口盖在地面上，网很长很深，一般来说在空中转动几下竹竿，网就绕在了竹竿上，知了是无论如何也逃不走的。

最惊心动魄的是，知了趴在较低的位置，低到好像可以用手去捂住它。我慢慢走近，它就在我眼前静静地趴着，像睡着了一样。抬起手，慢慢靠近，慢到我胳膊甚至有些酸。终于移动到它背部上方了，我故技重施——手掌快速地盖下去，然而它还是向斜上方飞走了，手掌的速度到底是很慢的。

随着越来越多的知了猴破壳而出，树上也出现越来越多的知了壳，轻飘飘，黄澄澄，比找知了容易得多。于是捉知了和收集知了壳合二为一，网兜系在左边腰上，装知了；塑料袋系在右边腰上，装知了壳。

但收集知了壳也并不容易。知了猴可以爬得很高很高，那些将要够到又够不到的，我只能四处找砖头靠在树干根部，一只手抱着树，踩在砖上踮起脚，另一只手高举竹竿。只要碰到就足够了，有时候就是死活碰不到。或者碰到了，风一吹，落到了河里。用竹竿上端的网伸到水面上捞，像极了钓鱼。

像这样每天早晨带上竹竿和网兜出门，到了中午也不知道该回家。妈妈一边在河沿上走一边叫我的名字，我听到了就知道该回家吃饭了。村子很小，她做完饭也好去河边吹吹风，闲聊上一段。下午我又出去，天黑看不清再回家。起早贪黑早出晚归，俨然是一份正经工作。

本村的河边树林被我摸熟了，半个上午逛两个来回，我渐渐把行动范围拓展到了邻村，还有无归属的大路上。没有手表也没有手机，妈妈找我是越来越难，有时候连我自己都忘记走到哪里、走了多远——仰着头走路和瞎子也没什么区别，常常被绊倒或者冲进灌木丛中。不过好在我不会跑得太远，东南西北临近两三个村庄，最多了。

有一次妈妈实在是找不到，累得坐在桥上，无力吆喝了，悠悠地叫了声我的名字。我正好在桥下水边拣了壳——是被风吹到水里又被波浪聚到岸边的，因为水浸风化的原因，稍用力就碎掉了——听到有人叫我的名字就答应了一声。妈妈惊讶得说不出话，在外头找了半天，原来我那天没出村。即便是"蓦然回首"，"得来全不费工夫"，我还是挨了几句不痛不痒的训斥。因为水面附近漂到那里的脏东西太多了，死猫，化肥袋子，输液器……妈妈怕我因此染上什么不好的传染病。

走街串巷时，眼睛自然忙碌地扫描树干和较粗的树枝，仰着头走路，货真价实的"眼高于顶"。经常碰到同村的小朋友们三五成群，女孩一堆，男孩几堆。所有的游戏我都玩过，所有的游戏我都玩得不好。跳皮筋还行，也许是因为腿长。

一天中午，我看到玩弹珠的场子还没有散。小染在旁边一棵树下站着，看到我手里捏着一只大知了。翅膀被折断了一只，背部黑黑的，像用毛笔给染上了墨。透亮的翅膀里夹着细细的黑色的纹理，像是叶脉。她用左手把它拿走，伸出右手把两个知了壳放到我手心。然后轻轻地把知了放到树上，让它慢慢地爬到高处。"捉知了有什么意思呢？又不能吃，也不好玩。"小染的目光随着爬行的知了越升越高，又说："不如我帮你找知了壳吧，还能赚钱。"

"你不要缠着我妹，"他哥哥的游戏打完了，过来对我说。

"我是来叫我哥回家吃饭的。"小染拉着他哥哥的胳膊，转头鬼我说。"我见过知了猴是怎么蜕壳的啦。"

小染说得对，捉树上的知了的确没意思。如果是会叫的还能听个响，如果不会叫，真的是没什么好玩的。回家之后，我把装知了的网兜往堂屋的床底下一扔，开始专心找知了壳。

每天晚上我去她家等待奇观降临，白天她来帮我寻找在树上的知了壳。竞争者出现了，我和小染分头行动，她走在前面快速搜索树干、树枝、树叶上的目标，记下位置，回身告诉，我把它们一一取下来。一天下来，收获颇丰。

晚上的等待终于也不白费。等到了一个刚刚爬到绑好的胶带下面不动了的小知了猴。我们预感它应该是要开始蜕变了。屏住呼吸站在旁边。怕手电筒的光线太亮，用手捂住手电筒的光，手吸收了光线，变得红彤彤的，但逸出的光亮足够我们看清整个过程了。

最先时它的背部裂开一道缝，粉嫩的肉从裂缝中挤出来。裂缝越来越大，背部弓起的弧度也越大，我甚至担心它会就这样卡住，窒息而死。突然，头部和眼睛从壳里拔出来，像是红酒瓶塞。淡黄色的六只细爪攀住壳，向上一提，尾巴就漏了出来。它趴在壳上，产妇一样虚弱地休息，翅膀像皱成一团的道林纸。整个像个缩小版的雏鸡。

知了的蜕变像是换了一身衣服，原本沾满泥泞的丑陋坚硬外壳，换成金黄色闪闪发光的华贵礼服。太可爱了，我情不自禁地把它拿到手里。小染想要阻止我已经来不及，我轻而易举地捉住它，帮它抚平皱巴巴的翅膀。我把剩下的壳也取下来，带着浑身金黄刚出生的知了跟她回家。

等到进门放到点等下一看，好看的黄色躯体已经有些变色了，稍微有些发绿，整体黑了不少。但翅膀还没有变得很平整，我有些担心，把它放到桌子上，用透明玻璃杯扣住。

第二天去小染家，那只知了残疾了。虽然颜色已经变暗到和一般的知了一样，但是翅膀好像总不是展得十分平整。我好像不经意间害了它，揠苗助长似的。

有谁换衣服的时候喜欢有人注视着？改变本身就那么难，何况还有那么多双眼睛看着。发展，改变，有无数的眼睛联合阻止。知了无法阻拦我们，它只是忽略我们，按照生命的规律执行，直到一双手彻底摧毁蜕变的过程。翅膀毁了，它不幸地被悬在了半空中。

"没事的，下次我们不要碰它了，蜕壳的时候被吓到，翅膀就永远展不平了。"小染安慰我。

"算了，我不想再偷窥它们了。现在我知道是怎么一回事，足够了。"

无论好意恶意，知了猴一遇到人就会遭遇灾难，连被当作宠物养都不可能。它们也许适应了无人打扰默默无闻的生存方式。

暑假快结束，我们收集到的知了壳在集市上卖了十元钱。我买了两根三毛钱一根的糖葫芦雪糕，一人一根。剩下的钱我藏了很久，鞋盒里，床垫下，柜子顶……第二年的五一节，加上过年时没有上缴的压岁钱，和小染一起在庙会上挥霍一空了。

夏天就这样过去了，后来还有很多个相似而又独特的夏天。有一年，知了猴似乎开始变得非常少，有时候锄十分钟都见不到一个洞，我们的注意力转移到了别的玩耍项目上。又过了不久，南桥边的公共树林被砍掉了，那段时间整个村子都飘散着锯末的味道，接二连三地打喷嚏。槐树榆树和桑树没有了，种上了清一色的细直笔挺的杨树。小杨树和竹子一般粗，树干光滑得像是浑身都缠满了胶带。灌木丛也被清理干净，知了猴爬到哪里蜕壳呢？

小学毕业我离开家，重新一步步回到城市里，这条路上也只有我自己。父母在城里把我生下来，又像知了一样把我埋进土里。毕业照上我的胳膊搭在赵强同学肩上，姿势奇怪，手悬在半空中，僵尸似的。定格在相片里的我也像是一个知了壳。

初中，有了新的朋友，忘记幼时"自由的宠物"也是稀松平常的事情。语文课上学到一篇课文，小思写的《蝉》。"它等了十七年，才等到一个夏天。十七年埋在泥中，出来就活一个夏天，为什么呢？"

当时的我还不能理解这种"生命的意义"，但那个周末回家，我拿起锄头和铲子，去屋后自家种的几棵树下，心血来潮地搜起知了猴来。也许是我长高了吧，锄头在我眼里显得小了很多，眼神也没有那么敏锐了，甚至用铲子把蚯蚓的洞翻个底朝天，发现一个大小合适的洞，里面却空空如也。

食指伸进去，比我想象的要更深一些。用铲子奋力将周围的土挖走，洞口下降，再伸手指去探，果真碰到一个不软不硬的背部。我再接再厉地挖下去，土堆也前所未有的高。等到那个朦胧的小家伙出现在浅浅的洞穴尽头的时候，我照例拿了一截细细的树枝，挑它出来，它却突然变成一只张牙舞爪的黑色蜘蛛，飞快地爬走了。

当时已经是秋天，这个季节，世上已经没有知了猴了。

其实也并非没有。在长大以后的某个冬天，雪被风吹得斜斜地飘着，树干迎着风的那一面像面包上涂了奶油一样。我靠近那棵树，发现有一块凹陷不均匀地粘着雪，多年前夏天在树上找知了的经验被重新唤起：那凸出或凹陷的不过是被砍掉的树枝罢了。但当我停下来，却发现了一只大知了，躲藏在树干上凹陷的伤痕里。从夏天坚持到冬天，躲过了无数飞鸟的袭击，又在觅食的蚂蚁口中幸存。

人人都知道，知了的一生有三段。一开始很久很久的时间，在黑暗却也安全的泥土中。然后在树上长途跋涉，一点一点等到蜕变长出翅膀的那一刻。最终雄性引吭高歌，雌性把卵产出来，新的幼虫重复这一追逐蓝天的旅程⋯⋯

可是，是否也有想要永远留在树上的知了，藏在某个不为人知的角落，做着与世无争的梦。秋天的寒风吹来，死去，成为一尊雕像。

长大了之后，我对知了已经了无兴趣。它陪伴小孩子们一起长大，却被所有大人共同遗忘。也并没有完全遗忘，知了的幼虫仍然不时地出现在餐桌上。人类，有权力的大人们，他们偏爱可以食用的知了猴——吃干抹净还有下一批，他们会想，知了猴永不上天该多好啊。

知了不停地聒噪，引我回忆起当年"野生宠物"的时光。把知了当作宠物，是小染的功劳，她让我明白宠物并非一定要捧在手心里喂养，而她已经结婚有几年了吧。有时候我也会想，知了是益虫还是害虫呢？吸食树干数根的汁液为生，似乎是害虫，可利害本身就是对自私的人类而言的。更何况，知了本身又那样可爱，不像蜘蛛、蜈蚣、天牛一样长出一副狰狞的面容保护自己。知了仿佛一开始就要和人类做朋友的，却像多余物一样，若即若离地，不自私，不报复，不恐吓，不讨好，和人类保持着完美的距离。

当我远走他乡读大学，放暑假时，偶然捡到了一只大知了猴。即便早已不如十多年前那般兴奋，我还是把它捡起来了。回到家，手机电脑，各种任务让我再次轻松地把它遗忘。第二天早晨，我被一阵粗犷有力的叫声吵醒。昨晚，知了猴悄悄地蜕壳了，在我家堂屋，不知是哪个角落里，提醒我它的存在。

藏 着

朱思婧

一

他颤颤巍巍解开安全带，摇下车窗，双手止不住地抖动。他感觉自己快要窒息了，贪婪地吸食涌进车内的新鲜空气，任它们没有限度地涨入自己的体内。渐渐平静下来之后，他从汽车中控台里取出一根香烟点燃，把身体往座椅下瘫了瘫，左手夹着烟卷耷拉着架在车窗上，烟雾吞吞吐吐地遮蔽他荒凉的面庞。

突然响起的手机铃声吓得他一激灵，燃烧的香烟整个儿翻进了他的手心，烫出一块血红的皮肉。他打落烟灰，幸好，是妻子打来的，他竖起的寒毛又松软下去。

"今天煮了肉丸汤，老公你几点到家？"略带疲惫却强打精神的声音在无线电那端响起。

"马上到。"他翻下头顶的镜子理了理额前的碎发，扭过身去瞥了一眼后座——一切正常，于是深深叹了一口气。身体松快了些，他提起副驾驶的公文包走下车。

小男孩听到钥匙开门的声响，捏着蜡笔画，蹦蹦跳跳朝门口奔去。"爸爸，爸爸，今天老师表扬我了。"他把公文包搁在玄关架上，双手穿过小男孩的腋窝，一把将男孩抱举起来。"囡囡真棒！画的是什么？"说着，他把男孩儿换到左臂膀上坐着，拎起公文包往餐桌走。

餐桌上已经摆开了盛大而孤独的宴席。"吃饭啦，快去洗手，吃完饭再给爸爸看。"妻子戴着厚厚的手套，将砂锅煲的肉丸汤端上餐桌。

妻子掀开锅盖，锅里腾腾地冒着热气，只见汤面上罩着一层浮游的猪油，肉丸被炖得惨白。他突然感到一阵反胃，喉咙里的酸水翻涌而上，忍不住干呕起来。

妻子摘下手套，手搭在他背上轻轻为他顺气。"胃病又犯了？"他摆了摆手，在桌前坐下。妻子盛了一碗汤递到他面前，里面满满塞了七八颗肉丸。这令他联想到那些贪婪女人坠在腹部的脂肪，胃酸再次涌到喉咙口，他对妻子说："没胃口。"

强烈的生理反应让他感到吃惊，是什么时候开始他对于肥胖如此厌恶了呢？他的脑海里闪现过第一次见到敏子的样子，她的长裙，她的腰肢，她的长发，曾撩拨了他大半年。但他又不得不想到，刚才离开敏子家时，眼睁睁看着她身上的肥肉像一摊烂泥铺展在地上。

他觉得女人都是精明的骗子，凭借年轻窈窕的身体诱惑脑袋发昏的男人，就那么一次的错误，便可以公然把他捆绑在身边，肆无忌惮地索取钱财和陪伴，接着女人就自顾自地发胖发福，像好吃懒做的母猪，任欲望的种子泡在她们身体里发胖。一旦男人后悔了，她们就从母猪变成疯牛，恨不得用头上的角把男人捅两个窟窿，撕碎了同归于尽。

"老公，怎么不吃呢？这两天你的案子还顺利吗？"妻子夹了一片回锅肉到他碗里。

"老样子。"他把注意力转回妻子身上。他很久没有仔细端详妻子了，猛然一瞥他感觉眼前这个女人很陌生，尽管他们已经结婚十一年了，这种陌生感却这么突如其来地击中了他的心脏。以前他对妻子的印象仅限于腰间橘子皮一样的妊娠纹，松弛的皮肤和粗糙的手指。现在他注意到了妻子纤长的脖颈、眼角的细纹和额间零星的碎发，妻子一如既往的温顺、寡言、沉默，一丝诡异的蠢蠢欲动的性欲闪现，但又很快地消逝在肉丸汤飘起的油腻气味里。

他夹起几片清炒白萝卜，放在口中寡淡地咀嚼吞咽。

"莉莉刚刚给我打电话，说她抓到老公出轨了，崩溃得不得了。"

他记得妻子说的这位莉莉，根本不知道自己要什么，活得糊涂是她最大的错，既要丈夫忠诚陪伴，又要丈夫多金大方，还要丈夫上进拼事业，终究是把男人逼上绝路了。他一点也不意外莉莉的结局，甚至早在参加他们婚礼的那天就预料到了结局。

"你们女人这是自找不痛快。"

"怎么这样说啊，追求忠贞不渝的爱情有什么不对呢！"

朱思婧

妻子为儿子拌蛋羹，哄着儿子再多吃一口饭。他看着这个为他生儿育女的女人，觉得她单纯得可笑。他已经不是第一次蔑视妻子了，自从他娶了妻子就常常在背地里扬扬得意，自以为把妻子看得透透的，而每当他有这种掌控感的时候，他就觉得生活有希望。

毕竟自打他生下来的那一刻就没有人在意他的想法和喜好，继父更是把他视作路边捡来的狗，肆无忌惮地掠夺他的生存资源。而婚姻使他真正获得了一种尊严，他当家作主了，作主就意味着一切。因此他从来不允许自己失去对场面的控制，这种拥有掌控权的日子对他来说才是真实而踏实的存在。

压着心里那点可怜的掌控欲，没想到妻子疼痛的目光在他身上停留住了——衬衫上的红吸引了妻子的注意。红色，一个危险的信号，来自某个都市女郎的唇，妻子敏锐地捕捉到了，他们的眼神碰撞在一起，试图肢解一个秘而不宣的细节。

"囡囡，你先回房间里，妈妈和爸爸有话要说。"

儿子很乖地跳下了餐椅，捧着图画书进了房间。

"这是哪里来的口红印？"妻子让自己尽量显得平静，但颤抖的嘴唇还是出卖了她的慌张。

"今天接了个离婚案。那个女的上来就抱着我哭，我也没办法啊。我的人品你还不知道么？"他的回答轻描淡写，隔空贴出一张变质的休止符。

妻子没有再接话，低下头去默默收拾碗筷。电视机里播报着天气预报，一场暴风雨即将席卷这座城。他向窗外看去，聚拢的乌云与风暴显露峥嵘，一个光点闪过刺了他的眼。

最近那光点时常出现，像眼睛，无时无刻不在盯着他，有时候藏在地下车库的西北角柱子后面，有时候躲在对面楼栋的窗帘背后，有时候开车尾随，他不确定这是不是睡眠不足引起的幻觉。

二

下班以后，他在高峰期的车流里默默前行，朝着偏僻的乡村开去。夕阳追逐着他的轨迹，绵白的云朵被染成肉色、橙色、紫色、暗青色，马路越开越窄，路旁的树飞似的向后奔去，他的心激荡起来。暴风雨快来了，借着最后一点光亮，他遥遥地看见了寺院的塔尖。

踏进寺门，老住持正站在庭院中央，用拂尘为一尊半人高的菩萨掸灰。老住持看上去至少有八十岁了，步伐缓重，像一个忠实而沧桑的立体图案，他整个人缩在衣袍里佝偻着，白眉遮盖下的眼睛微微地眯着。

"我想请尊佛。"

"空心的？"老住持不去看他，也没有停下自己手里的动作，依旧细细地查看佛像上遗落的灰尘。

"对，空心的。"

"经书不要？"

"不要。"

"请来做什么？"

他没有应答，只是盯着老住持看，身子挺直，头向后仰了仰，面孔紧绷像快要干裂的水泥块。风穿过密集的树林，拍打他颤栗的灵魂。老住持不再追问，转过身去，迈进西边半掩着的禅房。

不一会儿，偏殿里走出两个小和尚，抬出一尊泥塑的菩萨安置在他的汽车后备厢里，老住持也没有再露面。他往小和尚的手心里塞了一捆钞票，又用力按了按后备厢盖，确保安全后才坐上驾驶位。

终于可以实施那个计划了，他心里想。发动汽车时，明显感觉到汽车引擎的动力较往常迟钝了些，这给了他很大的安全感，他的心中又多了一分把握。

回城的路上，乌黑的天空已经气势汹汹地压了下来，云层发出隐隐的啸鸣声，雨点开始淅淅沥沥地往下掉……没过多久，雨珠像是挣脱了云层的束缚，争先恐后地砸了过来，在车顶上发出邦邦的捶打声。水柱被雨刮器打散了又聚流起来，狂乱地在前窗上横流。

不觉地，车速已经飙到了一百五十码，眼前渐渐看不清楚了，疾驰的汽车在暴雨里像一只茧包裹了他，他被牢牢地包裹、安抚、托举。雨滴的捶打声、车轮驶过溅起泥水的声音、发动机燃烧的轰鸣声，美极了，这一切像是上天安排的礼物，为他送上一场独享的交响乐。这种原始的安全感抚慰了他，使他心里隐秘的境地被悄然打开。一切尽在掌控，他狂喜起来，摇下车窗任雨水侵入车舱，他口中也不自觉地发出一串低吼般的呐喊。雨水顺着他的鬓角、耳朵、脖颈流下来，浸透他的全身，他干脆昂起头，闭上双眼，用脸去迎着暴雨，任它们在脸上胡乱拍打……癫狂的放纵大概持续了二十公里路程，直到高楼大厦又在视线里出现。

钢筋水泥让他恢复了往日冷淡的神情，他摇起车窗，往爱丽丝公寓驶去。爱丽丝公寓坐落在最繁华的CBD，来来往往的人群间弥散着一种毫不掩饰的欲望，穿着露背连衣裙踩着细高跟鞋的长发女子和西装革履的男人狡猾地笑在一起，结伴钻进一间间公寓房。

他双手环抱着佛像把它从后备厢抬出来，尽管是尊空心菩萨，可依旧不轻，他谨慎地朝着他最熟悉的那一间1603室挪动过去……抬佛像的荒诞男人在更大的荒诞掩盖下显得稀松平常，纸醉金迷下并没有人在意他，他们仅仅是浅浅地瞥了一眼就各顾各地走开了。

一打开门，潮湿霉败的气味直冲他鼻腔。他关上所有的门窗，并把房间里的每一个换气孔都堵了起来。

窗外的雨没有要停歇的意思。这时妻子的电话打来了，他没有接，并将电话屏幕反扣起来，任凭铃声在幽暗的房间里回响。

暴雨笼罩下的都市，罪恶在酝酿，这种感觉魅惑极了，他决心要好好享受这个时刻……

三

两小时后，他从房间里提出几袋用黑色塑料袋裹着的垃圾，袋里的东西沉沉地坠着，把他的胳膊死死往下拽，把他拽成一个麻木的提线木偶。疯狂地享受之后，他感到一阵巨大的空虚，僵直地站在黑黢黢的楼梯间里，妻子的电话还在不停地打进来，手机屏幕闪出刺眼的亮光。他终于接起电话，妻子嘶吼着——儿子不见了。

儿子是他的命，更恐怖的是有人破坏了他对生活的掌控，他失衡了，此刻脑子里像有只鼓在邦邦地敲击神经。妻子在电话里泣不成声地告诉他，一个谎称是父亲的陌生男人从幼儿园带走了儿子。他有些站不稳，跌跌撞撞地抢下楼梯，当他跑到三楼拐角处时，一个轮廓分明的黑影结结实实地把路挡死，并伸手擎住了他的肩膀。

视线与那个男人对上，他立刻认了出来，正是这双执着的眼睛在每个阴暗角落里炯炯地注视他，监视他的一举一动。

"敏子在哪里？"

"你在说什么？谁啊？我不知道。"他甩开了黑衣男人牵制他的手，试图绕过他走下楼梯。

"你是不是不想再见你儿子了？"黑衣男人丢下的这句话像一颗火球沸腾了他临近冰点的心，他拎起男人的衣领，青筋在他脸上暴起："你说什么？绑走我儿子的是你！我儿子在哪里？"

"我要知道敏子的消息。"黑衣男人面无惧色。

"你他娘的谁啊？"

他话音刚落，黑衣男人便一拳招呼了他的右脸。"我再问你一遍，敏子在哪里？"黑衣男人的拳头又高高扬起。

"你明明知道，为什么还要来问我？"他将口中牙龈渗出的血吐去。

"我知道。所以我的问题是，她还活着么？"黑衣男人死死地盯着他的眼睛。

"死了。"他吐出这两个字，黑衣男人像蔫了的气球，眼神呆滞顺着墙沿蹲坐了下去。野兽沉默了，山岩上还残留着独自的嘶喊。

妻子的电话又打来了——儿子回家了。他飞也似的冲下了楼梯，往家中奔去。

……

"马上收拾东西，我们去机场。"他慌慌张张地抢门而入，对着正在厨房熬姜汤的妻子喊道。

妻子看着落汤鸡似的丈夫感到莫名其妙，"这是怎么了？"

他走进厨房，关掉燃气灶，将妻子扳正在面前，"听我的，我们现在就要离开这里。"妻子伸手为他撒去脸庞的雨水，轻轻捧住他的脸，"怎么了？我们去哪里？"

儿子从房间里出来，脸涨得通红，咻咻地呢喃着："爸爸，烫……我难受……"他把儿子抱在怀里，抚摸着儿子滚烫的额头，对妻子说："你去收拾几件衣服，我先带儿子去医院。"

说罢，他带着儿子下了楼。站在门栋前，看过去都是一望无际的雨夜，电闪雷鸣间照亮了前方那个令人颤栗的黑影，雨打在他们身上像盖了一轮毛边，他看得很清楚。

车子就停在那个黑影的左侧身后。"爸爸，爸爸……"儿子拽了拽他的衣领。他低头看儿子，儿子蜷缩在他怀里瑟瑟发抖，儿子孱弱的呼吸已容不得他再有任何犹豫。

他撑开雨伞，交在儿子手中，向那个影子跑去。

泥土、雨水、浓痰、皮鞋，在他眼前轮换着。他什么时候甘愿成为一个受虐者了？从来都是他的皮鞋踩在别人的脸上。尤其是在爱丽丝公寓，他就是一切的主宰。敏子总是在他进门的第一时间，跪在地上为他换拖鞋。然后脱光衣服，把皮鞭交到他手里。他走进卧房，燃起一支蜡烛，捏在手里轻轻一弹，敏子就在他胯下呻吟。他爱死这种感觉了，好像没有什么能阻挡他掌控这一切。

可敏子愈加贪婪地依附在他身上，索取更多的爱、钱与性，甚至想要一个和他的家。他绝对不会允许这种事情发生，因为他看到敏子的新衣由 XS 换到 XXL 不过是半年的辰光，她明白女人的欲望就像她们的胃口，绝不仅如此。女人既难缠又警觉，她们尖锐的声带、锋利的指甲和貌似能为所谓的爱情出生入死的决绝都让他惧怕。他确实后悔了，当初太轻易地掉进女人设置的陷阱，致使自己现在陷入了被动的难堪局面。他以前觉得女人蠢，这时候他明白男人的愚蠢败露得更赤裸裸。那段时间他总是做梦，梦里的敏子长着一对蝙蝠的翅膀和一副吸血的獠牙，扑腾着要到他身边来，任凭他火烧刀刮水淹，敏子都没有丝毫退缩，一步地逼近他的脖颈和胸腔……

黑衣男人的拳头一个接一个地落在他身上，叫嚷着："敏子的尸体被你藏在哪里？我他妈的打死你。"他被推操着翻滚在泥堆里，泥水混着鲜血糊在他的眼皮上……恍惚间有蓝红交替的色斑在闪动……终于，黑衣男人被穿着制服的人拉扯开来，妻子抱着儿子与他一同上了救护车。

四

经过了一夜的暴风雨，太阳变得和煦，气温也开始攀升。爱丽丝公寓楼下拉起了扎眼的黄色警示带。外出就餐的白领们捏着咖啡三五成群地围站在旁边，七嘴八舌地讨论起今早散布在各个公司里的传言。

警车从人群间隙中驶来，成群的警察两步并作一步地往楼里跑。事情好像不简单，围观的人心照不宣地交换眼神。

爱丽丝公寓 1603 室门口，门缝里挤压出刺鼻的气味。撬开门进去，客厅淌着一地泡沫样的血水，尸虫在房间的各个墙壁角落里攀爬，在厨房地板上还零落着几块发臭的碎肉。

"报告，楼道垃圾堆有发现。"

不一会儿，八袋捆得严严实实的黑色塑料垃圾袋被拎下了楼，血水顺着口袋一路滴落，紧跟着，两位民警合抬了一尊佛像出来，佛像脖颈的裂痕缝隙间散落出几束黑色的毛发，直指惊悚的真相。

医院里，警察来到他的病床前，把铁环扣到他的手腕。他明白人生又将再一次不属于自己，他再一次失衡了……

可他没想到的是妻子也以蓄意谋害罪被捕了，警察在他妻子的衣柜里搜到了一张单据，单据显示妻子购买了一种令人逐渐肥胖并最终导致器官衰竭死亡的慢性激素类毒药，经检验与敏子体内残留的物质相一致。

琥　珀

由于天气原因，千寻乘坐的航班足足延误了五个小时，一直折腾到夜里两点多才平安落地。爸爸惦念了好几个星期，总算盼到了千寻回国的这天。还没等暮色褪去，他就赶到了机场，听着一次又一次"我们十分抱歉地通知您……"这番恼人的广播信息，耗到现在。千寻出现在人群中冲他挥手的时候，那双灰倦的眼睛终于瞬间明亮起来。

上车后，父女俩只是寒暄了几句，便剩下浓稠而静谧的夜色涌动于车内车外。看得出，沿路的景象变化了不少，千寻有很多话想说。不过，嘴唇刚要碰到一段经历，她便不由得想到那件事黏黏扯扯的前因后果，一下子要说个透彻显然是一件非常费力的事情……况且，爸爸看起来实在很疲惫的样子……她决意按捺住那团团事的线头。路上行驶一个多小时，总共只说了几桩轻飘飘的小事。

到了小区，爸爸似乎都有些恍神儿了，愣是在小区里兜了大半圈才辨出自己家的车位。千寻耐心地听着他口中碎碎的"不对……不是这边……""这边，嗯？也不是……""哦对，还得往前，再往前开一点就是了……""瞧我这眼神儿，越来越不好了……晚上更看不清哪儿是哪儿……糊涂了，糊涂了……"，他像一个刚拿过陌生的题型很想要努力推导出正确解答的学生，硬着头皮，不断试错，同时又在为自己的生疏和错误感到难堪。千寻低下头假装翻看手机里的信息，假装对爸爸的窘迫毫无察觉。

轻轻推开家门，倚在沙发上的妈妈从朦胧中醒过来。

"可回来了！"妈妈理了理散乱的头发，还没碰触到女儿就已经张开双臂，"哎，怎么延误这么久！担心死我了……来，来，宝贝快坐下，快坐。哎哟，手怎么这么冰？瘦了，你看看这小脸……又瘦了。今天得累坏了吧？"

千寻被妈妈拥在怀里，在妈妈肩头嗅到了那股久违的皂粉清香。环看四周，家里的空间好像比从前大了一些，家具、陈设并没发生什么变化，却不知怎么，似乎显得更加洁净了。深深地呼吸，干爽、亲切又空旷的空气流入千寻身体里，她居然在这夏夜感到淡淡的冷。妈妈双手握着千寻，来回摩挲她的手心手背，关切的目光细细地在女儿身上铺展开来。

"妈妈，我不累的，"千寻抽出右手，盖在妈妈的手背上，回头望了一眼还在翻鞋柜的爸爸，"就是害爸爸等了我这么久。"

"哎，夏天就是太容易遇上极端天气了，这个没办法……没事，现在回来了就可以安心了。到家了，晚上好好睡一觉，睡到明天自然醒。"

"爸，你怎么不换拖鞋?"

"我……原来那双拖鞋太脏了，我早上给扔了。这不……本来准备接了你顺路去买呢，也给你买点生活用品什么的。结果太晚了不是……"就在爸爸忙着解释的时候，妈妈连忙催着千寻快去洗个澡，好换上舒适的衣服，早早休息。

"没事，先对付一晚上，明天白天去买吧……"爸爸的声音在耳后变小，千寻被妈妈推着到了她的卧室，她的房间，一切如故。

换好衣服，走到阳台，千寻准备把白天穿的连衣裙晾一晾。阳台上的茉莉盆栽不见了。那盆茉莉从小就有，曾经还因为千寻不懂事折断了几根茉莉的枝条，爸爸批评了她一顿。妈妈嫌爸爸太小气，把千寻护在身后，跟爸爸对着吵了起来。那时躲在妈妈背后的千寻害怕极了，她连连道歉，却不能熄灭爸爸妈妈之间炽烈的火，他们越吵越凶，千寻甚至听不明白他们后来究竟在为了什么而继续争执，只是眼看着他们彼此之间指责的言语越来越密，她慌了神儿，坐在地上大哭起来。哭声漫过汹涌的咒骂，他们这才停了下来。

回过神儿来，千寻眼前一片黯淡。茉莉没了。阳台上全是妈妈的衣服。

窗缝里钻进来一股潮热的风，惹得那些衣服们窃窃私语，她们一定知道不少这个家里的秘密吧。千寻的连衣裙晾在一边，插不上嘴似的，裙摆稍稍撅了一片，又悄然放下。

李淑宁

也许是实在太安静了，连白噪音都被略去。耳边空空净净的，这一夜，千寻没怎么睡着。

印象里，家乡的夏夜不是如此寂静的，至少总会有那么一两只蛐蛐、蝈蝈，没休没止地聊个彻夜。落进人的耳朵里，这琐碎的聊话也是种抚睡，单纯又善意。

千寻闭着眼睛，手指顺着床单在细密更替的凹凸中一点一点掠过，在这片棉布上，千寻仿佛触见了午后阳光的遗温，鼻息间泛着淡淡的柔和的气味。睡不着，她干脆转向朝着窗户的那一面。月亮隔着窗玻璃映进来，浓稠的鹅黄，团在深蓝色的夜空中。这月亮不像东京的那颗，色泽寡淡，蛋清般黏黏扯扯的，也不像童年里的那颗。记忆中，那是一轮诡秘的银盘，封印着无数种传说：男孩子视其为一颗高高悬挂、神力无穷的龙珠，只有勇者才能够冲向天宇，夺得这令一切神灵、鬼魅都闻风丧胆的法宝；在女孩子眼里，它是一座圣洁的宫殿，是仙子与仙兔的栖居之地，遥望着桂花树影影绰绰，痴痴地想：什么时候能长大呢？快长大吧！长大了就可以见到世上更多浪漫的景象。

一晃，都已经到了大学毕业的年纪。小时候的夏天被推得很远。

说来也奇怪，越远的事情反倒容易记得更牢。千寻就总是想起外婆家的乡间小院，她和表妹令煦就从那儿成长起来，童年趣事都发生在那里，长大一点，就往回忆里添上一点留恋。那间小院是村庄无数农户里最为普通的一个，对于她们而言却充满神奇，四季都有不一样的乐趣。

她们尤其喜欢夏天，除了能吃到甜滋滋的冰棍儿，姐妹俩还可以一起捉昆虫。将蹲在草丛里思考虫生的小家伙一下子扣在塑料瓶里，动作麻利，心狠手辣，看它没头没脑地左冲右撞、连连碰壁，却绝不轻易认输，非要撞个头破血流来震慑你们一下！可惜，她们只是觉得很好玩，并不会动了同情心。最后实在没辙儿，虫儿的触须灰灰丧丧地垂下来——你们这些庞然大物，太残忍了……你们只想要控制我，可我又做错了什么呢？我只是遵照我的习惯去生活罢了，为什么非得落到你们手里，遭遇这样的折磨……喂，你们看看我啊！我很痛苦。你们难道一点也察觉不到吗？

月光均匀地披在她们身上，两个人端着脸听饱受挫败的可怜虫絮絮叨叨地责骂、诉苦、哀求，但她们才不会手下留情。直到它不再叫唤，一动不动地趴在那里，仿佛已经彻底放弃求生的希望，她们才肯放过它。

真幼稚……千寻想着想着，噗嗤一下笑出来。

不知令煦会不会还记得这些。

自从被爸妈接到城里上学时起，千寻就再没见过令煦。这么多年的间隔，远远超过了她们曾经共同拥有的时间。她只是常常听妈妈在饭桌上称赞令煦的爸爸，是"事业有成的标杆"，先是带着妻女搬家到首都，后来又移居加拿大。去年他们三口一回国便住上了高档别墅，"现在的年轻人买房压力多大呀，看看人家令煦，至少在物质生活上没什么好担心的了，其他的还不都变得很简单"。爸爸不作声，千寻也不作声。

几天前，姨妈听说千寻即将毕业回国，发了短信过来，盛情邀请她到家里做客。千寻很期待见到令煦，却略带迟疑地答应下来。从前，小孩子之间的交往简单得不需要思考，而成长像一个魔术师，将里里外外种种因子混在一起，揉碎，磨砺，灌进时间的沙漏，顺着被掐住的瓶腰往下流，只有研磨得均匀、充分才准许存活下来。经过这么一番，大家都变得熟悉又陌生。

在优渥的家境中，不知道令煦出落成了怎样一位优美的少女。不确定该怎样和这样的女孩子相处。千寻感到迷惘。

一觉睡到晌午，再加上前一天的疲惫还未消散，千寻托着昏昏胀胀的脑袋起了床。妈妈正在一边择菜，一边看新闻。瞧见女儿醒了，她拿起遥控器，边调大几格音量边跟千寻说奶奶病了，爸爸去照顾她几天，已经出发了。

千寻"哦"了一声，想说什么，又咽了回去。

电视里的女播音员保持着一成不变的音调播报最新的天气状况，她说近日将有新的一轮台风袭击日本地区。

"雨暄怎么样了？还在东京？"妈妈提起邻居家的女儿万雨暄，她和千寻一般大，两个人既是邻居也是初中同学，因此常常在一起，看起来是胜似姐妹的一对好闺蜜。

不过，那都是过去了。

过去，她们也常常被爱嚼舌根的街坊邻居放在一起谈论。提起她们俩的时候，真是喜忧参半，他们赞叹着千寻的优异，又为万雨暄的悲惨啧啧感慨。

实际上，在万雨暄读初二之前，他们家还没有引起其他人过分的关注。初二那年，万雨暄妈妈的肚子一天天大了起来，直到一个陌生男人的露面，才知道她怀的孩子与万雨暄的爸爸无关。这件事像一团烈火烧着了整间屋子，而流言就像浓烟一样藏不住，它们从屋子的各个缝隙里溜出去，周围的所有人都捂住口鼻窃窃私语，万雨暄在这浓烟四起的房间里呛得流泪。妈妈被那个男人领走了，她留在这儿跟爸爸住。后来某一天，爸爸带回家一位"阿姨"，她瞥了一眼雨暄，象征性地微笑了一下，露出一颗锋利的虎牙。

平日在学校里，雨暄是一个不肯吃亏的泼辣女孩，这次，雨暄没有跟爸爸闹。她看到那是一个后背攀满了文身的女人，长着蛇的眼睛，声音很凉。安静地看着这个女人出入，雨暄一句话都没有说，一滴眼泪也没有流。

每逢好天气，万雨暄最喜欢趴在阳台窗口上吹风。阳台上的风，和别处的风总是不太一样，这风里有别家厨房里的烟火香气，有鸟儿打发时间的自言自语，有混杂着潮湿树叶与干燥日光的肌肤触感，也有不知从谁家泄露来的悄悄话……它永远不知疲倦地流淌，漫无边际，简直像一条河。这天，她听见门被"哐"的一声甩上，那个女人出门了。她再次来到阳台，满目皆是陌生的景象：黑色的系带内裤由风拨弄着，轻佻地摆荡，缀有蛛网般黑色蕾丝边的文胸悬在头顶上。她忍不住捏了一下，触电似的将手抽回来。像触到了她蜕下的鳞片，细滑又冰凉的触感还停留在指尖。它们也像有呼吸似的，恬不知耻地争夺房间里的氧气，万雨暄不甘示弱，但她越是大口呼吸，越是被缺氧折磨得浑身颤栗。

她变得越来越容易失眠。爸爸和那个女人在一起的时候，就当万雨暄不存在一样，从他们房间里传出彻夜的欢声吞噬掉她的睡眠。她真希望黑夜永远不要到来。没变的是爸爸还和以前一样——"忙于工作"，常常彻夜不归。那个女人不会像妈妈一样和他吵得天翻地覆，她只是坐在客厅抽烟，一宿一宿的烟气，把这间屋子熏老了。万雨暄算不上是多么姿色出彩的女孩子，但那股属于少女的清甜惹人嫉妒，蛇皮下包藏的毒心一边吮吸她新鲜的气息，一边憎恨这取之不竭的年轻。

很长的一段时间里，万雨暄成了千寻家的常客。爸爸不回家的时候，她就躲在千寻家过夜。千寻话不多，她的注意力都放在自我提升、德智体美全面发展这些"好学生"攀比的事情上。正好，比起其他细琐、多嘴的女孩子，万雨暄觉得千寻更加值得依赖。她甘愿把自己的心肠统统掏给她。千寻打趣说，如果万雨暄一不小心成了明星，那她一定要马上做好被广大媒体追踪探秘的准备。

可惜，万雨暄没有一不小心成为明星。

"对。她还在东京。"千寻望了一眼电视气象图上的热带气旋，裹挟着一大片深蓝色的雨水，来势汹汹。她回想起毕业那天，最后一次和雨暄一起吃饭，那天雨势浩荡，不亚于即将到来的风暴。

一进到令煦家，千寻便被扑面而来的强光眩得睁不开眼睛。

姨妈招呼着千寻赶紧坐下休息休息，说厨房里保姆阿姨正在做菜，就快好了。姨父也热切地问着千寻，爱不爱喝茶，要喝点什么。许多年没有来往，千寻一下子有些局促，她连连应和着，手指绞在一起，并腿端坐，出神地打量这座别墅的室内景观。

正对着大门的西面是一整片落地窗，方才正是从那里投来的阳光刺射得千寻浑身不自在，正厅的天花板上悬有一盏琉璃水晶灯，严整有序的设计，帮助光束排兵布阵，再将其分别派遣到各个角落，如此一来，纵使是丝毫黑暗也无处可藏。再看落地的陈设，是清一色的红木家具，偶尔穿插一些玉器、瓷器，釉泽润璧下也是静默端庄的厚重。姨父喊千寻先吃点水果，姨妈从厨房端来那装满果实的玻璃盘摆在茶几上，里面坐着洗净的蛇果、红提和切得匀整的西瓜。茶壶里沉着乌红色的普洱，壶边围着四个金边小茶碗。千寻接过姨父递给她的一小挂红提，落在地板上一颗，骨碌碌的，卡在两块瓷砖的细缝处。她伸手去捡，惊叹这瓷砖沟沟缝缝里竟然都一尘不染……

如果把这房间比作什么的话，真像是一颗琥珀。

餐饭摆齐，姨父宣布："开饭了。"那声音并不激昂，却足够在这别墅里兜好几个来回。

话音落下不久，千寻余光注意到一道影子从楼梯上缓缓移下来。她望过去，那人约莫有一米六五的个子，头发散放着，枯瘦的身子装在一条白色蕾丝边吊带连衣裙里，手肘处和膝盖骨节凸得瘆人。迈下最后一层台阶，千寻才认定那是令煦。她倦怏地靠近这边，两只枯脚的脚面似乎就要被血管撑破。令煦坐进背对西墙的椅子里，与白色裙子不相称的焦黄的皮肤被描出生硬的金边，细微的光线从她稀疏的披发间漏出来，火柴般干瘦的脚趾紧紧巴着鞋面。她硕大的咬肌抬动嘴唇微启，好像是说了一声"姐姐好"，千寻不敢确定。

"哇……好丰盛啊。"千寻坐在一整桌饭菜面前，不由得发出感叹。

她顺着这桌盛宴——看过去，忽然发觉令煦面前放着一套单独的四格餐盘，里面排列着精致的食物：四四方方的一小块牛排，底部包着一小截锡纸的去皮烤鸡腿，五只虾仁分别靠在五朵西蓝花上，一小段玉米对半劈开，还有一对泰式素卷和一小碗百合银耳莲子羹。

见令煦落座后一声不吭，姨妈用手肘捣了捣她的胳膊："令煦，来，那边的松茸汤离得远，你帮姐姐盛一下。"

令煦手腕架在桌沿上，将自己撑起来，幽幽地走到桌子的另一边去盛汤。快要盛满的时候，突然溅出来一股，"哐"，她下意识地将手缩回来，瓷碗和汤汁落到地上，碎开一片褐色的花。

"啧！"姨父几乎是立马被点燃了怒火，厉声呵斥道："多大个人了！连碗汤都盛不好！废物！"

"消消气消消气……"姨妈瞅了一眼面色尴尬的千寻，摁住了姨父。

"阿姨，阿姨！麻烦过来收拾一下……那个，令煦啊，过来坐下吧……来来，千寻多吃点！这么多年都没尝过姨妈的手艺了，这个红焖羊排啊，是姨妈亲自下厨的，呵呵，快趁热多吃点！"姨妈往千寻碗里夹了好些羊排，冒着肥滋滋的红油，千寻感到一阵莫名的恶心。她不爱吃肥肉，可在这副情形下，也不好拂了姨妈姨父的面子，只好囫囵吞下。

"荤素搭配，多吃粗粮，汤水谷粥也要顿顿有，你们年轻人在外面也不能胡吃乱吃啊。"

"吃这个，补充维生素的！吃这个，对大脑有营养……"

"多吃点，什么都得吃，千万不能挑食。"

姨父声色俱厉地指挥着三个女人，同时操纵着手中的筷子勺子刀子叉子乒乒乓乓。千寻感觉眼前的食物都失去了它们原本的面貌，变成一盘又一盘充满功利性的药，她越来越感到胃里的翻涌，胸腔也闷闷的。好不舒服。

"吃完了。"令煦的声音很小，绵绵的，轻轻地离开了餐桌。

千寻望着她的背影，白色连衣裙黏在背上，一片湿哒哒的褶皱十分吸睛。她出了不少虚汗。

"哇……这些都是你画的？真厉害啊……"

"嗯。"令煦点了点头，脸颊潮热，泛起微微的红。

吃过饭后，千寻试探着敲了敲令煦的房门，令煦的房间朝北，即便在夏天也是凉意森森。看得出，她很喜欢绘画，墙壁上悬挂着一些风景画、静物画，她从柜子里拿出自己练习用的画册给千寻看，里面各式各样的人像画，没有眼睛，嘴唇微启，像在说着些什么，听不见。

千寻对令煦说，她很羡慕会画画的人，能够把心中刹那的光影绘在纸上，从幻觉变成真实，多好啊。令煦终于短暂地微笑了一下。两个人有一搭没一搭地聊着，令煦也开始问千寻是怎么在东京学习编曲的，千寻讲述了自己大学期间的经历。一直聊到深夜，两个人躺在一张床上，都没什么困意。

"所以，你就把鸡蛋藏在书包里，每天去上学的时候偷偷丢掉？"

"嗯……我真的吃不下……鸡蛋的味道，闻一闻就会想起来磕破了皮的膝盖，一股渗着血的肉敞出来的腥气……"

也许是小时候扎下根的姐妹情谊被千寻的温和与耐心解除了封印，令煦渐渐不再躲避千寻的目光，像被挑起了暗藏在内心深处千思万绪的一根线头，她说出好些让千寻难以置信的事情。

"从我上小学开始，爸爸就让妈妈辞了工作专门看管我。什么都要按照他们给我规划好的来做……爸爸被调职去国外工作，我必须牺牲掉周末和课余时间学英语和礼仪，不可以和同学出去玩。同学们也总在议论我，因为不管在哪个班级，我都被老师'格外照顾'。哎……我一点也不想这样。

在国外，妈妈也是陪我上下学。一开始我听不懂他们究竟在说什么，后来才知道，那些同学都在嘲笑我……"

说着说着，令煦睫毛翕动，眼睛湿润起来。

"在家里，每顿饭爸爸都瞪着我吃，不知道从哪天开始，一想起'吃饭'我就感到一阵恶心，现在也是……真的不是故意不吃，我实在吃不下，吃进去反倒更加难受。有时候趁着他们没注意，我会偷偷跑到厕所里把含着没咽的东西吐出来，甚至'催吐'……后来我变得越来越瘦，妈妈开始怀疑了。

那天，妈妈看到我在对着马桶抠自己的喉咙，她哭得好凶……她跟我说我这样做是不对的，我在任性妄为，我在辜负她的良苦用心。她还说，我是她唯一的指望，我一定要乖，一定不能出什么岔子……如果我有什么三长两短，她就死在我前面。她的话让我好害怕……

姐姐，我不知道该怎么办。"

听着令煦这番话，千寻不知道该怎样安慰她，她之前完全想象不到令煦居然过着这样的生活。眼前映出方才泼出的残羹，那是令煦不自主绘制的杰作，在地上晕染成一朵枯败的花。

"妈妈不敢跟爸爸说实话，怕他会大发雷霆。她跟爸爸说，根据医生的诊断，我只是吸收不好，慢慢调理就会好起来的。她偷偷找了各种西医、中医，不停地寻求治疗厌食症的药方喂我吃。

可是，她从来不想知道，为什么我会变成这样。"

千寻安静地听着，轻轻抚摸她的手臂。令煦周身的骨节全部向外凸出着，这样年轻的一个女孩，却只剩下这么一副干枯的骨架。

"每当我站在落地窗前，看着外面，就会想起小时候被我们捉住的那些小虫。我还不如它们呢……能自由自在的，多好。"

"马上就要去读大学了，很快就可以自由了，不是吗？"

其实，千寻原本想告诉她，完全自由也不见得幸福。

只是她不忍心说出来。

要说自由，谁也比不上万雨暄。要说幸福，万雨暄一点都不幸福。

要不是万雨暄在千寻的朋友圈下面评论"庆祝千寻学海到涯，约饭约饭！"她们俩不知道什么时候才会再见到彼此。

她们约在一家网红餐厅见面。果真很火爆的样子，下着雨的晚上也早早坐满了人，千寻在走廊折了好几个来回，终于凭着昏黄的光线认出了万雨暄。

"雨暄？"

刹那间，千寻宁愿她认错了人。面前这个女人足有"万雨暄"的两倍宽，身上套着一个口袋似的吊带裙，头发染成了酒红色，浓密的假睫毛像一个潮湿的巢。看见千寻，从她的眼睛里透出了熟悉的神情——居然真的是万雨暄。

一开始，两个人好像都没什么恰当的话可说。望着一直在闷声吞食的万雨暄，千寻的食欲反倒一点也提不起来。

"千寻，祝贺你毕业！"万雨暄没有直视千寻，而是盯着自己盘子里的残羹，声音突然变得很轻："你现在的样子真好。"

千寻嘴里还在嚼，听见面前的女孩突然这么说，她的目光和鼓动的腮帮一齐落下来。

"你有这么好的爸爸、妈妈，"万雨暄说得很慢，每一个字都像是很费力才能够吐出来似的，"果然啊，从一开始你就注定比我幸福。"

"雨暄，别这么说……"千寻努力咽下嘴里的食物："怎么了？你遇上什么事情了吗……"

"哈哈，没有没有……别紧张，看你噎的！"雨暄堆出一脸的轻松，将水杯递给千寻。

她点了一壶酒，一杯接一杯的，灌进自己的喉咙里。

"就是看你身材这么好，学习又好！我嫉妒你！哈哈哈。"雨暄额前的碎发曲曲地黏在皮肤上，看着这张变了形的面庞，千寻感觉从心里扩出一阵钝痛，逐渐延伸到她的指尖。她低头把目光放在指尖上。万雨暄也向后靠住了沙发椅背，她的声音变远了。

"你喜欢看吃播吗？我啊，超喜欢的。喏，这家餐厅就是我在看播主探店的时候发现的。

我平时很丧的时候就去买一大堆好吃的，和屏幕里的播主一起吃。吃到又困又累，倒头就睡，超解压。

不过……我后来发觉，这么做很难停下来，必须把自己撑到犯恶心才肯住嘴，我的动作几乎是机械性的……你能懂吗？哎，我感觉我在强迫自己一直吃，一直吃，什么也不去想。可是，即便我一直在往肚子里填东西，我还是觉得好空虚……

好想哭啊，千寻……

千寻，你告诉我，我是不是很丑……是不是让你觉得很恶心？"

千寻哽住了，她不知该如何作答。雨暄喝了一杯又一杯，说着说着，就醉倒了，黏糊糊地趴在桌子上。

千寻的视线游移到窗外。路灯亮着虚黄的光，借着那光可以看见，银针似的雨没完没了地往下扎，路面不作声响，被扎得千疮百孔。雨中的街道越来越空，这场雨在千寻的记忆中，下得无比绵长。

终于，见雨势略小了一些，千寻叫了一辆出租车亲自送雨暄回去。万雨暄住在一所破旧的公寓，只有十个平方。千寻费了好大力气把她放到床上，直起身喘口气，无意间瞥见仰在桌子上的日记本，摊开的那页写着"要自信，要乐观，要积极"。

千寻帮她脱了鞋子，盖上被子。雨暄睡得迷迷糊糊，嘴里念叨些什么，左手一下子重重地打在枕头上，千寻怕她这样子不省人事会伤着自己，便帮她解下手表。谁知，在那宽宽的银边表带下面，竟藏着一道肉粉色的疤痕！千寻睁大了双眼，那道疤就像被缝起来的两片嘴唇，时间的针脚从上面一分一秒地穿过。

滴答，滴答，滴答。

"哥哥今天又带着一身酒气回来了……他变得和爸爸一模一样！从他嘴里不断地吐出难听的脏话，他冲着莉莉姐的脸，骂完她，又开始骂妈妈……"

"我把自己关在小屋里，戴上耳机，外面哐哐当当的声音还是能灌进我耳朵里。我好害怕……"

"我劝哥哥不要再喝酒了，但他从来不听。他说我不懂事，他对我形容一个中国男人在日本打拼有多辛苦。我说，那你不要再打莉莉姐了好吗？她也不容易，她不应当挨你的打。他不承认有那回事，还要莉莉姐亲自跟我解释。莉莉姐眼上的淤青还没消下去，却让我不要瞎猜，还瞪了我一眼。"

"昨天在哥哥回来之前我就睡着了，睡着睡着，突然被莉莉姐半哭半叫的声音吓醒……我听见自己'突突'的心跳声，恍惚想起那个女人……想起她的文身，晶黄的眼睛，血红的嘴唇。她也发出过这种又尖又烫的声音。"

……

千寻知道自己不该这样，但最终还是忍不住翻看了雨暄的日记。从第一页起，雨暄絮絮地记下了她在东京的生活。原来，她肩膀上水渍形的疤痕不是什么胎记，而是被继母用烟头烫出来的。她没考上大学，但她再也不想留在她那个"家"。听说千寻要来东京读书，正好，哥哥也在东京呢，她便也来到东京，寄宿在哥哥那里。多年不见，她不知道哥哥的酗酒、暴力简直和爸爸如出一辙，即便嫂子怀孕了，他也还是那副鬼样子。

雨暄忍受不了继续旁观那种生活。她离开了哥哥家，打零工，勉强能对付吃饭和房租。

这些事情她从来都没向千寻吐露过。

一起去看 TGC（Tokyo Girl's Collection）的那次，也被雨暄写在了日记里。据她的描述，她被 T 台上走秀、表演的少女们完完全全震撼到，节奏轻快又有力度的音浪往她耳膜上撞，她感觉自己进入了另一个世界，斑斓，炫动，充满生机。她出神地望着一轮又一轮光鲜亮丽的少女登台，向世界展示自己的美好。回到小公寓之后，她把房间里所有能吃的东西都吃光了，就连冰糖也不肯放过。她嫉妒，她愤恨，她委屈，她不甘，她无可奈何，一口接一口地吞咽下去，让这些鲜美的物质坠到血肉里。她吃得越来越多，她的饥饿难以填平。

她将本就不多的钞票一张一张吞进去，直到把自己的钱包吃空了。

于是，她居然去做陪酒女！

看到这儿，千寻捂住了自己的嘴巴。她不敢相信当她在为分数的高低、恋人的笨拙、同学间小小的争执而苦恼的时候，雨暄独自面对的是这样泥泞的生活。

雨暄也从来都想不到，居然有一些男人偏偏喜欢她的臃肿，他们赞美她、亲吻她，他们带着炙热的爱意抚摸她，他们从来不吝啬对她的笑容。旋转的灯球将她变幻成不同的肤色，不同的房间里有不同的男人在召唤她，她在震耳欲聋的音乐里扭动着自己的身体，她化身成妈妈、继母、嫂子，各种各样的女人……她把酒泼在自己头上，想象着是往全世界浇了一场雨，那些男人笑得更快活了，她要比他们笑得还响，她放声地笑，在这个世界里，她尽情张扬。

她拿食物来发泄，拿自我作践来发泄，她不想堕落，可是，她唯有对着自己，才能够进行一场痛快淋漓的报复。

回宿舍的路上，雨变得异常凶猛，歇斯底里地拍着车窗。司机看不清路面，不敢提速，连连向千寻道歉，千寻回应着"没事，您慢慢开"，其实一句也没听见。她的心思全在雨暄身上。

事已至此，她不知道自己还能做些什么……在雨暄最需要她的时候，她全然不清楚她的处境。也许雨暄永远不想让她知道。她明白了，雨暄是真的有理由"嫉妒"她。也许不表露自己的同情，才是对她最大的尊重吧。

离开东京的那天，千寻编辑了一条很长的信息，最后，犹豫再三，还是删减得只剩下了几句。

"雨暄，我回国了。哪天你想回来了就回来吧！我等你呀。

我爸妈也分开了。随他们去吧。

等你回来，我们一起住。我们有我们的人生！"

雨暄没有回。

夏天过半，千寻的手机上弹出了令煦发来的信息：

"姐姐，我被 E 大录取了。距离自由生活，倒计时 40 天！"

"恭喜恭喜！"

妈妈还在忙着煲汤。千寻悄悄走过来，从背后环住了她，顺势把脸贴在她的肩上："妈妈，辛苦啦。"

"怎么突然发神经？"妈妈拍着千寻的手背，摆出一副嫌弃她的样子，笑着说。

杀狗的人

Achievements of Creative Writing Students

一

　　阿珍那天之后便要刘铭搬家，不搬就分手。她说，我永远不会再去那里，一想到就让我难过，让我恶心。其实刘铭也没注意到这家店何时开张，那天他第一次带阿珍去自己的出租屋，期待两个人的关系有进一步的发展，发现小区旁的这家店门口聚了些人。水泥砌成的洗手池旁，一个硕大的铁笼靠在角落，里面塞着几只气息奄奄的土狗，它们身体交叠挤压彼此，一只低垂着脑袋，泪眼汪汪，神情绝望，一只从带锈的栏杆间伸出残破的脚掌，绝望，痛苦，困惑，怜求，或是等待一个奇迹？樊志军拿着一把铁钳走出来，看到举着手机的围观者，他放下铁钳。与刘铭眼神交会的时候，樊志军发现了对方眼中的空洞和冷漠，一旁的女孩则神情痛苦，揩拭着眼角要拉男友离开。

　　刘铭和阿珍在一家萌犬咖啡馆认识，他向来对猫狗一类的宠物兴趣单薄，那天与几个同事相约在此聚会，最后却被放鸽子。他低头刷着手机，与被包围在一群柴犬、哈士奇、贵宾犬的热情洋溢中时不时发出赞叹的人们格格不入，阿珍主动过来搭话，她也是一个人。两个人的话题从宠物狗蔓延开，望着俯身与狗亲昵的侧影，刘铭觉得喜欢动物的女孩，着实自带一种吸引人的温驯感。

　　"你是不是觉得我太小题大做了！"阿珍走得飞快，突然扭头。

　　刘铭跟在身后，阿珍停下，满是怨怼地将他推开，距离稍一拉开，他便迈步跟上。再次推开，一阵娇嗔和几句苛责。再次跟上。拉手，宽慰。解释，再次甩开。再次跟上。如此重复了五次，在某个距离拉远的间歇，刘铭停下脚步，在这种循环而不容变动的秩序中，感到一丝自怜。阿珍的背影像儿时运动场上的旗帜，规定了他的跟进与退后，不容置喙。

　　最后一次拉起阿珍的手时，女孩终于转身面对着他，"我在为那些狗狗流泪心痛的时候，看见你冷漠的眼神，跟那些兴奋的路人一样，我甚至觉得你在笑。"她走了几步，又回头说，"我真的在幻想我们两个一起养狗狗的幸福生活……可如果你只是为了讨好我，收起你的伪善吧，无论是对人还是狗。"阿珍消失在人群中，刘铭这次没再跟过去。

回去的时候，街道褪去喧嚣，只有几个零星的老年人被宠物狗拖拽着，悠哉悠哉地走。再次经过那家狗肉店，没了围观者，那个小臂粗壮的男人拿着铁钳正要杀狗。刘铭看到赵姐站在一旁的行道树前，眼神放空，她常常在小城委顿后的夜里出没，此刻她在这里干什么呢，莫非在等待杀狗的过程？赵姐是他楼上的住户，平日交集无多，按年纪推断已经退休赋闲在家，从未看到过她的伴侣或是子女，应该是独自居住。据传闻说，此人性格孤僻，行事怪异，几乎不与小区居民往来。

"赵姐散步呢。"刘铭冲她点点头。

"啊……小铭，我随便走走，准备回去了。"她眼神游移了片刻，跟着刘铭一起走进单元门洞。在狭促的楼道里，为了让这次照面稍显亲熟，刘铭开始抱怨起门口的狗肉店，赵姐应和着，转述了一些居民的议论。刘铭说起刚刚跟女友因此而吵架，赵姐咧嘴一笑，以过来人的姿态，教导了几句亲密关系中的不二法则。两人在楼梯拐口道别。

二

樊志军拉下卷帘门，把钳住的死狗挂在铁钩上，用喷枪开始褪毛。铁笼已被抬进店里，和几张摞叠的餐桌靠在一起，笼中那些狗不再对任何动静产生反应。妻子在一张满是刀痕的砧板上剁着香料，眼睛却盯着桌上的手机屏幕，正放着一部时下火热的都市爱情剧。她仍目不转睛，操着某种西南口音忽然说道，有几个老饕说咱家味道好得很，要带亲朋好友来尝，慢慢做嘛，生意总会好起来的。樊志军点点头，黝黑的面庞在喷枪的火光下泛起红光，妻子将一壶沸水倒进铁盆中，雾气蒸腾，一团钢丝球在盆中浮浮摆摆。樊志军把死狗丢进盆中，抓起钢丝球，迅捷地在沸水中抽插，伴随着

钢丝与烧焦的狗皮摩擦发出刺啦刺啦的声响。手起手落间，死狗褪去焦黑，脱出乳白的肉色，精干的男人神情坚毅，像是绝世匠人打磨着一件珍贵器具。

"啥时候才能回家呢？"樊志军像是自言自语。

妻子没有停下手中的活，把作为蘸料的香料分类置于几个罐中，留待烹饪的归在灶台上等待丈夫处理，她点起大火搅动起一整锅的茶油，这是使狗肉芳香四溢的关键。她利索地在这几处移动，忙碌之余仍然不忘瞟几眼都市剧。"来都来啰，就先好好干着吧。"

店里静谧下来，笼中狗的呜呜声和低喘也平息了。只有那端的油锅里哔剥作响，青烟升腾的油光里，乳白的狗皮颜色变深，从红棕色逐渐泛起透亮的金黄。这个过程中，无数的化合物缩合、聚合、环化，发生一系列复杂的联立反应，那股奇妙的味道从狗皮上生发，扩至樊志军的整间小店，从窗中，蔓延进外面的空气。

若是夏至来到玉江镇，走在青石板街上，那种肉香会从四面八方涌来包裹住你的感官。玉江食狗古来有之，民间一直流传着"冬至鱼生夏至狗"的说法，人们认为夏至这天阳气最盛，恰逢荔枝成熟，狗肉佐以荔枝，两种至热之物与夏至之火克而调和，有益健康。纵使这种说法更像一种演义，但大多玉江人都会在夏至这天呼朋唤友，大啖狗肉，小镇会在那天灯火通明，全城沸腾，装满荔枝的竹篓摆满街道，酒楼排挡里的欢腾持续到午夜仍不作罢。玉江人这一习惯逐渐演变成一种民间习俗，成为和其他传统节日一样重要的日子。名声渐起，周边的城市人专程前来满足口腹之欲，狗肉店繁盛，也支撑起了玉江数百名杀狗人的生计。

樊志军两岁刚认识狗时，父亲挥起巨大的铁钳当着他的面将一只黄狗的脖子掐断。八岁时，那把铁钳交到了他的手里，同时获得了一把银闪闪的狗刀。他没预料过接下来连绵人生三十年的一次次杀戮有什么深层意义，那时的他只知道父亲站在身后，面前的笼子里满是绝望哀咽的动物，他必须找准时机，一钳锁住它的咽喉，先是缓缓用力，狗稍感松弛，在某个临界点，重心前涌，用尽全力掐住它的脖子，直到呜呜的声音变得残破沙哑，不再有任何反抗和挣扎。他必须向前，向前走向狗笼，向前挥起铁钳，一钳毙命才有饭吃，后退或是片刻的怜悯，便是父亲的皮鞭，和蔑视的余光。

就像从未考虑过每一次杀狗的意义，樊志军也从未对父亲产生丝毫的怨怼。他得以成为玉江最利落的杀狗人，在同辈的那一批中出类拔萃，父亲留给他的还有传承数代的狗肉烹饪秘方，满足生计，养家糊口，父亲教会的，是像他自己一样的生活方式。

由于后来那些出现在玉江的人，樊志军曾思考过自己对于狗的情感，却发现不仅仅是无法命名，而是成为一种习惯，一如父亲和先祖的生活方式，灌进了他血液的基因，难以言说，挥之不散。他终日烹煮狗肉料理，望着饕客们大快朵颐，却对狗肉没什么钟爱；他杀过数以千计的狗，却也养过两条大白狗，虽然只是为了看家，但也有感情，自己不杀，也告诫同行动不得，陪伴它们等待着自身的宿命。

那天樊志军钳着一只狗正要去烧毛，一阵人声嘈杂，一个和尚敲着木鱼往店里走来，身后跟着长长的两列男女，无不神情肃穆，面露悲悯，跟着随身音响放出的金刚经念念有词。他想起镇上人的话，由于媒体报道，今年夏至，前往玉江的游客较以往多出几倍，为数不多的几家宾馆和农家乐早已被订满。除了狗肉食客，一批爱狗人士也聚集到了这里。他听闻几家同行的店遭遇围堵，没料到这些人也找到了他这里。

他不知所措，手里的铁钳微颤了几下。

"造孽啊——他刚杀了一只狗！"那群人中谁喊了一声，刚刚仍虔心诵经的男女纷纷扬起脑袋，怒目圆睁，翻动不定的手指如千根利刃指向杀狗的人，"你的良心不会痛吗！""这是谋杀，谋杀！""道德败坏，良心泯灭！"各式谩骂轮番出阵，一浪盖过一浪。店里的食客也被吓到，吃完的不敢走，还没吃到口的不敢动筷子，他们躲在店里，樊志军顶在门口，像是一道边界，将两种截然不同的味蕾和活法分开。樊志军感到手臂酸麻，却不敢将狗放下，狗的身子沉甸甸的，此刻带给他一种奇异的慰藉。

"在那里，狗狗们在那里！"为首的女人发现了柴火房里的狗笼，几个人跟上去，要冲进柴火房拯救它们。

"没人能动我家的狗！"樊志军的妻子突然窜出来，跟丈夫站在一起，手里拿着一把明晃晃的狗刀。

人们看见刀的时候，很快转移了焦点。一只只手机从人群中站立了起来，气势汹汹地框下了樊志军夫妻俩的所有惊慌和狼狈。离开玉江镇之后，妻子曾几次自责，说当时是因为自己冲动才导致他们背井离乡。樊志军安慰妻子，"你没得错，爹传给我的刀，不只是杀狗的刀。"不过那时的夫妻俩，面对着紧接着发生的一系列事情，的确感到一阵深深的绝望。

第二天，镇上人捧着手机急匆匆地跑到樊志军面前。妻子挥着狗刀的样子经过了剪辑，还拼接上了满地死狗的画面和煽情音乐。任何看完这个视频的人，都会觉得这个张牙舞爪的女人丧尽天良，丧心病狂。紧接着是更多的人包围住他们的店子，来自各地的记者纷至沓来，两个外国人端着长枪短炮站在最前端。后来"樊氏狗肉店"的画面散布整个互联网，樊志军的个人信息也被扒了出来。在某个行为艺术家跪倒在狗笼前号啕大哭之后，积怨已久的人们一同爆发，彻底砸烂了狗肉店的一切。樊志军奋力拼抢，身上几处受了轻伤，最终只留住了一柄铁钳，一把狗刀。

三

那天阿珍走后，刘铭又去找了她几次，答应会马上找房子，搬离那个小区。当时恰逢公司忙季，关于违约款的数额与房东几经纠缠仍未谈拢，女友那边催得紧，他忙乱中找到几个中介，却被偷偷告知，房东人脉颇广，已在房东圈里将刘铭划进黑名单，现在只能找散户房东的房子，时间自然花得更久。有一天，他终于和阿珍在宾馆办了那事，不过之后没多久，阿珍就正式和他分了，退还了所有的狗狗玩偶。刘铭那时已经准备好了房东的违约金，正打算搬进一个远离狗肉店的新家。

有天晚上，刘铭加班到深夜经过那家狗肉店，看到樊志军拿着铁钳走出来。在店门口迎来送往时曾听到过人们喊他"樊老狗"。这人又要杀狗了，他就不能拉上卷帘门在里头杀？他想起阿珍曾为二人一起谱画的未来：在宠物友好小区买一幢带院子的房子，先从拉布拉多开始，然后一年增加一只，直到满屋都是活蹦乱跳的狗狗们，阿珍、阿铭和狗狗们互相照顾，像童话故事的结局一样，一起幸福快乐地生活在一起。

樊志军在铁笼旁站了一会，搜寻到目标，将铁钳伸进笼中。刘铭不知自己为何放缓了脚步，情不自禁地把目光偏向杀戮现场。他离得远，静静地看，樊志军专注手中，没有发现他。被钳住的是一只瘦弱的黄土狗，刚刚还稍显懈怠，现在由于咽喉被锁住，面部皱缩在一起，发出微弱的呜咽声，下面的四肢极力挣扎。樊志军用铁钳擎着黄狗，忽然腮帮一紧，手上的青筋鼓胀起要彻底结束它的生命。

刘铭看得入迷，好像有什么东西借由眼前原始的仪式获得了释放。

"小樊——放手！"一个女人窜了出来，像是武侠小说中突然降临的侠客。"这狗多少钱，我买它一条生路。"是赵姐，603的住户，见面会点个头的那个独居老女人。樊志军泄了气，但手里的铁钳仍未完全松开，杀狗人利落凶狠，但也懂得自我保护。刘铭没听完后面的对话就转身离开了，赵姐似乎也没注意到他。她大口喘气搅起阵阵热气，浑圆的身体缩在灰色的羽绒服里，像冬日一颗即将燃尽的煤球。

在和阿珍分开之后，刘铭发现自己在社交媒体上点赞最多的都是萌宠博主，视频网站推荐到首页的，也全都是晒狗视频和养宠技巧。他渐渐发现，了解关于宠物狗的一切，在互联网四处表达自己对狗的喜爱，已经成为一种习惯。在闲余时间，纵使内心更渴望一次性爱或者搓一把王者荣耀，他仍会情不自禁地走进宠物店或者萌犬咖啡馆，俯下身与狗狗们极尽亲昵，然后让店员帮忙拍下一张照片。

起初他觉得这是分手后遗症，是阿珍长期在这段关系中占领主导，试图控制、改变他的罪证。他大可以用这些时间去做些别的，挣钱，锻炼或是谈一场新恋情。他也知道那个童话般的未来压根实现不了。现在的他为了那一点房租，都不得不精打细算。

在宠物店，笼子里的狗被梳洗修剪得像一个个精致的玩偶，吐舌，摇尾，打滚撒泼，便会被兴奋的人群包围，收获无尽的赞美和喜爱。宠物狗品种的稀有和受人喜爱的程度，往往跟价格成正比，刘铭望着笼子里那一只只挂有标价牌的商品，觉得再一次被隐秘地捕获，且无处可逃。

事情却在后来发生了颠覆性的反转。为了赚点外快，刘铭帮助做新媒体的朋友撰写了一篇关于狗的文章，介绍了不同性格的人最适合饲养的品种。他配上了之前和狗一起的许多合影，留下了微信账号。由于文笔诙谐，配图温馨，文章在朋友圈被广泛转发之后，他的好友列表里增加了大量的爱狗者，其中不乏漂亮而多金的女人。常有意无意地向他询问，希望帮忙挑选狗，有时还以交流为由约他出去喝杯咖啡。

他开始定期在不同社交平台上发布搂着狗狗的合照，花时间经营每一条文案，既要包含干货，又要营造对动物们的亲熟和关爱。他在所有平台上的自我介绍都是同一句话："与狗为伴是一种生活方式。"刘铭的收入增加了，有越来越多的女人痴迷他轻抚狗狗的温柔模样，他再也不需要孤零零地坐在狗咖，等待一个阿珍来带他走出窘境。从这个意义来说，他需要感谢阿珍，还有那些为了陪伴她而和狗一起度过的时光。

目前更让他忧心的，是作为一个小有名气的萌宠 KOL，他还没有一只属于自己的狗。他的收入还没法在宠物友好小区买一幢带院子的房子。即使他准备了各式说法，制造悬念一再推迟，但他知道，必须有一只属于他、受他控制的狗，才能吸引更多粉丝的关注，才能让他抱着狗狗的笑脸出现在更多人的首页。

四

樊志军认识赵姐。赵姐大概五十多岁，身材矮小肥胖，总是穿着一套过于宽松、很像睡衣的条纹套装在早晚没什么人的时候出门散步。之前她来店里吃过几次饭，都是在深夜，店里客人已经走光了。赵姐总是选一个角落的位置坐着，目光空洞像是走了神，又像是静静观看。问她要吃红烧的还是清汤的，她总说随便，剩什么就吃什么。收拾碗筷时，一整锅狗肉常常只动了几口。

那天晚上，樊志军听见有人喊停手，抬眼看到赵姐站在面前。他不解，但对方态度十分坚决。他松下铁钳，黄狗像泄了气的口袋绵软地缩成一团，发出游丝般的呜呜声。他望向赵姐，赵姐盯着地上的狗。这是三十多年来第一条从他的狗刀下逃脱的狗。

赵姐拿出一条似乎准备多时的链子，给黄狗套上。它踉跄了好一会，才爬起，缓慢地走起来。赵姐跟着黄狗走走停停，也不拽链子，发现它步子走得艰难时，便等在一边让它喘息一会。不过几百米路，他们走了好久，等到店里最后一个客人也离开时，樊志军看到赵姐肥胖的身影消失在路的尽头。

这条被救下的黄狗尖头尖脸，孱弱干瘦，毛发是一种接近大地的暗沉颜色，远不如小区里那些品种狗漂亮。与十年前那只疯狗相比，它棕色的眼睛带有一种隐忍的忧伤，不带有任何攻击性，却显示出对周遭一切的畏惧和不信任。一进门，它就缩到了阳台角落，赵姐端来水，它无力地退缩几步，人离了好远，它也不敢喝。黄狗颓靡地躺在那里，身体微弱起伏，应该睡着了。赵姐想起儿子病危时，警察打来电话，告诉她疯狗已经被处理了。那张照片里，疯狗躺着一动不动，像一摊腐朽多时静待分解的枯枝败叶。

经过一段时间的精心照料，黄狗恢复了活泼。估计就连小区里最爱揣度他人的那些人，看到黄狗和赵姐的亲昵模样，也无从腹诽。一个孤寡老人，一条从别人嘴边救下的狗，他们要的、得到的也都不多，就连这种凄凉也无关痛痒，旁人又能再说些什么呢。

这几天，赵姐总在散步的时候碰到刘铭。跟小区里那些不惮以最大的恶意去揣测别人生活的人相比，赵姐觉得，至少他看起来礼貌而单纯。之前也不过是点头之交，但这几次遇到，他总是热情地迎上来搭话，看起来很喜欢小黄，总是伏在它的身上亲昵好一会，不停地向赵姐询问它有什么爱好，喜欢吃什么食物。他不再讲述和女友间的细碎，对赵姐的私事也并不关心，只是真挚地不断向赵姐诉说着自己跟狗牵扯不断的情感。

"等我有了大房子，一定要养一屋子属于自己的狗。"刘铭时常这么说。

刘铭开始在周末主动邀请赵姐一起去遛狗，每次出现，都会带一个黄狗爱吃的零食或者玩具，黄狗显示出对刘铭的依赖，赵姐有时不得不把狗链交到他的手里。一个年轻人和一只活泼顽皮的小狗，在公园的草地上肆意地玩闹，阳光照下来，闲适，温馨，一切都恰合时宜。某一个瞬间，男孩俯身抚摸狗的侧影让赵姐想起了儿子，他曾经也是那么喜欢。刘铭在玩得最尽兴的时候，总会掏出手机和黄狗拍一张自拍，他注意到站在一旁的赵姐，邀请她加入，赵姐便摆摆手，你们拍，你们拍，它今天可真开心！

再次观看杀狗的过程时，赵姐意识到事情不应该再往这样的方向继续。那个叫樊志军的杀狗人如此干净利落，不动声色，挑选目标只是一种客观判断，而非居高临下的审视；将铁钳精准而坚决地收缩，所有的关注仅仅是力度，时间会带来无可逆转的终局，一切的眼泪，呜咽，挣扎和哀求，只需充耳不闻。一场心无旁骛的杀害一如世间所有单纯的技术，将事物从一种状态转变为另一种，纯粹而简单。

某一天，黄狗闯进了为儿子而设的房间，那里存放着赵姐与他仅有的联结。多年以来，没有任何人被允许侵扰这个空间。黄狗在一个渐进的过程中，误判了和主人的关系，把自己真的当成了这里的主人。

它在破坏之后，心安理得地等待着原谅，房间里的一切变成了时间河里的记忆碎片，纵使仍模糊可见，再难以拼凑成一个整体。它终究不是人，甚至无法在与人相处时获得哪怕一点共情，同类被残杀时它的心不在焉已经证明。赵姐如是想着，往狗盆里加了更多的盐，她还进行了一次突破性的尝试，漫不经心中将烧红的熨斗在它身上划过，黄狗痛苦地皱缩在角落好像那只疯狗死前的挣扎。它会知道一切发生了变化吗？它终究只是一条狗，当赵姐命令它来到身旁时，即使嗅到了危险，它只能摇动着尾巴抵达，卑下地接受着被支配的命运。

那天是最后一次散步。小区里的一个小女孩蹲在一个花坛边，眼泪朦胧，她新买的兔子死了，身上沾着鲜血，在埋葬之前，她最后一次和她道别。女孩正要把兔子埋进悉心准备的坟墓里，赵姐手里一松，黄狗突然扑过去叼住了兔子，它带着得逞后的自得与主人拉远了距离，"畜生，放下！"黄狗面对追赶它的肥胖的赵姐，轻松地维持着距离，在赵姐愤怒的呵斥和女孩的哭嚎声中，三两口吞下了兔子，嘴角挂着一丝血迹。

最终是刘铭将黄狗交回到赵姐身边，他说对流浪狗的驯养需要更多的耐心。赵姐笑了笑，脑中浮现的是儿子死前眼球错乱翻动、浑身抽搐的痛苦模样。

五

樊志军在夏至前夕回到了玉江镇。正如镇上人在电话里所说，家乡的生意恢复正常，甚至比以往变得更加热闹。一大批食客已经提前涌入，更多的房子被改造成民宿、农家乐，为来自五湖四海的食客的这场以"啖狗"为题的旅途提供一个栖所。满街的狗肉店都将之前招牌上的遮挡撕去，香料熬煮起来，酒香肉气肆意弥漫，他们甚至借来条凳，将临时店面改造成排挡，为将至的狂欢积极筹备。但另一种声音仍然存在，写着"我们关心你的痛""人类之耻"等话语的海报随意张贴着，一些带着狗面罩的人出现在街上，正为抗议活动规划路线。

如果你在夏至来到玉江镇，会看到一种奇特的景象。狗肉店里人声鼎沸，酒令划拳此起彼伏，一片轻快氛围中，人们享受着干锅、脆皮、火锅、白切等各式狗肉料理带给味蕾的直接刺激，店门口的铁笼中是待杀的狗，一些煮熟的死狗甚至被随意铺摆，悬挂在排挡前。另一方则群情激愤，他们用与狗有关的一切把自己装点，面对着被欲望侵蚀的贪婪食客们，痛心疾首地呼喊着自己的主张，更激进些的人，乐于成为摄像头下的焦点，下跪、哭嚎甚至不惜与之搏斗；还有一些人处于中立位置，他们热衷于奔赴新闻舆论中心，举着手机兴奋地拍摄着前两者的对立，面对直播间粉丝，摆出理性客观姿态为他们解说事态进展。

樊志军不明白一切如何演变至此，也无心于任何一方势力的角逐。他在乎的只是自己终于能够返乡，在熟悉的环境中，继续重复印刻在血液中的生活方式。锁定目标，一钳锁喉。先是缓慢用力，临界点，重心前涌。用力，掐住。用力，掐断。和所有在重复中熟习技巧的匠人一样，一切情感和指向都是附加，它本身是纯粹而简单的。这便是杀狗的过程。

距离玉江镇一千三百八十二公里外的赵姐则无法享受这种纯粹。她想起背着儿子冲向卫生所时的那一天，这个世界上她唯一的牵念，她的心头肉，此刻竟皮肉破败，血迹斑斑。他如此极力克制着，但每一阵风声抖动，每一丝光亮透过，便会瞬间让他剧烈抽搐五官扭曲成令母亲心碎的样子。

赵姐轻轻地招了招手，黄狗跑过来依偎在她身边，一柄长刀送进了它的脖子，像一块红布遮住了眼，它踉跄地跌向角落里。丈夫递来离婚协议书和伪造疫苗检验结果，只是摇头，只是叹息，好像用力生活那么多年最后真正重要的是认命。赵姐招招手，黄狗拖着身子又爬了回来，她抚摸它仿佛抚摸受伤的孩子。几位警官告诉她杀人的狗已经被依法处置，脸上带着傲人的神情，仿佛无意探究出每条狗、任何人的诞生和癫狂，他们能做的只有依法处置。

同样的位置，长刀再次插进脖子，红布晕染了天，它有些力不从心，躲回到阴影里。主人向它又招了招手，神情中带着温柔，它仍要爬回来——如此重复五次，最后一次，它死在回应主人召唤的路上，从一只黄狗变成了红狗。

望着它，赵姐想起了儿子，难以闭合的嘴，痉挛的脊背。它只是一只狗，观察樊志军杀狗的时候，她想到，它不只是一只狗。这才是杀狗的过程。

刘铭从赵姐家里走出来，顺手提起了门口的黑色垃圾袋，一种沉甸甸的潮湿。赵姐邀请他去吃饭时，他意识到这是开口的好机会。自从他在网络上发出和黄狗的照片，讲述起独自打拼的年轻人和一条流浪土狗的故事，更多的爱心人士涌进了他的主页，心甘情愿地转账支持。想起曾经站在宠物店仰望被贴着高昂价格标签的笼中狗的情形，他知道在这场对位交手中，谁已经毫无疑问地占据了主导。

赵姐亲手烹饪的羊肉火锅沸气腾腾，在她热情间歇的片刻，刘铭刚想要开口，才发现期待可能落空了，"狗呢，赵姐，你的黄狗去哪了。"赵姐笑盈盈地往他碗中夹来一块肉，"怕有人害它，把它送走了。"

他们认真咀嚼着，好像使人类感到满足的从头到尾只有这一件事情。

秋　樱

法雨奇

那时，夕阳把天空染成了橘色，云中有一艘巨舰，张开的白帆，如千百只白鸟。它很远，在遥远的长空里，又很近，悬在田野上，在那一排排白色大棚的后面。我站在这条小路上，云的影子落在我身上。这个世界，处处是另一个世界的倒影。

小路的尽头有一户人家，两个鱼塘，一只花狗老远就开始叫了。田野里雾气迷蒙，砖房前高高的树上有喜鹊的巢，远处有一片蘑菇形状的树林，长长的山卧在后面。山的后面还是山，山的后面是无穷无尽。白鹭飞起来，飞到天上，变成了画中的云。白鹭落在地上，十几只聚在一起，吵吵闹闹，粗哑的叫声，像猫发怒似的。风从四面八方吹过来，隐隐约约夹杂着人声，女人与孩子的声音，狗儿在吠，公鸡打鸣了。我回过头，看到来时路上，远远的有一个人在望着我。我看不清楚，但我知道那是外婆。

风变凉了，北边的天空有一大块灰色的云，一阵雨点子落了下来，是时候回去了，可还是忍不住回望，日落而未落，山背后有淡淡的光。鸭子在水塘里扑棱翅膀，发出一串水声。毛茸茸的小鸭子，啾啾地叫，老鸭子是嘎嘎的。下雨了，于是急步走回去。雨中有一把红伞，伞下是妈妈，她来接我了。最爱的人都来了。

我爱的人还在保护着我。我爱的人在老去，而我却还没有长大。我躲在书本里，没有去到这个广阔而真实的世界。假期里，我的同学们或在实习，或在旅游，而我和妈妈回了老家。一个月了，除了这个小小的村庄，一条街，一条小路，我哪里也没有去。

有一天，我在小路上碰到了一只白狗，一个阿姨牵着它。我扭过头看小狗，小狗凑上来要闻我。然后我抬起头，看到了后面的女孩，深色的连衣裙，戴着眼镜。她看了我一眼，也许不止。我的害羞还是依旧，那童年的感觉涌上了心头，两个孩子相遇的那一刻，彼此认出对方是同类，那种喜悦，怎么不是一种爱呢。于是又不舍地回头看去。想象中的交往开始了，我去她家里做客，她和我说了什么……可是已经走了，于是就这样失落又开心地走了，感到了自己的孤独和人们的孤独。在这个小村上，一个月了，没有交到朋友！

我甚少遇到同龄人，村上有很多老人。理发店里，理发师在修剪老太太的白发。棋牌室里，老爷爷们坐在藤椅上聊天。荣大昌烟酒店小小的门面后，坐着一个很老的婆婆，好像一辈子都坐在那里了。欢快的音乐声传来，一群穿着蓝裙子的阿姨们，在一家店门前跳广场舞。新店开业了吗？我走过去，却看到一个巨大的花圈，上面有一个"奠"字，原来是在办丧事。故人的照片摆在下面，两边站一对纸的偶人。几个人跪在照片前此起彼伏地磕头，好多人停在路边看热闹。

菜场门口，坐着一个修鞋子的老人，现在还有人去修鞋子吗？买完菜的老阿姨，牵着一个可爱的小女孩，女孩梳着童花头，抱着一卷小凉席。老农民们正在卖自己种的菜，那其中也有我的外婆。她戴着一顶红帽子，面前摆着扁豆、苦瓜、香瓜藤、山芋藤，正低着头在数钱呢。我走到外婆跟前，她抬头看到是我，很高兴，像小时候那样，拿出十块钱让我去买点吃的。我说不要，在她身边坐下，手舞足蹈地说起在街上看到的那一幕。外婆说这叫"做戏"，太婆婆走的时候，也叫人来唱戏了。又说走的那个人，很年轻，才五十几岁。

到了下午，街上便静悄悄的，没有什么人了。只是那个店门口，老阿姨们还在跳舞，跳的是《映山红》，跳完了，响起了零零落落的掌声。她们又在塑料椅上坐下了，人比家属还多。路上好几家店铺都关门了，江南农业银行在拆了，幼儿园的铁门紧闭着，原来的茶亭中学没有人读了，那里在造新的小区，都说这里要拆迁了。两个小男孩在一堆黄沙和砖头前玩耍，把沙子往矿泉水瓶里灌着。孩子们看不到这里的衰落，看不到新与旧，对世界充满了想象与好奇。

留下的是老人和孩子们，离开的是年轻人。人走了，房子空了，租给了来打工的外地人。孩子们长大了，也会离开，或许也会回来，回来已是故乡的陌生人。我在这里度过了童年，五岁时随父母去了上海。我懵懵懂懂，像一棵被风吹到异乡的小草。我去了新的幼儿园，又离开了，上了小学，

法雨奇

中学，大学。家也在搬来搬去，我从这里到了那里，我先是遇到了这些人，然后和他们别离，又遇到新的人。我不明白为什么。一棵树，它长在那里，就是在那里，连根拔起的时候，它难道不会疼痛吗？我也会疼痛。有人告诉我这就是成长，可我觉得不是。成长是什么呢。

童年不知道是什么时候结束的。也许是那个夜晚，还在上小学的我在街上漫步，突然意识到有一天这个世界上就再也没有我了，就像曾经这个世界上也没有我一样。我只存在于这短暂的一瞬，而对它的过去和未来都一无所知。没有我了，再也看不到这一切，出生之前与死去之后，是一样的虚空。我想象这虚空，然后被一种恐惧攫住了。商店的灯光照亮了人们的脸，我和无数的人擦肩而过，只看到模糊不清的影子……

童年是什么时候结束的，也许是中考没有考好，我主动去报了补习班的那个暑假。我哭着在日记里写"对不起"，对不起父母，对不起老师……所有玩具都收了起来，我再也没有玩过。我发奋苦读，成了优等生，但我并不快乐。高一的寒假，我在外婆家过完年回到上海，坐在高楼的窗边，赶着永远也赶不完的作业。窗外是另一幢高楼，它庞大的身躯仿佛要倾轧过来。想到又要开学了，想到要再过整整一个学期，四个月，才能又回到外婆家，我就感到一阵窒息，喘不过气来。前面的时间就像一条长长的黑暗的隧道，走也走不完。

童年的日子那么长，那么悠远，如蒙着雾气的远山。小村庄安静的午后，长长的夏日的午睡醒来，我躺在凉席上，望着头顶的灯，想象着那里住着小人。公路上传来了叫卖声，"板凳，小板凳，还有衣架子，还有……"这遥远的声音让人恍惚，一下子要坠入过去。那逝去的时光依然封存在这个房间里。我偶然打开了一个抽屉，发现了儿时的玩具。那是一对木雕的牛和老鼠，它们还躺在那里，牛角上缠着绷带，身上挂着一根银链子，仿佛刚刚我和妹妹还在玩耍一样。只是这个盒子，关上就是许多年，再次打开，过去的时间，仿佛那古墓中的绸缎，一下子化掉了。应当让时间停止在那一刻，仿佛我还会玩这个游戏，还有谁会玩这个游戏呢……它们就像会再活一次一样。过去我可以沉湎于一本书、一个图案，与自己的想象力玩耍，每天都不觉得无聊。我赋予没有生命的事物以生命，没有名字的事物以名字。而如今呢？我像一块干涸的海绵，一个空罐子，等待被填满，却无法创造出什么。现实，我太现实！我活在这个现实的世界，这个有着疾病与死亡、焦虑与恐惧的世界。

这个世界每天都有不好的事情发生。我躲在角落里生活，仍然心忧，担心哪里要伸出利爪来，而我曾见过这利爪。童年的终结或许就是，那层雾气散去了，我的眼睛睁开了，看到了原来我是被一根枝条悬挂在深渊之中，底下有一条恶龙在等待我坠落。我正伸着脖子，努力舐舐着树枝上的一点蜂蜜。

"跳出童年时代吧，朋友，觉醒呵！"叔本华引用卢梭的话说。

"智慧让我们回到童年。"帕斯卡尔说。

"你们若不回转，变成小孩子的样式，断不得进天国。"（马太福音 18：3）

我又要长成大人，又要变回孩子，亦或者说，"成长"本来就是一个虚伪的概念。我的躯壳在慢慢长大，但我的心中一直有一个内在的"我"。"我"也在长大吗？我本以为我会改变，但其实没有，那个孩子依然是那个孩子。很多次我在哭泣，我感到是那个孩子在哭。在布满皱纹的脸庞上，我也可以识别出那个孩子的神情。外婆是一个孩子，妈妈也是一个孩子。

曾经"我"被这个外部世界规定为孩童，如今"我"被规定为成人。孩童可以依附于父母，成人要与父母分离。可当我是孩子的时候，并未得到父母很多陪伴，如今我也未能和他们分离。"我"与外界的要求常常是冲突的。生活中有很多这样恐慌的时刻，没有谈过恋爱的大学生，面对想要抱孙子的父母；自己还是个孩子的男生，突然要做父亲。正如布罗茨基所说："一个孩子对父母控制他感到不满，与一个成年人面对责任时的恐慌，在本质上是一样的。你不是这些人之中的任何一个；你也许是小于'一'个。"

人的经验是有限的，人们永远活在未知之中。孩童对少年一无所知，少年对成年一无所知，成年对老年一无所知，而老人，"老人是对老年一无所知的孩子"。米兰·昆德拉说。我们应当谦卑，如孩子般谦卑，既然我们所有人都是对那个尽头一无所知的孩子。

人们从这个世界中获得知识和经验，也从中获得偏见，因此一个成人或许都不及一个孩子有智慧。人们过去认为地球是宇宙的中心，认为真空是不存在的。而后来又证明这些观点是错的。人尽管在不断地成长，但实质上是在不断地否定，回到原点，回到一颗小孩子的心。当我是一个懵懂无知的孩子时，我没有任何偏见，我是在用洁白如纸的心灵去感受这个世界。

如果说认识到死亡意味着童年的终结，意味着成长，那在今后的人生中我要对抗的是这种"成长"，那是对衰老的焦虑、对死亡的恐惧。用什么去对抗呢，希望，毫无逻辑的希望，信仰，并非以理性为基石的信仰。理智，不是所有事物都诞生于理智，就比如前面这两样。一个孩子，要去往未知的地方。没有人，没有人从那里回来过，没有人可以告诉我，那到底是什么。也许只是我的躯体变成了一小撮尘土，而我依然以另一种形式存在着……在我抵达那个尽头之前，我预备好变回一个小孩子。

再次碰到那个戴眼镜的女孩，是在快要离开这里的时候。我与妈妈在路上散步，老远就看到她。她从马路上迎面走来，牵着那只白狗，只是白狗有点变了，没有毛了。她低着头，而我决定要和她说话。"它的毛怎么没有了？""剪掉了。"我不知道要说什么，从她身边走过，又回头看了看，小白狗跑到了路边的草地上。妈妈已走在前面了，于是我也走了，只是有些遗憾。

空中有飞舞的小虫，蜻蜓飞得很低，路边紫红色的小花，开满了枝头，满天星似的。夕阳已经落到树的后面了，天空是淡粉色的，还有一些蓝与紫，将要暗下来了。"啊，外婆家的小房子啊，就要离开这里了。"妈妈张开双手，好像要拥抱它。我也抬头看着，它伫立在这里，在傍晚的光线中，是那么的熟悉。

夜晚，一只小猫在不停地叫着，那纤细稚嫩的声音扰动着我的心。它是被猫妈妈遗弃了。我也要离开了，离开这个家。回家了，回到上海去，可我总觉得这里才是我的家，我和妈妈都是外婆的女儿。

山口百惠的《秋樱》唱的是一个要出嫁的女孩子："最近变得易哭的母亲，在院子里轻轻咳嗽着，在走廊处打开相册，回想着我童年时光，一遍又一遍重复同一话题，自言自语般小声说着……在这小阳春天的平静日子里，就让我再多做一会儿，您的孩子吧。"外婆对我说，以后嫁人了，人家就把你当大人看了，可不能这么任性发脾气了。

1971年的冬天，外婆出嫁了，穿着蓝色的棉袄。外公去宋塘接外婆，他们是走过来的。那个时候没有车，连自行车都没有。一张八仙桌是外婆的嫁妆，还有一顶蚊帐，一床被子。五十年了，那张八仙桌还在，上面留下了那么多斑斑驳驳的痕迹。外婆的脸上，那么多皱纹，那是时间，是生活。田野中有鸟儿在叫，吱呀吱呀，它们叫什么，外婆说它们在叫妈妈、妈妈……

妈妈出嫁是1995年的秋天，穿着粉白的婚纱，画了有些浓的妆，看上去比旁边的爸爸要大一些。爸爸很年轻，就像个孩子一样。舅舅举起妈妈的手，她笑了起来。外公外婆站在后面，红色的鞭炮屑散了一地，窗后有人微笑地看着。他们坐上了轿车，要开往新的生活。一个老人坐在椅子上望着他们。这对新人，不知道他们今后将会遇到什么，他们踏上的是漫长的、奋斗的旅程。

我是否应该留在这里呢？到底是什么让我离去。灰色的野鸽子，每天在门前踱步。田野里传来布谷鸟的叫声。布谷，布谷。茨菰教布谷，布谷气鼓鼓……我的家在哪里？为什么要离开家，为什么总是在别离？假如我能活到五十岁，二十五岁，已经人生过半了吗？为什么总是要离开家，去建成新的家。为什么不愿意长大，变成大人呢。我会是一个母亲吗，什么时候可以保护别人呢……

离开母亲，离开母亲，可这世界上的其他爱，能够超越这种爱吗？我知道它是盲目的，因为无论我是怎样的人，母亲都爱我。我知道它是消极的，因为我生来就拥有，而不需要去赢得。我是通过这种爱，学会的爱。我还需要去学习、去学习其他的爱。爱是艰难的……孩子，让我再多做一会儿您的孩子吧！这种心情，让人这么悲伤呢！

车子带着我飞速地离去，过去慢慢走过的长长的街，在车窗中一闪而过，春松花岗岩，荣大昌烟酒店……太快了，看不清。我没有忍住眼泪，我没想到还会再看到它们一次。人们不会知道我的离去，可是我还是会回到这里。

干涸的人，要去寻找溪水。她来到生命之河最初的地方，那里还覆盖着纯洁的白雪。雪已经快融化了，变成一条小溪，一直流淌着，流淌着……送她去往远方。

那条河一直流，流，流到了尽头，河水越来越浅，变成了浅滩，变成了泥地，变成了尘土，变成了烟。再往前走，世界一片白茫茫的，世界在下雪，就像童年的大雪天。我喜欢下雪，那并不很冷，雪给大地盖上了被子。泥土中的生命，在黑暗中沉睡着，等待着，来年的春天。

日记折叠

谢诗豪

一

七月酷暑，我想静心写本书，也想离开陈白试试，于是开三小时车，回到祖宅。此行还有另外的私心，近来写作遭遇瓶颈，常被拒稿。一周前，我阅读某期刊上的非虚构文章，近日记体，我心想，这也能算？于是想起幼时翻过的曾祖日记，如果将它们整理成册，说不定也能火一把。

乡路狭长，一段水泥，一段石子，行到一半，远处便飘出乌云。村子在道路尽头，三面环湖，似一口袋，当中便是祖宅。祖宅为曾祖所建，那时富阔，从东往西走半天，还在我家的田。宅子也不寻常，单论大小不算出众，但中间有座楼台，一层层的青砖叠垒，到顶收拢，竖一小尖，叫作楼台，却近佛塔。据说曾祖后来在楼台上独居十年，直到失踪，在当时成一桩悬案，远近皆知。我很小的时候，就对那位神秘的曾祖充满好奇。

自从祖父过世，我已有五年未回，本以为会很陌生，没想迈过寸高的门槛，便记起许多旧事，北屋，厢房，还有那座楼台。以现在的标准，它不过三层，并不算高，可抬头仰望，还是心生崇敬，另想，王家败了。我推开楼门，咯吱地响，一抬脚，灰尘便迎面而来，味道颇古怪，像是成灰的纸。据祖父讲，过去楼里曾挂满字画，皆为人送。如今一张也不见了。只剩壁画，曾祖信佛，画一瘦僧，僧衣草履已淡，面容也看不清晰，唯有一对眼睛，似遥遥同我对视，不由心惊。我不敢多看，迈步向前，日记在三楼。木质的楼梯明暗不定。鸟群呼啦啦飞过，片刻窗外便下起了雨，楼梯又暗沉几分，看起来似有似无。但我并不觉得阴郁，抬头望顶，逼仄狭窄，心想曾祖就在那里住了十年？

楼梯比我想得要结实，虽然摇晃不停，却有股韧劲，心想，或者不晃就要塌了。二楼还和记忆里一样，分东西两房。三楼比二楼要更窄，将将摆下一张床和书桌。回来路上，我盘算过，就在这里动笔。我从床底搬出木箱。忽然风吹，庭外的梧桐树倏忽摇晃，夹杂啪啦啪啦的雨声，显出几分凄厉。幼时回乡，我就听人讲王家宅子里有鬼魂，每逢七月，常有翻书声。但我从小就不怕，王家的鬼不会害王家的人，甚至暗想，那鬼魂是不是曾祖？因为下雨，天色暗得极快。我拉开灯泡，等了两秒才亮。整整一箱日记，光是翻起，就是不小的工程。起初的记载颇为无趣，多是读书笔记，偶有琐事，我只记录了书名，便匆匆翻过。到一九三七年，终于有了转变。

曾祖从收音机里听到，卢沟桥打起来了。用他日记里的话讲，"倾巢之下，焉有完卵"，他走出书斋，本想参军去前线，但被从前一起念书的同学拦下。同学约曾祖加入他们。曾祖都没弄清"他们"指的是谁，便离家去了。我发觉曾祖是位颇难揣度的赤子，在一九三七年之前的日记里，他每日玄思，两耳不闻窗外事。一夜之间，他又跟着同学远走，一本书也未带。不过玄思的习惯还在，每晚睡前他都会写下当天的日记，如果实在无法完成，也会隔天补记，留下说明。我感叹曾祖的毅力，转头又觉得理所当然，不是这样的人，如何能在这阁楼上独居十年？顿时，我对那本未面世的非虚构充满信心。如果它火了，我就回上海去，尽管不得不和陈白分开。

陈白太喜欢说话了，这使得我每天不得不抽出时间，应对她的各种感慨。这也是我选择回祖宅的原因之一。我想，空间能隔开我们一会。但我错了，第一本日记还没翻完，她的电话就来了。

"我想你了。"

"我也想你。"

"你知道吗？我昨晚做了一个噩梦，梦到我变成一只虫子，被一条巨大的鳗鱼追赶，从沙漠追到海洋，海底布满了死尸，我被逼到死胡同，已经筋疲力尽了，我无处可逃，就对鳗鱼说，吃掉我吧，然后它张嘴把我咬成了两段……"

"你可能太累了，"我尽力认真地说，"那只是一个梦而已。"

"我后来找人解梦了。你猜她怎么说？"

"不知道。"我对她的梦毫无兴趣，甚至烦躁，曾祖正在讲他遭遇炮弹，我刚拿起笔，想记下他

的描写，现在却不得不放下，被迫听一条鳗鱼的故事。

"她问我是不是很久没有做爱了，我心想她怎么知道。我还没回应，她就发语音过来说，鳗鱼是阴茎，你想被它占有。真是神了。她说完之后，我自己做了一次，然后更想你了，你什么时候回来？"

"很快。"我被她的言语挑动，但只持续了大概两秒。

"我不想一个人，最近我头总是很晕，站起来就想吐，尤其是在晚上。"

其实我想说，那就躺下好了，"喝杯牛奶，晚上早点休息。"

"我一个人睡不好。"

"很快我就回来。"

接着她又喋喋了几句废话，我随便应付后挂掉电话，长舒口气。客观讲，她的电话也并非毫无作用，至少提醒了我时间。我本想学曾祖，待在这楼上，但如今早已没有用人送饭。刚回乡，我就找好一家农户，也姓王，早早出了五服。一百块包我一周的伙食。我本以为他会嫌少，哪晓得他们说，一百块，够吃一月了。知道我是同乡后，农户又说不用给钱。惊讶过后，我坚持己见，说我未必准时来，麻烦了。农妻欣喜应下，承诺再晚也起来给我做饭，就怕我嫌饭菜太差。我回答一切从简，又改口说，没有关系。

我用手机照明，刚下过雨，地上多软泥，我小心蹑脚，没想还是踩中了，月光照得一摊水发亮，我以为是平地，结果半条腿都陷进去。不过也好，湿脚后，走得坦荡许多。途中路过梧桐树，这棵树在曾祖的日记里出现得颇频繁，算来，该有百岁了。我站定，听了听它在风里的声音，刺啦刺啦，不像翻书，倒像下雨。

下雨天黑得早，我到的时候，家里正在添饭。农妻给我留了一份，"我猜你会来。"我预备去盛饭，哪晓得她很快便连盘带碗一齐端出，一盘青菜一碟腌菜和两条剩大半的鲫鱼。除我外，还有农户和六岁的小孩，缺颗门牙。我想了会，他是孙还是儿，等农妻坐下，胸前颇挺拔，我才有了判断，匆匆移开目光。

你是干什么的？农妻边吃边问，饭菜在唇齿间蠕动。

我本不想回答，一是对他们无话可说，二是并不满于现状，可一家人都盯着我，农户停下筷子，小孩睁大眼睛，好像求知若渴。

我没有固定工作，平常就写写稿子。我不好意思称自己为作家，毕竟一本书也没出，只零散发些文章。

那你能挣这么多钱？还是农妻在问。

一篇稿子大概三四千吧，字数多的话能过万。

你坐在家里，光动动手指头就能挣三四千？农妻哗然，看农户，又看小孩一眼，他能不能也学你写文章？

写文章很穷的。我心下觉得荒诞，在他们眼里，写作竟成了赚钱的营生。

我们辛苦一年，种一亩地才一千多，冬春种点萝卜，能多赚几百块，累死累活比不上你动动手指头。你一天写一篇，一个月是好多钱？

没办法一天写一篇，有时候写的文章没人要，就一分钱也不值。

那也够多了，够多了。她一边夹菜，一边琢磨。

我埋头吃饭，唯独愿意多看小孩两眼，皮肤黝黑，眼神纯亮，脸上两个酒窝，像是小猫的耳朵。我养过猫，陈白带来的。小孩和小猫相似，总是一片天真。他笑着看我，像是想学，又不好开口。恍惚间，我也生出错觉，好像写作真是个抢手的活计，竟也萌生教人的冲动。何不在这乡野，埋下一颗文学的种子？但现在来不及，曾祖的日记还在等我。

二

我越看越兴奋，曾祖堪称一流的日记作者。尤其在离家之后，战火中的爱情，他的经历比小说还离奇。谁能想到他加入组织后，竟遇到过去念书时的女友——映桢。我满意这个名字，它使我产生许多联想，一个比子君更子君的人。但阅读下去，真正使我放下日记，长久不能释怀的，还不是他们的重逢。那时他们经常遭遇空袭，平常曾祖和映桢都会携手躲进挖好的土坑，但那次，曾祖正巧回房拿送她的礼物，托人从南洋带回的一顶宝蓝色毡帽，突然飞机轰鸣，炮弹炸响，曾祖只能就近往后门跑，冲进树林，躲进另外的土坑。炮声持续了很久，曾祖不敢露头，恐怕还有第二轮。"但未曾想，等到了日本兵。"写到这里，曾祖的笔迹渐深。等到日落，曾祖从坑里爬出，映桢已不在了。

陈白的电话再次惊醒了我，原来已是深夜。

"江城又下大雨了，明天小区门口说不定又要淹了。"

"不会的。"我假装困乏地说，"早点休息吧。"

"外面太吵了，又是下雨，又是打雷的，我一个人睡不着。"

我一时难以理解她的逻辑，"你可以放点音乐。"

"那有什么用？你再陪我聊会吧。你什么时候回来？"

我想提醒她，这个问题我们已经讨论过了，"很快。"

"你不在我根本睡不好。"她的语气让我感觉自己像是犯了什么罪过。

"真不知道你为什么要突然跑到乡下去，在家里不能写作？你是觉得我打扰到你了吗？"

我不想和她争吵，也早就习惯她突然的情绪变化，敷衍是我总结出来的经验，能够以最少的时间、代价结束话题。

"不是，你不要多想。"我说，"过两天我就回了。"

她抱怨两句后，兀自挂了电话。我丝毫没有打回去的想法，但处于对男友这一角色的尊重，还是回拨了一次，无人响应。我感到一阵解脱，省了许多废话。

阁楼的床铺无人整理，我只能回车上睡，想明天要不要给点钱，请农妻帮忙换上新的。我躺下闭上眼睛，脑海里总浮现曾祖和映桢的影子。我想到曾祖玄思的习惯，反正睡不着，便学他回顾起一天的思虑，用手机记下想法。我看到上一条备忘录，还是三个月前，同陈白吵架之后，我躲在厕所里，愤怒地打下，"人怎么能够如此自私，总有一天我们会分开。"可我怎么都想不起，我们是为什么吵。顿时我感到荒谬，她占据了我那么多的时间，又什么痕迹都没留下。

然后，她的电话又来了。

她意外地对我道歉，"不接你电话是我不对，明明说好不管遇到什么事都要沟通解决。"

我疲倦地说，"没有关系。"

"我有点害怕。"

"害怕什么？"

她没有说话。通过沉默，我似乎感受到她注视的眼睛，莫名心生愧疚，小声安慰她说，"不用害怕，不管遇到什么我们都在一起。"我惊讶自己的表达，就像有两个我，一个在安慰，一个在旁观。

又聊了一会，她可能察觉到气氛低迷，突然说，我们要不 phone sex 吧？

我没有兴致，但为了不让她多想，也没有拒绝。她很快就进入状态，和刚才判若两人，我安静地听着电话那头做作的呻吟，偶尔回应。我想差不多了，闭上眼睛，想到她摇晃的身体，手缓缓地滑动起来。

睡吧。我抽纸擦掉手上的痕迹，随手扔出窗外。

第二天我的阅读遇到困难。曾祖的日记缺了一段。在此之前，从拿起收音机的那晚起，日记按照时间排列，尽管有时只有一句话，甚至"同昨"两字，但从未间断。

可在一九四二年夏，日记断了三天。而且我能清楚地摸到页根上的锯齿，它们是被撕掉的。在那天前，曾祖写，"我从一位多年未见的朋友那里，听到了映桢的消息，她好像改名了。"再次记录，已是三天后。"我已经准备好了。"我意识到，这里有一条无法逾越的鸿沟，是谁告诉了曾祖映桢的消息？他在那三天里，究竟做了什么？如果不弄明白这些，我的整理工作就难以为继。曾祖的时间线里，将永远有一个黑匣，他走进去，然后出来，便成了另一个人。因为接下来，日记又出现长达四十天的空缺。再次记录时，曾祖已回老家，重修祖宅，造了这座楼台。那些消失的纸页，就像一个未知的函数。我之所以这么讲，是因为我相信，曾祖写过那些天的日记，只是出于某种原因，又销毁了。而且在那之后，曾祖的日记再没有出现映桢两个字，也从未提到那四十三天里的经历。

中午，陈白准时打来电话。她兴奋地告诉我，自己做了个梦中梦，问我要听吗。

"我正在忙，待会好吗？"我说，"我正在整理日记，到了关键的时候……"打电话的时候，我的手也没停，一直在翻日记，我想找到那个朋友的名字，曾祖应该会再次提到他，我不停对自己讲。

我知道陈白有些不高兴了，她喜欢和我分享她的梦，有时候我甚至觉得这是她找我做男友的最大原因。她总觉得自己的梦很离奇，会反问我是不是像小说一样？我不喜欢说谎，但那时不得不敷衍她。其实她的梦和她写的那些文字一样，都格外庸俗。现在我真的有点疲惫，不想应付她的自以为是。

她的声音嘟嘟地传出，我一句也没听清，但她的目的达到了。

"你能待会再说吗？我正在忙。"我看了眼时间说，"你要不午休一会。"

"我睡了一上午了，我在和你讲我刚做的梦。我怀疑每次和我说话的时候，你是不是真的醒着。"

我意识到不得不对她说清楚一些事情了。

"你有没有想过，有时候我不想被打扰。"

"我每天和你联系的时间，不超过一个小时，昨天甚至不到半小时，这也能算是打扰吗？"

我惊讶于她对时间的计较，这也让她的话更有底气，但我不甘心就此认输，"这不是时间的问题。"

"我知道，当然不是时间的问题。因为你有事，总是有事，要么写小说，要么参加研讨会，现在就连看日记也成了重要的事。"

"那你有没有想过，有时候我需要人关心，需要人听听我说话？"

我猜到会是这样的结果，她的口才比文字高明太多，总能以各种方式取胜。在她那里，我要么沉默，要么被纠正。换作平常，我可能会扮演犯错的学生，请求她原谅，再用新的敷衍，平息争端，换取时间。

"你没有必要说这些，我只是现在想一个人待会。可以吗？"

"'只是想一个人待会，可以吗？可以吗？你有必要这样说话吗？好像我逼迫过你什么。为什么你总是理性的那一个，显得我无理取闹，会让你觉得更优越是吗？"

"我只是想一个人待会。"

"可以。我可以再也不打电话，这没什么难的。你也一样。可能你求之不得。但这样就会更好吗？"

我意识到她在刻意避免某个词汇。她在担心，我会顺势而下。每在这时，我就佩服起女人的直觉。

"也许我们都该冷静……"我还没说完，她就挂了电话。我突然羡慕起曾祖，在他的日记里，从来没为这些事困扰。

本来我已不准备吃中饭，但被陈白打断，失了整理的头绪。外面阳光正好，我突然想到那个小孩的酒窝，便想去看看。

从祖宅到农户家，需经过一池塘，我看见农妻蹲在田埂，清洗我昨晚沾满泥巴的裤脚，鞋子已刷干净，摆在旁边。小孩蹲在塘边捞蝌蚪，开始歪着身子伸手掏，后来索性脱掉裤子，跳进塘里，呼哧呼哧地划水。看我走过，抬头露出笑脸，满是天真。我回一笑脸，抬头远望，一片油绿，蛙鸣不断，顿时觉得刚才的气闷颇不值得。等他靠近，我主动问，你想不想学写作？小孩欣喜点头，从田边爬了起来，脚上沾满了泥巴。他目光炯炯，我又有些怕了，自己哪里会教人？农户刚从地里回来，朝我微笑，身上汗还未干，坐在门口的长凳上，敲了敲烟杆，缓缓点燃烟丝，一对小眼，盯着妻子的手脚看。妻子回头瞪他，便悄悄溜到另头，继续吞云吐雾。

我无事可做，便左右看看，一时看小孩捉蛙，一时看农妻劳作，洗完衣服，晾在门口的麻绳上，又去地里掐两把新鲜的菜薹，接过农户在湖边捡的臭鱼，一会厨房传来滋啦滋啦的声响，看着白烟腾起，我一时竟忘了曾祖的玄思，感到难得的轻松。

饭菜端上桌，小孩也从池塘回来，塑料瓶里装满蛙卵，透明的黏膜嵌着黑籽，像是小小的眼睛，装进瓶里，大概是要死透了。小孩手上还握只青蛙，蹲在一旁，用扁平的石块摩擦它的腹部，说是在解剖。农户板脸催吃饭。小孩才不甘心地把它塞进一铁盒，压块砖头在上面。

农户没看铁盒一眼，面无表情地夹菜。我看得心惊，一句话也说不出。想到曾祖在日记里，写的一段往事，有段时间，夜里常有狗叫，后来渐渐没了。曾祖问管家，狗去哪了？管家笑着说，那狗发春，夜里总往外跑。老爷吃斋不知道，我们已吃两天狗肉了。

农妻忙完坐下。小孩坐在椅上前后摇晃，突然坐定说，他刚才讲要教我写作。

我一下子窘住了。

农妻欣喜问，真的吗？那你可得好好学。

农户不作声。我不敢应允，也是后悔了。

你答应了就不能赖，我以后也要挣大钱。小孩子张大嘴，拿筷子头捅木桌，咚咚作响。

农妻吼他坐好，好好吃饭，偏头瞥我一眼，就又收回目光。

我想告诉他们，写作教不了，也挣不了大钱，况且自己没有义务教他，只是问了一句要不要学。然而这些话，我一句也没有说出，只闷头吃饭，匆匆离开，无人挽留。刚一出门，便听见屋内争吵，农妻责备农户，抽烟花钱，农户敲打烟杆，农妻喋喋不休，农户踢了脚板凳，你别以为老子不知道他偷偷给了你二十块洗衣服的钱，狗日的，去哪里了？我不忍再听，只想赶紧回阁楼上去。

三

从一九四三年的日记开始，曾祖就再没出过楼。这使我更加好奇，那四十三天里究竟发生了什么。我也继续搜索映桢两个字，很难相信，一个在过去那么重要的名字，竟然消失得如此干净。最终我也只找到一点痕迹，好像指向那四十天。

一九四六年五月十五日，阴。一位已成大人物的同学，拜访曾祖。那天日记里记载了许多对话，同学在本省任副职，将要调往南京某部，前来道别。其间他们谈到世界格局，前年同学奉命出访印度，见到了尼赫鲁和圣雄甘地，发现他们也不过如此。接着又谈到新的时局。曾祖讲，按天下大势，分久必合，该平静一段时间了。同学摇头，也不争辩，只说，战争一触即发。然后他又说了一句不着边际的话，当年你真是大胆，吓了我们一跳，之前倒是没看出来。曾祖不答。临走，同学邀曾祖同去南京，又被婉拒。我猜想那件大胆的事就发生在那消失的四十天里。什么事情能让那样的人物，时隔多年，仍觉大胆？我还想再找些蛛丝马迹，却一无所获。

曾祖也在变化。起初他偶尔还会回想些往事，但渐渐便没了兴趣，同样的还有子嗣，家族，乃至时局。后来曾祖便完全埋头在故纸堆里，先是研究易学，后来是《红楼梦》。日记里要么是考据，要么是呓语。只偶尔有些事件。比如一九四五年夏，曾祖在研究《红楼》的当口，突然下楼，叫管家替他寻一木工，教他穿凿打磨，曾祖学了足足三月。更多时候他都在做无意义的考据，像是《红楼梦》里出现过多少次灯笼，样式如何，以及元妃等人的生辰八字，为此曾祖还自学了半年的星命术，其间读到扬雄的《太玄》，心中惶惶，又独自演绎推理，构筑宇宙图式。我起初觉得无趣，以现在的技术，可能在几分钟内，就能完成曾祖数月的工作，可后来我彻底被曾祖的毅力和智识折服。曾祖在日记里写，黑格尔做得比康德更多，但仍然不完整，人总难超过自身去看外物。如果无法超脱现有空间，恐怕智识也到了极限。如此来看，曹雪芹倒要走得更远。

再是他对《红楼》的考据。起初不觉得，后来越积越多，我发现曾祖的考据里偶尔出现原文没有的情节。我担心自己记错，便找来原文比对。果然，曾祖错了。但他怎么会错？日记里，曾祖明确写过"手里握着书"，并清楚说明是庚辰本。于是我回头翻阅，把纰漏记在一张纸上，左右对比，惊觉几乎所有纰漏都在人物选择的关节。如果《红楼梦》是一座迷宫，曾祖则在细小的拐角处，偷偷让人物做另一种选择，有时甚至枚举出多种可能。而且我隐约感觉，这些细小拐角之间，似乎有某种微弱的联系，但我无法指认。

后来，曾祖的日记越难看懂，纰漏里面嵌套纰漏，有时我需要在一张纸上画图，甚至折叠，才能勉强理解他的日记，我突然想起那年的木工。最后一年，我已经看不懂曾祖在写什么了。只能感觉到一些情绪，似乎是悲伤，但又不止。我猜测，曾祖大概走到了他所能走到的尽头，再往下就是无了。我摸着纸页上凹凸不平的笔迹，想象七十年前曾祖写下它们的样子，突然感到悲哀，又惶恐，好像一道孤独的影子，站在我身后，我不敢回头。窗外梧桐摇晃，像是无名的翻书声。

背后的目光越来越重，同时有道无名的声音告诉我，千万不能回头。我迫切地想要听到什么声响。于是喊了一声，停下后是更深的死寂。我想打电话给人，发现无人可打，慌乱之间，还是陈白。

"喂。"她的声音听起来有些慵懒，像是躺在床上。

我不知道该说什么，于是问，"你想听我曾祖的故事吗？"

"我对过去的人没有兴趣。"她停顿下，似乎想缓和下气氛，"你之前那篇关于爱情的小说写完了吗？"

她总是这样，能够一句话让我失去沟通的欲望。不过现在我能接受，至少她的话里有人的情绪，不管是嘲讽还是关心。

"还没有，不过我会写完的。"

"那再之前的呢？那本推理小说，我记得你答应我，去年八月就完本。"她几乎是脱口而出。

我知道这对她而言已近本能，考虑我的感受，要排在后面。往常我可能会敷衍过去，但现在，我抱着多听听人声的想法，竟然觉得有些率真。"那是特殊情况，约稿的编辑突然说不要了。不过我还是会写完它的。"

"什么时候呢？你现在又一门心思想要整理日记，做非虚构。我也不知道你到底想写什么。"

"你能不能让我喘口气？"我无奈地笑了，惊讶地发觉，两颊的肌肉竟有些紧张。在她的声音里，我重新环顾这间阁楼，像是有一股魔力。

"我只是想你能够专心一点。"她停顿，大概在想要补充什么来说服我。

我却提前做了回答，"我知道。"

她意外地没有接话。我突然意识到，过去自己的表演，可能比我想得要更拙劣。她太聪明了，能够轻易地辨别是真情还是假意。

"你什么时候回来？"停顿片刻后，她提议，"我们可以一起去看场电影"。

"如果来得及，就明天，"我说，"把日记带回去。"

她顿了顿说，"好，我待会帮你把书柜整理出来，"接着又问，"你那边下雨了吗？"

我看了眼窗外，月色很亮。"没有。"

"今天江城又下雨了，"她说，"不过天气预报说，明天会是晴天。"

我意识到，她只是想和我说话，就和我想听见别人的声音一样。

"你看完了你曾祖的日记？"

"快了，"我说，"还剩一些，我看不太懂。"

她也不知道该说什么了。我突然有些愧疚，明明是我打的电话，却把责任加在她身上。

"我想你了。我们电话做爱吧。"这是我第一次主动提。

她的词语其实很匮乏，恪守一套流程，模拟房间，从衣服到身体。不过我喜欢她的声音，黏着甜糯。我努力让自己投入进去，顺从她的引导。因为她更努力，从造景到用舌头发出湿哒哒的声响。我迎合她，喘息，加速，好像我们真的抱在一起。一声呼喊，月光照亮地上的精液，我静静看着，突然怔住，像是有一条纤细的线，突然串起了什么。我来不及回她，担心灵光稍纵即逝，把手机放在一边，急忙找到记录曾祖纰漏的那张纸："王熙凤叫 / 不叫贾蓉回头……金钏儿问 / 不问宝玉……林红玉丢 / 不丢手帕……"我惊觉似乎从一九四三年起，曾祖的日记，就再没谈及情欲，而在此之前，他曾多次在日记里写少年心事。我激动地往前追溯，手指微颤，发现最后一次记录是在一九四二年夏，"不孝有三，无后为大"。此后，映桢的名字再没出现，曾祖也未再提半句情欲之事。

可是他又花了整整三年时间，用情欲改写《红楼》，我甚至分不清他是有意还是无意。不过，对那四十三张缺失的纸页，我隐约有了猜测，却突然不想深究了。

"回来之后，你给我讲讲你曾祖的故事吧。"电话里突然传来陈白黏糯的声音。

我这才发现，她一直没有挂断。

"好，"我说，"但我不想把日记整理成非虚构了。"

她本想说什么，却等了一会。

我猜，他可能不想被大家这么认识。

衰老的意外

郑海榕

6月30日

点点是唯一缺席她外公葬礼的亲属。

风言风语像水潭上升起的一片雾蒙蒙的蚊群，低低地在盛夏的村庄蔓延开来。所有人都发现了，点点没回来，老爷子最疼爱的外孙女点点，竟然没有回来！

点点的大姨坐在灵堂不远处的一个小马扎上，脸皱成了一颗核桃，她用两只褐色指头笨拙地拈着汗衫胸口的位置，反复上下扇动，试图在盛夏的低压里获得一点爽气；她的老伴——一个瘦削佝偻的老头儿，头发花白，夹了个紧紧的二郎腿坐在对面，一手抱着膝盖，一手夹着烟举在面前，一动不动，唯独在视线掠过她衣领处忽闪忽闪的、流着汗的颈纹时，才略略将头扭过去，脚尖挪向外边。他们顺着一字排开的花圈，目送着进出灵堂、在礼单簿子上留下姓名的邻里乡亲，嘴里似乎念念有词。

灵堂里哀乐绵延，负责操持的长子大明和大明媳妇别着黑色袖章，一道跪在遗像前，脸上木木的，向前来悼念的亲朋好友一一磕头回礼。点点的母亲秀子早已哭得没了声儿，被扶到一旁休息，眼水儿却还在不停地向下淌。点点的外婆坐在暗处，和儿子一样面无表情，只在有人前来小声安慰的时候才略略点头。

村民们打量着大明夫妇俩，羡慕着这家有这样好的儿子。要知道，整个村里，偏偏就他家出了大明和秀子两个大文化人。大明考上军校，最后还当了官，听说他家里有一个屋子，是专门用来放茅台的；秀子嫁进城里的一个教授家里，她的婆家还慷慨地帮秀子的其他姊妹找到了工作，还让秀子的父母在城里安了家，过上了好日子。可那个他们很多年前见过几回、如今据说最出息的点点，秀子的女儿，老人的外孙女，却没有回来参加葬礼。对比秀子，可真是一代不如一代啊。他们三五成群，窃窃私语，在惯作的愁容底下，几双眼睛却锋利地在戴着袖章的人群中搜索着，排除着。最终他们愤愤地确定了，点点确实没有回来，这个不孝的家伙！

5月29日

"现在恐怕不行了，肺部感染挺严重，人又醒不过来，没法做手术……"

"谁也没想到老爷子怎么就突然昏迷了呢……"

"就算之前醒着的时候做了手术，生活质量可能也不会太高。"

"家属还是要有心理准备，八十四了，儿孙满堂，很有福了啊。"

……

点点恍恍惚惚地走出病房，沿着住院部的长廊一路向前，来到窗边。电视剧里那些见惯了的生离死别，轮到自己身上，反倒有种出戏般的抽离感。她的面孔没有丝毫扭曲与抽搐，眼泪却是自顾自地掉落下来。

点点揉了揉眼睛，右转走进盥洗室，伸手接了把冷水，胡乱扑在滚烫发红的眼皮和面颊上。她低着头，水滴顺着头发垂落，整个人仿佛是被一颗巨大的眼泪砸中，呆站在原地。从隔间里出来的人不明就里，忍不住多看了点点几眼，一边调整着裤腰一边走了出去。

点点扶着水槽边缘，站了一会儿，又转身钻进了身后的隔间，锁上门。

大明和大明媳妇的声音由远及近传来，最后落在窗边。

"别叫他们晓得，可知道？"

"嗯。"

"存折你可查了，还有多少？"

郑海榕

去往南国的孩子

"七万八吧，这些年才存了这点。"大明媳妇把"这点"的"这"字拖得老长。

"嗯……够了，够了，先去安排吧，到时候上礼还能贴回来点。"大明的声音又轻又急，听起来有些焦躁和紧张。

两人的声音又轻轻地飘远了。

傍晚的天光从窗口照进来，在走廊尽头的墙上投射出一方惊人的殷红。住院部一向嘈杂，踢踢踏踏的脚步声，病人家属的笑声与哭声，医护人员手里瓶瓶罐罐清脆的碰撞声，唯独这片殷红飘在人声之外，安宁而从容，在暮色中一点点消散下去。

5月28日

"老爷子刚昏过去了！"

清晨，秀子刚到病房，便听到守夜陪床的四妹夫惊慌失措的喊声。她忙扑到床前，嘴上连声呼唤着"爸，爸！"

床上没有人。秀子诧异地回头，四妹夫忙说："姐，你别紧张，已经送去抢救了。"

秀子感觉牙关一阵打架，哆嗦着说不出话来，只得呆呆地坐下，紧紧搂着手里的挎包。包里还有刚刚筹集到的十几万。

忽然，她觉得手心一震，掏出手机，女儿点点的短信显示在屏幕上："我刚落地，现在去医院。"

5月27日

"爸，你的情况我跟你说明白了，你想不想做手术？"

中午轮到秀子陪护。这次她把母亲也支开，让丈夫带着她去外面吃饭。病房里再无他人，她握着父亲的手，将实情一五一十地告诉了他。

父亲低着头，沉默了很久，终于吐出了一个字："想。"

"好，那咱们就做手术。"

也许是上天怜悯，秀子凭借着多年来积累的好人缘，竟在一天之内便凑齐了手术费。她兴高采烈地给点点打了电话，信心满满地等着第二天的来临。

5月26日

大明回到家，躺倒在沙发上，望着从二楼垂坠到一楼的水晶大吊灯。耀眼的灯光经过多重折射，映入眼底，让他的大眼睛看起来竟有些泪光点点。大明媳妇毕恭毕敬地凑过来，看看女儿关闭的房门，小声对大明说道："我们趁现在回去爸家？"

大明的目光猛地聚焦回来，盯着媳妇的眼睛。两人静静地对视了一会儿，一拍即合的细微神情渐渐浮现。

"妈肯定会发现的。"大明缓缓地说。

"妈一直都向着你，她知道又怎样？"大明媳妇信心满满。

大明的嘴角露出笑意："确实。"

深夜，秀子丝毫没有睡意，背靠厨房的操作台，手里握着点点初中时用剩下的一个旧练习本，在上面飞快地计算着。秀子丈夫洗漱完，见厨房还亮着灯，便走上前去揽住她的肩膀，轻声问道："要不去客厅？客厅灯泡100瓦，亮些。"秀子摇摇头，手上仍在计算着。丈夫叹口气："明天我去问问我妈和我姐，看能凑多少。我先睡了，你早点睡。"

秀子沉浸在思考和计算中，不知不觉竟然到了后半夜。她好希望此时在外地读书的女儿点点能在她身边。点点和外公最亲，秀子想，点点一定会支持她的决定。她拖着疲倦的身子走进卧室躺下，借着最后一丝清明，编辑了一条长长的短信，告诉女儿最近家里发生的事情。

5月25日

经过全身体检，医生发现老人的心脏不大好，其他器官也有衰竭的状况，加之失血过多，抵抗力又弱了些。好在伤口的血已经止住，靠输液暂时还能保证病情稳定。医生建议给心脏加装起搏器，总共大概要花费十五万。但医生也提醒家属，老人年纪大，恢复能力弱，手术并非万无一失，具体能延续的寿命也没有定数。

大姐夫妻俩昨日从乡下赶了过来，子女们照顾老人的负担便又轻了些。

中午，大明托大姐暂时负责陪护父母，其余女儿女婿一行人去了医院附近的餐厅吃饭。席间，话题自然离不开老人的治疗。

大明坐在上席，两腿张开，手按着膝盖，严肃地抿着嘴唇，俨然一副军分区政委的模样——如他的职位一般。只不过他的面前并不是办公桌上码得齐整的文件和橡皮图章，而是黏着饭粒、菜叶、红黄相间的油和汁的碗与盛满骨头的瓷碟。

"我觉得啊，还是不要做手术。老头现在身体也不太好，到时候保不齐手术台都下不来。就像之前一样，我们每家、每个星期，各自都去看看，送点好吃好喝，养着就行了。"

"妈之前不也做了心脏搭桥么？我看还挺好。"小妹夫插嘴道。

"妈身体好，爸自从和妈从农村出来单过后就开始不行了。再说心脏搭桥和装起搏器又不一样!"

"可是我们送的吃的不够啊?"秀子小声地说道,父亲突如其来地住院似乎抽掉了她原本的精气神,看起来有些迟钝和怯懦。秀子丈夫轻轻在桌下摸了摸她放在膝盖上的冰凉的小手。

"够,怎么不够!哪次去他不是大鱼大肉地吃着?"大明的声音一如既往的又轻又急。

"要不问问爸的意见?"四妹建议道。

大明油腻的嘴唇颤了颤,肥厚的舌头从中间的缝隙里挤出来,绕着舔了舔,又迅即缩回去:"什么意见……爸懂什么……手术了生活质量都不行了……"声音越来越小,可不容违逆的气势却越来越大。

对话陷入终止。秀子倚靠在丈夫肩膀上,似乎在想些什么。

5月22日

每个人都想质问这个老人,但又都生生咽下去。

秀子丈夫气得跺脚,又不敢大声,向秀子抱怨道:"平时哪里漏个水跳个闸,半夜三点也会一个劲打电话叫我们去修,怎么老头子出事了她就跟……跟死人一样没动静了!"说完他自知失言,忙舔舔嘴唇,两眼悄悄地瞥了下秀子的脸色,见秀子面色呆滞,大概也没仔细听,便松口气,摇了摇头,"唉"地叹了一声。

办公室里,医生们不知怎么聊到了自己印象最深的病人这个话题。末了,最年轻的张大夫说道:"我不说远的,就说昨天的,那个老爷子是真顽强。"

其他医生护士纷纷问道怎么回事。

张大夫放下手中的圆珠笔,抓了抓脑袋:"他啊,凌晨起夜,磕了脑袋,一直在流血,竟然也就直挺挺地回床躺着,硬是熬到了天亮。老人体质也不算太好,轻度营养不良,血都快流不动了,才给家人送到医院来,所幸没伤着后脑勺,不然一下人就没了。"

"他家人这么粗心的么?怎么天亮才来?"

"谁知道,可能他家属年纪也大了,不知道急救电话?凌晨那会儿也打不通其他小辈电话,大概这样吧。"

"果然还是别把老人随便接到城里,又不和小辈一起住。"

"要是在农村倒也还好,起码还有乡里乡亲的帮个忙。"

"听家属讲,老人接来城里也有挺多年了,应该也和邻居认识了啊。"

"城里面邻居到底不如乡下的亲,在城里又不下地干活,哪能认识。"

大家点了点头,表示对这一猜测的认可。于是谈话声音渐渐稀疏了下去。

5月21日

"你知道我对你不仅仅是喜欢，你眼中却没有我想要的答案……"

秀子翻了个身，她的丈夫大手一挥，准确握住床头铃声大作的手机，凑到自己眼前。他艰难地睁开眼，屏幕上显示06:13，时间下方跳动着巨大的两个字"岳母"。

"喂，妈，咋了？"

秀子丈夫听了一会儿，忽地坐直了身子，"好好，我马上过去。"说完便扔下手机，开始穿衣。

秀子又翻了个身，转回原样，抬起头，迷迷糊糊地问道："怎搞的？是停水了还是煤气不着了？"

秀子丈夫一反常态，粗声回应道："都不是，回头跟你说！"便急吼吼地出了门。

秀子丈夫抵达老丈人家时，四女婿和小女婿也气喘吁吁地赶到了。

老岳母瑟瑟地倚在敞开的房门前，扶着门框，脸色灰败，一言不发。一会儿，救护车呼啸着开到楼下，三个大男人和穿白大褂的医护人员七手八脚地从房里抬出了瘦弱的老丈人，小女婿的衬衫上还沾了少许血渍，而老丈人睡衣肩背处竟已经被血染成了浅褐色。秀子丈夫伸手从门口扯过老岳母，一并塞进救护车里，再一脚踢关房门。

天光此时已经大亮，一行人穿过邻居的层层注目礼，在尖锐的警笛声中迅速离开了。

5月21日

凌晨3:42。他在一片黑暗中被尿憋醒。

他缓缓起身，走下床，凭着对家里布置的熟悉，摸黑向洗手间走去。儿女们几天没来了，他感觉有些肚饿，但他行动太过迟缓，已经很久不能下厨，因此每每吃着她呈上的白水挂面时，也没什么怨言。

他准确地解了手，再按下马桶的冲水键，系好裤子，准备返回卧室。就在这时，他忽然感到一阵头晕，随即脚下一滑，向后摔倒在地，枕骨处还被什么东西重重地磕了一下。

这一下痛得他眼冒金星，根本爬不起来。他躺在冰凉的地砖上，感觉脑后渐渐漫出一些温热的液体。他心里暗叫不妙，忙深吸了一口气，扯着苍老生锈的喉咙，用尽全力呼唤枕边人。

他才刚喊一声，便有人拉住他的胳膊，将他扶起。他有些意外，为什么她那么快就会赶到身边，却也没细想，便攀附着这个胳膊坐直了身子，再小心翼翼地站起，一点点挪回卧室躺下。

后脑仍旧火辣辣地疼。他感觉枕头正缓缓地湿润坍塌下去，不禁紧张起来。

"给小孩打电话？"他用肩膀碰了碰枕边人。

她没有回答，咕哝着翻了个身，似乎睡着了。

这下他的肩膀够不着她了。

他终于明白了。

于是他不再叫嚷，静静地忍着愈发强烈的睡意，努力睁着眼睛，一边紧紧地用枕头抵着伤口，试图止血，一边盯着窗外的天光，祈祷着天快快亮。终于在天色大亮之前，等来了闯进屋内、心急如焚的女婿们。他的头倚靠着小女婿的腹部，温暖而干燥，他这才放心地睡了过去。

6月30日

人群散去，大明艰难地起身，谢顶的大脑袋在烛火下闪闪发光。他捶了捶自己的腿和腰，一瘸一拐，径直走向灵堂门口的桌子。暮色四合，礼单簿子在晚风中发出簌簌的声响。

大明媳妇在风中轻快地走过来，小声说："农村物价真便宜，老头的钱都没用完，能办这么大排场！"大明没有回话，她忙识趣地闭上了。

冬，至

冬日又至，干燥、少雨，竟有些像北方的冬天。历经几番寒潮，天气却还没真正冷下来，但我总会想起第一次寒潮的降温后，走在路上，总觉得冷冷的空气与先前有不一样的味道。

我对味道总是分外敏感。通常如果醒来闻到窗边潮湿的气味，不需要向外看也知道下了雨。我不知那究竟是泥土还是绿植所散发出的味道，一如我也不知道降温后冰冷空气的味道究竟来自何处。也可能那种味道与平时并无二致，但我总坚信那是一种独特的气息，或是独我能嗅到的气息，那是我的世界里冬日降临的味道。

但我自小其实是不太喜欢冬天的，作为北方人，人生的头二十余年都在北方度过，也未曾经历过南方的冬。从前在一些文字的描述中，大约知道是湿冷，更要紧的是没有暖气。最开始对此是颇为恐惧的，而在南方度过这第三个冬天的时候，也终于不再忌惮这"湿冷"的冬日了。

我大概仍然不很喜欢冬天，还是更喜欢自己出生的时节，夏天。说不清究竟为什么，从小到大总有无数个阶段性的理由。或许根本的原因是我不怕热，却畏寒。夏天，闷热的空气和皮肤接触的时刻，于我像厚重而笨拙的温柔——当然于他人，或许是痛苦的枷锁。夜晚，站在顶楼的飘窗打开窗户，看窗外绿木森森，有偶经的暖风扑在脸上，拂过裸露的手臂，有了种像被拥抱的满足感。大约正因如此，也时常在夏季感到孤独，可称之为一种季节并发症。夏日的半夜时分，听得见街上走过结伴饮酒后的人们，比之秋冬更为活泼喧嚣，也许是为一阵炎热中酣畅凉爽的尽欢，也许是临别前的最后的疯狂——就像小行星撞向地球，已知定会粉身碎骨，但还是在重重云层间最后尽力燃烧。

时间这样快。待下一个夏天到来，我又要告别学生身份了，却挑了这个冬日为我的学生时代早早悼挽起来。由冬至夏，仿佛还有很久。半年不慢也不快，现在就不舍起来，确像是过早的沉痛。然而过去的两年多时间又已经飞速掠过了人生的舞台，实在不由得我不感叹时光迅疾流逝的速度。

我当然要承认，大学时代我是没有好好珍惜的。那时所学的专业倒也不算十分令我讨厌，但由于过早接触了这个专业的知识，让我总对它难以重视。学校由于学科属性所囿，学风实属不算浓厚，大多人都忙于留学、实习，少有人沉迷于科研知识。我又因为那时身体状况不佳，几乎是在混沌中度过了那时以为是"作为学生的最后四年"。犹记得那时赶工毕业论文，只有敷衍、紧张、惶乱交织在一起，并没有给我带来多少知识方面的收获，真可完全算是"应付了事"。能顺利毕业，只能说我还是太幸运了、太有一些"小聪明"了，但正因如此才更让我感到惭愧。当时的导师是十分温和善良的人，如无他的帮助，我实在难以想象我迷茫的大学时代究竟会以怎样的结果收场。

时间过去了许久，我倒也忘记了当时的论文我确切用了多长时间"赶"完，但今年的研究生毕业作品我却是实实在在地记得了。总共用了九天，每天专心写作约九十分钟，写完了我三万余字的毕业作品。听起来又是荒谬，像是一程又一程，总在赶工敷衍的路上。然而我确信，这一次是完全不同了。

自开始写毕业作品之后，我就进入了一种悉心安排日程并努力完成任务的状态，更每日都去学校，在颇具情致、有大块露台的教学楼安然自习。这是我本科生时代完全没有做过的事情。想起那时，大约只会在期末考试前用几个通宵做做无谓的努力，而知识究竟多少进了脑子——想必是几乎没有。

那时会和喜欢的人一起坐在学校对面街上的快餐馆里，书和电脑摆在面前，餐馆里闹哄哄一片，心头更闹。也有与我们一样"刷夜"的，眼镜片上跳跃着惨白中爬满蚂蚁字的幻灯片反射的光，草稿纸上凌乱的是写不完的解不出的繁杂高数题。再记得的，只有牛肉面的热气，烤串上的调料粉香，炒饭上泛着的油光，还有结账台上小小保温箱里便宜的小罐速溶咖啡。进到快餐馆里时是接近午夜时分，我非灰姑娘也不是做着与王子相遇的梦，只是简单地想和某个人一起度过一个心照不宣的、平白消磨了时光的夜晚。此刻回想起来，是有一点质朴的窃喜支撑着，才能度过那漫长的无休的黑夜，一种"愚喜"，久了回忆又是一重伤悲，那真是年少时廉价的浪漫。

钟宇晨

然而那又是单纯的时光。人总会怀念校园时光的，可能是在后学生时代那些琐碎到让人烦躁的时光缝隙里，会想起在学校里那纯粹的且有大段可支配时光的珍贵。大概会在离开校园后的某一个时刻，突然感觉到做许多事时由不得人。这或许是很多人怀念校园的原因，于我而言，似乎也是，似乎也不是。

本科毕业后，我暂无处可去赋闲在家，又因身体状况不佳，父母没有强行规定我毕业后的去向，默许了我在家中留驻。当然，也会偶尔劝诫或暗示我最好的选择是继续升学。考研对我来说于是又成了一重枷锁——我的确渴望回到学校，但却仍看不清眼前哪怕回到学校后又要踏上的路。在这种毕业后仍持续着的混沌之中，第一年的考研也只是简单做了做样子，在冬至前后的日子，只身一人又回了北京赴考。

是我熟悉的地方，我留下了许多回忆的地方，我当年为数不多的朋友所留之处。因着这别样的情感，因着我的迷茫，因着我虽不知为何但却赤诚地想回去学校、哪怕只是继续消磨时光的念想，去考试又进到校园里的时候，我是难过的，感慨并羡慕并迷茫并沉重。自然是会有这样的情绪的。渴望回去，却仍不知道自己未来的路往何方，升学的确只是一种未来人生的"缓刑"，可我却甚至想要承受这"刑罚"。然而正因这一切的矛盾、纠结与混沌，我终究没有足够的动力——后来倒也庆幸，即便那时侥幸考上，或许也只是将面临更多痛苦和麻烦。

那年的考试结果自然是没有下文。父母大概多少是失望的，却没有多说什么，他们对我大致是温和而宽容的。我的学历在大学毕业的那一刻起就已经比他们都要高，这虽不是、也不该是一种与父母一较高下的资本，但在家庭生活中其实导致了一种稍显诡异的处境。我虽一向显得对生活玩世不恭且不甚在意，但心中也清楚，下一年如果再参加考试又无疾而终，那么大概率不会再有下一年。我即将面临的是"殊死一搏"，是最后的争取。这是那时的想法，那时我并不太知道有许许多多的人选择了第三次、甚至更多次与这考试的搏斗，他们又是为了什么？我无法揣测，我只知的确每个人都有自己的苦衷。现在想，或许那时的决绝更像自己把自己拽向悬崖边——父母宽和至已不计较我毕业后去向何处，也未必就不会再让我尝试更多次。所以那时，那种在绝境中才得以迸发出的勇气和信念，实质上是从自己心底里生出的。

我换了专业，换了学校，选择到了陌生的南方来。和第一次的目标一样，这次的目标学校也并非轻易可得的。考试那年的 8 月，我第一次进了校园里，正是台风过境后的一天。作为一个北方人，若是看见天晴，我便不太习惯出门时带伞。然而南方的天气果然不同于北方，在学校当时还未翻新的研究生楼旁，我遭遇了一次偶至的阵雨，也只能在楼旁的屋檐下避雨。恍惚间，我生出了一些古怪念头，那便是"这里会留住我，如这雨把我留在此处"。

当然最终选择考来学校，也并非只因为这偶生的古怪想法，而是我想考的专业，在这里称得上最优选择。9 月报名的时候，最终还是毅然决然填上了那串代码。那个秋天，母亲偶尔担忧地问我，会不会太难考？我只对她说，总不能考比本科还不如的学校，也没有再说更多。大概只是觉得，人，总要试一试的。

这些事仿佛就发生在昨天。连报到时与好友的初见，连后来搬租处跨年，连突然而至的疫情，连被困在家中的近半年，连在教学楼草坪上晒太阳的午后，连在图书馆逼仄的书架间翻找心仪的图书，连在小露台上望着月亮，如此种种情节，都仍明晰。我也不知道，再过多久我会忘记学校里的样子，大约也是快的——前些天北京初雪，在微博上偶尔看到了两张本科学校的照片，我第一眼竟还反应了许久才意识到，那是我闲散步行经过了几千次的学校食堂。而另一张照片是常去上课和自习的教学楼，我甚至都看不出那是楼的哪个方向。

这于我而言是一种震撼的触动。我当时便闭上眼睛，试图在脑海中构建一个本科学校的地图，教学楼是什么名字，从校门进去要怎样走。闭眼凝思了未及半分钟，就发现那样多的地方都要被我忘却了，而我上一次回到学校也不过是三年前。只消这点时间，就把从前熟悉的地方遗忘，该说，是因为那段记忆太过混沌不堪吗？还是，人生中深刻到足以记得的事情，本就太少，连曾经觉得一些会深深记得的人和事，也会随着时间流逝而逐渐忘却。

记忆会消失，朋友会走散，亲人会离开，世界诸多此般残忍，连读了那么多遍旷世悲剧《红楼梦》的我都不忍再细思。正进行的研究生阶段的最后一门课，是研一的时候本该选的一门课，讲古代文学的。那个学期课上所讲的作品是《聊斋志异》，听了两节课实在觉得无趣，便退选了，想或可以选别的课替代这一门的学分。然而临到毕业发现最终还是只能选这门课，于是选了，可巧这一学期讲的就是《红楼梦》，大约也是一种特别的缘分吧，可以使我的研究生阶段以一门讲我最热爱的《红楼梦》的课程告终。

从小学四五年级就开始读《红楼梦》，诸如一些百科书里所浅谈，是四大家族的衰败、宝黛爱情的悲剧，那时还未曾深究，也并不十分能看懂。渐渐地仍继续读，至百读不厌，每阅必叹，也开始看一些红学家的讲评。然而很多年，我都只忍心读到中秋夜宴之前的部分。八十回后的原稿遗失令我叹惋，有时却又想，若看到了又能如何？不过解一个"万艳同杯，千红一窟"的惑，丰富那惨痛故事的细枝末梢，或更徒增痛苦悲伤。连1987版的电视剧，我也未曾看过三春去后的几集。到这学期上课，听老师讲了些许我未曾思考过的细节部分，又多悟了几分后，我终于还是鼓足勇气把它看了下去。那强烈的窒息感、不可挽回的宿命感太痛苦、太深刻，哪怕是在十几回就看到可卿托梦的诗，哪怕早已预知这"落了片白茫茫大地真干净"的结局，还是感到无尽的失落、空落。这结局是多么残忍，却又不能苛责，甚至难有过多的悲悯，只有忍不住的叹息。

这草蛇灰线、伏延千里，从开头已写就了的命运，如此令人生畏。想起一些"人定胜天"之类的话，然而看着每日更迭不断的疫情新闻，也知连那看似微小的病毒便能禁锢住人的命运，更何谈世事变幻、无情天灾？人，能够左右的事情，终究太少。

因着从未预想过的疫情，曾足有半年时间没有在教室里坐着，安稳地听老师面对面讲课。那段时间，每天都处在无尽惶恐和不安之中。我很难忘记，在我带着巨大压力备考、等待分数、准备复试、等待录取的过程之中，我无数次地梦到过自己坐在教室里上课和学习的样子，那样鲜明，暖橘色的阳光洒落，熏人的暖风吹起窗帘，拔地而起的杨树，教学楼里才有的长条课桌。我曾多少次梦到过那样的场景，疫情初至时在家中的日子里就有多害怕这景象无法再现。和好友设想过一起在初夏的夜晚去蹭哲学课，走过看得清星月的光华楼草坪，一起拍照唱歌去周边城市游荡，当这一切美丽的幻想似乎都无法实现的时候，内心的恐惧与焦虑不亚于曾经等待考试结果的时刻。

纵使如此，也只能等待，只能盼望。起先是盼着疫情的迷雾彻底消散，又渐渐发觉似乎不能，便改作只盼着眼前事，盼能先回到校园里去，盼着我喜欢的足球比赛能恢复进行。每一天都看着无数与疫情相关联的新闻，略自私地筛选出那其中寥寥数条与自己相关的，看了又看，想了又想。诚然我知道，"无尽的远方，与无数的人们，都与我有关"。然而几个月的隔离生活，千人万口覆灭的悲剧消息，已让我不忍卒读，如果再获取更多悲惨的讯息，只能让我又陷入如从前般的抑郁与痛苦。当事情到了最坏处，常常只能盼一点点的起色，就如我最初备考时的那样，面对七八本厚厚的、陌生的专业书，我也只能一章章、一节节记起。面对这陌生的困顿，我也只能渴盼它一丝丝、一毫毫开始好转。

我重回上海时，时间已从冬转到了夏，我便是这样错过了应该在上海遇见的第一次春景。大朵大片的玉兰与樱花不见，再回校园已该赏隐在绿叶间的桂花。若干年后提起，或许也只能轻飘飘说一句："那年疫情，我有近半年没能回到学校。"然而这一句感叹，在那时又是何等折磨；这一词"半年"，大概有如半个世纪般漫长。

盛夏通常没有足球比赛，那年本该是个例外，也最终成了例外。2020年的夏天本该是欧洲杯举办的时间，却因为疫情，史无前例地被推迟到次年。但疫情前未能结束的联赛，被安排在了那个夏天没有球迷的空旷体育场中，草草了结。原本激情与热血绽放的绿茵场，听不见球迷热情洋溢的嘶吼，没有了忠诚信徒们手持的横幅旗帜，只有闷头泼洒汗水的球员。他们像失了城邦的莽汉，没有了那些虔诚邦民的簇拥，痛苦的拼抢也失去了血性和冲动，偌大的体育场内，空余尴尬的嘶吼。

那是我看足球七八年来，所遇最茫然的处境。我曾亲临球场见证过球迷们堆砌的热血，也曾在酒吧里与沸腾的人群对着转播镜头一起欢呼。大多数年份里，最盛大的比赛通常结束于初夏，在北京的那几年，我都约三两好友，一起在酒吧共赏那盛宴。从学校坐着双层巴士，摇摇晃晃经过略狭窄的二环公路，撞落高而茂盛行道树的杂乱枝叶，直颠簸到城区有着最繁华喧闹夜晚的地方，那有着数不清不眠人的地方。待到盛筵散场，听得见欢笑，也看得见失落，晨光熹微的时候，初夏的清晨还少有热度，站在公交车站又等来时所乘的特16路，一路上摇摇晃晃，昏昏欲睡，耳机里还播放着那熟悉的主题曲。"Die Meister ... Die Besten ... Les grandes équipes ... The champions ..." 一曲终了，磅礴恢弘的和音好像又把我带回哨响前的企盼中，总难忘。

体育赛事总激发着人们的热情，那对于健美的追逐，对于极限的挑战，对于团队配合的要求，对于技术战术的完善，是人的血肉之躯和智慧的结晶，我想正因此，我才会那么爱它。大学以后，我虽然在学业上未有过多造诣，却因对足球的热爱，走上了这一条我真心为之付出的道路。我难忘自己看足球比赛时有过的紧张，看到精彩过人和进球时的血脉偾张，看到场边球迷拼凑起巨大应援墙时的触动，看到憾负球员们的心痛与叹惋。连那些球员们所经历过的曲折往事，与他们所拼争来的辉煌成就交织，也总能让我泪眼迷离。

我本以为这爱好是离我很远的，我最喜欢的球队，离我那样遥远，我心只宛若游丝一系，越过山川河流、曲折陆路牵在他们的身上。然而面对着他们的胜与负，我又有那样在别处难寻的赤诚信任，只因我被他们所征服。若要追溯，我时常会感叹我曾遇到过一个人，虽然我们早就分道扬镳走上大不一样的路，但若不是因为这个人，我或许也不会深深爱上足球。也不会因为足球，认识了另外的朋友，接触了另外的知识，改变了我看这世界的目光。

如果叛逆是我生命中的某种本质和特性，或许我会在我原本走着的路上被激发出一部分这样的本性，但是否会达到现在这样的程度，也要另当别论。一个人，原本该是什么样子，又最终成了什么样子，大概确实不会有一个固定的轨迹。"应该"的或许是"不该"的，反之亦然。只是一旦变成了某个样子，便很难再有回头路。我又想到惜春，她确是冷性冷情的一个人，可若抛开那设定好的命运，仅以这样的性情，她本就会出家吗？在那个封建的时代里，在那个庞大家族背景之下，在她贵族小姐的身份枷锁之中，或也未必。我也或许本不会是这样一个我，但既然成了如今的我，我只愿致敬过往道路上我所有的偏离。能左右的事情太少，可以左右的事情又要瞻前顾后，可我仍然坚定地偏离了。没有偏离，就不会有一个当下的我。

是否该称我为一个"反叛者"？我从来都不是一个听话的学生，从小都是班主任最讨厌的刺头。但在我喜欢的学科里，我都有较高的造诣。在不感兴趣的课上看小说，描绘我心中的人与情，那该被称作校园里最糟糕的举动，但我仍愿放开胆子，走我心之所向的道路。

就在前几日，交毕业作品初稿的那天，和我的导师絮絮闲聊了许久，也谈起我这散漫的性格。我说或许我注定是自由散漫，本科学校就无甚学术氛围，研究生学校又是"标榜"一些"自由而无用"。老师说，苹果树是苹果树，槐树是槐树，总是不该刻意让它们长出同一个样子。我同他说，未来我也愿意一直走在足球的这一条道路上，他说，心中有想做的事情已不能再好。他也是那样自由活泼的人，或许这也注定我们会相遇。他告诉我，我们是他带的最后一届研究生了。这让我感叹，缘分如此珍贵。选择陌生的上海是一重偏离，选择这与我先前专业全然不同的专业又是一重偏离，这重重偏离却能让我遇见投契的老师，发觉偏离或是注定，这又何尝不是一种梦幻般的美好？

我们都走过不少的地方，相互聊着交换经历的时候，美景自是胸中挂怀，但他也讲了目睹过的人间惨案：坠下都江堰的碎花裤子女孩，怀抱被车碾压过的孩子的年轻夫妇……他说最喜欢布达拉宫诵经僧人倚皑皑雪山的神圣景色，也说怀念二十岁在乡间与所爱之人共行泥泞小路，坐在苍蝇馆子里食鲜鳜鱼遥望夕阳的美好。路途且远且艰，从前我几乎想停在阻塞之处，如今我却已想走得更远。但我也知道，哪怕走再远，也只会看到这宇宙角落处最细微的景色。

在我还是孩童的时候，我就迷恋宇宙的浩渺。可惜，虽然我十分热爱地理，却还是因为不擅物理，而与深入接触钻研它的道路渐行渐远，只能做一个单纯欣赏美景的爱好者。我喜欢拿着相机拍天空，足以占据全幅镜头的湛蓝，或者团团聚起又疾疾飘散的云朵，夕阳西下时折射着强烈阳光展现缤纷多彩的晚霞，夜幕降临时看似孤单却有人眼看不到的星辰相伴的皓月。在教室上自习累了，也喜欢站在教学楼的露台上，竭力看向目所能及的最远方。

有一个下午也是如此，夜幕方至，在露台上偶遇一个陌生女孩举着手机拍月亮，我才发现有月亮伴两颗星星点缀在墨色的天幕之上，举着手机也拍起来。女孩便走过来问我，有没有什么好的角度？我笑答，只是这样随手拍也好看。又聊到远处略略打扰构图的高高工程机架，寥寥数语。她先于我准备回教室，语气是如与熟人道别般的亲切，她说，先走啦，拜拜。我也切切回应，拜拜。我深知我们大概率不会再相遇，纵相遇，也互相认不清这夜色中模糊的脸。而总会回想，回想这悲凉又美妙的感觉。

今日我也如那天，在教室自习至深夜，因我珍惜这暂且是最后的校园时光。未来，自然还有再回到学校的打算，然而既然已知生命中多有偏离，也就乖乖不作确切之语。我珍惜，再不似从前，漫然挥霍我青春的校园时光。

原来冬日又至，已经三年过去了。冬至还未至，但听闻，昨天才是北京全年日落最早的一天，上海最早日落的一天，则是 12 月 2 日。

女孩们

顾 迪

"呜——呜——"土铜色的轮船吃水一米深，喷出大团白气，像一头刚苏醒的巨物。浑浊的河边，毛毛也睡眼惺忪，一手兜着一个尿壶，一手冲我使劲儿摇，早！

我也大声回一句，早！从楼梯上"噔噔噔"下来，颠着书包去上学。

毛毛是不用上学的，她年纪比我大两岁。她总是说上学没意思，其实我也觉得。

我们住在船厂边，靠着一条浑浊的运河，每天的起床铃就是鸣笛。那船厂早已废弃，一堆破铜烂铁堆在河边，水涨上来便漫开一股金属腥味。我们住在滩上的一栋房子里，很小，滩边连着石子路，车子碾过，扬好大一阵灰。石子路另一侧邻着一排高低不平的屋子，个个都凹进去，像一串不同大小的易拉罐挤瘪了团在一起，毛毛就住在其中的一个罐子里。

船厂附近没什么孩子，这条运河的其他段可能有，但我们这段不长孩子。我来之前，毛毛已经在了，她和她奶奶住在这。我呢，我是跟着爸爸从另外一个城市来的。我还记得刚来时，脚上穿了一双很浮夸的透明水晶凉鞋，Hello Kitty 的装饰花儿，走在石子路上咯吱咯吱，她站在路口直盯盯地看着我的凉鞋，我一紧张，摔了个跟头。然后她就很大声地笑，笑声在石子地上滚来滚去，在河面上弹来弹去，最后掉进了我的口袋里。

我爸对来这儿住不大满意，好像单位本来是要给他分到什么楼里去的。但是我觉得很满意。很快，我和毛毛好得跟一个人似的，在石子路上玩跳房子，捡石子儿，或者去河边打水漂，偶尔还会在草丛里抓到一些蟋蟀什么的。经常玩到天黑，两个人也黑手黑脸。去河里洗手，我掬一把水来，趁机泼到毛毛身上，她说，你看那边。我下意识扭过头去，暮色四合，废船厂像一个挣扎不起来的怪物，五脏六腑都袒露在外。那一瞬间，我仿佛感觉到它迟缓的呼吸似的，吓得动弹不了。

"哗！"一波水浇在我身上，毛毛快乐地跑开了。

可能因为住在这么脏的河边，马路上又总是扬尘，每个人都是灰头土脸。指缝里老有脏兮兮的泥，或者是铁锈，头发里也糊着灰。洗澡都是在家洗的，把三个水瓶都灌满热水，调好水温后先坐在一个浴盆里，凉了就加热水。有时候冬天水冷得快，我得把头和身体分开洗，就是今天洗头发，就不洗身子了。

我一年也见不着我妈一次，毛毛直接说她没见过她妈。毛毛奶奶平时捡废品换钱，见到人老爱说毛毛命苦，生下来妈妈跑了，爸爸在城里打工。但是毛毛对此是不大信的。毛毛奶奶每天大清早就出门，毛毛有时候跟着去，有时候就在河边、石子街上乱晃。她是在这里晃悠大的孩子，什么都见过一些，也很讨大人欢心，见着谁都一口一个"叔叔好""阿姨好"的。连我爸都说她懂事，这么小帮着奶奶捡废品，让我多学着点。

逢年过节，河滩这边没人提着大包小包地回来，只有我和毛毛一起炸鞭炮，在河边响起零落的噼噼啪啪。每年过年的时候紫嫣姐姐会回来，毛毛一直说紫嫣姐姐就是她妈妈——这个我要抢的，紫嫣姐姐不是她的，是我的！

紫嫣姐姐的名字取自"姹紫嫣红"。后来我书读上去，就感觉还好没有叫嫣红，不然就俗了。紫嫣姐姐很白，很干净，这两点加起来就算得上极好看了。她也住石子路那边街上，就在毛毛家隔壁。二十出头，笑起来脸颊挤出两道笑纹，弯弯的，很柔软。紫嫣姐姐是这两年才出去的，在外面打工，一年回来一两次，每次都会给我们带外面的好吃的，比如那种糖纸会泛光的糖果和放在一个巴掌大小盒子里的蛋糕。紫嫣姐姐的手很大，也很粗糙，一搓我，我的脸就痛，她倒是很开心，叫着说搓掉你一层皮！好像恶作剧得逞的小孩子，笑得前仰后合。

紫嫣姐姐说她在城里的一家洗浴中心工作，帮别人搓背。我们一听就很羡慕，每天泡在那里，怪不得又白又干净。大年初五，紫嫣姐姐要走了，我们死命缠着她，一个搂住腰，一个按住腿，她使劲儿撑起身子来，松软的胸脯垂在我们头上，灯光像油，流了下来，滑嫩嫩，白亮亮。我使劲往上一窜，头枕上紫嫣姐姐的胸，好大好软呀！毛毛见了，大叫我也要，扑了上来。紫嫣姐姐笑着说

别闹别闹，我们疯过了头，满头是汗，终于松手。

紫嫣姐姐整理好衣服，一本正经地说，等你们长大就知道了，大人不能老待在一个地方的。

别听她乱讲。赵紫嫣你尽带坏小孩。紫嫣姐姐的妈妈端着一盘青萝卜进来，把盘子往桌子上一顿。你们年纪小，先好好读书，以后长大了也好找正经工作。我抓了一块大青萝卜塞进嘴里，胡乱点头。毛毛挑了块小的，丢进嘴里，包着嚼。慢点吃，你看看人毛毛。紫嫣姐姐笑着说，她装的！我叫一声，又和毛毛扭打成一团。

紫嫣姐姐走的那天，我和毛毛在路口送，三轮车飞起的尘迷了我们一头一脸。毛毛忽然和我说，咱们啥时候能进城去？我回了一句，两个小孩，怎么去？去车站要买票的，大人才能买。我说这话的时候忘了自己也是个小孩。毛毛倒站得笔挺挺，你懂啥？

我是不懂，但我不承认，鼻子里哼了两声。长大对我来说就是好吃的糖果、蛋糕和白白嫩嫩的紫嫣姐姐，很好，但不值得冒"生命危险"去进城。要我爸知道了，肯定打死我。毛毛无所谓，她奶奶不一定打得过她呢。

初七那天晚上，家里来人，老爸买了猪头肉和麻辣鹅，抱回一箱酒。这是我闺女，来，叫人。老爸搭在我脖子上的手有意无意加了点力，我不得不低头哈腰喊了声叔叔好。哪个叔叔？那个皮鞋闪亮的叔叔龇牙逗我，我死死盯着他那双一尘不染的皮鞋，寻思着他是没走石子路来吗？怎么鞋这么干净。我爸笑呵呵的，问你呢。我心里很郁闷，你也没告诉我哪个是哪个呀！我瞟了瞟我爸，又喊了一声，叔叔们好。哈哈哈，他们都笑了，我这才松一口气。

皮鞋闪亮的那个叔叔又开始问我在哪儿上学，成绩怎么样，我爸直接一个举杯，那还用说，我家虽然是女儿，但以后肯定有出息。我埋头吃，他们都仰头喝。分房，分房，单位什么时候分房，推杯换盏的，我爸的问题也被推来推去，最后化在酒里，被他一口闷了下去。吃好了我准备去洗漱，够不着柜子上的烧水壶，喊我爸三声不应。走过去，我爸头歪在一边，脸通红，眼也通红。他忽然一把把桌子拍起，大人讲话小孩不要逼逼赖赖！那是记忆里我爸第一次凶我，我眼泪都要吓出来了。

我洗好手脸，早早钻进被窝里。晚上的月昏昏，我听着那边的酒瓶哐啷，迷迷糊糊地要睡着。不知过了多久，床凹进去一截，一股浓浓的酒气铺天盖地袭来，夹杂着他那万年的脚臭，我被熏得翻来覆去睡不着。咳咳咳，外面忽然传来三声咳嗽，是毛毛的暗号。

我一下子来了精神，确认我爸睡死后，轻手轻脚跳下床，火速扒一件衣服穿上身，溜了出去。

果然是毛毛，她手里捧着一个脏兮兮的白色破塑料泡沫盒。

给你看个好东西，我今天跟我奶奶去捡东西捡到的。说着，毛毛把身边的一个破塑料泡沫盒打开。一只巴掌大的小刺猬趴在里面。不错吧？从一块地里抓来的。不扎手？扎了一下，没事，我们一起玩儿。她举起右手，大拇指露出一个黑乎乎的血洞眼。说着就小心翼翼把塑料泡沫盒放在地上。

我们一起蹲下去，头抵头。昏昏的月光下，小刺猬蜷缩成一团，棕里带白的刺一根根竖着，干干净净，很可爱。有点像迷你象牙，我评价道。

象牙是什么？

就是大象的两颗大长牙，也是白色的。就是比这个大几十倍。

哦。毛毛应了一声，用手拨了拨它的刺。

我有点得意，这是我从百科全书里看来的，毛毛当然不知道了。

这玩意儿啥都吃，还吃小虫呢。平时喂点萝卜或者苹果都行。毛毛顿了顿，刺猬先放你家吧，不然我奶奶明天一准把它烤了吃掉。为啥？她说刺猬吃了可以养胃，有好些人专门抓了去菜市场卖呢，十五一只。它会不会跑了？不会，明天我跟我奶奶去捡东西，看能不能捡到笼子什么的把它养起来。

来，你家盆放哪儿的，我教你。毛毛把破塑料泡沫盒一捧，我赶紧比了个"嘘"的手势。我们俩端着一个刺猬跟端着一盆黄金似的，蹑手蹑脚走进屋。我找了个破脸盆，把刺猬盖上了。

你这样不把它闷死？

那咋办？

得留个小缝儿。不能太大，你家有没有小点儿的东西？

我们环视四周，酒瓶、碗筷、烟头，一片狼藉。毛毛眼尖，看见两个烟壳，扒拉来一垫，正好，三指的缝。刺猬这下跑不出去了。她直起身，很满意。

你会抽烟不？毛毛变戏法似的，手里不知什么时候捏了一个烟头，还有一小截。我说我不会，大人才抽。你不想试试？她的眼睛亮得很，看得我发慌。你等等，我去找打火机。

打火机在我爸裤子口袋兜里。我爸裤带子上拴了一串钥匙，我一碰，细细响了两声。该死，我心里暗暗骂道，不知是骂谁该死。还好，我爸呼噜震天响，我逃也似的溜回去，毛毛已经在门口等我了。

谁先来？毛毛抓过打火机，手老练地按个不停，淡淡的黄色火苗突突跳。我来吧。我壮着胆子，清了清嗓子，学着老爸的样儿叼过黄色的一头，猛吸一口。咳咳咳！呛人的烟雾直冲鼻腔，五脏六腑都烧起来般。我眼泪都咳出来了，毛毛在一边笑得蹲在地上。该你了该你了，我把那根燃着的烟递过去，毛毛也吸了一口，嘴鼓得像金鱼。你吐呀！她瞪着眼泡儿，给我比画手势。你吐呀吐呀！我怕她憋气憋死，一巴掌拍上去，毛毛狠狠吐了出来，又把我的眼睛熏得彻底。

我是在给你示范，你得先憋住然后再吸一口气，才能吐出来，懂吗？毛毛教育我道。一番折腾，烟只剩最后一点了。怎么办，还试不试。我头摇得像拨浪鼓。毛毛小心地把烟又凑到嘴边，吸了一口。时间静止、拉长，微鼓的腮帮，她的眼睫毛眨得很慢，很慢。"呜——"河边传来一声长长的鸣笛，毛毛此时徐徐吐出了一口烟雾，我不说话了。那一刻，毛毛的形象高大起来，她比我大了。

我们把剩下的烟拆开，看里面还有什么，一些黄色烟丝被抖出来，闻着清淡。去河边看看。走。大轮船已经缓缓开走，空留道道波纹。抽烟感觉怎么样？很难讲，好像有人在你额头顶了一把枪，顶得死死的，然后忽然又放下了。毛毛抽完烟讲话都不一样了。我把烟丝撒在河里，毛毛又说了一句，但是嗓子还是痒痒的。

我回家，把打火机放回老爸的口袋里，钥匙细细响，他翻了个身。我摸回床上，我爸嘴里嘟嘟囔囔，说闺女啊，爸爸最大的愿望就是你好好学习。我没理他，觉得他很怪，奇怪又可怜。剩下的晚上，我一直在琢磨毛毛说的话，拿额头顶墙顶了好几次，怎么都找不到那个感觉。下次要比毛毛强，入睡之前我暗暗发誓。

刺猬第二天就被我爸发现了，我说是老师让写作文，要观察小动物，这才躲过一劫。刺猬头脸小小的，眼珠子漆黑，倒有几分像毛毛。这玩意很怕生，一摸就缩起来，一身刺白里透棕，硬硬的。接着几天早晨上学的时候，我都会特意看了一眼，它都乖乖趴在盆子里。早！刺猬还在吗？楼下的毛毛挥舞着尿壶，我大声回了一句，在！

不过我爸不喜欢刺猬，他说刺猬太臭了，还说他晚上听见刺猬在脸盆里跑。爸爸最近的脾气一直很不好，抽烟抽得猛，还喝酒，我可不想惹他。那两个叔叔后来又来了一次，我看见我爸不停地敬酒，说这边船厂全是金属有害物，环境得治理迟早要拆迁，人都差不多走光了，单位那边政策怎么落实，还是要靠他们多说说话。我牢记上次我爸说的话，大人讲话小孩不要插嘴，埋头吭哧吭哧吃，叔叔们笑，说我真能吃，能吃好，长身体。我爸说，得长脑子，女孩子以后要靠脑子办事。大人们又笑。

开春之后，毛毛和我都没再提起抽烟的事，按她的话说，抽一次就学会了，需要的时候再抽，而我还对被烟呛了的感觉心有余悸，便也作罢。周一升旗仪式，我忽然发现站在我前面的女同学脖子后面有一蝴蝶结，粉粉的。课间的时候问她是什么，她脸一红，说是小背心，她妈妈让她穿的。我打量起她的胸脯来，果真有一些隆起了。我呆呆盯了好久，竟然盯出一些幻觉了，紫嫣姐姐的大胸脯，又白又软。女同学叫了一声我名字，有点不好意思地说，你在看什么呀，别看了。

收语文作业的时候，班上一个讨厌的男生又故意使坏绊我，把作业本搬到办公室的时候，老师都不在。鬼使神差，我把他的作业本后半本一撕，揣进口袋里。

纸团成一个球，用透明胶带一卷，往衣服里一塞，胸脯果真鼓起来。剩下半天课我有点提心吊胆，但还好，没人看我，又有点失落。放学回去，我直奔毛毛家，在外面喊她。她一出来，看见我昂首挺胸站着，愣了两秒，开始大笑。毛毛的笑声像雨点一样噼里啪啦砸在我身上，她笑得半天说不出一句整话，我觉得没意思，推了她一把，别笑了。毛毛缓过来，认真地说，你的胸有一个掉出来了。

一个纸团不知什么时候从空荡荡的裤管滚了出来，就落在我鞋子旁边。

我使劲踩了那个纸团两脚，把另外一个拽出来，狠狠砸向毛毛，跑了。

我家没有镜子，我爸从来出门不照镜子，在家翻了半天，只好蹲在碗橱旁边看。衣服一拉，平板板的胸脯，像案板上黏了两颗葡萄干。我想起紫嫣姐姐的胸脯来，晃晃荡荡，软软的，长大了确实不一样。

257

你出来呀。毛毛在我家门外叫。你出来，我找到笼子了。喂，我们的刺猬你还要不要养了呀？我扑到床上盖住头，毛毛的声音就像轮船的汽笛，死命往我耳朵里钻。行吧，我去河边等你，你回头来找我。说完，门口没了动静。

天一分分暗下来，我心里还憋着气，一页书看了好几遍还是不知道是在讲什么。糊弄完作业，我走出去一看，河边有一个小小的影子，往河里丢石子。咚，一颗，在水面弹了四下。咚，又一颗，弹了三下，水荡荡漾漾。

我走到毛毛身后，也捡起一颗石子，负气往水里扔，石子一头扎进去，一个闷屁也不放。我等你半天了。毛毛转过头，脸上显出点可怜神色。别装了你。我捣了她一拳。长大啥意思也没有。我又嘟囔一句，丢一颗石子出去，嗒嗒嗒，石子跳三跳，荡起一条涟漪。

咱们明天把刺猬挪窝吧，就放破船厂里头。毛毛说。她和我想到一块去了，我们总归要想到一块去。

第二天正好是个响晴天，太阳照在身上热烘烘的。破船厂几百年没人来过了，可以回收的废铜烂铁也都被捡得七七八八，往里走有一块大钢板横倒在地，背后正好形成一个三角形的角落，我们从旁边挤进去，把刺猬和笼子放在地上。毛毛丢了一小块青萝卜进去，讲，我奶奶说紫嫣姐姐要回来了。

什么时候？

下个月吧。她妈妈和我奶奶说的。

那不是大好事！又能见到她了，还有好吃的。

你就想着吃。我奶奶说紫嫣姐姐得病了。

毛毛叹了口气。我印象中毛毛是不大会叹气的，我追着她问怎么了，她又支支吾吾不肯讲，最后说，得了脏病。

我奶奶还说，在澡堂那种地方打工，本来就脏。毛毛转述了一通紫嫣姐姐的妈妈说的话，说紫嫣姐姐生了一双细长白嫩的手，本是裁缝家女儿的手去给人家搓背，腌臜得很。还讲什么孩子大了就翅膀硬了，家里人话不听，外头人话倒是当真，叫她去就去，迟早要吃苦头。

我们蹲下去看刺猬，谁也不讲话。它还是缩成一团。刺猬只有在夜里活动，白天总是卷起来，怕被别人展开什么秘密似的。可惜，今晚听不到它的跑步声了。

对了，你想要变大胸的话，有一个办法，按摩。毛毛眼睛不看我，冷不丁来了一句。

你听谁说的？

忘了，反正有这么一个说法。毛毛偏过头来打量我，我立刻把胸抱住。毛毛笑得上气不接下气，你别激动啊，我啥也没干呢。我们站起身，我才发现原来毛毛个头已经比我高好多了，我才到她眼睛。我仔细打量着她，头发乱糟糟的，像个男孩，穿了一整个冬天的草绿色棉袄，肥肥大大，看不出身材，边角都磨得发黑发亮。毛毛忽然伸出手，趁我不备，在我胸口狠抓了两把，我还没反应过来，毛毛说，真的没有啊。

恶心！色情！我嘴里蹦出两个在书上看到的词，毛毛愣住了，随后笑得更大声，那笑声在废铜烂铁里回荡。我也咧开嘴笑了，虽然并没有被抓到什么，但是那股劲儿还在，有种细细碎碎的刺痛。

刺猬安安分分趴在那里，每天我们带过去的食物，第二天看都没了。它白天如果不睡觉就好了，我们还可以把它牵出去玩。毛毛又说，刺猬睡觉时候刺是可以摸的，只有醒来生气的时候才会浑身竖刺。那你知道刺猬怎么洗澡吗？不用洗，它虽然喜欢在地里跑来跑去，看着脏，但身上都很干净。

不得不说，毛毛虽然不上学，但是知道的东西比我多多了。除了看刺猬，我们就是等紫嫣姐姐回来，左等右等，紫嫣姐姐没来，来了一帮男生。

那天我几乎是连滚带爬往家跑的。出学校没多久我就听见后面一声怪叫，是班上那个我最讨厌的男生。上次把他作业本撕了一本，带着把他那天的作业也撕了，老师大发雷霆，让他重写一百遍，听说通宵没睡。第二天他从我旁边路过，用充满血丝的眼睛狠狠瞪了我一下，说等着瞧。我有些心虚，但毕竟在学校里他不能拿我怎么样。这会儿我回头看见他后面几个人，都是平时班上和我作对的男生，直接拔腿开溜。

没想到他们一路追过来，我爸还没下班，不能往家里跑，于是我全速冲刺去敲毛毛家的门。门给我敲得都快掉了也没人应，身后不远处尘土飞扬，叫声震天，我当机立断扭头往破船厂方向去了。

没人知道我躲在那块大铁板背后的心情，四周都是锈掉的金属味，逼仄的空间里只有我和那只在睡觉的、卷起来的刺猬。我想着我要是变成刺猬就好了，缩起来，刺一亮，万事大吉。但是此时我心里充满恐惧，还有点怨恨，怨毛毛不在，不然毛毛起码能给我壮胆；怨爸爸不在，虽然之后很可能被揍一顿，但他一定能吓退这帮小毛孩。我要是个大人就好了！就什么都不用怕了。

正胡思乱想，我听见毛毛的脚步声往这里来，整个人都抖起来了。那帮人马也到了，毛毛问他们来干嘛，带头的说找人。毛毛说不知道。他们说好，那我们自己找，别挡路。

毛毛肯定是没动。那些男孩嘴里骂得很脏，好像有认识毛毛的，骂她是没爹娘的野孩子。带头的说，看你是个女的，不打你脸。毛毛说，×你妈的吧，老子一脚让你断子绝孙。这是我第一次听毛毛骂脏话，太酷了，简直把我惊呆了！随后传来一些乒乒乓乓和惨叫，都是男生的，心里有个小人急急挠我，快出去呀，你还在等什么？我已经做出了预备姿势，脚却怎么也迈不开，脑子里居然闪过一丝念头：毛毛这么大个儿呢！我，我一直躲在这块板后面，他们就打不到我了。

你们这帮狗日的混小子在干嘛?！是毛毛奶奶的声音。就在这时，我找到一种新鲜的勇气，艰难从板的夹缝里挤出来，拎着刺猬笼，大喝一声，冲我来啊！这刺猬刺上有毒，毒死你们！我手一抽，笼子门哐当大开，那一瞬间有黄继光炸碉堡的悲壮感。

毛毛躺在地上，鼻子边有血，手里抓着一根铁杆。那件老洗不干净的草绿色棉袄更脏了，沾满了黄锈和泥土。她眼睛望向铁板旁边的我，大口大口喘着气。男生们退散开，带头的男生眼镜歪了，额头上几道血痕。所有人都在看着我，不知道是在看我，还是我手里的刺猬。

毛毛奶奶一手拖着捡废品的蛇皮袋，一手拖着毛毛回去了。我爸知道这事后居然没打我，只是抽了很多很多烟。第二天送我去学校，二话不说一个巴掌拍在那个男生头上。他晃了三晃，死命稳住身体，站在一边的我觉得又好笑又心酸。

我爸给了我五十块钱，让我送给毛毛做"营养费"。你妈不在家，你天天跟野孩子玩，一点女孩样都没有了。以后少和她来往。我爸说的时候我低着头，觉得"野孩子"三个字格外刺耳，之前还说人家懂事，让我跟人家学呢。但我什么也没说。

这其实是我第一次真正踏进毛毛家。七八平的集装箱，四壁本来是乳白色，污迹斑斑，说不出是什么颜色。墙角零散堆着空瓶和其他可以卖钱的垃圾，全屋的光源吊在头上，一颗光秃秃的灯泡。毛毛第一句话问我，刺猬还在不？我说在。

我捏着衣角，不知道接下来说什么。说谢谢显得很怪，说对不起也怪。在学校天天说，老师天天教，但我们在一起玩这么久，彼此从来没讲过这种客套话。眼下她为我受了伤躺在床上，总归要讲些什么。

下次别想不开拿刺猬当枪使。毛毛突然说了一句，转过头，对我笑。那笑很软，很不毛毛，明显有一些模糊的成分，像清晨河边的雾一样。我点点头，说，我爸让我给你奶送五十块钱，刚在门口时候给了。

给钱干嘛？毛毛声调沙哑，粗厚。良久，她翻了个身，背对着我。

听说紫嫣姐姐不回来了。闷闷的一句，闷闷地压在我耳膜上、心上。

早晨我还是按时去上学，河边没她的影子。从礼拜一到礼拜日，早晨到晚上，轮船在河上驶了一遍又一遍，河边再也没有两个人的影子了。我还是去破船厂喂刺猬，刺猬越长越大了。次次去，她都不在，过了一周，笼子里总有新鲜的一块黄瓜、一瓣豆角。我想，毛毛应该是躲着我吧，她怨我。我默默放下带来的食物，看一会刺猬，发一会呆。有一次我用粉笔在大铁板上写了"对不起"，写完想起毛毛不识字，写了也白写，于是又擦掉了。

不知道真收心还是假收心，我成绩反倒变好了，学期末还当上了班长，这下没人敢找我麻烦了。我爸也是人逢喜事精神爽，又叫那两个叔叔回来喝酒，说单位分房事情盖了章，最多还有三个月就能住上单元楼，这次多亏大家帮忙。那个皮鞋闪亮的叔叔收下我爸一条烟，应和说，小忙小忙，乔迁才是大事，这地方不久也要拆，搬去新环境对小孩也好。我爸于是开始吹我当了班长，考年级前十名（其实是班里前十名）。吃完饭他又鼾睡过去，烟盒撂在桌上，我偷了一支，溜出门。烟燃了一路，脚把我带到石子路上，毛毛家的集装箱外皮在夜色下蓝黑蓝黑，像一只沉睡的大刺猬。我抬手吸了一口，烟冲进鼻腔，有那么一丝窜到肺部，我又咳嗽着拼命抽了一口，终于体会到毛毛说的那种枪顶在额头的感觉了——只是我觉得这枪肯定走火了，因为我五脏六腑都是火星，烧得都痛，抹了半天鼻涕眼泪，才回家。

转眼到暑假，我期末考考了班上第一名，老师奖励了我一半班费，整整五十块。我去小卖部买了火腿肠，打算让刺猬也开心庆祝一下。到了地儿，大铁板后面什么都没有。刺猬不见了，笼子也不见了，只剩一些干结的粪便。

我第一反应是被人偷走了。我一路狂奔去毛毛家，比我在学校的一百米赛跑都快。一辆大货车从石子路上开过，扬一天一地的尘，我大口大口地吸进去了。心跳得砰砰响，忐忑得很，想着待会见到她，要当面和她说一声对不起。

毛毛奶奶刚回来，抖着蛇皮袋，饮料瓶、废纸箱滚了一地。她问我见着毛毛没有，毛毛大清早人就不见了。

没见到。我又补一句，好久没见到她了。

这倒霉苦命孩，身体才好没多久哦又往哪里跑去了。毛毛奶奶又开始念了。你晓不晓得，她腿都给打青了好几块，这两天才消了，又长一些麻点子，老喊疼。医生说是什么过敏哦，环境脏弄的脏病哦，搞不好要住院。你爸上次给的钱哪里够去医院看的……我瞥见房门口晾着条被单，被单上有好几块鸡蛋大小的、淡淡的褐色痕迹。风一吹，一阵灰蒙。我一时间嘴里苦苦的，说不出是什么滋味。

紫嫣姐姐在哪里？我突然问了一句。我心里知道，是毛毛把刺猬带走了。

我也搞不清楚我是怎么进城的，先是拦了一辆三轮车，一路问，又买汽车票，原来不在车站里也能买到票，那些在车站外转悠的人反复跟我确认不是离家出走，才把票给我。"今天下午也有个小姑娘，也是去这个地方。"我不声响，把皱巴巴的钱递过去，换一张小小的车票。上车没有我的位置，就一张塑料板凳，我坐在上面好难受。坐了不知多久，司机告诉我到了，把我放下来，关门时还问我一句，有人接吗？我回，有，我妈。

下车时我兜里只剩十块钱。城里灯火通明，像一条闪亮亮的河，河的尽头是那个我一路默念的名字：碧海蓝天大浴场。我捂着口袋里的十块钱，小跑起来。我一定是太累了，腿又酸又胀，这种酸胀从腿蔓延到心脏，蔓延到眼睛，我吸着鼻涕，告诉自己不能哭，把嘴巴张得大大的，温温的晚风灌进我的嘴里，没有尘沙，没有金属味，很轻盈，轻盈又温柔。

小姑娘，洗澡吗？大人呢？

售票口的阿姨正嗑着瓜子，抬头好奇地望着我，我问，请问有看到一个小女孩吗？有点像男孩子，头发短短的，比我高一点。她是我姐姐。脱口而出的后半句让我自己都吃了一惊。阿姨摇摇头，继续嗑她的瓜子。

那我买一张票，多少钱？

五块一张。小孩自己一个人不好进去洗的。阿姨头低下去翻杂志。

我姐姐在里面工作，她叫赵紫嫣。

阿姨头又抬起来，脸上挂着笑，你到底几个姐姐？不知道今天她在不在班上，前段时间都请假来着。

就在这时，我听到了一声熟悉的呼喊。我一扭头，路灯下站着一个人。我站在高高的楼梯上，瞬间有些恍惚，毛毛显得好小，她的衣服还是脏兮兮的，脸皱巴在一起。毛毛，毛毛。我一下子哭了出来，一级并两级地下台阶，一把抱住她。好了好了，好了好了。毛毛反复说着这句话，她身上散发出我熟悉的味道，在破船厂的味道，浑浊的运河边的味道，尘土飞扬的石子路的味道，刺猬的味道。

刺猬呢？我问。她背着个小背包，我便要打开看。

别找了，我把它卖了。毛毛没看我眼睛。她嘴角撇了撇，挤出一个笑来。一点不毛毛的笑，软软的笑。

我呆呆站在那儿。一只刺猬十块钱，毛毛一开始把刺猬交给我时，她这么跟我说的。到头来还是把它卖了。好不容易养大的刺猬，卖也能卖二十块钱了吧。

我拉着毛毛准备上楼梯，毛毛轻轻说，我没钱了，要不你进去，我在门口等。反正也等好久了。不行，要去一起去。我抓住她的手，往售票口走。毛毛低着头，眉毛绞在一起。我挺起胸脯问阿姨，能不能就让我们进去问一下。

阿姨有些不耐烦，要交钱的。我咬咬牙，把最后一张钞票递过去。

推开澡堂帘，扑面而来好大的水汽。潮湿，温暖，除了脚下的深红瓷砖，举目都是白色。干干净净的白色。我紧紧贴着毛毛，毛毛也紧紧贴着我。等适应了雾气，眼里才有了轮廓。白色的，黄色的，黝黑的，高矮胖瘦的肉体，零散地在面前。原来世界上有这么多的乳房啊。一个老奶奶在我们面前穿衣服，奶子垂下来，像两条丝瓜耷拉在腰间。我一时站住，毛毛拉拉我，小声问，往哪边走。

钱都给了，不如洗个澡！我大声说。我认出更衣室，带毛毛进去。我开始脱外套，毛毛也把外套脱了。忽然她讲，我不想洗。

好不容易来一次浴室，不洗浪费了呀！我们交了钱的！

但毛毛就是不继续脱了。我脱衣服的时候，毛毛在一边看着我，她的眼神很奇怪，我脱得还剩一件小背心，手拉到那里，又放下了。转过头对毛毛说，你不要看我了。

你没不高兴吧？她小心翼翼地问。

听了这话我忽然来气，有什么高兴不高兴的，我们是好朋友。我顿了顿，我欠你一句对不起。说完我把小背心脱了。

坦荡荡的小胸脯接触到热气，胸前两颗乳头一下充血梆硬，我努力不看，装作没事人的样子。等一下。毛毛也开始脱衣服，她只穿了一件长袖和一条裤子，一下子就脱得只剩内裤了。

眼前的毛毛我认不出。除却头顶一丛乱七八糟的短发，她的身体已经发育了。微微隆起的胸脯像两个小馒头，腰线流畅，像一朵出淤泥而不染的莲。皮肤白白嫩嫩的，像刺猬柔软的肚腩。我克制不住地往毛毛身上瞧，她还穿着内裤，内裤里垫了什么东西，屁股鼓鼓的。

我昨天来那个了。毛毛低着头，有点脸红。我的脸烧烧的，估计也红了。

走，我们去洗澡。毛毛重复了一遍，好，我们去洗澡。

于是我们手拉手往里走，浴室很大，水声哗哗啦啦，夹杂着高低的谈话声，在房子里回荡。水汽环绕在我们周围，蒸腾着，亲吻着，清洁着。一路上踩到的水溅湿了脚趾，冰冰凉凉，浑身却热热的，一股力量通过相握的手把我们连接在一起。前方仍然是大团的水汽，朦胧中有几个女人在弯腰为别人搓背，我和毛毛对视一眼，一齐大喊了一声：紫嫣姐姐！

Works by Young Writer, Zhang Xinyi

青年作家张心怡小辑

张心怡

1993年生，福建泉州人。在《小说界》《上海文学》《山花》《萌芽》《文汇笔会》等报刊上发表小说、散文、书评。写有小说集《骑楼上的六小姐》。曾获台湾林语堂文学奖第三名，嘉润·复旦全球华语大学生文学奖散文组主奖。现居上海。

山魈

房间里好像有一些不一样了，那么，具体来说，是在哪里？母亲的耳朵稍稍地侧过来，刚刚走进灵堂的时候，她将脸盘哭成了一颗圆圆的柿饼，现在柿饼回光返照了，表皮撑开，下颌骨很方。外面有一些被阳光过滤掉的声音，灵堂里坐满了形状各异的老太婆，哭一阵、笑一阵，然后窃窃私语。缸窑话，懵懵懂懂，我总觉得有谁在盯着我看。不是阿太，她躺在那里，仿佛逢年过节我们围坐在她的屋子里聊天，聊得挨过了她的休息时间，她也不提醒，只是似睡非睡，阿蕾说，你看，她就像睡着了一样。我抬起头，仍然感觉到有谁在盯着我看。母亲忙着向一些守丧的老太婆介绍我，同时，四面八方有好几颗脑袋朝我点着头。很多眼睛，塌陷下去的深坑，像蛋白和蛋黄搅在一起，然后又颇为费力地转开。是谁呢？我不明白，她们又看出了什么。

隔壁卧室的窗帘全部被拆卸下来，我怀疑，有一部分是用扯的，因为很多的搭扣都坏掉了。所有的一切都是值得怀疑的，阿太上完厕所出来，喘着气，用手扶着冰凉的墙壁，就被送进了医院，医生说，来得晚了。晚什么？为什么晚？如果不是细细地述说，整个故事听起来都会让人觉得莫名其妙。可是阿太实际上已经九十几岁了，我没有说出口，只是停了停。阿蕾看着我，可是你外公……在我面前，她向来是无所顾忌的。外公讲完了阿太在他家上完厕所然后去世的故事，一阵唏嘘之后，阿蕾仍然要私底下指点江山似的对我说，可是你外公。我想了想，这就是阿蕾，点到为止而已，我也没有什么非反驳不可的理由。每次回缸窑村，我们俩都像是来度假一样。七天的春节假期，阿蕾要带三套大衣，两套用压缩袋抽完气，剩下的一套装在了我的箱子里。后来，阿蕾结婚，我搬来上海。从清漾到缸窑，阿蕾的丈夫负责开车。我能想象得出每一次临行的场景，从皮肤状态到服装造型，阿蕾都要一一亲自打点。尽管这所有的一切，都会在旅途当中被推倒重来，而阿蕾的丈夫站在汽车旁边，他笑起来总是慈眉善目的，和年龄不太符合，让我有那么一刹那间的恍惚之感。到了中午的时候，我已经赶到缸窑，而阿蕾会对我说，刚刚好上高速了。午睡前，阿太问我，阿蕾的车开到哪里了。我只好随便编个地点，她点点头，我不知道她听进去了没有。

但这一次有点不一样，下午三点，阿蕾准时进门，拖泥带水的，背后跟着她的丈夫，她的儿子，还有一大包的行李，然而这些都无关紧要，我知道阿太要等的人就是她。毫无疑问，她是那么出挑的女孩子，站在一群农妇之间，在周围逐一塌陷的深坑注视下，她亮晶晶的，扑通一声跪下来，她说，外婆。

我的心松了一下，同时，又有什么东西碎掉了。转眼之间，人潮涌上，像海浪，不可控制，场面有时候会变得有些滑稽。照片背后，那床安静的薄被轻轻地动了动，是风，还是幻觉。而阿蕾的儿子突然之间不知从哪里钻了出来，他举着手里的花生对我说，这个节真是好，还有花生吃。从始至终，阿蕾都一直跪着没有站起来，而他们显然在对她说着什么。

是什么呢？阿蕾抬起了头，她看见了我，就用眼神示意着我照顾她的儿子，这属于我们之间默契的一部分，逻辑一直是清晰的，她回过头还找了找她的丈夫，带有点责备的意思。这个小男孩舒服地把头枕在我的大腿上，他的眼睛像蜜蜂，蜇了我一下，亮晶晶的。那年夏天，阿蕾怀孕的最后几个月，她在电话里央求我，无论如何抽出时间到清濛住上两个礼拜，陪陪她。然而事实上，她早就已经是个暴躁的孕妇，常常毫无来由地冲着我发脾气。我到达清濛的时间节点，恰如其分地填补了某种空虚。说不出口的，阿太只能对我说，她是你的亲小姨，你们一起长大，亲得就像亲姐姐一样。我点点头，阿太问我，阿蕾快到了吗？她到哪里了？

阿太已经不会说话了，她躺在那里，一动不动。和平时睡着了没什么分别，显得气色很好，或许比平时还更加好一些。我们都没有料到她没能挨过这个春天，就在十几天前，她计划着带我出去玩。煮一点东西给你们母女吃吃，她又说这样的话，当时的情景还是清晰的，然而没有滑过去的部分，就像逃不掉的细小鱼刺，会在食道口轻轻地扎一下。阿蕾结婚以后，衣服和鞋子更新换代的频率更勤，她常常打电话给我，让我去她家里取衣服，她甚至都不用问用不用、需不需要这样的废话，对，毫无疑问，都是些废话。母亲小心翼翼地帮我洗干、晾干那些旧衣服，一件一件地猜测着它们昂贵的价格，带着点不能明说而又无法掩饰的兴奋。在灵堂里，所有的后脑勺开始转动起来，其中一个是母亲，她把脸转向我，又大又圆的柿饼，亚热带的柿饼。阿蕾来了，她说。我默不作声，大腿上的小男孩睡着了，口水流到手背上。随着时间的推移，下午的阳光开始移动，所有的一切都明亮得有点不真实。是从什么时候起，我开始穿阿蕾的旧衣服了呢？如果我一开始从来就没有接受过那些旧衣服，阿蕾是不是仍旧会，在需要更新换代的时候第一个想到我。阿太说，她是比你的亲姐姐还要亲的人，我知道她所指的还有很多，比方说，在漫长的岁月里，阿蕾家一直在给母亲寄钱。而从我五岁开始，父亲去世以后，母亲就每天拉着我的手，从楼下走到楼上吃饭。她的饭量并不大，但还是会招来闲言碎语，阿太会在饭桌上说起，或许旁敲侧击，暗示着母亲多少可以交一些生活费。母亲只剩下一点点油滑的本能，就是这一点点，让她保持了沉默。说过了也就说过了，说过了也就算了。阿太是母亲的亲奶奶，隔了那么二十九年，她还能记得多少？可是她仍旧说，我要煮点东西给你们母女吃吃。

我一转头就把阿太这句话当成笑话说了。母亲粗枝大叶地听了个大概，被筛落的部分，恰如其分地，都留在了我的心里。二十几年前，母亲拉着我的手从楼下走到楼上吃饭，在二楼楼梯口的转角平台，我记得，她总是会稍停一停，背对着我，她仿佛在看些什么。是什么呢？我说妈妈，妈妈我们走不走。我用皮鞋的尖头去刮墙上的污泥，那种声音，实际上，又尖锐又锋利。阿蕾已经到了月经不调的年龄，每个星期都要吃乌鸡。鸡头、鸡脚和鸡屁股都在母亲的碗里，我们喝汤的声音很响，汤里都是应季野蘑菇的滋味。下雨的时候，青苔横行，即使淋着雨，母亲还是要走到那个凸出去的平台上停一停。我总是一遍遍地回想起清濛潮黏黏的雨季，几年后当阿太回到缸窑，我给她写信，开头就是，我多么怀念您做的蘑菇炖鸡汤啊。实际上在很久以后，我才吃到鸡腿。那时候我听到阿蕾走到厨房里发脾气，她说，外婆，我不想再吃鸡了。蹲在厕所的角落里，隔着一扇薄薄的纸纱窗，我感觉到整个世界都是雾蒙蒙的。小孩子没有那么旺盛的记忆力，小孩子也没有那么旺盛的理解力和嫉妒心，所以母亲要解释给我听，那个时候，她说，我也是走投无路。

她说的当然不是这件事，谁知道她指的是什么。是被婆家排挤、带着我稀里糊涂地改嫁，还是在继父家里被羞辱，喝醉了酒的继父指着鼻子骂她婊子，骂我是拖油瓶，所有的这一切，都能够和"走投无路"画上等号，当然，除了这件事情，显而易见，不可能是这个。一直到我念大学以后，阿蕾的母亲，仍旧每年塞给我整个家族里数额最大的新年红包，来到上海以后，她将自己的羊毛衫送给我，后来两次在微信上叮嘱，这件毛衣是纯羊毛的，质量较好，用沐浴露或者洗发水洗均可。我点点头，将它用快递寄给了母亲，那种老年人的花色根本不适合我，况且，光是阿蕾的旧衣服都已经多得让我穿不完。可是每次，当阿蕾通知我去取衣服时，我仍旧会拎上那个家里最大的行李箱。母亲说，不要白不要，你小姨她简直就是乱花钱。有的时候，听着这些话，觉得再自然不过了。而偶尔，也会猛地一惊，母亲从什么时候起，开始说这些话？或许，是从阿蕾结婚开始。那个贼眉鼠眼的姨父，母亲会这么说。在姨父帮了我们很多忙之后，母亲说，那个狡猾的姨父，口气就软下来许多。

母亲的立场是很奇怪的，既十分坚定，又有点模糊。母亲可以说，她是担心阿蕾，那个一见过阿蕾就穷追不舍的姨父，究竟看中的是她哪一点，美貌、财富或者社会地位，母亲私底下对我说，我以我半生的惨痛经历告诉你，任何一项都无法长久。然而母亲又是从何得知的呢？毕竟她一项也不曾拥有过，却放眼看到了阿蕾的未来。在清濛的那几年，她每天帮阿蕾洗澡，在楼上的套间里忙上忙下，阿蕾喊她姐姐，喊我妹妹，那情景怎么看都有些滑稽。母亲在楼下婆家受了欺负，就往楼上跑，而在楼上，阿太喘着粗气说，这种情况，你让我怎么办，你是要我帮你出头吗？母亲咬着牙，咬得嘴唇开始慢慢地发青，低血压，她久久地站在二楼拐角的平台上，逡巡不去，时间都消失了。然而，无论是在楼下还是楼上，母亲都没有哭过。她总是表现得平静而和和气气的，一直到高二，阿蕾洗澡的时候还会高声叫姐姐。姐姐！喊她进去帮忙。母亲久久地难以忘怀这一段，后来每次回缸窑过春节，回忆到这里，她就笑，你不知道，她对我说，那时候你小姨简直幼稚得可笑。

可是无关紧要，所有的这一切母亲都不曾对阿蕾说起过。总会有很多事情，太小了，要拿放大镜去细细地看，或者用筛子，过去了也就过去了，没有过去的，像膳食纤维一样，无妨，那消化的过程，只是来得慢一些。结婚的时候，阿蕾站在电梯门口，迎来送往，我叫她，隔着那么近的距离，弥漫起童年厕所门帘上那层薄薄的水雾，她就是不回答。后来，她会对我解释说，那时候实在忙得顾不过来。然而总有些时候，她会想到我，我大着肚子闷在家里，快要闷死了，你能不能过来陪陪我呢？我停顿了一下，在某个节点，夏天的时间常常给人以错觉，而当阿蕾的儿子在夏天的末尾从她的胯下钻出来，着实把我们所有人都吓了一跳。我的阿蕾长大了？从清濛起，又过了许多年，阿太的后脑勺已经开始惨白稀疏。然而孩子还没满月，她就已经打电话给母亲，问她愿不愿意辞掉工作来领薪水带孩子。说到薪水的时候，她说，比你在超市里当营业员挣得多。母亲没有接话。很多年之后，我们都忘了，或者记得，但不再提起。比方说，是阿太介绍的继父，除了继父，阿太还陆陆续续地介绍给母亲其他的男人，而这一切，刚好发生在阿蕾高三那一年。那一整年，她都愁眉苦脸，家里太吵了，她对阿太说。

继父垂着手站在门廊那里，阿太说，喏，嗯……背景声音是嘈杂的嗡嗡一片。喜宴，是在自己的屋子里摆两张简陋的桌子。母亲低垂着头坐在那里，穿着一件玫红色的崭新套装当作嫁衣。我们都不知道前面的岁月会是什么。清濛的湿气和暑热都极重，阿蕾伸长了双手，长得几乎像要够到长颈鹿的脖颈，而再怎么拼尽全力，才发现，那里其实空空如也？不，阿蕾根本从来就没有把手伸得很长，起码没有我长。她们所有的人，都不知道，在母亲站在二楼平台上发呆的时候，我就已经开始学着她咬嘴唇，把外围的浅浅的一层都咬得青黑。阿蕾在学费昂贵的大专院校里学会了化妆、穿衣、打扮，脱胎换骨，她的追求者众多，她挑了其中最为殷勤的一个人结婚、生孩子，水到渠成的。

守夜那天，唯一的一间客房，七零八落地睡满了临时落脚的亲戚。下半夜，阿蕾走进来，躺在了我身边窄窄的夹缝里。她很安静，一动不动，马上响起了呼噜声。在她结婚之前，凡是到缸窑村的亲戚家做客，我们都睡在一起。母亲显得像是个外人，她走过来问，你们这里我来挤一挤？不知道过了多久，母亲进屋来推我，准备送葬了。而我睁开眼睛，看到阿蕾睡在较低一点的地方，同时睁着眼，仰头看着我，大概有那么几分钟，我们什么话都没有说。

很多场景，被想起来的时候，都像是久别重逢的。母亲问，你们这里我来挤一挤？阿蕾摇摇头，有点嘲弄似的，她甚至直言不讳地对我说，你看你妈妈呆头呆脑的样子。我也嘿嘿地笑，直到觉得嘴唇干燥起皮。终于有一天她对我说，你也像你妈，你怎么看上去这么呆，你就不能机灵一点吗。我站在原地，在很长的一段间歇里不知道自己应该做些什么。这次我大概不能笑了，我想。

你看，它看起来多呆，阿蕾说。如果是用彩色电视机来看，小时候连接天线，在清濛最为潮湿的那几个月，画面就会变成星光一片。看到了么？继父趴在屋顶上摇晃天线，他总是献过殷勤，尽管那是极为短暂的几个月。阿蕾偷了阿太的钱，总共是多少，她不肯告诉我，只是拉着我的手，我们在动物园里左冲右突，她甩开我，挤到了人群里面。小姨，小姨！我叫得喉咙发干，汗毛竖起，前面有一大片五光十色的东西。看到了么？阿蕾将吃腻的鸡腿都堆到我的碗里，尽管她比我大上将近十岁，却发育得极其瘦小，月经不调，阿太在厨房里叹气，窗户上慢慢蒙上层层叠叠的水珠，像千层饼，她在逐渐膨胀的人群里消失得无影无踪。小姨，小姨，我几乎要哭出来，那个庞然大物突然之间转过身来，是什么呢？两团鲜艳的蓝紫色呼之欲出，两条模模糊糊的、蒙着一层大雾的光斑，延伸开，鼻梁、沟壑、梯田、山脉、乡村和家，我站在那里，和笼子里的山魈一起，在清漾的夏天里热得发红，体液都粘在皮肤上。层层叠叠的沟壑，像千层饼，成为天花板，在我的脑海当中旋转起来。我大喊一声，鬼啊，然后迅速地捂住嘴巴。

灯被调亮了。那不是鬼，也不是山魈，是阿太。她披了一件薄薄的单衣，站在那里。她说，你叫什么。语气严厉得让人有些发怵，我往后缩了一下，盯着她，刚刚的一幕，已经再也不可能被推倒重来。阿太是来给我们盖被子的，她蹑手蹑脚地起来，绕到这张年代久远的大床旁边。阿蕾欢快地吐着呼吸，白天，她刚刚给我讲过山魈，在那台偷偷被打开的彩色电视机上，她凑得很近，鼻息都吐在屏幕上，她说，你看吧，它就要转过身来了。看什么？猴科灵长类动物，像鬼，却不是鬼。伸出手去，会猝不及防地被烫一下，西红柿紫菜蛋汤，阿蕾说，她伸出手去摸锅柄，手忙脚乱地，没有戴手套。

当我们一整年没见，重新又聚首在一张桌子上，面对面地吃饭，阿蕾在喝汤，西红柿紫菜蛋汤，突然之间，她抬起头来，你干嘛那样子盯着我看。

它的屁股，仔细看，不是红的，而是一道蓝紫色的光斑，在大太阳之下热得发红。庞然大物，脸极长、极丑，而颜色极烈。阿太的脸出现在彩色电视机方方正正的画框上，阿蕾凑近了电视机，她说真想去动物园里看看山魈，长得像鬼吗？鬼长什么样？她没有在问我，只是自言自语。我知道，她是因为害怕，才带着我去了动物园。而实际上，更害怕的人是我，我站在人群里喊，小姨，小姨。黑暗之中，我对着阿太大喊，鬼啊。灯打开，阿蕾迅速地从床上爬起来，一股浓重的鼻息喷吐在我的脸颊上，眼睛被扎了一下，亮晶晶地，尽管只是一刹那，她却哈哈大笑起来。外婆，我们还以为……她笑什么呢？她要说什么呢？卡在那里，滑不过去了，她说了什么呢？我往后缩，而阿太盯着我。

在缸窑度过的漫长临终岁月里，阿太是否曾经想起过，她在白天给我们讲了山魈的故事，而到了晚上，她自己就变成了山魈。即使是在身体最为虚弱的时候，上厕所，她也从来不让任何人跟随。而当她费力穿好裤子，冲洗粪便，扶着瓷砖墙壁一寸一寸出来的时候，是否会猛然之间被惊一下，像触摸一条解冻的鱼，或者摸到了西红柿紫菜蛋汤的锅柄。没有了，阿太再也没有了。母亲哭皱的脸上，层层叠叠的，就像柿饼上被风干的褶子。我有些厌恶地转过头去，灵堂里一阵又一阵的哭吼，母亲所说的所有的话，都像是孩子在赌气、撒气，毫无内容的。母亲说，当年我也是走投无路。可是走着走着，实际上，这就成了唯一的一条道路。一直到我读大学以后，只要有用不着或者吃不完的礼品，阿太还是会第一个想到母亲。母亲说，我不好意思去，那么多人，你去帮我拿一下。我说，你带得回清濛吗？她拉开旅行箱，那是家里最大的那个旅行箱，一分为二，两排又空又宽敞的格子。我的心会猛然之间被刺痛一下，阿蕾说，连苹果你们都要吗？我看着她，盯着她看，就像那个飘满西红柿紫菜蛋花味的客厅，我的表情随时都有可能泄露我最真实的想法。

母亲笑了，怎么啦？你干嘛那样子？你怎么啦？

在电话里，我听到，阿太摸索了很久，才找到了那个凹槽，挂上电话。漫长的停顿，我拿不准我该挂上手机，还是继续接听。窸窸窣窣的声音，像从房间的最深处传来。当我一个人坐在缸窑村里的那间屋子里，只有我和她，我常常会感觉到慌乱。突然之间，我会想起很多的场景、画面，比方说，她装作若无其事的样子，把一只鸡腿拣到我的碗里，而母亲把鸡脖子嚼得咔嚓咔嚓地响，我厌恶地转过头去。阿蕾并不是真的对山魈感兴趣，她只是想偷钱，做一点刺激的事情。而阿太问我，你昨天吃过饭后，还有没有进过房间。整个清濛潮湿的雨季都钻进了我的毛孔里，我曾想，如果那天晚上，我喊出的字眼不是鬼，而是山魈，回忆会不会变得更温暖一些？阿太的脸在黑暗之中浮现出来，异常苍白。她的嘴张了张，也许她根本就没有严厉地喊出过，你叫什么！而是什么都没有说。我的记忆随时都有可能会出错。毕竟母亲一律都说，她记不得了。

其实是我低估了母亲。阿太在很久之前就给母亲留了一封遗书。在阿蕾新婚的那天晚上，阿太将它神不知鬼不觉地偷偷塞给了母亲。母亲取出来，掸了掸灰尘，云淡风轻地，有什么呢？里面确实什么都没有，然而总会有意料之外的只言片语，滑不过去，就卡在那里。阿太说，"我希望阿蕾孝顺她妈妈，也能像她妈妈孝顺我一样"。

外公说，对谁也不要说，在你阿太死的那天，你打过电话来。外公说，听到了没有，对谁也不要说，包括你母亲，包括你小姨。

可是阿蕾却对我说，你外公……你阿太死的那天，是轮到你外公照顾的日子，对不对？

她要说什么呢？

她盯着我看。所有的后脑勺开始转动起来，在灵堂里，实际上，我没有能够哭出来。缸窑村里能守丧的老太婆都来了，她们好奇地盯着我和阿蕾看。随时欢迎你回缸窑来。每次回缸窑，我们俩都像是来度假一样，而母亲向她们费尽口舌地介绍，这是阿蕾，这是我。哦，这就是在清濛一手带大的外孙女和曾外孙女吗？我和阿蕾在她们的眼中获得了同等的地位，我总觉得有人在盯着我看，是谁呢？她们在观察，外孙女和曾外孙女，究竟谁会更悲伤一些？阿蕾在灵前扑通一声跪了下来，她说，外婆，而我没有能够哭出来，显然我的表现不足以令我自己满意。阿太在灵前微笑，神清气爽，那还是在十几年前的清濛，那个时候，我就已经对着她喊，鬼啊。

外公担忧地看着我。他说，你为什么早不打电话晚不打电话，偏偏要在那个时候打电话呢？阿太上完厕所，扶着墙出来，就听到了急促的电话声。她叫了两声，没有人回应，于是她就想要去接电话。急性子，那电话催促着她，容不得那么一寸一寸地滑过冰凉的墙壁。滑倒了，滑不过去的，就卡在了那里。天旋地转的一瞬，绝望弥漫的一瞬，清濛的雨季，湿气钻进了毛孔，二楼拐角处凸出去的平台上，长满了密密麻麻的青苔。蹲在厕所里，清晨的窗户上会有雾气，而到了傍晚，则变成了层层叠叠的光斑。我在长大，而她们在老去。最老的那一个，就是阿太，阿太死了，就变成了鬼。这逻辑没有问题的，而阿蕾却说，奇怪。我已经哭不出来了。从阿太九十岁开始，我就预料到了今天灵堂的场景。只有一点，除了我自己的反应，还有，除了阿蕾。我想象不到她会那么干脆利落地跪下来，外婆，叫得撕心裂肺。那些老太婆开始齐刷刷地点起头，我知道我已经输了，完全输了。其实我从一开始就知道了，即使我的手伸得比阿蕾的长，即使我把嘴唇咬青、咬破，一切都是一样的，我是阿蕾的影子，阿蕾的跟班。

妈妈。站在二楼的平台上，我说，用鞋子去踢雨天墙上的青苔，妈妈我们不走吗？

母亲说，我们要走到哪里去呢？

可是，我低估了母亲。母亲在微信里说，阿太走了。

没有标点，没有表情。一切都是合适的，可是她在想什么呢？她走进灵堂，我意识到，对于围巾和大衣颜色的搭配，她注意到了，她甚至还穿上了自己最好的衣服。她是急匆匆赶过来的，但实际上也没有那么急。有些事情，它就伫立在某个地方，你明明一早就看到了，比方说，当我走到缸窑村村口的时候，我就看到了灵堂。我不累，但还是在路边的一块石头上，呆呆地坐了一会儿。上海离缸窑最近，成为那个第一个到达灵堂的人，走进去，有点硬着头皮的。阿蕾第三个到，在我们之中，是最后一个。她脸色苍白，让我分不清是自然肤色还是浮粉的粉底。但短短几天，仍然带了三件大衣，所有的款式都是当下时新的。趁着葬礼的间隙，她又对我说，我那里有很多去年的旧衣服，到时候，我干脆直接邮寄到上海给你。好不好？

好不好？她没有说。最后这一句是我在心里说的，我默默地，有点神经质地对自己说，好不好？

而阿太已经变成了一张神清气爽的照片。她盯着我们看，在十几年前清濛的阳光之下笑起来。阿太留给母亲的信有三页，最后一页被母亲收起来了。里面还有更多的内容，等我看到它们，又过去了好几年。阿太说到那个男人，那个贼眉鼠眼的男人。实际上，我们都应该明白阿蕾的处境，她说。言下之意，岁月流逝，所有的事情都会改变。阿太告诫母亲，要叮嘱阿蕾掌握家里的财政大权。万一一有一天家庭的财富衰落了，到那时，你们要帮她。

我想起阿蕾光着身子站在浴室门口，喊母亲帮她洗澡。那时候她喊母亲姐姐，喊我妹妹。而这一次，换丧服之前，阿蕾抽空洗了个澡。外公家的老式热水器，她不会用，将我喊进浴室之后，她突然之间问我，你觉得，我看起来也不会太老吧？

发生了什么呢？自然规律罢了，我们都在老去。阿太、母亲、阿蕾和我，兜兜转转，即使从我开始，也不会是个句号，这真是一件可怕的事情。自从小姨父出现，无论到缸窑哪一个亲戚家做客，我和阿蕾再也不可能睡在一起。母亲睡在我旁边，位置宽敞，而我在夜晚里翻来覆去。阿蕾结婚的那天晚上，站在电梯旁边，其实我并没有想好要和阿蕾说些什么。在当时那样的场景下，人流交错，谁是谁也分不清楚，而我只是想抱抱她，抱抱穿着那么漂亮的嫁衣的她。就像后来有一次做梦，我真的梦见了骨瘦嶙峋的阿太，坐在那间幽暗的拉上窗帘的屋子里，我很用力地抱了抱她。其实我早就知道了，阿蕾是公主，我是丫鬟。从很久以前就知道了，从出生的时候就决定了。但小孩子没有那么旺盛的记忆力，小孩子也没有那么旺盛的理解力和嫉妒心。

阿太她躺在那里，等到我们在同一时间全部回到缸窑来，像逢年过节。守夜的最后一夜，清晨载出去火化之前，按照缸窑习俗，要往上面叠蓝布被子。亲戚朋友，凡是前来吊唁的人，每个人都要送一床。一床十块钱，整个屋子里密密麻麻的，已经分不清谁是谁。而阿太的身上，层层叠叠的被子，形成了山岭。我想起最近的一个冬天，就是过年的时候，躺在那间屋子里，她无精打采地对我说，你帮我把最上面一层被子揭开吧。

我说，不好吧，阿太，你会冷么？

她说，不要压那么多，太闷了。

私底下，阿蕾对我说，阿太怎么好端端就死了。我们春节回来的时候，她明明就好好的。是不是有什么事情？她是不是受到了什么刺激？

阿蕾说，其实阿太去世的那天早上，她给我打了个电话，我没有接到。后来中午我回拨回去，又没有人接听。

她说，你说，她是不是要和我说什么？

阿蕾低下头，把两只手绞在一起。她以为，她错过了什么临终遗言。她以为，在那个没有接听到的电话里，一定有过非常重要的东西，现在永远失去了的东西。

阿太上完厕所，扶着墙出来，就听到了急促的电话声。她叫了两声，没有人回应，于是她就想要去接电话。急性子，那电话催促着她，仿佛踩在云端上，容不得那么一寸一寸地滑过冰凉的墙壁。滑倒了，滑不过去的，就卡在了那里。天旋地转，骨头像在宰鸡的快刀下碎裂。阿太在冰冷的地板上躺了一会，直到失去意识，被外公发现。后来，在这个幽暗的房间里，窗帘被拉开，为了更加明亮，搭扣被直接扯掉。黑暗深处的东西，影影绰绰的，都在阳光的暴晒之下暂时消失了。家族里的人越聚越多，还有所有愿意过来看热闹的缸窑老太婆。外公急急忙忙地叫来了最近的一辆车，直达医院。然而医生说，来得晚了。没有人注意到，在一片混乱之中，电话还响起过第二次。连外公也没有听到第二个电话，他一直以为，只有那么一个电话。而其他所有的人，压根就不知道有过电话，他们将阿太临死前所有的场景，都像听故事一样地听过去了。有些奇怪地，然而阿太已经九十几岁了……

这就是结束了。直到阿蕾对我说，这整件事情，都有些莫名其妙的。我再回拨电话过去的时候，外婆她也没有接到。

在我们之中，在我们两个之中，一定有一个人拨出了第一个电话。紧接着，当场面开始变得混乱，不可控制，另外一个人就拨出了第二个。不是她，就是我。

阿蕾问我，你说，她是不是要和我说什么？

我低下头，什么也没有说。

我会保持沉默。即使阿蕾要误解我外公，我也会保持沉默。她在我面前指责我外公，从来都肆无忌惮。她知道，我和外公不亲。我是在清濛长大的，在清濛和她一起长大的。我在楼上和楼下之间跑来跑去，吃着她不要的鸡腿，穿着她不要的衣服，就这么地长大了。在父亲去世之前，我还曾经和她一起，在他的病床上爬来爬去。那个时候我才刚刚学会走路，而阿蕾握着我粉红色的小手，她说，妹妹。

追悼会过后，尸体就要火化了。追悼会上的稿子是阿蕾写的，念的人是阿蕾的母亲，她说："妈妈，亲爱的妈妈……。"念完稿子之后，所有的亲戚朋友都一律走过灵前，点燃了最后的一支香，阿太躺在层层叠叠的山岭之下。

阿蕾说，"外婆，亲爱的外婆"。

母亲说，"奶奶，亲爱的奶奶"。

我说，"妈妈，亲爱的妈妈"。

我说错了，这是口误。场面一度极其尴尬，而母亲的后脑勺开始转动过来，她看着我，一颗圆圆的柿饼，亚热带的柿饼。

经验转换与情感教育

冯至在著名的十四行集里，有一节专门讲"水"。水在水中没有形状，"取水人取来椭圆的一瓶，这点水就得到一个定型"，颇有点类似于小说劳作的过程。你从这个自我与世界沟通的"秘密通道"里，发掘出感受的片段，慢慢地建造一个完整的东西去表达它，称之为赋形。在这个过程的表述中，又产生出许多新的问题。所以冯至也说，"把住一些把不住的事体"。

其一是生活经验与感受的可疑性；其二是当我们开始赋形之时，我们所借助和依赖的写作经验。第二点涉及写作技巧，似乎更加有话可说。我在本科阶段陆陆续续地写，但直到研究生阶段，我的脑子里才有了短篇的概念。在课堂的激发之外，我自己开始了练习的过程。这种"片段"截取的练习，在毕业时到达了某个阶段的临界点。我毕业离开学校，而后幸运地出版了自己的第一部小说集，换了三份工作，花了比同龄人更漫长的时间接受自己成为社会人的事实。而立之年，我慢慢地体会到文学与生活这两对词语的意义。

生活是大于写作的，但这并不代表某些利益的让渡与妥协，反之正因此，写作不应当被放置在现实利益的考量层面上，所以作品本身成为唯一的价值与标准。这里冯至的"水"，不单指专业的写作上的概念，而喻指生活上的努力更为贴切，是为生活"赋形"的可能性。《骑楼上的六小姐》中的小说们完成了在复旦求学几年间技术上的推进，也带我走到了人生新的丛林里。将"她们"送到一个全新的地方，这里面就有我自己。

我努力去破除一些执念，对个体而言，这些限制，像一些框。自卑、虚荣、嫉妒、软弱，等等，以及很多具体的表现。尽管它们不时地卷土重来，我却仍在坚定地勉力克服。我学习去爱他人，回头重建自己与过去的关系。在工作中培养自己实干的精神与理性的思维能力。

生活大于小说的意义也在于，作为个体的经验，在形成写作动力、运用写作形式进行叙事建构的过程中，其价值的可能性，就在于作者本人"心灵世界"的图景。生活是材料，更重要的在于作者运用个人对于生活的认知程度与理解力，构造另一种"规律、原则、起源和归宿"的能力。

首先是，成为一个"人"，其次是，通过这条路径，文学与生活，能找到殊途同归的方式。你是在完成生活的同时，完成你自己。自我的发现，能赋予小说中人物全新的力量和可能性。经由阅读与写作，看见更为广阔的精神图景，返回来看见自己，虽在容器之中，却不在框子之内。

想起四年前，我在硕士毕业作品的创作谈里面写过，"请多给我一些时间，我还会写下去"。如今，我的心愿和希望，还是一样的。请多给我一些时间，我还会继续写下去。

Contributors

附录

2019级创意写作MFA专业学生去向

张晓旭

1995 年生
本科毕业于天津大学
现就职于苏州市姑苏区文化馆

朱思婧

1996 年生
本科毕业于湖南师范大学
现于苏州从事初中语文教学工作

李淑宁

1996 年生
本科毕业于武汉理工大学
现为自由职业

欧阳高飞

1997 年生
本科毕业于南京工业大学
现于腾讯公司从事游戏运营工作

法雨奇

1996 年生
本科毕业于上海交通大学
现为高中教师

谢诗豪

1996 年生
本科毕业于浙江理工大学
现在申请博士

郑海榕

1997 年生
本科毕业于华南师范大学
现工作于国企文秘岗

钟宇晨

1995 年生
本科毕业于对外经济贸易大学
现从事体育、创意策划相关自由职
业，即将赴法

顾迪

1997 年生
本科毕业于南京师范大学
现于上海星河湾双语学校担任
语文教师

278

张培

1996 年生

本科毕业于复旦大学

现任游戏公司文案策划

崔天月

1997 年生

本科毕业于华东师范大学

现工作于上海嘉定某高中

夏沈纯

1997 年生

本科毕业于复旦大学

现就职于上海城投（集团）有

限公司

史玥琦

1996 年生

本科毕业于武汉大学

现读博深造

陈钦铭

1996 年生

本科毕业于华中科技大学

现从事银行理财业

杨鸿涛

1996 年生

本科毕业于重庆师范大学

现就职于上海政法学院

鞠欣

1997 年生

本科毕业于山东师范大学

现从事编辑工作

MFA通讯

2022年

12月

事件、活动、奖项、采访等

12月13日，现代快报读品周刊专访王宏图老师。

12月12日，龚静老师的散文《套装和散置》发表在《新民晚报·夜光杯》。

12月11日，由复旦大学中国当代文学创作与研究中心举办的《无所动心》学术研讨会在上海举行，栾梅健教授主持了研讨会。

12月5日，《中国新闻周刊》访王安忆老师，见：总第1071期《中国新闻周刊》杂志《王安忆：谁的批评都比不上我自己的严格》。

作品发表情况

《上海文学》2022年12月刊

《父权》(诗歌)	肖瑞淳（2021级）
《下山下》(诗歌)	王欧雯（2021级）
《泽国夜航船》(诗歌)	萧然（肖雯）（2020级）

《萌芽》2022年12月刊

《纸人》	云讷（顾文洁）（2020级）
《1+1=2》	李雪婷（2017级）

《胶东文学》2022年第12期

《藏火车》	云讷（顾文洁）（2020级）

《万物的叶尖——中国创意写作2022》(北岳文艺出版社2023年1月)

《目之所及》	傅晓（2020级）

《一个移民村落的诞生》　　　刘涵玉（2020 级）

《萧然的诗》（诗歌）　　　　萧然（肖雯）（2020 级）

11 月

事件、活动、奖项、采访等

2020 级 MFA 段文昕的非虚构写作《匿名十三年》获得第六声英文非虚构写作大赛一等奖。

2010 级 MFA 鲁登同学获得第八届"青春文学奖"十大校园诗人奖。

11 月 10 日，2021 级 MFA 毕业作品与论文开题会顺利举办。

11 月 3 日，界面文化访战玉冰老师：《既是"舶来品"，也在"世界中"：晚清民国侦探小说带给我们的启示与思考》。

作品发表情况

《花城》2022 年第 6 期

《化鹤》　　　薛超伟（2012 级）

《少年文艺》2022 年第 11 期增刊

《夕阳之前》　　　　段文昕（2020 级）

《万物之春》（诗歌）　昀卿（史玥琦）（2019 级）

《草原》2022 年第 11 期

《北港的船》　　　段文昕（2020 级）

"湃客工坊"公众号 2022 年 11 月 23 日

《匿名十三年 | 流动中的世代》　　　段文昕（2020 级）

"澎湃新闻"客户端 2022 年 11 月 6 日

《北外滩人物志 | 阿德：我是花园"养"大的，它们总会"托"我一把》 李瑶瑶（2021 级）（口述：阿德）

10 月

事件、活动、奖项、采访等

10 月 22 日，王宏图老师的讲座《从哈姆莱特到"地下室人"：近代欧洲文学中个体形象的发展与演变》在宁波图书馆举行。

10 月 21 日，澎湃新闻就《无所动心》专访王宏图老师：《写小说是个体生命价值的一种确认》。

作品发表情况

《萌芽》2022 年 10 月刊

    《勇气》   云讷（顾文洁）（2020 级）

《胶东文学》2022 年第 10 期

    《角落》   王欧雯（2021 级）

《中国摄影家》2022 年 10 月刊

    《通向世界体验的"深度"：基于〈形式与印记〉的斯蒂芬·肖尔创作论》 陈国森（2020 级）

9 月

事件、活动、奖项、采访等

    在复旦大学 MFA 首次和哥伦比亚大学合作的 Word for Word 文学翻译项目中，21 级 MFA 牧棠（佘东昊）的小说《小指（Little Finger）》和译文《失马矿（Lost Horse Mine）》与哥大学生 Kevin Wang（王可）的作品、译文一同收录进了项目文集《一字换一字》（Word for Word）中。

    王宏图老师新作《无所动心》由山东画报出版社出版。

    9 月 17 日，梁永安与余静如、邵栋对谈《悬浮在城市中的青年》举行。

    9 月 11 日，青年作家笛安向新民晚报"夜光杯"的读者朋友们推荐了张怡微的最新小说集《四合如意》。

    9 月 11 日，MFA 新锐作家分享会举行。

作品发表情况

《萌芽》2022 年 9 月刊

    《小游园》   刘欣宇（2020 级）

《椰城》2022 年第 9 期

    《藏》   雯月（2021 级）

《微型小说月报》2022 年第 9 期

    《看不见的风景》   王欧雯（2021 级）

8 月

事件、活动、奖项、采访等

    8 月 31 日上午，王宏图老师和 2022 级 MFA 新生在光华楼西主楼 10 楼会议室里进行了新生座谈会。

    王安忆老师的新作《五湖四海》刊载在《收获》2022 年第 4 期。

8月4日《文汇报》发表张怡微创作谈《唯有迎向矛盾、纠结、狼狈、痛苦，才是情感质量的来源》。

20级段文昕的 *Anonymous for Thirteen Years in Singapore* 入围了 Sixth Tone's China Writing Contest，颁奖典礼于8月28日晚上8时举行。

作品发表情况

《萌芽》2022年8月刊
《一万次悲伤》　　　　傅晓（2020级）

《当所有的海都离开》　　牧棠（佘东昊）（2021级）

《青春》2022年8月刊
《爱人的爱人》　　　　张馨怡（2021级）

《中国青年报》2022年8月15日第7版
《失控观众》　　　　杨安楠（2020级）

《微型小说选刊》2022年第16期
《南瓜娃娃》　　　　何笑恬（2021级）

7月

事件、活动、奖项、采访等

7月31日，张怡微为王安忆老师《王安忆散文》新书写的推介文章《小说家的写作准备》发表在《读品》周刊B05版面。

7月26日，张怡微与作家、复旦大学人文学者、B站明星UP主梁永安结合《四合如意》，围绕创作、当代人的生存、年轻人的情感内心、各种际遇等进行了对谈。

张怡微老师的讲座《为情感找到生命：王安忆的散文世界》7月28日成功举行。

段文昕以《离行夜灯》《问日子》(原发于《上海文学》《少年文艺》)获得第四届广州青年文学奖。

20级杨安楠同学的合作剧本《宠物故障》获第八届"朝菌杯"科幻征文大赛二等奖；独立剧本《她的回忆将至》获中国传媒大学跨媒体艺术研究中心科幻戏剧剧本大赛学生组三等奖。

作品发表情况

《长江文艺》2022年第7期
《出线》　　　　刘涵玉（2020级）

《特区文学》2022年第7期
《空间纠正》　　　　胡诗瑶（2017级）

《浮日》　　　　　河焜（2014 级）

《微型小说月报》2022 年第 7 期

《烟花》　　　　　吴越（2021 级）

《春之响》(诗歌)　　史玥琦（2019 级）

《微型小说选刊》2022 年第 11 期

《藏匿深处》　　　　王欧雯（2021 级）

《大中华文学》2022 年第 2 期

《醒来》　　　　　王欧雯（2021 级）

6 月

事件、活动、奖项、采访等

王安忆老师荣获复旦大学第十届"研究生心目中的好导师"荣誉称号。

作品发表情况

《作品》2022 年第 6 期

《绕地游》　　　　傅晓（2020 级）

《钟山》2022 年第 3 期

《无人不死于心碎》　　谢诗豪（2019 级）

《诗四首》　　　　陈钦铭（2019 级）

5 月

事件、活动、奖项、采访等

5 月 18 日，《梁永安的爱情课》新书线上沙龙举行。

作品发表情况

《萌芽》2022 年 5 月刊

《观音矶》　　　　刘欣宇（2020 级）

《中国校园文学》(青年号) 2022 年 5 月刊

《食指》　　　　许龚燕（2020 级）

《香港文学》2022 年第 5 期

《溪水流向别处》　　吴荣民（2014 级）

4 月

事件、活动、奖项、采访等

4 月 23 日，梁永安和张怡微围绕《不能承受的生命之轻》的讲座举行。

作品发表情况

《小小说月刊》2022 年第 4 期

《小绳结》　　　吴越（2021 级）

3 月

事件、活动、奖项、采访等

MFA 毕业生沈瑞欣译著《宇宙大发现》由长江文艺出版社正式出版。

王宏图《中国传统审美资源的回归、化用与价值——从格非近作看其新古典主义风格》发表在《中国文学批评》2022 年第 1 期。

战玉冰《"南方上海"与"忧郁"主体——论王宏图的小说创作及美学风格》发表在《上海文化》2022 年第 2 期。

《作品》杂志访王安忆老师《王安忆：文学教育，会让作家的写作更加持久》稿刊载于 2022 年第 3 期。

《上书房》专访 MFA14 级毕业生胡卉《面对生命的共鸣，让我们先倾听》发表在上观新闻。

20 级 MFA 陈国森采访国内著名艺术史学者沈语冰的对话实录及人物稿发表于"复旦通识教育"公众号。

作品发表情况

《中国校园文学》(青年号) 2022 年 3 月刊

《樟树长大》　　　傅晓（2020 级）

《萌芽》2022 年 3 月刊

《口红与项链》　　　刘欣宇（2020 级）

2 月

事件、活动、奖项、采访等

2019 级史玥琦同学入选南京市第三期"青春文学人才计划"。

2 月 14 日，《WSJ.》专访梁永安老师。

作品发表情况

《作品》2022 年第 2 期

《瞳中客》许龚燕（2020 级）

1 月

事件、活动、奖项、采访等

陈婧祾评王安忆新作《异乡的孤儿——〈一把刀，千个字〉和王安忆的小说创作》发表在《上海文化》2022 年 1 月号。

王安忆获《中国读书报》2021 年年度作家。

1 月 9 日，《南方周末》主办的 N–TALK "诗意长江"上海专场对谈活动举行，张怡微老师参加。

作品发表情况

《椰城》2022 年第 1 期

《白》　　　顾迪（2019 级）

《胶东文学》2022 年第 1 期

《邬游公案》　　　萧然（肖雯）(2020 级)

《飞鸟》　　　吴越（2021 级）

《红叶》　　　张佳敏（2021 级）

图书在版编目(CIP)数据

去往南国的孩子/陈思和,王安忆主编. —上海:
上海人民出版社,2023
(创意写作;10)
ISBN 978 - 7 - 208 - 18378 - 0

Ⅰ.①去… Ⅱ.①陈… ②王… Ⅲ.①短篇小说-小
说集-中国-当代 ②散文集-中国-当代 Ⅳ.①I217.1

中国国家版本馆 CIP 数据核字(2023)第 120079 号

特约编辑 舒光浩
责任编辑 陈佳妮
装帧设计 胡 斌 刘健敏

去往南国的孩子
陈思和 王安忆 主编

出 版 上海人民出版社
 (201101 上海市闵行区号景路 159 弄 C 座)
发 行 上海人民出版社发行中心
印 刷 上海商务联西印刷有限公司
开 本 787×1092 1/16
印 张 18.25
插 页 2
字 数 394,000
版 次 2023 年 8 月第 1 版
印 次 2023 年 8 月第 1 次印刷
ISBN 978 - 7 - 208 - 18378 - 0/Ⅰ·2096
定 价 82.00 元